리처드 매시슨

36 세계문학 단편선

리처드 매시슨

최필원 옮김

H
현대문학

차례

남자와 여자에게서 태어나다
Born of Man and Woman

X─오늘, 동이 텄을 때 어머니가 나를 '구역질'이라고 불렀다. 너만 보면 구역질이 나. 어머니의 눈에서는 분노가 이글거렸다. 그게 무슨 뜻일까? 구역질이 뭔지 궁금하다.

오늘, 위층에서 물이 떨어졌다. 사방이 첨벙거렸다. 내 두 눈으로 똑똑히 봤다. 벽에 난 작은 창문으로 집 뒤편 땅을 내다보았다. 갈색 땅은 목이 말랐는지 물을 몽땅 빨아들였다. 그걸 다 마시고 배탈이 났는지 금세 질퍽해졌다. 기분이 썩 좋지 않았다.

어머니는 예쁘다. 차가운 벽으로 둘러싸인 내 잠자리에는 종이로 된 볼 것들이 널려 있다. 보일러 뒤에. 그것들 곁에는 '스크린스타스 SCREENSTARS'라고 적혀 있다. 그 안에는 어머니, 아버지와 같은 얼굴 들이 가득하다. 언젠가 아버지는 그걸 보며 예쁘다고 했다.

그리고 어머니도 예쁘다고 했다. 어머니는 너무 예쁘고 나는 그럭저럭 괜찮다고 생각한다. 네 자신을 좀 봐라. 아버지가 말했다. 눈 뜨고 봐 줄 수가 없어. 나는 아버지의 팔에 손을 얹고 말했다. 괜찮아요, 아버지. 아버지는 몸서리를 치며 내 손이 닿지 않는 곳으로 후다닥 물러났다. 오늘, 어머니가 쇠사슬을 잠깐 풀어 주었다. 덕분에 나는 작은 창문을 내다볼 수 있었고, 덕분에 위층에서 쏟아지는 물을 구경할 수 있었다.

XX─오늘, 위층은 황금색으로 물들었다. 계속 올려다보니 눈이 아팠다. 한참 후 지하실을 둘러보니 모든 게 빨갛게 보였다.

교회에 가는 모양이다. 그들은 집을 나선다. 그들을 삼킨 커다란 기계가 어디론가 사라진다. 뒷자리에는 자그마한 어머니가 타고 있다. 어머니는 나보다 아주 많이 작다. 나는 키가 커서 작은 창문으로 밖을 마음껏 구경할 수 있다.

오늘, 어두워진 후 나는 밥을 먹었다. 벌레도 몇 마리 잡아먹었다. 위층에서 웃음소리가 들려온다. 왜들 저렇게 웃는 건지 궁금하다. 벽에서 쇠사슬을 끌어와 몸을 칭칭 감았다. 그리고 계단 쪽으로 터덕터덕 걸어갔다. 발을 내디딜 때마다 계단이 삐걱거렸다. 계단을 오르는 게 처음이라 그런지 다리가 후들거렸다. 발바닥은 나무에 착착 달라붙었다.

계단을 마저 올라가 문을 열어 보았다. 새하얀 궁전. 가끔 위층에서 쏟아지는 하얀 보석처럼 새하얬다. 나는 잠시 그냥 서 있었다. 어딘가에서 웃음소리가 들려왔다. 소리가 나는 쪽으로 다가가 보니 사람들이 눈에 들어왔다. 생각보다 수가 많았다. 나도 그들 틈에서 함께 웃고 싶었다.

어머니가 달려와 거칠게 문을 닫았다. 문에 부딪쳐 많이 아팠다. 나는 매끈한 바닥에 벌러덩 나자빠졌고, 그 바람에 쇠사슬이 요란한 소리를 냈다. 내 입에서 비명이 터져 나왔다. 어머니가 자신의 입을 막으며 조용히 하라고 신호를 보냈다. 어머니의 눈은 휘둥그레져 있었다.

어머니는 나를 노려보았다. 안에서 아버지가 부르는 소리가 흘러 나왔다. 뭐가 떨어졌느냐고 묻고 있었다. 어머니는 다리미판이 쓰러졌다고 둘러댄 후 나와서 도와달라고 했다. 아버지가 그깟 것도 혼자 못 드느냐며 툴툴거렸다. 밖으로 나온 아버지가 나를 발견하고는 움찔했다. 아버지의 눈에도 분노가 이글거렸다. 아버지가 나를 때렸다. 한쪽 팔에서 뿌려진 액체가 바닥에 튀었다. 초록색의 그것은 흉측해 보였다.

아버지는 내게 지하실로 돌아가라고 했다. 나는 시키는 대로 했다. 환한 빛이 내 눈을 아프게 했다. 어두컴컴한 지하실과는 완전 딴판이었다.

아버지는 내 다리와 팔을 쇠사슬로 꽁꽁 묶고 침대에 눕혔다. 위층에서는 계속해서 웃음소리가 들려왔다. 나는 말없이 누워 천장에 매달려 그네를 타는 검은 거미를 물끄러미 올려다보았다. 그리고 아버지가 한 말을 곱씹어 보았다. 오, 맙소사. 아버지는 말했다. 이제 겨우 여덟 살인데.

XXX─오늘, 날이 밝기도 전에 아버지가 내려와 나를 때렸다. 나는 몸이 묶여 도망칠 수 없었다. 아버지는 절대 위층에 올라가지 말라고

했다. 또 그랬다가는 더 호되게 얻어맞을 거라면서. 너무 아팠다.

XXXX—벽에서 쇠사슬을 뜯어냈다. 어머니는 위층에 있었다. 누군 가가 새된 소리로 웃었다. 나는 창문 밖을 내다보았다. 자그마한 사람들이 보였다. 자그마한 어머니와 자그마한 아버지들. 다들 예쁘게 생겼다.

그들은 듣기 좋은 소리를 내며 신나게 뛰어다녔다. 그들의 다리는 빠르게 움직였다. 그들은 어머니와 아버지 같았다. 어머니는 제대로 된 사람들은 다 그렇게 생겼다고 했다.

작은 아버지들 중 하나가 나를 보았다. 그가 창문을 가리켰다. 나는 벽에서 떨어져 나와 어둠 속으로 몸을 숨겼다. 그리고 그들 눈에 띄지 않게 웅크려 앉아 있었다. 창밖에서 그들의 재잘거림과 뜀박질 소리가 들려왔다. 위층에서 문이 거칠게 닫혔다. 작은 어머니가 위층에 대고 누군가를 불렀다. 묵직한 발소리가 들려오자 나는 황급히 잠자는 자리로 돌아갔다. 쇠사슬을 벽에 붙여 놓고는 바닥에 납작 엎드렸다.

어머니가 지하실로 내려왔다. 창문에 붙어 있었니? 어머니가 말했다. 목소리에서 분노가 묻어났다. 절대 창가로 다가가지 마. 또 쇠사슬을 잡아 뺀 거야?

어머니가 막대기를 집어 들고 나를 때렸다. 나는 울지 않았다. 울면 더 혼나니까. 침대 위로 초록 물이 뿌려졌다. 그걸 본 어머니가 화들짝 놀라며 소리쳤다. 오, 맙소사. 대체 나한테 왜 이러는 거니? 응? 어머니는 막대기를 돌바닥에 내던지고는 후다닥 계단을 올라갔다.

XXXXX—오늘, 또 위층에서 물이 쏟아졌다. 어머니는 위층에 있었다. 작은 사람 하나가 조심스레 계단을 내려왔다. 나는 석탄통 뒤에 잽싸게 몸을 숨겼다. 작은 어머니가 나를 보기라도 하면 어머니는 나를 가만두지 않을 것이다.

살아 있는 무언가가 그녀를 졸졸 따라 내려왔다. 그것은 네 발로 걷고 뾰족한 귀를 가지고 있었다. 그녀가 그것에게 무언가를 속삭였다.

살아 있는 그 무언가가 내 냄새를 맡은 것 같았다. 그것이 수북이 쌓인 석탄 위로 뛰어 올라가 나를 내려다보았다. 털이 바짝 곤두서 있었다. 목에서는 분노에 찬 소리가 터져 나왔다. 내가 쉭쉭거리자 그것이 내게 달려들었다.

그것을 해치고 싶지 않았다. 하지만 덜컥 겁이 났다. 그것이 나를 물었기 때문이다. 쥐보다도 훨씬 세게. 내가 아파하고 있을 때 작은 어머니가 비명을 질렀다. 나는 살아 있는 그것을 손으로 꼭 쥐었다. 그것은 지금껏 들어 본 적 없는 소리를 냈다. 나는 새빨간 덩어리로 변한 그것을 까만 석탄 더미 위로 던져 버렸다.

그때 어머니가 부르는 소리가 들렸다. 나는 황급히 몸을 숨겼다. 또 막대기로 얻어맞을까 봐 겁이 났다. 작은 어머니는 위층으로 달아났다. 나는 석탄 더미에 널브러져 있는 그것을 집어 들고 내려와 베개 밑에 숨겼다. 그리고 쇠사슬을 다시 벽에 걸어 놓았다.

X—또 다른 날, 아버지가 나를 쇠사슬로 꽁꽁 묶어 놓았다. 그리고 나를 마구 때렸다. 나는 아버지의 손을 후려쳐 막대기를 떨어뜨리게 했다. 내가 비명을 지르자 아버지는 하얗게 질린 얼굴로 내 침대에서

떨어져 나갔다. 아버지는 계단을 달려 올라가 지하실 문을 걸어 잠갔다.

나는 기쁘지 않다. 하루 종일 추운 지하실에 갇혀 있는 게 싫다. 벽에 걸린 쇠사슬이 툭 떨어진다. 어머니와 아버지가 죽도록 밉다. 나를 화나게 하면 어떻게 되는지 똑똑히 보여 줄 것이다. 예전에 한 번 그랬듯이.

나는 꽥꽥 소리를 질러 대며 웃음을 터뜨릴 것이다. 벽을 타고 신나게 뛰어 다니면서. 내 많은 다리들을 천장에 붙여 놓고 거꾸로 매달려 낄낄거리며 초록색 물을 사방에 뿌려 댈 것이다. 그들이 나를 괴롭혀 미안하다고 사과할 때까지.

그들이 또다시 나를 때린다면 나도 그들을 해칠 것이다. 더 이상 참지 않고.

X—

사냥감
Prey

6시 14분, 아멜리아는 아파트에 도착했다. 복도 옷장에 코트를 건 그녀는 작은 꾸러미를 들고 거실로 들어가 소파에 앉았다. 그녀는 구두를 벗으며 무릎에 올려놓은 꾸러미를 뜯었다. 나무 상자는 꼭 관을 보는 듯했다. 뚜껑을 살짝 들춘 아멜리아의 얼굴에 미소가 번졌다. 그녀는 지금껏 이토록 못생긴 인형을 본 적이 없었다. 20센티미터가 조금 안 되는 인형은 나무를 깎아 만든 것이었다. 앙상한 뼈대에 얹어진 커다란 머리. 인형의 얼굴에는 험악한 미치광이의 표정이 떠올라 있었다. 날카로운 이가 드러나 있었고, 번뜩이는 눈은 툭 튀어나와 있었다. 인형의 오른손에는 20센티미터 길이의 창이 쥐여 있었고, 긴 금金줄이 어깨부터 무릎까지 칭칭 감겨 있었다. 아멜리아는 인형과 상자 안쪽 벽 사이에서 끼워진 자그마한 두루마리를 뽑아 들고 천천히 펼쳐 보았다. 육필로 쓴 메시지. **이것은 '죽이는 자**He Who Kills**'입니다. 그는 치명적인 사냥꾼입니다.** 메시지를 읽어 내려가는 아멜리아의 얼굴에 미소가 머금어졌다. 아서가 좋아할 거야.

아서 생각이 그녀로 하여금 옆에 놓인 전화기를 돌아보게 했다. 그녀는 한숨을 내쉬며 나무 상자를 소파에 내려놓았다. 그리고 전화기를 무릎으로 끌어 와 수화기를 집어 들고 전화를 걸었다.

그녀의 어머니가 받았다.

"저예요, 엄마." 아멜리아가 말했다.

"아직 출발 안 했니?"

아멜리아는 마음을 단단히 먹었다. "엄마, 오늘이 금요일이라는 거 알아요……"

그녀는 말을 이어 나갈 수 없었다. 심상치 않은 침묵이 시작됐기 때문이었다. 아멜리아는 눈을 질끈 감았다. 엄마, 제발 이러지 마세요. 그녀는 격해진 감정을 억눌렀다. "만나는 남자가 있어요." 그녀가 말했다. "아서 브레슬로. 고등학교 교사예요."

"그래서 못 온다는 거니?"

아멜리아의 몸이 바르르 떨렸다. "오늘 그 사람 생일이에요." 그녀는 눈을 뜨고 인형을 보았다. "오늘 저녁…… 함께 시간을 보내기로 약속했거든요."

그녀의 어머니는 대꾸가 없었다. 어차피 오늘 밤엔 볼만한 영화도 없는데. 아멜리아는 생각했다. "내일 밤에 가면 안 돼요?" 그녀의 어머니는 말이 없었다.

"엄마?"

"이젠 금요일 밤에 잠깐 시간 내는 것조차도 못 하겠다는 거니?"

"엄마, 꼭 금요일이 아니라도 매주 며칠씩 보잖아요."

"집엔 통 오질 않잖아." 그녀의 어머니가 말했다. "여기 네 방도 있겠다, 가끔 자고 가면 좋잖니."

"엄마, 이 문제로 또 싸우고 싶지 않아요." 아멜리아가 말했다. 난 어린애가 아니라고요. 그녀는 속으로 외쳤다. 더는 날 어린애 취급하지 말아요!

"그 사람이랑 사귄 지 얼마나 됐니?"

"한 달쯤 됐어요."

"왜 내게 얘기하지 않았니?"

"말씀드리려고 했어요." 아멜리아의 머리가 욱신거리기 시작했다. 이런 일로 골치를 썩고 싶지 않아. 그녀는 생각했다. 그녀의 시선이 다시 인형에게로 돌아갔다. 인형이 노려보고 있는 것 같았다. "좋은 사람이에요, 엄마."

그녀의 어머니는 아무 말이 없었다. 아멜리아의 속이 울렁거리기 시작했다. 오늘 밤엔 아무것도 못 먹겠어. 그녀는 생각했다.

그녀는 어머니의 침묵에서 심상치 않은 기운을 감지할 수 있었다. 허리가 곧게 펴졌다. **나이가 서른셋이나 됐으면서.** 그녀는 생각했다. 그녀는 손을 뻗어 상자에서 인형을 집어 들었다. "제가 그이 생일선물로 뭘 준비했는지 아세요?" 그녀가 말했다. "3번가에 있는 골동품 가게에서 찾은 건데요, 주니족 주물 인형이에요. 아주 귀한 거래요. 아서는 인류학에 관심이 많거든요. 그래서 일부러 산 거예요."

그녀의 어머니는 아무 말이 없었다. 좋아요. 말하기 싫으면 하지 마세요. 아멜리아는 생각했다. "사냥 주물이에요." 그녀는 애써 덤덤한 척하며 계속 이어 나갔다. "주니족 사냥꾼의 영혼이 담겨 있대요.

몸에 둘러진 금줄은 그 영혼이……" 그녀는 떨리는 손으로 금줄을 살 살 매만졌다. "밖으로 빠져나가는 걸 막아 주나 봐요." 그녀가 말했다. "이름은 '죽이는 자'예요. 어떻게 생겼는지 궁금하지 않으세요?" 뜨거 운 눈물이 그녀의 볼을 타고 흘러내렸다.

"둘이 좋은 시간 보내." 그녀의 어머니가 툭 내뱉고서는 전화를 끊 었다.

아멜리아는 한동안 발신음을 들으며 수화기를 응시했다. 왜 늘 이 런 식이지? 그녀는 수화기를 내려놓고 전화기를 멀리 밀어냈다. 어둑 한 거실이 흐릿해 보였다. 그녀는 인형을 탁자 끝에 세워 놓고 소파 에서 일어났다. 목욕이나 해야지. 그이와 황홀한 밤을 보낼 거야. 그 녀는 거실을 가로질렀다. 황홀한 밤. 그녀의 머릿속에서 공허한 메아 리가 맴돌았다. 불가능한 일이었고, 그녀도 알고 있었다. 오, 엄마! 그 녀는 생각했다. 그녀는 주먹을 불끈 쥔 채 화장실로 들어섰다.

거실 탁자에 놓아둔 인형이 툭 떨어졌다. 거꾸로 떨어진 인형의 창 끝이 카펫에 꽂혔다.

두 다리를 공중에 쳐든 인형의 몸에서 금줄이 스르르 흘러내렸다.

아멜리아가 다시 거실로 나왔을 때 날은 이미 저물어 있었다. 그녀 는 알몸에 목욕가운만 걸친 상태였다. 화장실에서는 물소리가 흘러 나왔다.

그녀는 다시 소파에 앉아 전화기를 끌어 왔다. 그리고 몇 분 동안 그것을 빤히 내려다보았다. 한참 후, 그녀는 긴 한숨을 내쉬며 수화 기를 집어 들고 전화를 걸었다.

"아서?"

"네?" 아멜리아는 그 톤을 잘 알고 있었다. 상냥하면서도 경계하는 듯한 톤. 그녀는 말문이 막혀 버렸다.

"당신 어머니는요." 아서가 말했다.

그녀의 복부에서 차갑고 묵직한 무언가가 쿵 내려앉는 기분이 느껴졌다. "원래 엄마랑 함께 보내는 날이에요." 그녀가 설명했다. "매주 금요일……" 그녀가 잠시 말을 멈추었다. 아서는 묵묵히 듣고만 있었다. "저번에 얘기했었죠?"

"네, 들었어요." 그가 말했다.

아멜리아가 관자놀이를 살살 문질렀다.

"아직도 당신을 어린애 취급하신다고 했었죠?"

그 말에 아멜리아가 움찔했다. "엄마 기분을 상하게 해 드리고 싶지 않아요." 그녀가 말했다. "내가 독립한 후로 많이 힘드셨을 거예요."

"나도 어머님을 언짢게 해 드리고 싶지 않아요." 아서가 말했다. "하지만 생일은 일 년에 딱 한 번뿐이잖아요. 오래전부터 계획한 일이기도 하고."

"알아요." 그녀의 속이 다시 울렁거렸다.

"언제까지 어머니에게 휘둘려 살 생각이죠?" 아서가 물었다. "다른 날도 아니고 하필 오늘?"

아멜리아는 눈을 질끈 감았다. 그녀의 입술이 소리 없이 움직였다. 엄마에게 상처를 드릴 순 없어요. 그녀가 마른침을 한 번 삼켰다. "그래도 엄마잖아요." 그녀가 말했다.

"알았어요." 그가 말했다. "미안해요. 오랫동안 기대해 왔는데……" 그가 잠시 뜸을 들였다. "미안해요." 그가 말했다. 그리고 조용히 전화를 끊었다.

아멜리아는 한동안 말없이 앉아 있었다. 수화기에서는 발신음이 계속 흘러나왔다. 갑자기 들린 녹음된 목소리에 그녀가 화들짝 놀랐다. "전화를 끊어 주세요." 그녀는 수화기를 내려놓고 전화기를 탁자로 가져갔다. 정성 들여 생일선물까지 준비했는데. 그녀는 생각했다. 아서도 기분이 잡쳐 버렸을 거야. 그녀가 손을 뻗어 탁자 램프를 켰다. 아무래도 내일 환불하러 가야겠어.

인형은 탁자에 없었다. 아멜리아의 시선이 카펫에 떨어진 금줄로 떨어졌다. 소파 끝에서 미끄러지듯 내려온 그녀가 무릎을 꿇고 금줄을 집어 들었다. 그녀는 그것을 나무 상자에 넣고 탁자 밑을 살펴보았다. 인형은 보이지 않았다. 아멜리아는 소파 밑으로 손을 밀어 넣고 더듬어 보았다.

그녀가 외마디 비명을 지르며 손을 홱 잡아 뺐다. 몸을 일으킨 그녀는 램프 쪽으로 돌아서서 손을 살펴보았다. 검지 손톱 밑에 무언가가 박혀 있었다. 몸서리치며 그것을 뽑았다. 인형이 들고 있던 창의 끝부분이었다. 그녀는 그것을 상자에 떨어뜨리고 다친 손가락을 입에 넣었다. 그녀가 다시 몸을 숙이고 조심스레 소파 밑을 더듬어 나갔다.

인형은 어디에도 없었다. 고단해진 그녀는 끙 하고 앓는 소리를 내며 소파의 한쪽 끝을 벽에서 떼어 냈다. 소파는 끔쩍이도 무거웠다. 그녀는 어머니와 함께 소파를 고르던 밤을 떠올렸다. 그녀는 데니시 모던* 스타일로 아파트를 꾸미고 싶었다. 하지만 그녀의 어머니는 이

* 장식이 적고 심플한 덴마크의 가구 양식.

18

무겁기만 한 단풍나무 소파를 고집했다. 단지 세일 중이라는 이유만으로. 아멜리아는 힘겹게 소파를 뒤로 끌어냈다. 화장실에서는 물소리가 계속 흘러나왔다. 너무 늦지 않게 돌아가 물을 잠가야 했다.

그녀는 카펫을 살펴보았다. 창의 나머지 손잡이 부분이 덩그러니 놓여 있었다. 하지만 인형은 여전히 보이지 않았다. 아멜리아는 그것을 집어 들고 탁자에 내려놓았다. 소파 밑에 끼어 버린 건가? 그녀는 생각했다. 소파를 잡아끌 때 그런 모양이지?

그때 그녀 뒤에서 무언가가 후다닥 움직이는 소리가 들렸다. 아멜리가가 그쪽으로 홱 돌아섰다. 순간 소리가 뚝 멎었다. 그녀의 다리 뒤쪽에서부터 소름이 쫙 돋았다. "죽이는 자야." 그녀의 얼굴에 야릇한 미소가 머금어졌다. "금줄을 벗어젖히고 도망을……"

그녀는 말을 맺지 못했다. 주방 쪽에서 거슬리는 금속성 소음이 들렸기 때문이다. 바짝 긴장한 아멜리아가 마른침을 꿀꺽 삼켰다. 어떻게 된 거지? 거실을 가로질러 주방에 도착한 그녀는 조심스레 불을 켜고 안을 들여다보았다. 모든 게 평소와 같은 모습이었다. 그녀의 시선이 스토브 쪽으로 천천히 향했다. 물 담긴 냄비, 식탁과 의자, 굳게 닫힌 서랍과 찬장 문들, 전자시계, 작은 냉장고와 그 위에 놓인 요리책, 벽에 걸린 그림, 찬장 옆에 붙은 칼꽂이……

작은 칼 하나가 보이지 않았다.

아멜리아는 칼꽂이를 빤히 응시했다. 말도 안 돼. 그녀는 생각했다. 분명 서랍에 넣어 뒀을 거야. 그녀는 주방으로 들어가 은식기 서랍을 열어 보았다. 하지만 칼은 그 안에 없었다.

다시 들린 소음에 그녀의 시선이 바닥으로 떨어졌다. 그녀는 숨을 할딱였다. 한동안 멍하게 서 있던 그녀는 문간으로 돌아가 거실을 들여다보았다. 순간 가슴이 철렁 내려앉았다. 내가 잘못 본 건가? 분명 뭔가가 움직이는 걸 봤는데.

"오, 정신 차려." 그녀가 혀를 차며 말했다. 그녀는 아무것도 보지 못했다.

거실 한쪽에서 램프가 꺼졌다.

화들짝 놀란 아멜리아가 문설주에 오른쪽 팔꿈치를 찧고 말았다. 그녀는 외마디 비명을 지르며 왼손으로 팔꿈치를 움켜잡았다. 눈은 질끈 감겼고, 얼굴은 통증으로 일그러졌다.

다시 눈을 뜨고 어둠에 묻힌 거실을 들여다보았다. "정신 차리라니까." 그녀가 짜증 섞인 톤으로 말했다. 세 번의 소음과 끊어진 전구, 그게 뭐 대수라고……

그녀는 섬뜩한 상상을 애써 무시했다. 일단 욕조 물부터 잠가야 했다. 주방을 나온 그녀는 찡그린 얼굴로 얼얼한 팔꿈치를 문지르며 거실을 가로질렀다.

또다시 소음이 들렸다. 아멜리아는 바짝 얼어붙었다. 무언가가 카펫을 가로질러 다가오고 있었다. 시선이 다시 바닥으로 떨어졌다. 설마.

순간 그녀는 바닥에서 민첩하게 움직이는 무언가를 똑똑히 볼 수 있었다. 어둠 속에서 반짝이던 작고 뾰족한 금속이 이내 그녀의 오른쪽 종아리를 파고들었다. 아멜리아는 움찔했다. 그녀가 당황하며 발을 쭉 뺐다. 다시 통증이 전해졌다. 그녀의 다리에서 미지근한 피가 배어나고 있었다. 그녀는 홱 돌아서서 복도 쪽으로 내달리기 시작했다. 작은 융단에 발이 미끄러지면서 그녀의 몸이 벽으로 던져졌다. 그녀의 오른쪽 발목에서 극심한 통증이 느껴졌다. 그녀는 필사적으로 벽을 움켜잡았지만 옆으로 고꾸라지는 것을 막지 못했다. 겁에 질린 그녀는 흐느껴 울며 몸부림쳤다.

어둠 속에서 새까만 무언가가 계속 움직이고 있었다. 그녀의 왼쪽 종아리에서 따끔한 통증이 느껴졌다. 그리고 다시 오른쪽에서. 아멜리아의 입에서 비명이 터져 나왔다. 무언가가 그녀의 허벅지를 훑고 지나갔다. 허우적거리며 뒤로 물러난 그녀가 벌떡 일어났다. 그녀는 잠시 휘청거리다가 발작하듯 손을 쭉 뻗었다. 왼손이 벽에 간신히 닿으면서 또 한 번의 낙상을 면할 수 있었다. 그녀는 몸을 홱 틀고 어둠에 묻힌 침실 쪽으로 내달리기 시작했다. 안으로 들어가 문을 걸어 잠근 그녀는 바닥에 주저앉아 가쁜 숨을 몰아쉬었다. 자그마한 무언가가 밖에서 문을 두들겼다.

아멜리아는 귀를 쫑긋 세웠다. 그리고 숨소리를 내지 않으려 애썼다. 그녀는 걸쇠가 잘 채워졌는지 확인하기 위해 조심스레 손잡이를 당겨 보았다. 마침내 밖의 소음이 멎고, 그녀는 침대가 있는 곳까지 물러났다. 매트리스의 끝이 몸에 닿자 그녀는 화들짝 놀랐다. 다시 바닥에 풀썩 주저앉은 그녀는 전화기를 끌어와 무릎에 내려놓았다. 누구에게 연락해야 하지? 경찰? 보나마나 미쳤다고 할 텐데. 어머니? 어머니는 너무 멀리 사시잖아.

화장실 불빛에 의지해 아서에게 전화를 걸고 있을 때 문손잡이가 천천히 돌아가기 시작했다. 갑자기 그녀의 손가락이 움직이지 않았다. 그녀는 어두운 방 반대편을 응시했다. 문의 걸쇠에서 딸깍 소리가 났다. 그녀의 무릎에서 전화기가 스르르 미끄러져 내렸다. 문이 벌컥 열림과 동시에 문밖에서 무언가가 둔탁한 소리를 내며 카펫에 떨어졌다.

움찔하며 뒤로 물러난 아멜리아가 무릎을 꼭 끌어안았다. 어슴푸레함 속에서 작은 형체가 총총 다가왔다. 그녀는 입을 딱 벌리고 카펫 바닥을 걸어오는 그것을 보았다. 이건 말도 안 돼. 그녀는 생각했다. 침대보가 잡아당겨지자 그녀의 몸이 다시 얼어붙었다. **그게 올라오려는 거야. 나를 죽이러.** 아니야. 그녀는 생각했다. **이건 말도 안 된다고.** 몸이 말을 듣지 않았다. 그녀의 시선은 매트리스 끝에서 떨어질 줄 몰랐다.

작은 머리처럼 생긴 무언가가 매트리스 위로 불쑥 튀어 올라왔다. 아멜리아는 외마디 비명을 지르며 몸을 틀었다. 그리고 잽싸게 몸을 날려 침대를 내려왔다. 그녀는 화장실로 달려 들어가 거칠게 문을 닫았다. 발목에서 다시 통증이 느껴졌다. 그녀가 문손잡이의 자물쇠 버튼을 누르기가 무섭게 무언가가 달려와 문 아래쪽에 부딪쳤다. 잠시 쥐가 발톱으로 긁는 소리가 들리는가 싶더니 금세 뚝 멎어 버렸다.

그녀는 돌아서서 욕조 너머로 몸을 기울였다. 틀어 놓은 물이 넘치기 직전이었다. 그녀는 황급히 물을 잠갔다. 물 위로 피 한 방울이 뚝 떨어졌다. 그녀는 몸을 일으켜 세면대 위 약장 거울을 들여다보았다.

순간 그녀의 숨이 턱 막혔다. 그녀의 목에 깊은 상처가 나 있었다. 그녀는 떨리는 손으로 상처를 꾹 눌렀다. 바로 그때 다리에서 날카로운 통증이 전해졌다. 그녀의 시선이 바닥으로 떨어졌다. 양쪽 종아리에서 흘러내린 피가 발목과 발을 흥건히 적셔 놓은 상태였다. 아멜리아는 흐느껴 울기 시작했다. 목을 쥐고 있는 그녀의 손가락 사이로도 피가 배어났다. 그녀의 손목에서 피가 뚝뚝 떨어졌다. 그녀는 흐려진 눈으로 거울 속 자신의 모습을 응시했다.

그녀 안에서 알 수 없는 묘한 기운이 꿈틀거렸다. 비참. 겁에 질린 그녀의 얼굴에서는 투항의 빛이 엿보였다. **안 돼.** 그녀는 약장으로 손을 뻗어 문을 열고서는 요오드와 거즈와 테이프를 꺼냈다. 그녀는 변기 시트커버를 내리고 살며시 앉았다. 요오드 병의 마개를 여는 것은 쉽지 않았다. 그녀는 약병을 세면대에 세 번 내리치고 나서야 간신히 마개를 열 수 있었다.

소독약이 종아리에 난 상처에 닿자 그녀가 움찔했다. 아멜리아는 이를 악문 채 거즈로 오른쪽 다리를 칭칭 감았다.

갑자기 들려 온 소리에 그녀가 문 쪽으로 몸을 틀었다. 문 밑으로 칼날이 번뜩였다. 내 발을 찌르려 하고 있어. 그녀는 생각했다. 내가 문에 바짝 붙어 서 있는 줄 아나 봐. 생각할수록 비현실적인 상황이었다. **이것은 '죽이는 자'입니다.** 그녀는 두루마리에 적혀 있던 내용을 떠올렸다. **그는 치명적인 사냥꾼입니다.** 아멜리아는 연신 들이밀어지는 칼날을 응시했다. 맙소사. 그녀는 생각했다.

그녀는 다리에 거즈를 감고 나서 일어나 거울을 들여다보았다. 수건으로 목에 묻은 피를 닦아낸 후에 요오드를 상처에 발랐다. 피부가 타들어 가는 듯한 통증이 느껴졌다.

또 다른 소리가 들려오자 그녀가 홱 돌아섰다. 그녀는 쿵쾅대는 가슴을 애써 진정시키고 문 쪽으로 천천히 다가갔다. 그녀가 몸을 숙이고 수상한 소리에 귀를 기울였다. 문손잡이 안에서 금속성 소음이 흘러나오고 있었다.

인형이 자물쇠를 열려 하고 있었다.

아멜리아는 문손잡이를 응시하며 천천히 뒤로 물러났다. 그녀는 머릿속으로 인형을 그려 보았다. 한 손으로 손잡이에 매달려 칼로 자물쇠를 쑤셔 대고 있는 걸까? 생각할수록 황당한 상상이었다. 그녀의 목덜미가 서늘해졌다. **절대 들여보내선 안 돼.**

손잡이에서 자물쇠 버튼이 튀어 오르자 그녀가 목쉰 비명이 터져 나왔다. 그녀는 본능적으로 손을 뻗어 벽에 걸린 수건을 낚아채 들었다. 손잡이가 스르르 돌아가면서 걸쇠가 풀리고, 문이 조금씩 열리기 시작했다.

갑자기 인형이 안으로 뛰어들었다. 어찌나 민첩하던지 아멜리아의 시야에서 흐릿할 정도였다. 그녀는 쥐고 있는 수건으로 인형을 힘껏 내리쳤다. 마치 커다란 벌레가 달려들기라도 한 듯이. 수건에 맞은 인형이 날아가 벽에 부딪쳤다. 아멜리아는 그것 위로 수건을 던져놓고 허둥대며 뒤로 물러났다. 발목의 통증은 점점 더 심해지고 있었다. 그녀는 문을 활짝 열고 침실로 빠져나갔다.

복도로 들어서는 순간 그녀의 발목이 꺾였다. 그녀는 비명을 지르며 카펫 위로 고꾸라졌다. 뒤에서 불길한 소음이 들려왔다. 그녀는 몸을 틀고 뒤를 살폈다. 인형이 팔짝 뛰는 거미처럼 화장실을 튀어나왔다. 어둠 속에서 칼날이 번뜩였다. 그림자에 파묻힌 인형이 돌진해 오고 있었다. 아멜리아는 허우적대며 뒤로 물러났다. 시선이 어깨 너머 옷장으로 돌아갔다. 그 안으로 잽싸게 들어가 손잡이를 향해 손을 뻗었다.

발에서 또 한 번 날카로운 통증이 전해졌다. 아멜리아는 비명을 지르며 몸을 웅크렸다. 손으로 머리 위에 걸린 외투를 잡아끌었다. 외투는 인형 위로 툭 떨어졌다. 그녀는 필사적으로 움직여 손에 닿는 모든 것을 끌어내렸다. 인형은 이내 블라우스와 스커트와 드레스 더미에 파묻혀 버렸다. 아멜리아는 꿈틀거리는 옷 더미를 집어 들고 밖으로 힘껏 내던졌다. 그리고 힘겹게 몸을 일으켜 절뚝거리며 복도로 빠져나갔다. 옷 더미 속에서 인형이 허우적거렸다. 그녀는 현관문으로 달려가 자물쇠를 풀고 손잡이를 당겼다.

문은 꿈쩍도 하지 않았다. 아멜리아의 손이 빗장을 더듬었다. 빗장은 망가진 상태였다. 아무리 잡아당겨도 소용이 없었다. 가슴이 철렁 내려앉았다. 빗장은 심하게 뒤틀려 있었다. "안 돼." 그녀가 중얼거렸다. **꼼짝없이 갇혀 버렸어. "오, 맙소사."** 그녀가 세차게 문을 두들겼다. **"도와주세요! 도와주세요!"**

침실 안에서 불길한 소리가 흘러나왔다. 아멜리아는 홱 돌아서서 거실을 빠르게 가로질렀다. 그녀는 소파 옆에 무릎을 꿇고 앉아 전화기를 끌어왔다. 하지만 손이 너무 떨려 제대로 다이얼을 돌릴 수가 없었다. 실의에 빠져 흐느끼던 그녀가 외마디 비명과 함께 뒤를 돌아보았다. 복도에서 인형이 달려오고 있었다.

아멜리아는 탁자 위 재떨이를 집어 들고 인형을 향해 냅다 던졌다. 꽃병과 나무 상자와 작은 조각상도 속속 내던졌다. 하지만 그 무엇도 인형을 맞히지 못했다. 어느새 그녀 앞으로 바짝 다가온 인형이 그녀의 다리를 쿡쿡 찔러 대기 시작했다. 벌떡 일어선 아멜리아는 잠시 휘청이다가 탁자 너머로 고꾸라졌다. 다시 몸을 굴려 일어난 그녀는 비틀거리며 복도로 달려갔다. 인형을 막기 위해 의자와 테이블을 차례로 쓰러뜨렸다. 그런 다음, 램프를 집어 들어 바닥에 내동댕이쳤다. 그녀는 돌아서서 복도 벽장으로 달려들어 문을 잠갔다.

그녀는 빳빳해진 손가락으로 손잡이를 꼭 움켜잡았다. 연신 내뿜는 입김이 고스란히 그녀 얼굴로 돌아왔다. 문 밑으로 칼날이 파고들자 그녀가 비명을 질렀다. 칼끝이 그녀의 발가락 하나를 찔렀다. 그녀는 뒤로 물러나 손잡이를 힘껏 잡아당겼다. 그녀의 가운 앞이 벌어졌고, 그 사이로 피가 가슴을 타고 흘러내리는 게 보였다. 통증에 다리가 마비된 듯했다. 그녀는 눈을 질끈 감았다. 제발, 누구라도 좋으니 도와주세요.

손잡이가 스르르 돌아가기 시작했다. 그녀는 다시 움찔했다. 온몸에서 소름이 돋았다. 어떻게 저게 나보다 힘이 셀 수 있지? 말도 안돼. 아멜리아의 두 손에 힘이 조금 더 들어갔다. 제발. 그녀는 생각했다. 그녀의 머리가 선반에 놓인 여행가방 앞부분에 살짝 부딪쳤다.

순간 그녀의 뇌리를 스치는 생각이 있었다. 그녀는 오른손으로 문손잡이를 붙잡은 채 왼손을 위로 뻗었다. 여행가방의 걸쇠는 풀려 있었다. 그녀는 손잡이를 돌리고 문을 있는 힘껏 떠밀었다. 인형이 멀리 날아가 반대편 벽에 부딪쳤다. 그것은 둔탁한 소리를 내며 바닥에 떨어졌다.

아멜리아는 다시 손을 뻗어 가방을 내렸다. 그런 다음, 가방을 책처럼 펼쳐 앞에 놓고 벽장 문간에 무릎을 꿇었다. 그녀는 눈을 크게 뜨고 이를 악물었다. 잠시 후, 인형이 달려와 여행가방을 들이받았다. 그녀는 가방을 잽싸게 닫고 옆으로 눕혔다. 그리고 가방 위로 몸을 날려서는 떨리는 손으로 걸쇠를 채웠다. 딸깍 소리와 함께 안도감이 찾아들었다. 그녀는 흐느껴 울며 여행가방을 멀리 밀어냈다. 떠밀린 가방은 쭉 미끄러져 복도 벽에 부딪쳤다. 아멜리아는 힘겹게 몸을 일으켰다. 가방 안에 갇힌 인형은 미친 듯이 발버둥 쳤다. 그녀는 그 소리를 애써 무시했다.

현관에 불을 켜고 빗장을 당겨 보았다. 여전히 꿈쩍도 하지 않았다. 그녀는 돌아서서 거실로 향했다. 절뚝거리는 다리에서는 붕대가 풀려 있었다. 두 다리 모두 말라붙은 핏자국으로 뒤덮인 상태였다.

몇 군데 상처에서는 아직도 피가 배어나는 중이었다. 손으로 목을 더듬어 보았다. 목의 상처도 아직 끈적거렸다. 아멜리아는 떨리는 입술을 굳게 다물었다. 빨리 치료를 받아야만 했다.

그녀는 주방 서랍에서 얼음 깨는 송곳을 꺼내 들고 다시 복도로 나왔다. 뒤에서 무언가가 썰리는 소리가 들려왔다. 그녀는 황급히 여행가방을 돌아보았다. 칼날이 가방 위로 불쑥 튀어나와 있었다. 인형은 열심히 칼질을 하는 중이었다. 아멜리아는 넋을 놓고 그것을 지켜보았다. 그녀의 몸은 돌로 변해 버린 듯 빳빳이 굳어 버렸다.

그녀는 절뚝거리며 다가가 가방 옆에 무릎을 꿇고 앉았다. 겁에 질린 그녀의 눈이 연신 들락거리는 칼날을 응시했다. 그것은 피로 뒤덮여 있었다. 그녀는 튀어나온 칼날을 왼손으로 잡고 힘껏 당겨 보았다. 그때 칼날이 옆으로 비틀리면서 다시 쏙 들어가 버렸다. 그녀는 비명을 지르며 손을 뒤로 뺐다. 엄지에 깊은 자상이 생기고, 배어난 피가 손바닥을 흥건하게 적셨다. 아멜리아는 손가락을 가운으로 꾹 눌렀다. 눈앞이 캄캄해졌다.

몸을 일으킨 그녀는 절뚝거리며 현관으로 돌아갔다. 그리고 빗장을 힘껏 잡아당겼지만 여전히 꿈쩍도 하지 않았다. 엄지가 욱신거렸다. 그녀는 송곳을 빗장 구멍에 꽂고 벽에서 뜯어내려 애썼다. 하지만 이내 송곳의 끝이 부러지고 말았다. 아멜리아는 하마터면 미끄러져 넘어질 뻔했다. 훌쩍이며 몸을 가누었다. 더는 지체할 시간이 없었다. 그녀는 절박한 눈으로 주위를 살폈다.

창문! 가방을 밖으로 던져 버리는 거야! 그녀는 가방이 어둠 속으로 추락하는 모습을 상상해 보았다. 그녀는 허둥대며 송곳을 떨어뜨리고 여행가방 쪽으로 돌아섰다.

순간 그녀의 몸이 바짝 얼어붙었다. 인형의 머리와 어깨가 가방 위로 나와 있었다. 아멜리아는 빠져나오려 바둥거리는 인형을 바라보았다. 온몸이 마비가 된 듯했다. 꿈틀거리던 인형이 고개를 돌리고 그녀를 노려보았다. 아니야. 그녀는 생각했다. 이건 꿈일 거야. 기어이 가방을 탈출한 인형이 바닥으로 뛰어내렸다.

아멜리아는 홱 돌아서서 거실로 도망쳤다. 박살 난 그릇의 파편 하나가 오른쪽 발뒤꿈치에 깊숙이 박혔고, 그녀는 중심을 잃고 옆으로 고꾸라졌다. 쪼르르 달려온 인형이 몸부림치는 그녀를 덮쳤다. 번뜩이는 칼날을 똑똑히 볼 수 있었다. 그녀는 미친 듯이 발길질을 해 인형을 떨쳐 냈다. 그런 다음, 벌떡 일어나 비틀대며 주방으로 들어갔다. 그녀는 곧바로 문을 닫으려 돌아섰다.

무언가가 걸렸는지 문은 닫히지 않았다. 반대편에서 비명소리가 환청처럼 들려 왔다. 아멜리아의 시선이 바닥으로 떨어졌다. 문틈으로 칼을 쥔 자그마한 나무손이 불쑥 빼져나와 있었다. 인형의 팔이 문과 문틀 사이에 끼어 버린 것이다! 아멜리아는 있는 힘껏 문을 떠밀었다. 초인적인 힘에 문이 반대쪽으로 밀려났다. 밑에서 나무 쪼개지는 소리가 들려왔다. 광포하게 문을 밀어내는 그녀의 입가에 섬뜩한 미소가 머금어졌다. 그녀 머릿속에서 메아리치는 비명은 점점 커져만 갔다. 나무 쪼개지는 소리는 그 비명에 완전히 묻혀 버렸다.

칼날이 밑으로 축 늘어졌다. 아멜리아는 무릎을 꿇고 앉아 칼을 잡아당겼다. 마침내 나무손에서 칼 손잡이가 뽑혀 나왔다. 그녀는 신음을 토하며 일어나 칼을 싱크에 떨어뜨렸다. 그때 벌컥 열린 문이 그녀의 옆구리에 부딪치면서 인형이 안으로 뛰어 들어왔다.

아멜리아는 화들짝 놀라며 뒤로 물러났다. 그녀는 인형을 향해 의자를 내던졌지만 인형은 옆으로 살짝 피한 후 의자를 돌아 나왔다. 아멜리아는 스토브에서 물이 담긴 냄비를 집어 인형에게 던졌다. 냄비가 요란한 소리를 내며 바닥을 뒹굴었다. 인형은 물에 쫄딱 젖어 버렸다.

그녀는 인형을 빤히 보았다. 그것은 이제 달려드는 대신 폴짝 뛰어 싱크대를 기어오르기 시작했다. 마침내 인형의 손이 카운터 끝에 닿았다. 칼을 되찾으려는 거야. 그녀는 생각했다. 무기가 없으면 끝장이니까.

순간 무엇을 해야 할지 깨달았다. 그녀는 스토브로 다가가 오븐을 켜고 문을 열었다. 슉슉 소리와 함께 가스에 불이 붙었다. 그녀는 돌아서서 인형을 우악스럽게 움켜잡았다.

인형이 몸부림치며 발길질을 해 대자 그녀는 비명을 질렀다. 그녀는 주방을 빙빙 돌며 인형과 씨름을 벌였다. 머릿속에서 또다시 날카로운 괴성이 울려 퍼졌다. 인형의 영혼이 내는 소리였다. 발이 미끄러지면서 테이블과 충돌한 그녀는 사력을 다해 스토브 앞으로 기어갔다. 그리고 인형을 오븐 안에 던져 넣고 문을 닫아 버렸다.

문이 덜거덕거리자 아멜리아는 어깨와 등을 오븐에 기대고 두 발로 반대편 벽을 힘껏 밀었다. 오븐 안에서 인형이 요동쳤지만 그녀는 못 들은 척했다. 발뒤꿈치에서 시뻘건 피가 연신 뿜어져 나왔다. 나무 타는 냄새가 나자 그녀는 눈을 감았다. 문은 점점 뜨겁게 달아올랐다. 그녀는 몸을 살짝 뒤척였다. 인형은 계속해서 문을 걷어찼고, 비명소리는 끊임없이 그녀의 머릿속을 휘저어 댔다. 등에 화상을 입더라도 오븐에서 떨어지고 싶지 않았다. 나무 타는 냄새가 한층 더 역하게 풍겼다. 발에서 극심한 통증이 전해져 왔다.

아멜리아는 벽에 붙은 전기 시계를 올려다보았다. 6시 56분. 그녀는 빨간 초침이 더디게 돌아가는 걸 지켜보았다. 그렇게 1분이 흘러갔다. 머릿속 비명은 서서히 바래지고 있었다. 그녀는 자세를 살짝 바꾼 후 이를 악물고 등에 느껴지는 열기를 참아 냈다.

다시 1분이 흘렀다. 오븐 안에서 덜거덕거림이 뚝 멎었다. 비명소리도 점점 희미해졌다. 나무 타는 냄새로 진동하는 주방은 짙은 먹구름 같은 회색 연기로 가득 차 있었다. 밖에서도 보이겠지? 아멜리아는 생각했다. 이제 다 끝났으니 곧 사람들이 구하러 올 거야. 늘 그런 식이잖아.

그녀는 조심스레 오븐에서 몸을 뗐다. 분위기가 심상치 않으면 잽싸게 몸을 날려 문을 막아야 했다. 그녀는 무릎을 꿇은 채 돌아앉았다. 나무 타는 냄새가 그녀의 속을 울렁거리게 만들었다. 하지만 그녀는 두 눈으로 직접 확인하고 싶었다. 그녀는 손을 뻗어 오븐을 열었다.

검고 답답한 무언가가 그녀 안에서 꿈틀거렸다. 머릿속 비명이 되돌아왔다. 알 수 없는 뜨거운 기운이 그녀의 온몸을 휘감았다. 비명은 승리의 함성이었다.

아멜리아는 일어나 오븐을 껐다. 그녀는 서랍에서 꺼내 온 얼음 집게로 비비 꼬이고 새까맣게 탄 나무토막을 집어 싱크에 떨어뜨렸다. 그런 다음, 연기가 멎을 때까지 물을 끼얹었다. 잠시 후, 그녀는 침실로 들어가 전화기를 집어 들었다. 수화기 거는 곳을 한 번 누르고 나서 어머니의 번호를 다이얼하기 시작했다.

"저, 아멜리아예요, 엄마." 그녀가 말했다. "아까는 제가 너무 심했어요. 오늘 밤은 엄마랑 같이 보내고 싶어요. 시간이 좀 늦긴 했지만,

지금 와 주실래요? 뭘 하며 보낼지 같이 의논해 봐요." 그녀는 어머니의 대구에 귀를 기울였다. "좋아요." 그녀가 말했다. "그럼 기다릴게요."

그녀는 전화를 끊고 주방으로 돌아갔다. 칼꽂이에서 가장 긴 칼을 뽑아 들고서는 현관으로 나가 꽉 물린 빗장을 풀었다. 그녀는 칼을 쥔 채 거실로 들어갔다. 그리고 목욕가운을 벗어젖힌 후 사냥춤을 추기 시작했다. 그녀는 임박한 살인에 한껏 들뜬 상태였다.

한참 후, 그녀는 한쪽 구석에 다리를 꼬고 앉았다. 죽이는 자는 그렇게 어둠 속에 앉아 사냥감이 도착하기를 기다렸다.

마녀 전쟁
Witch War

어린 소녀 일곱 명이 줄지어 앉아 있었다. 어둠이 깔린 밖에서는 폭우가 쏟아지는 중이었다. 전쟁하기 딱 좋은 날씨. 실내는 후텁지근했다. 작업복 차림의 소녀들은 신나게 수다를 떨고 있었다. 벽에는 'P. G. 센터'라는 명판이 붙어 있었다.

하늘이 헛기침을 하자 천둥이 내리쳤다. 크기를 헤아릴 수 없는 그것의 어깨에서는 보푸라기 같은 번개가 연신 뿌려졌다. 비는 세상이 입을 다물게 했고, 나무들을 절하게 만들었으며, 땅에는 마맛자국을 남겨 놓았다. 건물은 한쪽 벽이 플라스틱으로 된, 낮게 지어진 정육면체였다.

그 안에서 일곱 소녀가 쉴 새 없이 재잘거리고 있었다.

"그래서 내가 말했어. '헛소리 말아요, 거만한 아저씨.' 그랬더니 그가 이러더라. '말 다했어?' 그래서 내가 그랬지. '다했어요!'"

"이 지긋지긋한 전쟁이 빨리 끝났으면 좋겠어. 휴가 중에 엄청 예쁜 모자를 발견했거든. 오, 그걸 손에 넣을 수 있다면 세상 모든 걸다 내줘도 아깝지 않을 것 같아."

"너도 그래? 나랑 똑같네. 이런 날씨엔 머리 만드는 게 너무 힘들어. 그냥 싹둑 잘라 버리면 좋으련만 왜 못 하게 할까?"

"**남자들이란!** 정말 역겨워."

일곱 가지 몸짓, 일곱 가지 자세, 그리고 천둥소리에 묻힌 일곱 명의 웃음소리. 소녀들은 이를 드러내고 킥킥 웃었다. 지칠 줄 모르는 그녀들의 손은 연신 허공에 그림을 그려 댔다.

P. G. 센터. 열여섯도 되지 않은 일곱 소녀. 예쁘장한 얼굴. 곱슬곱슬한 머리. 땋은 머리. 단발머리. 뿌루퉁하게 내민 작은 입술. 웃다가 찡그렸다가, 널뛰는 감정의 기복. 초롱초롱 빛나는 앳된 눈은 반짝거렸다가 가느다래졌다가, 차가워졌다가 따뜻해졌다가 했다.

나무 의자에 앉아 연신 들썩이는 일곱 개의 어리고 건강한 몸. 매끄러운 사춘기의 팔다리. 일곱 명의 예쁘장한 소녀들.

특정한 형태가 없는 흉측한 남자들이 진창 속에서 허우적대고 있었다. 그들은 칠흑 같은 어둠이 내려앉은 진흙투성이 도로를 따라 비틀대며 걷는 중이었다.

지친 남자들 위로 비가 억수같이 쏟아졌다. 발이 움직일 때마다 황갈색 진창에 붙잡힌 군화 안에서 질퍽이는 소리가 났다. 힘겹게 뗀 뒤꿈치와 밑창에서는 진흙이 뚝뚝 떨어졌다.

터벅터벅 행군하는 수백 명의 남자들. 비에 쫄딱 젖은 모습이 비참하고 청승맞아 보였다. 젊은 남자들의 자세는 노인처럼 구부정했다. 떡 벌어진 입 안으로 새까맣고 축축한 공기가 쉴 새 없이 빨려 들어 갔다. 혀는 축 늘어졌고, 쑥 들어간 눈은 초점을 잃었다.

쉬어.

남자들이 진창에 배낭을 깔고 그 위에 풀썩 주저앉았다. 그들은 고 개를 뒤로 젖히고 입을 쩍 벌렸다. 빗줄기가 누런 이에 후드득 떨어 졌다. 거죽만 남은 앙상한 손들은 마비가 된 듯 움직이지 않았다. 좀 먹은 카키색 바지에 싸인 다리들도 마찬가지였다. 쓸모없는 나무 몸 통에서 삐져나온 쓸모없는 가지들.

그들 뒤로, 앞으로, 그리고 옆으로 트럭과 탱크와 자그마한 차량들 이 우르릉 소리를 내며 지나쳤다. 두꺼운 타이어의 넓은 접지면이 질 퍽이는 도로를 비벼 댈 때마다 더러운 진흙이 사방으로 튀었다. 굵은 빗줄기는 마치 북을 두드리듯 금속과 캔버스 천 위로 떨어졌다.

번개가 눈부신 섬광 전구처럼 번쩍거릴 때마다 전쟁의 얼굴들이 살짝 드러났다. 녹슨 총과 돌아가는 바퀴와 응시하는 얼굴들.

암흑. 밤의 손길이 폭풍의 은은한 불빛을 완전히 뒤덮었다. 거센 바람에 휘둘리는 빗줄기는 들판과 도로에 골고루 뿌려졌고, 나무와 트럭들을 흠뻑 적셔 놓았다. 빗물이 만든, 거품 이는 개울들은 땅에 들러붙은 딱지들을 잡아 뜯었다. 또다시 천둥, 그리고 번개.

호각 소리. 죽어 있던 남자들이 속속 살아났다. 군화들은 한층 더 깊어지고 가까워진 진창에 또다시 디뎌졌다. 도시로 통하는 길을 차 단한 도시로 통하는 길을 차단한 도시를 향해……

장교는 P. G. 센터 통신실에 앉아 있었다. 그의 시선은 제어반 앞에 구부정한 자세로 앉아 있는 오퍼레이터에게 고정된 상태였다. 남자는 귀에 수화기를 붙인 채 메시지를 받아 적는 중이었다.

장교는 오퍼레이터를 지켜보았다. 그들이 오고 있어. 그는 생각했다. 춥고, 축축하고, 공포에 질린 그들이 이곳으로 행군해 오고 있어. 그는 몸을 바르르 떨며 눈을 감았다.

그의 눈이 이내 번쩍 뜨였다. 까매진 그의 동공은 온갖 이미지들로 채워져 있었다. 모락모락 피어오르는 연기, 불타는 남자들, 말과 이미지로는 표현이 안 되는 가공할 공포.

"전방 감시 초소입니다." 오퍼레이터가 말했다. "적군이 포착됐다고 합니다."

장교가 일어나 오퍼레이터에게 다가갔다. 무표정한 얼굴로 메시지를 읽어 내려가는 그의 입가에는 깊은 주름이 패여 있었다. "그렇군."

획 돌아선 그가 문을 열고 다음 방으로 들어갔다. 일곱 소녀의 수다가 뚝 멎었다. 금세 방 안에 무거운 정적이 내려앉았다.

장교는 플라스틱 창문을 등지고 섰다. "적들이 오고 있다." 그가 말했다. "현재 2마일* 떨어져 있어. 너희들 코앞에 와 있다고."

그가 돌아서서 창밖을 가리켰다. "바로 저 밖에 있단 말이야. 2마일 밖에. 질문 있나?"

한 소녀가 킥킥 웃었다.

"차량은요?" 또 다른 소녀가 물었다.

"트럭 다섯 대, 사령관 전용 소형 차량 다섯 대, 탱크 두 대."

"그건 너무 쉽잖아요." 소녀가 가느다란 손가락으로 자신의 머리를

* 약 3.2킬로미터.

비비 꼬아 대며 말했다.

"이상이다." 장교가 말했다. 방을 나서려던 그가 걸음을 멈추고 덧붙였다. "가서 처리해." 그리고 나지막이 웅얼거렸다. "괴물들!"

그가 방을 나가 버렸다.

"오, 이런." 한 소녀가 한숨을 내쉬었다. "또 시작이군."

"너무 따분해." 또 다른 소녀가 말했다. 아이가 우아하게 입을 열더니 씹고 있던 껌을 손가락으로 집어 의자 밑에 붙였다.

"그래도 비가 멎었으니 다행이야." 빨간 머리 소녀가 신발 끈을 고쳐 묶으며 말했다.

일곱 소녀는 두리번거리며 서로를 보았다. **준비들 됐지?** 그들의 눈이 말했다. **난 준비됐어.** 의자에 앉은 채로 매무새를 가다듬는 그들의 입에서 끙 앓는 소리와 한숨이 속속 터져 나왔다. 그들은 의자 다리에 발을 걸어 놓았다. 모든 껌은 단골 저장 공간에 보관돼 있었다. 그녀들은 얌전을 빼는 표정으로 입을 굳게 다물었다. 예쁘장한 어린 소녀들은 게임에 임할 만반의 준비를 마쳤다.

마침내 그녀들은 입을 닫았다. 그들 중 하나가 깊은 숨을 들이쉬자, 또 다른 소녀도 동료를 따라했다. 희부연 몸은 뻣뻣해지고 연약한 손가락은 깍지가 껴졌다. 한 소녀가 조바심을 내며 머리를 긁적였다. 또 다른 소녀는 앙증맞게 재채기를 했다.

"시작하자." 오른쪽 맨 끝에 앉은 소녀가 말했다.

일곱 쌍의 반짝이는 눈이 일제히 감겼다. 천진한 일곱 소녀는 상상과 이동을 시작했다.

입은 꼭 다물리고, 얼굴은 창백해졌으며, 몸은 격렬히 떨렸다. 집중하느라 경직된 그들의 손가락에도 경련이 일었다. 귀여운 일곱 소녀는 그렇게 적들과 싸워 나갔다.

남자들이 언덕을 막 넘었을 때 공격이 시작되었다. 선봉에 선 남자들이 순식간에 잿더미로 변해 버렸다.

비명을 지를 틈도 없었다. 그들의 라이플은 진창에 떨어졌고, 눈은 화염 속에서 둘 곳을 찾지 못했다. 숯덩이가 된 그들은 잠시 비틀거리다가 푹신한 진흙 위로 픽 고꾸라졌다.

남자들은 고함을 질러 댔다. 대열은 흐트러졌고, 아무데나 겨누어진 총구들은 밤을 향해 불을 뿜었다. 뒤따르던 병사들도 속속 불길에 휩싸여 죽어 갔다.

"흩어져!" 장교가 소리쳤다. 높이 쳐든 손에서 불꽃이 튀고, 얼굴에도 이내 노란 불길이 번져 나갔다.

남자들은 다급하게 사방을 둘러보았다. 공포에 질린 그들의 눈은 보이지 않는 적을 찾아 주위를 분주히 훑었다. 그들은 연신 들판과 숲을 향해 총을 갈겨 대고 있었다. 애꿎은 전우들이 그 총에 맞아 쓰러졌다. 그들은 질퍽이는 진창을 딛고 달아나기 시작했다.

트럭 한 대가 불길에 휩싸였다. 인간 횃불로 변한 운전사가 튀어나왔다. 트럭은 데굴데굴 굴러 도로를 벗어났고, 들판의 나무와 충돌하면서 폭발했다. 눈부신 섬광 주변으로 까만 그림자들이 흔들렸다. 사방에서 터져 나온 비명이 밤을 갈가리 찢어 놓았다.

남자들의 몸에서 속속 불길이 솟구쳐 올랐다. 그들은 진창에 얼굴을 박고 쓰러졌다. 뜨거운 불꽃이 젖은 어둠을 연신 갈겨 댔다. 비명, 식식거리며 말라 가는 잿더미들, 불타는 병사와 트럭들, 폭발하는 탱크들.

흥분한 금발 소녀의 몸이 뻣뻣이 굳는다. 입술을 씰룩이고, 목에서는 킥킥 웃는 소리가 새어 나온다. 콧구멍이 커진다. 섬뜩한 이미지들에 아찔함을 느꼈는지 온몸이 바르르 떨린다. 소녀는 계속해서 상상하고, 또 상상한다……

병사 하나가 기겁해서 들판을 가로지른다. 그는 공포에 질린 눈으로 미친 듯이 비명을 질러 대고 있다. 새까만 하늘에서 거대한 바위 하나가 뚝 떨어진다.

그것에 짓이겨진 몸이 땅속에 파묻힌다. 바위 밑에서 손가락이 꿈틀거린다.

바위가 번쩍 들렸다가 다시 그의 위로 떨어진다. 가차 없이 빻아 대는 해머. 불타는 트럭이 납작해진다. 바위는 다시 검은 하늘로 솟구쳐 오른다.

귀여운 갈색머리 소녀의 얼굴은 뜨겁게 달아올라 있다. 아이의 천진한 머릿속에서 포악한 상상들이 요동친다. 무아지경에 빠진 아이는 머리가 찌릿하다. 입술이 살짝 열리고 악문 이가 드러난다. 소녀는 두려움에 숨을 할딱이면서도 계속해서 상상하고, 또 상상한다……

한 병사가 무릎을 꿇는다. 그의 고개가 뒤로 젖혀진다. 불타는 전우들 틈에서 그는 무섭게 밀려드는 거대한 하얀 파도를 멍하니 바라본다.

파도가 부서지며 진창에 갇힌 그를 삼켜 버린다. 그의 폐는 금세 바닷물로 차오른다. 해일은 들판을 뒤덮고, 우렛소리를 내며 솟구친 하얀 파도 위로 불타는 시체 수백 구가 튕겨져 오른다.

그리고 물살이 뚝 멎는다. 파도는 수백만 조각으로 분해되었다가 이내 사라져 버린다.

앙증맞은 빨강머리 소녀가 핏기 없는 두 주먹을 턱 밑에 괸다. 소녀의 입술은 가볍게 떨리고, 벅찬 가슴은 욱신거린다. 아이의 하얀 목이 수축한다. 소녀는 깊은 숨을 들이쉰다. 압도적인 환희에 소녀가 코를 찡그리며 계속해서 상상하고, 또 상상한다……

내달리던 병사가 사자와 충돌한다. 칠흑 같은 어둠 속에서 그는 앞을 보지 못한다. 그의 두 손이 텁수룩한 갈기를 후려친다. 라이플 개머리판으로도 힘껏 내리쳐 본다.

비명. 큼직한 발톱이 스치자 그의 얼굴이 갈가리 찢겨져 나간다. 정글의 포효가 까만 밤을 뒤흔든다.

빨간 눈의 코끼리가 맹렬히 진창을 달려온다. 놈은 굵은 코로 병사들을 차례로 집어 들고 공중으로 던져 버린다. 까만 발들은 연신 남자들을 짓이겨 댄다.

어둠 속에서 늑대들이 튀어나와 병사들의 목을 물어뜯는다. 진창 속을 날뛰는 고릴라들은 괴성을 지르며 쓰러진 병사들에게 달려든다.

어둠 속을 폭주하는 코뿔소들은 불타는 탱크와 트럭들을 멀리 날려 버린다. 사방에서 요동치는 횃불들이 코뿔소들의 가죽을 은은하게 비춘다.

송곳니, 발톱, 찢어발기는 이, 비명, 피맺힌 절규, 포효. 밤하늘에서는 뱀들이 비처럼 쏟아져 내린다.

정적. 압도적이고 음울한 정적. 바람도 없고, 비도 내리지 않고, 아득하게 들려오는 천둥소리도 없다. 전쟁은 끝이 났다.

미동도 없는 트럭들. 말없는 탱크들. 그것들의 박살 난 본체에서는 아직도 연기가 피어오르고 있다. 들판은 병사들의 시체로 완전히 뒤덮인 상태다. 또 다른 전쟁의 또 다른 전투.

이번에도 승리했다. 모두가 죽었으니.

나른해진 소녀들이 기지개를 켰다. 팔을 쭉 뻗고 둥근 어깨를 돌려 댔다. 분홍색 입술을 벌리고 앙증맞게 하품도 했다. 소녀들은 서로를 보며 민망한 듯 킥킥거렸다. 얼굴을 붉히는 아이들도 있었다. 죄지은 듯한 표정을 짓는 아이도 있었다.

소녀들이 일제히 폭소를 터뜨렸다. 주머니에서 껌과 콤팩트가 속속 꺼내졌다. 소녀들은 소리를 죽인 채 시시덕거렸다. 한밤중 학교 기숙사 방에 갇혀 버린 아이들처럼.

키득거림이 따뜻한 방 안을 가득 채웠다.

"우리가 좀 심했나?" 한 소녀가 앙증맞은 코에 파우더를 바르며 말했다.

시간이 되자 그녀들은 아래층으로 내려가 아침을 먹었다.

깔끔한 집
Shipshape Home

"관리인만 보면 소름이 돋아." 그날 오후, 루스가 말했다.

나는 타자기에서 눈을 떼고 그녀를 보았다. 그녀는 봉지들을 테이블에 내려놓고 나를 향해 돌아섰다. 나는 소설의 두 번째 초안과 씨름 중이었다.

"그가 당신을 소름 돋게 만든다고?" 나는 말했다.

"그렇다니까." 그녀가 말했다. "죄지은 사람처럼 슬그머니 다니는 게 꼭 피터 로리*를 보는 것 같다고."

"피터 로리." 나는 말했다. 머릿속으로는 계속 플롯을 짜고 있었다.

---

* Peter Lorre(1904~1964), 본명은 Löwenstein László인 오스트리아-헝가리 제국 출신 배우. 〈말타의 매〉, 〈카사블랑카〉 등 영화에 출연했으며 제임스 본드 영화 시리즈 최초의 악당 역할을 맡았다.

"베이비." 그녀가 애원하듯 말했다. "난 심각하다니까. 그 사람, 좀 이상해."

나는 눈을 깜빡여 제정신으로 돌아왔다.

"여보, 그가 원해서 그런 얼굴을 갖게 된 건 아니잖아. 안 그래?" 나는 말했다. "유전인 걸 어떡해? 너무 그러지 마."

그녀는 테이블 옆 의자에 풀썩 주저앉아 봉지에서 식료품을 꺼내기 시작했다. 통조림은 테이블에 차곡차곡 쌓여 갔다.

"내 말 들어 봐." 그녀가 말했다.

심상치 않은 분위기가 감지됐다. 아내조차도 의식하지 못하는 극도로 심각한 목소리 톤. 그녀는 내게 무언가 '엄청난' 사실을 폭로하려 할 때마다 그런 톤을 썼다.

"듣고 있어?" 그녀가 극적 효과를 위해 다시 말했다.

"듣고 있어." 나는 타자기 커버에 한쪽 팔꿈치를 얹고 진득한 눈빛으로 아내를 보았다.

"그런 표정 짓지 마." 그녀가 말했다. "바보 멍청이 보듯 하지 말란 말이야."

나는 미소를 머금었다. 아주 살짝.

"나중에 후회하게 될 거야." 그녀가 말했다. "밤에 그가 몰래 들어와 도끼로 우릴 토막 내 버릴지도 모른다고."

"열심히 밥벌이하며 사는 사람이야." 나는 말했다. "걸레질도 하고, 보일러에 불도 때야 하고……"

"여긴 석유 히터를 쓴다고." 그녀가 말했다.

"보일러가 있었다면 그 사람이 불을 땠을 거야." 나는 말했다. "좀 너그럽게 봐주면 안 돼? 그 사람도 우리처럼 자기 일에 충실할 뿐이라고. 내가 글을 쓰는 것처럼 그 사람은 바닥을 훔치는 거라고. 직업에 귀천이 어디 있어?"

그녀는 기가 꺾인 모습이었다.

"알았어." 그녀가 항복의 제스처를 취하며 말했다. "끝까지 사실을 인정하고 싶지 않다 이거지?"

"뭐가 사실인데?" 나는 물었다. 아내가 더 휘둘리기 전에 그녀의 머릿속에서 빨리 끄집어내는 게 좋을 것 같았다.

그녀의 눈이 가늘어졌다. "내 말 들어 봐." 그녀가 말했다. "그에겐 음흉한 속셈이 있어. 아파트 관리인이 아니라고. 내가 생각하기엔 말이야……"

"이 아파트가 불법 도박장을 감추기 위한 위장이라도 된단 말이야? 아니면 여기가 위험천만한 악당들의 비밀 은신처라도 돼? 불법 낙태 시술 병원? 위조지폐 찍어내는 공장? 살인마들의 회합 장소?"

아내는 이미 주방으로 들어가 통조림과 상자들을 찬장에 집어넣고 있었다.

"알았어." 그녀가 말했다. **"알았다고."** 그녀가 말했다. 나중에 악당에게 살해당하더라도 자기는 모른다는 톤이었다. "난 분명히 경고했어. 당신 같은 벽창호는 정말 짜증나."

나는 주방으로 들어가 아내의 허리를 감싸 안았다. 그리고 그녀의 목에 입을 맞추었다.

"이러지 마." 그녀가 말했다. "이런다고 위로가 될 줄 알아? 그 관리인은……"

그녀가 돌아섰다. "당신, 이제 보니 되게 진지하네." 나는 말했다.

그녀의 얼굴이 어두워졌다. "여보, 난 정말 진지해." 그녀가 말했다.

"맞닥뜨릴 때마다 날 이상한 눈빛으로 본다니까."

"이상한 눈빛이라니?"

"오." 그녀가 잠시 머리를 굴렸다. "그게…… 그러니까…… 뭔가를 기대하는 눈빛이랄까."

나는 피식 웃었다. "그건 그 사람 잘못이 아니지."

"난 심각해."

"당신 예전에 우유 배달원이 마피아 나이프 킬러라고 호들갑 떨었던 거 기억해?"

"그건 그거고."

"제발 판타지 소설 좀 작작 읽어."

"나중에 날 원망하지 마."

나는 아내의 목에 또다시 입을 맞추었다. "밥이나 먹자."

그녀가 끙 앓는 소리를 냈다. "괜히 말을 꺼낸 것 같아."

"날 사랑하니까 그랬겠지." 나는 말했다.

그녀가 눈을 감았다. "이젠 포기했어." 그녀가 수난 속의 성인이 된 듯 나지막이 말했다.

나는 아내에게 키스했다. "여보, 그거 말고도 골치 아픈 일이 많잖아."

그녀가 어깨를 으쓱였다. "알았다니까."

"그래." 나는 말했다. "필과 마지는 언제쯤 오지?"

"6시." 그녀가 말했다. "돼지고기로 준비했어."

"구울 거야?"

"음."

"맛있겠는데."

"먹어 봐서 알잖아."

"그럼 난 다시 타자기로 돌아갈게."

내가 간신히 또 한 장을 해치우는 동안 아내는 주방에서 연신 구시렁거렸다. 그 내용을 전부 알아들을 수는 없었지만 아내의 음울한 예언만큼은 귀에 쏙 들어왔다. "침대에서 꼼짝없이 살해되고 말 거야."

"말도 안 되잖아요." 저녁을 먹고 있을 때 루스가 말했다.

나는 필을 돌아보고 씩 웃었다. 그도 같은 표정이었다.

"그러게 말이에요." 마지가 말했다. "방 다섯 개짜리 아파트가 한 달에 65달러밖에 안 하다니. 가구까지 다 비치돼 있는데. 스토브, 냉장고, 세탁기…… 정말 끝내주지 않아요?"

"사모님들," 나는 말했다. "긴말할 거 뭐 있어요? 기회가 왔으면 잡아야지."

"오!" 루스가 금발로 덮인 머리를 살짝 젖혔다. "만약 누군가가, 자, 여기 백만 달러가 있습니다, 이러면 덥석 받을 거지?"

"당연히 받아야지." 나는 말했다. "돈을 챙겨서는 냅다 달아날 거고."

"당신은 너무 순진해 빠졌어." 아내가 말했다. "사람들은 당신 생각처럼 그렇게…… 그렇게……"

"그래도 믿고 살아야지." 나는 말했다.

"세상 사람들이 죄다 산타클로스인 줄 알아?"

"좀 황당하지 않아요?" 필이 말했다. "생각해 봐요, 릭."

나는 머릿속으로 계산해 보았다. 방 다섯 개짜리 아파트. 그것도 새 집. 모든 가구가 비치돼 있고, 식기랑…… 나도 모르게 입술이 오므라졌다. 하루 종일 타자기와 단둘이 남겨질 수도 있을 거고. 어쩌면 사실일지도 몰랐다. 나는 고개를 끄덕였다. 그들의 요점을 이해할 수 있었다. 당연히 거절할 이유가 없었다. 루스와 나의 전략이 수포로 돌아가서는 안 되었다. 절대로.

"아무래도 너무 비싼 것 같아요." 나는 말했다.

"오…… 맙소사!" 늘 그렇듯 루스가 즉각 반응했다. "너무 비싸다고? 방이 다섯 개인데? 가구, 식기, 리넨 제품들, 거기에…… 텔레비전까지 준다는데? 대체 뭐가 더 필요하다는 거지? 수영장이라도 딸려 있어야 한다는 거야?"

"작은 거라도 하나 딸려 있으면 좋잖아." 나는 온순한 톤으로 대꾸했다.

그녀가 마지와 필을 돌아보았다.

"이 얘긴 우리끼리 나누는 게 좋겠어요." 그녀가 말했다. "네 번째 목소리는 그냥 처마에 스치는 바람이려니 하자고요."

"난 처마를 스치는 바람이 맞아." 나는 말했다.

"하지만," 루스가 다시 의심 섞인 목소리로 말했다. "정말 사기라면 어쩌지? 뭔가를 은폐하려고 다급하게 사람을 들이려는 걸 수도 있잖아. 그래서 집세가 황당하리만큼 싼 거고. 그들이 임대를 시작했을 때 분위기가 어땠는지 기억하지?"

물론 생생히 기억하고 있었다. 필과 마지도 마찬가지일 것이다. 우리는 관리인이 임대 광고를 내걸고 있을 때 마침 운 좋게도 그 앞을 지나치던 중이었다. 별 생각 없이 들어가 본 우리는 아파트를 둘러보며 뜻밖의 행운에 한껏 들떴다. 마치 크리스마스 선물을 받은 기분이었다.

우리는 이곳의 첫 세입자들이었다. 바로 다음 날, 아파트는 포화 속 알라모 요새와 같은 분위기였다. 요즘 이런 아파트를 구하는 건 좀처럼 쉽지가 않다.

"아무리 생각해도 좀 이상해요." 루스가 말했다. "그 관리인도 그렇고."

"좀 음흉해 보이긴 하지." 나는 붙임성 있게 거들었다.

"맞아요." 마지가 웃음을 터뜨렸다. "꼭 무슨 B급 영화에서 튀어나온 등장인물 같더라고요. 그 사람 눈, 봤죠? 생긴 게 피터 로리 같지 않아요?"

"내가 뭐랬어?" 루스가 의기양양하게 말했다.

"유치하게 굴지 마." 나는 지친 표정으로 손을 살랑였다. "그가 우리 몰래 무슨 짓을 하던지 그냥 내버려 두자고. 우리가 피해 보는 건 없으니까. 우린 그저 좋은 조건으로 좋은 아파트를 누리기만 하면 돼. 어차피 우리가 나서 봤자 할 수 있는 게 없잖아."

"우리에게 해코지하려는 꿍꿍이면 어쩌려고 그래?" 루스가 말했다.

"해코지라니?"

"그야 모르지. 아무튼 느낌이 안 좋아."

"저번에 화장실에서 유령의 기운이 느껴진다면서 난리 친 적 있었지?" 나는 말했다. "알고 보니 쥐새끼였잖아."

아내가 접시를 주섬주섬 챙겨 들었다. "그쪽도 눈 먼 남자랑 결혼했나요?" 그녀가 마지에게 물었다.

"남자들은 다 눈이 멀었어요." 마지가 기세 꺾인 우리 집 예언자를 따라 주방으로 들어갔다. "그냥 그러려니 하고 살아야죠 뭐."

필과 나는 담배에 불을 붙였다.

"장난으로 묻는 게 아니라," 나는 두 여자가 듣지 못하게 목소리를 낮추었다. "정말로 이상한 기운이 느껴집디까?"

그가 어깨를 으쓱였다. "글쎄요, 릭." 그가 말했다. "하지만 모든 게 갖춰진 아파트를 그런 터무니없는 가격에 세를 놓았다는 건 좀 이상하지 않아요?"

"하긴." 하긴 그래. 나는 생각했다. 마침내 정신이 든 것이다.

정말 이상해.

다음 날 아침, 나는 순찰 중인 경관과 대화를 나누었다. 존슨은 여느 때처럼 동네를 슬슬 거니는 중이었다. 그는 아파트 주변에 가끔 갱단이 출몰한다고 귀띔해 주었다. 또한 교통량이 늘면서 오후 3시 이후에는 아이들을 각별히 주의시켜야 한다고도 했다.

그는 좋은 사람이었다. 유머 감각도 탁월했다. 나는 매일 외출할 때마다 그와 몇 마디씩 나누었다.

"아내는 우리 아파트에서 수상한 일이 벌어지고 있다고 믿고 있어요." 나는 말했다.

"사실 나도 그렇게 생각하고 있었어요." 존슨이 진지한 얼굴로 말했다. "그 건물 안 어딘가에서는 분명 여섯 살배기 아이들이 강제 노역을 하고 있을 거예요. 촛불을 켜 놓고 바구니를 짠다던지, 뭐 그런 거 말입니다."

"못된 쭈그렁 할망구가 걔들을 부리고 있겠죠." 나도 거들었다.

그가 침울한 표정으로 고개를 끄덕였다. 그리고 음모를 꾸미는 사람처럼 주위를 슥 둘러보았다.

"아무에게도 얘기하면 안 돼요. 알았죠?" 그가 말했다. "그 사건은

나 혼자서 해결하고 싶거든요."

나는 그의 어깨를 토닥였다. "존슨. 입에 지퍼를 채워 놓을 테니 걱정 말아요."

"정말 고마워요."

우리는 일제히 웃음을 터뜨렸다.

"사모님은 잘 지내시죠?"

"수상쩍어 하고 있어요." 나는 대답했다. "호기심에 차 있고. 그래서 직접 조사에 나섰어요."

"평소처럼 말이죠?" 그가 말했다. "그럼 모든 게 정상이라는 뜻이군요."

"맞아요." 나는 말했다. "아무래도 그 사람이 보는 SF 잡지를 죄다 갖다 버려야 할 것 같아요."

"뭘 그리 수상쩍어 하시죠?"

"오." 나는 씩 웃어 보였다. "그냥 추정일 뿐입니다. 아파트 임대료가 너무 싸대요. 주변 사람들은 매달 20달러에서 50달러씩 더 낸다더군요."

"정말입니까?" 존슨이 말했다.

"네." 나는 그의 팔뚝을 툭 치며 말했다. "아무에게도 얘기하면 안돼요. 이 좋은 조건을 계속 누리고 싶으니까요."

그리고 나는 가게로 향했다.

"그럴 줄 알았어." 루스가 말했다. "그럴 줄 알았다고."

그녀가 젖은 행주가 담긴 설거지통 너머로 나를 빤히 보았다.

"뭘 말이야?" 나는 방금 사 온 편지지 한 팩을 내려놓으며 말했다.

"이 아파트는 정상이 아니야." 이내 아내의 한 손이 번쩍 들렸다. "아무 말도 하지 마." 그녀가 말했다. "그냥 내 말 듣기만 해."

나는 의자에 앉았다. 그리고 기다렸다. "알았어." 나는 말했다.

"지하실에서 엔진을 발견했어." 그녀가 말했다.

"무슨 엔진인데? 소방차fire engine라도 찾아냈어?"

아내는 입술을 꽉 다물었다. "지금 농담할 기분 아니야." 그녀가 벌겋게 상기된 얼굴로 말했다. "이상한 걸 봤다니까."

그녀는 진지했다.

"나도 내려가 본 적 있어." 나는 말했다. "그런데 왜 내 눈엔 띄지 않았을까?"

아내가 주위를 슥 둘러보았다. 그녀의 태도가 심상치 않았다. 그녀는 누군가가 창밖에 숨어 우리 대화를 엿듣고 있다고 의심하는 듯했다.

"지하실 밑에 있었어." 그녀가 말했다.

나는 못미더운 표정을 지어 보였다.

그녀가 벌떡 일어났다. "아, 정말! 못 믿겠으면 따라와 봐. 보여 줄 테니까."

그녀가 내 손을 잡아끌었다. 우리는 복도를 지나 엘리베이터에 올랐다. 지하로 내려가는 동안 아내는 어두운 표정을 감추지 않았다. 나는 그녀의 손을 꼭 쥐었다.

"언제 봤는데?" 나는 최대한 온화하게 물었다.

"세탁실에서 빨래할 때." 아내가 말했다. "복도에서. 옷을 챙겨 돌아올 때 말이야. 엘리베이터로 향하는 길에 문간을 보게 됐어. 문이 살짝 열려 있더라고."

"그래서 들어가 봤어?" 나는 물었다.

그녀가 말없이 나를 보았다. "들어가 봤구나." 나는 말했다.

"계단을 내려가니 불이 켜져 있었어. 그리고……"

"거기서 엔진을 봤다 이거지?"

"그래."

"컸어?"

엘리베이터가 멈추고 문이 스르르 열렸다. 우리는 나란히 내렸다.

"얼마나 큰지 보여 줄게." 그녀가 말했다.

막다른 벽. "여기야."

나는 아내를 빤히 응시했다. 손으로는 벽을 톡톡 두드렸다. "여보." 나는 말했다.

"또 이상한 소리 하려고 그러는 거지?" 아내가 딱딱거렸다. "벽 속에 문이 숨겨져 있어."

"그러니까 그 문이 이 벽 어딘가에 있다 이거지?"

"벽이 문을 덮어 버렸을 거야." 아내가 벽을 두드리기 시작했다. 벽은 속이 꽉 찬 것 같았다. "빌어먹을!" 그녀가 말했다. "당신이 무슨 생각을 하고 있는지 알아."

나는 굳이 내 생각을 들려주지 않았다. 그냥 말없이 서서 그녀를 지켜볼 뿐이었다.

"뭐 찾고 있어요?"

관리인의 나지막하고 간사한 목소리 또한 로리를 연상시켰다. 화들짝 놀란 루스의 숨이 턱 막혔다. 나 역시 움찔했다.

"아내가 그러는데 이 벽에……" 나는 초조하게 말했다.

"이 사람에게 그림을 제대로 거는 방법을 보여 주고 있었어요." 루스가 불쑥 끼어들며 말했다. "그렇게 거는 거야." 그녀가 나를 돌아보았다. "못은 비스듬하게 박아 넣어야 한다고. 똑바로 박는 게 아니라. 내 말 이해가 돼?" 아내가 내 손을 붙잡았다.

관리인이 미소를 지어 보였다.

"또 봅시다." 나는 어색하게 말했다. 그의 시선은 엘리베이터로 향하는 우리에게서 떨어지지 않았다.

문이 닫히자 루스가 나를 홱 돌아보았다.

"당신 미쳤어?" 그녀가 무섭게 달려들었다. "대체 저 사람에게 무슨 얘길 하려 했던 거야?"

"여보. 그게 무슨……?" 나는 어리둥절해졌다.

"됐어." 그녀가 말했다. "아무튼 저 아래 엔진이 있어. 그것도 엄청나게 큰 엔진이. 내 눈으로 직접 봤다니까. 저 사람도 그걸 알고 있고."

"여보." 나는 말했다. "우리 이러지 말고……"

"날 봐." 아내가 잽싸게 말했다.

나는 눈에 힘을 주고 아내를 응시했다.

"내가 미친 것 같아?" 그녀가 물었다. "머뭇거리지 말고 솔직히 대답해 봐."

나는 한숨을 내쉬었다. "상상력이 좀 과한 면이 있긴 해." 나는 말했다. "아무래도 그런 책들을 너무 많이 봐서……"

"흠." 그녀가 툴툴거렸다. 아내의 표정에서 혐오감이 묻어났다. "당신도 똑같아. 그들과 다를 게……"

"당신도 갈릴레오 같은걸 뭐." 나는 말했다.

"기필코 당신에게 보여 주고 말겠어." 그녀가 말했다. "오늘 밤 관리인이 잠들었을 때 다시 내려가 볼 거야. 그가 밤에 잠을 자는지는 모르겠지만."

나는 덜컥 겁이 났다.

"여보. 이제 그만해." 나는 말했다. "당신 때문에 나까지 이상해지려 하잖아."

"다행이네." 그녀가 말했다. "아주 잘됐어. 당신을 끌어들이기가 쉽지 않을 줄 알았는데."

나는 오후 내내 타자기만 보았다. 아무리 애를 써도 이야기는 떠오르지 않았다.

머릿속은 근심으로 가득 차 있었다.

도무지 이해가 되지 않았다. 저 사람, 정말 진지하게 저러는 건가? 좋아. 나는 생각했다. 제대로 한번 짚어 보자고. 그녀는 열린 문을 봤다고 했어. 우연하게. 당연히 그랬겠지. 그 사람 주장대로 아파트 건물 지하에 어마어마하게 큰 엔진이 있다면 그걸 만든 사람들은 그게 세상에 드러나는 걸 원치 않는다는 뜻이잖아.

다른 곳도 아니고 이스트 7번가에, 그것도 아파트 건물 지하에 거대한 엔진이 숨겨져 있다니.

이게 말이나 돼?

"관리인은 눈이 세 개야!"

아내는 몸을 덜덜 떨고 있었다. 그녀의 얼굴은 창백했다. 그녀는 태어나서 처음으로 공포소설을 읽은 아이처럼 나를 보았다.

"여보." 나는 아내를 감싸 안으며 말했다. 그녀는 겁에 질려 있었다. 나도 덩달아 겁이 났다. 물론 관리인에게 눈이 하나 더 달렸다는 주장 때문은 아니었다.

나는 입을 꼭 닫고 있었다. 아내가 그런 황당한 얘기를 늘어놓는데 내가 뭐라 대꾸할 수 있겠는가?

그녀는 오랫동안 몸을 떨었다. 그리고 마침내 차분하고 소심한 목소리로 말했다.

"알아." 그녀가 말했다. "내 말을 믿지 않는다는 거."

나는 마른침을 꿀꺽 삼켰다. "여보." 나는 무기력하게 말했다.

"오늘 밤 같이 내려가 보자. 이건 굉장히 중요한 문제야. 난 심각하다고."

"그건 별로 좋은 생각이……"

"그럼 나 혼자 가 볼 거야." 그녀가 말했다. 아내의 신경질적인 목소리에는 날이 서 있었다. "지하에 엔진이 있다니까. 아니, 왜 내 말을 안 믿는 거야?"

아내가 심하게 몸을 떨며 펑펑 울기 시작했다. 나는 내 어깨에 엎어진 그녀의 머리를 감싸 안았다. "알았어." 나는 말했다. "같이 가 줄게."

감정이 격해진 아내는 말을 잇지 못했다. 한참 후, 그녀가 진정되었을 때 나는 그녀의 말을 묵묵히 들어 주었다. 괜한 반응으로 아내를 흥분시키고 싶지 않았다. 지금으로서는 아내 말에 귀 기울여 주는 것 외에는 할 수 있는 게 없었다.

"로비 복도를 걷고 있었어." 그녀가 말했다. "새로 온 우편물이 있을까 해서. 당신도 알잖아. 가끔 우체부가 오후에 배달을……"

아내가 멈칫했다. "뭐 그건 중요하지 않아. 아무튼 나는 관리인을 막 지나치려던 참이었어."

"뭐?" 나는 말했다. 무슨 이야기를 듣게 될지 덜컥 겁이 났다.

"그가 씩 웃더라고." 그녀가 말했다. "당신도 그 표정 알지? 다정해 보이지만 섬뜩한 기운이 묻어나는?"

나는 그냥 듣고만 있었다. 불필요한 언쟁은 피하고 싶었다. 관리인은 악의 없는 평범한 사람이었다. 그저 찰스 애덤스* 만화 속에서나 볼 법한 흉측한 얼굴을 갖고 태어났을 뿐.

"그래서?" 나는 말했다. "그래서 어떻게 됐지?"

"그냥 그를 지나쳐 걸었어. 몸이 덜덜 떨리더라고. 그의 눈빛. 꼭 나에 대한 뭔가를 알고 있다는 것처럼 보였어. 나조차도 모르는 비밀을 말이야. 당신이 어떻게 생각하든 상관없어. 난 분명 그렇게 느꼈으니까. 그러고 나서는……"

그녀가 몸을 바르르 떨었다. 나는 아내의 손을 꼭 잡았다.

"그러고 나서는?"

"그의 시선이 내게 꽂혀 있는 게 느껴졌어."

나도 그랬다. 지하실에서 그와 맞닥뜨렸을 때. 아내가 느꼈을 기분을 십분 헤아릴 수 있었다. 누구라도 그가 보고 있다는 걸 모르고 넘어갈 수 없을 것이다.

"알았어." 나는 말했다. "당신 말 믿어."

"하지만 이건 못 믿을걸." 아내가 어두운 표정으로 말했다. 그녀는 뻣뻣한 자세로 말없이 앉아 있다가 다시 입을 열었다. "홱 돌아봤더니 그가 저만치 멀어져 가고 있더라고."

또 무슨 얘기를 하려는 거지? "그게 무슨……" 나는 지친 목소리로

* 〈아담스 패밀리〉로 유명한 미국의 카툰 일러스트작가.

말했다.

"그의 고개는 돌아가 있었지만 눈은 분명 나를 보고 있었어."

나는 멍한 얼굴로 앉아 또다시 마른침을 삼켰다. 무의식중에 내 손은 계속해서 아내의 손을 살살 어루만지고 있었다.

"하지만 어떻게 그게 가능해?" 나는 물었다.

"그는 뒤통수에도 눈이 달려 있었어."

"여보." 나는 말했다. 그녀는 압도적인 공포에 질려 있었다. 산란해진 정신은 쉽게 혼란에 빠질 수 있다.

아내가 눈을 감았다. 내게서 떨어진 그녀가 두 손에 깍지를 꼈다. 입은 굳게 닫히고, 왼쪽 눈꺼풀 밑으로 나온 눈물이 볼을 타고 흘러내렸다. 그녀의 안색은 창백했다.

"나는 봤어." 그녀가 나지막이 말했다. "믿어 줘. 정말로 봤단 말이야."

내가 왜 또 그 말에 휘둘리게 됐는지 모르겠다. 마치 고행을 갈망해 온 사람처럼. 나는 모든 걸 잊고 싶었다. 애초에 없던 일이라고 믿고 싶었다.

"그럼 왜 지금껏 그 눈을 못 봤던 거지, 루스?" 나는 물었다. "우리가 그의 뒤통수를 한두 번 본 게 아니잖아."

"정말?" 아내가 말했다. "정말로 제대로 본 적이 있었어?"

"여보, 누군가는 봤겠지. 설마 그의 뒤에 섰던 사람이 단 한 명도 없었겠어?"

"그의 머리털이 반으로 나뉘었어, 릭." 그녀가 말했다. "도망치기 전에 그의 머리가 원래 상태로 돌아가는 걸 똑똑히 봤단 말이야. 그 눈은 머리털에 감춰져 있었던 거라고."

나는 말없이 앉아 있었다. 여기서 내가 무슨 말을 할 수 있을까? 그는 생각했다. 아내가 이런 황당한 주장을 늘어놓을 때 대체 남편은 어떻게 대꾸해야 하지? 당신 미쳤어? 돌았냐고? 아니면 좀 진부하지만 이렇게? "당신, 요즘 너무 무리한 것 같아." 하지만 그것은 전혀 사실이 아니었다.

　이런 엉뚱한 상상을 하느라 무리해 왔다면 몰라도.

　"오늘 밤에 나랑 같이 내려가 볼 거야?" 아내가 물었다.

　"좋아." 나는 나지막이 말했다. "알았어. 같이 가 줄 테니까 가서 좀 누워 있어."

　"괜찮아."

　"여보, 가서 좀 쉬라니까." 나는 좀 더 단호하게 말했다. "오늘 밤에 같이 내려가겠다고 했잖아. 그때까지 눈 좀 붙여 둬."

　아내가 일어나 침실로 들어갔다. 방 안에서 매트리스 스프링이 삐걱거렸다. 그녀는 두 다리를 침대로 끌어올리고 베개 위로 몸을 눕혔다.

　잠시 후, 나는 침실로 들어가 이불을 잘 덮어 주었다. 그녀는 천장을 물끄러미 응시하고 있었다. 나는 아무 말도 하지 않았다. 아내는 대화할 기분이 아닌 듯해 보였다.

　"어쩌면 좋죠?" 나는 필에게 말했다.

　루스는 잠에 빠져 있었다. 나는 그 틈을 타 복도로 몰래 빠져나온 상태였다.

　"그게 사실인지도 모르잖아요." 그가 말했다. "그럴 가능성도 있지 않습니까."

"그건 그렇지만, 가능성이라면 다른 것도 많잖아요."

"그래서 관리인을 보러 내려가겠다고요? 정말로 내려가서……"

"그러고 싶진 않아요. 하지만 다른 방법이 없지 않습니까."

"그래서 정말로 사모님과 내려가겠다고요?"

"계속 저렇게 조르는데 어떡합니까. 난 정말 가고 싶지 않아요."

"그럼," 그가 말했다. "우리도 데려가요."

나는 호기심에 찬 얼굴로 그를 보았다. "당신도 신경이 쓰이는 모양이군요."

그가 심상치 않은 눈빛으로 나를 보며 초조하게 마른침을 삼켰다.

"아무에게도…… 절대 누구에게도 얘기해선 안 돼요."

그가 잠시 주위를 살피고는 다시 나를 보았다.

"마지도 같은 얘길 했어요." 그가 말했다. "관리인에게 눈이 세 개 있다고."

나는 저녁을 먹고 나서 아이스크림을 사러 집을 나섰다. 마침 존슨이 순찰을 돌고 있었다.

"위에서 일을 엄청 시키는 모양이군요." 그가 다가오자 나는 말했다.

"지역 갱단이 설쳐 대고 있어서요."

"근처에서 갱은 못 본 것 같은데요." 나는 심란한 표정으로 말했다.

"분명 이 동네에도 있습니다."

"흠."

"사모님은 좀 어떻습니까?"

"별일 없어요." 나는 거짓말로 둘러댔다.

"아직도 아파트가 뭔가를 감추기 위한 위장이라고 생각하시나요?"

그가 웃음을 터뜨렸다.

나는 마른침을 꿀꺽 삼켰다. "아뇨." 나는 말했다. "그렇지 않다는 걸 일깨워 줬어요. 어쩌면 아내가 지금껏 날 갖고 장난을 쳐 왔는지도 모르죠."

경관이 고개를 끄덕였다. 모퉁이에 이르자 그가 내게서 떨어져 나갔다. 어떤 이유에서인지 집으로 향하는 내내 두 손이 덜덜 떨렸다. 나는 수시로 어깨 너머를 돌아보며 뒤를 살폈다.

"시간 됐어." 루스가 말했다.

나는 끙 앓는 소리를 내며 돌아누웠다. 아내가 나를 쿡 찔렀다. 얼떨떨한 상태로 잠에서 깬 나는 본능적으로 시간을 확인했다. 라듐 숫자들이 4시가 다 됐음을 알리고 있었다.

"지금 가려고?" 나는 물었다. 잠이 덜 깬 탓에 불쑥 튀어나온 눈치 없는 질문이었다.

대꾸가 없었다. 순간 잠이 확 달아나 버렸다.

"갈 거야." 마침내 아내가 나지막이 말했다.

나는 벌떡 일어나 앉았다. 어스름 속에서 아내의 모습이 희미하게 드러났다. 심장이 터질 듯 쿵쾅대기 시작했다. 입과 목구멍이 바짝 타들어 가기 시작했다.

"알았어." 나는 말했다. "옷부터 좀 입고."

아내는 이미 옷을 챙겨 입은 상태였다. 그녀가 주방에서 커피를 끓이는 동안 나는 주섬주섬 옷을 걸쳤다. 아내는 차분한 모습이었다. 나처럼 손을 떨지도 않고, 목소리도 또렷했다. 화장실 거울 속에서는 근심에 찬 남편이 나를 보고 있었다. 나는 찬물로 세수를 하고 대충 머리를 빗었다.

"고마워." 아내로부터 커피를 건네받으며 나는 말했다. 아내를 마주하고 있을 뿐인데 바짝 긴장이 됐다.

그녀는 커피에 입도 대지 않았다. "정신이 좀 들어?" 나는 고개를 끄덕였다. 주방 테이블에는 손전등과 드라이버가 놓여 있었다. 나는 남은 커피를 마저 들이켰다.

"좋아." 나는 말했다. "어서 내려가 보자."

아내의 손이 내 팔뚝에 얹어졌다.

"부디 당신이……" 그녀가 말을 멈추고 고개를 돌렸다.

"응?"

"아무것도 아니야." 그녀가 말했다. "어서 가 보자."

복도는 조용했다. 엘리베이터를 향해 나아가는 동안 문득 필과 마지 생각이 떠올랐다. 나는 그가 했던 이야기를 아내에게 들려주었다.

"서둘러야 해." 그녀가 말했다. "곧 밝아질 거라고."

"그들이 깨어나 있을지도 몰라." 나는 말했다.

아내는 대꾸가 없었다. 그녀가 엘리베이터 문 앞에서 기다리는 동안 나는 복도를 달려가 문을 가볍게 노크했다. 안에서는 응답이 없었다. 나는 엘리베이터 쪽을 돌아보았다.

그런데 아내가 보이지 않았다.

순간 가슴이 철렁 내려앉았다. 지하층이 위험한 곳은 아니지만 덜컥 겁이 났다. "루스." 나는 아내를 부르며 계단으로 향했다.

"기다려요!" 복도로 나온 필이 큰소리로 나를 불렀다.

"그럴 수 없어요!" 나는 빽 소리치고 계속 달렸다.

지하층에 도착하니 문 열린 엘리베이터가 눈에 들어왔다. 안에서는 불빛이 흘러나오고 있었다. 아내는 보이지 않았다.

나는 복도 불을 켜기 위해 벽을 더듬었지만 어디에도 스위치는 붙어 있지 않았다. 하는 수 없이 나는 어둠에 묻힌 복도를 내달리기 시작했다.

"여보!" 나는 나지막이 불러 보았다. "루스, 어디 있어?"

그녀는 벽에 난 문 앞에 서 있었다. 문은 열려 있었다.

"이래도 내가 미쳤다고 생각해?" 그녀가 차갑게 말했다.

나는 한 손을 볼에 갖다 붙이고 입을 딱 벌렸다. 아내의 말이 옳았다. 문 안으로 불 켜진 계단이 보였다. 밑에서 소음이 들려 왔다. 금속의 찰칵거림, 그리고 요상한 윙윙거림.

나는 아내의 손을 잡았다. "미안해." 나는 말했다. "미안해."

그녀도 내 손을 꼭 잡았다. "괜찮아. 지금 그건 중요하지 않아. 보다시피 아주 이상한 아파트야."

나는 고개를 끄덕였다. 그리고 말했다. "그래." 칠흑 같은 어둠 속에서 아내가 끄덕이는 내 고개를 봤을 리 없었다.

"내려가 보자." 그녀가 말했다.

"그건 좋은 생각이 아닌 것 같아."

"가서 무슨 일이 벌어지고 있는지 확인해야지." 그녀가 말했다. 마치 그것이 우리에게 주어진 임무라도 되는 듯이.

"하지만 밑에 누군가 있을지도 모르잖아."

"그냥 살짝 엿보고만 오자."

아내가 나를 잡아끌었다. 계속 주저하면 체면이 말이 아닐 것 같았다. 우리는 계단을 내려가기 시작했다. 순간 뇌리를 스치는 생각이 있었다. 벽에 문이 나 있고, 지하에 거대한 엔진이 숨겨져 있다는 아

내의 주장이 사실로 증명됐으니 관리인에게 세 번째 눈이 있다는 그
녀의 주장 역시……

갑자기 현실에서 멀리 떨어져 나온 듯한 기분이 들었다. 이스트 7
번가. 나는 속으로 웅얼거렸다. 다른 곳도 아니고, 이스트 7번가에서.
이건 꿈이 아니었다.

하지만 도무지 믿기지가 않았다.

우리는 계단 밑에 멈춰 섰다. 내 시선은 엄청나게 큰 엔진에 고정
됐다. 나는 그것이 어떤 엔진인지 대번에 알 수 있었다. 언젠가 과학
관련 논픽션에서 이런 엔진에 대해 읽어 본 적 있었다.

갑자기 머리가 아찔해졌다. 이런 황당한 상황에 신속히 적응하는
건 쉬운 일이 아니었다. 평범한 벽돌 아파트 밑에 이런…… 이런 엄
청난 에너지의 보고가 숨겨져 있다니. 나는 넋을 놓아 버리고 말았
다.

얼마나 그러고 있었을까, 문득 서둘러 그곳을 빠져나가야 한다는
생각이 들었다. 어디에든 우리가 목격한 것을 알려야 했다.

"나가자." 나는 말했다. 우리는 계단을 오르기 시작했다. 머릿속이
이곳 엔진처럼 팽팽 돌고 있었다. 광란 속에서 무수한 아이디어가 속
속 솟구쳐 올랐다. 황당무계했지만…… 전부 그럴 듯하게 느껴졌다.
정말 미쳤다고밖에 할 수 없는 아이디어조차도.

우리가 지하층 복도를 따라 걷고 있을 때 관리인이 불쑥 나타났다.

은은한 새벽빛이 스며들고 있음에도 어둠은 조금도 걷히지 않고
있었다. 나는 루스를 잡아끌고 돌기둥 뒤로 들어갔다. 우리는 숨을
죽인 채 몸을 웅크렸다. 관리인의 묵직한 발소리가 점점 가까워졌다.

그는 우리를 지나쳐 걸어갔다. 손에 손전등을 쥐고 있었지만 그것

으로 구석구석 살펴지는 않았다. 그냥 열린 문을 향해 성큼성큼 나아갈 뿐이었다.

그리고 잠시 후, 일이 벌어졌다.

희미한 빛을 머금은 열린 문간으로 들어서려던 그가 갑자기 멈춰 섰다. 그의 고개가 옆으로 돌아갔다. 그는 계단을 향하고 있었다.

하지만 그의 눈은 우릴 보고 있잖아.

순간 숨이 턱 막혔다. 나는 바짝 얼어붙은 채로 서서 그의 뒤통수에 붙은 눈을 빤히 보았다. 얼굴도 없이 눈만 달려 있을 뿐이었지만 그 빌어먹을 눈은 분명 미소를 짓고 있었다. 자기 확신에 찬 흉측하고 무시무시한 미소. 우리를 발견한 그는 미동도 없이 서서 호기심에 찬 눈으로 우리를 볼 뿐이었다.

그가 문간으로 들어서자 문이 거칠게 닫혔다. 돌 벽의 한 부분이 스르르 내려와 문 앞을 막아 버렸다.

우리는 나란히 서서 몸을 덜덜 떨었다.

"당신도 봤지?" 아내가 말했다.

"응."

"우리가 엔진을 보고 나왔다는 걸 알고 있을 거야." 그녀가 말했다. "그런데도 아무 반응이 없었어."

우리는 엘리베이터에 올라서도 계속 대화를 이어 갔다.

"우리가 잘못 짚었는지도 몰라." 나는 말했다. "어쩌면……"

내 입이 꾹 닫혔다. 방금 보고 온 엔진들이 떠올랐기 때문이었다. 나는 그것이 어떤 엔진인지 알고 있었다.

"이젠 어쩌지?" 아내가 물었다. 나는 그녀를 보았다. 그녀는 공포에 사로잡혀 있었다. 나는 아내의 어깨를 감싸 안았다. 하지만 겁에 질려 있기는 나도 마찬가지였다.

"여길 떠야겠어." 나는 말했다. "최대한 빨리."

"아직 짐도 못 꾸렸잖아." 아내가 말했다.

"올라가서 짐부터 꾸리자." 나는 말했다. "날이 밝기 전에 떠나는 게 좋겠어. 내 생각엔 그들이……"

"그들?"

내가 왜 그 단어를 썼을까? 나는 궁금해졌다. 그들. 하지만 혼자서 벌일 만한 일이 아니지 않은가. 관리인 혼자 그 엔진들을 만들었을 리도 없고.

내 이론이 옳다는 걸 확인시켜 준 것은 그의 세 번째 눈이었다. 우리는 돌아가는 길에 필과 마지에게 들렀다. 그들은 어떻게 된 일인지 물었고, 나는 내 의견을 들려주었다. 루스는 별로 놀라는 것 같지 않았다. 그녀 역시 비슷한 생각을 해 온 모양이었다.

"아파트가 로켓선인 것 같아요." 나는 말했다.

그들은 황당하다는 표정으로 나를 보았다. 하지만 진지한 내 표정을 확인한 필이 얼굴에서 미소를 지워 버렸다.

"뭐라고요?" 마지가 말했다.

"황당하게 들린다는 거 알아요." 나는 말했다. 어느새 나는 아내보다 더 아내 같아져 있었다. "하지만 우리가 본 건 분명 로켓 엔진이었어요. 그걸 왜 아파트 지하에 만들어 놨는지는 모르겠지만. 아무튼……" 나는 무기력하게 어깨를 으쓱였다.

"분명한 건 그게 로켓 엔진이라는 사실이에요."

"아무리 그렇다 해도…… 로켓선이라고요?" 필의 말은 중간에 어설픈 질문으로 바뀌었다.

"네." 루스가 대답했다.

나는 몸을 바르르 떨었다. 아내까지 확인해 주었으니 더 이상 의심의 여지가 없어진 것이다. 근래 들어 아내의 주장이 거짓으로 드러난 적은 한 번도 없었다.

"하지만……" 마지가 어깨를 으쓱였다. "대체 왜 그랬을까요?"

루스가 우리를 돌아보았다. "난 알아요."

"뭘 말이야, 여보?" 나는 물었다. 묻기가 두려웠지만.

"그 관리인." 그녀가 말했다. "그는 인간이 아니에요. 그건 우리가 이미 알고 있는 사실이죠. 그 세 번째 눈만 봐도……"

"정말 그 눈이 있다고요?" 필이 깜짝 놀라며 물었다.

나는 고개를 끄덕였다. "있어요. 내 눈으로 똑똑히 봤어요."

"오, 맙소사." 그가 말했다.

"하지만 그는 인간이 아니에요." 루스가 다시 말했다. "인간처럼 만들어 놓은 로봇이에요. 지구인이 아니라. 겉으로는 멀쩡해 보이지만…… 그 눈이 증거예요. 어쩌면 그는 우리랑 완전히 다른지도 몰라요. 너무 달라서 외관을 그렇게 바꿔야 했는지도 모른다고요. 세 번째 눈은 항상 우리를 감시하기 위해 붙여 놓았을 거고요."

필이 떨리는 손으로 머리를 쓸어 넘겼다.

"믿어지지가 않는군요."

그는 의자에 풀썩 주저앉았다. 두 여자도 그를 따라 앉았다. 나는 그냥 서 있었다. 여기서 아까운 시간을 허비하고 싶지 않았다. 당장 짐을 꾸려 이곳을 떠야만 했다. 하지만 그들에게서는 다급함이 느껴지지 않았다. 갈등하던 나는 그들과 함께 아침까지 기다려 보기로 했다. 이 충격적인 사실은 나중에 존슨에게 들려줄 생각이었다. 지금으로서는 딱히 취할 조치가 없었다.

"황당해서 말이 안 나오네요." 필이 말했다.

"내 두 눈으로 엔진을 똑똑히 봤다니까요." 나는 말했다. "정말로 거기 있었어요. 그건 부정할 수 없는 사실이에요."

"내 생각엔," 루스가 말했다. "그들은 외계인인 것 같아요."

"그게 무슨 소리죠?" 마지가 짜증 섞인 톤으로 물었다. 겁에 질린 그녀는 이 황당한 분위기에 휩쓸리지 않으려 애쓰는 듯했다.

"여보." 나는 기운 빠진 목소리로 말했다. "당신 SF 잡지를 너무 많이 봤어."

그녀의 입술이 작게 오므라졌다. "그 얘기라면 하지 마." 그녀가 말했다. "내가 처음 이상하다고 했을 때 당신은 내가 미쳤다고 생각했잖아. 내가 그 엔진을 봤다고 했을 때도, 관리인에게 세 번째 눈이 있다고 했을 때도. 하지만 결국 내가 다 옳았잖아. 그러니 이젠 좀 믿어 달라고."

나는 입을 닫았다. 아내는 계속 말을 이어 나갔다.

"다른 행성에서 왔는지도 몰라요." 그녀가 마지를 위해 바꾸어 말했다. "우리 지구인들을 잡아다가 생체 실험을 하려는 게 아닐까요? **관찰을 하려고**?" 그녀가 잽싸게 표현을 순화했다. 이번에는 누구를 위한 배려인지 알 수 없었다. 다른 행성에서 온, 눈이 세 개 달린 아파트 관리인에게 붙잡혀 생체 실험을 당하는 상상은 그야말로 끔찍했다.

"정말 끝내주는 아이디어 아닌가요?" 루스가 말했다. "로켓선 아파트를 지어 놓고 임대료를 터무니없이 낮춰서 사람들을 손쉽게 끌어모으는 것."

아내의 단호한 태도는 조금도 흔들리지 않았다.

"두고 봐요." 그녀가 말했다. "모두가 잠들어 있는 이른 새벽에 로켓선을 쏘아 올릴 테니까."

머릿속이 핑핑 돌았다. 황당한 주장이지만 뭐라 받아칠 말이 없었다. 지금껏 세 번이나 아내가 옳았다는 게 밝혀진 상태였으니까. 더이상 아내를 의심할 명분이 없었다. 게다가 보나마나 이번에도 아내가 제대로 짚었을 것이다. 내 직감은 그렇게 얘기하고 있었다.

"하지만 이 아파트," 필이 말했다. "어떻게 이 큰 건물을…… 위로 띄울 수 있죠?"

"다른 행성에서 온 외계인들이라면 우주여행 기술에 있어선 우리보다 수 세기 앞서 있을 거예요."

필이 잠시 머뭇거리다가 말했다. "하지만 로켓선 같이 생기진 않았잖아요."

"아파트는 로켓선의 껍데기에 불과할 거예요." 나는 말했다. "분명 그럴 겁니다. 어쩌면 로켓선은 침실들만 포함하고 있을지도 몰라요. 그들에게 필요한 공간은 그것뿐일 테니까요. 이른 새벽에 주민들이 있을 만한 곳도 침실이고……"

"아니야." 루스가 말했다. "껍데기를 벗어 버리면 사람들 눈에 확 띌 텐데?"

우리는 혼란과 공포 속에 파묻힌 채 한동안 침묵을 지켰다. 공포의 대상이 정확히 무엇인지 파악이 되지 않아 겁을 집어먹을 수도 없는 상황이었다.

"내 얘길 들어 봐요." 루스가 말했다.

순간 등골이 오싹해졌다. 제발 좀 닥쳐 주었으면. 또 무슨 불길한 소리를 늘어놓으려고. 또 어떤 예감을 적중시키려고.

"만약 그게 건물이라면요?" 그녀가 말했다. "이 건물 밖이 로켓선이라면요?"

"하지만……" 마지는 넋이 나간 모습이었다. 그녀는 갈피를 잡지 못하는 자신의 모습에 화가 나 있었다. "밖엔 아무것도 없잖아요. 다들 알잖아요!"

"그들은 과학 기술 분야에 있어선 우리보다 훨씬 앞서 있을 거예요." 루스가 말했다. "어쩌면 그들은 로켓선을 투명하게 만들어 놓았는지도 몰라요."

그 말에 우리 세 사람이 황당하다는 표정을 지었다. "여보." 나는 말했다.

"가능하지 않겠어?" 루스가 단호하게 물었다.

나는 한숨을 내쉬었다. "가능은 하지. 하지만 딱 거기까지야."

우리는 잠시 침묵에 빠졌다. 마침내 루스가 먼저 입을 열었다. "내 말 들어 봐."

"아니." 내가 끼어들었다. "다들 내 말을 들어 봐요. 내 생각엔 우리가 너무 오버하고 있는 것 같아요. 하지만 지하에 엔진이 있고, 관리인에게 세 번째 눈이 있다는 건 사실로 확인됐잖아요. 그것만으로도 여길 떠야 할 충분한 명분이 된다고 봐요. 지금 당장 말이에요."

그 말에 우리 모두 동의했다.

"다른 주민들에게도 알려야죠." 루스가 말했다. "그들을 내버려 두고 우리끼리만 떠날 순 없다고요."

"시간이 오래 걸리잖아요." 마지가 말했다.

"그래도 해야 합니다." 나는 말했다. "여보, 짐은 당신이 꾸려. 난 주민들에게 알릴 테니까."

나는 문으로 달려가 손잡이를 잡았다.

하지만 손잡이는 돌아가지 않았다.

순간 가슴이 철렁 내려앉았다. 나는 움켜쥔 손잡이를 힘껏 당겨 보았다. 분명 자물쇠는 안에서 걸었을 텐데. 나는 유심히 살펴보았다.

문의 자물쇠는 밖에서 걸어 놓은 것이었다.

"어떻게 된 거죠?" 마지가 떨리는 목소리로 물었다. 당장이라도 비명을 내지를 것 같은 분위기였다.

"걸렸어요." 나는 말했다.

마지의 숨이 턱 막혔다. 우리는 서로의 얼굴을 빤히 보았다.

"정말이네요." 루스가 겁에 질린 얼굴로 말했다. "오, 맙소사. 모든게 다 사실이었어요."

나는 창가로 달려갔다. 지진이 일어나기라도 한 듯이 건물 전체가 진동하기 시작했다. 선반에 놓인 접시들이 요란하게 달가닥거리다가 우수수 떨어졌다. 의자 하나는 옆으로 고꾸라졌다.

"무슨 일이죠?" 마지가 빽 소리쳤다. 필이 훌쩍이는 아내를 꼭 끌어안았다. 루스는 내게로 달려왔고, 우리는 바짝 얼어붙은 채 나란히 서 있었다. 발밑에서는 바닥이 심하게 흔들리고 있었다.

"엔진!" 루스가 소리쳤다. "그들이 시동을 걸었나 봐요!"

"일단 예열부터 해야 할 거야!" 나는 말했다. "아직 빠져나갈 시간이 있어!"

나는 루스에서 떨어져 의자를 집어 들었다. 왠지 창문들도 자동적으로 잠긴 상태일 것 같았다.

나는 의자를 유리창에 냅다 집어 던졌다. 건물의 진동은 점점 더 격해져 갔다.

"서둘러요!" 나는 소음 너머로 소리쳤다. "비상계단으로 내려가요! 늦기 전에 빠져나갈 수 있을지도 몰라요!"

패닉과 공포에 사로잡힌 마지와 필이 요동치는 거실을 가로질렀다. 나는 하마터면 그들을 깨진 창문 밖으로 밀어낼 뻔했다. 마지의 스커트가 찢어졌다. 루스는 손가락을 베였다. 나는 마지막으로 빠져나갔다. 유리 조각에 다리를 베였지만 극도로 흥분한 탓에 아무런 느낌이 없었다.

나는 그들을 비상계단 쪽으로 이끌었다. 마지의 슬리퍼 뒷굽이 쇠창살 사이에 끼어 부러져 버렸다. 그 바람에 슬리퍼가 벗겨졌고, 그녀는 절뚝거리며 주황색으로 칠한 철제 계단을 내려갔다. 그녀의 얼굴은 하얗게 질리고, 공포로 심하게 일그러진 상태였다. 간편화를 신은 루스는 필을 따라 허둥대며 내려갔다. 나는 맨 뒤에서 미친 듯이 그들을 몰았다.

창문 안으로 주민들이 보였다. 우리 위와 아래에서 창문 깨지는 소리가 속속 들렸다. 힘겹게 창문을 빠져나온 나이 든 커플이 계단을 내려가기 시작했다. 굼뜬 그들이 우리 앞을 막아 버렸다.

"빨리 움직여요!" 마지가 성을 내며 그들에게 소리쳤다.

어깨 너머로 보는 그들의 얼굴은 겁에 잔뜩 질려 있었다.

루스가 나를 돌아보았다. 아내의 얼굴에서는 핏기를 찾아볼 수 없었다. "오고 있는 거지?" 그녀가 떨리는 목소리로 물었다.

"따라가고 있어." 나는 숨을 헐떡이며 말했다. 당장이라도 끝도 없이 이어지는 계단 위로 고꾸라질 것만 같았다.

마침내 계단 끝에 다다르자 사다리가 나타났다. 앞서가던 노파가 사다리 끝에서 떨어졌다. 쿵 하는 소리와 함께 비명이 터져 나왔다. 몸에 깔려 발목이 꺾인 모양이었다. 그녀의 남편이 황급히 내려가 아내를 부축해 일으켰다. 건물의 진동은 점점 더 격해졌다. 벽돌들 틈에서 먼지가 뿌려지고 있었다.

나를 비롯한 모두가 같은 말을 외쳐 대고 있었다. **"빨리 가요!"**

필이 먼저 내려가 마지를 받아 주었다. 그녀는 아직도 울고 있었다. 남편과 함께 좁은 골목으로 들어선 그녀가 말했다. "오, 다행이에요!" 필이 멈춰 서서 어깨 너머로 우리를 돌아보았다. 하지만 마지가 그를 맹렬히 잡아끌었다.

"내가 먼저 내려갈게!" 나는 다급하게 말했다. 루스가 옆으로 비켜섰다. 나는 허둥대며 사다리를 내려갔다. 착지 순간 발등과 발목에서 통증이 느껴졌다. 나는 위를 올려다보며 아내를 향해 두 팔을 뻗어냈다.

루스 뒤의 남자가 먼저 뛰어내리려고 그녀를 거칠게 떠밀었다.

"조심해!" 나는 성난 짐승처럼 울부짖었다. 공포는 어느새 걱정으로 변해 있었다. 내게 총이 있었다면 그를 쏴 죽였을 것이다.

루스는 남자에게 순서를 양보했다. 냅다 뛰어내린 그가 휘청거리며 일어났다. 그리고 가쁜 숨을 몰아쉬며 골목으로 뛰어 들어갔다. 건물은 계속해서 흔들리고 진동했다. 엔진의 굉음은 사방으로 울려 퍼졌다.

"루스!" 나는 소리쳤다.

아내가 뛰어내렸고, 나는 밑에서 그녀를 받았다. 우리는 몸을 일으키고 골목을 향해 달려갔다. 가쁜 숨을 몰아쉴 때마다 옆구리가 결렸다.

골목을 빠져나오자 몰려드는 사람들을 한쪽으로 유도하는 존슨의 모습이 눈에 들어왔다.

"이쪽으로 오십시오!" 그가 소리쳤다. "진정들 하시고요!"

우리는 그에게 달려갔다. "존슨!" 나는 말했다. "이 로켓선은……"

"로켓선?" 그가 못 믿겠다는 표정으로 나를 보았다.

"이 건물 말이에요! 이건 로켓선이에요! 이건……" 그때 지축이 심하게 흔들리기 시작했다.

존슨이 홱 돌아서서 지나치는 누군가를 붙잡았다. 순간 숨이 턱 막혔다. 깜짝 놀란 루스도 두 손으로 자신의 볼을 감싸 쥐었다.

존슨은 계속해서 우리를 보고 있었다. 뒤통수에 달린 세 번째 눈으로. 그것에는 기분 나쁜 미소가 머금어져 있었다.

"안 돼." 루스가 떨리는 목소리로 말했다. "이럴 순 없어."

그때 서서히 밝아지던 하늘이 다시 어두워졌다. 나는 잽싸게 주위를 둘러보았다. 겁에 질린 여자들이 목청이 터지도록 비명을 질러 댔다. 나는 계속해서 사방을 훑었다.

튼튼해 보이는 벽들이 하늘을 가리고 있었다.

"오, 맙소사." 루스가 말했다. "빠져나갈 수 없어요. **블록 전체가 로켓선이잖아요.**"

아내 말이 끝나기가 무섭게 거대한 로켓선이 서서히 떠오르기 시작했다.

피의 아들
Blood Son

줄스의 작품에 대해 들었을 때 동네 사람들은 그가 미쳤다고 생각했다.

사실 모두가 오래전부터 그렇게 의심해 왔다.

그는 멍한 눈빛으로 사람들을 오싹하게 만들었다. 거친 후두음은 허약한 몸과 전혀 어울리지 않았고, 그의 창백하고 축 늘어진 피부는 많은 아이들을 불안하게 했다. 그는 햇빛을 극도로 싫어했다.

그의 아이디어는 동네 사람들에게 위화감을 안겨 주었다.

줄스는 뱀파이어가 되고 싶었다.

사람들은 그가 나무들이 뿌리째 뽑혀 나갈 만큼 거센 바람이 불던 밤에 태어났다는 걸 알고 있었다. 그들은 그가 치아 세 개를 가지고 태어났다고 했다. 젖을 물 때 어머니의 가슴을 깨물어 피를 쪽쪽 빨아 댔다나.

그들은 그가 밤마다 아기 침대에 누워 낄낄거리거나 요란하게 짖어 댔다고 했다. 또한 생후 2개월 때부터 걷기 시작했고, 달이 휘영청 밝을 때면 멍하니 그것을 올려다보았다고 했다.

사람들은 그렇게 입을 모았다.

일찍이 외아들의 문제점들을 눈치챈 그의 부모는 항상 아들을 걱정했다.

그들은 아들의 눈이 멀었다고 생각했지만 의사는 그저 멍하게 응시하는 것일 뿐이라고 설명해 주었다. 그는 그들에게 남달리 머리가 큰 줄스가 천재이거나 백치일 수 있다고 경고했다. 애석하게도 그들의 기대와 달리 그는 백치로 확인되었다.

그는 다섯 살이 될 때까지 말을 하지 못했다. 그리고 어느 날, 저녁 식탁에 앉아 대뜸 말했다. "죽음."

그의 부모는 일제히 찾아든 기쁨과 혐오감 속에서 어쩔 줄 몰라 했다. 극과 극의 두 감정 사이에 낀 그들은 줄스가 의미도 모르고 내뱉은 단어라며 애써 자위했다.

하지만 줄스는 그 의미를 분명히 알고 있었다.

그날 이후, 그는 천재적인 어휘력을 선보이며 그를 아는 모두를 경악시켰다. 그는 자신에게 던져지는 모든 단어를 고스란히 흡수했다. 간판, 잡지, 그리고 책들. 뿐만 아니라 그는 자신만의 새로운 단어를 창조해 내기도 했다.

예를 들면 **나이터치**nightouch나 **킬러브**killove 같은, 여러 단어를 하나로 합쳐 만든 것들이었다. 그것들에는 다른 단어들로는 도저히 표현할 수 없는 줄스의 감정이 담겨 있었다.

그는 현관에 앉아 사방치기와 스틱볼* 따위를 하며 노는 아이들을 지켜보곤 했다. 그는 하루 종일 보도를 응시하며 자신만의 단어를 속속 만들어 냈다.

열두 살이 될 때까지 줄스는 큰 사고를 치지 않았다.

언젠가 골목에서 올리브 존스의 옷을 벗기다가, 그리고 침대에서 새끼 고양이를 해부하다가 들킨 적은 있었지만.

하지만 자주 있는 일은 아니었다. 그리고 그런 해프닝들은 시간 속에 조용히 묻혀 버렸다.

그는 가끔 사람들을 넌더리가 나게 했을 뿐, 대체적으로 평범한 유년기를 보냈다.

그는 학교에 다녔지만 공부는 하지 않았다. 매년 두세 학기만 건성으로 다녔을 뿐이었다. 교사들은 그의 성조차 몰랐다. 읽기와 쓰기 같은 과목에서는 뛰어난 성적을 거두었다.

하지만 나머지 과목들은 절망적이었다.

열두 살 때 어느 토요일, 줄스는 영화관을 찾았다. 그리고 〈드라큘라〉를 보았다.

영화가 끝나자 그는 지끈거리는 몸을 이끌고 어린 소녀와 소년들을 헤쳐 나갔다.

집으로 돌아온 그는 화장실에 들어가 문을 걸어 잠그고 두 시간 동안 나오지 않았다.

그의 부모가 문을 두드리며 으름장을 놓았지만 그는 끝내 문을 열지 않았다.

* 막대기와 고무공으로 하는 야구 비슷한 놀이.

한참 후, 화장실을 나온 그가 저녁 식탁에 앉았다. 그의 엄지손가락에는 붕대가 감겨 있었고, 얼굴에는 만족의 표정이 떠올라 있었다.

다음 날 아침, 그는 도서관으로 갔다. 일요일이었다. 그는 하루 종일 계단에 앉아 도서관 문이 열리기를 기다리다가 포기하고 집으로 돌아갔다.

다음 날 아침, 그는 등교하지 않고 다시 도서관으로 향했다.

그는 책꽂이에서 『드라큘라』를 찾아냈다. 도서관 카드가 없는 그는 책을 빌릴 수 없었다. 카드를 만들려면 부모님을 데려와야 했다.

그래서 그는 책을 바지 속에 쑤셔 넣고 도서관을 빠져나왔다. 그리고 그 책은 끝내 반납하지 않았다.

공원에 앉아 책을 읽었다. 독서는 늦은 저녁이 다 돼서야 끝이 났다.

처음으로 돌아가 다시 읽기 시작했다. 가로등 켜진 거리를 내달리면서도 눈은 책에서 떨어지지 않은 채였다.

점심과 저녁을 걸렀다며 야단하는 소리도 귀에 들리지 않았다. 대충 배를 채우고 방으로 들어가 책을 마저 읽었다. 그들은 아들에게 책이 어디서 났느냐고 물었다. 그는 길에서 주웠다고 둘러댔다.

그 후 며칠 동안 줄스는 반복해서 그 책을 읽고 또 읽었다. 학교는 가지 않았다.

어느 날 밤, 그가 곯아떨어져 있을 때 어머니가 책을 집어 들고 거실로 나가 남편에게 보여 주었다.

특정 문장들에는 밑줄이 그어져 있었다. 줄스가 연필로 꾹꾹 눌러 그어 놓은 것이었다.

예를 들면 이런 문장이었다. "신선한 피로 물든 입술은 진홍색을 띠고 있었다. 턱을 타고 흘러내린 피가 그녀의 엷은 면포 수의를 적셨다."

"피가 뿜어져 나오자 그는 한 손으로 내 손을 꼭 잡고, 또 한 손으로는 내 목을 끌어안으며 내 입을 상처로 이끌었다……"

그의 어머니는 경악하며 책을 쓰레기통에 던져 버렸다.

다음 날 아침, 책이 사라졌다는 걸 알게 된 줄스는 비명을 질러 대며 어머니의 팔을 비틀었고, 그제서야 책을 되찾을 수 있었다.

그는 손과 손목에 커피 찌꺼기와 계란 노른자를 묻힌 채로 공원에 나가 또다시 책을 읽었다.

그는 한 달 동안 그 책을 탐독했다. 모든 내용을 줄줄 외울 정도가 되자 그는 미련 없이 책을 버렸다. 모든 장면이 머릿속에 생생히 그려졌기 때문이었다.

학교에서 결석 통지서가 속속 날아들기 시작했다. 줄스는 어머니의 성화에 못 이겨 다시 학교로 돌아가기로 했다.

그는 에세이를 쓰고 싶었다.

그리고 어느 날, 학교에서 원하는 글을 써 보았다. 교사는 아이들에게 앞에 나와 발표하고 싶은 사람이 있는지 물었다.

줄스 혼자 손을 번쩍 들었다.

교사는 깜짝 놀랐다. 측은한 마음이 든 그녀는 줄스의 기를 세워 주기로 했다. 그녀가 자그마한 턱을 안으로 살짝 당기고 미소를 지어 보였다.

"좋아." 그녀가 말했다. "다들 주목해. 줄스가 에세이를 읽어 줄 거야."

줄스는 자리에서 일어났다. 그는 잔뜩 들떠 있었다. 종이를 쥔 그의 두 손이 바르르 떨렸다.

"나의 포부⋯⋯"

"앞에 나와서 읽도록 해, 줄스."

줄스는 교실 앞으로 나갔다. 교사는 온화한 미소를 흘리고 있었다. 줄스가 다시 읽어나갔다.

"나의 포부. 줄스 드라큘라."

미소는 이내 사라져 버렸다.

"어른이 되면 뱀파이어가 되고 싶다."

교사의 입이 위아래로 씰룩거리기 시작했다. 그녀의 눈은 휘둥그레져 있었다.

"나는 영원히 살고 싶다. 적들에게 복수하고 모든 여자들을 뱀파이어로 만들고 싶다. 죽음의 냄새를 맡고 싶다."

"줄스!"

"내 입에서 죽은 땅과 지하 묘지와 향긋한 관 냄새가 풍겼으면 좋겠다."

교사는 몸서리를 쳤다. 그녀의 두 손은 초록색 압지 위에서 연신 씰룩거렸다. 그녀는 자신의 귀를 의심했다. 그녀의 시선이 아이들 쪽으로 돌아갔다. 모두가 입을 딱 벌린 채 줄스를 보고 있었다. 킥킥대는 몇 명이 보였지만 소녀들은 모두 겁에 질려 있었다.

"훔쳐 마신 피로 식어 버린 몸은 서서히 썩어 들어갈 것이다."

"이제⋯⋯ 흠!"

교사가 요란하게 헛기침을 했다.

"이제 그만하렴, 줄스." 그녀가 말했다.

하지만 줄스의 목소리는 오히려 더 커졌다.

"내 희고 날카로운 송곳니를 상대의 목에 찔러 넣고 싶다. 그런 다음······."

"줄스! 당장 자리로 돌아가!"

"송곳니는 면도칼처럼 살을 베고 정맥을 끊어 놓을 것이다." 줄스가 표독스러운 톤으로 읽어 내려갔다.

참다못한 교사가 자리에서 벌떡 일어났다. 아이들은 사시나무처럼 덜덜 떨고 있었다. 킥킥대는 아이는 이제 없었다.

교사가 그의 팔뚝을 우악스럽게 움켜잡았다. 줄스는 그 손을 뿌리치고 구석으로 달려갔다. 의자 뒤에 몸을 웅크린 소년이 소리쳤다.

"내 혀와 입술을 타고 흘러내린 피는 상대의 목구멍으로 흘러들 것이다! 난 소녀들의 피를 빨아 먹고 싶다!"

교사가 소년을 향해 몸을 날렸다. 그녀는 줄스를 복도로 끌고 나갔고, 아이는 비명을 지르며 교사를 할퀴었다. 아이는 결국 교장실로 끌려갔다.

"그게 내 포부라고요! 그게 내 포부예요! **내 포부라고요!**"

암울한 순간이었다.

줄스는 자기 방에 갇혔다. 담임과 교장은 줄스의 부모와 마주앉았다. 그들은 음산한 목소리로 의견을 나누었다.

그들은 당시 상황을 차분히 짚어 나갔다.

동네 주민들 모두가 줄스 이야기로 열을 올렸다. 그들 대부분은 소문을 믿지 않았다. 그저 아이의 짓궂은 장난일 뿐이라고 생각했다.

그러던 그들은 갑자기 오싹해졌다. 만약 자신들의 아이가 그런 끔찍한 장난을 서슴없이 저질렀다면?

그제야 그들은 진지해졌다.

그 후 모두가 매의 눈으로 줄스를 지켜보게 되었다. 다들 그와의 신체 접촉과 눈빛을 피해 다녔다. 그가 나타나면 부모들은 황급히 아이들을 집으로 불러들였다. 그에 대한 온갖 소문이 사방으로 퍼져 나갔다.

이제 결석 통지서는 필요치 않았다.

어느 날, 줄스는 어머니에게 학교에 다니지 않겠노라고 통보했다. 그 무엇도 자신의 결심을 바꾸지 못할 거라면서. 그는 두 번 다시 학교에 발을 들이지 않았다.

무단결석 학생 지도원이 아파트로 찾아오면 줄스는 옥상으로 빠져나가 도망쳤다.

그렇게 일 년이 흘러갔다.

줄스는 알 수 없는 무언가를 찾아 거리를 어슬렁거렸다. 그는 골목을 들쑤시고 다녔다. 쓰레기통도, 주차장도 샅샅이 뒤졌다. 동쪽 동네도, 서쪽 동네도, 그리고 중간 동네도.

하지만 그가 찾는 건 그 어디에도 없었다.

그는 잠을 거의 자지 않았다. 입을 열지도 않았다. 고개는 항상 푹 숙인 채였다. 그는 자신의 특별한 주문을 잊어버리고 말았다.

그러던 어느 날.

공원을 거닐던 줄스는 동물원으로 들어섰다.

흡혈 박쥐가 눈에 들어오자 그는 마치 감전이라도 된 듯 정신이 번쩍 들었다.

눈이 휘둥그레진 그는 누런 이를 드러내고 환히 웃었다.

그날 이후, 줄스는 매일 동물원을 찾아가 박쥐를 지켜보았다. 말도 걸어 보고, '백작'이라는 별명도 붙여 주었다. 그는 백작이 원래 인간이었을 거라 믿어 의심치 않았다.

그는 문화의 부활에 꽂혀 버리고 말았다.

곧장 도서관에 가서 책 한 권을 훔쳤다. 이번에는 야생동물에 관한 책이었다.

흡혈박쥐가 소개된 페이지를 찢어 보관하고, 책은 쓰레기통에 던져 버렸다.

그는 흡혈박쥐에 대한 모든 걸 알게 되었다.

박쥐가 어떻게 공격하는지, 어떻게 크림을 마시는 새끼 고양이처럼 피를 빨아 대는지, 어떻게 접은 날개와 검은 털북숭이 거미 같은 뒷다리로 걸어 다니는지, 어떻게 피만 먹고 거뜬히 살아가는지.

줄스는 몇 달에 걸쳐 박쥐를 관찰하며 말을 걸었다. 박쥐는 그의 삶의 유일한 위안거리였다. 끝내 이루어진 꿈의 상징.

어느 날, 줄스는 우리 밑 부분 철사가 느슨해져 있는 걸 발견했다.

그는 검은 눈을 굴려 주변을 유심히 살폈다. 다행히 박쥐 우리 쪽을 보는 이는 없었다. 궂은 날씨 탓에 동물원은 평소보다 한산했다.

줄스는 철사를 잡아당겨 보았다.

철사가 조금 움직였다.

그때 원숭이 우리를 나서는 한 남자가 그의 눈에 들어왔다. 줄스는 황급히 손을 뒤로 빼고는 즉석에서 만든 멜로디를 휘파람으로 불며 우리에서 떨어졌다.

그날 밤, 잠을 이루지 못한 그는 맨발로 조심스레 걸어 부모님 방을 지나쳐 나왔다. 안에서는 아버지와 어머니의 코 고는 소리가 나지막이 흘러나왔다. 그는 신발을 신고 곧장 동물원으로 달려갔다.

경비원이 멀리 벗어날 때마다 줄스는 철사를 힘껏 당겼다.

그는 철사가 떨어져 나올 때까지 작업을 멈추지 않았다.

집에 돌아갈 시간이 되자 그는 헐거워진 철사를 안으로 밀어 제대로 붙어 있는 것처럼 보이게 해 놓았다.

줄스는 하루 종일 우리 앞에 서서 백작을 들여다보며 머지않아 자유의 몸이 될 거라고 귀띔해 주었다.

백작에게 자신이 알고 있는 모든 걸 들려주었다. 거꾸로 매달려 벽을 내려오는 연습을 하게 될 거라고도 했다.

그는 걱정 말라며 백작을 안심시켰다. 곧 우리를 나올 수 있을 거라고. 자유의 몸이 되면 함께 세상을 누비며 소녀들의 피를 실컷 빨아 먹자고.

어느 날 밤, 줄스는 철사를 뜯고 우리 안으로 기어 들어가는 데 성공했다.

동물원은 칠흑 같은 어둠에 묻혀 있었다.

엉금엉금 기어 작은 나무 집으로 다가갔다. 그리고 안에서 백작 소리가 들리는지 귀를 쫑긋 세워 보았다.

검은 문간 안으로 한쪽 팔을 밀어 넣었다. 그는 계속해서 백작에게 속삭였다.

뾰족한 무언가가 손가락을 찌르자 그가 화들짝 놀랐다.

줄스는 퍼덕거리는 털북숭이 박쥐를 조심스레 끄집어냈다. 핼쑥한 얼굴에 만족의 표정이 떠올랐다.

그는 박쥐를 품에 안은 채 황급히 동물원을 빠져나갔다. 공원을 나와서는 정적에 묻힌 거리를 전력으로 내달렸다.

날은 금세 밝아졌다. 새벽빛이 검은 하늘을 잿빛으로 바꾸어 놓았다. 그는 집으로 돌아갈 수 없었다. 어딘가 잠시 머물 곳이 필요했다.

골목으로 들어가 울타리를 넘어갔다. 박쥐는 여전히 그의 품속에 파묻힌 채 그의 손가락에서 배어나오는 피를 쪽쪽 빨아 대고 있었다.

뜰을 가로질러 버려진 작은 판잣집으로 들어갔다.

돌무더기와 빈 깡통과 젖은 판지와 배설물로 가득 찬 실내는 어둡고 축축했다.

줄스는 박쥐가 빠져나갈 구멍이 있는지 꼼꼼히 살펴보았다.

마침내 그는 문을 꼭 닫고 금속 고리에 막대기를 꽂았다.

가슴이 쿵쾅거렸고, 팔다리는 후들거렸다. 그는 박쥐를 놓아 주었다. 박쥐는 어두운 구석으로 날아가 나무 벽에 매달렸다.

줄스는 열병에 걸린 사람처럼 셔츠를 벗어젖혔다. 입술이 가볍게 떨렸다. 얼굴에 섬뜩한 미소가 떠올랐다.

그는 바지 주머니에서 작은 펜나이프를 꺼냈다. 어머니에게서 훔친 것이었다.

그는 칼날을 열고 손가락으로 천천히 문질렀다. 칼날이 그의 살을 갈랐다.

그는 떨리는 손으로 자신의 목을 푹 찔렀다. 배어 나온 피가 그의 손가락을 타고 흘렀다.

"백작! 백작!" 그가 희열에 젖어 소리쳤다. "내 빨간 피를 마셔! 내 피를 마셔! 내 피를 마시라고!"

수북이 쌓인 깡통을 헤쳐 가던 그가 미끄러져 넘어졌다. 그는 두 손을 휘저으며 박쥐를 찾았다. 벽에서 떨어져 나온 박쥐가 높이 솟구쳐 올랐다가 이내 반대편 벽에 내려앉았다.

줄스의 볼을 타고 눈물이 흘러내렸다.

그는 이를 악물었다. 어깨와 앙상하고 민숭민숭한 가슴은 피로 범벅이 돼 있었다.

뜨겁게 달아오른 몸이 덜덜 떨렸다. 그는 비틀거리며 반대편으로 돌아갔다. 발을 헛디뎌 넘어진 그의 옆구리로 날카로운 깡통의 끝부분이 파고들었다.

그의 두 손이 다시 어둠 속을 휘저어 댔다. 그리고 마침내 박쥐를 잡는 데 성공했다. 그는 박쥐를 자신의 목에 갖다 붙였다. 그런 다음, 차가운 흙바닥에 벌러덩 드러누워 한숨을 내쉬었다.

잠시 신음을 토해 내던 그가 자신의 가슴을 움켜잡았다. 그의 복부는 연신 들썩거렸다. 목에 달라붙은 검은 박쥐는 소리 없이 피를 핥아 댔다.

줄스는 자신이 죽어가고 있다는 걸 똑똑히 느낄 수 있었다.

그의 머릿속에서 과거의 기억들이 빠르게 스쳤다. 기다림. 부모님. 학교. 드라큘라. 꿈. 그리고 바로 이 영광의 순간.

줄스의 눈이 깜빡이며 떠졌다.

악취가 진동하는 오두막 안에서 무언가가 꿈틀대고 있었다.

숨을 쉴 수가 없었다. 그는 입을 열고 할딱거렸다. 역한 공기에 기침이 터져 나왔다. 차가운 바닥 위에서 여윈 몸이 요동쳤다.

머릿속에서 안개가 서서히 걷혔다.

겹겹이 드리워졌던 베일이 하나씩 벗겨졌다.

갑자기 머릿속이 확 맑아졌다.

옆구리에서는 통증이 전해졌다.

그는 자신이 웃통을 벗어젖힌 채 쓰레기 더미 위에 누워 박쥐에게 피를 먹이고 있다는 걸 알고 있었다.

숨 가쁜 비명을 지르며 털북숭이 박쥐를 몸에서 떼어 냈다. 그리고 놈을 냅다 팽개쳐 버렸다. 박쥐는 다시 날아와 그의 얼굴 앞에서 진동하는 날개를 맹렬히 휘둘러 댔다.

줄스는 휘청거리며 몸을 일으켰다.

그는 손으로 더듬어 문을 찾아보았다. 시야는 캄캄했다. 그는 목의 출혈을 막아 보려 애썼다.

그는 간신히 문을 찾아 열었다.

가까스로 어둠이 깔린 뜰로 빠져나온 그는 높이 자란 잔디 위로 픽 고꾸라졌다.

그는 도와달라고 소리치고 싶었다.

하지만 그의 입에서는 그르렁거리는 소리만 흘러나올 뿐이었다.

그의 뒤에서 퍼덕거리는 날갯짓 소리가 들렸다.

그리고 이내 뚝 멎어 버렸다.

억센 손이 그를 부축해 일으켰다. 줄스는 생기를 잃어 가는 눈으로 앞에 선 검은 형체를 보았다. 키가 큰 남자의 눈은 루비처럼 반짝거렸다.

"나의 아들아." 남자가 말했다.

뜻이 있는 곳에
Where There's a Will

리처드 크리스천 매시슨과 함께 쓰다.

그는 잠에서 깼다.

방 안은 어둡고 추웠다. 조용했고.

목이 타는군. 그는 생각했다. 하품을 하며 일어나 앉았다. 하지만 이내 외마디 비명을 지르며 뒤로 넘어가 버렸다. 머리가 무언가에 부딪친 것이었다. 그는 맥이 꿈틀대는 눈썹을 살살 문질렀다. 통증이 머리로 번지는 중이었다.

그는 또다시 천천히 몸을 일으켜 보았다. 하지만 이번에도 무언가가 그의 머리에 부딪쳤다. 그는 매트리스와 머리 위 무언가 사이에 끼어 있었다. 두 손을 앞으로 뻗어 더듬어 보았다. 손끝이 푹 들어가는 표면은 부드럽고 유연했다. 그는 계속해서 표면을 훑었다. 벽은 끝도 없이 이어졌다. 그는 초조하게 마른침을 삼킨 후 몸을 바르르 떨었다.

대체 여기가 어디지?

왼쪽으로 몸을 굴려 보았지만 이내 벽에 막혀 버렸다. 순간 숨이
턱 막혔다. 손을 뻗어 오른쪽을 더듬어 보았다. 그의 심장 박동이 점
점 빨라졌다. 오른쪽 역시 벽으로 막혀 있었다. 그는 네 개의 벽으로
에워싸인 상태였다. 그의 심장이 청량음료 캔처럼 우그러졌고, 피를
뿜어내는 속도는 백 배 이상 빨라진 것 같았다.

그는 이내 자신이 옷을 걸치고 있음을 깨달았다. 바지, 코트, 셔츠
와 넥타이, 그리고 벨트. 발에는 구두가 신겨져 있었다.

오른손을 바지 주머니에 넣고 뒤적였다. 차갑고 네모난 금속이 만
져졌다. 그것을 꺼내 얼굴로 가져왔다. 그리고 떨리는 손가락으로 뚜
껑을 열어젖힌 후 엄지손가락으로 휠을 돌려 보았다. 불꽃이 조금 튀
었을 뿐 불은 켜지지 않았다. 다시 휠을 돌리자 이번에는 불이 켜졌
다.

그는 주황색으로 물든 자신의 몸을 내려다보며 다시 바르르 떨었
다. 라이터 불빛이 주변을 희미하게 비춰 주었다.

자신이 처한 상황을 깨달은 그는 하마터면 비명을 지를 뻔했다.

그는 관 속에 갇혀 있었다.

그는 라이터를 떨어뜨렸다. 어둠 속에서 노란 띠가 휙 그어졌다가
이내 사라져 버렸다. 다시 칠흑 같은 어둠이 찾아들었다. 아무것도
보이지 않았다. 들리는 것이라고는 자신의 목구멍에서 연신 터져 나
오는 가쁜 숨소리뿐이었다.

얼마나 오래 이 안에 갇혀 있었던 거지? 몇 분? 몇 시간?

며칠?

이 상황이 악몽일 가능성을 떠올려 보았다. 이 모든 게 꿈일 가능성, 잠결에 흉측하게 뒤틀린 환영을 보고 있는 것일 가능성을. 하지만 그는 그럴 리 없다는 걸 알고 있었다. 자신에게 무슨 일이 벌어졌는지 대충 짐작하고 있었다.

그들이 그를 그가 가장 두려워하는 공간에 가둔 것이었다. 자신의 공포를 그들에게 귀띔해 준 것은 치명적인 실수였다. 덕분에 그들은 가장 끔찍한 고문 방법을 떠올릴 수 있었다. 백 년간 머리를 굴린다 해도 쉽게 떠올릴 수 없는 기발한 방법을.

맙소사, 내가 그렇게나 미웠나? 굳이 내게 이래야 했을 만큼?

주체할 수 없이 떨리던 몸이 갑자기 뚝 멎었다. 놈들에게 순순히 당하고 있을 수만은 없지. 내 목숨과 사업을 한꺼번에 앗아 가 버리시겠다? 절대 안 돼. **안 된다고!**

그는 황급히 라이터를 찾아 손을 더듬거렸다. 너희들, 크게 실수한 거야. 그는 생각했다. 미련한 놈들. 보나마나 날 조롱하려고 이걸 같이 넣었겠지. 자기들 딴엔 기발한 아이러니라 생각했겠지. 회사를 이렇게까지 키워 줘 고맙다는 감사의 메시지. 금으로 된 라이터에는 이렇게 새겨져 있었다. **찰리에게 / 뜻이 있는 곳에······**

"정말?" 그는 중얼거렸다. 형편없는 놈들. 내가 네놈들에게 당하고만 있을 것 같아? 나를 죽이고 내가 지금껏 일군 사업까지 먹어 치우겠다고? 이제 뜻이 생겼으니······

길이 보일 거야.

라이터를 쥔 주먹에 힘이 잔뜩 들어갔다. 그는 들썩이는 가슴 위로 주먹을 얹어 놓았다. 엄지손가락으로 휠을 돌릴 때마다 부싯돌이 슥 슥 갈렸다. 마침내 라이터에 불이 붙었다. 그는 뛰는 가슴을 애써 진정시키고 관 속을 찬찬히 살펴보았다.

벽까지는 겨우 몇 센티미터의 여유 공간만이 허락됐을 뿐이었다.

이 좁은 공간에 산소는 얼마나 남아 있을까? 그는 궁금해졌다. 라이터를 껐다. 산소를 아껴야지. 그는 생각했다. 어둠 속에서 방법을 찾아 봐야 해.

두 손을 뻗어 관 뚜껑에 얹었다. 그리고 팔뚝에 부담이 느껴질 때까지 있는 힘껏 밀어 보았다. 하지만 뚜껑은 꿈쩍도 하지 않았다. 그는 두 주먹을 불끈 쥐고 뚜껑을 두드리기 시작했다. 이내 머리와 몸이 땀으로 젖었다.

바지 왼쪽 주머니에서 열쇠 두 개가 걸려 있는 체인을 꺼내 들었다. 이것도 같이 넣어 주다니. **우둔한 놈들.** 정말로 내가 혼란에 빠져 아무것도 못 할 줄 알았나? 이것 또한 그를 자극하기 위한 잔머리였다. 그의 인생을 완전히 망가뜨려 놓기 위한 계략. 어차피 더 이상 자동차와 사무실을 들락거릴 일도 없을 텐데 열쇠가 무슨 소용이냐는 거지?

틀렸어. 그는 생각했다. 언젠가는 다시 돌아가게 될 거야.

잠시 열쇠들을 살피던 그가 그중 하나를 골라 뚜껑의 안쪽 표면을 긁기 시작했다. 안감이 뜯겨져 나가자 그 안으로 손가락을 쑤셔 넣고 잠금장치가 떨어져 나갈 때까지 힘껏 잡아당겼다. 양옆으로 물컹거리는 충전재가 쌓였다. 그는 숨을 필요 이상으로 깊이 들이쉬지 않으려 애썼다. 관 속의 산소는 최대한 아껴 써야만 했다.

그는 다시 라이터를 켜고 관 뚜껑을 주먹으로 두들겨 보았다. 입에서 안도의 한숨이 터져 나왔다. 관은 금속이 아닌, 오크나무로 돼 있었다. 놈들의 어설픔이 또 한 번 확인된 것이다. 그는 경멸의 표정으로 미소를 지었다. 그에게 있어 머리로 그들을 압도하는 건 너무나도 손쉬운 일이었다.

"우둔한 놈들." 두꺼운 나무 뚜껑을 올려다보며 그가 웅얼거렸다. 그는 열쇠를 좀 더 단단히 쥐고 톱니 모양의 날로 오크나무 표면을 찍기 시작했다. 뚜껑에서 자그마한 나무 조각들이 떨어져 나올 때마다 라이터 불꽃이 흔들렸다. 그의 위로 나무 조각들이 쉴 새 없이 뿌려졌다. 불안정한 라이터는 계속해서 불을 꺼뜨렸다. 반복해서 휠을 돌리느라 손은 얼얼해져 있었다. 그는 산소를 아끼기 위해 다시 라이터를 껐다. 그리고 죽을힘을 다해 나무 표면을 파 나갔다. 어느덧 목과 턱에는 나무 조각들이 수북이 쌓였다.

팔이 욱신거렸다.

그는 녹초가 된 상태였다. 작업에는 눈에 띄는 진전이 없었다. 그는 열쇠를 가슴에 놓고 다시 라이터를 켰다. 그가 파헤친 부분은 너덜너덜해져 있었다. 하지만 그 크기는 몇 센티미터에 불과했다. 이 정도로는 어림도 없어. 그는 생각했다. 이 정도론 안 된다고.

몸이 축 늘어졌다. 그는 하던 작업을 멈추고 긴 한숨을 내쉬었다. 산소는 점점 희박해지고 있었다. 그 주먹을 들고 뚜껑을 두들기기 시작했다.

"이거 빨리 못 열어? 젠장." 피부 밑에서 정맥이 꿈틀거렸다. **"빨리 열란 말이야. 꺼내 달라고!"**

뭐라도 하지 않으면 여기서 죽고 말 거야.

그럼 저놈들이 이기는 거라고.

얼굴이 딱딱하게 굳었다. 그는 지금껏 살아오면서 포기해 본 적이 없었다. 단 한 번도. 결코 그들이 이기도록 내버려 둘 순 없었다. 그는 한번 결심한 것은 무슨 일이 있어도 끝까지 밀고 나가는 타입이었다.

놈들에게 의지력이 무엇인지 똑똑히 보여 줄 참이었다.

오른손으로 라이터를 쥐고 휠을 몇 번 돌렸다. 색 테이프처럼 솟아오른 불꽃이 눈앞에서 위태롭게 흔들렸다. 그는 떨리는 왼팔을 오른손으로 붙잡고 관 뚜껑 앞으로 라이터를 가져가 댔다. 불꽃이 파헤쳐진 나무 표면을 그슬려 나갔다.

그는 짧고 얕은 호흡을 이어 나갔다. 관 속에서 부탄과 모직 냄새가 진하게 풍겼다. 불이 닿은 나무 표면에 자그마한 얼룩이 생겨 났다. 그는 한동안 한 부분을 집중적으로 지지다가 또 다른 부분으로 이동했다. 나무에서는 연신 치직거리는 소리가 들려왔다.

갑자기 불꽃이 나무 표면에 옮겨 붙었다. 오크나무가 타들어 가면서 관 속은 이내 매캐한 회색 연기로 가득 찼다. 희박한 산소 탓에 그는 할딱거렸다. 남아 있는 산소에서 끈적거리는 연기 맛이 느껴졌다. 그는 마치 수평으로 된 굴뚝 안에 누워 있는 기분이었다. 당장이라도 실신해 버릴 것 같았고, 몸의 감각들은 서서히 무뎌지고 있었다.

그는 단추를 우악스럽게 잡아 뜯고 셔츠를 벗었다. 그리고 셔츠 자락을 길게 찢어 자신의 오른손과 손목에 칭칭 감았다. 뚜껑의 한 부분은 푸석푸석한 숯으로 변해 있었다. 그가 주먹과 팔뚝으로 연기를 뿜어내는 나무 표면을 힘껏 두들겼다. 벌건 잉걸불이 그의 얼굴과 목으로 우수수 떨어져 내렸다. 그는 두 팔을 휘둘러 뜨거운 불씨를 짓이겨 껐다. 가슴과 손바닥에 화상을 입은 그가 비명을 질렀다.

골격만 남은 관 뚜껑이 내뿜는 열기가 그의 얼굴로 뿌려졌다. 그는 꼼지락거리며 몸을 움츠렸다. 떨어지는 나무 조각들을 피하려 고개도 한쪽으로 돌렸다. 관 속은 연기로 가득 차고, 매캐한 공기가 숨을 턱 막히게 했다. 뜨겁게 달구어진 그의 목구멍이 쓰라렸다. 그의 입과 코는 미세한 잿가루로 가득 차 있었다. 그는 또다시 뚜껑에 대고 셔츠로 감긴 주먹을 휘둘러 댔다. 제발. 그는 생각했다. 제발 좀.

"제발!" 그가 빽 소리쳤다.

마침내 뚜껑의 한 부분이 부서져 내렸다. 그는 얼굴과 목과 가슴 위로 뿌려진 잉걸불을 손바닥으로 후려쳐 껐다. 피부가 타들어 가면서 극심한 통증이 몰려들었다.

잉걸불이 까맣게 변해 가면서 묘한 냄새가 났다. 그는 손으로 더듬어 찾은 라이터를 황급히 켰다.

눈에 들어온 이미지가 그의 등골을 서늘하게 만들었다.

머리 위에 꽉 들어찬 뿌리에 엉겨 붙은 젖은 흙.

그는 손끝으로 눈앞의 흙을 더듬었다. 깜빡이는 불빛 속에서 그는 천공성 곤충과 새하얀 지렁이들을 똑똑히 볼 수 있었다. 화들짝 놀란 그는 다시 몸을 움츠리고 꿈틀대는 벌레들을 피해 고개를 멀리 뺐다.

축축한 흙에서 유충 하나가 떨어져 나왔다. 젤리 같은 그것이 그의 윗입술에 착 달라붙었다. 역겨움에 이성을 잃은 그가 두 손으로 흙을 할퀴기 시작했다. 그는 머리를 좌우로 세차게 흔들어 우수수 떨어지는 벌레들을 피하려 했다. 그가 손을 놀릴 때마다 그의 몸 위로 흙이 빠르게 쌓였다. 흙이 콧속으로 파고들어 호흡이 곤란할 지경이었다. 입술에 달라붙은 흙도 조금씩 입안으로 스며들었다. 질끈 감긴 그의 눈꺼풀 위로도 흙이 점점 쌓여 가는 중이었다. 그는 숨을 꼭 참은 채 두 손을 부지런히 움직였다. 그는 과부하 걸린 굴착기가 돼 버린 기분이었다. 그는 가끔씩 몸을 들어 흙은 바닥으로 내려 보냈다. 충분한 산소를 공급받지 못한 폐가 힘에 부쳐 했다. 그는 눈을 뜰 엄두를 내지 못했다. 손가락은 얼얼했고, 몇몇 손톱은 뒤로 꺾여 부러진 상태였다. 그는 이제 통증도, 피가 배어나는 것도 느끼지 못했다. 하지만 바닥에 깔린 흙이 자신의 피로 점점 물들고 있음은 충분히 짐작할 수 있었다. 시간이 흐를수록 팔과 폐의 통증은 점점 심해졌다. 그리고 그것은 금세 온몸으로 퍼졌다. 그는 발과 무릎을 가슴으로 끌어올린 채 계속해서 상체를 일으키려 애썼다. 경련이 일어난 듯 몸을 웅크린 그가 두 손을 머리 위로 올렸다. 팔죽지가 얼굴에 밀착된 상태에서 그는 맹렬히 흙을 파헤쳐 나갔다. 멈추면 안 돼. 그는 속으로 외쳤다. **멈추면 안 된다고.** 그는 끝까지 통제력을 잃고 싶지 않았다. 포기한 채 땅속에 묻혀 죽고 싶지 않았다. 그는 어금니를 꽉 깨물었다. 턱의 엄청난 힘에 이가 산산조각 나 버릴 것만 같았다. **멈추지 마.** 그는 생각했다. **계속하라고!** 그는 필사적으로 손을 움직였다. 비 오듯 쏟아져 내린 흙이 머리와 어깨 위에 수북이 쌓였다. 역겨운 벌레들은 그를 에워쌌다. 그의 폐는 폭발하기 직전이었다. 숨을 참은 지 몇 분이 지나 버린 것 같았다. 그는 비명을 지르고 싶었지만 그럴 수 없었다. 노출된 각피와 신경이 흙 천장에 짓이겨진 탓에 손톱이 따끔거리고 욱신거렸다. 통증에 쩍 벌어진 입 안으로 흙이 쏟아져 들어왔다. 흙은 금세 혀를 뒤덮고 목구멍을 채워 나갔다. 반사적으로 구역질이 나 입에서 흙 섞인 토사물이 터져 나왔다. 숨을 들이쉴 때마다 흙이 파고들고, 정신은 점점 몽롱해져 갔다. 당장이라도 질식이 일어날 것 같았다. 기도에도 흙이 차곡차곡 쌓였다. 심장박동은 어느새 두 배 이상 빨라져 있었다. **이러다 죽겠어!** 비통함이 밀려들었다.

바로 그때 손가락 하나가 딱딱한 지표를 뚫고 나갔다. 그는 본능적으로 손을 모종삽처럼 움직여 흙을 찍어 냈다. 그가 두 팔을 미친 듯이 휘두를 때마다 흙 천장에 난 구멍이 점점 커졌다. 몸은 쉴 새 없이 쏟아져 내리는 흙에 완전히 파묻힌 상태였고, 가슴은 터질 듯이 아팠다.

마침내 그의 팔이 무덤을 뚫고 나갔다. 그는 몇 초 만에 상체를 밖으로 빼내는 데 성공했다. 너덜거리는 손으로 땅을 짚고 두 다리를 구멍 밖으로 끄집어냈다. 그는 땅에 드러누워 폐 속 가득 신선한 공기를 채워 넣으려 애썼다. 하지만 기관과 입안에 흙이 쌓여 공기가 스며들지 못했다. 그는 잠시 온몸을 비틀어 대다가 간신히 몸을 일으켰다. 그리고 무릎을 꿇은 채 앞으로 엎어져 가래로 반죽이 된 진흙을 토해 냈다. 까만 침이 턱을 타고 흘러내렸다. 입에서 쏟아져 나온 흙이 땅 위로 후드득 떨어졌다. 기도가 뚫리자 산소가 물밀듯 파고들었다. 서늘한 공기가 그에게 생기를 불어넣어 주었다.

내가 이겼어. 그는 생각했다. 내가 그놈들을 이겼다고. 내가 이겼어! 분노에 몸을 떨던 그가 의기양양하게 웃음을 터뜨렸다. 그는 눈을 뜨고 주위를 둘러보았다. 그의 손은 피로 뒤덮인 눈꺼풀을 연신 비벼 댔다. 요란한 교통 소음이 들려왔고, 사방에서 눈부신 불빛이 뿌려졌다. 예상치 못한 상황에 깜짝 놀란 그는 이내 자신의 위치를 깨달았다.

고속도로 옆 공동묘지.

차와 트럭들이 우렛소리를 내며 연신 지나쳐 갔다. 움직임과 사람들로 북적이는 바깥세상에 근접해 있다는 사실에 그는 안도했다. 그제야 그의 입가에 미소가 머금어졌다.

그의 오른편으로 높은 금속 기둥에 세워진 주유소 간판이 보였다. 고속도로를 따라 몇 백 미터만 가면 도달할 수 있는 곳이었다.

간신히 몸을 일으킨 그는 그쪽으로 내달리기 시작했다.

머릿속에서는 앞으로의 계획이 착착 설계되고 있었다. 그는 주유소에 도착하자마자 화장실에 들어가 몸을 씻을 참이었다. 그런 다음 동전을 빌려 회사에 전화를 걸 것이다. 당장 리무진을 보내라고. 아니. 그냥 택시를 부르는 게 낫겠어. 그래야 그 개자식들을 속일 수 있을 테니까. 아주 기겁을 하게 만들어 줄 거야. 놈들은 내가 죽었을 거라 믿고 있겠지? 천만에. 내가 이겼다고. 확신에 찬 그는 뛰는 속도를 조금씩 높였다. 간절히 원하면 누구도 막을 수 없는 법이야. 그는 방금 전 탈출한 무덤 쪽을 돌아보며 생각했다.

주유소에 도착한 그는 화장실로 직행했다. 흙과 피로 범벅이 된 자신의 몰골을 세상에 보이고 싶지 않았기 때문이었다.

화장실에는 공중전화가 갖춰져 있었다. 그는 문을 걸어 잠그고 동전을 찾아 주머니를 뒤적였다. 1센트 동전 두 개와 25센트 동전 하나. 그는 은색 동전을 공중전화에 넣었다. 고맙게도 몇 푼 남겨 주고 갔군. 그는 생각했다. 멍청한 놈들.

그는 아내에게 전화를 걸었다.

응답한 그녀가 자초지종을 듣고 나서 비명을 질렀다. 빽빽대는 괴성은 한동안 이어졌다. 장난이 심하군요. 그녀는 말했다. 대체 누군데 이런 고약한 장난을 치는 거죠? 그에게 대꾸할 틈도 주지 않은 채 그녀는 전화를 끊어 버렸다. 그는 수화기를 떨어뜨리고 화장실 벽에 붙은 거울을 들여다보았다.

그는 비명조차 지를 수 없었다. 그저 말없이 거울만 들여다볼 뿐이었다.

거울 속 얼굴의 일부는 어딘가로 떨어져 나간 상태였다. 피부는 회색을 띠고, 그 안으로는 노란 뼈가 들여다보였다.

순간 그는 아내가 했던 말을 떠올렸다. 그리고 펑펑 울기 시작했다. 충격이 가시자 암담한 숙명의 그림자가 드리워졌다.

일곱 달이나 지났는데. 그녀는 그렇게 말했다.

일곱 달.

그는 또다시 거울을 들여다보았다. 그리고 자신에게 갈 곳이 없음을 깨달았다.

어떻게 된 일인지 그의 머릿속에서는 라이터에 새겨진 문구만이 계속해서 맴돌 뿐이었다.

사막 카페
Dying Room Only

작은 마을 외곽에 자리한 카페는 벽돌과 나무로 지어진 직사각형 건물로, 작은 헛간이 딸려 있었다. 카페를 지나친 그들은 아지랑이가 피어오르는 사막 쪽으로 계속 달려갔다.

밥이 먼저 입을 열었다. "저기서 좀 쉬어가는 게 어때? 다음 카페가 또 언제 나타날지 모르잖아."

"하긴." 진이 시큰둥하게 말했다.

"보나마나 허접한 곳일 거야." 밥이 말했다. "하지만 뭐라도 먹어야 하지 않겠어? 아침을 먹은 지도 다섯 시간이나 지났는데."

"음…… 그래 그럼."

밥이 갓길에 차를 세우고 뒤를 돌아보았다. 도로에는 다른 차가 한 대도 보이지 않았다. 그는 신속히 유턴해 카페로 들어가 포드를 멈춰 세웠다.

"배고파 죽을 지경이야." 그가 말했다.

"나도 마찬가지야." 진이 말했다. "어젯밤 웨이트리스가 음식을 가져왔을 때도 배가 많이 고팠어."

밥이 어깨를 으쓱였다. "어떻게 할까?" 그가 말했다. "굶어 죽고 나서 사막 한복판에 새하얀 뼈로 남겨지는 게 낫겠어?"

그녀는 얼굴을 찌푸렸다. 부부는 일제히 차에서 내렸다. "난 그게 나을 것 같은데." 그녀가 말했다.

그들이 뙤약볕으로 나오자 기다렸다는 듯 살인적인 열기가 폭포수처럼 쏟아져 내렸다. 그들은 카페를 향해 총총 걸어갔다. 그들의 샌들 아래에서 땅이 절절 끓고 있었다.

"너무 더워." 진이 말했다. 밥은 끙 앓는 소리를 냈다.

망을 친 문을 당겨 열자 경첩이 삐걱거렸다. 답답한 실내로 들어선 그들 뒤로 문이 거칠게 닫혔다. 안에서는 기름과 후끈한 흙먼지 냄새가 풍겼다.

카페 안의 세 남자가 고개를 들고 그들을 보았다. 작업복과 지저분한 모자 차림의 남자는 뒤편 부스에 축 늘어진 채 앉아 맥주를 홀짝이고 있었다. 또 다른 한 명은 카운터 의자에 앉아 있었다. 그의 한 손에는 샌드위치가 있고, 앞에는 맥주가 한 병 놓여 있었다. 세 번째 남자는 카운터 뒤에 서서 신문을 살짝 내린 너머로 그들을 보고 있었다. 그는 하얀 반팔 셔츠에 구겨진 하얀 바지 차림이었다.

"자, 어때?" 밥이 아내에게 속삭였다. "완전 리츠-칼튼 뺨치지?"

그녀가 비꼬듯 또박또박 말했다. "하-하."

그들은 카운터 앞으로 다가가 의자에 앉았다. 세 남자의 시선은 여전히 부부에게 고정돼 있었다.

"우리가 나타난 게 무슨 큰 사건이라도 되는 모양이지?" 밥이 나지막이 말했다.

"여기선 우리가 유명 인사인가 봐." 진이 말했다.

하얀 바지 남자가 다가와 변색된 냅킨꽂이 뒤에서 메뉴를 뽑아 들었다. 그리고 그것을 부부 앞으로 쭉 밀었다. 그들은 밥이 펼쳐 든 메뉴를 빠르게 훑었다.

"아이스티는 없나요?" 밥이 물었다.

남자가 고개를 저었다. 부부는 다시 메뉴로 시선을 돌렸다.

"그럼 시원한 음료는 뭐가 있습니까?" 밥이 물었다.

"하이-라이 오렌지랑 닥터 페퍼뿐입니다." 남자가 축 늘어진 톤으로 말했다.

밥은 헛기침을 한 번 했다.

"주문하기 전에 물 한 잔씩 해도 될까요? 날이 너무……"

남자가 돌아서서 싱크대로 돌아갔다. 그는 지저분한 글라스 두 개에 수돗물을 채워 그들에게 내 놓았다. 글라스에서 넘친 물이 카운터에 뿌려졌다. 진이 글라스를 집어 들고 한 모금 넘겼다. 염분 섞인 미지근한 물이 목구멍에 닿자 그녀가 움찔했다. 그녀는 이내 글라스를 내려놓았다.

"찬물은 없나요?" 그녀가 물었다.

"여긴 사막 한복판입니다. 이런 물이라도 마실 수 있다는 걸 다행으로 여겨야죠."

오십 대 초반으로 보이는 남자의 푸석푸석한 철회색 머리는 가운데 가르마였다. 손등은 짧고 꼬불꼬불한 까만 털로 뒤덮여 있고, 오른쪽 새끼손가락에는 빨간 보석이 붙은 반지가 끼워져 있었다. 그가 흐리멍덩한 눈으로 그들을 보며 주문을 기다렸다.

"계란 프라이 샌드위치. 토스트는 호밀빵으로요." 밥이 말했다.

"토스트는 안 됩니다." 남자가 말했다.

"알았어요. 그럼 그냥 굽지 않은 호밀빵으로 해 줘요."

"호밀빵이 없어요."

밥이 그를 올려다보았다. "그럼 뭐가 있는데요?" 그가 물었다.

"흰빵."

밥이 어깨를 으쓱였다. "흰빵으로 줘요, 그럼. 딸기 밀크셰이크랑. 당신은 뭘로 할래?"

남자의 시선이 진에게로 돌아갔다.

"글쎄." 그녀가 말했다. 그녀가 남자를 올려다보았다. "우선 남편 것부터 해 줘요. 난 좀 더 생각해 볼게요."

남자는 그녀를 빤히 보다가 돌아서서 스토브로 돌아갔다.

"최악인데." 진이 말했다.

"나도 같은 생각이야." 밥이 말했다. "그래도 어쩔 수 없잖아. 다음 마을이 언제 나타날 줄 알고?"

진이 지저분한 글라스를 멀리 밀어내고 미끄러지듯 높은 의자에서 내려왔다.

"좀 씻어야겠어." 그녀가 말했다. "누가 알아? 씻고 나오면 식욕이 생길지."

"좋은 생각이야." 그가 말했다.

잠시 후, 그도 의자를 내려와 카페 앞쪽 화장실로 향했다.

그의 손이 문손잡이에 닿았을 때 카운터 한쪽에서 식사를 하고 있던 남자가 큰소리로 말했다. "그 문, 잠겨 있을걸요."

밥이 문을 밀어 보았다.

"아뇨, 열리는데요." 그리고 안으로 들어갔다.

화장실을 나온 진은 카운터로 돌아가 앉았다. 밥은 자리에 없었다. 씻으러 갔나 보네. 그녀는 생각했다. 카운터에서 식사하던 남자도 보이지 않았다.

작은 가스스토브에서 떨어져 나온 하얀 바지 남자가 카운터로 다가왔다.

"주문할 겁니까?" 그가 물었다.

"네? 아." 그녀가 메뉴를 집어 들고 잠시 들여다보았다. "나도 같은 걸로 할게요."

남자가 스토브로 돌아가 검은 프라이팬 가장자리에 계란을 두드려 깼다. 진은 계란이 튀겨지는 소리를 들으며 남편을 기다렸다. 후텁지근하고 칙칙한 카페에 혼자 앉아 있는 기분은 썩 좋지 않았다.

그녀는 무의식적으로 글라스를 집어 들고 물을 한 모금 넘겼다. 하지만 역한 맛에 얼굴을 찌푸리며 글라스를 내려놓았다.

그렇게 1분이 흘러갔다. 뒤편 부스에 앉은 남자가 그녀를 빤히 응시하고 있었다. 갑자기 목이 메인 그녀는 오른손으로 카운터를 천천히 두드리기 시작했다. 배 속에서 불안한 기운이 꿈틀거렸다. 손등에 파리가 내려앉자 그녀가 화들짝 놀라며 카운터에서 오른손을 뗐다.

그때 남자 화장실 쪽에서 문 열리는 소리가 들려왔다. 그녀는 그제야 안도하며 뒤를 돌아보았다.

푹푹 찌는 카페 안에서 그녀의 몸이 오한을 일으켰다.

화장실을 나온 사람은 밥이 아니었다.

남자는 카운터로 돌아와 남은 샌드위치를 다시 집어 들었다. 그를 지켜보는 그녀의 가슴이 뻐근해졌다. 그가 돌아보자 그녀는 황급히 시선을 피했다. 그녀가 충동적으로 벌떡 일어나 카페 앞쪽으로 되돌아갔다.

그녀는 색 바랜 엽서들을 구경하는 척하며 갈색을 띤 노란 문을 흘끔 보았다. 문에는 '남자'라고 적혀 있었다.

그렇게 1분이 또 흘러갔다. 그녀의 손이 또다시 바르르 떨리기 시작했다. 초조하게 문을 보는 그녀의 입에서 길고 불안정한 입김이 연신 뿜어져 나왔다.

뒤편 부스의 남자가 일어나 화장실 쪽으로 터벅터벅 걸어왔다. 모자는 뒤통수까지 밀려 있었고, 그가 걸음을 내디딜 때마다 하이탑 운동화는 나무 바닥에 무겁게 떨어졌다. 남자는 엽서를 손에 쥔 채 바짝 얼어붙은 그녀를 지나 화장실로 들어갔다.

정적. 진은 멀뚱히 서서 화장실 문만 응시했다. 그녀는 초조한 마음을 달래기 위해 애쓰는 중이었다. 목이 다시 메었다. 그녀는 깊은 숨을 한 번 들이쉬고는 엽서를 제자리에 돌려놓았다.

"샌드위치 나왔습니다." 카운터에서 남자가 말했다.

그 목소리에 진이 흠칫 놀랐다. 그녀는 고개를 끄덕이면서도 자리를 뜨지 않았다.

또다시 화장실 문이 열리자 그녀의 숨이 턱 막혔다. 자신도 모르게 화장실 쪽으로 다가가던 그녀는 안에서 남자가 불쑥 튀어나오자 걸음을 멈추었다. 땀으로 범벅이 된 남자의 얼굴은 발그레했다. 그는 그녀를 지나쳐 걸어갔다.

"실례합니다." 그녀가 말했다.

남자는 계속 걸음을 옮겼다. 진은 잽싸게 쫓아가 그의 팔뚝에 살며시 손을 얹었다. 그의 뜨겁고 축축한 옷에 손가락이 닿자 그녀가 움찔했다.

"실례합니다." 그녀가 말했다.

남자가 몸을 틀고 거슴츠레한 눈으로 그녀를 보았다. 그의 입 냄새가 그녀의 속을 울렁거리게 만들었다.

"혹시 화장실에서…… 우리 남편 못 보셨나요?"

"네?"

그녀는 두 손을 양옆으로 늘어뜨리고는 주먹을 꼭 쥐었다.

"남편이 화장실에 있는지 해서요."

그는 그 말이 이해되지 않는다는 듯 잠시 그녀를 빤히 보다가 입을 열었다. "없던데요." 그리고 돌아섰다.

실내는 후텁지근했지만 그녀는 마치 얼음물 속에 잠겨 있는 듯한 기분을 느꼈다. 그녀는 멍하니 서서 부스로 되돌아가는 남자를 바라보았다.

그녀는 총총 걸어 카운터에 앉아 있는 남자에게로 다가갔다. 그는 물방울 맺힌 맥주병을 손에 쥐고 있었다.

그가 병을 내려놓고 다가오는 그녀를 돌아보았다.

"실례지만 아까 화장실에서 우리 남편을 못 보셨나요?"

"남편분요?"

그녀가 아랫입술을 살짝 깨물었다. "네, 우리 남편요. 아까 우리가 들어왔을 때 그 사람을 보셨을 텐데요. 혹시 화장실에서 못 보셨나요?"

"본 기억이 없는데요."

"저 안에서 못 보셨다고요?"

"그를 본 기억이 없어요."

"오, 말도 안 돼." 그녀는 분노와 공포가 교차하는 표정으로 빽 소리 쳤다. "분명 저 안에 있을 거라고요."

그들은 잠시 서로를 빤히 보았다. 멍한 표정의 남자는 입을 열지 않았다.

"정말이세요?" 그녀가 물었다.

"내가 거짓말할 이유가 없지 않습니까."

"알았어요. 감사합니다."

그녀는 카운터에 빳빳한 자세로 앉아 두 개의 샌드위치와 밀크셰이크를 내려다보았다. 그녀의 머리는 답을 찾아 핑핑 돌고 있었다. 분명 밥이 장난을 치고 있는 게 분명해. 하지만 그는 절대 그럴 타입이 아니었다. 때와 장소도 부적절했고. 대체 어떻게 된 일이지? 혹시 화장실로 통하는 또 다른 문이 있진 않을까? 그리고……

그래. 이건 장난이 아니야. 밥은 애초에 화장실에 간 게 아니었어. 보나마나 차에서 나를 기다리고 있을 거야. 이 역겨운 곳을 벗어나고 싶어서.

그녀는 바보가 된 기분을 느끼며 문 쪽으로 가 보았다. 어쩌면 그녀는 너무 당황한 나머지 밥이 밖으로 나가 버렸다는 남자의 말을 듣지 못했는지도 몰랐다. 여기서 내가 무슨 짓을 했는지 들려주면 밥이 뭐라고 할까? 아무것도 아닌 일로 이렇게 흥분하다니.

그녀는 망을 친 문을 열었다. 밥이 음식 값을 계산했을까? 당연히 했겠지? 아니라면 주인이 날 순순히 보내줄 리 만무하잖아.

그녀는 뙤약볕 속으로 들어섰다. 차의 앞 유리에 반사된 강렬한 햇빛에 눈을 제대로 뜰 수가 없었다. 그녀는 자신의 어리석음을 떠올리며 미소를 머금었다.

"밥." 그녀가 중얼거렸다. "밥, 대체 어디……?"

정적 속에서 카페 정문이 철컥였다. 그녀는 카페 건물을 따라 내달렸다. 가슴이 요란하게 쿵쾅거렸다. 숨 막힐 듯한 열기가 그녀를 휘감았다.

그녀는 건물 끝에서 멈춰 섰다.

카운터에서 그녀와 몇 마디 나누었던 남자가 차 안을 들여다보고 있었다. 사십 대로 보이는 그는 작은 체구에 얼룩무늬 페도라와 초록색 줄무늬 셔츠 차림이었다. 기름때로 덮인 바지는 검은 멜빵에 붙잡혀 있었다. 카페 안의 또 다른 남자처럼 그 또한 하이탑 운동화를 신고 있었다.

그녀는 앞으로 한 걸음 내딛었다. 샌들이 바짝 마른 땅에 직 끌렸다. 남자가 그녀를 휙 돌아보았다. 핼쑥한 얼굴은 턱수염으로 덮여 있었다. 거친 황갈색 얼굴에서는 담청색 눈이 번뜩였다.

남자가 씩 웃어 보였다. "남편분이 차 안에서 기다리고 계시는지 확인하려고요." 그가 말했다. 그는 모자의 챙에 손을 살며시 얹은 후 카페를 향해 나아가기 시작했다.

"정말……" 남자가 다시 돌아보자 진이 멈칫했다.

"네?"

"정말 그 사람이 화장실에 없었나요?"

"내가 들어갔을 땐 아무도 없었어요." 그가 말했다.

남자는 카페로 들어갔고, 문은 퍼덕거리며 닫혔다. 햇볕 아래서 그녀는 몸을 떨었다. 이유 모를 두려움이 얼음물처럼 그녀 안을 채워 나가고 있었다.

그녀는 산란해진 정신을 가다듬었다. 지금 이 상황을 논리적으로 따져 볼 필요가 있어. 아무 이유 없이 이런 일이 벌어질 리 없잖아.

그녀는 다시 카페로 들어갔다. 그리고 당당히 걸어 카운터 앞으로 다가갔다. 하얀 바지 남자가 신문에서 눈을 떼고 그녀를 보았다.

"죄송하지만 화장실을 살펴봐 주시겠어요?" 그녀가 물었다.

"화장실?"

그녀 안에서 분노가 끓어올랐다.

"네, 화장실." 그녀가 말했다. "남편이 저 안에 있을 거예요."

"없다니까요." 페도라 쓴 남자가 말했다.

"죄송한데요," 그녀는 조금도 물러섬이 없었다. "우리 남편이 투명 인간도 아니고, 그렇게 사라졌을 리 없어요."

두 남자의 심상치 않은 눈빛이 그녀를 불안하게 만들었다.

"그래서 못 해 주시겠다는 건가요?" 참다못한 그녀가 신경질적으로 말했다.

하얀 바지 남자가 페도라 쓴 남자를 흘끔 보며 입을 씰룩였다. 화가 난 진이 두 주먹을 불끈 쥐었다. 마침내 그가 카운터를 멀리 돌아나왔다. 그녀는 말없이 그를 뒤따랐다.

그가 자기로 된 손잡이를 돌리고 스프링식 경첩이 붙은 문을 활짝 열었다. 진은 숨을 죽이고 안을 흘끔 들여다보았다.

화장실은 비어 있었다.

"이제 만족합니까?" 남자가 말했다. 그가 손잡이를 놓자 문이 스르르 닫혔다.

"잠깐만요." 그녀가 말했다. "다시 한번 봐야겠어요."

남자의 입이 꼭 다물렸다.

"아무도 없다는 걸 직접 확인했잖아요." 그가 말했다.

"그래도 한 번 더 보고 싶어요."

"이봐요, 왜 자꾸……"

진이 성큼 다가가 문을 확 열어젖혔다. 문이 화장실 벽에 부딪치며 요란한 소리를 냈다.

"저기!" 그녀가 말했다. "안에 문이 있잖아요!"

그녀가 화장실 반대편 벽에 나 있는 문을 가리켰다.

"저 문엔 자물쇠가 걸려 있어요." 남자가 말했다.

"안 열린다고요?"

"열 이유도 없고요."

"그래도 열리긴 하겠죠?" 진이 말했다. "그 사람은 저 문으로 빠져나간 게 틀림없어요. 이 문으로는 나오지 않았잖아요. 설마 이 안에서 증발해 버렸겠어요?"

남자는 대구 없이 뚱한 얼굴로 그녀를 보았다.

"저 문은 어디로 통하죠?" 그녀가 물었다.

"나가면 아무것도 없어요."

"밖에서만 열 수 있나요?"

남자는 대답이 없었다.

"네?"

"헛간으로 통하는 문이에요. 헛간은 몇 년째 방치돼 왔고요." 남자가 씩씩대며 말했다.

그녀는 문 앞으로 다가가 손잡이를 잡아 보았다.

"안 열린다니까요." 남자의 언성이 한층 더 높아졌다.

"이봐요." 진의 뒤에서 페도라와 초록색 셔츠 차림의 남자가 설득하는 톤으로 말했다. "거기엔 쓰레기만 잔뜩 쌓여 있어요. 원한다면 보여 줄게요."

그제야 진은 두 남자가 한 패거리라는 사실을 깨달았다. 내가 이곳에 발목 잡혀 있다는 걸 아는 사람이 없는데. 여기서 더 우물쭈물하다가는……

그녀는 황급히 화장실을 나왔다.

"미안해요." 그녀가 페도라 남자를 지나쳐 걸어 나가며 말했다. "전화할 데가 좀 있어서요."

그녀는 부자연스럽게 걸어 한쪽 벽에 붙은 전화기로 다가갔다. 그들이 뒤에서 덮칠지 모른다는 생각에 그녀는 불안해졌다. 그녀가 수화기를 집어 들었다. 신호음이 들리지 않았다. 그녀는 잠시 기다렸다가 바짝 긴장한 모습으로 뒤를 돌아보았다. 두 남자는 그녀를 응시하고 있었다.

"이거…… 고장 났나요?"

"누구에게 걸려고……" 하얀 바지 남자가 입을 열자 또 다른 남자가 불쑥 끼어들었다.

"크랭크를 돌려야 해요." 그가 천천히 말했다. 옆의 남자가 그를 매섭게 쏘아보았다. 진은 다시 전화기를 향해 돌아섰다. 그녀 뒤에서 두 남자가 나지막이 언쟁을 벌였다.

그녀는 떨리는 손으로 크랭크를 돌렸다. **뒤에서 날 덮치면 어쩌지?** 불안한 생각이 뇌리를 떠날 줄 몰랐다.

"네?" 수화기에서 희미한 목소리가 흘러나왔다.

진은 마른침을 한 번 삼켰다. "경찰서로 연결해 주세요." 그녀가 말했다.

"경찰요?"

"네."

그녀는 남자들이 엿듣지 못하도록 목소리를 낮추었다. **"경찰서로요."** 그녀가 말했다.

"여긴 경찰서가 없는데요."

그녀는 하마터면 비명을 지를 뻔했다. "그럼 뭐가 있죠?"

"보안관에게 연결해 드릴까요?" 전화 교환원이 말했다.

진은 눈을 감고 혀로 바짝 마른 입술을 핥았다. "그럼 보안관에게 연결해 주세요." 그녀가 말했다.

잠시 탁탁대는 소리와 윙윙거림이 들려오더니 누군가가 응답했다.

"보안관 사무실입니다." 목소리가 말했다.

"보안관님, 빨리 이곳으로 와 주실 수……"

"잠시만요. 보안관님께 연결해 드리겠습니다."

진의 속은 울렁거렸고, 목은 잠겨 왔다. 연결을 기다리는 그녀는 두 남자의 시선을 똑똑히 감지할 수 있었다. 그들 중 하나가 움직이자 그녀의 어깨가 움찔했다.

"보안관입니다."

"보안관님, 지금 당장 와 주시겠어요? 여긴……"

그녀의 입술이 바르르 떨렸다. 카페 이름조차 모르고 있다는 사실을 깨달은 것이었다. 그녀가 초조하게 뒤를 돌아보았다. 두 남자가 차가운 눈빛으로 그녀를 지켜보고 있었다. 그녀의 가슴이 철렁 내려앉았다.

"카페 이름이 뭐죠?"

"그건 왜 묻는 겁니까?" 하얀 바지 남자가 물었다.

그는 알려 주지 않을 거야. 그녀는 생각했다. **나를 기어이 밖으로 나가게 만들고 나서 전화를……**

"지금 당장……" 보안관의 목소리가 들려오자 그녀가 말을 멈추고 전화기를 돌아보았다. "듣고 계십니까?"

"제발 끊지 말아 주세요." 그녀가 다급하게 말했다. "사막 인근 마을 변두리에 자리한 카페예요. 마을 서쪽 끝에 있는. 남편이랑 같이 들어왔는데 그 사람이 사라졌어요. 남편이…… 그냥 홀연히 사라져 버렸어요."

그녀는 자신의 목소리를 들으며 몸서리쳤다.

"블루 이글에 계시나요?" 보안관이 물었다.

"전…… 모르겠어요." 그녀가 말했다. "카페 이름은 몰라요. 아무도 가르쳐 주지 않더라고요."

또다시 불안감이 그녀를 엄습했다.

"이름이 궁금하다면 알려 줄게요." 페도라를 쓴 남자가 말했다. "블루 이글이에요."

"네, 네." 그녀가 수화기에 대고 말했다. "블루 이글이래요."

"곧 가겠습니다." 보안관이 말했다.

"왜 그걸 알려 줬어?" 하얀 바지 남자가 성난 톤으로 말했다.

"괜히 보안관 심기 건드려서 좋을 게 없잖아. 우리가 무슨 잘못을 한 것도 아니고. 그가 온다고 해서 주눅 들 거 없어."

진은 한동안 전화기에 이마를 갖다 댄 채 심호흡을 이어 나갔다. **이 젠 아무 일 없을 거야.** 그녀가 속으로 중얼거렸다. **보안관이 곧 도착할 테니**

저들도 허튼짓은 못 할 거야. 두 남자 중 하나가 문 쪽으로 이동하는 소리가 들려왔다. 하지만 문은 열리지 않았다.

그녀가 그쪽을 돌아보았다. 페도라를 쓴 남자가 문 밖을 살피고 있었다. 나머지 한 명은 아직도 그녀를 응시하고 있었다.

"꼭 이렇게 소란을 일으켜야겠습니까?" 그가 물었다.

"소란이라뇨? 난 그저 남편을 되찾으려는 것뿐이라고요."

"우린 댁의 남편에게 아무 짓도 안 했단 말입니다!"

페도라를 쓴 남자가 돌아서서 쓴웃음을 지어 보였다. "댁의 남편은 여길 떠난 것 같아요." 그가 퉁명스럽게 말했다.

"그럴 리 없어요!" 진이 으르렁거렸다.

"차가 보이질 않잖아요." 남자가 말했다.

순간 그녀의 가슴이 철렁 내려앉았다. 진이 달려가 문을 벌컥 열고 밖으로 나갔다.

차가 보이지 않았다.

"밥!"

"당신을 두고 달아났군요." 남자가 말했다.

그녀는 겁에 질린 눈으로 그를 잠시 보다가 흐느끼며 포치로 나갔다. 그리고 뜨거운 그늘 아래 멈춰 서서 차가 세워져 있었던 곳을 바라보았다. 뿌얀 먼지가 서서히 가라앉는 중이었다.

먼지로 덮인 파란색 순찰차가 도착했을 때 그녀는 포치에 나와 서 있었다. 차문이 열리고 키 큰 빨간 머리 남자가 내렸다. 회색 셔츠와 바지 차림의 그는 별 모양 금속 배지를 가슴에 달고 있었다. 진이 멍한 얼굴로 그에게 다가갔다.

"아까 전화 주셨던 분 맞으십니까?" 남자가 물었다.

"네."

"무슨 일이죠?"

"전화로 말씀드렸잖아요. 남편이 사라졌다고요."

"사라져요?"

그녀는 그간의 일들을 빠르게 들려주었다.

"그러니까 남편분께서 혼자 떠나셨다고 생각하지 않는 거군요." 보안관이 말했다.

"저만 남겨 두고 떠날 사람이 아니에요."

보안관이 고개를 끄덕였다. "알겠습니다. 계속하시죠."

그녀의 이야기가 끝나자 보안관이 다시 고개를 끄덕였다. 그들은 함께 안으로 들어가 카운터로 다가갔다.

"이 손님 남편분이 화장실에 들어가셨다는데요, 짐." 보안관이 하얀 바지 남자에게 말했다.

"그걸 내가 어떻게 압니까?" 남자가 말했다. "난 주방에 있었다고요. 톰에게 물어봐요. 저 안에 있었으니까." 그가 턱으로 페도라 쓴 남자를 가리켰다.

"정말입니까, 톰?" 보안관이 물었다.

"남편이 차를 타고 떠났다고 부인이 얘기 안 하던가요?"

"그건 사실이 아니잖아요!" 진이 빽 소리쳤다.

"그가 차를 타고 떠나는 걸 정말 봤어요, 톰?" 보안관이 물었다.

"그렇다니까요. 내가 거짓말할 이유가 없잖아요."

"아뇨, 아니에요." 진이 겁에 질린 얼굴로 고개를 저으며 말했다.

"그걸 봤으면서도 왜 그를 부르지 않았죠?" 보안관이 톰에게 물었다.

"보안관 나리, 그가 아내를 두고 달아나든 말든 내가 상관할 바가 아니지 않습니까."

"달아난 게 아니라니까요!"

페도라 쓴 남자가 어깨를 으쓱이며 씩 웃어 보였다. 보안관이 진을 돌아보았다.

"남편분이 화장실로 들어가는 걸 보셨습니까?"

"네, 그럼요. 제가…… 저, 사실 제 눈으로 본 건 아니에요. 하지만……"

순간 화가 치밀어 오른 그녀는 말을 잇지 못했다. 페도라 쓴 남자가 킬킬 웃었다.

"그 사람이 화장실에 들어갔다는 건 알아요." 그녀가 말했다. "제가 여자 화장실에 다녀온 후 밖에 나가 봤을 때 차엔 아무도 없었거든요. 그 사람이 있을 만한 곳이야 뻔하잖아요. 카페가 엄청 큰 것도 아니고 말이에요. 남자 화장실에 문이 하나 나 있어요. 오랫동안 방치돼 온 곳이라더군요." 그녀가 하얀 바지 남자를 가리켰다. "하지만 그건 거짓말이에요. 남편은 날 여기 남겨 두고 혼자 떠날 사람이 아니라고요. 절대로요. 난 그 사람을 잘 알아요. 절대 그럴 사람이 아니에요!"

"보안관 나리." 하얀 바지 남자가 말했다. "저 여자가 하도 귀찮게 굴기에 화장실을 보여 준 거예요. 안에 아무도 없다는 걸 확인시켜 줬다고요."

진이 짜증을 내며 어깨를 들썩였다.

"그 안에 나 있는 문으로 나갔을 거예요." 그녀가 말했다.

"이봐요, 그 문은 열리지 않는다고 했잖아요!" 남자가 언성을 높였다. 진이 움찔하며 뒤로 물러났다.

"흥분하지 말아요, 짐." 보안관이 말했다. "부인, 화장실이 비어 있다는 걸 확인하셨지 않습니까. 다른 사람이 부인의 차를 훔쳐 타고 달아나는 걸 보신 것도 아니고요. 이렇게 되면 제가 수사할 명분이 없어요."

"뭐라고요?"

그녀는 자신의 귀를 의심했다. 그래서 손 놓고 가만있겠다고? 보안관은 마을 사람들과 한통속이 되어 외지인을 몰아붙이려는 게 틀림없었다. 부아가 치밀었지만 혼자인 그녀가 할 수 있는 건 아무것도 없었다. 무력해 진 그녀는 순진하고 겁에 질린 눈으로 보안관을 보았다.

"부인, 제가 딱히 해 드릴 게 없네요." 보안관이 고개를 저으며 말했다.

"저기……" 그녀가 소극적으로 제스처를 해 보였다. "화장실을 좀 살펴봐 주실 수 있나요? 그 안의 문도 열어 봐 주시고요."

잠시 그녀를 응시하던 보안관이 입을 삐죽 내밀고 화장실 쪽으로 걸어 나갔다. 두 남자와 함께 남겨질 것이 두려운 진은 그에게 바짝 붙어 따라갔다.

보안관이 굳게 닫힌 문을 살피는 동안 그녀는 화장실 안을 찬찬히 둘러보았다. 불쑥 들어온 하얀 바지 남자가 다가서자 그녀는 몸서리를 쳤다.

"안 열리는 문이에요." 그가 보안관에게 말했다. "밖에서 걸어 놔서 안에서는 절대 열고 나갈 수가 없어요."

"누군가가 밖에서 열어 줬겠죠, 그럼." 진이 긴장이 묻어나는 목소리로 말했다.

남자는 끙 앓는 소리를 냈다.

"다른 손님은 없었나요?" 보안관이 짐에게 물었다.

"아까 샘 맥코머스가 맥주를 마시러 왔었어요. 하지만 그 친구는 진작……"

"이 헛간을 기웃거렸던 사람 말입니다."

"보안관 나리, 다 아시면서 왜 이러십니까?"

"그럼 빅 루는요?" 보안관이 물었다.

짐은 잠시 침묵에 빠졌다. 진은 그의 목이 꿀렁대는 걸 지켜보았다.

"그는 지난 몇 달간 여기 발을 들이지 않았습니다." 짐이 말했다. "북쪽으로 갔다고 들었어요."

"짐, 여기 와서 이 문 좀 열어 봐요." 보안관이 말했다.

"빈 헛간일 뿐이라니까요."

"알아요, 짐, 나도 안다고요. 하지만 부인께서 직접 확인하고 싶으시다잖아요."

또다시 무력감이 찾아들자 진의 눈 주위에서 긴장이 스르르 풀려 버렸다. 눈앞 세상이 핑핑 돌기라도 하듯 그녀는 아찔함을 느꼈다. 주먹을 꽉 쥔 그녀의 손가락은 창백하게 질려 있었다.

짐은 툴툴대며 밖으로 나가 버렸다. 그의 뒤로 망이 쳐진 문이 거칠게 닫혔다.

"부인, 이쪽으로 와 보시겠습니까?" 보안관이 빠르게, 그리고 부드럽게 말했다. 화장실로 들어선 그녀의 가슴이 철렁 내려앉았다.

"이거 알아보시겠습니까?"

그녀는 그의 손에 쥐어진 천 조각을 보았다. 순간 그녀의 숨이 턱 막혀 버렸다. "남편이 입고 있던 바지예요!"

"부인, 목소리를 낮추세요." 보안관이 말했다. "제가 뭔가를 알아냈다는 걸 저들이 알면 좋을 게 없지 않습니까."

밖에서 발소리가 들려오자 그가 잽싸게 화장실을 나갔다. "어디 가게요, 톰?" 그가 물었다.

"아뇨, 어딜 가긴요." 페도라 쓴 남자가 말했다. "안에서 뭘 하는지 보러 온 거예요."

"그렇군요. 곧 끝날 테니 조금만 더 참아 줘요." 보안관이 말했다.

"그러죠 뭐." 톰이 활짝 웃으며 말했다. "여기서 꼼짝 않고 있을게요."

화장실 안에서 찰칵 소리가 들려왔다. 잠시 후, 문이 열렸다. 보안관이 진을 지나쳐 어두운 헛간 안으로 세 걸음 들어갔다.

"불 좀 켜 봐요." 그가 짐에게 말했다.

"불은 들어오지 않아요. 어차피 들락거릴 일도 없으니까요."

보안관이 전구에 붙은 줄을 당겨 보았지만 아무 반응이 없었다.

"아직도 내 말을 못 믿겠어요?" 짐이 말했다.

"당연히 믿죠, 짐." 보안관이 말했다. "그냥 호기심이 좀 생겼어요."

진은 문간에 서서 퀴퀴한 냄새가 풍기는 헛간 안을 들여다보았다.

"아주 어수선한데요." 보안관이 뒤엎어진 테이블과 의자를 보며 말했다.

"아무래도 인적이 끊긴 지 몇 년 됐으니까요." 짐이 말했다. "굳이 치워 둘 필요도 없고 말입니다."

"몇 년씩이나 말이죠." 보안관이 혼잣말하듯 웅얼거리며 헛간 안을 빙 둘러보았다. 그를 지켜보는 진의 떨리는 손끝은 감각을 잃은 상태였다. 밥이 어디서 사라졌는지 왜 짚어 내질 못하지? 그리고 그 천조각…… 그게 어떻게 밥의 바지에서 뜯겨져 나올 수 있었지? 그녀의 이가 악물어졌다. 울면 안 돼. 그녀는 속으로 외쳤다. **절대 울어선 안 돼. 그 사람은 무사할 테니까. 분명 아무 일 없을 거야.**

보안관이 걸음을 멈추고 몸을 숙여 신문을 집어 들었다. 그는 잠시 신문을 훑다가 잘 접은 후 그것으로 한쪽 손바닥을 탁 내리쳤다.

"몇 년 됐다 이거죠?"

"적어도 난 몇 년째 들어와 본 적이 없어요." 짐이 허둥대며 대답했다. 그가 혀로 입술을 핥았다. "어쩌면…… 오, 작년에 루인지 누군지가 여길 들락거린 적이 있었어요. 바깥문은 걸어 두지 않거든요."

"아까는 루가 북쪽으로 갔다고 했지 않습니까." 보안관이 말했다.

"맞아요. 북쪽으로 갔어요. 내 말은 작년에 그가 여길 들락거렸는지도 모른다는……"

"이건 어제 신문인데요, 짐." 보안관이 말했다.

짐은 멍한 얼굴로 대꾸하려다 이내 입을 닫아 버렸다. 진의 몸은 사시나무처럼 떨리고 있었다. 카페 앞쪽에서 망으로 된 문이 조용히 닫혔다. 그녀는 포치를 가로지르는 조심스러운 발소리를 듣지 못했다.

"루 혼자서만 여길 들락거렸다고는 안 했습니다." 짐이 잽싸게 말했다. "지나던 부랑자가 들어와 밤을 보냈을 수도 있고요."

보안관이 주변을 살피다가 진 너머로 시선을 돌렸다. "톰은 어디 갔죠?" 그가 큰소리로 물었다.

진의 고개가 홱 돌아갔다. 보안관이 황급히 계단을 올라오자 그녀가 화들짝 놀라며 뒤로 물러났다. 그는 그녀를 지나쳐 내달리기 시작했다.

"여기서 꼼짝 말고 있어요, 짐!" 보안관이 어깨 너머로 소리쳤다.

진도 그를 따라 카페를 뛰쳐나갔다. 보안관은 한 손을 올려 햇볕을 가린 채 도로를 바라보고 있었다. 그녀의 시선도 도로 쪽으로 돌아갔다. 페도라 쓴 남자가 키가 큰 또 다른 남자를 향해 달려가는 중이었다.

"루가 나타났군." 보안관이 나지막이 웅얼거렸다.

그들을 향해 내달리던 보안관은 갑자기 되돌아와 자신의 차에 올랐다.

"보안관님!"

그가 차창 밖으로 공포에 질린 그녀의 얼굴을 내다보았다. "좋아요. 같이 갑시다! 얼른 타요!"

그녀는 포치를 내려와 순찰차를 향해 달렸다. 보안관이 문을 열어주자 진은 잽싸게 조수석에 올라 문을 닫았다. 카페를 빠져나온 차는 먼지를 자욱하게 일으키며 도로로 들어섰다.

"왜 그러세요?" 진이 헐떡거리며 물었다.

"남편분은 부인을 남겨 두고 떠난 게 아닙니다." 보안관이 말했다.

"그 사람, 지금 어디 있죠?" 그녀가 겁에 질린 목소리로 물었다.

어느새 그들은 덤불 속으로 뛰어든 두 남자를 앞질러 가고 있었다.

갓길로 빠진 보안관이 힘껏 브레이크를 밟았다. 그는 차에서 내리기가 무섭게 권총을 뽑아들었다.

"톰!" 그가 소리쳤다. "루! 거기 서요!"

남자들은 멈추지 않았다. 보안관이 그들에게 총을 겨눈 채 방아쇠를 당겼다. 요란한 총성에 진이 깜짝 놀랐다. 그들 근처 바위투성이 사막 한쪽에서 모래가 튀었다.

마침내 멈춰 선 두 남자가 두 손을 번쩍 든 채 돌아섰다.

"돌아와요!" 보안관이 소리쳤다. "꾸물거리지 말고!"

순찰차 옆에 붙어 선 진의 두 손은 덜덜 떨리고 있었다. 그녀의 시선은 되돌아오는 두 남자에게서 떨어지지 않았다.

"자, 그 사람 어디 있는지 얘기해요." 그들이 다가오자 보안관이 말했다.

"누구 말입니까?" 페도라 쓴 남자가 물었다.

"장난 그만해요, 톰." 보안관이 으르렁거렸다. "더는 안 속는다고요. 이 손님이 남편분을 애타게 찾고 있어요. 자, 대체 어디……"

"남편!" 루가 페도라 쓴 남자를 무섭게 노려보았다. "그러지 않기로 했었잖아!"

"닥쳐!" 페도라 쓴 남자가 말했다. 그에게서는 이제 상냥한 태도를 찾아 볼 수 없었다.

"약속 잊었어?" 루가 말했다.

"주머니에 뭐가 들어 있는지 보여 줘요, 루." 보안관이 말했다.

루가 멍한 얼굴로 보안관을 보았다. "주머니요?"

"자, 어서." 보안관이 조바심을 내며 권총을 흔들어 보였다. 루는 천천히 주머니에 든 것들을 꺼내 놓았다.

"그러지 않겠다고 했잖아." 그가 페도라 쓴 남자에게 투덜거렸다. "약속했잖아. 빌어먹을."

루가 주머니에서 꺼낸 지갑을 땅에 떨어뜨리는 순간 진의 숨이 턱 막혔다. "밥의 지갑이에요." 그녀가 웅얼거리듯 말했다.

"남편분 물건 챙기세요." 보안관이 말했다.

그녀는 바짝 긴장한 모습으로 다가가 두 남자 앞에서 지갑과 동전과 자동차 열쇠를 집어 들었다.

"얘기해요. 그분 지금 어디 계십니까?" 보안관이 물었다. "더는 내 시간 허비할 생각 말아요!" 그가 페도라 쓴 남자에게 성난 톤으로 말했다.

"이봐요, 보안관, 난 정말 그게 무슨 소린지……" 남자가 말했다.

보안관이 그의 앞으로 불쑥 다가가 섰다. "날 자극하지 말라고요!" 그가 빽 소리쳤다. 톰이 한쪽 팔을 번쩍 들고 한 걸음 물러섰다.

"제발 믿어 줘요, 보안관." 루가 끼어들며 말했다. "일행이 있는 걸 알았다면 애초에 일을 벌이지도 않았을 거예요."

진은 아랫입술을 깨문 채로 키 크고 흉측하게 생긴 남자를 응시했다. **밥, 밥.** 그녀의 머릿속에서는 남편의 이름이 계속 맴돌고 있었다.

"어디 있느냐고 물었습니다." 보안관이 말했다.

"안내할게요. 거기로 데려가 줄게요." 루가 말했다. "그러니 믿어 줘요. 일행이 있는 줄 알았으면 절대 이런 일을 벌이지 않았을 거예요."

그가 또다시 페도라 쓴 남자를 돌아보았다. "왜 그를 그 안으로 들여보냈어?" 그가 물었다. "대체 왜 그랬느냐고! 대답해 봐."

"난 저 친구가 무슨 얘길 하고 있는지 도통 모르겠어요, 보안관." 톰이 실실대며 말했다. "난 정말로……"

"앞장서요." 보안관이 지시했다. "당신들 둘 다. 당장 가지 않으면 후회하게 만들어 줄 겁니다. 우린 차를 타고 따라갈 테니 허튼수작 말아요."

순찰차는 나란히 서서 터덕터덕 걷는 두 남자를 천천히 따라갔다.

"그렇지 않아도 저 두 사람을 1년째 쫓고 있었습니다." 보안관이 그녀에게 말했다. "저들은 카페 손님에게서 차를 강탈한 후 북쪽에 팔아치우는 수법을 써 왔습니다. 피해자들은 사막 한복판에 버려졌고요."

그의 설명은 진의 귀에 들어오지 않았다. 두 손을 꼭 모아 쥔 그녀의 시선은 눈앞 도로에 단단히 고정돼 있었다. 그녀의 속이 울렁거렸다.

"저들이 어떤 수법을 써 왔는지 지금껏 몰랐습니다." 보안관이 계속 이어 나갔다. "화장실을 덫으로 썼을 줄 누가 알았겠습니까. 먹잇감이 포착되면 자물쇠가 걸려 있던 문을 열고 데려갔을 겁니다. 하지만 오늘 일처리엔 실수가 있었죠. 루가 상황 파악도 제대로 하지 않고 남편분께 냅다 달려들었던 모양입니다. 원래 좀 모자란 친구거든요."

"그럼 저들이……" 진이 우물쭈물 말했다.

보안관이 잠시 머뭇거렸다. "글쎄요. 그건 아닐 겁니다. 모자라긴 해도 그 정도로 미련하진 않거든요. 게다가 과거에도 이런 사건이 좀 있었는데요, 죄다 가벼운 폭행 정도로만 끝났었습니다."

그가 경적을 한 번 울렸다. "꾸물거리지 말고 빨리 걸어요!" 그가 두 남자에게 소리쳤다.

"사막에 뱀도 있나요?" 진이 물었다.

보안관은 대답하지 않았다. 그는 입을 꼭 다문 채 액셀러레이터를 밟았다. 남자들이 범퍼에 받히지 않으려고 걷는 속도를 높였다.

한동안 얌전히 걷던 루가 갑자기 방향을 틀고 비포장도로 들어섰다.

"오, 맙소사. 대체 그 사람을 어디로 데려간 거죠?" 진이 물었다.

"가까운 곳에 계실 겁니다." 보안관이 말했다.

그때 루가 한 무리의 나무들을 가리켰다. 그들의 차가 진의 눈에 들어왔다. 보안관은 순찰차를 세우고 밖으로 나갔다. "어디 있습니까?" 그가 물었다.

루는 계속해서 사막을 가로질러 갔다. 진은 그를 따라 전력으로 내달리고 싶었다. 그녀는 바짝 긴장한 채 보안관을 졸졸 따라 움직였다. 그들의 신발 밑에서 푸석거리는 사막토가 짓이겨졌다. 그녀는 눈앞 땅을 유심히 살피느라 샌들에 자갈이 들어간 사실도 깨닫지 못했다.

"부인," 루가 말했다. "너무 몰아붙이진 말아요. 일행이 있다는 걸 알았으면 남편분을 건드리지 않았을 겁니다."

"그만둬요, 루." 보안관이 말했다. "지금 와서 애원한다고 당신들 죄가 가벼워지진 않으니까. 헛수고 말라고요."

그 순간, 진의 시선이 모래 위에 누워 있는 시체에게 향했다. 그녀는 울음을 터뜨리며 남자들을 앞질러 그쪽으로 달려갔다. 그녀의 가슴이 쿵쾅거렸다.

"밥······"

그녀는 남편의 머리를 자신의 무릎에 얹어 놓았다. 그의 눈이 열리자 답답했던 그녀의 가슴이 뻥 뚫렸다.

미소를 지어 보이려던 그가 통증에 움찔했다. "총에 맞았어." 그가 기어 들어가는 소리로 말했다.

그녀의 볼을 타고 눈물이 뚝뚝 떨어졌다. 그녀는 남편을 부축해 차로 데려갔다. 보안관이 인근 마을로 부부를 이끌었다. 순찰차를 따라가는 내내 그녀의 손은 꼭 움켜쥔 밥의 손에서 떨어지지 않았다.

위조지폐
Counterfeit Bills

비가 내리던 그날 오후, 버스를 타고 귀가하던 윌리엄 O. 쿡 씨는 두 사람으로 살면 얼마나 좋을지 상상해 보았다. 41세 반, 키 170센티미터, 점점 벗어지는 머리, 불룩 튀어나온 배, 그리고 따분한 삶. 스케줄은 그를 우울하게 만들었다. 루틴은 그에게 고통을 주었다. 만약 또 하나의 내가 있다면 그에게 인생의 모든 따분한 일들을 죄다 맡겨 버릴 텐데. 그는 생각했다. 회사 업무, 남편 노릇, 부모 노릇. 나는 그 귀한 시간을 즐겁게 노는 데만 쓸 수 있을 테고. 스포츠 경기 관람, 술집 사냥, 지나가는 여자들 훔쳐보기, 그리고 마담 고가르티의 선로 옆 매음굴에 몰래 들락거리기. 하긴, 더블이 있으면 몰래 들락거릴 필요가 없겠지.

그래서 쿡 씨는 4년 6개월 하고도 2일, $5,228.20, 6천 야드에 달하는 배선, 302개의 진공관, 발전기, 엄청나게 많은 종이, 머리가 아찔해질 만큼의 지적 활동, 그리고 아내의 호의를 복제 기계 제작에 쏟아 부었다. 그 기계는 가을의 어느 일요일 오후, 완성되었다. 그는 모드, 그리고 다섯 아이들과 포트 로스트*로 저녁을 먹고 난 후 자신의 더블을 만들었다.

"안녕." 그가 눈을 깜짝이는 복제인간 앞으로 한 손을 내밀었다.

그의 더블은 악수에 응했다. 쿡 씨는 그에게 위층에 올라가 잠자리에 들 때까지 텔레비전을 보라고 명령했다. 그러는 동안 쿡 씨는 석탄통을 밟고 창문을 빠져나가 가까운 술집으로 달려갔다. 그는 그곳에서 자축의 의미로 술 다섯 잔을 단숨에 비워 낸 후 택시를 잡아타고 마담 고가르티의 영업장으로 향했다. 그리고 그곳에서 애교 넘치는 스물일곱 살 빨간 머리, 딜라일라 프라인과 신나게 놀았다. 한때 금발이었던 그녀는 38인치의 풍만한 가슴과 온갖 재능으로 무장한 여자였다.

모든 건 그의 계획대로 흘러갔고, 인생은 아름다워졌다. 하지만 어느 날 저녁, 쿡 씨의 더블이 지하 작업실에 그를 몰아넣고 더는 명령에 따르지 않겠노라고 선언했다. "더는 못 참겠어, 빌어먹을!"

그는 쿡 씨 일상의 칙칙한 부분에 싫증을 느낀 것이었다. 지금껏 쿡 씨가 그래 왔듯이. 아무리 타당한 이유를 들어 협박을 해도 소용이 없었다. 뚱한 더블에 의해 자신의 비밀이 폭로될 것을 우려한 쿡 씨는 사람을 고용해 그를 죽일까도 생각했다. 하지만 이내 더 기발한 아이디어가 떠올랐다. 첫 번째 더블이 인생을 즐길 수 있게 두 번째

* 약한 불로 요리한 쇠고기 찜.

더블을 만드는 것.

그 계획은 한동안 차질 없이 진행되었다. 삶에 싫증을 느낀 두 번째 더블의 요구가 많아졌을 때까지. 쿡 씨는 두 더블을 모아 놓고 짜증 나는 임무를 처리하는 틈틈이 재밌는 일을 찾아 볼 것을 권했다. 하지만 예상대로 첫 번째 더블은 단호히 거부했다. 그는 마담 고가르티가 관리하는 미스 지나 보나로바에게 홀딱 빠져 있었다. 쿡 씨가 내려 주는 따분한 과제에 의욕이 생길 리 만무했다.

또다시 궁지에 몰리게 된 쿡 씨는 마지못해 세 번째 더블을 만들기에 이르렀다. 네 번째 더블도, 그리고 다섯 번째 더블도. 도시는 무수한 윌리엄 O. 쿡들로 넘쳤다. 어느 날, 길모퉁이에서 자신이 자신에게 담뱃불을 빌리는 기가 막힌 광경을 목격한 그는 결국 이성을 잃고 말았다. 인생은 점점 복잡해져만 갔다. 그럼에도 쿡 씨는 불평하지 않았다. 그는 오히려 자신의 복제인간들과 부대끼며 사는 걸 즐겼다. 그들과 자주 볼링 파티를 열어 신나게 놀기도 했다. 게다가 그에게는 매력으로 똘똘 뭉친 딜라일라가 있었다.

하지만 그녀가 대재앙의 씨앗일 줄은 그때는 미처 몰랐다.

어느 날 저녁, 마담 고가르티의 영업장에 도착한 쿡 씨는 자신의 일곱 번째 더블이 딜라일라의 품에 안겨 있는 걸 발견했다. 그 딱한 여자는 그가 쿡 씨가 아니라는 걸 몰랐다고 항변했다. 격노한 쿡 씨는 그녀와 자신의 더블을 차례로 후려쳤다. 그러는 동안 또 다른 방에서도 격투가 벌어지고 있었다. 세 번째 더블이 자신이 좋아하는 거트루드 레먼과 엉겨 붙은 다섯 번째 더블을 발견한 것이었다. 뒤늦게 도착한 두 번째 더블과 네 번째 더블도 그들 싸움에 끼어들었다. 매음굴은 사투를 벌이는 복제인간들의 비명으로 쩌렁쩌렁 울렸다.

마침내 참다못한 마담 고가르티가 개입했다. 간신히 싸움을 뜯어 말린 그녀는 쿡 씨와 그의 더블들을 교외의 그들 집으로 쫓아냈다. 그날 밤, 자정을 코앞에 둔 시간, 그 집 지하실에서 원인 모를 폭발이 일어났다. 경찰과 소방대는 폐허 속에 흩뿌려진 기계 부품과 인체 부위들을 발견했다. 고함과 울음소리로 진동하는 현장에서 붙잡힌 쿡 씨는 결국 투옥되었다. 냉정한 마담 고가르티는 내심 만족스러워 했다. 그 후로 그녀는 틈만 나면 영업장 여자들과 차를 나누며 짓궂게 말했다. 요리사가 많으면 매음굴이 망한다고Too many Cooks spoil the brothel.*

---

* "요리사가 많으면 죽(음식)을 망친다Too many Cooks spoil the broth"를 이용한 언어유희.

유령선
Death Ship

가장 먼저 본 것은 메이슨이었다.

그는 순항 중인 우주선의 측면 뷰어 앞에 앉아 새로운 행성을 유심히 관찰하는 중이었다. 그의 펜이 그래프용 차트 위에서 분주히 움직였다. 이제 곧 그들은 행성에 착륙해 시료를 채취하게 될 것이다. 광물, 식물, 동물…… 물론 그런 것들이 존재하는 곳이라면. 채취한 시료는 로커에 보관해 지구로 가져가야 했다. 기술자들이 감정하고 평가할 수 있도록. 만약 모든 것이 합격 판정을 받게 되면 보고서에는 크고 검은 스탬프가 찍히게 된다. **서식 가능.** 그렇게 초만원인 지구를 대신할 또 하나의 행성이 개척되는 것이다.

기본적인 지형 정보를 기록하던 메이슨의 눈이 번뜩였다.

"방금 뭔가를 봤습니다."

그는 뷰어를 리버스 렌징 포지션으로 바꾸었다.

"뭘 봤는데?" 제어반 앞에서 로스가 물었다.

"번쩍이는 섬광 못 보셨습니까?"

로스가 눈앞 스크린들 들여다보았다.

"방금 호수를 지나왔잖아." 그가 말했다.

"아뇨, 호수가 아니었어요." 메이슨이 말했다. "호수 옆 빈터에서 봤습니다."

"뭔지 한번 볼게." 로스가 말했다. "보나마나 호수겠지만."

그의 손가락이 보드에 지시 내용을 입력하자 거대한 우주선이 넓게 호를 그리며 방향을 틀었다.

"눈 똑바로 뜨고 봐." 로스가 말했다. "여기서 허비할 시간이 없다고."

"알겠습니다, 선장님."

메이슨은 눈도 깜빡이지 않고 뷰어를 들여다보았다. 밑으로 내려다보이는 땅은 숲과 들판과 강으로 이루어진 태피스트리를 연상시켰다. 마침내 고대하던 순간이 찾아왔다는 생각에 가슴이 벅차올랐다. 인간이 지구가 아닌 다른 행성에서, 전혀 다른 세포로부터 진화한 외계 생물체와 맞닥뜨리게 된 순간. 상상만으로도 짜릿했다. 그들 덕분에 1997년은 쾌거의 해로 기록될 것이다. 그리고 어쩌면 그와 로스와 카터가 탄 은빛의 우주 갈레온*은 그들만의 산타 마리아호**였는지도 모른다.

"저기! 저기 있습니다!"

---

* 15~17세기에 사용되던 스페인의 대형 범선.
** 콜럼버스가 1492년 아메리카 대륙을 발견했을 때의 기함.

그는 로스를 돌아보았다. 선장이 자신의 뷰어 플레이트를 응시했다. 그의 얼굴에 익숙한 표정이 떠올랐다. 의기양양하게 분석하는 표정. 당장이라도 결정을 내릴 것 같은 표정.

"저게 뭘까요?" 메이슨이 선장의 허영심을 자극하며 물었다.

"우주선일 수도 있고, 아닐 수도 있고." 로스가 대답했다.

뭘 망설여? 빨리 내려가서 확인해 봐야지. 메이슨은 그렇게 말하고 싶었다. 하지만 그럴 수 없었다. 최종 결정은 로스가 내려야만 했다. 그러지 않으면 그냥 모른 척 지나치게 될 수도 있었다.

"아무것도 아닌 모양이네요."

그는 초조한 눈빛으로 로스를 보았다. 선장은 짧고 굵은 손가락으로 뷰어 버튼을 눌렀다. "그래도 한번 살펴보는 게 좋겠지?" 로스가 말했다. "어차피 시료도 채취해야 하니 말이야. 한 가지 불안한 건……"

그가 고개를 저었다. 빨리 착륙하자니까! 메이슨의 목구멍 안에서 단어들이 끓어올랐다. 뭘 기다리는 거야? 빨리 내려가자고!

로스는 분주히 머리를 굴리는 중이었다. 그의 두꺼운 입술은 굳게 다물려 있었다. 메이슨은 다시 호흡을 가다듬었다. 그는 선장이 다이얼들을 돌리고, 누르고, 또 비트는 모습을 묵묵히 지켜보았다. 우주선이 서서히 기울더니 마침내 세로로 섰다. 선실이 가볍게 흔들렸지만 자이로스코프가 중심을 잘 잡아 주었다. 하늘이 90도 회전하더니 두꺼운 현창 밖으로 구름이 나타났다. 우주선은 항성을 향해 나아가는 중이었다. 로스는 순항 엔진을 껐다. 우주선은 잠시 움찔했다가 행성의 지표면을 향해 빠르게 내려가기 시작했다.

"워우, 벌써 내려가는 겁니까?"

미키 카터는 보관 로커로 통하는 좌측 문간에서 미심쩍다는 듯 두 사람을 보았다. 그는 기름 묻은 두 손을 자신의 초록색 점프 수트 다리에 문질러 닦고 있었다.

"밑에서 뭔가를 봤어." 메이슨이 말했다.

"정말?" 미키가 메이슨의 뷰어로 다가갔다. "어디 한번 볼까?"

메이슨이 후방 렌즈를 열었다. 그들은 서서히 솟아 오르는 행성을 내려다보았다.

"여기서 보일지는 모르겠지만…… 오, 그래, 저기 있군." 메이슨이 말했다. 그의 시선이 다시 로스에게로 돌아갔다.

"동쪽으로 2도." 그가 말했다.

로스가 다이얼을 틀자 하강하던 우주선의 방향이 살짝 돌아갔다.

"저게 뭐 같아?" 미키가 물었다.

"저기 봐!"

미키가 다시 뷰어로 시선을 가져갔다. 그의 휘둥그레진 눈이 화면 속에서 점점 커져 가는 반짝이는 얼룩에 고정됐다.

"우주선인가?" 그가 말했다. "그런 것 같은데."

그는 메이슨 뒤에 말없이 서서 빠르게 솟구쳐 오르는 지표면을 지켜보았다.

"원자로." 메이슨이 말했다.

로스가 버튼을 누르자 우주선의 엔진이 불꽃 가스를 힘차게 내뿜었다. 하강 속도가 점점 줄어들면서 로켓의 분출구가 지표면 위로 서서히 내려갔다.

"저게 뭐인 것 같아?" 미키가 메이슨에게 물었다.

"글쎄." 메이슨이 대답했다. "만약 저게 우주선이라면," 그가 살짝

기대에 찬 모습으로 덧붙였다. "지구에서 온 건 아닐 거야. 이번 미션
은 우리만 수행 중이니까."

"진로에서 벗어난 건가?" 미키는 어느새 기가 꺾인 모습이었다.

메이슨이 어깨를 으쓱였다. "그건 아닐걸." 그가 말했다.

"만약 저게 우주선이라면 어쩌지?" 미키가 말했다. "그리고 지구에
서 온 게 아니라면?"

메이슨이 그를 돌아보자 카터가 혀로 마른 입술을 핥았다.

"그게 사실이라면, 정말 끝내줄 거야."

"에어 스프링." 로스가 지시했다.

메이슨이 스위치를 올리자 에어 스프링이 작동했다. 그것 덕분에
그들은 착륙 시 푹신한 소파에 늘어져 있지 않아도 되었다. 갑판에
서 있는 그들은 조금의 충격도 느끼지 못했다. 정부의 신모델 우주선
들에 장착된 혁신 기술이었다.

마침내 우주선의 뒤편 버팀대가 지표면에 닿았다.

삐걱거림과 함께 미세한 진동이 전해졌다. 위로 솟은 우주선의 뾰
족한 앞부분이 눈부신 햇빛을 받아 반짝였다.

"이제부터 같이 붙어 다녀야 해." 로스가 말했다. "괜히 경거망동하
지 말고. 이건 명령이야."

그가 자리에서 일어나 벽에 붙은 스위치를 가리켰다. 대기를 선실
구석의 작은 챔버로 들이는 장치였다.

"이번엔 헬멧을 써야 한다는 데 걸겠어. 배당률은 3대 1." 미키가
메이슨에게 말했다.

"좋아." 메이슨이 내기에 응했다. 그들은 새로 발견한 행성에 내려
앉을 때마다 과연 숨 쉴 수 있는 공기가 존재하는지를 놓고 내기를

벌였다. 미키는 늘 산소통이 필요하다는 데 걸었고, 메이슨은 필요 없다는 데 걸었다. 지금까지의 전적은 거의 맞비겨떨어졌다.

메이슨이 스위치를 작동시키자 챔버에서 쉭쉭 소리가 들렸다. 미키는 로커에서 헬멧을 가져와 머리에 쓴 후 이중문을 열고 안으로 들어갔다. 메이슨은 그의 뒤로 문이 닫히는 걸 지켜보았다. 그는 측면 뷰어로 그들이 발견한 물체를 계속 찾아보고 싶었다. 하지만 꾹 참았다. 적당한 긴장감을 즐기는 것도 나쁘지 않았다.

인터컴에서 미키의 목소리가 흘러나왔다.

"헬멧을 벗어 볼게." 그가 말했다.

침묵. 그들은 숨죽여 기다렸다. 잠시 후, 툴툴대는 소리가 들려 왔다.

"이번에도 내가 졌어." 미키가 말했다.

"맙소사, 완전히 박살 나 있어!"

미키의 얼굴에 경악의 표정이 떠올랐다. 세 사람은 녹청색 들판에 서서 그것을 보았다.

짐작대로 우주선이었다. 엄청난 속도로 급강하해 떨어졌는지 우주선은 산산조각 난 상태였다. 동체 앞부분은 단단한 지표면에 5미터가량 박혀 있었다. 충격에 뜯겨져 나간 상부 구조의 들쭉날쭉한 조각들은 사방에 널려 있었다. 튕겨져 나온 커다란 엔진은 선실을 거의 뭉개 놓았다. 추락 현장은 쥐 죽은 듯 조용했다. 잔해만 봐서는 어떤 타입의 우주선이었는지 가늠할 수 없었다. 마치 거대한 아이가 싫증 난 완구 모델을 내던져 놓은 듯했다. 발로 짓이기고, 그걸로도 모자라 돌로 미친 듯이 찍어 낸 것 같았다.

메이슨이 몸을 바르르 떨었다. 실로 오랜만에 보는 로켓 추락 현장이었다. 그는 그동안 언제라도 우주선이 통제 불능 상태에 빠질 수 있고, 어마어마한 속도로 자유 낙하해 행성 지표면에 떨어질 수 있는 가능성을 잊고 살아 왔다. 대개 궤도에서 길을 잃는 불상사를 최악의 시나리오로 여기는 정도였다. 눈앞의 광경은 그에게 예기치 못한 위협이 늘 가까이에 도사리고 있다는 사실을 일깨워 주었다. 말없이 지켜보는 그의 목이 잠겨 왔다.

로스는 발밑의 금속 덩어리를 톡톡 두드리고 있었다.

"확실하진 않지만, 왠지 지구에서 온 것 같아."

메이슨이 대꾸하려고 입을 열었다가 이내 마음을 바꾸었다.

"저기 엔진 좀 보세요. 지구에서 온 게 틀림없습니다." 미키가 말했다.

"로켓 구조야 다 비슷하지 않겠습니까?" 메이슨이 말했다. "누가 어디서 만들든 말이죠."

"아니." 로스가 말했다. "그건 말이 안 돼. 이건 지구에서 온 로켓이 틀림없어. 누군지 몰라도 안타깝게 됐군. 그래도 추락 순간 즉사했을 테니 다행 아닌가."

"정말 그랬을까요?" 메이슨이 허공에 대고 물었다. 그의 머릿속에 빙빙 돌며 지표를 향해 낙하하는 우주선과 선실에 갇혀 있었을 선원의 겁에 질린 얼굴들이 떠올랐다. 어쩌면 우주선은 발사된 포탄처럼 똑바로 떨어졌는지도 모른다. 자이로스코프가 제대로 작동하지 않아 미친 듯이 회전하며 추락했을 수도 있고.

비명, 요란한 명령, 한 번도 본 적 없는 천국, 그리고 또 다른 세상에 가 있을지 모르는 신을 향한 절박한 기도. 무섭게 솟아 오른 행성과 충돌하는 순간 납작해진 우주선 안에서 짓이겨진 채 죽어 갔을 사람들. 무시무시한 상상에 몸이 바르르 떨렸다.

"가까이 가서 살펴보죠." 미키가 말했다.

"그게 좋은 생각인지 모르겠어." 로스가 말했다. "아무리 봐도 지구 것 같긴 한데, 만에 하나 아니라면 어떡하지?"

"설령 그렇다 해도 저 잔해 속에 살아남은 게 있긴 할까요?" 미키가 선장에게 말했다.

"그래도 또 모르잖아." 로스가 말했다.

하지만 그들은 선장의 눈에도 완전히 박살 난 선체가 똑똑히 보일 거라는 걸 알고 있었다. 그 무엇이 타고 있었어도 생존했을 가능성은 없었다.

심각한 표정. 굳게 다문 입. 살짝 돌아간 고개. 잔해를 살피는 그들은 선장의 얼굴을 미처 보지 못했다.

"저기 보이는 구멍부터 살펴보자고." 로스가 말했다. "서로 붙어 다녀야 한다는 거 잊지들 말고. 우리에겐 주어진 임무가 있잖아. 여기서 이러는 건 순전히 본부에 이 우주선이 어디 소속인지 알려 주기 위해서일 뿐이야." 그는 이미 이것이 지구에서 온 우주선임을 확신한 상태였다.

그들은 용접된 부분이 뜯겨 나간 우주선 측면으로 다가갔다. 길고 두꺼운 금속판은 종이처럼 반듯하게 접혀 있었다.

"불길한 예감이 들긴 하지만," 로스가 말했다. "기왕 왔으니……"

그가 고개를 까딱여 신호하자 미키가 구멍을 향해 선실 외벽을 기어오르기 시작했다. 미키는 손으로 잡을 수 있을 만한 부분들을 조심스레 테스트해 나갔다. 날카로운 모서리가 만져지자 작업용 장갑을 꺼내 껐다. 두 사람에게 그 사실을 알리자 그들도 일제히 점퍼 주머니로 손을 가져갔다. 미키는 우주선의 어두운 구멍을 비집고 들어갔다.

"잠깐!" 로스가 그를 불렀다. "내가 올라갈 때까지 기다리라고."

그가 힘겹게 올라섰다. 묵직한 부츠 끝이 로켓의 표면을 긁었다. 그가 구멍 안으로 들어가고, 메이슨도 뒤따랐다.

선실 안은 어두웠다. 메이슨은 잠시 눈을 감고 어둠에 적응하려 애썼다. 다시 눈을 떴을 때 두 개의 눈부신 빛줄기는 한 데 뒤엉킨 기둥과 금속판들을 비추고 있었다. 그도 손전등을 꺼내 켰다.

"맙소사, 정말 처참하군." 경외감에 사로잡힌 미키가 아무렇게나 널린 금속과 기계들을 살피며 말했다. 목소리가 선실 안에서 살짝 울렸다. 말소리가 멎자 완전한 정적이 찾아들었다. 그들은 흐린 불빛 속에 나란히 서 있었다. 메이슨은 박살 난 엔진에서 풍기는 매캐한 냄새를 똑똑히 맡을 수 있었다.

"자네도 이 냄새 조심해." 로스가 잡아 달라고 손을 뻗은 미키에게 말했다. "가스에 중독되면 큰일이니까."

"알겠습니다." 미키가 말했다. 육중하고 억센 체구의 그가 뒤틀린 사다리를 밟고 천천히 올라갔다. 그의 손전등이 천장을 비추었다.

"선실 꼴이 말이 아니군요." 그가 고개를 저으며 말했다.

로스가 그를 따라 올라갔다. 마지막으로 메이슨도 손전등으로 부서진 모서리들을 비추며 그들을 뒤따랐다. 한때 강하고 새로웠을 우주선은 마치 파멸을 표현한 조각그림 퍼즐처럼 흉측하게 널브러져 있었다. 그는 계속해서 자신의 눈을 의심하며 쉭쉭거렸다. 그의 손전등 불빛은 쉴 새 없이 심하게 뒤틀린 금속체들을 훑었다.

"문이 밀폐됐는데요." 미키가 프레첼*처럼 뒤틀린 캣워크**에 올라서서 말했다. 그는 중심을 잃지 않으려 로켓 내벽에 몸을 기댄 상태였다. 그가 다시 손잡이를 붙잡고 힘껏 당겨 보았다.

"손전등 이리 줘 봐." 로스가 말했다. 그가 두 개의 빛줄기를 문에 집중시켰다. 미키는 또다시 문을 잡아당겼다. 그의 얼굴은 붉게 상기돼 있었고, 입에서는 연신 가쁜 숨이 터져 나왔다.

"안 열리는데요." 그가 고개를 저으며 말했다. "꽉 물려 있습니다."

메이슨이 다가가 옆에 섰다. "선실이 아직 가압 상태인지도 몰라요." 그가 나지막이 말했다. 그는 안에서 쩌렁쩌렁 울리는 자신의 목소리가 영 마음에 들지 않았다.

"설마." 로스가 머리를 굴리며 말했다. "보나마나 문설주가 휘어졌을 거야." 그가 다시 고개를 끄덕였다. "카터랑 같이 해 봐."

메이슨과 미키가 손잡이를 하나씩 움켜잡았다. 그런 다음, 발을 벽에 갖다 붙이고 있는 힘껏 당겨 보았다. 문은 꿈쩍도 하지 않았다. 그들은 손의 위치를 바꾸고 나서 다시 시도해 보았다.

"움직입니다!" 미키가 말했다. "열리는 것 같아요."

그들은 다시 휜 캣워크를 딛고 서서 문을 잡아당겼다. 마침내 뒤틀린 문틀에서 문이 뽑혀 나왔다. 몸을 옆으로 틀어야만 간신히 비집고 들어갈 수 있을 만큼의 공간이 만들어진 것이었다.

메이슨이 가장 먼저 어두운 선실로 들어갔다. 그는 손전등으로 파일럿 자리를 비추어 보았다. 좌석은 비어 있었다. 이어 미키가 문을

* 밀가루, 소금, 설탕, 이스트, 따뜻한 물을 넣은 반죽을 길게 만들어 가운데에 매듭이 있는 하트 모양으로 구운 독일 빵.
** 공중에 걸친 통로 모양의 구조물.

비집고 들어왔다. 메이슨은 네비게이터 자리 쪽으로 불빛을 돌렸다.

네비게이터 좌석은 보이지 않았다. 벽을 뚫고 들어온 격벽이 뷰어와 테이블과 의자를 흉측하게 짓이겨 놓았다. 메이슨의 목에서 흡착음이 흘러나왔다. 그는 그런 격벽 앞에, 그런 테이블에, 그리고 그런 의자에 앉아 있는 자신의 모습을 상상하며 몸서리쳤다.

어느새 로스까지 안으로 들어와 있었다. 세 개의 빛줄기가 분주히 안을 훑어 나갔다. 덱이 기운 관계로 그들 모두 다리에 힘을 잔뜩 준 채 서 있어야만 했다.

기울어진 덱을 둘러보던 메이슨의 뇌리에 문득 스치는 생각이 있었다. 쏠림, 그리고 미끄러짐.

그가 떨리는 손으로 한쪽 구석을 비춰 보았다.

순간 가슴이 철렁 내려앉았다. 온몸에 소름이 쫙 돋고, 겁에 질린 눈은 깜빡일 줄 몰랐다. 그는 무언가에 떠밀리기라도 한 듯 경사면을 쿵쾅대며 내려갔다.

"여길 좀 보십시오." 충격에 휩싸인 그가 목 쉰 소리로 말했다.

그는 시체들 앞에 서 있었다. 그의 발끝에 시체 한 구가 살짝 닿았다. 그는 더 미끄러지지 않도록 경사면을 힘주어 디뎠다.

뒤에서 미키의 발소리와 목소리가 들려 왔다. 속삭임. 공포가 묻어나는 속삭임이었다.

"하느님 맙소사."

로스는 차마 입을 열지 못했다. 세 사람은 한동안 가쁜 숨을 몰아쉬며 시체들을 응시했다.

바닥에 널브러진 시체들은 바로 그들 자신이었다. 세 구 모두. 모두 죽어 있었다.

시간이 얼마나 흘렀을까, 메이슨은 여전히 뒤틀린 채 뻗어 있는 바닥의 시체들을 말없이 내려다보고 있었다.

자신의 시체와 맞닥뜨렸을 때 어떤 반응을 보여야 자연스러울까? 머릿속에 무의식적으로 떠오른 질문이었다. 이럴 땐 뭐라고 해야 하지? 가장 먼저 어떤 단어가 튀어나와야 하지? 가짜. 아니, 이건 유도 질문이야.

하지만 이건 실제로 눈앞에서 벌어지고 있는 일이었다. 그는 산 채로 서 있지만, 발밑에는 그가 죽은 채로 누워 있었다. 그의 손은 감각을 잃은 상태였고, 몸은 불안정하게 흔들리고 있었다.

"맙소사."

미키가 다시 속삭였다. 그의 손전등은 자신의 얼굴을 비추고 있었다. 자신의 시체를 내려다보는 그의 입이 씰룩였다. 세 사람 모두 각자 자신의 얼굴을 비추고 있었다. 산 자와 죽은 자들의 몸은 눈부신 불빛 띠로 연결돼 있었다.

마침내 로스가 선실의 퀴퀴한 공기를 조심스레 들이쉬었다.

"카터." 그가 말했다. "보조 조명 스위치를 찾아 봐. 제대로 켜지는지도 확인해 보고." 절제되고 허스키한 목소리였다.

"네?"

"조명 스위치…… 조명 스위치를 찾으라고!" 로스가 신경질적으로 말했다.

메이슨과 선장이 미동도 없이 서 있는 동안 미키는 발을 질질 끌며 경사면을 올라갔다. 부츠가 덱 바닥에 흩뿌려진 금속성 잔해를 연신 걸어찼다. 메이슨은 눈을 질끈 감았다. 하지만 자신의 시체에 닿아 있는 발은 꿈쩍도 하지 않았다. 온몸이 꽁꽁 묶인 것 같았다.

"이해가 안 됩니다." 그가 나지막이 말했다.

"조금만 더 버텨 봐." 로스가 말했다.

메이슨은 그것이 자신을 위한 격려인지, 아니면 선장의 혼잣말인지 궁금했다.

잠시 후, 비상용 발전기가 윙윙대며 돌기 시작했다. 조명이 몇 번 깜빡이다가 이내 꺼져 버렸다. 잠시 털털거리던 발전기가 제대로 돌아가면서 눈부신 조명이 일제히 켜졌다.

그들의 시선이 경사면 밑으로 내려갔다. 미키가 다시 미끄러지듯 내려와 그들 옆에 섰다. 그는 자신의 시체를 응시했다. 시체의 머리는 박살이 난 상태였다. 극도의 공포에 사로잡힌 미키는 뒤로 주춤 물러났다.

"이해가 안 돼요." 그가 말했다. "이해가…… 이게 대체 뭐죠?"

"카터." 로스가 말했다.

"저건 저라고요!" 미키가 말했다. "맙소사, 바로 저였어요!"

"흥분하지 마!" 로스가 명령했다.

"우리 셋 모두," 메이슨이 나지막이 말했다. "우린 다 죽었어요."

더 할 말이 없었다. 말문을 막아 버린 악몽. 심하게 짓이겨지고 기운 선실. 한쪽 구석에 처박힌 세 구의 시체는 모두 몸을 웅크린 자세를 하고 있었다. 팔다리는 서로에게 엉겨 붙어 있었다. 그들이 할 수 있는 일이라고는 그저 자신들의 시체를 빤히 보는 것뿐이었다.

그때 로스가 말했다. "가서 방수포를 가져와. 자네들 둘 다."

메이슨이 홱 돌아섰다. 공포에 질려 있던 머릿속이 단순한 지시 내용으로 차오르자 조금 살 것 같았다. 그는 성큼 걸어 덱을 올라갔다. 미키는 뒤로 슬금슬금 물러났다. 그는 더 이상 머리가 함몰된 초록색 점퍼 차림의 육중한 시체의 깜빡이지 않는 눈을 똑바로 볼 수가 없었다.

메이슨은 로커에서 접힌 방수포를 질질 끌고 선실로 들어갔다. 그의 팔다리는 로봇처럼 착착 움직였다. 그는 뇌에서 감각을 없애 보려 애썼다. 아무 생각도 할 수 없게끔. 첫 충격이 완전히 사그라질 때까지 만이라도.

미키와 그는 뻣뻣한 동작으로 묵직한 방수포를 펼쳤다. 그런 다음, 두껍고 번들거리는 천을 밑으로 던져 시체들을 덮어 놓았다. 방수포 위로 시체들의 머리와 몸통의 윤곽이 드러났다. 창처럼 뻣뻣하게 선 누군가의 팔은 손목 부분이 페넌트*처럼 끔찍하게 구부러져 있었다.

메이슨은 몸서리를 치며 돌아섰다. 그는 비틀거리며 조종석으로 다가가 풀썩 주저앉았다. 그의 시선이 자신의 쭉 편 다리와 묵직한 부츠로 떨어졌다. 그가 손을 뻗어 한쪽 다리를 꼬집었다. 날카로운 통증이 전해지자 그는 묘한 안도감을 느꼈다.

"이쪽으로 와." 로스가 미키에게 말했다. "이쪽으로 오랬잖아!"

메이슨은 그들 쪽을 돌아보았다. 로스가 시체들 앞에 웅크려 앉은 미키를 부축해 일으켰다. 그는 미키의 팔뚝을 붙잡고 경사면을 오르기 시작했다.

"우린 죽었어요." 미키가 멍한 얼굴로 말했다. "덱의 시체들, 그거 우리예요. 우린 죽었다고요."

로스가 미키를 좌현에 난 틈 앞으로 떠밀었다. 밖을 내다보라는 것이었다.

---

* 가늘고 긴 삼각 깃발.

"봐." 그가 말했다. "우주선 보이지? 우리가 세워 둔 대로 잘 있잖아. 이 우주선은 우리가 타고 온 게 아니야. 그리고 저기 저 시체들. 저들은…… 우리일 리가 없어."

하지만 그의 목소리에서는 확신이 묻어나지 않았다. 자기주장이 강한 그였지만 과장된 말투는 얄팍하게만 들릴 뿐이었다. 그의 목은 연신 꿀렁댔고, 아랫입술은 이 수수께끼 같은 상황에 반항이라도 하듯 불쑥 나와 있었다. 로스는 수수께끼를 좋아하지 않았다. 그는 결단력과 추진력으로 똘똘 뭉친 사람이었다. 그리고 지금, 수습을 위해서라면 무엇이라도 하고 싶었다.

"선장님도 자신의 시체를 똑똑히 보셨지 않습니까." 메이슨이 그에게 말했다. "그게 선장님이 아니라고요?"

"그래, 아니야." 로스가 예민하게 받아쳤다. "이 모든 게 황당하게 여겨지겠지만 이 또한 설명이 가능한 현상에 불과해. 세상 모든 일이 그런 것처럼."

자신의 두꺼운 팔뚝에 주먹을 날린 그는 얼굴을 씰룩였다.

"이건 나야." 그가 말했다. "허상이 아니라고." 그가 두 사람을 매섭게 노려보았다. 반박할 테면 해 보라는 듯이. "봐, 분명히 살아 있잖아." 그가 말했다.

그들은 멍한 표정으로 선장을 보았다.

"이해가 안 됩니다." 미키가 기운 빠진 목소리로 말했다. 그가 고개를 저으며 이가 드러나도록 입술을 뒤로 젖혔다.

메이슨은 여전히 조종석에 축 늘어져 있었다. 그는 로스의 독단이 그들을 구제해 주기를 은근히 바라고 있었다. 이해할 수 없는 것에 대한 그의 확고한 편견이 궁지를 벗어나는 데 한몫해 주기를. 그는 직접 머리를 굴리려다 포기했다. 선장에게 떠넘기면 될 일로 괜히 골머리 썩고 싶지 않았다.

"우린 다 죽은 거예요." 미키가 말했다.

"어리석게 굴지 마!" 로스가 빽 소리쳤다. "못 믿겠으면 자네 몸을 직접 만져 보라고!"

메이슨은 두 사람의 언쟁이 언제까지 계속될지 궁금했다. 어쩌면 이 모든게 황당한 악몽인지도 모른다. 만약 그렇다면 그는 당장 잠에서 깨고 싶었다. 평소처럼 맡은 바 역할을 성실히 수행하는 두 사람을 다시 볼 수 있게.

하지만 꿈은 계속 이어졌다. 그는 등받이에 몸을 기댔다. 조종석은 튼튼했다. 그가 앉은 자리에서는 계기반의 다이얼과 버튼과 스위치들을 마음껏 조작할 수 있었다. 이건 현실이었다. 꿈이 아니었다. 굳이 살을 꼬집어 볼 필요까지는 없었다.

"어쩌면 이 모든 게 환영인지도 모르지 않습니까." 그가 조심스레 말했다. 마치 주저하며 단단한 지면에 발을 내딛는 짐승이 된 기분이었다.

"이제 그만해." 로스가 말했다.

그는 눈이 가늘어져서 날카롭게 그들을 쏘아보았다. 그의 표정이 그가 어떤 결정을 내렸는지 말해 주고 있었다. 메이슨은 초조해졌다. 그는 로스가 무슨 생각을 하고 있을지 궁금했다. 환영? 아니. 그건 아닐 것이다. 로스는 그런 것 따위를 믿을 사람이 아니었다. 미키는 입을 쩍 벌린 채 로스를 응시하고 있었다. 미키도 이 모든 미스터리를 한 방에 날려 줄 속 시원한 설명을 갈망하는 눈치였다.

"시간 왜곡이야." 로스가 말했다.

그들은 계속해서 선장을 빤히 보았다.

"뭐라고요?" 메이슨이 물었다.

"잘 들어 봐." 로스가 자신의 이론을 늘어놓기 시작했다. 골치 아픈 계산에 관심이 없는 그는 확신에 차 있는 모습이었다.

"공간은 구부러지지." 로스가 말했다. "시간과 공간은 연속체를 형성시킨다. 아니야?"

두 사람은 대답이 없었다. 대답이 필요한 때도 아니었고.

"언젠가 트레이닝에서 떠도는 시간에 대해 배운 적 있었지? 그때 그들은 우리가 특정 시간에 지구를 떠났다 돌아오면 일반적 계산과 달리 1년 뒤로 돌아가 있을 거라고 했었어."

"그저 이론에 불과했던 일이 실제로 우리에게 벌어진 거야. 하지만 놀랄 거 없어. 논리적으로 말이 되는 이론이었으니까. 내 생각엔 우리가 시간 왜곡 속에 빠진 것 같아. 여긴 또 다른 은하계일 수도 있어. 어쩌면 우리는 엉뚱한 시간과 공간에 갇혀 버린 건지도 몰라."

그가 극적 효과를 위해 잠시 뜸을 들였다.

"우리는 미래에 와 있는 거야."

메이슨이 그를 빤히 보았다.

"그게 우리에게 무슨 도움이 되죠? 선장님 주장이 옳다면 말입니다."

"그건 우리가 지금 죽지 않았다는 뜻이잖아." 로스는 이해력이 딸리는 부하가 답답한 모양이었다.

"하지만 이게 미래라면," 메이슨이 나지막이 말했다. "결국 우리가 죽게 된다는 뜻 아닌가요?"

로스가 넋이 나간 얼굴로 그를 보았다. 미처 생각하지 못한 부분이었다. 그는 자신의 아이디어가 실로 끔찍한 결과를 낳을 수 있다는 사실을 간과했다. 죽음보다 더 두려운 것은 자신이 죽을 운명이라는 사실을 깨닫는 것이다. 어디서, 그리고 어떻게 죽게 될지 미리 아는 것.

미키는 고개를 저었다. 양옆으로 늘어진 그의 두 손은 연신 꼼지락 거렸다. 그가 한 손을 들어 까매진 손톱을 초조하게 물어뜯기 시작했다.

"저는 모르겠어요." 그가 기어 들어가는 목소리로 말했다. "아직도 이해가 안 돼요."

로스는 멀뚱히 서서 메이슨을 보고 있었다. 알 수 없는 무언가가 스며들어 빈틈없고 합리적인 그의 사고를 뒤흔들고 있었다. 그는 불길한 생각을 애써 떨쳐 냈다. 이럴 때일수록 인내를 가지고 버텨야 했다.

"자," 그가 말했다. "우린 저 시체들이 우리가 아니라는 데 동의했어."

그들은 대꾸가 없었다.

"머리를 써!" 로스가 명령했다. "자기 몸을 한번 만져 보라고!"

메이슨이 감각 잃은 손가락으로 자신의 점퍼와 헬멧, 그리고 주머니 안의 펜을 더듬었다. 그는 살과 뼈로 된 자신의 손을 움켜잡고 팔뚝의 정맥을 내려다보다가 조심스레 맥을 짚었다. 난 살아 있어. 그는 생각했다. 그제야 안도감이 밀려들었다. 로스가 뭐라 하든 그는 분명 살아 있었다. 살과 피가 그 증거였다.

머릿속이 맑아지는 기분이었다. 그는 미간을 찌푸린 채 구부정한 자세를 폈다. 흥분을 가라앉힌 로스의 얼굴에도 안도의 표정이 희미하게 떠올라 있었다.

"좋아." 그가 말했다. "우린 지금 미래에 와 있는 거야."

미키는 좌현 근처에 바짝 긴장한 모습으로 서 있었다. "그럼 우린 이제 어떻게 되는 거죠?"

그 말에 메이슨이 움찔했다. 맞아. 이제 우린 어떻게 되는 거지?

"얼마나 먼 미래인지 알 길이 있나요?" 그가 입을 열 때마다 암울한 기운이 점점 가중됐다. "이게 20분 후에 벌어질 일이 아니라는 걸 어떻게 알죠?"

로스의 얼굴은 딱딱하게 굳어 있었다. 그가 자신의 손바닥에 힘껏 주먹을 날렸다. 그 소리가 선실 안을 쩌렁쩌렁 울렸다.

"그걸 어떻게 아느냐고?" 그가 언성을 높였다. "우주선을 띄우지 않으면 추락할 일도 없잖아. 아닌가?"

메이슨이 그를 빤히 보았다.

"여길 뜨면, 우리의 죽음을 우회할 수 있을지도 몰라요. 그 운명을 이 시공時空 시스템에 영영 남겨 두고 떠나는 거죠. 나중에 우리 은하계의 시공 시스템으로 돌아가면……"

그는 말끝을 흐렸다. 머릿속에 온갖 끔찍한 상상이 속속 떠올랐다.

로스는 얼굴을 찌푸렸다. 그는 계속 몸을 들썩이며 혀로 입술을 핥았다. 간단한 문제는 어느새 엄청나게 복잡해져 있었다. 그는 예기치 못한 난관에 발목 잡힌 상황이 영 못마땅했다.

"우린 아직 멀쩡히 살아 있어." 그는 이치에 닿는 설명으로 일행을 안심시키고 싶었다. "우리가 죽지 않고 살아남는 방법은 하나뿐이야."

결심을 굳힌 그가 두 남자를 보았다. "우린 여길 벗어나면 안 돼."

그가 말했다.

그들은 넋 나간 표정으로 선장을 응시했다. 그는 그들 중 누구라도 자신의 편에 서 주기를, 그리고 깨달음의 신호를 주기를 바랐다.

"하지만…… 임무는 어쩌고요?" 메이슨이 조심스레 물었다.

"우리가 언제 여기서 죽으라는 명령을 받은 적 있나?" 로스가 말했다. "아니잖아. 목숨을 부지할 방법은 단 하나뿐이야. 이륙하지 않는 것. 올라가지 않으면 떨어질 걱정도 없어. 그렇게…… 미리 방지하면 돼. 예방을 해 두면 된다고!"

그가 퉁명스럽게 고개를 끄덕였다. 로스는 더 이상 어떠한 이견도 듣고 싶지 않았다.

메이슨이 고개를 저었다.

"모르겠어요. 저는 잘……"

"난 알겠는데." 로스가 말했다. "일단 여기서 나가자고. 아무래도 이곳 분위기가 자네의 신경을 건드리고 있는 것 같아."

선장이 문을 가리키자 메이슨이 자리에서 일어났다. 걸음을 내딛으려던 미키가 멈칫했다. 그의 시선이 다시 시체들 쪽을 향했다.

"그 전에 저것들 먼저 처리를……?" 그가 물었다.

"뭐? 뭘 어쩌겠다고?" 로스가 조바심을 부리며 말했다.

미키는 시체들을 응시했다. 그도 자신이 제정신이 아님을 알고 있었다.

"우리 시체들을…… 묻어 줘야 하는 거 아닌가요?"

로스는 짜증이 났다. 그는 더 듣지 않고 일행을 선실 밖으로 이끌었다. 잔해를 헤쳐 나온 그가 문틈을 흘끔 들여다보았다. 방수포로 대충 덮어 놓은 시체들. 그는 하얗게 질릴 때까지 입술을 굳게 다물었다.

"난 아직 살아 있어." 그가 씩씩대며 웅얼거렸다.

그는 신경질적으로 선실의 불을 끄고 밖으로 나왔다.

잠시 후, 그들은 자신들의 우주선 선실에 앉아 있었다. 로스는 그들에게 식사 준비를 지시했다. 그들이 로커에서 음식을 가져왔지만 정작 먹는 사람은 로스뿐이었다. 그는 우악스럽게 음식을 씹었다. 마치 그것이 풀리지 않는 미스터리라도 되는 듯이.

미키는 멍한 얼굴로 앞에 놓인 음식을 응시했다.

"여기서 얼마나 머물러야 합니까?" 그가 물었다. 영영 이곳을 뜨지 못할 운명이라는 걸 모르는 사람처럼.

메이슨이 동료에게서 배턴을 넘겨받았다. 그는 좌석에 앉은 채 몸을 앞으로 기울이고 로스를 보았다.

"남은 식량으로 얼마나 버틸 거라 생각하십니까?"

"밖에 나가면 먹을 수 있는 게 널려 있을 거야. 내가 장담해." 로스가 음식을 씹으며 말했다.

"뭘 먹어도 되고 안 되는지 어떻게 알 수 있죠?"

"동물들을 지켜보면 돼." 로스가 고집스럽게 말했다.

"지구 동물들과 전혀 다른 종일 텐데요." 메이슨이 말했다. "그것들이 먹을 수 있는 게 우리에겐 치명적일 수도 있지 않습니까? 이 행성에 생명체가 살고 있는지 여부도 모르고요."

그의 입가에 쓸쓸한 미소가 살짝 머금어졌다. 사실 그는 이곳에서 외계 생명체와 조우할 수 있기를 간절히 바랐다. 상상만으로도 짜릿한 일이었다.

로스는 발끈했다. "그런 건…… 나중에 따져 봐도 늦지 않아." 그는 자신의 설교가 모든 불평을 잠재워 버리기를 바랐다.

메이슨이 고개를 저었다. "글쎄요. 저는 모르겠어요."

로스가 자리에서 일어났다.

"잘들 들어." 그가 말했다. "이것저것 캐묻는 건 쉬운 일이야. 하지만 우린 당분간 이곳에 머물기로 합의를 봤잖아. 이젠 구체적으로 하나하나 짚어 볼 차례야. 뭐가 불가능한지는 굳이 언급하지 않아도 돼. 나도 자네들만큼이나 잘 알고 있으니까. 앞으로는 뭐가 가능한지만 따져 보자고."

그가 휙 돌아서서 제어반 앞으로 성큼 다가갔다. 그리고 한동안 게이지와 다이얼들을 빤히 응시했다. 그는 자리에 앉아 일지를 펼쳐 들고 무언가를 빠르게 적어 내려갔다. 마치 무언가 중대한 사건이 터지기라도 한 것처럼. 나중에 메이슨은 로스의 일지를 들여다볼 기회가 있었다. 선장이 적어 놓은 것은 다름 아닌, 그들이 살아남은 이유였다. 비록 빈틈은 보였지만 꽤 단호한 논리였다.

자리에서 일어난 미키는 자신의 침대로 다가가 앉았다. 그는 커다란 손으로 자신의 관자놀이를 마사지했다. 그 모습이 꼭 어머니의 경고를 무시하고 풋사과를 집어먹다가 결국 배탈이 나 버린 아이를 연상시켰다. 메이슨은 미키가 무슨 생각을 하는지 알 것 같았다. 머리가 박살 난 시체. 추락한 우주선 안에서 처참한 몰골로 죽어 가는 자신의 모습. 그와 메이슨은 같은 생각을 하고 있었다. 비록 태연한 척하고 있지만 로스 역시 그러고 있을 게 분명했다.

메이슨은 좌현에 서서 목초지 너머의 선체를 바라보고 있었다. 어둠이 내려앉는 중이었다. 추락한 로켓은 항성의 마지막 빛줄기를 받아 반짝였다. 메이슨은 돌아서서 외부 온도 게이지를 체크했다. 빛이 아직 남아 있음에도 온도는 어느새 7도까지 떨어져 있었다. 메이슨은 오른손 검지로 온도 조절 장치의 바늘을 움직였다.

열기가 다 식어 버렸어. 그는 생각했다. 좌초된 우주선의 에너지가 빠르게 소진되고 있어. 자기 피를 퍼마시고 있는 거라고. 수혈의 가능성도 없는데. 우주선의 에너지 시스템을 재충전하려면 시동을 거는 수밖에 없었다. 지금처럼 정지된 상태에서는 희망이 없다.

"얼마나 더 버틸 수 있죠?" 더 잠자코 있을 수만은 없게 된 그가 다시 로스에게 물었다. "언제까지 여기 갇혀 지내야 합니까? 두 달 후면 식량도 바닥날 겁니다. 그 전에 충전 시스템이 먼저 맛이 가 버릴 거고요. 난방이 되지 않으면 우린 여기서 꼼짝없이 얼어 죽게 될 거예요."

"외부 온도가 우릴 얼려 버릴 거라는 걸 어떻게 알지?" 로스가 애써 느긋한 척하며 물었다.

"이제 겨우 일몰입니다." 메이슨이 말했다. "그런데도 벌써…… 영하 13도까지 떨어졌어요."

로스가 뚱한 표정으로 그를 보았다. 의자에서 일어난 그가 같은 자리를 빙빙 맴돌기 시작했다.

"우주선을 띄우면," 그가 말했다. "밖의 저 우주선과 같은 운명을 맞게 될 거야."

"정말 그럴까요?" 메이슨이 말했다. "어차피 죽는 건 한 번뿐이지 않습니까. 아까 거기서 우린 이미 죽어 있던데요. 이 은하계에선 그렇게 최후를 맞은 겁니다. 어쩌면 모든 은하계에서 한 번씩 죽는 것인지도 모르지 않습니까. 그게 우리가 믿어 온 내세인지도 모르고요. 어쩌면……"

"할 말이 더 남았나?" 로스가 차갑게 물었다.

미키가 고개를 들었다.

"갑시다." 그가 말했다. "여기서 이러고 있고 싶지 않아요."

로스가 말했다. "무모하게 움직이는 건 현명한 일이 아니야. 좀 더 머리를 굴려 보자고."

"제겐 아내가 있단 말입니다!" 미키가 성을 내며 말했다. "단지 선장님이 미혼이시라는 이유만으로……"

"닥쳐!" 로스가 버럭 소리쳤다.

미키는 침대에 올라 차가운 격벽 쪽으로 홱 돌아누웠다. 흥분한 그의 육중한 몸이 바르르 떨렸다. 그는 아무 말도 하지 않았다. 그의 주먹이 폈다 쥐기를 반복했다. 그는 깔고 누운 담요를 끄집어 내 손으로 마구 쥐어짜기 시작했다.

로스는 덱을 어슬렁거리며 자신의 손바닥에 신경질적으로 주먹을 날렸다. 그는 이를 악문 채 연신 고개를 저어 댔다. 그 어떤 기발한 아이디어도 그의 고집을 꺾지 못했다. 잠시 멈춰 서서 메이슨을 보던 그가 또다시 걸음을 옮겼다. 꿈이 아님을 확인하려는 듯 외부 스포트라이트를 켜고 밖을 살피기도 했다.

불빛을 받은 박살 난 우주선은 거대한 묘비 같아 보였다. 로스는 소리 없이 으르렁대며 스포트라이트를 껐다. 그가 부하들을 돌아보았다. 숨을 쉴 때마다 그의 넓은 가슴이 부풀었다 꺼지기를 반복했다.

"좋아." 그가 말했다. "이건 자네들의 목숨이 걸린 문제이기도 해. 내가 독단적으로 결정할 일이 아니라는 거야. 이럴 게 아니라 투표로 결정하자고. 어쩌면 우리가 완전히 잘못 짚은 것일 수도 있어. 자네

150

들이 굳이 위험을 무릅쓰고 여길 뜨겠다면…… 나도 더는 반대하지 않을 거야."

"투표해 보자고." 그가 어깨를 으쓱이며 말했다. "난 여기 남고 싶어."

"저는 떠나고 싶습니다." 메이슨이 말했다.

그들의 시선이 미키에게 향했다.

"카터." 로스가 말했다. "자네는?"

미키가 암울한 눈빛으로 돌아보았다.

"자네 생각을 얘기해 봐." 로스가 말했다.

"저도 가고 싶습니다." 미키가 말했다. "여길 뜰 수 있게 해 주십시오. 여기 남느니 차라리 죽는 게 낫습니다."

로스의 목이 꿀렁거렸다. 그가 깊은 숨을 들이쉬고 나서 어깨를 폈다.

"좋아." 그가 나지막이 말했다. "그럼 여길 떠나자고."

"하느님, 저희에게 자비를 베푸소서." 미키가 웅얼거렸다. 로스는 제어반 앞으로 다가갔다.

선장이 잠시 머뭇거리다가 스위치들을 일제히 올렸다. 뒤편 벤트*에서 점화된 가스가 번갯불처럼 쏟아져 내리자 거대한 우주선이 덜덜 떨리기 시작했다. 익숙한 소음이 메이슨에게 위안이 돼 주었다. 그는 더 이상 자신의 운명을 걱정하지 않았다. 미키와 마찬가지로 그도 기꺼이 위험을 감수할 마음의 준비가 돼 있었다. 불과 몇 시간이 지났을 뿐이었지만 마치 1년을 보내고 온 것 같은 기분이 들었다. 억

---

* 밀폐실에 공기가 통과할 수 있도록 만든 구멍.

압적인 기억들이 시간의 흐름을 한없이 더디게 만들어 놓은 탓이었다. 그들이 보고 온 시체들에 대한 기억, 산산조각 난 로켓에 대한 기억, 어쩌면 영영 다시 볼 수 없을지 모르는 지구에 대한 기억, 부모와 아내와 애인과 아이들에 대한 기억. 그냥 포기해 버리는 것보다 죽더라도 귀환을 시도하는 편이 훨씬 나았다. 죽치고 앉아 묵묵히 운명을 받아들이는 것만큼 인간에게 힘든 일은 없었다. 그는 이제 운명에 순응하고 싶지 않았다.

계기반 앞에 앉은 메이슨은 바짝 긴장한 채 기다렸다. 미키가 벌떡 일어나 엔진 제어반 앞으로 달려가는 소리가 들렸다.

"무탈하게 올라갈 수 있을 거야." 로스가 그들에게 말했다. "설마…… 무슨 일이 있으려고."

그가 잠시 말을 멈추었다. 초조해진 그들은 고개를 돌려 선장을 보았다.

"자네들, 준비는 됐겠지?" 로스가 물었다.

"출발하죠." 미키가 말했다.

로스는 입을 굳게 다문 채 '수직 상승'이라고 적힌 스위치를 올렸다.

우주선이 진동하며 들썩였다. 그리고 점점 속도를 내며 지표면에서 솟구쳐 올랐다. 메이슨은 후방 뷰어를 켰다. 화면 속에서 검은 행성이 빠르게 작아져 갔다. 그는 화면 한 구석에서 달빛을 받아 번뜩이고 있는 금속성의 하얀 얼룩들에 시선을 두지 않으려 애썼다.

"5백," 그가 말했다. "7백 50…… 1천…… 1천 5백……"

그는 숨죽여 기다렸다. 과연 우려했던 폭발이 일어날 것인지. 엔진이 갑자기 멈춰 버리지는 않을지. 여기서 상승이 멎지는 않을지.

우주선은 계속해서 솟구쳐 올랐다.

"3천." 메이슨이 한껏 흥분된 마음을 애써 진정시키며 말했다. 행성은 점점 멀어져 갔다. 또 다른 우주선은 이제 기억으로만 남게 되었다. 그의 시선이 미키에게로 돌아갔다. 미키는 입을 쩍 벌린 채 화면을 응시하고 있었다. 당장이라도 "더 빨리!"라고 외칠 것만 같은 분위기였다. 하지만 운명을 자극하는 것만큼은 피해야 했다.

"6천…… 7천!" 메이슨이 의기양양한 목소리로 말했다. "거의 다 빠져나왔습니다!"

미키의 얼굴에 안도의 표정이 떠올랐다. 그는 활짝 웃으며 땀에 젖은 눈썹을 훔쳤다. 덱의 바닥 위로 굵은 땀방울이 뚝뚝 떨어졌다.

"맙소사." 그가 말했다. "오, 맙소사."

메이슨이 로스의 자리로 다가갔다. 그가 선장의 어깨를 토닥였다.

"우리가 해냈습니다. 아주 잘하셨어요."

로스는 짜증 난 표정을 짓고 있었다.

"떠나는 게 아니었어. 별것 아니었는데. 이젠 또 다른 행성을 찾아야 하잖아." 그가 고개를 저었다. "우리가 어리석었어."

메이슨이 그를 빤히 보았다. 그는 고개를 저으며 돌아섰다. 끝까지 너무하는군.

"다음에 또 다른 행성을 발견하게 되면," 그가 말했다. "그땐 그냥 입을 닫고 있을 겁니다. 외계종족이 살든 말든."

침묵. 그는 다시 자신의 자리로 돌아가 그래프 차트를 집어 들었다. 가볍게 떨리는 그의 입에서 긴 숨이 터져 나왔다. 로스가 투덜대도록 그냥 놔 두는 게 좋겠어. 그는 생각했다. 어차피 우린 이렇게 빠져나왔으니까. 다시 원상으로 돌아왔으니까. 그는 그 행성에 남았더라면 무슨 일을 겪게 됐을지 상상해 보았다.

그의 시선이 자연스레 로스 쪽으로 돌아갔다.

로스는 골똘한 생각에 잠겨 있었다. 그는 입을 굳게 다문 채 알아들을 수 없는 말을 웅얼거리고 있었다. 메이슨은 선장의 시선이 자신을 향하고 있음을 깨달았다.

"메이슨." 그가 말했다.

"네?"

"자네 방금 외계종족이라고 했나?"

순간 메이슨의 등골이 오싹해졌다. 로스는 무슨 결심이 선 듯 고개를 끄덕이고 있었다. 대체 무슨 생각을 하고 있는 거지? 그의 두 손이 덜덜 떨리기 시작했다. 엽기적인 상상이 속속 떠올랐다. 아니야. 그깟 알량한 자존심 때문에 로스가 그럴 리 없어. 안 그래?

"저는 그냥……" 그가 입을 열었다. 한쪽에서는 미키가 선장을 유심히 지켜보고 있었다.

"잘 들어." 로스가 말했다. "저 아래서 무슨 일이 있었는지 알려 줄 테니까. 어떻게 된 일인지 보여 주겠다고!"

그들은 공포에 사로잡힌 채 선장을 응시했다. 로스는 방금 떠나 온 행성 쪽으로 우주선의 경로를 돌려 놓았다.

"지금 뭐 하시는 겁니까?" 미키가 빽 소리쳤다.

"잘 들으라니까." 로스가 말했다. "아직도 이해가 안 되나? 우리가 감쪽같이 속아 넘어갔다는 걸 아직도 모르겠어?"

그들은 어리둥절한 표정으로 그를 보았다. 미키가 그의 앞으로 천천히 다가갔다.

"외계종족." 로스가 말했다. "바로 그거라고. 시공 시스템, 그 아이디어는 완전히 틀렸어. 내가 제대로 된 아이디어를 들려주지. 자, 우린 그곳을 떠나 왔어. 이제 그곳에서의 일을 어떻게 보고해야 할까? 가서 보니 인간이 살 수 없는 곳이었다고? 그럴 바에야 차라리 보고를 하지 않는 편이 낫지 않겠어?"

"로스, 설마 그곳으로 돌아가려는 건 아니죠?" 메이슨이 자리에서 벌떡 일어나 말했다. 끔찍한 상상을 했는지 그의 얼굴은 공포로 질려 있었다.

"당연히 돌아가야지!" 로스가 의기양양한 모습으로 말했다.

"미쳤어요?" 미키가 그에게 소리쳤다. 그의 몸은 경련이 일어난 듯 씰룩였고, 양옆으로 늘어뜨린 두 주먹에는 힘이 잔뜩 들어가 있었다.

"내 말 들어 봐!" 로스가 으르렁거렸다. "그 행성의 존재를 보고하지 않으면 누가 가장 이득을 볼 것 같아?"

그들은 대답하지 않았다. 미키가 그의 앞으로 성큼 다가갔다.

"멍청한 놈들!" 그가 말했다. "아직도 이해가 안 돼? 저 아래 생명체가 살고 있다고. 하지만 그것들은 우리를 죽이거나 힘으로 쫓아낼 만큼 강하지 않은 거야. 그럼 그것들이 뭘 할 수 있겠어? 분명 우리의 침입이 달갑지 않을 텐데. 그들이 뭘 어떻게 할 수 있겠느냐고."

그는 멍청한 제자들을 대하는 선생처럼 질문을 던졌다.

미키는 수상쩍은 표정을 지어 보였다. 하지만 그 역시도 그 답이 궁금했다. 비록 내색하지는 않았지만 그는 언제나처럼 선장의 기에 눌려 살짝 주눅이 든 상태였다. 로스는 카리스마 넘치는 리더였고, 그런 탓에 설령 그들을 죽이려 든다 해도 감히 저항할 엄두를 낼 수 없었다. 그의 시선이 뷰어 쪽을 향했다. 어느새 화면은 거대한 검은 공 같은 행성으로 가득 차 있었다.

"우린 살아 있어." 로스가 말했다. "그리고 저 아래엔 애초에 또 다른 우주선이 없었어. 물론 우리가 눈으로 보기는 했지. 손으로 만져도 봤고. 하지만 우리는 헛것을 본 거였어. 그런 게 있다고 믿으니 실재하는 것처럼 눈에 들어왔을 뿐이라고! 우리의 철석같은 믿음이 모든 감각으로 하여금 우리를 속이게 만들었던 거야!"

"지금 무슨 말을 하고 있는 겁니까?" 메이슨이 초조하게 물었다. 그의 눈이 고도 게이지에 고정되었다. 1만 7천…… 1만 6천…… 1만 6천 50……

"텔레파시." 로스가 확신에 찬 톤으로 말했다. "저 아래의 것들은, 정체는 모르겠지만, 우리가 다가오는 걸 봤을 거야. 놈들은 우리의 출현이 달갑지 않았겠지. 그래서 우리를 쫓아낼 궁리에 들어간 거야. 텔레파시로 우리의 머릿속을 들여다보고, 우리 인간이 죽음을 두려워한다는 걸 알게 됐겠지. 놈들은 우리가 추락한 우주선 안에 갇힌 채 숨진 것처럼 꾸며 우리를 겁주려 했어. 그리고 그 작전은 보기 좋게 성공했지. 적어도 지금까지는 말이야."

"그 말이 맞는다고 칩시다!" 메이슨이 폭발했다. "그러니까 당신의 그 빌어먹을 이론을 입증하기 위해 죽음을 불사하고 되돌아가겠다는 겁니까?"

"이건 이론이 아니야!" 자존심에 상처가 났는지 로스가 버럭 호통을 쳤다. "우리의 임무는 모든 행성에서 시료를 채취하는 것이라고. 난 지금껏 어떤 이유로든 명령을 거역해 본 적이 없어. 앞으로도 그럴 마음이 없고!"

"지표 온도가 어디까지 떨어지는지 봤잖아요!" 메이슨이 말했다. "인간은 절대 살 수 없는 환경이라고요! 머리가 달렸으면 생각을 해

156

요, 로스!"

"젠장. 내가 선장이라는 거 잊었나?" 로스가 소리쳤다. "명령은 내가 내리는 거야!"

"아무리 당신이라도 우리의 목숨을 가지고 놀 권리가 없어요!" 미키가 선장 앞으로 다가갔다.

"자리로 돌아가!" 로스가 지시했다.

바로 그때 엔진이 꺼지면서 우주선이 기우뚱했다.

"이 개자식!" 미키가 휘청대면서 소리쳤다. "기어이 일을 저질렀군. 기어이 이렇게 돼 버렸어!"

창밖으로는 새까만 밤 풍경이 빠르게 스쳐 지나갔다.

우주선은 심하게 흔들렸다. 메이슨의 뇌리에는 '예언 실현'이라는 구절만이 반복해서 떠오를 뿐이었다. 날카로운 비명과 감각을 마비시키는 공포와 한 귀로 흘려 버린 경고들이 속속 실현돼 가는 중이었다. 이제 몇 분 후면 우리가 그 꼴을 당하고 말 거야. 그 안의 시체 세 구는 바로 우리……

"오…… 빌어먹을!" 그가 목청이 터져라 고함을 질렀다. 그는 기어이 자신을 이곳으로 끌고 온 로스의 아집에 격분했다. 그깟 알량한 자존심 때문에 그 끔찍하고 암담한 운명을 선택하다니.

"저들은 다시 우리를 홀리지 못할 거야!" 로스가 소리쳤다. 그는 여전히 자신의 아이디어를 꼭 붙들고 있었다. 죽어 가는 불독이 적을 필사적으로 물어뜯는 것처럼.

그가 우주선의 경로를 돌리기 위해 스위치를 올렸다. 하지만 방향은 바뀌지 않았다. 우주선은 펄럭이는 나뭇잎처럼 계속 하강하고 있었다. 자이로스코프는 급변하는 선실의 평형 상태를 감당하지 못했다. 결국 세 사람은 기울어진 덱에서 중심을 잃고 쓰러졌다.

"보조 엔진!" 로스가 소리쳤다.

"소용없어요!" 미키가 울부짖었다.

"빌어먹을!" 로스는 경사진 바닥을 기어오르기 시작했다. 하지만 갑자기 선실이 반대쪽으로 기울면서 엔진 보드 위로 떨어지고 말았다. 그는 떨리는 손으로 스위치들을 차례로 올렸다.

후방 뷰어에 일정히 분출되는 불꽃이 다시 떠올랐다. 우주선은 진동을 멈추고 수직 낙하에 들어갔다. 기울어졌던 선실도 똑바로 세워졌다.

로스는 자신의 자리로 돌아가 진로를 틀기 위해 분주히 손을 놀리기 시작했다. 바닥에 쓰러진 미키는 하얗게 질린 멍한 얼굴로 그를 바라보았다. 메이슨도 할 말을 잊은 채 그를 보고 있었다.

"다들 닥치고 있어!" 로스가 넌더리를 내며 말했다. 그 모습이 꼭 아들들을 꾸짖는 아버지를 보는 듯했다. "착륙하면 내 말이 맞았다는 걸 두 눈으로 똑똑히 확인할 수 있을 거야. 우리가 봤던 그 우주선은 없을 거라고. 우리에게 그런 못된 장난을 친 놈들을 찾아 늘씬하게 족쳐 주고 말겠어!"

그들은 넋 나간 모습으로 선장을 응시했다. 지표면이 점점 가까워지고 있었다. 로스의 두 손은 제어반에서 능률적으로 움직이고 있었다. 그런 선장의 모습이 메이슨에게 자신감을 불어넣어 주었다. 그는 천천히 몸을 일으키고 착륙을 준비했다. 그는 이제 두렵지 않았다. 미키도 일어나 그의 옆으로 다가와 섰다.

마침내 우주선이 지표면에 내려앉았다. 또다시 같은 곳에 착륙한 것이었다. 그들은 조금도 변한 게 없었다. 그리고……

"스포트라이트를 켜." 로스가 그들에게 말했다.

메이슨이 스위치를 올렸다. 세 사람은 좌현에 모여 섰다. 메이슨은 로스가 어떻게 같은 지점에 착륙을 성공시켰는지 궁금했다. 지난 착륙 때처럼 계산도 하지 않았으면서.

그들이 일제히 밖을 내다보았다.

미키의 숨이 턱 막혔다. 로스의 입은 쩍 벌어졌다.

잔해가 아직 있잖아.

그들은 같은 곳에 내려앉았고, 또 다른 우주선의 잔해는 여전히 같은 자리를 지키고 있었다. 메이슨은 돌아서서 비틀거리며 덱으로 돌아갔다. 그는 패닉에 빠져 있었다. 마치 누군가의 끔찍하고 거대한 장난의 피해자가 돼 버린 기분이었다. 저주에 걸려 버린 기분.

"아까 한 얘기는……" 미키가 선장에게 말했다.

로스는 여전히 믿을 수 없다는 표정으로 창밖을 내다보고 있었다.

"여기서 다시 올라가면," 미키가 이를 갈며 말했다. "분명 추락하고 말 겁니다. 우린 이 안에 갇혀 죽음을 맞게 될 거고요. 저…… 저 안의 시체들처럼……"

로스는 입을 열지 않았다. 그의 시선은 아직도 창밖 풍경에 고정돼 있었다. 실낱같은 희망마저 사라졌는지 그는 허탈해 하는 모습이었다.

메이슨이 입을 열었다.

"우린 추락하지 않을 겁니다." 그가 침울한 얼굴로 말했다. "절대로."

"뭐라고?"

미키가 그를 돌아보았다. 로스도 고개를 돌리고 그를 보았다.

"이제 연기는 그만들 합시다." 메이슨이 말했다. "다들 뭔지 알지 않습니까."

그는 아까 로스가 했던 말을 곱씹어 보았다. 우리의 철석같은 믿음이 모든 감각으로 하여금 우리를 속이게 만들었다는 말. 실제로는 아무것도 없음에도……

바로 그때 로스와 카터의 모습이 그의 눈에 들어왔다. 그들 본연의 모습. 그가 바르르 떨며 짧게 숨을 들이쉬었다. 환각이 숨과 육체를 다시 불러내 주기를 기다리면서.

"진전이 있었군." 그가 유령선 안에서 쓸쓸한 톤으로 속삭였다. "플라잉 더치맨*이 우주로 와 버렸으니."

* The Flying Dutchman, 희망봉 근해에 출몰한다고 하는 네덜란드의 유령선.

시체의 춤
Dance of the Dead

달리고 싶어!
내 로타-모타 애인을
옆에 태우고!
고속도로를 맹렬히 질주하면서
우리는 서로를 꼭 끌어안을 거야
가끔은
몸부림struggle도 치면서!

struggle(strug˝l), 명사, 난잡한 애무 행위;
제3차 세계대전 당시 흔히 쓰였음.

한 쌍의 빛줄기가 고속도로의 가로등 불빛 위로 퍼져나갔다. 1997년형 로터-모터스 컨버터블, C 모델이 기운차게 달려 나가고 있었다. 노란 불빛을 앞세운 차의 12기통 엔진이 요란하게 으르렁거렸다. 그 뒤로는 칠흑 같은 밤이 내려앉았다. 차는 빠른 속도를 유지하며 계속 달렸다. **세인트루이스—10.**

"난 날고 싶어!" 그들은 노래를 불렀다. "내가 아끼는 로타-모타를 타고!" 그들은 노래를 불렀다. "난 그렇게 살고 싶어……"

사중창단의 노래.

렌, 23.

버드, 24.

바버라, 20.

페기, 18.

렌은 바버라와 짝이고, 버드는 페기와 짝이었다.

핸들을 쥔 사람은 버드였다. 경사진 커브와 까만 언덕들을 지나 온 차는 정적에 묻힌 평지를 빠르게 가로지르는 중이었다. 세 사람은 목청껏 노래를 부르고 있었다. (나머지 한 명은 성량이 떨어졌다.) 거센 바람에 그들의 머리가 미친 듯이 휘날렸다.

"달빛 아래서 산책할 수도 있어!
시속 백 마일로 달리며 나는 꿈을 꾸지!"

속도계 바늘은 130에 다다라 있었고, 5-mph 노치 두 개는 게이지 끝에서 놀고 있었다. 도로가 갑자기 푹 꺼지자 젊은 커플들의 몸이 요동쳤다. 세 사람의 웃음소리도 금세 바람에 묻혀 버렸다. 차는 흑

단처럼 까만 총알이 되어 커브를 돌고 언덕을 넘고 평지를 가로질러
나갔다.

"로터리, 모터리, 플로터리, 드라이빙 머신!"

당신은 로터−모터 안의 부유물이 될 거야.
뒷좌석에서는,
"잽 한 번 맞지 그래, 바버라?"
"고마워. 하지만 난 아까 저녁 먹고 맞았는걸." (점안기에 꽂힌 바
늘을 멀리 밀어낸다.)
앞좌석에서는,
"그러니까 세인트루이스는 이번이 처음이라는 얘기지?"
"9월에 학교가 시작됐으니 어쩔 수 없잖아."
"워우, 신입생이었군!"
뒷좌석도 가만있지 않았다.
"이봐, 신입생, 머슬−터슬mussle-tussle은 어때?"
(또 다른 바늘이 앞으로 내밀어진다. 바르르 떨리는 눈알에서 황색
액체가 배어난다.)
"즐겨, 바버라!"

mussle-tussle(Mus˝l-tus˝l), 명사, 근육에 약물을 주사한 결과를
의미하는 속어; 제3차 세계대전 당시 흔히 쓰였음.

페기의 입가에는 끝내 미소가 머금어지지 않았다. 그녀의 손가락

이 움찔거렸다.

"아니, 괜찮아. 난……"

"빼지 말고, 신입생!" 렌이 그녀 쪽으로 몸을 기울였다. 하얀 눈썹과 바람에 휘날리는 검은 머리. 그가 그녀의 얼굴 앞으로 바늘을 내밀었다. "즐겨! 머슬-터슬 맛 한번 보라고!"

"괜찮다니까." 페기가 말했다. "자꾸 이러면……"

"뭐라고, 신입생?" 렌이 소리쳤다. 그가 자신의 다리를 바버라의 다리에 착 갖다 붙였다.

페기는 고개를 저었다. 나부끼는 금발머리가 그녀의 볼과 눈을 간질였다. 그녀의 노란 드레스와 하얀 브래지어와 탱탱한 가슴 밑에서는 심장이 쿵쾅거렸다. **항상 조심해야 한다. 명심해. 우리에겐 이 세상에서 너 하나뿐이라는 거.** 어머니의 경고가 그녀의 뇌리를 스쳤다. 바늘을 보고 놀란 그녀가 앉은 채로 물러났다.

"빼지 말라니까, 신입생!"

차가 신음을 토하며 커브를 돌아 나갔다. 원심력이 페기의 몸을 버드의 야윈 허리 쪽으로 밀어냈다. 그는 손을 내려 그녀의 다리를 더듬기 시작했다. 그녀의 노란 드레스와 얇은 스타킹 밑에서 소름이 돋았다. 그녀의 빨간 입술은 연신 씰룩일 뿐 이번에도 미소를 머금는데 실패했다.

"신입생, 인생을 즐겨야지!"

"그만둬, 렌. 정 하고 싶으면 네 여자친구에게나 하라고."

"하지만 신입생에게 머슬-터슬을 가르치는 건 우리 의무잖아!"

"그만하라고! 내 여자친구 괴롭히지 마!"

검은 차는 자기가 뿌리는 헤드라이트 불빛을 맹렬히 쫓아 나갔다.

페기는 자신의 다리에 얹어진 그의 손을 지그시 눌렀다. 바람이 휘파람 소리를 내며 차가운 손가락으로 그들의 머리를 흐트러뜨렸다. 그녀는 그의 손을 걷어 내고 싶었지만 또 한편으로는 그런 그가 고마웠다.

모호하게 겁에 질려 있는 그녀의 두 눈은 바퀴 밑으로 빨려 들어가는 도로에 고정돼 있었다. 뒷좌석 남녀는 나지막이 몸부림치고 있었다. 시속 120마일로 달리는 차 안에서 잔뜩 힘이 들어간 손들은 분주히 움직였고, 벌어진 입술들은 서로에게서 떨어질 줄 몰랐다.

"내 로타─모타 애인." 렌이 젖은 키스를 이어 나가는 틈틈이 신음을 토했다. 앞좌석 처녀의 가슴은 불안정하게 두근거렸다. **세인트루이스─6.**

"정말이야? 세인트루이스에 한 번도 못 가 봤어?"

"응. 난……"

"그럼 루피가 춤추는 것도 못 봤겠네."

갑자기 그녀의 목이 메어져 왔다. "못 봤어. 난…… 그럼 지금…… 우리가 가는 데가……?"

"이봐, 신입생이 루피의 춤도 못 봤대!" 버드가 뒷좌석에 대고 소리쳤다.

벌어진 입술에서 후루룩 소리가 들렸다. 바버라가 심드렁한 얼굴로 스커트를 매만졌다. "정말?" 렌이 흥분하며 말했다. "대체 지금껏 뭘 하며 산 거지?"

"오, 그건 꼭 한 번 봐야 해." 바버라가 단추를 채워 나가며 말했다.

"그럼 당장 거기로 가자!" 렌이 소리쳤다. "신입생에게 스릴을 선물해야지!"

"나야 좋지." 버드가 그녀의 다리를 꼭 움켜쥐었다. "괜찮겠지, 페기?"

어둠 속에서 페기의 목이 꿀렁거렸다. 그녀의 머리는 거센 바람에 요동치고 있었다. 들어 본 적은 있었다. 읽어 본 적도 있었고. 하지만 그걸 두 눈으로 직접 보게 될 줄이야……

학교에서 친구를 사귈 땐 조심해야 돼. 아무나 사귀면 안 된다고.

하지만 두 달 동안 아무도 말을 걸지 않는다면? 너무 외로워지면? 누군가와 함께 수다를 떨고, 또 웃고 싶어지면? 살아 있음을 느끼고 싶어지면? 그리고 마침내 누군가가 말을 걸어와 데이트를 신청한다면?

"나는 뱃사람 뽀빠이라네!" 버드가 노래를 불렀다.

뒷좌석에서 그들은 한껏 흥분한 척 연기를 하고 있었다. 버드는 전전戰前 만화와 만화영화2 코스를 수강하고 있었다. 이번 주, 그의 클래스는 뽀빠이에 대해 배우고 있었다. 버드는 외눈의 선원에게 푹 빠져 있었다. 그는 렌과 바버라에게 뽀빠이에 대한 모든 걸 알려 주었다. 만화영화 속 대사와 주제가도 가르쳐 주었고.

"나는 뱃사람 뽀빠이라네! 나는 안짱다리 여자들과 헤엄치는 걸 좋아한다네! 나는 뱃사람 뽀빠이라네!"

웃음. 페기는 어색하게 미소를 지어 보였다. 차가 미끄러지듯 다음 커브에 접어들자 그녀의 다리에서 그의 손이 떨어져 나갔다. 그녀의 몸이 차문으로 떠밀렸다. 찬바람이 그녀의 눈에 냉기를 불어넣고 있었다. 그녀는 몸을 뒤로 젖히고 눈을 깜빡였다. 시속 110— 115— 120마일. **세인트루이스—3. 친구를 잘 사귀어야 해.**

뽀빠이가 짓궂은 눈빛으로 보았다.

"오, 내 사랑스러운 여인, 올리브 오일*."

팔꿈치가 페기의 옆구리를 쿡 찔렀다. "올리브 오일인 척해 줘."

페기가 초조하게 미소를 흘렸다. "난 못해."

"넌 할 수 있어!"

뒷좌석에서 윔피**가 불쑥 말했다. "오늘 기꺼이 햄버거를 사 주지."

세 명의 우렁찬 목소리와 한 명의 희미한 목소리가 바람의 울부짖음 속에 울려 퍼졌다. "난 싸울 때 절대 포기하지 않지. 왜냐면 시금치를 먹거든. 나는 뱃사람 뽀빠이라네! 빵! 빵!"

"나는 나야." 뽀빠이가 걸걸한 목소리로 말했다. 그리고 노란 스커트로 덮인 올리브 오일의 다리에 손을 얹었다. 뒷좌석에서는 사중창단의 두 멤버가 또다시 서로에게 엉겨 붙어 있었다.

세인트루이스—1. 검은 차는 어둠에 묻힌 교외를 질주해 나갔다. "노시즈를 쓸 시간이야!" 버드가 큰소리로 말했다. 그들 모두가 플라스틱 가면을 꺼내 썼다.

바지에 안스Ance가 들어가면 큰일이야!

도시에선 노시즈를 써야지!!!

ance(anse), 명사, 반민간인 세균; 제3차 세계대전 당시 흔히 쓰였음.

"루피의 춤을 보면 뻑 가 버릴걸!" 버드가 요란한 바람 소리 너머로 말했다. "정말 끝내준다고!"

---

* 뽀빠이의 여자친구.
** 햄버거를 좋아하는 뽀빠이의 친구.

페기는 냉기에 몸을 떨었다. 그것은 밤이나 바람 때문이 아니었다. **명심해. 요즘 세상엔 끔찍한 일들이 많단다. 그런 것들에 휘말리지 않도록 조심해야 돼.**

"우리 다른 데 가면 안 될까?" 페기가 말했다. 하지만 아무도 그녀의 기어 들어가는 목소리를 듣지 못했다. 버드는 계속해서 노래를 불러 대고 있었다. "나는 안짱다리 여자들과 헤엄치는 걸 좋아한다네!" 그의 손이 또 그녀의 다리에 얹어졌다. 뒷좌석 남녀는 계속해서 소리 없이 격정의 애무를 이어 나갔다.

죽음의 춤. 그 단어들이 페기의 머릿속을 바짝 얼려 놓았다.

세인트루이스.

검은 차는 폐허를 헤치고 맹렬히 달려 나갔다.

연기와 노골적인 환희로 넘치는 곳이었다. 사방에서 난봉꾼들의 푸념이 바람을 타고 들려왔다. 어딘가에서는 취주악기가 1997년 유행했던 곡을 연주하고 있었다. 심하게 거슬리는 불협화음이었다. 작고 네모난 댄스 플로어를 빽빽이 채운 춤꾼들은 고동치는 몸뚱이를 서로에게 열심히 부딪혀 대는 중이었다. 한 데 뒤섞인 요란한 소음들이 그들을 휘감았다. 댄서들이 노래했다.

"나를 아프게 해요! 나를 멍들게 해요! 나를 꼭 쥐어짜 줘요!
뜨거운 기쁨으로 내 피를 태워 줘요!
제발 매일 밤 나를 학대해 줘요!
내 사랑, 내 사랑, 내 사랑, 내게 야수가 돼 줘요!"

댄서들의 격렬한 움직임 속에서 소리 없는 폭발이 연신 일었다.
"오, 야수가 돼 줘요, 야수, 야수, 야수, 내게 야수가 돼 줘요!"

"자, 어때, 올리브 올드 걸?" 뽀빠이가 물었다. 그는 미친 듯이 발광하며 웨이터를 부르는 중이었다. "사이크스빌에선 이런 거 못 봤지?"

페기는 미소를 지어 보였다. 버드에게 잡힌 그녀의 손은 감각을 잃은 상태였다. 그들은 어둑한 테이블을 지나쳐 걸어갔다. 보이지 않는 누군가의 손이 그녀의 다리를 더듬었다. 흠칫 놀란 그녀는 좁은 통로 반대편의 억센 무릎에 부딪치고 말았다. 그녀는 비틀거리며 후끈하고 연기가 자욱한 방을 가로질렀다. 사람들은 눈빛으로 그녀의 옷을 벗기고 그녀를 학대했다. 버드가 뒤에서 그녀를 떠밀었다. 그녀의 입술이 가볍게 떨리기 시작했다.

"헤이, 끝내주는데!" 버드가 자리에 앉으며 말했다. "무대 바로 옆자리야!"

자욱한 담배연기를 헤치고 웨이터가 불쑥 나타났다. 연필을 손에 쥔 그가 바짝 다가와 테이블 옆에 섰다.

"뭘로 하시겠습니까?" 우렁찬 목소리가 불협화음을 뒤흔들었다.

"물 탄 위스키!" 버드와 렌이 같은 주문을 하고 나서 각자의 여자친구를 돌아보았다. "뭘로 하시겠습니까?" 그들이 웨이터를 흉내 내며 물었다.

그린 스웜프Green Swamp!" 바버라가 말했다. "여기 그린 스웜프!" 렌이 웨이터에게 주문 내용을 전달했다. 진, 인베이션 블러드*, 라임 주스, 설탕, 박하 스프레이, 잘게 으깬 얼음. 여대생들 사이에서 인기 있

---

* 1997년산 럼주.

는 술이었다.

"너는 뭘로 할래?" 버드가 여자친구에게 물었다.

페기가 미소를 지어 보였다. "난 진저 에일." 그녀의 기어들어가는 목소리는 이내 요란한 주변 분위기와 자욱한 연기 속에 파묻혀 버렸다.

"뭐라고?" 버드가 물었다. "뭐라고 하셨습니까? 못 들었어요!" 웨이터가 소리쳤다.

"진저 에일."

"네?"

"진저 에일 달라고요!"

"진저 에일!" 렌이 외쳤다. 밴드의 연주가 만들어 낸 소음의 벽 뒤 드러머에게까지 다다를 만한 외침이었다. 렌이 주먹으로 테이블을 내리쳤다. **원-투-스리!**

> **후렴: 진저 에일 겨우 열두 살이라네!**
> **교회에도 다녔고 아주 착하게 살아 왔네.**
> **그날이 올 때까지는⋯⋯**

"어서, 어서!" 웨이터가 울부짖었다. "제대로 좀 해 봐! 지금 바쁘단 말이야!"

"물 탄 위스키 둘, 그리고 그린 스윕프 둘!" 렌이 주문을 마치자 웨이터는 소용돌이치는 안개 속으로 사라져 버렸다.

페기의 팔팔한 심장이 미친 듯이 두근거렸다. **무엇보다도 데이트할 때 술을 마셔선 안 돼. 그러지 않겠다고 약속해 줘. 그래야 마음이 놓일 것 같아.**

그녀는 머릿속에 각인된 당부 내용을 떨쳐 내려 애썼다.

"여기 어떤 것 같아? 아주 루피하지? 안 그래?" 한껏 들뜬 버드가 벌게진 얼굴로 물었다.

loopy(lôô′pî), 형용사, L. U. P.의 변형

그녀는 버드를 보며 미소를 지었다. 예의상 지어 보인 어색한 미소였다. 잠시 주위를 살피던 그녀가 고개를 돌리고 무대를 올려다보았다. **루피.** 그 단어가 그녀의 머릿속을 난도질해 댔다. **루피, 루피.**

나무로 된 반원형 무대는 지름이 5미터 정도 됐고, 허리 높이의 난간이 둘러져 있었다. 무대 양쪽 끝에는 옅은 자주색의 꺼진 스포트라이트가 두 개씩 걸려 있었다. 하얀 무대에 자주색 조명이라…… 문득 그녀의 뇌리를 스치는 생각이 있었다. **사이크스빌 비즈니스 칼리지로는 성에 안 차니? 비즈니스 코스는 절대 듣지 않을 거예요. 대학에선 예술을 전공하고 싶다고요!**

마침내 주문한 술이 도착했다. 페기는 육체에서 분리된 듯한 웨이터의 손이 초록색을 띤 긴 글라스를 내려놓는 걸 지켜보았다. **짠!** 팔은 순식간에 사라졌다. 그녀는 늪에서 떠 온 듯한 탁한 초록색 액체를 들여다보았다. 그 안에는 얼음 한 덩어리가 둥둥 떠 있었다.

"건배! 어서 글라스를 들어, 페기!" 버드가 낭랑한 목소리로 말했다.

글라스들이 땡그랑 소리를 내며 부딪쳤다.

"원초적인 욕정을 위하여!" 버드가 말했다.

"무절제한 잠자리를 위하여!" 렌이 덧붙였다.

"비정한 몸뚱이를 위하여!" 바버라가 이어 말했다.

그들의 부담스러운 시선이 일제히 페기에게로 돌아갔다. 그녀는 눈앞의 상황이 이해되지 않았다.

"네가 맺어야 해!" 버드가 순진해 빠진 신입생에게 말했다.

"우, 우리를…… 위하여." 그녀가 더듬거리며 말했다.

"그건 너무 진부하잖아." 바버라가 말했다. 순간 페기의 매끈한 볼이 화끈 달아올랐다. 하지만 미국의 미래를 짊어진 청년 셋은 게걸스럽게 각자의 술을 들이켜느라 그 사실을 눈치채지 못했다. 페기는 어색하게 미소를 머금은 채 자신의 글라스를 만지작거렸다.

"뭐해? 어서 마시지 않고!" 버드가 무려 1피트나 떨어진 자리에서 소리쳤다. "원 샷!"

"즐기라니까." 렌이 부드러운 다리를 찾아 테이블 밑으로 손을 더듬거리며 말했다.

페기는 마시고 싶지 않았다. 덜컥 겁이 났기 때문이다. 머릿속에서는 어머니의 당부가 쩌렁쩌렁 울려 대고 있었다. **데이트할 땐 절대 마시면 안 돼. 절대로.** 그녀가 글라스를 살짝 들어 보였다.

"버디 삼촌이 도와줄게. 내가 도와주겠다고!"

버디 삼촌이 그녀 앞으로 몸을 기울였다. 그의 머리 위에는 위스키 증기가 후광처럼 떠 있었다. 버디 삼촌이 차가운 글라스를 바르르 떨리는 그녀의 입술로 가져갔다. "자, 올리브 오일, 올드 걸! 건배!"

그녀가 켁켁거리며 뱉어 낸 그린 스웜프가 그녀의 드레스 가슴 부분에 뚝뚝 떨어졌다. 뜨거운 액체가 그녀의 배 속으로 스며들었고, 이내 온몸의 정맥이 화끈 달아올랐다.

뱅기티 붐 크래시 스매시 파우! 드러머가 케케묵은 연인들의 왈츠에 최후의 일격을 가했다. 연기 자욱한 지하 클럽에 조명이 꺼졌다. 페기는 눈물을 흘리며 격하게 기침을 해 댔다.

버드가 그녀의 어깨를 꼭 움켜쥐었다. 어둠 속에서 그녀는 균형을
잃고 말았다. 그 틈을 타 버드의 뜨겁고 축축한 입이 그녀의 입술을
덮쳤다. 그녀가 화들짝 놀라며 뒤로 물러났다. 자주색 조명이 다시
켜지고 얼룩진 버드의 얼굴은 다시 멀어졌다. 그가 까르륵거리며 말
했다. "난 싸울 때 절대 포기하지 않지." 그가 술을 향해 손을 뻗었다.

"헤이, 루피야, 루피가 시작됐어!" 렌이 두 손을 흔들어 대며 기대
에 찬 톤으로 말했다.

폐기의 가슴이 철렁 내려앉았다. 그녀는 비명을 지르며 자욱한 연
기와 어둠으로부터 뛰쳐나가고 싶었다. 하지만 2학년생의 손이 그녀
를 의자에 단단히 붙들어 두고 있었다. 그녀가 공포에 하얗게 질린
얼굴로 무대 위 남자를 올려다보았다. 남자는 금속으로 된 거미처럼
주르르 내려온 마이크 앞으로 다가가 섰다.

"다들 여길 봐 주세요, 신사 숙녀 여러분." 어두운 표정의 그가 음산
한 목소리로 말했다. 그가 불길한 기운이 묻어나는 눈빛으로 사람들
을 찬찬히 둘러보았다. 폐기는 숨을 할딱거렸다. 뜨거운 그린 스웜프
는 여전히 그녀의 목구멍을 타고 흐르는 중이었다. 머리가 아찔해진
그녀는 연신 눈을 깜빡였다. **엄마.** 그녀의 머릿속 세포들로부터 탈출
한 단어가 전율하며 의식적 자유 속으로 스며들었다. **엄마, 저를 집으로
데려가 주세요.**

"다들 아시겠지만 오늘 공연은 심약한 분들에겐 좋지 않습니다. 의
지가 약하신 분들에게도 마찬가지고요." 남자가 진창을 헤쳐 나가는
암소처럼 느릿느릿 말했다. "마지막으로 경고 드리겠습니다. 심약하
신 분들은 지금 나가 주십시오. 나중 일은 저희가 책임지지 않습니

다. 게다가 여긴 하우스 닥터를 고용할 형편도 안 된다고요."

어디서도 웃음은 터지지 않았다. "잡소리 집어치우고 내려가기나 해." 렌이 나지막이 웅얼거렸다. 페기의 손가락이 경련을 일으킨 듯 씰룩거렸다.

"아시다시피," 남자가 낭랑한 목소리로 이어 나갔다. "이건 자극적인 볼거리로 준비한 게 아닙니다. 어디까지나 정직한 과학적 시연일 뿐입니다."

"루피의 허점!" 버드와 렌이 동시에 말했다. 종소리에 본능적으로 군침을 흘리는 굶주린 개들 같은 반응이었다.

1997년, 그런 한없이 일반적인 응수는 교리문답서 지위를 얻기에 충분했다. 전후戰後의 법은 서문에 과학적 설명을 구두로 소개하는 조건으로 LUP 공연을 허용해 주었다. 이런 법적 허점이 법 집행의 남용을 부추겼고, 언제부터인가는 그 부분을 지적하는 사람들을 찾아보기가 힘들어졌다. 어쨌든 힘없는 정부는 탁월한 법 위반 방지 효과에 마냥 흐뭇하기만 할 뿐이었다.

폭소와 함성이 자욱한 연기 속으로 증발해 버리자 남자가 마치 환자에게 축복을 내리듯 두 팔을 번쩍 들어 보였다.

페기는 그의 입술 움직임을 유심히 지켜보았다. 그녀의 심장은 경련성 박동에 맞춰 팽창과 수축을 느리게 반복하고 있었다. 그녀의 다리로 냉기가 스며들었다. 그 서늘한 기운은 화끈거리는 그녀의 온몸으로 서서히 퍼져나갔다. 차갑고 축축한 글라스를 감싸 쥔 그녀의 손가락이 씰룩거리고 있었다. **돌아가고 싶어. 제발 날 집으로 데려가 줘.** 의지가 실리지 않은 단어들이 다시 그녀의 머릿속에 속속 떠올랐다.

"신사 숙녀 여러분." 남자가 말했다. "마음의 준비들 되셨습니까?"

징 소리가 공허하게 울려 퍼졌다. 남자의 말은 느리고 걸쭉해졌다.

"L. U. 페노메논!"

그렇게 남자는 사라졌다. 마이크도 천장으로 올라가 버렸다. 음악이 흐르기 시작했다. 순간 거슬리던 신음이 뚝 멎었다. 재즈 연주가가 쿵쿵대는 드럼 비트에 맞춰 풀어 내는 곡은 뻔한 동시에 모호한 느낌을 주었다. 구슬픈 색소폰, 위협적인 트롬본, 징징거리는 트럼펫. 그것들의 불협화음이 실내 공기를 짓이겨 댔다.

페기는 등골이 오싹해지는 걸 느꼈다. 그녀의 시선이 재빨리 뿌연 테이블 표면으로 떨어졌다. 연기와 어둠, 불협화음과 열기가 그녀를 위협적으로 에워쌌다.

공포에 사로잡힌 그녀는 충동적으로 글라스를 집어 들어 술을 들이켰다. 차가운 액체가 그녀의 목구멍을 타고 흘러 내려갔다. 그녀의 몸이 바르르 떨렸다. 독주의 열기가 정맥을 따라 온몸으로 퍼져 나갔고, 관자놀이는 무감각해졌다. 살짝 열린 입에서는 떨리는 입김이 새어 나왔다.

곳곳에서 사람들이 들썩이기 시작했다. 그들의 소곤거림이 바람에 흔들리는 버드나무 소리를 연상시켰다. 페기는 자줏빛 정적이 내려앉은 무대로 차마 시선을 돌리지 못했다. 그녀는 글라스에 반사된 아른거리는 불빛을 물끄러미 내려다보았다. 그녀의 복부에는 힘이 잔뜩 들어가고, 심장 박동은 점점 더 거칠어져 갔다. **이젠 가고 싶어, 제발 날 보내 줘.**

음악은 거슬리는 클라이맥스를 향해 질주하는 중이었다. 금관악기들은 여전히 하나로 통일된 소리를 내지 못하고 있었다.

누군가의 손이 페기의 다리를 슥 훑고 지나갔다. 뱃사람 뽀빠이의 손이었다. 그가 목쉰 소리로 중얼거렸다. "올리브 오일, 넌 내 여자야." 무감각해진 그녀는 그 말이 잘 들리지 않았다. 그녀가 로봇처럼 물기에 젖은 글라스를 다시 집어 들었다. 그녀의 목구멍을 타고 내려간 차가운 술이 이내 뜨거운 열기가 되어 확 올라왔다.

휙!

커튼이 뒤로 확 젖혀졌다. 그녀는 하마터면 쥐고 있던 글라스를 떨어뜨릴 뻔했다. 그녀가 글라스를 테이블에 거칠게 내려놓았다. 그린 스웜프가 넘쳐 그녀의 손을 적셨다. 폭발하는 음악이 귀청을 울려 댔고, 몸을 움찔하게 만들었다. 하얀 테이블보에 얹어진 창백한 손이 연신 씰룩거렸다. 억제할 수 없는 어떤 요구의 발톱이 겁에 질린 그녀의 눈을 무대 쪽으로 잡아끌고 있었다.

마침내 드럼의 연타와 함께 음악이 끝났다.

나이트클럽은 정적에 묻힌 지하 묘지로 바뀌었다. 모두가 숨을 죽인 채 기다리고 있었다.

무대 위에서는 자줏빛 조명에 물든 연기가 감돌고 있었다.

나지막한 드럼 연주 외에는 아무 소리도 들리지 않았다.

페기의 몸은 의자에 화석처럼 달라붙어 있었다. 그녀는 뛰는 가슴을 애써 진정시켰다. 그리고 술에 취해 아찔한 상태로 자욱한 연기 너머 무대를 올려다보았다.

여자가 보였다.

그녀의 머리는 흑단만큼이나 까맸고, 얼굴에 하얀 가면이 씌워져 있었다. 다크서클이 둘러진 그녀의 두 눈은 상아처럼 희고 매끄러운 눈꺼풀에 덮여 있었다. 굳게 다물린 그녀의 입술 없는 입은 코 밑에 난 베인 상처 같아 보였다. 새하얀 그녀의 목과 어깨와 팔은 미동도 없었다. 양옆으로 늘어뜨린 설화석고 같은 손은 속이 훤히 비치는 초록색 소매에 싸여 있었다.

그 대리석 조각상 너머로 자줏빛 스포트라이트가 은은하게 켜졌다.

여전히 얼어붙어 있는 페기는 꼼짝도 않는 여자를 물끄러미 올려다보았다. 깍지 낀 그녀의 두 손은 무릎에 얹어져 있었다. 그녀의 심장 박동은 드럼의 리듬에 휘둘리고 있었다.

그녀 뒤편, 새까만 공허 속에서 렌의 속삭임이 들려왔다. "난 내 아내를 사랑하지만 당신 같은 시체는 정말……" 그리고 버드와 바버라가 킥킥대는 소리가 들렸다. 그녀 안에서는 여전히 서늘한 기운이 감돌고 있었다. 공포로 돌변한 정적이 그녀를 엄습해 왔다.

연기 자욱한 어둠 속 어딘가에서 가래 끓는 남자의 헛기침 소리가 들려왔다. 그는 감탄 섞인 안도의 한숨을 내쉬는 중이었다.

무대 위에서는 아직도 움직임이 없었다. 들리는 건 늘어지는 드럼 소리뿐이었다. 정적을 뒤흔드는 쿵쿵거림은 누군가가 멀리 떨어진 문을 두들겨 대는 소리 같았다. 이름 없는 역병 희생자는 핏기 없는 모습으로 빳빳하게 서 있었다. 증류물이 응고된 피로 막혀 버린 여자의 정맥을 따라 힘차게 흘렀다.

어느새 드럼의 리듬은 패닉에 빠진 사람의 맥동만큼이나 빨라져 있었다. 음산한 냉기가 페기의 몸을 휘감았다. 목구멍이 점점 조여지고, 그녀가 씨근댈 때마다 입술이 살짝 벌어졌다.

루피의 눈꺼풀이 씰룩였다.

까맣고 불편한 정적이 조금씩 걷히고 있었다. 창백한 눈이 번쩍 뜨이는 순간 페기는 숨이 턱 막혔다. 고요 속에서 무언가가 삐걱거렸다. 그녀는 무의식적으로 의자 등받이에 몸을 붙였다. 그녀는 방금 전까지만 해도 여자였던 형체를 멍하니 바라보았다. 휘둥그레진 그녀의 눈은 깜빡일 줄을 몰랐다.

다시 음악이 시작됐다. 어둠 속에서 들려오는 금관악기 소리는 뼈를 붙여 만든 짐승이 한밤중 골목에서 가냘프게 우는 소리를 떠올리게 했다.

갑자기 힘줄이 수축되면서 루피의 오른팔이 씰룩거렸다. 자주색과 흰색을 띤 왼팔이 불쑥 들렸다가 이내 허벅지 앞으로 축 늘어졌다. 다음은 오른팔, 그다음은 왼팔. 오른팔, 왼팔-오른팔-왼팔-오른팔…… 양팔이 어색하게 씰룩이는 모습이 마치 아마추어에게 조종되는 꼭두각시를 보는 듯했다.

루피의 근육은 드럼 브러시 긁히는 리듬에 맞춰 경련을 일으켰다. 페기의 몸이 등받이에 더 밀착됐다. 차갑게 식은 그녀의 몸은 감각을 잃은 상태였다. 그녀는 시퍼렇게 질린 얼굴로 무대 조명에서 살짝 벗어나 있는 가면을 바라보았다.

루피의 오른발이 뻣뻣하게 움직였다. 증류물이 다리 근육을 수축시킨 모양이었다. 두 번째, 그리고 세 번째 수축이 다리를 씰룩거리게 만들었다. 왼쪽 다리가 발작을 일으킨 듯 거칠게 움직였고, 그 바람에 여자의 몸이 앞으로 홱 쏠렸다. 속이 비치는 실크 옷자락이 불빛과 그림자를 번갈아 오가며 살랑였다.

페기는 이를 악문 버드와 렌이 나지막이 소곤거리는 소리를 들었다. 그녀의 배 속이 심하게 울렁거리기 시작했다. 그녀의 눈앞 무대에서 갑자기 희미한 반짝이가 뿌려졌다. 발광하는 루피는 그녀 앞으로 다가오는 중이었다.

머리가 아찔해진 그녀가 헐떡거리며 앉은 채로 물러났다. 공포에 질린 그녀는 바짝 다가온 흥분한 얼굴에서 눈을 뗄 수가 없었다.

　그녀는 여자의 입이 쩍 벌어지는 걸 보았다. 뒤틀린 흉터가 다시 상처로 변해 갈라졌다. 검은 콧구멍은 벌렁거렸고, 상아색 볼 밑살은 심하게 요동쳤다. 자줏빛에 물든 창백한 이마에는 깊은 주름들이 생겼다 사라지기를 반복하고 있었다. 여자는 생기 없는 한쪽 눈을 깜빡여 윙크했다. 순간 사방에서 어색한 웃음이 터져 나왔다.

　요란한 음악이 사람들의 신경을 건드리기 시작했다. 자주색 무대 위에서 여자의 팔과 다리는 계속해서 발작적으로 움직였다. 꼭 실물 크기 헝겊인형을 보고 있는 기분이었다.

　절대 깰 수 없는 악몽에 갇혀 버린 것 같았다. 공포에 질린 페기는 몸을 덜덜 떨며 흉측하게 팔딱거리는 루피의 춤을 지켜보았다. 몸속을 흐르는 피가 바짝 얼어붙어 버린 듯했다. 불안정하게 쿵쾅대는 심장을 빼면 그 어디에서도 생기가 느껴지지 않았다. 얼음처럼 변한 그녀의 눈이 몸부림치는 여자의 실크로 덮인 창백하고 축 늘어진 몸을 응시했다.

　바로 그때, 일이 터지고 말았다.

　지금까지는 루피의 행동반경이 몇 미터 되지 않았다. 근육의 발작 탓에 황색 플랫* 앞에서만 어정쩡한 모습으로 춤을 출 뿐이었었다. 하지만 이제는 불규칙한 서지**에 떠밀려 무대를 두른 난간까지 넘을 기세였다.

　루피의 허리가 난간에 쿵하고 부딪칠 때마다 나무가 삐걱거렸다. 페기는 덜덜 떨리는 몸을 움츠린 채 자줏빛 얼굴을 올려다보았다. 여

* 배경을 보여 주는 수직 무대장치.
** 전류나 전압이 순간적으로 급격히 높아지는 것.

자의 이목구비는 경련에 심하게 일그러진 상태였다.

루피가 비틀대며 물러났다. 페기는 긁어 터진 여자의 두 손이 변덕스러운 리듬에 맞춰 실크로 덮인 허벅지를 내려치는 모습을 지켜보았다.

여자가 다시 미친 꼭두각시처럼 앞으로 튀어나왔다. 그녀의 복부가 끔찍한 소리를 내며 나무 난간에 부딪쳤다. 까만 입이 딱 벌어졌다가 이내 꼭 다물어졌다. 루피는 뒤틀린 몸을 한 번 획 돌렸다가 다시 난간으로 돌진해 왔다. 하마터면 난간을 넘어 페기가 앉아 있는 테이블 위로 떨어질 뻔했다.

페기는 숨을 꾹 참고 있었다. 극도의 공포에 질린 그녀의 몸은 의자에서 떨어질 줄 몰랐다. 입술은 바르르 떨렸고 관자놀이에서는 맥이 미친 듯이 꿈틀댔다. 루피는 새하얀 두 팔을 거칠게 휘두르며 돌아섰다.

루피가 다시 달려와 허리 높이의 난간과 충돌했다. 섬뜩할 만큼 창백한 여자의 얼굴이 페기에게로 들이밀어졌다. 연보라색이 감도는 허연 얼굴에서 씰룩이는 까만 눈이 그녀를 노려보았다.

페기는 바닥이 움직이는 걸 느꼈다. 시퍼런 얼굴은 어둠 속으로 홀연히 사라지는 듯하다가 이내 빛을 발하며 다시 튀어나왔다. 놋쇠 신발이 내는 요란한 소리가 그녀의 머릿속으로 비집고 들어왔다.

루피는 계속해서 난간을 향해 달려들었다. 기어이 그것을 뛰어넘고야 말겠다는 의지가 느껴졌다. 여자의 몸이 획획 움직일 때마다 속이 비치는 실크가 필름처럼 펄럭였다. 몇몇 부위는 난간에 맞아 퉁퉁부어 오른 상태였고, 그곳에 덮인 초록색 실크는 팽팽히 당겨져 있었다. 페기는 말없이 고개를 들고 연신 난간을 들이받는 루피의 격렬한 몸짓을 지켜보았다. 그녀의 시선은 사납게 일그러진 루피의 얼굴과 흉측하게 엉겨 붙은 까만 머리에서 떨어지지 않았다.

그리고 뜻밖의 일이 벌어졌다. 상황 파악이 불가능할 정도로 순식간에 벌어진 일이었다.

어두운 표정의 남자가 자줏빛 조명이 쏟아지는 무대를 가로질러 달려왔다. 여자의 시체는 난간에 몸이 걸쳐진 채로 두 팔을 맹렬히 휘둘러 대고 있었다. 근육으로 덮인 그녀의 다리가 경련을 일으키며 씰룩거렸다.

저러다 떨어지겠어.

페기는 앉은 채로 물러났다. 루피가 테이블 위로 떨어지자 그녀의 입에서 터져 나오던 비명이 뚝 멎었다. 여자의 창백한 팔다리가 필사적으로 허우적거렸다.

바버라는 비명을 질렀고, 모두 숨이 턱 막혀 버린 상태였다. 페기는 곁눈질로 화들짝 놀라는 버드를 보았다. 충격이 심했는지 그의 얼굴은 흉측하게 일그러져 있었다.

테이블 위로 픽 고꾸라진 루피가 갓 잡은 고기처럼 몸을 뒤틀어 댔다. 마침내 음악이 멎고 무거운 정적이 찾아들었다. 사방에서 불안해하는 사람들의 웅얼거림이 들려왔다. 페기의 머릿속으로 스며든 암흑이 한껏 곤두선 신경을 잠재워 주었다.

갑자기 차갑고 흰 손이 그녀의 입을 냅다 올려붙였다. 여자의 까만 눈은 자줏빛 조명 속에 파묻힌 그녀를 빤히 응시하고 있었다. 어둠은 점점 짙어져만 갔다.

그리고 연기 자욱한 공포의 방이 한쪽으로 넘어가 버렸다.

의식은 그녀의 머릿속에서 베일에 가려진 촛불처럼 깜빡이고 있었다. 사방에서 웅얼거리는 소리가 들려왔고, 그녀의 눈앞에서는 흐릿한 그림자들이 춤을 추었다.

그녀가 뿜어내는 입김은 시럽처럼 뚝뚝 떨어져 내렸다.

"여기야, 페기."

버드의 목소리가 들려왔다. 금속으로 된 포켓 위스키 병의 차가운 목 부분이 그녀의 입술에 닿았다. 그녀가 한 모금 넘기자 뜨거운 액체가 식도를 타고 위로 흘러 들어갔다. 그녀는 몸을 뒤틀면서 기침을 토했다. 그리고 감각을 잃은 손가락으로 위스키 병을 밀어냈다.

그녀 뒤에서 무언가가 바스락거렸다. "봐, 살아났어." 렌이 말했다. "올리브 오일이 깨어났다고."

"정신이 좀 들어?" 바버라가 물었다.

그녀의 상태는 그럭저럭 괜찮았다. 가슴 속에서 쿵쾅거리는 그녀의 심장은 꼭 피아노 줄에 매달린 드럼 같았다. 아주 느리게 울리는. 그녀의 손과 발은 마비된 느낌이었다. 냉기가 아닌, 후줄근한 무기력함 때문이었다. 기면 상태에 빠진 듯이 고요한 그녀의 머릿속에서는 여러 생각이 스치는 중이었다. 그녀의 뇌는 양모에 처박힌 한가한 기계였다.

상태는 나쁘지 않았다.

페기는 졸린 눈으로 밤 풍경을 둘러보았다. 그들은 언덕 꼭대기에 올라와 있었다. 그들의 컨버터블은 불쑥 튀어나온 벼랑 끝에 세워져 있었다. 밑으로는 잠든 마을이 내려다보였다. 밝은 달 아래 잠든 마을은 불빛과 그림자로 짠 카펫을 보는 듯했다.

누군가의 팔뚝이 뱀처럼 다가와 그녀의 허리를 감싸 안았다. "여기가 어디야?" 그녀가 나른한 목소리로 물었다.

"학교에서 몇 킬로미터 떨어진 곳이야." 버드가 대답했다. "기분이 좀 어때, 허니?"

그녀는 기지개를 켰다. 몸의 근육들에 살짝 압력이 가해지면서 묘한 만족감이 찾아들었다. 품에 안긴 그녀의 몸이 축 늘어졌다.

"아주 좋아." 그녀가 몽롱한 표정으로 미소를 지어 보이며 왼쪽 어깨에 난 작은 혹을 살살 긁었다. 온기가 그녀의 온몸으로 퍼져나갔다. 까만 밤은 은은하게 빛을 발하고 있었다. 머릿속 어딘가에 깊이 처박힌 기억은 쉽사리 뽑혀 나올 것 같지 않았다.

"맙소사. 이제야 깨어나다니." 버드가 웃음을 터뜨렸다. 바버라와 렌이 차례로 덧붙였다. "완전히 뻗어 버렸어!"

"올리브 오일이 뺙 가버릴 줄이야!"

"뭐라고?" 그녀의 웅얼거림은 친구들의 귀에 닿지 않았다.

위스키 병이 다시 페기에게로 돌아왔다. 그녀는 한 모금 넘기고 나서 몸에 긴장을 풀었다. 술이 스며들자 그녀의 정맥들이 후끈 달아올랐다.

"그런 루피 춤은 처음 봤어!" 렌이 말했다.

순간 그녀의 등골이 오싹해졌다. 하지만 이내 온기가 되돌아왔다. "오." 페기가 말했다. "맞아. 깜빡했어."

그녀가 다시 미소를 지어 보였다.

"정말 끝내주는 피날레였어!" 렌이 여자친구를 잡아끌며 말했다. 그녀가 웅얼거렸다. "레니 보이."

"루프LUP." 버드가 페기의 머리에 코를 비벼 대며 속삭였다. "맙소사." 그가 손을 뻗어 라디오를 켰다.

LUPLifeless Undead Phenomenon, 죽은 듯한 언데드 현상―이 생리학적 이상 현상은 전쟁 중에 발견되었다. 특정 세균 가스를 이용한 적의 공격이 있은 후 많은 전사자들이 벌떡 일어나 발작적으로 회전하는 모습을 보였다. 이 현상은 나중에 '루피(loopy's 혹은 LUP's)' 댄스라 불리게 되었다. 당시 살포된 문제의 세균은 나중에 정제되어 엄격한 법적 통제와 감독 아래 꼼꼼하게 통제된 실험에 쓰이게 되었다.

음악의 구슬픈 손가락이 그들의 심금을 울려 댔다. 남자친구에게 몸을 기댄 페기는 더 이상 자신을 몸을 더듬는 손을 저지하지 않았다. 그녀 머릿속 젤리 같은 막들 틈에서 무언가가 빠져나오려 꿈틀대고 있었다. 그것은 끈적이는 밀랍에 갇힌 흥분한 나방처럼 미친 듯이 바동거렸다. 번데기가 굳어 가면서 그것의 움직임은 조금씩 둔화되었다.
네 명의 목소리가 은은하게 노래를 부르기 시작했다.

**"만약 내일 세상이 멀쩡히 남아 있다면
난 당신을 기다릴 거예요.
만약 내일 별들이 멀쩡히 떠 있다면
난 그것들에게 소원을 빌 거예요."**

밤의 광대무변함 속에서 네 청년의 목소리가 나지막이 울려 퍼졌다. 쌍쌍이 붙어 있는, 약에 취해 화끈 달아오른 네 사람의 몸은 축 늘어져 있었다. 노래, 포옹…… 무언의 수용.

"별빛, 별빛
또다시 밤이 있으라."

노래는 계속 이어졌지만 그들은 이제 따라 부르지 않았다.
소녀가 한숨을 내쉬었다.
"정말 로맨틱하지 않아?" 올리브 오일이 말했다.

몽둥이를 든 남자
Man with a Club

세상에, 어젯밤에 무슨 일이 있었는지 알아, 맥? 아마 자네도 믿으려 하지 않을걸. 내가 미쳤다고 생각할지도 몰라. 하지만 맥, 맹세컨대 내 눈으로 똑똑히 봤어.

그때 난 도트랑 데이트 중이었거든. 자네도 알지? 프로스픽트 공원 근처에 사는 계집 말이야. 기억하지?

아무튼 우린 프랭키 레인을 보러 파라마운트로 향하는 길이었어. 토요일 밤이었으니까. 모처럼 목에 힘 좀 줘 봤지. 공연도 보여 주고 밥도 사 주고. 나중엔 집으로 데려가서 같이 뜨거운 시간을 보낼 생각이었어.

뭐 아무튼, 우린 7시 반쯤 I. R. T 역을 빠져나왔어. 42번가. 타임 스퀘어. 자네도 어딘지 알지? 계단을 따라 가게들이 늘어선 곳. 그 왜 있잖아. 젤리 애플도 팔고. 그래, 그래, 거기.

우린 거리로 올라왔어. 그냥 평상시 같았지. 불 밝힌 극장들, 북적대는 사람들. 도트와 난 팔짱을 끼고 브로드웨이로 향했어.

그러다가 길 건너에 사람들이 모여 있는 걸 보게 됐지. 처음엔 그냥 술에 취한 어떤 놈이 새치기하다가 걸렸나 보다 생각했어. 자네도 그런 경우를 본 적 있지? 아무튼, 도트에게 무슨 일인지 가서 보자고 했어.

그랬더니 그녀가 이러더군. 아, 그냥 가면 안 돼? 빨리 가서 좋은 자리를 맡아야지. 하? 사내가 돼서 계집에게 휘둘리면 되나? 그래서 내가 그랬어······ **가 보자니까.** 내가 그랬지. 난 싫다고 버티는 그녀의 팔을 잡아끌고 길을 건너갔어.

사람들이 꽤 많이 모여 있더군. 그놈들이 앞을 막고 있어서 무슨 일인지 볼 수가 없었어. 그래서 앞에 선 한 놈의 어깨를 툭 치고 물어봤지. 무슨 일입니까? 모르겠대. 그냥 어깨만 으쓱이더라고. 술꾼이 말썽을 부리고 있어요? 내가 물었지. 그는 모른다고 했어. 어떤 놈이 알몸으로 나타난 것 같다나. 그래! 그가 그렇게 말했어. 정말이라고.

옆에서 도트가 말했어—그냥 가자니까. 응? 난 그녀에게 눈총을 줬어. 무슨 소린지 알겠지? 가만히 좀 있어 봐. 나는 말했어. 어떤 놈이 알몸으로 길거리에 나타났다잖아. 당신도 궁금하지 않아? 그랬더니 확 짜증을 부리더군. 자네도 알지? 계집들은 다 똑같다니까.

뭐 아무튼, 우린 거기서 잠시 서성거렸어. 직접 눈으로 확인하고 싶어서 사람들을 비집고 들어가 봤지. 다들 입을 닫고 있더군. 그 왜 있지? 뭔가 충격적인 걸 봤을 때 자연스레 보이는 반응? 예전에 트럭이 라일리, 그 노인네를 치고 가는 걸 봤지? 그때 우린 멍하니 서서 아무 말도 못했잖아. 그래, 바로 그런 분위기였어. 아주 똑같았다고.

나는 계속 사람들 틈을 비집고 들어갔어. 도트도 내게 질질 끌려서 들어갔고. 분위기를 파악했는지 순순히 따라오던데. 짜증도 내지 않고 말이야. 나한테서 돈 냄새를 맡았나 봐. 뭐 돈 좋아하는 게 죄는 아니잖아. 안 그래? 알았어, 알았다고. 계속 들려줄게. 조바심 좀 부리지 마.

우린 맨 앞으로 나가서 무슨 일인지 봤어.

어떤 남자가 있더라고. 옷도 걸치고 있었어. 그래, 이 친구야. 정말로 타임 스퀘어에 발가벗은 놈이 활개를 치고 다녔을 줄 알았어? 하하, 한심하긴!

그놈은 수영복 같은 걸 걸치고 있었어. 모피로 만든 것 같더라고. 그 왜 있잖아. 타잔이 입고 다니는 것 같은 옷. 하지만 그 친구는 전혀 타잔 같아 보이지 않았어. 오히려 타잔이랑 싸우는 오랑우탄 같더라고. 온몸이 근육으로 덮여 있었어. YMCA에서 역기 드는 놈들과는 비교가 안 될 정도였지. 온몸이 다 근육이었어!

오랑우탄처럼 털북숭이였고. 어젯밤 얼마나 추웠는지 기억하지? 그런데 온몸이 털로 덮여선지 그 친구는 전혀 추워하는 것 같지 않았어.

하지만 잔뜩 겁먹은 모습이더라고. 바짝 긴장한 모습. 그는 가게 쇼윈도를 등지고 서 있었지. 자네도 알지? 99센트짜리 보석을 파는 가게 말이야. 그래, 극장 근처 거기.

가게 주인도 안에서 타잔처럼 차려입은 그 오랑우탄을 내다보고 있더라고.

그 친구의 손엔 몽둥이가 하나 쥐여 있었어. 이만한 몽둥이가! 야구 배트처럼 생겼는데 그보다는 훨씬 두꺼웠어. 울퉁불퉁했고. 그 왜 혈거인들이 들고 다녔던 것 같은 몽둥이 있잖아. 그래…… 응? 좀 기다려 봐. 그렇지 않아도 지금 그 얘길 하려는 거니까. 여태까지 들려준 내용은 그저 예고편에 불과해. 지금부터 재밌어진다니까.

그래서 우린 그 얼간이 놈을 지켜봤어. 도트는 뒤로 주춤 물러나더라고. 왜 그래? 내가 물었지. 저런 꼴을 하고 있어서 마음이 아파? 그녀는 대꾸가 없었어. 얼굴이 하얗게 질려 있더군. 계집들이란. 자네도 알지?

난 옆에 서 있는 노인네에게 물어봤어. 저 친구 뭡니까? 하지만 자기도 모르겠대.

어디서 나타난 놈이죠? 내가 물었지. 그는 고개를 저었어.

그 노인네는 뻐딱하게 서서 몽둥이를 든 남자를 계속 응시했어. 두 손을 모은 게 꼭 기도를 하는 것 같았지. 맞아! 아, 자네도 자주 봤지? 특히 타임 스퀘어에서? 하! 언젠가 그런 사람을 본 적이 있다고 말했었잖아, 맥. 기억해?

뭐 아무튼, 내가 어디까지 했었지? 하? 오, 그래.

그래서 그 게으름뱅이 노인네에게 또다시 물어봤어. 저놈이 언제부터 저러고 있느냐고. 노인네가 홱 돌아서서 날 잡아먹을 것처럼 노려보더군. 정말이야, 맥. 정말 그랬다니까.

마침내 그가 대답했어. 온 지 얼마 안 됐어. 그는 다시 몸을 틀고 몽둥이를 든 그 미치광이를 응시하기 시작했지. 자세히 보니 겨드랑이에 책을 하나 끼고 있더라고. 누구긴 누구야? 그 노인네지. 그는 몽둥이를 든 남자에게서 눈을 떼지 않았어.

그때 도트가 내 팔을 잡아당기기 시작했어. 자, 그녀가 말했어. 이제 가자. 난 그녀 손을 뿌리쳤지. 이거 봐, 내가 말했어. 이 해프닝이 어떻게 끝나는지 보고 싶다고. 난 다시 그에게로 시선을 돌렸어.

그 털북숭이 남자는 이를 드러내고 으르렁대면서 자기를 에워싼 사람들을 찬찬히 둘러봤어. 짐승처럼 말이야. 여기저기서 계집들이 남자친구를 잡아끄느라 난리가 났지. 빨리 가자. 어서. 다들 그러고 있었어. 한심해. 계집들이란. 너무 멍청해서 말이 안 통한다고. 자네도 잘 알 거야.

그러던 중에 누군가가 빽 소리쳤어. 경찰 불러요! 그래서 곧 심상치 않은 일이 터질 거라고 짐작했지. 대판 싸움이 벌어질 것 같은데, 내가 도트에게 말했어. 그랬더니 뭐라는 줄 알아? 어서, 미키, 그녀가 말했어. 가서 프랭키 레인을 봐야지. 레인 슈메인. 아, 정말 짜증나더라고. 계집들은 왜 다 그 모양이지?

하? 그래서 내가 말했어—몇 분만 더 보고. 설마 몇 분도 못 참겠다는 건 아니겠지? 금방 경찰이 도착할 거야. 나는 그녀에게 말했어. 경찰은 원래 이런 일에 끼어드는 걸 좋아하거든.

난 반대편에 서 있는 남자를 돌아보며 물었어—저 친구, 대체 어디서 온 겁니까?

그걸 누가 알겠습니까? 그가 그러더군. 광장을 지나다가 보니, **짠!** 가게 앞에 서 있는 저 사람이 눈에 들어오더라고요.

그래서 우린 나란히 서서 남자를 지켜보았어. 저 친구를 좀 봐요. 그가 말했어. 저이 좀 보라고요. 꼭 혈거인을 보는 것 같지 않아요?

조금만 더 기다려, 맥. 곧 들려줄 테니까. 그 정도도 못 참겠어?

그래서 나는 몽둥이를 든 남자를 빤히 쳐다봤지. 그놈 눈은 자그마했어. 턱은 심하게 돌출됐고. 생긴 걸 보니 꼭…… 자네, 그날 우리가

190

학교 땡땡이쳤던 거 기억하지? 그게 언제였냐고? 잠깐 닥치고 있어 봐. 언제였는지 가르쳐 줄 테니까!

우리가 센트럴 파크를 가로질러 그 박물관에 갔던 거 기억해? 위로 엄청 올라갔었잖아. 80번가였었나? 아마 그랬을 거야. 확실히 기억나진 않지만. 아무튼 거기서 봤던 머리들 기억해?

아니, 이 친구야, 정말 기억 안 나? 위층 어딘가에 있었는데. 한심하군. 그 왜 있잖아. 인간이 유인원이었던 시절의 머리들 말이야.

그게 무슨 상관이냐고? 그 친구가 꼭 수천, 수백만 년 전에 살았던 인간 같아 보였거든. 아무리 봐도 혈거인 같았어. 정말로.

어디 보자. 내가 어디까지 얘기했더라? 오, 그래.

그때 누군가가 말했어—너무 흉물스러운데.

그래! 하! 정말 그랬다니까—너무 흉물스러운데. 어때? 재밌지? 누구냐니? 그 노인네 말이지! 겨드랑이에 성경을 끼고 있던 그 사람. 아까 내가 성경이라고 했잖아. 알았어. 자네가 맞아. 그냥 책이라고만 했었어. 하지만 누가 봐도 성경이었다니까.

난 그를 빤히 쳐다봤어. 그 노인네를 말이지.

타임 스퀘어에서 흔히 볼 수 있는 얼간이 같았어. 그 왜 있잖아. 혁명이 어쩌고 하면서 떠들어 대는 놈들 말이야. 자네도 알지? 빨갱이들. 그래, 맞아.

난 재미삼아 그 노인네 비위를 슬쩍 맞춰 줘 봤어. 내가 물었지— 저 친구, 어디서 온 것 같아요?

그랬더니 반응이 어땠는지 알아? 날 죽일 듯이 노려보더라고. 내가 자기 마누라에게 침을 뱉기라도 한 것처럼 말이야.

몰라서 물어? 그가 말했어. 정말 몰라서 묻는 거야?

어때? 내가 얼마나 짜증 났는지 짐작이 돼? 생각해 봐. 당연한 거 아니야? 모르니까 물어봤겠지.

난 그 노인네를 슥 훑어봤어. 척 보니 빨갱이 같더라고. 주위에 아무도 없었으면 흠씬 두들겨 패줬을 텐데.

뭐 아무튼, 그러고 있는데 갑자기 사람들이 화들짝 놀라며 뒤로 물러나더라고. 하마터면 그들에게 떠밀려 고꾸라질 뻔했지 뭐야. 도트는 죽어라 비명을 질러 댔어. 조심해요! 누군가가 소리쳤지.

그래서 난 고개를 들고 무슨 일인지 봤어.

미치광이 놈이 사납게 으르렁거리면서 어떤 계집을 덮치려고 하고 있더군. 정말이라니까! 그때 거기 없었으면 입 닥치고 듣기나 해. 난 목격자라고. 그 자식을 내 눈으로 똑똑히 봤어. 이래도 못 믿겠어?

놈은 그 계집에게 방망이를 휘두르기까지 했어.

정말이야! 정말 그랬다니까. 내 눈을 의심할 정도였지. 무슨 요상한 영화를 보는 것 같았어.

경찰을 불러요, 경찰을 불러요! 지켜보던 여자들이 길길이 날뛰며 소리쳐 댔어. 계집들이란 다 똑같아. 뭔가 일만 터지면 흥분해서 경찰부터 찾지.

어떤 노인네는 쓰레기통 안에 숨어서 외쳐 대더라고. 경찰! 경찰! 도와줘요, 경찰! 자네도 그놈을 봤어야 해. 아주 배꼽을 잡고 웃었을 걸.

아무튼, 흥분한 군중이 하나둘씩 흩어지기 시작했어. 하지만 그 광경을 구경하려는 사람들은 계속 몰려들었지. 서로 떠밀고 떠밀리느라 아우성이었어. 꼭 영화 속의 한 장면을 보는 것 같았다니까.

응? 몽둥이 든 그놈? 아, 그놈은 어느새 가게 앞으로 돌아와 있더군. 미친놈처럼 눈을 마구 굴려 대던데. 여전히 으르렁거리면서 말이야. 말 그대로 난장판이었어, 맥. 정말이라니까.

마침내 경찰이 나타났어. 아니, 더 들어 봐. 거기서 끝이 아니었다니까.

경찰이 사람들을 비집고 들어왔어. 덩치가 산 만하더군. 그 왜 우락부락하게 생긴 경찰 있지? 자, 자, 가던 길 계속 가십시오. 이만들 가 보세요. 그가 말했어. 경찰 놈들이 현장에 도착해서 늘 하는 말. 이만들 가 보세요.

그가 몽둥이를 든 놈에게 다가갔어.

당신 뭐야? 그가 말했어. 자기가 무슨 슈퍼맨이라도 되는 줄 아나? 그가 남자를 떠밀었어. 이쪽으로 와. 그가 말했어. 당신을 체포……

바로 그때, 딱! 남자가 그 황소 같은 경찰을 방망이로 내리쳤어. 아주 죽이려고 작정한 사람 같더라고. 경찰은 감자 부대처럼 픽 쓰러졌지. 그의 귀에서는 피가 터져 나왔고.

모두가 비명을 질러 대느라 정신이 없었어. 도트는 내 팔을 잡아끌고 8번가 쪽으로 이끌었지.

하지만 놈은 그 누구도 쫓으려 하지 않았어. 그래서 난 안심하고 도트로부터 벗어났지.

제발 미키. 그녀가 말했어. 공연이나 보러 가자니까. 그녀는 겁에 질려 있었어. 어찌나 떨던지…… 하? 알았어!

난 끝까지 남아 구경하겠다고 했어. 하여튼 계집들이란.

살면서 그런 쇼를 언제 또 구경해 보겠어? 안 그래?

그녀는 계속해서 징징댔어. 파라마운트에 데려가겠다고 약속했잖아. 그녀가 말했어.

이봐, 베이비. 내가 말했어. 파라마운트에 데려가 줄 테니까 걱정 마. 조금만 더 기다려 보라고. 어때? 잘했지? 사내가 계집에서 휘둘리면 안 되잖아. 내 말 맞아, 틀려?

하? 당연하지.

난 그녀를 근처 오토 매트* 앞에 세워 놓고 돌아섰어. 곧 돌아올게. 내가 말했어. 가서 쓰러진 경찰이 아직 살아 있나 확인해야지.

난 다시 그곳으로 돌아갔어. 사람들이 많이 줄어 있더군. 다들 겁을 집어먹고 달아난 모양이야. 경찰에게까지 방망이를 휘두를 줄이야! 아직도 귓전에선 그 소리가 맴돌고 있어, 맥.

경찰은 의식을 잃고 뻗어 있는 상태였지. 하지만 금세 또 다른 경찰이 달려왔어. 이미 총까지 뽑아들었더군. 당연하지. 그걸 말이라고 해? 섣불리 달려들었다가 파트너처럼 되면 어쩌려고? 절대 안 될 일이지. 그럴 땐 반드시 총을 앞세워야 해. 무고한 시민이 다치는 한이 있어도 말이야. 경찰 놈들이 언제 그런 거 신경 썼었나?

다들 물러나요! 경찰이 소리쳤어. **물러나요!** 맙소사. 도무지 예외가 없다니까! 매번 똑같아.

아무튼, 난 그가 몽둥이를 든 남자에게 다가가는 걸 지켜봤어. 그는 여전히 가게 앞에 서 있더군. 그 혈거인 말이야. 좀 집중해서 들으라고!

아무튼, 경찰이 바짝 다가서며 말했어. 죽고 싶지 않으면 그 몽둥이 당장 내려놔. 어때? 뭔가 제대로 하고 있는 거 같지?

그 자식은 그냥 으르렁대기만 했어. 경찰이 하는 말을 알아듣지 못

---

* 과거 자동판매기로 음식과 음료를 팔던 식당.

한 거지. 놈이 갑자기 빽 비명을 질렀어. 무슨 짐승처럼 말이야. 그러고 나선 예전 고도이가 그랬던 것처럼 쭈그려 앉더라고. 자네도 대충 상상이 되지? 응?

그래서 그놈이 몽둥이를 내려놨느냐고? 그걸 말이라고 해? 어찌나 꽉 움켜쥐고 있던지 말 열 마리가 잡아끌어도 절대 손에서 떼어낼 수 없을 것 같았어.

놈이 갑자기 펄쩍펄쩍 뛰기 시작했어. 그래. 영화에 나오는 오랑우탄처럼 말이야. 그놈 이름이 뭐였더라?

뭐 아무튼, 놈은 씩씩거리면서 계속 뛰어 댔어. 맞아. 살면서 그런 재밌는 구경거리는 처음이었어. 움, 움, 움. 계속 그런 소리만 내더라고. 자네도 거기서 같이 봤어야 하는데.

경찰은 계속해서 놈에게 총을 겨눴어.

경고한다. 그가 소리쳤어. 당장 그 몽둥이 내려놓고 항복해.

남자는 계속 으르렁거렸지.

바로 그때였어. 가게 문이 갑자기 벌컥 열리더군.

경관님, 경관님! 가게 주인이 큰소리로 경찰을 불렀어. 우리 가게 쇼윈도에 대고 쏘진 마세요!

맙소사! 웃겨 죽는 줄 알았다니까.

하지만 경찰은 계속해서 그쪽으로 다가갔어. 모두가 숨을 죽이고 그 광경을 지켜봤지. 지나던 차들도 다 멈춰 선 상태였어. 사방에서 경적 소리가 터져 나왔고 말이야. 몰려든 군중은 경찰이 미치광이 혈거인에게 조심스레 다가가는 걸 지켜봤어. 맞아. 정말 숨막히는 순간이었다고.

몽둥이 내려놔! 경찰이 소리쳤어. 그리고 한 걸음 더 다가갔지.

그때 미치광이가 펄쩍 뛰어올랐어!

탕! 마침내 총이 불을 뿜었지. 총알은 놈의 오른쪽 어깨에 박혔어. 그 충격에 그는 뒤로 넘어가 버렸고. 인도에 벌러덩 자빠져서는 꼼지락거리더군. 피를 사방에 뿌려 대면서 말이야. 눈 뜨고는 못 봐 줄 정도였어.

그런데 말이야!

어깨의 절반이 날아가 버렸는데도 기어이 다시 일어나더라고. 정말이라니까! 직접 보고도 눈을 의심할 정도였어, 맥. 정말 엄청난 놈이더군!

경찰이 잽싸게 달려가 권총 손잡이로 놈의 머리통을 내리찍었어. 남자는 다시 픽 고꾸라졌고. 하지만 그는 또다시 몸을 일으켰어! 그런 지독한 놈은 태어나서 처음 본다니까.

놈이 경찰에게 왼팔을 휘둘렀어. 경찰은 그의 머리를 한 번 더 내리쳤고. 놈은 또다시 의식을 잃고 쓰러졌어.

아니, 잠깐. 그게 다가 아니라니까.

구급차가 두 사람을 싣고 떠난 후 난 도트에게로 돌아갔어. 당연히 거기 꼼짝없이 서 있었지. 그걸 말이라고 하나? 세상에 어떤 계집이 돈을 포기하겠어? 내 말이 맞아, 틀려? 응?

아무튼, 우린 다시 거리를 걸었어. 인도에는 피가 흥건했지. 가게 주인이 장사를 망칠까 봐 잽싸게 달려 나와 걸레로 훔쳐 내더군.

그때 성경을 옆에 낀 노인네가 바짝 다가와 섰어.

정말 끝내줬죠? 내가 말했어. 비위를 맞추려고 말이야.

그는 날 빤히 보았어. 아무 말도 없이 그냥 날 응시하더라니까. 내가 어디서 나타난 종자인지 궁금하다는 듯이 말이야. 정말 괴짜였다니까.

그놈 말입니다. 어디서 온 것 같아요? 내가 그에게 물었어.

그가 또다시 날 빤히 봤어. 그리고 말이야, 맥, 나한테 이러더군.

과거에서.

어때? 그런 답은 예상 못 했지? 하지만 기다려 봐. 그게 다가 아니라니까.

난 그를 슥 훑어봤어. 모퉁이에 다다랐을 때 내가 말했지. 과거라고요? 네? 그리고 팔꿈치로 그의 옆구리를 쿡 찔렀어.

그랬더니 그가 말하더군. 잘 들어 봐. **어쩌면 미래에서 왔는지도 모르고!**

맙소사! 그런 놈들을 어떻게 해야 하는지 알아? 죄다 잡아서 정신병원에 처넣어야 한다고. 다른 방법이 없다니까.

아무튼 그러고 나서 나랑 도트는 파라마운트에 가서 공연을 봤어. 잠깐, 어땠는지 들려줄게.

휴, 프랭키 레인은 정말 끝내줬어!

버튼, 버튼

Button, Button

소포는 현관문 앞에 놓여 있었다. 테이프로 봉한 정육면체 상자. 손으로 적은 이름과 주소가 보였다. **아서 루이스 씨 부부, E. 37번가 217번지, 뉴욕, 뉴욕 10016.** 그것을 집어 든 노마는 현관문을 열고 아파트 안으로 들어갔다. 날이 어둑해지고 있었다.

그녀는 양갈비를 오븐에 넣었다. 그런 다음, 술을 한 잔 따라 와 앉은 후 소포를 열어 보았다.

상자 안에는 작은 나무 상자가 들어 있었고, 그것에는 버튼 장치가 붙어 있었다. 버튼은 유리로 된 반구형 커버로 덮여 있었다. 열어 보려 했지만 꿈쩍도 하지 않았다. 그녀는 장치를 뒤집어 보았다. 나무 상자 밑면에는 쪽지가 붙어 있었다. 그녀는 쪽지를 뜯었다. "스튜어드 씨가 오후 8시에 방문하실 겁니다."

긴 소파에 앉은 노마는 버튼을 옆에 내려놓았다. 그녀는 술을 홀짝이며 쪽지에 적힌 내용을 다시 읽었다. 얼굴에 미소가 머금어졌다.

잠시 후, 그녀는 샐러드를 만들기 위해 주방으로 돌아갔다. 정각 8시. 초인종이 울렸다. "내가 나가 볼게." 노마가 주방에서 말했다. 아서는 거실에서 책을 읽고 있었다.

포치에는 자그마한 남자가 서 있었다. 노마가 문을 열자 그가 모자를 벗어 쥐었다. "루이스 부인 되십니까?" 그가 공손하게 물었다.

"그런데요?"

"저는 스튜어드라고 합니다."

"오, 네." 노마는 미소 짓지 않으려 애썼다. 그녀는 이 모든 게 세일즈맨의 상술일 거라 확신했다.

"잠시 들어가도 되겠습니까?" 스튜어드 씨가 물었다.

"제가 지금 좀 바빠서요." 노마가 말했다. "들어가서 놓고 가신 거 가져올게요." 그녀가 돌아섰다.

"그게 뭔지 궁금하지 않으십니까?"

노마가 다시 그를 돌아보았다. 스튜어드 씨의 톤이 살짝 거슬렸다. "아뇨, 전혀요."

"아주 귀한 물건일 수도 있는데요?"

"금전상으로 말씀인가요?" 그녀가 도발적으로 물었다.

스튜어드 씨가 고개를 끄덕였다. "금전상으로요."

노마는 얼굴을 찌푸렸다. 그의 태도가 영 마음에 들지 않았다. "대체 뭘 팔러 오신 거죠?"

"뭔가를 팔러 온 게 아닙니다."

그때 아서가 거실을 나왔다. "무슨 일이야?"

스튜어드 씨가 자신을 소개했다.

"오, 그……" 아서가 거실 쪽을 가리키며 미소를 지었다. "저 장치, 어디에 쓰는 거죠?"

"귀한 시간 많이 빼앗지 않겠습니다." 스튜어드 씨가 말했다. "잠깐 들여보내 주시죠."

"뭘 팔러 오신 거라면……" 아서가 말했다.

스튜어드 씨가 고개를 저었다. "그런 게 아니라니까요."

아서가 노마를 돌아보자 그녀가 말했다. "당신 마음대로 해."

그는 잠시 망설였다. "뭐 그러시죠, 그럼."

그들은 거실로 들어갔다. 스튜어드 씨는 노마의 의자에 앉았다. 그가 외투 주머니에서 봉해진 작은 봉투를 하나 꺼냈다. "이 안에는 버튼 커버를 여는 열쇠가 담겨 있습니다." 그가 말했다. 그리고 봉투를 의자 옆 탁자에 내려놓았다. "벨은 저희 사무실과 연결돼 있습니다."

"이걸로 뭘 하는 거죠?" 아서가 물었다.

"이 버튼을 누르면," 스튜어드 씨가 말했다. "세상 어딘가에서 선생님이 모르는 누군가가 죽게 됩니다. 그 대가로 선생님께선 5만 달러를 받게 되는 거고요."

노마가 땅딸막한 남자를 빤히 보았다. 그는 실실 웃고 있었다.

"그게 무슨 말씀이죠?" 아서가 그에게 물었다.

스튜어드 씨가 흠칫 놀라는 표정을 지었다. "제가 방금 설명 드리지 않았습니까."

"지금 장난치시는 거죠?" 아서가 물었다.

"전혀요. 이건 장난으로 드리는 제안이 아닙니다."

"하지만 말이 안 되지 않습니까." 아서가 말했다. "저희더러 그 말씀을 믿으라는……"

"정확히 어디서 오신 거죠?" 노마가 따지듯 물었다.

스튜어드 씨는 당혹스러운 표정을 지었다. "죄송하지만 그건 말씀드릴 수 없습니다. 하지만 다국적 회사라는 건 분명히 말씀드릴 수 있습니다."

"죄송하지만 이제 가 주시죠." 아서가 자리에서 일어서며 말했다.

스튜어드 씨도 따라 일어났다. "알겠습니다."

"저 버튼도 가져가시고요."

"하루만 더 생각해 보지 않으시겠습니까?"

아서가 버튼 장치와 봉투를 집어 들고 스튜어드 씨의 손에 거칠게 쥐여 주었다. 그런 다음, 현관으로 성큼 걸어가 문을 열었다.

"명함을 놓고 가겠습니다." 스튜어드 씨는 명함을 꺼내 현관문 옆 탁자에 내려놓았다.

그가 돌아가자 아서는 명함을 북북 찢어 탁자 위에 뿌렸다. "젠장!"

소파에 앉아 있던 노마가 물었다. "방금 전 그 사람 얘기, 당신은 어떻게 생각해?"

"별로 알고 싶지 않아."

그녀는 미소를 지어 보이고 싶었지만 그럴 수가 없었다. "그게 뭔지 궁금하지 않아?"

"아니." 그가 고개를 저었다.

아서가 다시 독서로 돌아가자 노마는 다시 주방으로 들어가 설거지를 마저 끝냈다.

"왜 아무 말이 없어?" 나중에 노마가 물었다.

아서는 이를 닦으며 화장실 거울에 비친 아내를 흘끔 보았다.

"그게 뭔지 궁금하지 않아?"

"오히려 불쾌하기만 하던데." 아서가 말했다.

"알아. 하지만……" 노마가 또 다른 롤러 하나를 돌돌 말아 머리에 붙였다. "……정말 호기심이 생기지 않는다고?"

"정말 그게 짓궂은 장난이라고 생각하는 거야?" 침실로 돌아온 그녀가 물었다.

"만약 장난이라면 도가 지나쳐."

노마는 침대에 걸터앉아 슬리퍼를 벗었다.

"무슨 심리학적 연구인지도 모르잖아."

아서가 어깨를 으쓱였다. "그런지도 모르지."

"어떤 괴짜 백만장자가 배후에 있는지도 모르고."

"어쩌면."

"알고 싶지 않아?"

아서가 고개를 저었다.

"왜?"

"이건 비도덕적인 짓이니까." 그가 말했다.

노마가 커버 밑으로 슬그머니 들어왔다. "그래도 난 좀 궁금하던데."

아서가 램프를 끄고 몸을 기울여 아내에게 입을 맞추었다. "잘 자."

"당신도." 그녀가 남편의 등을 토닥였다.

노마는 눈을 감고 생각했다. 5만 달러라.

다음 날 아침, 아파트를 나서려던 노마는 테이블에 뿌려진 명함 조각들을 내려다보았다. 그녀는 충동적으로 그것들을 집어 가방에 넣은 다음, 현관문을 걸어 잠그고 아서와 함께 엘리베이터에 올랐다.

휴식시간이 되자 그녀는 찢어진 명함을 꺼내 맞춰 보았다. 명함에는 스튜어드 씨의 이름과 전화번호만이 찍혀 있을 뿐이었다.

점심을 먹고 난 후 그녀는 다시 명함 조각들을 꺼내 테이프로 잘 붙였다. 내가 왜 이러고 있지? 생각하면서.

5시를 코앞에 둔 시간, 그녀는 명함에 적힌 번호로 전화를 걸었다.

"안녕하세요." 스튜어드 씨의 목소리가 답했다.

노마는 전화를 끊으려다 말고 헛기침을 한 번 했다. "저, 루이스 부인이에요."

"네, 루이스 부인." 스튜어드 씨가 들뜬 목소리로 말했다.

"너무 궁금해서요."

"자연스러운 반응이죠."

"물론 그쪽이 얘기한 내용을 믿는다는 건 아니에요."

"오, 장난으로 드린 제안이 아니었습니다."

"글쎄요……" 노마가 마른침을 꿀꺽 삼켰다. "어제 누군가가 죽을 거라고 했죠? 그게 무슨 뜻인가요?"

"다른 숨은 뜻은 없습니다." 그가 대답했다. "누구든 될 수 있죠. 저희가 확실하게 보장하는 것은 부인께서 모르는 사람이 희생된다는 겁니다. 물론 그들이 죽는 걸 부인이 지켜보실 필요도 없고요."

"그게 5만 달러를 받는 조건이라고요?"

"그렇습니다."

그녀는 피식 웃었다. "말도 안 돼요."

"그럼에도 저희는 이렇게 제안을 드리고 있습니다." 스튜어드 씨가 말했다. "버튼을 다시 가져다 드릴까요?"

순간 노마의 몸이 바짝 얼어붙어 버렸다. "됐어요." 그녀는 씩씩대며 전화를 끊었다.

소포는 현관문 앞에 놓여 있었다. 노마는 엘리베이터에서 내리기가 무섭게 그것을 발견했다. 이제 보니 되게 뻔뻔한데. 그녀는 열쇠를 꽂아 돌리는 동안에도 상자에서 눈을 떼지 않았다. 그냥 여기 놔둬야겠어. 그녀는 안으로 들어가 저녁을 준비하기 시작했다.

한참 후, 그녀는 술을 한 잔 따라 들고 현관으로 나갔다. 문을 열고 소포를 집어 든 그녀는 다시 주방으로 들어가 테이블에 그것을 내려놓았다.

그녀는 거실에 앉아 창밖을 내다보며 술을 홀짝였다. 시간이 얼마나 흘렀을까, 그녀는 다시 주방으로 들어가 오븐 속 커틀릿을 뒤집었다. 그리고 소포를 캐비닛 하단에 넣어 두었다. 날이 밝는 대로 소포를 밖에 던져 버릴 생각이었다.

"어떤 괴짜 백만장자가 사람들을 가지고 노는 모양이야." 그녀가 말했다.

저녁을 먹던 아서가 고개를 들었다. "난 당신이 이해가 안 돼."

"그게 무슨 소리야?"

"이제 미련을 버려." 그가 말했다.

노마는 말없이 저녁을 먹었다. 잠시 후, 그녀가 갑자기 포크를 내려놓았다. "그 제안이 장난이 아니라면 어떻게 할 거야?"

아서가 아내를 빤히 보았다.

"그 제안대로 된다면 말이야."

"좋아. 그게 장난이 아니라고 치자고!" 그가 어이없다는 표정을 지었다. "그럼 대체 어쩌겠다는 거야? 그 버튼을 가져와서 누르자고? 그걸 누르면 누군가가 목숨을 잃게 되는데도?"

노마가 몸을 바르르 떨었다. "누군가가 죽이는 거겠지?"

"그게 아니면 뭐겠어?"

"하지만 우리가 모르는 사람일 거라잖아." 노마가 말했다.

아서가 경악한 표정을 지었다. "지금 그걸 말이라고 해?"

"그게 여기서 1만 마일 떨어진 곳에 사는 중국의 늙은 농부라면? 중병에 걸린 콩고 원주민이거나?"

"펜실베이니아의 어린 아이라면 어쩔 건데?" 아서가 받아쳤다. "다음 블록에 사는 예쁘장한 소녀라면?"

"오버하지 마."

"그러니까 내 말은, 노마," 그가 계속 이어 나갔다. "우리 때문에 누가 죽는다면 그건 결국 살인이라는 얘기야."

"내 말은," 노마가 지지 않고 말했다. "만약 우리가 지금껏 한 번도 본 적 없고, 또 앞으로도 영원히 볼 일 없는 사람이 죽는 거라면 이렇게 망설일 필요가 없잖아. 그들이 어디서 어떻게 죽던 우리가 지켜볼 것도 아니고. 그래도 안 누를 거야?"

그 말에 아서가 깜짝 놀랐다. "당신이라면 그렇게 하겠다는 거야?"

"누르기만 하면 5만 달러를 준다잖아, 아서."

"액수가 무슨 상관……"

"5만 달러라고, 아서." 노마가 그의 말을 끊었다. "그 돈이면 오래전부터 꿈꿔 온 유럽 여행도 갈 수 있어."

"노마, 안 돼."

"섬에 작은 별장도 살 수 있고."

"노마, 안 된다니까." 그의 얼굴은 하얗게 질려 있었다. "맙소사, 절대 안 돼!"

"알았으니까 흥분 가라앉혀." 그녀가 몸서리치며 말했다. "왜 자꾸 오버하고 그래? 그냥 의논해 보자는 것뿐인데."

저녁식사를 마친 아서는 거실로 나갔다. 식탁을 뜨기 전 그가 말했다. "이제 그 얘긴 안 하고 싶어. 부탁이야."

노마가 어깨를 으쓱였다. "당신 좋을 대로 해."

평소보다 일찍 일어난 그녀는 아서를 위해 아침을 준비했다. 메뉴는 팬케이크, 계란, 그리고 베이컨이었다.

"오늘 웬일이야?" 그가 미소를 흘리며 물었다.

"특별한 이유는 없어." 노마가 불쾌한 표정을 지어 보였다. "그냥 이러고 싶었을 뿐이야."

"다행이네." 그가 말했다. "정말 다행이야."

그녀가 남편의 빈 컵을 다시 채워 주었다. "그냥 당신에게 보여 주고 싶었어. 내가……" 그녀가 어깨를 으쓱였다.

"응?"

"내가 이기적이지 않다는 걸 보여 주고 싶었어."

"내가 언제 당신에게 이기적이라고 했나?"

"그런 적은 없지만……" 그녀가 애매한 몸짓을 해 보였다. "어젯밤에……"

아서는 대꾸가 없었다.

"그 버튼에 대해 얘기했을 때," 노마가 말했다. "왠지 당신이…… 내 말을 오해한 것 같아서."

"오해라니? 어떻게?" 그가 조심스레 물었다.

"왠지 당신이……" 그녀가 다시 같은 몸짓을 취했다. "날 그런 사람으로 보는 것 같았어."

"오."

"난 이기적인 사람이 아니야."

"노마."

"난 그런 사람이 아니라고. 내가 유럽 여행과 별장 얘기를 꺼냈던 건……"

"노마, 우리가 왜 그 버튼에 이토록 집착해야 하는 거지?"

"이건 집착이 아니야." 그녀가 힘겹게 숨을 들이쉬었다. "난 그저……"

"그저 뭐?"

"난 유럽 여행을 떠나 보고 싶어. 더 좋은 아파트에서 살아 보고 싶고, 더 좋은 가구와 옷도 누려 보고 싶어. 아이도 낳아 키우고 싶고."

"노마, 그렇게 될 테니 염려 마."

"언제?"

그가 당황한 모습으로 그녀를 보았다. "노마……"

"언제?"

"당신 설마……" 그가 움찔했다. "설마 정말로……?"

"보나마나 연구 과제일 거야." 그녀가 그의 말을 끊었다. "이런 상황에서 우리 같은 보통 사람들이 어떤 선택을 하는지 알아보려는 거라고! 사람이 죽는다는 얘긴 우리의 반응을 분석하려고 던진 거고. 우리가 죄책감을 갖는지, 아니면 불안해 하는지 살펴보려고 말이야! 설마 그들이 정말로 누군가를 죽일 거라고 생각한 건 아니지? 응?"

아서는 대답하지 않았다. 그의 손은 덜덜 떨리고 있었다. 잠시 후, 그가 자리에서 일어나 밖으로 나갔다.

그가 출근한 후로도 노마는 자리를 뜨지 않은 채 자신의 커피를 물 끄러미 들여다보았다. 이러다 지각하겠어. 그녀는 생각했다. 하지만 이내 어깨를 으쓱였다. 출근한다고 달라질 게 뭐 있어? 일하든 놀든 똑같다면 차라리 집에서 쉬는 게 낫잖아.

접시를 차례로 쌓아 나가던 그녀가 갑자기 홱 돌아서서 젖은 손을 말리고 캐비닛에서 소포를 꺼냈다. 그녀는 상자를 열고 버튼 장치를 꺼내 테이블에 내려놓았다. 한동안 그것을 빤히 응시하던 그녀가 봉 투에서 열쇠를 꺼내 유리 커버를 열었다. 그녀는 다시 버튼을 보았 다. 정말 황당해. 그녀는 생각했다. 이 무의미한 버튼 하나 때문에 일 이 이렇게 커지다니.

손을 뻗어 버튼을 꾹 눌렀다. 우리를 위해서야. 그녀가 이를 갈며 생각했다.

몸이 바르르 떨렸다. 그 사람 얘기대로 되는 건가? 순간 겁에 질린 그녀의 온몸이 오싹해졌다.

하지만 그 반응은 이내 가셨다. 그녀는 경멸의 소음을 내고 있었 다. 황당해. 아무것도 아닌 걸 가지고 그 법석을 떨다니.

그녀가 저녁으로 먹을 스테이크를 뒤집은 후 술을 따르고 있을 때 전화벨이 울렸다. 그녀는 수화기를 집어 들었다. "여보세요?"

"루이스 부인이십니까?"

"그런데요?"

"레녹스 힐 병원입니다."

목소리는 지하철 사고에 대해 들려주었다. 그녀의 머릿속은 얼떨떨했다. 아서가 누군가에게 떠밀려 플랫폼에서 떨어졌다고 했다. 그녀는 자신이 고개를 저어 대고 있음을 의식했지만 도저히 멈출 수가 없었다.

전화를 끊고 난 그녀는 아서의 생명보험 증서를 떠올렸다. 2만 5천 달러. 이중 배상.

"아니야." 그녀는 숨을 쉴 수가 없었다. 그녀는 간신히 일어나 무언가에 홀린 사람처럼 주방으로 들어갔다. 그녀는 머릿속이 바짝 얼어붙어 버린 기분을 느끼며 쓰레기통에서 버튼 장치를 집어 들었다. 아무리 살펴봐도 못이나 나사는 보이지 않았다. 그런 것들 없이 어떻게 조립을 했을까?

그녀는 버튼 장치로 싱크 가장자리를 힘껏 내리찍기 시작했다. 나무가 갈라지자 그녀는 손가락을 넣어 작은 상자를 뜯어나갔다. 손가락을 베였지만 그녀는 인식하지 못했다. 상자 안에는 트랜지스터도, 전선도, 튜브도 들어 있지 않았다. 안은 텅 비어 있었다.

전화벨이 다시 울리자 그녀는 깜짝 놀라며 돌아섰다. 그녀는 휘청거리며 거실로 돌아가 수화기를 집어 들었다.

"루이스 부인?" 스튜어드 씨가 말했다.

터져 나온 비명은 그녀의 목소리가 아니었다. 그녀의 것일 리 없었다. "내가 모르는 사람이 죽을 거라고 했잖아요!"

"부인." 스튜어드 씨가 말했다. "정말로 남편분을 아신다고 생각하셨습니까?"

결투
Duel

오전 11시 32분. 만은 트럭을 추월했다.

샌프란시스코에 도달해야 하는 그는 서쪽으로 달리는 중이었다. 목요일. 4월 날씨치고는 후텁지근했다. 그는 양복 재킷을 벗어젖힌 상태였다. 넥타이는 풀고, 셔츠 깃은 열어 두었으며, 소매는 걷어붙인 채였다. 햇볕이 그의 왼쪽 팔뚝과 무릎의 한 부분을 데워 놓았다. 2차선 고속도로를 달리는 내내 검은 바지 안에서는 후끈한 열기가 느껴졌다. 지난 20분간 어느 쪽 차선에서도 다른 차량이 보이지 않았다.

그러다가 갑자기 트럭 한 대가 그의 눈에 들어왔다. 트럭은 두 개의 높은 초록색 언덕 사이로 난 커브를 달리고 있었다. 요란한 모터 소리와 함께 도로에 드리운 그림자 두 개가 보였다. 트럭은 트레일러를 끌고 가는 중이었다.

그는 트럭의 디테일에 별 관심을 두지 않았다. 트럭이 점점 가까워지자 그는 반대편 차선으로 슬금슬금 다가갔다. 저만치 앞에 위험한 커브가 도사리고 있었고, 그는 트럭이 산등성이를 넘어갈 때까지 추월하지 않았다. 마침내 트럭이 왼쪽으로 굽은 커브를 따라 내려가기 시작하자 잠자코 기다려 온 그가 가속 페달을 힘껏 밟았다. 차는 다시 동부행 차선으로 들어섰다. 그는 백미러로 트럭을 지켜보며 다시 원래 차선으로 돌아갔다.

만은 눈앞에 펼쳐진 평화로운 시골 풍경을 감상했다. 먼발치로 아득하게 펼쳐진 크고 작은 산줄기들이 보였고, 사방은 녹색의 경사진 언덕들로 뒤덮여 있었다. 그는 나지막이 휘파람을 불며 차의 속도를 높여 나갔다. 구불구불한 포장도로 위에서 타이어가 파삭파삭한 소리를 냈다.

산기슭에 다다른 그는 콘크리트 다리를 건넜다. 그는 오른편의 바짝 마른 강바닥을 바라보았다. 그곳에는 바위와 자갈이 드문드문 널려 있었다. 다리를 벗어나자 고속도로 너머로 이동주택 주차 구역이 보였다. 이런 곳에 사람이 산다고? 주변을 훑던 그의 눈에 애완동물 묘지가 들어왔다. 그의 얼굴에 미소가 머금어졌다. 어쩌면 그들은 죽어 묻힌 개와 고양이들을 잊지 못해 아예 이곳으로 이사를 온 사람들인지도 몰랐다.

어느새 그는 직선 코스에 접어들어 있었다. 만은 스르르 몽상에 빠져들었다. 햇볕은 여전히 그의 팔뚝과 무릎을 데워 주었다. 그는 지금쯤 루스가 무엇을 하고 있을지 궁금했다. 물론 아이들은 학교에 몇 시간 더 갇혀 있어야 할 테지. 어쩌면 루스는 쇼핑을 하고 있는지도 모른다. 주로 목요일에 쇼핑을 다니니까. 만은 슈퍼마켓에서 쇼핑 카트에 이것저것 골라 담는 아내의 모습을 떠올려 보았다. 출장만 아니었어도 루스랑 같이 장을 보고 있었을 텐데. 앞으로 몇 시간만 더 가면 샌프란시스코에 도착할 수 있다. 그가 할 일은 사흘 동안 호텔에서 자고, 식당에서 먹으며 최대한 많은 계약을 따 내는 것이었다. 보나마나 실망만 잔뜩 안고 돌아오겠지만. 입에서 한숨이 터져 나왔다. 그는 충동적으로 손을 뻗어 라디오를 켰다. 잔잔한 음악을 틀어 주는 방송국이 나올 때까지 튜너를 돌렸다. 그는 흘러나오는 음악에 맞춰 흥얼거리기 시작했다. 도로에 고정된 시야가 살짝 흐릿해졌다.

어느새 맹렬히 달려온 트럭이 왼쪽 차선으로 그를 추월해 갔다. 그의 차가 잠시 바르르 진동했다. 트레일러 트럭이 위험천만하게 서부행 차선으로 불쑥 들어왔다. 그는 인상을 쓰며 안전거리 확보를 위해 브레이크를 밟았다. 넌 뭐야? 그는 생각했다.

그는 불만 가득한 표정으로 트럭을 노려보았다. 탱크 트레일러를 끌고 가는 대형 유조 트럭은 타이어가 무려 여섯 쌍이나 됐다. 낡은 트럭의 곳곳은 움푹 들어가 있었고, 언뜻 봐도 수리가 절실해 보였다. 탱크는 싸구려 은색 페인트로 칠해져 있었다. 만은 운전사가 직접 칠한 것은 아닌지 궁금해졌다. 그의 시선이 하얀 트레일러 탱크 뒷면에 빨간색으로 적힌 단어에 꽂혔다. **인화성 화물.** 그는 탱크 하단에 빨갛게 칠한 반사 라인들과 타이어 뒤편에 붙은 커다란 고무 플랩들을 차례로 살피다가 다시 고개를 들었다. 반사 라인들은 누군가가 스텐실로 조잡하게 찍어 놓은 것들이었다. 개인 트럭인 모양이군. 그는 생각했다. 차 상태를 보아하니 형편은 좋지 않은 듯했다. 트레일러에 붙은 번호판을 보니 캘리포니아에서 온 트럭이었다.

만은 속도계를 체크했다. 확 트인 고속도로를 아무 생각 없이 달릴 때마다 그래 왔듯이, 시속 90킬로미터를 꾸준히 유지하는 중이었다. 트럭은 시속 110킬로미터가 넘는 속도로 달려 온 모양이었다. 그러지 않고서는 이토록 빨리 그를 따라잡을 수는 없었을 것이다. 조금 이상했다. 트럭 운전사들은 웬만해선 과속을 하지 않던데.

트럭이 내뿜는 배기가스 냄새에 그의 얼굴이 일그러졌다. 그는 트럭 운전석 왼쪽에 붙은 수직 파이프를 보았다. 파이프에서 뿜어져 나온 검은 연기가 트레일러 위로 흩뿌려지고 있었다. 빌어먹을. 그는 생각했다. 대기 오염이 어쩌고 하며 난리들을 치면서 왜 저런 건 그냥 두는 거지?

그는 쉴 새 없이 나오는 검은 연기를 노려보았다. 배기가스를 계속 맡다가는 오래 가지 않아 욕지기가 날 것만 같았다. 언제까지나 트럭을 졸졸 뒤쫓을 수는 없는 일이었다. 속도를 줄여 트럭과의 거리를 최대한 늘이던지, 아니면 다시 추월하던지, 둘 중 하나를 선택해야 했다. 집에서 늦게 출발한 그는 길에서 더 지체하고 싶지 않았다. 오후 약속을 펑크 내지 않으려면 무슨 일이 있어도 시속 90킬로미터를 유지해야만 했다. 아무래도 추월해야겠어.

그는 가속 페달을 지그시 밟고 텅 빈 반대편 차선 쪽으로 서서히 이동했다. 오늘따라 이 코스는 유난히 한가했다. 그는 조금 더 힘주어 페달을 밟고 동부행 차선으로 마저 들어섰다.

그는 트럭을 앞지르며 운전석 쪽을 흘끔 돌아보았다. 운전석이 너무 높아 안을 들여다볼 수 없었다. 핸들에 얹어진 운전사의 왼손만이 살짝 보일 뿐이었다. 굵은 정맥들이 튀어나온 각진 손등은 검게 그을린 상태였다.

만은 백미러로 트럭을 살피며 다시 원래 차선으로 돌아왔다. 그의 시선이 다시 눈앞의 도로로 돌아갔다.

그는 다시 백미러를 들여다보았다. 순간 트럭 운전사가 요란하게 경적을 울렸다. 그것도 아주 오랫동안. 뭐하자는 거지? 그는 생각했다. 인사를 하는 건가, 아니면 저주를 하는 건가? 그는 황당해 하며 끙 앓는 소리를 냈다. 그는 틈틈이 백미러로 트럭을 살폈다. 트럭의 앞 범퍼는 우중충한 자주색을 띠고 있었다. 색은 바래고, 군데군데 페인트가 벗겨진 부분도 보였다. 범퍼 역시 아마추어가 대충 칠해놓은 모양이었다. 백미러로는 트럭의 하부만을 볼 수 있었다. 나머지 부분은 백미러 밖으로 잘려 나간 상태였다.

만의 오른편으로는 이판암*으로 덮인 듯한 땅과 드문드문 자라난 풀들이 보였다. 그의 시선이 언덕 꼭대기에 얹어진 미늘벽 판잣집 쪽으로 향했다. 지붕 위 텔레비전 안테나는 40도도 채 안 되는 각도로 늘어져 있었다. 저래야 수신 상태가 좋아지나? 그는 생각했다.

다시 정면을 바라보았다. 합판에 들쭉날쭉한 블록체로 적힌 글자들이 그의 눈에 들어왔다. **나이트 크롤러—미끼.** 대체 나이트 크롤러가 뭐지? 그는 궁금했다. B급 할리우드 스릴러 영화에 나올 법한 괴물 같은데.

그때 뒤에서 트럭의 모터 소리가 요란하게 들렸다. 그는 다시 백미러를 확인했다. 그가 화들짝 놀라며 사이드미러로 시선을 돌렸다. 맙소사, 또 날 추월하려고? 만은 고개를 돌리고 인상을 쓰며 서서히 앞질러 나가는 거대한 트럭을 내다보았다. 그는 목을 길게 빼 보았지만 이번에도 높은 운전석 안은 들여다볼 수 없었다. 대체 왜 저러는 거

---

* 얇은 층으로 되어 있어 잘 벗겨지는 퇴적암.

지? 나랑 경주라도 하자는 건가? 누가 더 오래 앞장서 가는지 시합하자는 거야?

그는 속도를 높여 추월을 막아 볼까 생각하다가 이내 마음을 접었다. 트레일러 트럭이 서부행 차선으로 들어서려 하자 그는 페달에서 발을 뗐다. 제때 속도를 줄이지 않으면 아찔한 상황이 펼쳐질 수도 있다는 우려 때문이었다. 맙소사. 그는 생각했다. 대체 왜 저러는 거야?

트럭의 배기가스 냄새가 확 풍기자 그의 얼굴의 주름이 한층 깊어졌다. 그는 짜증을 내며 창문을 올렸다. 빌어먹을. 샌프란시스코에 도착할 때까지 이 냄새를 계속 맡으면서 가야 하나? 하지만 더 속도를 줄일 수는 없었다. 포브스와의 3시 15분 미팅 약속은 무슨 일이 있어도 지켜야만 했다.

그는 잽싸게 주변을 살폈다. 상황을 한층 더 복잡하게 만들 수 있는 다른 차량들은 보이지 않았다. 만은 다시 가속 페달을 꾹 밟았다. 트럭과의 거리는 금세 줄어들었다. 마침 고속도로가 왼쪽으로 휘기 시작했다. 위험이 없음을 확인한 그는 페달을 힘껏 밟고 텅 빈 반대편 차선을 향해 이동했다.

트럭이 스르르 움직여 그의 앞을 막았다.

만은 황당해 하며 트럭을 빤히 응시했다. 황급히 브레이크를 밟고 원래 차선으로 돌아왔다. 트럭도 그를 따라 원위치로 돌아왔다.

만은 방금 전 벌어진 상황을 도저히 이해할 수 없었다. 분명 우연의 일치였을 것이다. 트럭 운전사가 고의로 그의 앞을 막아섰을 리 없었다. 그는 1분 이상 기다렸다가 방향 지시등 레버를 내렸다. 그렇게 자신의 의도를 알리고 나서는 가속 페달을 지그시 밟으며 다시 동부행 차선으로 접근했다.

하지만 이번에도 트럭은 그의 앞을 막아섰다.

"젠장!" 만은 경악했다. 믿을 수 없는 일이 그의 눈앞에서 펼쳐지고 있었다. 운전 경력 26년의 그는 지금껏 한 번도 이런 경우를 본 적이 없었다. 그는 다시 서부행 차선으로 돌아왔다. 그리고 따라 움직이는 트럭을 보며 고개를 저었다.

그는 트럭의 배기가스를 피하기 위해 가속 페달에서 발을 뗐다. 이젠 어쩌지? 무슨 일이 있어도 늦지 않게 샌프란시스코에 도착해야 하는데. 애초에 국도로 빠졌어야 했어. 이 빌어먹을 고속도로는 끝까지 2차선이잖아.

그가 동부행 차선으로 잽싸게 들어가 보았다. 그러자 놀랍게도 운전사는 그를 따라 움직이는 대신 왼팔을 창밖으로 내밀고 먼저 가라는 신호를 보냈다. 만은 가속 페달을 힘껏 밟았다. 하지만 이내 다시 발을 떼야 했다. 숨이 턱 막혔다. 그는 황급히 핸들을 꺾어 트럭 뒤로 돌아왔다. 그 바람에 차의 뒷부분이 좌우로 미끄러졌다. 그가 사고를 면하기 위해 진을 빼고 있을 때 반대편 차선에서 파란 컨버터블 한 대가 휙 지나갔다. 만은 자신을 매섭게 노려보는 운전자와 순간적으로 눈이 마주쳤다.

차는 다시 원상태로 돌아왔다. 만은 입으로 깊은 숨을 들이쉬었다. 그의 심장은 통증이 느껴질 정도로 요동치고 있었다. 맙소사! 그는 생각했다. 빌어먹을! 저 차랑 충돌하게 만들려는 잔머리였어. 그 깨달음이 순간 그를 먹먹하게 만들었다. 물론 반대편 차선이 비었는지 확인하는 것은 그의 책임이었다. 하지만 먼저 가라고 손짓한 것은…… 만은 간담이 서늘해지는 걸 느꼈다. 속도 메스꺼웠다. 맙소사,

오, 맙소사, 오, 맙소사. 세상에 이런 일을 다 겪게 되다니. 저 개자식은 나만 죽이려 한 게 아니라 우리랑 아무 상관도 없는 사람까지 죽이려 했어. 도저히 이해가 되지 않는 상황이었다. 캘리포니아 고속도로에서? 그것도 목요일 아침에? 대체 왜?

만은 뛰는 가슴을 애써 진정시키고 방금 전 상황을 이성적으로 되짚어 보기 시작했다. 저 친구, 더위를 먹었는지도 몰라. 그는 생각했다. 갑자기 긴장성 두통이 왔는지도 모르지. 배탈이 났거나. 어쩌면 둘 다였는지도 모르잖아. 어쩌면 집에서 아내랑 대판 싸우고 나왔을 수도 있고. 어젯밤 섹스가 불만족스러웠나? 만은 미소를 지어 보려 애썼지만 생각처럼 잘 되지 않았다. 그럴 듯한 이유는 얼마든지 떠올릴 수 있었다. 그는 손을 뻗어 라디오를 껐다. 경쾌한 음악은 그의 심기를 불편하게 만들었다.

그는 몇 분간 트럭 뒤를 졸졸 쫓아갔다. 표정에는 적의가 가득했다. 트럭의 배기가스가 또다시 속을 뒤집어 놓았다. 그는 갑자기 오른손으로 경적을 꾹 눌렀다. 그리고 한동안 핸들에서 손을 떼지 않았다. 다른 차량이 보이지 않음을 확인한 그는 가속 페달을 힘껏 밟고 반대편 차선으로 조심스레 이동했다.

기다렸다는 듯 트럭이 같이 움직였다. 만은 계속해서 오른손으로 경적을 울려 대고 있었다. 비키라고, 이 개자식아! 힘이 잔뜩 들어간 턱에서 조금씩 통증이 느껴지기 시작했다. 속도 연신 울렁거렸다.

"빌어먹을!" 그가 다시 원래 차선으로 돌아왔다. 온몸은 격노에 바르르 떨리고 있었다. "죽일 놈의 자식." 그가 다시 앞을 막아선 트럭을 노려보며 이를 갈았다. 대체 나한테 왜 이러는 거야? 아까 빌어먹을 네놈 트럭 몇 번 추월한 게 기분 나빴어? 이제 보니 완전 또라이잖아.

만이 뻣뻣하게 고개를 끄덕였다. 그래. 그는 생각했다. 저놈은 미쳐 버린 게 분명해. 그게 아니라면 달리 설명이 안 되잖아.

루스라면 이런 상황에 어떻게 반응할까? 보나마나 성을 내며 경적을 울려 댔을 거야. 지나던 경찰이 똑똑히 들을 수 있게. 그는 인상을 쓰며 주위를 둘러보았다. 대체 경찰 놈들은 다 어디로 간 거야? 그가 피식 웃었다. 경찰? 무슨 경찰? 이런 벽지에? 설령 있다 해도 말을 타고 다니는 보안관 놈이 전부겠지 뭐.

그때 뇌리를 스치는 아이디어가 있었다. 트럭 오른쪽으로 추월을 시도하면 놈의 허를 찌를 수도 있을 것 같았다. 그는 갓길 쪽으로 슬그머니 다가갔다. 그리고 잽싸게 트럭 너머를 살폈다. 불가능해. 공간이 충분치 않아. 놈에게 발각되면 트럭에 떠밀려 철조망을 뚫고 나갈 수도 있을 거야.

고속도로 양옆으로는 온갖 쓰레기가 널려 있었다. 맥주캔, 캔디 포장지, 아이스크림 통, 썩어 갈색으로 변한 신문, 반으로 쪼개진 '판매For Sale' 표지판. 관리가 정말 잘 되고 있군. 그가 코웃음 쳤다. 하얀 페인트로 '윌 재스퍼'라는 이름을 적어 놓은 큰 바위가 휙 지나쳐 갔다. 윌 재스퍼가 대체 누구지? 그는 궁금했다. 그 사람이 내 입장이라면 뭐라고 했을까?

바로 그때 차가 들썩이기 시작했다. 순간 만은 타이어에 펑크가 난 것이라 짐작했다. 하지만 자세히 보니 고속도로의 포장된 표면에 움푹 들어간 부분들이 속속 눈에 들어왔다. 앞의 트레일러 트럭도 들썩거리기를 반복하고 있었다. 뇌가 좀 흔들리면 정상으로 돌아오려나? 트럭이 갑자기 왼쪽으로 급커브를 돌았다. 트럭의 사이드미러에 운전사의 얼굴이 살짝 비쳤다. 하지만 남자의 얼굴은 만이 제대로 보기도 전에 사라졌다.

"아." 그가 말했다. 도로 앞으로 길고 가파른 언덕이 불쑥 나타났다. 경사지에서 트럭은 속도가 줄어들 수밖에 없었다. 오르는 동안 추월의 기회가 분명 올 것이다. 만은 가속 페달을 밟아 트럭과의 거리를 좁혀 나갔다.

언덕을 반쯤 올랐을 때 만은 동부행 차선을 살폈다. 마침 다가오는 차량은 보이지 않았다. 그는 페달을 끝까지 밟고 반대편 차선으로 들어갔다. 느리게 움직이는 트럭도 같은 쪽으로 이동하기 시작했다. 만의 얼굴이 딱딱하게 굳었다. 그는 전속력으로 차를 몰아 도로의 끝부분으로 이동했다. 그리고 급한 커브를 따라 돌아 나갔다. 차 뒤로 먼지 구름이 뿌옇게 일었다. 그 안에 갇힌 만의 시야에서 트럭이 잠시 사라졌다. 흙길을 달리는 타이어에서 탁탁 튀는 소리가 났다. 다시 포장된 도로로 올라와서는 그 소리가 웅웅거림으로 바뀌었다.

그는 백미러를 들여다보았다. 순간 목에서 요란한 웃음이 터져 나왔다. 그는 단지 추월만 하려 했을 뿐이었다. 그가 일으킨 먼지 구름은 뜻밖의 보너스였다. 이젠 네놈이 당할 차례야! 그는 조롱하듯 리드미컬하게 경적을 울려 댔다. 엿이나 먹으라고, 잭!

어느새 그는 언덕의 정상에 올라 있었다. 눈앞으로 매혹적인 풍경이 드넓게 펼쳐졌다. 햇빛 쏟아지는 언덕과 평지들, 양옆으로 검은 나무들이 늘어선 도로, 반듯하게 각진 들판과 밝은 녹색을 띤 채소밭들. 그리고 먼발치로 거대한 급수탑도 보였다. 숨이 턱 막힐 정도로 멋진 풍경이었다. 정말 끝내주는군. 그는 생각했다. 그는 또다시 손을 뻗어 라디오를 켰다. 그리고 흘러나오는 음악에 맞춰 흥얼거리기 시작했다.

7분 후, 그는 광고판 하나를 지나쳤다. **척스 카페**Chuck's Cafe. 난 됐어, 척. 그는 생각했다. 그의 시선이 움푹 꺼진 곳에 파묻힌 회색 집 쪽으로 돌아갔다. 앞뜰에 보이는 저게 묘지인가? 아니면, 팔려고 내놓은 석고 조각상들?

그때 뒤에서 섬뜩한 소음이 들렸다. 만은 황급히 백미러를 들여다보았다. 순간 온몸이 바짝 얼어붙어 버렸다. 맹렬히 언덕을 올라온 트럭이 어느새 그를 바짝 뒤쫓고 있었다.

그는 입을 떡 벌린 채 속도계를 확인했다. 시속 백 킬로미터에 가까운 속도로 달리는 중이었다! 커브가 많은 내리막길에서 내기에는 무모한 속도였다. 그럼에도 트럭은 그 이상의 속도로 달리고 있음이 분명했다. 두 차의 거리가 빠르게 좁혀지는 것을 보면 말이다. 만은 마른침을 꿀꺽 삼키고 몸을 오른쪽으로 기울인 채 급커브를 돌아 나갔다. 저 자식, 정말 미쳤나? 그는 생각했다.

그의 시선이 앞의 도로를 황급히 훑었다. 8백 미터쯤 앞에 나들목이 보였다. 그는 그쪽으로 빠져나가기로 했다. 백미러는 트럭의 커다란 라디에이터 그릴로 가득 차 있었다. 그는 가속 페달을 더욱 힘껏 밟았다. 또다시 커브가 나타났고, 타이어는 도로면에서 불안하게 미끄러졌다. 이쯤에서 놈이 속도를 줄이겠지? 그는 생각했다.

하지만 외부로 쏠리는 압력에 탱크가 살짝 흔들릴 뿐 트럭은 무리 없이 커브를 돌고 있었다. 그의 입에서 끙 앓는 소리가 터져 나왔다. 만은 떨리는 입술을 꼭 다물고 급커브를 조심스레 돌아나갔다. 이제는 곧은 내리막길만이 기다리고 있을 뿐이었다. 그는 가속 페달을 힘껏 밟으며 속도계를 체크했다. 110킬로미터! 그는 그런 엄청난 속도로 차를 모는 데 익숙하지 않았다.

오른편으로 나들목이 빠르게 스쳐 지나갔다. 어차피 이런 속도로는 빠져나갈 수도 없었다. 섣불리 시도했다가는 차가 뒤집힐 게 뻔했다. 빌어먹을. 저 자식, 대체 왜 저러는 거야? 만은 홧김에 경적을 꽉꽉 눌러 대다가 갑자기 창문을 내리고 왼팔을 밖으로 내밀어 흔들었다. **"물러나!"** 그가 소리쳤다. 그리고 또다시 경적을 울렸다. "뒤로 물러나라고, 이 미친 자식아!"

트럭은 당장이라도 그의 차를 들이받을 기세였다. 저 자식이 날 죽이려 하고 있어! 공포에 질린 만은 생각했다. 그는 계속해서 경적을 울려 댔다. 그리고 두 손으로 핸들을 꽉 움켜잡고 다음 커브를 아슬아슬하게 돌아 나갔다. 그의 시선이 다시 백미러로 향했다. 트럭 라디에이터 그릴의 하단만이 보일 뿐이었다. 이러다 정말 큰일 나겠어! 뒤쪽 타이어가 도로면에서 미끄러졌다. 그는 황급히 가속 페달에서 발을 뗐다. 타이어의 접지면이 도로를 움켜쥐면서 차가 다시 앞으로 쏠렸다.

내리막길 먼발치로 척스 카페가 보였다. 트럭은 계속해서 만과의 거리를 좁혀 나갔다. 이건 미친 짓이야! 그는 분노와 공포에 단단히 사로잡혀 있었다. 고속도로는 다시 직선 코스로 접어들었다. 그는 페달을 힘껏 밟았다. 119…… 120킬로미터. 만은 도로 오른편에 바짝 붙은 채 계속 달려 나갔다.

잠시 후, 그가 갑자기 브레이크를 밟고 핸들을 오른쪽으로 급하게 꺾었다. 차는 카페 앞 빈터로 빠르게 파고들었다. 차의 뒷부분이 좌우로 미끄러지자 입에서 외마디 비명이 터져 나왔다. **핸들을 잘 돌려봐!** 머릿속에서 목소리가 외쳤다. 차가 미끄러지면서 사방으로 흙이 튀었고, 이내 뽀얀 먼지 구름이 일었다. 만은 있는 힘껏 브레이크를 밟고 핸들을 미친 듯이 꺾어 댔다. 그는 정신을 차리고 굉음을 내며 맹렬히 고속도로를 달려 나가는 트레일러 트럭을 바라보았다. 카페 앞에 주차된 차들을 들이받을 뻔한 위기를 기적적으로 넘긴 그가 브레이크를 더욱 힘껏 밟았다. 차의 뒷부분이 오른쪽으로 홱 틀어지면서 차가 반 바퀴 회전했다. 차는 카페 뒤편으로 30미터 더 미끄러져 들어가서야 비로소 멈춰 섰다.

만은 고동치는 정적 속에서 눈을 질끈 감고 있었다. 그의 가슴 속에서는 심장이 요동쳤다. 그는 연신 헐떡거렸다. 당장이라도 심장마비로 쓰러질 것만 같았다. 한참 후, 그는 눈을 뜨고 오른손으로 가슴을 지그시 눌렀다. 그의 심장은 아직도 쿵쾅대는 중이었다. 하긴, 이럴 만도 하지. 트럭에 받혀 죽을 뻔한 적이 언제 또 있었나?

그는 손잡이를 올려 문을 열고 차에서 내리려다가 멈칫했다. 안전벨트를 풀지 않은 사실을 깨달았기 때문이었다. 그는 덜덜 떨리는 손으로 버튼을 누르고 벨트 클립을 뽑았다. 그의 시선이 카페를 잠시 훑었다. 이 난리를 치며 들어온 손님을 어떻게 생각할까? 그는 궁금했다.

그는 비틀거리며 카페 입구로 다가갔다. 창문에 붙은 문구가 그의 눈에 들어왔다. **트럭 운전사 환영.** 순간 속이 울렁거렸다. 그는 몸서리를 치며 문을 열고 안으로 들어갔다. 그는 자신에게 집중된 다른 손님들의 시선을 의식하지 않으려 애썼다. 그에게는 그럴 기운조차 남아 있지 않았다. 그는 정면을 주시한 채 카페 뒤편으로 들어갔다. 그리고 '남자'라고 표시된 문을 열었다.

세면대 앞으로 다가간 그는 오른쪽 수도꼭지를 틀고 두 손으로 차가운 물을 받아 얼굴에 끼얹었다. 그는 복부에서부터 전해져 오는 전율을 통제하지 못했다.

그는 허리를 펴고 서서 종이 타월 몇 장을 뽑아 얼굴의 물기를 훔쳤다. 종이에서 나는 냄새가 얼굴을 찡그리게 만들었다. 그는 젖은 타월을 세면대 옆 쓰레기통에 떨어뜨리고 벽거울을 멀뚱히 들여다보았다. 정신이 좀 들어, 맨? 그가 마른침을 꿀꺽 삼키며 고개를 끄덕였다. 그는 주머니에서 금속 빗을 꺼내 들고 머리를 단정히 정리했다. 알 수 없어. 사람 일은 모르는 거라고. 몇 년째 지겹도록 이 길을 오가면서 단 한 번도 이런 적이 없었는데. 대체 내가 뭘 어쨌다고 저토록 무섭게 달려드는 거지? 앞으로는 절대 마음 놓고 다닐 수 없겠어. 지금껏 철석같이 믿어 온 논리와 당연하게 용인한 모든 것이 오늘 일로 와르르 무너져 내렸으니. 이제 여긴 무법지대 정글이 돼 버렸어. **인간은 짐승이면서 천사다.** 어디서 읽었더라? 그는 또다시 몸서리를 쳤다.

저 트럭을 모는 놈은 백 퍼센트 짐승이야.

그의 호흡은 다시 정상으로 돌아와 있었다. 만은 거울에 비친 자신의 얼굴을 들여다보며 애써 미소를 지었다. 자, 이제 됐어. 다 지나간 일이야. 끔찍한 악몽을 떨쳐 냈으니 샌프란시스코까지는 아무 일도 없을 거야. 호텔에 도착해서 고급 스카치위스키 한 병 주문해 놓고 뜨거운 물에 몸을 담그고 있으면 금세 잊힐 거라고. 그는 돌아서서 화장실을 나왔다.

순간 그는 움찔했다. 숨이 턱 막혀 버렸다. 바짝 얼어붙어 버린 가슴 속에서 심장이 다시 요동치기 시작했다. 그는 입을 딱 벌린 채 카페 창문을 내다보았다.

트레일러 트럭이 밖에 세워져 있었다.

만은 경악하며 트럭을 응시했다. 이럴 리가 없어. 분명 아까 여길 지나쳐 가는 걸 봤다고. 놈이 이겼어. **네가 이겼다고!** 앞에서 알짱거리던 차가 없어졌으니 이제 마음껏 질주하면 되잖아! **대체 왜 돌아온 거냐고!**

등골이 오싹해진 만이 주위를 둘러보았다. 손님 다섯 명이 식사를 하고 있었다. 세 명은 카운터에서, 두 명은 부스에서. 그는 아까 들어올 때 그들의 얼굴을 제대로 봐 두지 않은 자신을 질책했다. 그들 중 누가 트럭 운전사인지 알아볼 길이 없었다. 만의 다리가 후들거리기 시작했다.

그가 가까운 부스로 잽싸게 다가가 어색하게 앉았다. 기다려. 일단 기다려 보는 거야. 찬찬히 살펴보면 놈을 짚어 낼 수 있을 거라고. 그는 메뉴로 얼굴을 가린 채 손님들을 차례로 뜯어보기 시작했다. 저기 카키색 작업복 셔츠 입은 놈인가? 애석하게도 남자의 손은 잘 보이지 않았다. 그의 시선이 초조하게 실내를 훑어 나갔다. 양복 차림의 저 사람은 당연히 아닐 거고. 이제 세 명 남았군. 앞쪽 부스에 앉는 저놈은? 각진 얼굴에 검은 머리? 손을 봐야 확실히 알 수 있을 텐데. 카운터에 앉은 두 놈 중 하나가 아닐까? 만은 조심스레 그들을 지켜보았다. 아까 들어올 때 손님들 얼굴을 봐 뒀어야 했는데.

잠깐. 그는 생각했다. 젠장, **잠깐만!** 그래, 트럭 운전사는 분명 여기 들어와 있어. 더 이상 정신 나간 결투를 할 의향이 없다는 뜻이지 않을까? 척스 카페가 이 부근에서 요기를 할 수 있는 유일한 곳일 수도 있고. 게다가 지금은 점심시간이잖아. 안 그래? 어쩌면 트럭 운전사는 매번 이곳에 들러 끼니를 때워 왔는지도 몰라. 아까는 너무 속도를 내는 바람에 미처 주차장으로 들어올 수 없었을 거고. 그래서 속도를 줄이고 차를 돌려 이곳으로 왔을 거야. 그뿐이라고. 만은 뛰는 가슴을 진정시키고 메뉴를 들여다보았다. 그래. 그는 생각했다. 긴장할 거 없어. 맥주 한 잔 하면 곤두선 신경이 좀 가라앉을 거야.

카운터 뒤에서 여자가 걸어 나왔다. 그녀가 다가오자 만은 호밀빵 토스트로 만든 햄 샌드위치와 쿠어스 한 병을 주문했다. 그녀가 돌아서는 순간 그는 그냥 카페를 나서지 못한 자신을 질책했다. 잽싸게 차에 올라 이곳을 뜨는 게 상책이었어. 그랬다면 트럭 운전사의 반응도 즉각 확인할 수 있었을 텐데. 하지만 주문이 들어간 이상 식사가 끝날 때까지 기다릴 수밖에 없게 됐다. 자신의 어리석음에 실망한 그가 끙 앓는 소리를 냈다.

트럭 운전사가 나를 쫓아 나와 또 그러면 어쩌지? 그럼 여기 들어온 보람이 없어지잖아. 아무리 거리를 벌려 놔도 결국에는 따라잡히던데. 단지 그를 앞지르겠다고 130킬로미터, 140킬로미터의 속도로 밟아 대는 건 무모한 짓이고. 물론 그러다 보면 캘리포니아 고속도로 순찰대에 붙잡히게 될 수도 있겠지. 하지만 만약 그러지 않는다면?

만은 머릿속에서 우울한 생각들을 떨쳐 낸 후 뛰는 가슴을 진정시켜 보려 애썼다. 그가 고개를 들고 네 남자를 차례로 응시했다. 앞쪽 부스에 앉아 있는 각진 얼굴의 남자와 작업복 차림으로 카운터에 앉아 있는 땅딸막한 남자. 왠지 둘 중 하나가 트럭 운전사일 것 같았다. 만은 그들에게 다가가 누가 트럭의 주인인지 묻고 나서 짜증을 유발한 것에 대해 사과하고 싶은 충동에 휩싸였다. 상대는 이성적이지 않다. 어쩌면 조울병을 앓고 있는지도 모른다. 만은 무슨 말이라도 늘어놓아 성난 그를 달래 주고 싶었다. 맥주를 사 주고 나란히 앉아 화기애애하게 대화를 나누다 보면 깨끗이 해결될 수도 있었다.

하지만 그의 몸은 말을 듣지 않았다. 트럭 운전사의 화가 이미 다

풀려 버린 상태라면? 섣불리 다가갔다가 괜히 자극만 하게 된다면? 만은 자신의 우유부단함에 맥이 풀렸다. 웨이트리스가 다가와 샌드위치와 맥주를 테이블에 내려놓았다. 그는 힘없이 고개를 끄덕였다. 맥주를 한 모금 넘긴 그가 기침을 했다. 이 꼴을 보고 트럭 운전사가 재밌어 하고 있지 않을까? 만은 가슴 속에서 분노가 꿈틀대는 걸 느꼈다. 저 자식이 대체 뭔데 날 이리도 비참하게 만드는 거지? 여긴 자유 국가 아닌가? 응? 빌어먹을. 내게도 저 자식을 추월할 권리가 있다고!

"제기랄." 그가 웅얼거렸다. 그는 축 가라앉은 기분을 달래 보려 애썼다. 별것도 아닌 걸 가지고 내가 너무 오버하는 거 아닌가? 그가 앞쪽 벽에 붙은 공중전화를 바라보았다. 이곳 경찰에 연락해 내가 처한 상황을 알리는 게 어떨까? 하지만 그랬다간 그들이 도착할 때까지 여기서 꼼짝 없이 기다려야 할 텐데. 포브스를 바람맞히면 계약도 물건너 가 버리는 거잖아. 그리고 만약 트럭 운전사가 끝까지 자신의 결백을 주장한다면? 경찰이 그의 말만 믿고 아무 조치도 취하지 않는다면? 그들이 돌아가면 보나마나 트럭 운전사가 또다시 내게 화풀이를 해 댈 텐데. 처음 그랬던 것보다 훨씬 더 심하게. **맙소사!** 만은 가슴이 답답해져 오는 것을 느꼈다.

샌드위치의 맛은 밋밋했다. 맥주에서도 시큼한 맛이 났다. 만은 테이블만 빤히 내려다보았다. 젠장. 왜 아직도 여기서 이러고 있는 거지? 왜 겁에 질린 아이처럼 이러고 있느냐고! 당당하게 나서서 깨끗이 해결할 생각을 해야지.

왼손이 갑자기 경련을 일으켰고, 그 바람에 맥주가 바지 위로 쏟아졌다. 카운터에 앉아 있던 작업복 차림의 남자가 일어나 카페 앞쪽으로 걸어 나갔다. 순간 만의 가슴이 철렁 내려앉았다. 계산을 마친 남자가 웨이트리스로부터 거스름돈을 받아 챙긴 후 이쑤시개를 뽑아 들었다. 만은 유유히 카페를 나서는 그의 뒷모습을 초조하게 지켜보았다.

남자는 탱커 트럭에 오르지 않았다.

그럼 저 앞 부스에 앉은 놈인가 보군. 만은 잽싸게 기억을 더듬어 보았다. 각진 얼굴, 검은 눈, 검은 머리. 날 죽이려 했던 바로 그놈.

충동이 공포를 압도하자 만이 벌떡 일어났다. 그는 정면에 시선을 고정한 채 입구 쪽으로 걸어 나가기 시작했다. 더 이상 잠자코 앉아 있을 수만은 없었다. 그가 금전 등록기 앞에 멈춰 서서 깊은 숨을 한 번 들이쉬었다. 놈이 날 지켜보고 있을까? 그는 궁금했다. 침을 한 번 삼키고 오른쪽 바지 주머니에서 클립에 끼워진 지폐를 꺼냈다. 그의 시선이 잠시 웨이트리스에게 머물렀다. 침착해. 그가 계산서를 흘끔 내려다보았다. 떨리는 손이 잔돈을 찾아 다시 주머니로 들어갔다. 동전 몇 개가 떨어져 바닥을 뒹굴었다. 그는 모른 척 무시한 채 1달러 지폐와 25센트 동전을 카운터에 내려놓고 클립을 다시 주머니에 집어넣었다.

그때 앞쪽 부스에 앉아 있던 남자가 일어났다. 순간 만의 등골이 오싹해졌다. 그는 황급히 돌아서서 문을 벌컥 열어젖혔다. 그리고 곁눈질로 각진 얼굴의 남자가 금전 등록기 앞으로 다가가는 걸 보았다. 그는 휘청거리며 카페를 나왔다. 그리고 허둥대며 자신의 차로 향했다. 그의 입안은 다시 바짝 말라 있었다. 심장은 늑골을 부수고 나올 것처럼 요동쳤다.

갑자기 그가 내달리기 시작했다. 그의 뒤에서 카페 문이 닫히는 소리가 들려왔다. 그는 어깨 너머로 돌아보고 싶은 충동을 애써 외면했다. 놈이 나를 뒤쫓는 발소리인가? 만은 차문을 열고 어정쩡한 모습으로 운전석에 올랐다. 그는 바지 주머니를 뒤적여 열쇠를 꺼냈다. 너무 긴장한 탓에 하마터면 열쇠를 떨어뜨릴 뻔했다. 손이 심하게 떨려 점화 장치에 열쇠를 꽂는 게 쉽지 않았다. 압도적인 공포에 사로잡힌 그는 연신 낑낑거렸다. 제대로 좀 해 봐! 그가 속으로 외쳤다.

마침내 열쇠가 꽂히자 다급하게 힘껏 틀었다. 엔진에 시동이 걸리자 그는 기어를 주행에 걸고 가속 페달을 냅다 밟았다. 미끄러지듯 튀어 나간 차가 고속도로로 들어섰다. 트레일러 트럭도 신속히 후진해 카페를 빠져나오는 중이었다.

그의 가슴이 철렁 내려앉았다. "안 돼!" 그가 버럭 소리를 지르며 급브레이크를 밟았다. 이건 멍청한 짓이야! 내가 왜 저런 놈에게 쫓겨 다녀야 하지? 차가 옆으로 미끄러지며 멈춰 섰다. 어깨로 문을 밀고 밖으로 나온 그가 트럭을 향해 성큼성큼 걸어 나가기 시작했다. **좋아, 잭.** 그는 트럭 운전사를 매섭게 노려보았다. 나랑 한 판 뜨고 싶다 이거지? 좋아. 나도 더 이상 네놈과 죽음의 레이스를 벌이고 싶지 않다고.

트럭이 점점 속도를 내기 시작했다. 만이 오른팔을 번쩍 들어 보였다. "이봐!" 그가 소리쳤다. 그는 트럭 운전사가 자신을 보았다는 걸 알고 있었다. **"이봐!"** 그는 트럭을 향해 내달렸다. 트럭은 요란한 굉음을 내며 고속도로로 빠져나갔다. 광기에 사로잡힌 그는 전력을 다해 트럭을 추격했다. 트럭 운전사가 기어를 바꾸자 트럭의 속도가 한층 빨라졌다. "멈춰!" 만이 소리쳤다. "빌어먹을. 거기 서라고!"

그가 멈춰 서서 가쁜 숨을 몰아쉬었다. 그리고 고속도로를 따라 점점 멀어져가는 트럭을 바라보았다. 잠시 후, 트럭은 언덕 뒤로 자취를 감추어 버렸다. "개자식." 그가 웅얼거렸다. "빌어먹을 개자식."

그는 터덕터덕 걸어 자신의 차로 돌아갔다. 어쩌면 트럭 운전사는 만과의 주먹다짐이 두려워 달아난 것인지도 몰랐다. 그럴 듯한 시나리오였지만 아닐 가능성이 더 컸다.

다시 차에 오른 그가 출발하려다 말고 마음을 바꾸어 시동을 껐다. 어쩌면 그 미치광이 놈이 시속 25킬로미터로 느릿느릿 달리고 있을지도 몰라. 내가 따라잡을 수 있도록. 그건 안 될 일이지. 그는 생각했다. 아무래도 약속 시간엔 못 맞춰 가겠어. 과연 포브스가 기다려줄까? 설령 기다려 주지 않는다 해도 상관없어. 놈은 자기가 이겼다고 생각하고 의기양양하게 제 갈 길을 가겠지? 그가 씩 웃었다. 그래, 잭. 네놈이 이겼어. 이 게임은 내가 진 걸로 하자고. 그러니 이젠 제발 좀 꺼져 줘. 그는 고개를 저었다. 살다 보니 별 일을 다 겪게 되는군.

진작 이랬어야 했는데. 갓길에 멈춰 서서 놈이 멀리 가 버릴 때까지 기다렸어야 했어. 그랬으면 그놈도 단념하고 분을 삭였을 거야. 아니, 나 말고 또 다른 차를 괴롭혔으려나? 상상만으로도 끔찍했다. 혹시 운전 중 따분함을 날려 버리기 위해 일부러 그러는 게 아닐까? 하느님 맙소사! 정말로 사람이 그럴 수 있는 건가?

그는 계기판 시계를 들여다보았다. 12시 30분을 막 지난 시각이었다. 워우. 그는 생각했다. 그 자식과 처음 엮였을 때부터 한 시간도 채 지나지 않았잖아. 그는 시트에 앉은 채로 몸을 뒤척이다가 두 다리를 곧게 뻗어 스트레칭을 했다. 그런 다음, 문에 몸을 기댄 채 눈을 감았다. 내일과 모레 해야 할 일들이 속속 머릿속에 떠올랐다. 오늘은 완전 공쳐 버렸어. 정말 최악의 날이야.

그는 스르르 잠에 빠져들기 전에 다시 눈을 떴다. 어느새 11분이 흘러가 버렸다. 더 이상 허비할 시간이 없었다. 지금쯤이면 놈이 멀리 벗어났는지도 몰라. 그는 생각했다. 20킬로미터쯤 갔으려나? 그 정도면 충분해. 어차피 늦은 거, 무리할 필요 없잖아.

만은 안전벨트를 제대로 매고 다시 시동을 걸었다. 그런 다음, 기어를 주행에 걸고 어깨 너머를 살피며 조심스레 고속도로로 들어섰다. 다른 차는 한 대도 보이지 않았다. 운전하기에 딱 좋은 날이었다. 모두가 집에 틀어박혀 있는 모양이군. 저 미친놈이 여기서 나름 유명한가 봐? 저런 미치광이가 고속도로에 들어와 있으니 다들 차고에서 차를 빼지 않잖아. 만은 킥킥 웃으며 먼발치 커브를 향해 달려 나갔다.

하지만 잠시 후, 그의 오른발이 반사적으로 브레이크 페달을 힘껏 밟았다. 그의 차는 쭉 미끄러지며 간신히 멈춰 섰다. 그의 시선은 80미터쯤 앞 갓길에 세워진 트레일러 트럭에 고정돼 있었다.

만은 온몸이 마비가 된 듯한 기분을 느꼈다. 그는 자신의 차가 동부행 차선을 막고 있다는 걸 알고 있었다. 유턴을 하든 고속도로를 벗어나든 둘 중 하나를 선택해야만 했다. 하지만 그는 계속해서 입을 떡 벌린 채 트럭만을 바라볼 뿐이었다.

그의 뒤에서 누군가가 경적을 울렸다. 깜짝 놀란 그는 외마디 비명을 지르며 두 다리를 오므렸다. 그가 고개를 들고 백미러를 들여다보았다. 노란색 스테이션 왜건이 빠르게 달려오고 있는 게 보였다. 그 차가 갑자기 동부행 차선으로 넘어가면서 만의 백미러에서 자취를 감추어 버렸다. 만은 몸을 홱 틀고 창밖을 내다보았다. 스테이션 왜건이 무서운 속도로 그를 스치고 지나갔다. 차의 뒤쪽 타이어가 도로

면에 미끄러지면서 거슬리는 소리를 냈다. 그 차의 운전자는 인상을 쓰며 욕을 퍼부어 대는 중이었다.

서부행 차선으로 돌아온 스테이션 왜건이 다시 속도를 높였다. 그리고 보란 듯이 트럭을 유유히 지나쳐 달려 나갔다. 그 광경을 지켜보는 만에게 묘한 기분이 찾아들었다. 스테이션 왜건 운전자에게는 아무 일도 벌어지지 않았다. 트럭 운전사의 표적은 오로지 만뿐이었다. 믿기 힘든 일이었지만 분명 그의 눈앞에서 현실로 펼쳐지고 있었다.

그는 갓길로 빠져나와 다시 멈춰 섰다. 기어는 중립에 걸어 놓았다. 그가 등받이 몸을 붙이고 트럭을 응시했다. 그의 머릿속이 다시 욱신거려 왔다. 관자놀이에서는 맥박이 소리를 줄여 놓은 시계처럼 뛰고 있었다.

대체 뭘 어쩌려고 저러지? 차를 세워 두고 걸어서 다가가면 놈은 분명 트럭을 몰고 물러갈 거야. 그리고 어딘가에 또다시 멈춰 서서 나를 기다리겠지. 상대는 정신병자가 틀림없었다. 그의 속이 다시 울렁거려 왔다. 심장은 흉벽을 묵직하게 두들겨 대고 있었다. 이젠 어쩐다?

화가 머리끝까지 치밀어 오른 만은 충동적으로 기어를 넣고 가속 페달을 힘껏 밟았다. 차의 타이어가 잠시 헛돌다가 이내 도로면을 움켜쥐었다. 차는 맹렬히 고속도로를 질주해 나갔다. 기다렸다는 듯 트럭이 움직이기 시작했다. 시동을 켜 놓고 이 순간을 기다려 왔던 거야! 만은 덜컥 겁이 났다. 자신의 암울한 운명을 깨달았기 때문이었다. 트럭이 살짝 움직여 도로를 막아 버린다면 그는 트레일러를 들이받게 될 것이 뻔했다. 맹렬한 폭발과 불길에 휩싸여 재로 변해 가는 자신의 모습이 눈앞에 떠올랐다. 황급히 브레이크를 밟았다. 차가 미끄러지지 않도록 너무 힘주어 밟지 않으려 애썼다.

안전한 제동이 가능해지자 그는 다시 갓길로 빠져나갔다. 차가 멈춰 서자 그는 기어를 다시 중립에 걸어 놓았다.

트럭은 70미터쯤 떨어진 지점에 멈춰 서 있었다.

만은 손가락으로 핸들을 톡톡 두드렸다. 이젠 어떡하지? 그는 생각했다. 유턴해서 동쪽으로 돌아가야 하나? 샌프란시스코로 통하는 또 다른 길을 찾아 봐야 하는 거야? 그런다고 트럭 운전사가 이 장난을 포기할까? 그가 입술을 꼭 다물고 으르렁거렸다. 아니! 난 돌아가지 않을 거야!

표정이 딱딱하게 굳어졌다. 그렇다고 여기서 이렇게 죽치고 기다리고만 있을 순 없잖아. 그가 손을 뻗어 기어를 주행에 걸었다. 그리고 천천히 차를 몰아 다시 고속도로로 올라갔다. 거대한 트레일러 트럭도 그를 따라 움직이기 시작했지만 속도를 내지는 않았다. 그는 트럭과의 거리를 30미터 정도로 유지한 채 브레이크에 발을 얹었다. 그의 눈이 속도계를 훑었다. 시속 65킬로미터. 트럭 운전사는 운전석 창문 밖으로 왼팔을 내밀고 살랑살랑 흔드는 중이었다. 저건 또 무슨 뜻이지? 생각이 바뀐 건가? 자기가 너무 심했다는 걸 이제야 깨달은 거야? 아니. 절대 그럴 리가 없어.

그는 정면을 바라보았다. 산으로 에워싸인 곳이었지만 도로는 어느 쪽으로도 기울어져 있지 않았다. 그는 손톱으로 경적을 가볍게 두드리며 골똘한 생각에 잠겼다. 지금 이 속도를 유지한 채 샌프란시스코까지 가 보는 건 어때? 지금처럼 충분한 거리를 유지하면 더 이상 놈의 배기가스에 시달리는 일은 없을 거야. 트럭 운전사가 갑자기 멈취 서서 그의 앞길을 완전히 막아 버릴 가능성은 거의 없었다. 만약 트럭이 갓길로 빠져 그에게 추월할 공간을 내 준다면 그도 고속도로를 포기할 의향이 있었다. 비록 짜증은 나겠지만 적어도 무사히 목적지에 도달할 수는 있을 테니까.

하지만 잘만 하면 트럭을 완전히 따돌릴 수도 있을 것 같은데. 물론 놈도 내가 그렇게 도발해 주기를 바라고 있겠지? 하지만 저 정도 크기의 트럭이 내 차와 같은 기동성이 있을 리 없잖아. 역학적으로 한 번 따져 보라고. 덩치가 큰 만큼 안정성은 떨어질 수밖에 없어. 특히 뒤에 달고 다니는 저 트레일러 때문에. 가다 보면 분명 오르막이 몇 번 나올 거야. 내가 거기서 시속 130킬로미터로 치고 나가면 둔한 트럭이 멀리 뒤처지지 않겠어?

물론 언제까지나 그 무시무시한 속도를 유지할 수는 없겠지만. 그는 지금껏 그토록 빨리 차를 몰아 본 적이 없었다. 하지만 생각할수록 끌리는 아이디어였다. 다른 옵션들보다는 확실히 매력적이었다.

마침내 그는 결심했다. **좋아.** 그가 정면을 살핀 후 가속 페달을 힘껏 밟고 동부행 차선으로 들어갔다. 트럭이 가까워져 오자 그는 놈이 또다시 앞을 막아설지 모른다는 생각에 바짝 긴장했다. 하지만 서부행 차선에 멈춰 선 트럭은 꿈쩍도 하지 않았다. 만의 차는 거대한 트럭을 쏜살같이 스치고 지나갔다. 트럭의 운전석 문에는 '켈러KELLER'라고 적혀 있었다. '킬러KILLER'로 잘못 읽은 그가 움찔하며 페달에서 발을 떼려고 했다. 하지만 이름을 제대로 확인한 후 안도하며 다시 페달을 꾹 밟았다. 그는 백미러로 트럭을 지켜보며 서부행 차선으로 돌아왔다.

그의 몸이 바르르 떨렸다. 공포와 만족감이 교차하는 야릇한 순간이었다. 트럭이 속도를 내며 따라오기 시작했다. 놈의 의도가 분명해졌다는 사실이 그에게 묘한 위안이 돼 주었다. 또한 놈의 얼굴과 이름을 알게 된 후로는 막연한 두려움도 많이 가셨다. 지금까지는 얼굴 없고, 이름 없는, 미지와 공포의 화신이었지만 이제는 멀쩡한 인간에 불과해졌다. 좋아, 켈러, 자주색과 은색으로 멋들어지게 치장한 네놈의 고철덩어리가 날 따라잡을 수 있는지 보자고. 그가 속으로 외쳤다. 그리고 가속 페달을 더욱 힘껏 밟았다. **어디 한번 붙어 보자고.** 그는 생각했다.

그가 속도계를 흘끔 들여다보았다. 겨우 시속 120킬로미터로 달리는 중이었다. 그가 인상을 찌푸리며 페달을 끝까지 밟았다. 그의 시선이 눈앞 도로와 속도계를 번갈아 살폈다. 마침내 속도계 바늘이 130킬로미터에 걸쳐졌다. 그제야 그는 안도할 수 있었다. 됐어, 켈러, 이 개자식, 어디 한번 쫓아와 보시지. 그는 생각했다.

잠시 후, 그는 백미러를 다시 들여다보았다. 트럭이 계속 따라오고 있나? 흠칫 놀란 그가 황급히 속도계를 체크했다. 빌어먹을! 속도는 어느새 120킬로미터 가까이 떨어져 있었다. 흥분한 그가 가속 페달을 거칠게 밟아 댔다. **130킬로미터 밑으로는 절대 떨어져선 안 돼!** 만의 가슴이 심하게 요동쳤고, 호흡은 발작적으로 바뀌었다.

그의 시선이 갓길 나무 아래 세워진 베이지색 세단으로 돌아갔다. 젊은 커플이 차 안에 앉아 대화를 나누고 있었다. 그들의 세상은 순식간에 멀어져 갔다. 내가 지나쳐 가는 걸 보기는 했을까? 왠지 그랬을 것 같지 않았다.

머리 위로 걸쳐진 다리의 그림자가 보닛과 앞 유리 위로 떨어지자 그가 흠칫 놀랐다. 그는 헐떡거리며 가쁜 숨을 몰아쉬었다. 그의 시선이 또다시 속도계로 돌아갔다. 그의 차는 시속 130킬로미터를 유지하고 있었다. 그가 백미러를 살폈다. 내가 잘못 봤나? 트럭이 점점 거리를 좁혀 오는 중이잖아. 그가 불안감에 가득 찬 눈으로 정면을 응시했다. 곧 다음 마을이 나올 거야. 시간이 더 지체돼도 상관없어. 경찰서가 눈에 들어오는 대로 냅다 뛰어 들어가 내게 무슨 일이 있었는지 들려줄 거야. 당연히 내 말을 믿어 주겠지? 바빠 죽겠는 내가 거짓말이나 늘어놓으려고 그런 법석을 떨겠어? 보나마나 켈러는 이 지역에서 악명이 꽤 높을 거야. **오, 물론 저희도 잘 알고 있습니다.** 그의 머릿속에서 얼굴 없는 경관이 말했다. **그렇지 않아도 벼르던 중인데 이번에 그 미친놈을 잡아 뜨거운 맛을 보여 줘야겠어요.**

만은 몸서리를 치며 백미러를 들여다보았다. 트럭은 계속해서 조금씩 거리를 좁혀 오고 있었다. 그는 움찔하며 속도계를 체크했다. 빌어먹을, 운전에만 집중하라고! 머릿속 목소리가 으르렁거렸다. 또다시 120킬로미터로 떨어졌잖아! 그는 스스로에게 성을 내며 다시 가속 페달을 꾹 밟았다. 130! 반드시 130을 넘겨야 해! 그는 속으로 외쳐 댔다. 살인자가 추격 중이라는 걸 잊지 말라고!

꽃으로 뒤덮인 들판이 나타났다. 라일락. 하얀색과 자주색을 띤 꽃들이 끝도 없이 널려 있었다. 고속도로 인근에 작은 판잣집 한 채가 세워져 있는 게 보였다. 외벽에는 '싱싱한 꽃'이라고 적혀 있었다. '장례식용'이라고 조잡하게 적어 놓은 크고 네모난 갈색 판지가 판잣집에 기대어져 있었다. 만은 문득 온몸이 기괴한 마네킹처럼 창백하게 칠해진 상태로 관 속에 들어가 누워 있는 자신의 모습을 떠올렸다. 진한 꽃향기가 그의 코를 파고드는 것 같았다. 맨 앞줄에 앉아서 고개를 푹 숙이고 있는 루스와 아이들. 그리고 친척들……

갑자기 포장된 도로가 거칠어지면서 차가 덜덜 진동하기 시작했다. 그의 머릿속에서 날카로운 통증이 느껴졌다. 뻣뻣해진 핸들을 꽉 움켜잡은 그의 두 손으로 진동이 전해졌다. 그는 백미러를 다시 체크할 용기가 나지 않았다. 어떻게든 지금의 속도를 계속 유지해 나가야만 했다. 켈러가 알아서 속도를 줄여 줄 리 없으니. **하지만 타이어에 펑크가 난다면?** 그렇게 된다면 그는 통제력을 상실하고 말 것이다. 만은 머릿속으로 데굴데굴 구르는 트럭을 떠올렸다. 굉음을 내며 굴러 떨어지는 트럭, 폭발하는 연료 탱크, 잿더미로 변한 채 트럭에 깔려 버린 켈러의 몸뚱이, 그리고……

거친 도로면이 지나자 그의 시선이 다시 백미러로 돌아갔다. 트럭과의 거리는 줄어들지도, 늘어나지도 않았다. 만은 다급하게 정면을 살폈다. 보이는 것이라고는 언덕과 산들뿐이었다. 그는 아직도 자신이 유리한 입장이라 굳게 믿고 있었다. 지금의 속도를 유지하며 경사진 도로를 오르면 충분히 놈을 따돌릴 수 있을 것 같았다. 문제는 내리막이었다. 거대한 트럭이 맹렬히 쫓아와 그의 차를 우악스럽게 들이받는 상황이 자꾸 만의 뇌리를 스쳤다. 트럭에 떠밀린 차가 절벽 밑으로 추락하는 아찔한 이미지도. 그는 먼발치 협곡에 수북이 쌓여 있을지 모르는 박살 나고 녹슨 차들과 처참한 몰골의 시체들을 떠올려 보았다. 켈러에게 쫓기다가 억울하게 죽임을 당한 무고한 피해자들.

만의 차는 나무가 바람막이처럼 줄지어 늘어선 섹션으로 빠르게 파고들었다. 1미터 간격으로 심어진 유칼립투스들은 높은 절벽을 연상시켰다. 칙칙한 잎들로 뒤덮인 잔가지들이 앞 유리에 스치자 만이 움찔했다. 맙소사! 그는 생각했다. 어느새 그는 도로를 벗어나 있었다. 여기서 겁을 먹는다면 그는 죽은 목숨이나 다름없었다. 젠장! 켈러 저놈에게 좋은 일만 시켜줄 순 없지! 그 생각에 그의 정신이 번쩍 들었다. 그는 각진 얼굴의 운전사가 불타는 잔해를 지나쳐 가며 숨넘어가게 웃는 모습을 상상해 보았다. 손도 대지 않고 사냥감을 하나씩 죽여 가는 악마의 모습을.

　마침내 만의 차가 유칼립투스 구간을 벗어났다. 앞의 도로는 더 이상 곧게 뻗어 있지 않았다. 작은 언덕들이 가까워질수록 커브도 점점 늘어났다. 만은 가속 페달을 더욱 힘껏 밟았다. 130킬로미터, 거의 135킬로미터에 육박하는 속도였다.

　그의 왼편으로 드넓게 펼쳐진 초록 언덕들은 주변 산들과 뒤섞여 있었다. 그는 흙길을 따라 고속도로 쪽으로 달려오는 검은 차를 발견했다. **측면이 하얀색 맞지?** 만의 심장이 쿵쾅거리기 시작했다. 그는 충동적으로 오른손을 핸들에 얹고 경적을 길게 울렸다. 새된 경적 소리가 그의 귀를 쩌렁쩌렁 울려 댔다. 가슴 속에서는 심장이 미친 듯이 요동치고 있었다. 순찰차인가? **그런 것 같은데.**

　그가 갑자기 경적에서 손을 뗐다. **아니야. 경찰이 아니야.** 젠장! 순간 격렬한 분노가 끓어올랐다. 보나마나 켈러는 이 굴욕적인 상황을 재밌게 구경하고 있을 거야. 발을 동동 구르며 웃느라 정신이 없겠지? 만의 머릿속에서 트럭 운전사의 거칠고 능글맞은 목소리가 울려 퍼졌다. **경찰이 쪼르르 달려와 네놈을 구해 줄 거라 생각했어? 응? 아무리 발광을 해 대도 소용없어. 넌 결국 내 손에 죽게 될 테니까.** 만의 심장이 흉포한 증오로 뒤틀렸다. **개자식!** 그가 속으로 외쳤다. 그는 오른손으로 주먹을 쥐고 시트를 힘껏 내리쳤다. 죽여 버릴 거야, 켈러! 내가 널 죽여 버릴 거라고!

언덕들은 어느새 바짝 다가와 있었다. 이제 곧 경사지고 구불구불한 코스가 길게 이어지게 될 것이다. 만의 가슴 속에서 한줄기 희망이 꿈틀거렸다. 그는 바로 이 구간에서 최대한 거리를 벌려 놓을 생각이었다. 제 아무리 애를 써도 켈러의 트럭으로, 그것도 오르막에서 130킬로미터의 속도를 내는 건 불가능한 일일 것이다. 하지만 난 그게 가능하지! 그가 속으로 의기양양하게 외쳤다. 그가 입안에 고인 침을 꿀꺽 삼켰다. 그의 셔츠 등 부분은 땀으로 흥건히 젖어 있었다. 땀은 그의 옆구리를 따라 연신 흘러내렸다. 목욕과 술 한 잔. 샌프란시스코에 도착하자마자 그가 가장 먼저 할 것들이었다. 뜨거운 물에 몸을 담그고 앉아 시원하게 한 잔 하면 정말 환상일 거야. 커티삭Cutty Sark. 그는 그 완벽한 순간을 위해 아낌없이 돈을 쓸 생각이었다. 그는 그걸 누릴 자격이 충분했다.

차는 낮은 언덕을 오르기 시작했다. 빌어먹을, 이 정도 경사로는 어림도 없단 말이야! 가속이 충분히 붙은 트럭은 감속 없이 그를 따라 올라올 것이다. 만은 앞 유리 밖으로 펼쳐진 지형이 원망스러웠다. 어느새 차는 언덕 정상을 찍고 경사면을 내려가는 중이었다. 그는 백미러를 체크했다. **각이 졌어.** 저 트럭의 모든 것이 각 져 있어. 라디에이터 그릴, 펜더 모양, 범퍼 끝부분, 운전석의 윤곽, 심지어는 켈러의 손과 얼굴까지. 그는 트럭을 오로지 본능에 따라서만 자신을 추격하는 거대한 존재로 그려 보았다. 비정하고 잔인한 독립체.

그때 만의 입에서 공포에 질린 외마디 비명이 터져 나왔다. 먼발치 표지판이 눈에 들어왔기 때문이었다. **공사 중.** 그는 휘둥그레진 눈으로 끝없이 펼쳐지는 고속도로를 바라보았다. 이미 두 개의 차선이 폐쇄된 상태였다. 커다란 검은 화살표가 교체 경로를 안내하고 있었다! 패닉에 빠진 그가 끙 앓는 소리를 냈다. 안내된 길은 비포장도로였다. 그의 발이 자동적으로 브레이크에 얹어졌다. 그는 페달을 밟으며 멍한 얼굴로 백미러를 들여다보았다. 트럭은 그 어느 때보다도 맹렬히 달려오고 있었다! **말도 안 돼!** 공포의 표정이 떠오른 만의 얼굴은 딱딱하게 굳어져 있었다. 그는 황급히 오른쪽으로 방향을 꺾었다.

앞쪽 타이어가 비포장도로에 닿는 순간 그의 몸이 바짝 얼어붙어 버렸다. 그는 차 뒤편이 홱 돌아가 버릴까 봐 두려웠다. 그는 후미가 왼쪽으로 쏠리고 있음을 감지했다. "안 돼, 이러면 안 된다고!" 그는 절규했다. 흙길로 미끄러져 내려온 그가 양쪽 팔꿈치를 옆구리에 단단히 고정시킨 채 핸들을 꼭 움켜쥐었다. 타이어가 깊이 팬 바퀴 자국에 갇혀 버리자 핸들을 꺾기가 힘들어졌다. 차창이 요란하게 덜거덕거렸다. 연신 앞뒤로 꺾이는 그의 목에서 통증이 느껴졌다. 안전벨트에 묶인 그의 몸은 시트 위에서 거칠게 들썩거렸다. 차가 튀어오를 때마다 그의 척추에 강한 충격이 가해졌다. 꽉 다물려 있던 어금니가 풀리면서 앞니가 입술 안쪽을 파고들었다. 그의 입에서 새된 비명이 터져 나왔다.

차의 후미가 오른쪽으로 틀어지자 입이 떡 벌어졌다. 그는 다급하게 핸들을 왼쪽으로 꺾었다가 이내 날카롭게 숨을 내쉬며 다시 반대쪽으로 돌렸다. 우측 후미 범퍼가 울타리 기둥을 들이받자 그는 또다시 비명을 내질렀다. 그는 브레이크를 급히 밟고 통제력 회복을 위해 애썼다. 차의 후미는 왼쪽으로 틀어졌고, 미끄러지는 타이어는 사방으로 흙먼지를 날려 댔다. 만의 목구멍에서 비명이 솟구쳐 올랐다. 그는 핸들을 미친 듯이 꺾어 댔다. 차는 다시 오른쪽으로 기울어졌다. 그가 핸들을 부지런히 놀린 덕분에 차는 다시 원래 코스로 돌아올 수 있었다. 그의 머리는 심장이 뛸 때마다 경련이 일어난 듯 욱신거렸다. 입 안에 피가 고이자 그가 기침을 시작했다.

흙길은 예고도 없이 끝이 났다. 포장도로로 올라선 차는 다시 안정을 되찾았다. 그제야 만은 백미러를 살필 여유가 생겼다. 트럭은 속도가 줄어 있었지만 여전히 그를 추격 중이었다. 좌우로 흔들리는 트럭은 꼭 폭풍 속 화물선을 보는 듯했다. 트럭의 커다란 타이어들이 자욱한 먼지 구름을 일으켰다. 만이 가속 페달을 꾹 밟자 차가 앞으로 왝 쏠렸다. 좋아. 가파른 오르막이 나타났어. 여기서 거리를 최대한 벌려 놓는 거야. 피를 삼키던 그가 역한 맛에 얼굴을 찌푸렸다. 그는 바지 주머니에서 손수건을 꺼내 피로 범벅이 된 입술에 갖다 댔다. 눈은 바짝 다가온 오르막에 단단히 고정돼 있었다. 이제 50미터도 채 남지 않았어. 그가 앉은 채로 몸을 꼼지락거렸다. 땀으로 흥건히 젖은 속셔츠는 그의 몸에 찰싹 달라붙어 있었다. 그가 다시 백미러를 들여다보았다. 트럭은 이제야 포장도로로 들어서는 중이었다. **거참 안 됐군!** 그는 독기 어린 표정으로 생각했다. 이번엔 못 따라잡겠지, 응? 안 그래, 켈러?

그의 차가 오르막에 닿았을 때 보닛 아래서 김이 모락모락 피어오르기 시작했다. 순간 만은 바짝 얼어붙었다. 그의 눈은 충격에 휘둥그레졌다. 자욱한 연기가 안개처럼 그의 시야를 가려 놓았다. 만의 눈이 다급하게 계기판을 훑었다. 빨간 경고등은 켜지지 않았다. 하지만 잠시 후면 켜질 게 분명했다. 왜 갑자기 이렇게 된 거지? 이제야 저놈으로부터 벗어나나 했는데! 눈앞 오르막은 길고 완만했다. 게다가 커브도 많았다. 여기서 멈출 수는 없었다. 갑자기 유턴을 해서 내려가 볼까? 문득 떠오른 아이디어였다. 그의 시선이 정면을 살폈다.

언덕으로 에워싸인 고속도로의 폭은 너무 좁았다. 한 번에 유턴을 할 만한 충분한 공간이 없었다. 전진과 후진을 반복하며 차를 돌릴 시간적 여유도 없었고. 만약 그랬다가는 킬러가 방향을 틀어 그를 정면으로 들이받을 게 뻔했다. "오, 맙소사!" 만이 웅얼거렸다.

여기서 이렇게 죽는 건가?

그는 공포에 질린 눈으로 정면을 응시했다. 끊임없이 피어오르는 김 때문에 시야 확보가 쉽지 않았다. 그때 문득 동네 세차장에서 엔진을 증기 세탁했던 기억이 그의 뇌리를 스치고 지나갔다. 그곳 직원은 그에게 증기 세탁이 냉각수 호스를 손상시킬 수 있다면서 교체를 권했었다. 그때 만은 고개를 끄덕이며 조금만 더 버텨 보겠다고 했었다. **더 버텨 보겠다고?** 그는 그때 직원의 말을 듣지 않았던 것을 후회했다. 그가 권하는 대로만 했어도 여기서 허망하게 죽는 일은 없었을 텐데.

계기판에 경고등이 켜지자 그는 두려움에 떨며 흐느꼈다. 무의식적으로 검은 바탕에 빨갛게 떠오른 '핫HOT'이라는 단어로 시선을 가져갔다. 그가 헐떡거리며 기어를 저속으로 바꿔 걸었다. 아까 진작 바꿨어야 했는데! 그가 다시 정면을 바라보았다. 오르막은 끝이 보이지 않았다. 라디에이터 안에서 냉각수가 끓는 소리를 똑똑히 들을 수 있었다. 냉각수가 얼마나 남아 있을까? 피어오른 김이 앞 유리를 뿌옇게 만들어 놓았다. 그는 손을 뻗어 계기판 손잡이를 잡고 돌렸다. 와이퍼가 부채꼴로 움직이며 앞 유리를 닦았다. 꼭대기까지 오를 만큼은 남아 있을 거야. 다 올라가서는? 그의 머릿속에서 목소리가 울부짖었다. 냉각수 없이는 내리막 운전도 위험하다고. 그는 다시 백미러를 들여다보았다. 트럭과의 거리는 점점 벌어지고 있었다. 만은 끓어오르는 분노에 으르렁거렸다. **그 빌어먹을 호스만 아니었어도 지금쯤 저 놈에게서 멀리 벗어나 있었을 텐데!**

차가 갑자기 흔들리자 그의 가슴이 철렁 내려앉았다. 급브레이크를 잡고 차에서 뛰어내리면, 그리고 뛰어서 마저 올라가면 되지 않을까? 지금이 절호의 기회인데. 하지만 그는 차마 차를 멈춰 세울 수가 없었다. 알아서 멈출 때까지 버티는 편이 나을 것 같았다. 여기서 차를 버렸다가는 또 무슨 일을 당하게 될지 몰랐다.

만은 겁에 질린 눈으로 오르막을 올려다보았다. 곁눈질로라도 계기판의 빨간 경고등을 보지 않으려 애썼다. 그의 차는 조금씩 굼떠져 가는 중이었다. 조금만 더, 조금만 더 버텨 봐. 그는 속으로 애원했다. 물론 가망이 없다는 건 그도 잘 알고 있었다. 차체의 덜컹거림은 갈수록 심해졌다. 그의 귓속은 라디에이터 소음으로 가득 차 있었다. 언제 모터가 멎어 버릴지 모르는 상황이었다. 차가 멈춰 서는 순간 그는 놈의 손쉬운 표적이 되고 말 것이다. 안 돼. 그는 생각했다. 그는 머릿속에서 불길한 생각을 지워 내려 애썼다.

어느새 그는 오르막 끝에 거의 도달해 있었다. 백미러를 살피니 트럭이 점점 가까워져오는 게 보였다. 그가 가속 페달을 힘껏 밟자 모터에서 거슬리는 소음이 터져 나왔다. 그는 끙 앓는 소리를 냈다. 마저 올라가야 해! 제발, 하느님, 도와주소서! 그가 속으로 외쳤다. 고지가 코앞으로 다가와 있었다. 조금만 더, 조금만 더. 그래. "그렇게." 진동하는 차 안에서 무언가가 철커덕거렸다. 보닛 밑에서는 엔진 오일과 연기와 김이 솟구쳐 오르고 있었다. 앞 유리 와이퍼는 여전히 좌우로 요동치는 중이었다. 만의 머리가 심하게 욱신거렸다. 그의 두 손은 감각을 잃은 상태였다. 정면을 응시하는 그의 가슴 속에서 심장이 쿵쾅거렸다. 조금만 더 힘을 주소서, 하느님, 도와주소서. 조금만, 조금만 더!

됐어! 심하게 떨리는 차가 내리막에 접어들자 만의 입에서 함성이 터졌다. 그는 기어를 중립에 걸어 놓고 차와 함께 미끄러져 내려가기 시작했다. 순간 환희가 그의 목 안에서 잠겨 버렸다. 시야에 끝없이 첩첩이 늘어선 언덕들이 들어왔기 때문이었다. 걱정할 거 없어! 한동안 내리막이 이어질 테니까. 차 옆으로 표지판 하나가 스쳐 지나갔다. **트럭은 여기서부터 20킬로미터 지점까지 저속 기어로 갈 것.** 20킬로미터! 뭔가가 또 나오는 모양이지? 분명 그럴 거야.

차에 점점 속도가 붙기 시작했다. 만은 속도계를 흘끔 들여다보았다. 75킬로미터. 빨간 경고등은 여전히 켜져 있었다. 그나마 모터를 오랫동안 아낄 수 있어서 다행이야. 20킬로미터를 가는 동안 많이 식혀 둬야지. 놈도 많이 뒤처져 있으니.

차의 속도는 80킬로미터에 달해 있었다. 그리고…… 82킬로미터. 만은 속도계 바늘이 오른쪽으로 천천히 기우는 걸 지켜보았다. 그의 시선이 다시 백미러를 훑었다. 트럭은 아직 모습을 드러내지 않고 있었다. 잘하면 거리를 더 벌일 수도 있겠어. 모터만 과열되지 않았어도 진작 저놈으로부터 완전히 벗어났을 텐데. 가다 보면 어딘가에 멈춰 설 만한 데가 나타날 거야. 바늘은 90킬로미터를 넘어 95킬로미터를 향해 기울어 가는 중이었다.

그는 또다시 백미러를 살폈다. 어느새 트럭은 언덕을 넘어 내리막을 달려 내려오고 있었다. 만은 바르르 떨리는 입술을 굳게 다물었다. 그의 시선은 모락모락 피어오르는 김 너머의 도로와 백미러를 연신 오갔다. 가속이 붙은 트럭이 점점 가까워지고 있었다. 켈러 저놈,

보나마나 가속 페달을 죽어라 밟고 있을 거야. 머지않아 따라잡히겠는데. 만의 움찔거리는 오른손이 기어에 얹어졌다. 그는 기어를 당기고 인상을 쓰며 속도계를 살폈다. 차의 속도가 95킬로미터를 막 넘어섰다. 이거로는 부족해! 아무래도 모터를 써야겠어! 그가 다급하게 손을 뻗었다.

시동이 꺼지자 그의 오른손이 멈칫했다. 그는 황급히 다시 점화 장치에 꽂힌 열쇠를 쥐고 힘껏 틀어 보았다. 모터는 거슬리는 소음만 쏟아 낼 뿐 시동은 끝내 걸리지 않았다. 만은 고개를 들고 앞 유리 밖을 살폈다. 어느새 차는 갓길에 걸쳐져 있었다. 그는 핸들을 반대쪽으로 꺾고 나서 다시 열쇠를 돌려 보았다. 하지만 모터는 아무 반응이 없었다. 그의 시선이 백미러로 돌아갔다. 트럭과의 거리는 그새 많이 줄어 있었다. 그는 속도계를 체크했다. 차의 속도는 100킬로미터를 유지하고 있었다. 패닉에 빠진 만은 좌절했다. 그는 공포에 질린 눈으로 앞을 응시했다.

바로 그때 몇 백 미터 떨어진 긴급 피난용 도로가 그의 눈에 들어왔다. 브레이크가 고장 난 트럭들을 위해 마련된 탈출로였다. 이제 다른 옵션은 없었다. 그 길로 빠져나가던지, 아니면 놈의 트럭에 들이받히던지, 둘 중 하나였다. 트럭은 섬뜩할 만큼 접근해 있었다. 그는 트럭의 요란한 모터 소리를 똑똑히 들을 수 있었다. 어느새 차는 또다시 오른쪽 갓길에 걸쳐져 있었다. 그는 황급히 핸들을 꺾어 도로로 올라왔다. 놈에게 비집고 들어올 공간을 내주면 안 돼! 마지막 순간까지 기다려야 한다고. 그러지 않으면 켈러는 나를 따라 탈출로로 빠져나오게 될 거야.

탈출로가 바짝 다가오자 만이 핸들을 냅다 꺾었다. 차의 후미가 왼쪽으로 돌아갔고, 미끄러지는 타이어는 도로면 위에서 날카로운 비명을 질러 댔다. 만은 차가 걷잡을 수 없이 틀어져 버리기 전에 브레이크를 살짝 밟았다. 타이어가 다시 도로를 꽉 움켜쥐었다. 차는 95킬로미터의 속도로 흙길을 내달렸다. 사방으로 먼지 구름이 뽀얗게 일어났다. 만이 다시 브레이크를 밟자 차의 후미가 옆으로 미끄러지다가 결국 오른편의 흙으로 쌓은 둑에 부딪치고 말았다. 튕겨져 나온 차가 좌우로 심하게 미끄러졌다. 차가 흙길을 살짝 벗어나오자 만이 있는 힘껏 브레이크를 밟았다. 오른쪽으로 틀어진 후미가 또다시 두 둑에 부딪쳤다. 뒤편에서 금속이 우그러드는 끔찍한 소리가 들려왔다. 차가 갑자기 멈춰 서면서 그의 몸이 앞으로 휙 쏠렸고, 그 바람에 그의 목이 꺾여 버렸다.

온몸이 마비된 만이 고개를 돌려 고속도로를 막 벗어 나온 트레일러 트럭을 바라보았다. 거대한 트럭은 그를 향해 맹렬히 달려오는 중이었다. 그는 멍한 눈으로 놈을 지켜보았다. 그는 자신의 운명이 다했음을 짐작했다. 무섭게 달려오는 트럭을 보고도 그의 몸은 전혀 반응하지 않고 있었다. 무시무시한 형체가 성큼 다가와 하늘을 가려 버렸다. 만의 목에서 묘한 기분이 느껴졌다. 그는 자신이 비명을 지르고 있다는 사실을 알지 못했다.

갑자기 트럭이 한쪽으로 기울어졌다. 만은 육중한 짐승처럼 달려오던 트럭이 옆으로 넘어가는 광경을 말없이 지켜보았다. 마치 세상이 슬로 모션에 빠져 있는 듯했다. 트럭은 그의 차에 닿기도 전에 백미러 속에서 사라져 버렸다.

만은 말을 듣지 않는 두 손을 간신히 놀려 안전벨트를 풀고 문을 열었다. 낑낑대며 차에서 빠져나온 그는 비틀거리며 흙길 가장자리로 다가가 보았다. 그의 시선이 낭떠러지 밑을 살폈다. 뒤집혀진 트럭은 마치 침몰한 함선을 보는 듯했다. 트레일러 밑에서는 커다란 바퀴들이 일제히 돌고 있었다.

그때 트레일러가 먼저 폭발했다. 그 충격에 만은 뒤로 벌러덩 넘어졌다. 그가 어색한 자세로 일어나 앉았을 때 두 번째 폭발이 일어났다. 충격파가 그의 온몸을 뒤흔들었고, 그의 귀를 아프게 했다. 그의 멍한 눈이 하늘로 솟구쳐 오르는 불기둥에 단단히 고정되었다. 이내 그 옆으로 또 다른 불기둥이 치솟아 올랐다.

만은 엉금엉금 기어 흙길 가장자리로 다가가 보았다. 협곡에서는 거대한 불기둥이 기름기 잔뜩 낀 새까만 연기와 함께 뿜어져 오르고 있었다. 더 이상 트럭도, 트레일러도 보이지 않았다. 오로지 이글거리는 불길만이 눈에 들어올 뿐이었다. 충격에 그의 입은 떡 벌어졌고, 몸에서는 진이 쫙 빠져나갔다.

그리고 예기치 못한 감정이 찾아들었다. 그것은 두려움도, 회한도 아니었다. 곧이어 들이닥친 메스꺼움도 아니었고. 그것은 마음속에서 비집고 나온 원시적인 심란함이었다. 완파당한 적의 몸뚱이를 딛고 선 고대 짐승의 울부짖음.

심판의 날
Day of Reckoning

아빠,

렉스 목걸이 밑에 이 편지를 붙여 보내요. 저는 여길 나갈 수 없거든요. 부디 이 편지가 아빠에게 무사히 도착되길 빌어요.

아빠가 보낸 재산세 서류는 전달하지 못했어요. 과부 블랙웰이 죽었거든요. 그녀는 위층에 있어요. 제가 침대에 눕혀 놨어요. 정말 끔찍한 모습을 하고 있어요. 아빠가 보안관과 윌크스 검시관을 이쪽으로 보내 주세요.

꼬마 짐 블랙웰, 갠 지금 어디 있는지 몰라요. 겁에 질려서 집 안 곳곳을 뛰어다니며 숨을 곳을 찾느라 정신이 없더라고요. 자기 엄마를 죽인 사람이 무서워 미치겠죠. 갠 아무 말도 하지 않아요. 그냥 겁먹은 쥐처럼 뛰어만 다녀요. 가끔 어둠 속에서 그 애 눈이 보이곤 하는

데 금세 사라져 버리더라고요. 지금 여긴 전기가 들어오지 않거든요.

저는 일몰 때 나가 봤어요. 그 편지를 전하려고요. 벨을 울려 봤는데 아무 응답이 없더라고요. 그래서 현관문을 열고 안을 살폈죠.

모든 창문에는 커튼이 쳐져 있었어요. 앞쪽의 방에서 누군가가 내달리는 소리가 들려오더라고요. 그 과부를 큰소리로 불러 봤는데 그녀는 끝내 답이 없었어요.

저는 위층으로 올라갔어요. 짐이 난간 사이로 저를 내려다보고 있더군요. 저랑 눈이 마주치자 걘 쌩하니 달아나 버렸어요. 그 후로 지금껏 코빼기도 안 보이고 있어요.

저는 위층 방들을 차례로 살펴봤어요. 그리고 마침내 과부 블랙웰의 방을 찾아 들어갔죠. 그녀는 죽은 채 바닥에 쓰러져 있었어요. 피를 엄청 쏟았더라고요. 그녀의 목은 칼로 그어진 상태였고, 눈은 휘둥그레져 있었어요. 그 큰 눈으로 저를 빤히 올려다보더군요. 정말 끔찍했어요.

저는 그녀의 눈을 감겨 주고 주변을 좀 살펴봤어요. 면도칼이 떨어져 있는 게 보이더군요. 과부는 옷을 다 갖춰 입은 상태였어요. 살인자는 그냥 금품만 훔쳐 달아날 생각이었던 모양이에요.

어쨌든, 아빠, 보안관과 월크스 검시관을 빨리 보내 주세요. 저는 여기 남아 짐이 밖으로 나가진 않는지 지켜봐야 해요. 그랬다간 숲속에서 길을 잃을 수도 있거든요. 아빠도 빨리 와 주세요. 시체랑 단 둘이 이렇게 있고 싶진 않거든요. 짐은 계속 어두운 집 안을 들쑤시고 다니는 중이고요.

루크

조지,

방금 자네 누이의 집에 다녀왔네. 아직 신문사엔 알리지 않았어. 자네에겐 내가 직접 알려 주고 싶었거든.

재산세 서류를 루크에게 쥐어 보냈는데 가 보니 자네 누이가 살해된 채 쓰러져 있었다더군. 내가 이런 소식을 전하게 돼서 유감이네만, 누군가는 해야 할 일이지 않나. 보안관과 경관들이 범인을 찾아 마을을 샅샅이 뒤지고 있다네. 경찰은 떠돌이 부랑자의 소행으로 보고 있는 모양이야. 그녀에겐 강간당한 흔적이 없고, 집에 도난당한 물건도 없다고 하네. 적어도 난 그렇게 알고 있어.

어린 짐에 대해 자네와 의논을 하고 싶네.

그냥 이대로 놔뒀다간 굶어 죽든 겁에 질려 죽든 둘 중 하나일 거야. 당최 아무것도 먹으려 하질 않고 있다네. 가끔 빵조각이나 캔디 따위를 입에 쑤셔 넣곤 하는데 막상 씹기 시작하면 얼굴이 일그러져 버리더군. 아주 발광을 해 대다가 결국 다 토해 버린다네. 도대체 왜 그러는지 모르겠어.

루크는 그녀 방에서 자네 누이를 발견했다고 하네. 칼로 목이 그어졌다더군. 월크스 검시관은 자상이 깊은 것으로 보아 억세고 흔들림 없는 손을 가진 자의 소행인 것 같다고 했네. 이런 비보를 전하게 돼서 정말 미안하네. 그래도 자네가 알고 있어야 할 것 같아서 말이야. 장례식은 내주에 치르기로 했네.

루크와 난 그 녀석을 간신히 잡았다네. 번개처럼 빠르고 날렵해서 아주 애를 먹었지. 녀석은 어둠 속을 뛰어 다니며 쥐처럼 깩깩거렸어. 랜턴을 켜고 구석으로 몰아붙였더니 성난 얼굴로 이를 드러내 보이더군. 피부는 창백했고, 눈은 뒤집혀 있었네. 입가엔 거품을 물고 말이야. 정말 끔찍한 모습이었어.

어쨌든 우린 간신히 녀석을 잡는 데 성공했어. 녀석이 우리를 깨물면서 장어처럼 꿈틀대더군. 그러다가 갑자기 온몸이 뻣뻣하게 굳어져 버렸어. 루크는 꼭 두꺼운 재목을 들고 가는 것 같다고 했어.

우린 그 아이를 주방으로 데려가 뭐라도 먹여 보려고 했네. 하지만 녀석은 끝내 먹지 않더군. 그냥 우유만 몇 모금 홀짝거릴 뿐이었지. 마시면서도 꼭 죄지은 사람 같은 표정을 지었다네. 그러다가 갑자기 인상을 찌푸리며 입을 열고 우유를 토해 버렸지.

녀석은 틈만 나면 달아나려 했어. 입은 끝까지 열지 않았고. 쥐처럼 깩깩거리지 않을 땐 혼잣말하는 원숭이처럼 뭔가를 웅얼거렸다네.

우린 녀석을 잡아 위층으로 데려갔다네. 그리고 침대에 눕혀 놓았지. 우리 손이 닿을 때마다 아이가 움찔했어. 눈알이 빠져 버릴 만큼 눈도 휘둥그레졌고 말이야. 녀석은 입을 떡 벌리고 우리를 빤히 봤어. 마치 우리가 무슨 귀신이라도 된다는 듯이. 마치 우리가 자기 엄마를 죽인 킬러들이라도 되는 것처럼 말이네.

녀석은 자기 방으로 들어가려 하지도 않았어. 우리가 꼭 붙잡고 있었더니 비명을 지르면서 물고기처럼 온몸을 비틀어 대더군. 녀석은 두 발을 벽에 갖다 붙이고는 우리를 잡아끌고 당기고 마구 할퀴어 댔네. 아이를 진정시키려고 뺨을 한 대 올려붙였더니 녀석이 또다시 뻣뻣하게 굳어 버렸어. 눈을 휘둥그레 뜬 채로 말이야. 그제야 우린 녀석을 번쩍 들고 방으로 데려갈 수 있었지.

녀석의 옷을 벗기다가 깜짝 놀랐네. 지금껏 이토록 충격을 받아 본 적이 또 있었나 싶네, 조지. 녀석의 등과 가슴은 온갖 흉터와 멍자국으로 뒤덮인 상태였네. 마치 누군가가 아이를 매달아 놓고 펜치나 뜨겁게 달군 쇠막대 따위로 고문을 해댄 것처럼 말이야. 그걸 보는 순간 온몸에 소름이 쫙 돋더군. 사람들이 하는 얘길 들은 적 있네. 남편이 죽고 나서 과부의 정신이 나가 버렸다는 소문 말이야. 하지만 난 믿을 수가 없네. 분명 어떤 미치광이의 소행일 거야.

짐은 졸음이 쏟아지는 와중에도 눈을 감으려 하지 않더군. 그냥 눈을 부릅뜨고 천장과 창문을 번갈아 응시할 뿐이었어. 무슨 말이 하고 싶은지 입술이 연신 움직이긴 했네. 아이는 나지막이 신음을 토했고, 온몸을 바르르 떨어 댔어. 루크와 난 조금 더 지켜보다가 밖으로 나와 버렸네.

복도로 나오기가 무섭게 방 안에서 아이의 비명이 터져 나왔어. 마치 누군가에게 목이 졸리고 있는 것처럼 몸부림도 쳤고. 우린 다시 뛰어 들어가 봤네. 랜턴을 높이 들어 봤지만 아무것도 보이지 않았어. 난 겁에 단단히 질린 아이가 헛것을 봤을 거라 생각했네.

바로 그때 기다렸다는 듯 랜턴의 기름이 바닥나 버렸어. 불이 꺼지자 벽과 천장과 창문에서 우리를 빤히 보는 하얀 얼굴들이 눈에 들어오더군.

아주 오싹한 순간이었네, 조지. 녀석은 계속 미친 듯이 몸부림을 치며 비명을 질러 댔지만 침대에서 일어나진 않았어. 루크는 문 쪽으로 달려갔고, 난 그 섬뜩한 얼굴들을 보며 성냥을 찾아 손을 더듬거렸지.

간신히 성냥을 찾아 불을 켜 보니 그 많던 얼굴들이 어디론가 싹 사라져 버렸더군. 창문에 얼굴의 일부가 살짝 남아 있을 뿐이었어.

난 루크에게 차에 가서 기름을 가져오라고 시켰네. 우린 그렇게 다시 랜턴을 켜고 창문을 살펴봤지. 누군가가 유리창에 얼굴을 그려 놓았더군. 그래서 어둠 속에서도 그토록 환히 보였던 거였어. 벽과 천장의 얼굴들도 마찬가지였고. 어린아이 방에 그런 짓을 해 놓다니. 정말 심장이 멎을 것처럼 무섭지 않나?

우린 다른 방으로 녀석을 데려갔네. 그리고 그곳 침대에 잘 눕혀 놓았지. 간신히 잠이 든 아이는 몸을 연신 뒤척이면서 알아들을 수 없는 말을 웅얼거렸다네. 난 루크를 복도에 세워 놓고 그 방을 지키게 했어. 그러고 나서 집 안 구석구석을 꼼꼼히 살펴봤지.

과부의 방에서 책장 가득 꽂혀 있는 심리학 서적들을 발견했네. 한 권을 뽑아 펼쳐 보니 온갖 곳에 표시가 돼 있더군. 그중 하나에는 쥐를 미치게 만드는 방법이 적혀 있었어. 없는 먹이가 실제로 있는 것처럼 믿게 만들면 된다나. 표시된 또 다른 부분도 훑어봤네. 거기엔 개로 하여금 식욕을 잃게 만들고 결국엔 굶어 죽도록 만드는 방법이 소개돼 있었어. 개가 사료를 먹으려 할 때 커다란 파이프를 부딪쳐 요란한 소음을 내면 그렇게 된다더군.

내가 무슨 생각을 하고 있는지 짐작이 되지? 하지만 너무 황당해서 믿어지지가 않는구먼. 미쳐 버린 짐이 어머니를 죽인 게 아니었을까? 하지만 그 조그만 녀석이 어떻게 그럴 수 있었지?

아이에게 남은 친척이라고는 자네뿐일세, 조지. 자네 조카니까 어떻게 처리해야 할지 한번 잘 생각해 보게나. 그 어린 걸 고아원에 보낼 순 없지 않겠는가. 더군다나 지금 그 애 상태로는 절대 안 될 일이지. 그래서 내가 이렇게 모든 걸 상세히 들려주고 있는 걸세. 자네가 잘 판단할 수 있도록 말이야.

얘기할 게 한 가지 더 있네. 녀석의 방에 축음기를 틀어 놨었거든.

거기서 들짐승들 울부짖는 소리가 흘러나오더군. 그리고 누군가의 기분 나쁜 웃음소리도 똑똑히 들을 수 있었어.

이게 전부네, 조지. 보안관이 자네 누이를 죽인 진범을 찾아내면 소식 전하겠네. 짐이 그런 끔찍한 짓을 저질렀다는 걸 누가 믿겠는가? 자네가 아이를 데려가 좀 바로잡아 보게나.

또 연락함세.

샘 데이비스

샘,

자네 편지 잘 받았네. 그걸 읽고 무척 심란했다네.

사실 난 오래전부터 누이가 정신적으로 온전치 않다는 걸 알고 있었네. 매형 필이 세상을 뜨고 나서 그렇게 돼 버렸지. 하지만 상태가 그토록 나빠졌을 거라곤 상상도 못 했다네.

누이는 어린 나이에 필과 사랑에 빠졌네. 누이 인생에 다른 남자는 없었어. 하루 종일 매형 생각에만 사로잡혀 살았지. 하지만 그를 사랑한 만큼 질투심도 엄청났다네. 언젠가 매형이 다른 여자를 끼고 파티에 간 적이 있었어. 누이는 흥분해서 맨손으로 유리창을 내리쳤고, 피를 많이 쏟는 바람에 죽을 뻔했어.

결국 필은 방황을 그만두고 누이랑 결혼했네. 내 생전 그렇게 행복한 부부는 본 적이 없어. 누이는 매형을 위해서라면 뭐든 가리지 않고 다 했다네. 매형이 누이 인생의 전부였으니 그럴 만도 했겠지.

짐이 태어났을 때 난 누이를 보러 병원에 찾아갔어. 그때 누이가 그러더군. 그 아이를 사산하길 바랐다고 말이야. 필이 아들을 챙기느라 정작 중요한 자신을 등한시하는 걸 원치 않는다나.

누이에게 짐은 증오의 대상이었네. 허구한 날 아들을 들들 볶아 댔지. 그리고 3년 전 그날, 필이 짐을 구하려고 물에 뛰어들었다가 익사했던 때 말이야. 누이는 완전히 정신이 나가 버렸네. 그 비보를 전해 들었을 때 난 마침 누이랑 같이 있었어. 누이는 그 얘길 듣자마자 주방으로 뛰어 들어가 커다란 칼을 챙겨 들고 나왔네. 그리고 짐을 죽이겠다며 밖으로 뛰쳐나갔어. 그렇게 미친 듯이 날뛰다가 도로 한복판에서 실신해 버렸지. 우린 나가서 누이를 집으로 데려왔다네.

그 후로 누이는 한 달도 넘게 짐을 보지도 않았어. 그러던 어느 날, 갑자기 짐을 챙겨 아이를 숲속의 그 집으로 데려가더군. 그러고 나선 여태 누이를 본 적이 없었다네.

자네도 봤지? 그 아이는 모두를, 모든 것을 겁내고 있어. 딱 한 사람만 빼고. 누이가 그 앨 그렇게 만들어 놓았네. 아주 차근차근 치밀하게 말이야. 진작 그걸 깨달았어야 했는데. 누이는 공포로 가득 찬 무시무시한 세상을 만들어 놓고 그 안에 짐을 가두었어. 그리고 아이가 오직 어머니만을 신뢰하고, 또 필요로 하게끔 만들어 버렸다네. 누이는 짐의 유일한 방패였던 거야. 누이는 그걸 알고 있었고, 엄마가 죽고 나니 짐은 저렇듯 미쳐 버리게 된 것이지. 이제 세상에 자기를 챙겨 줄 사람이 아무도 남지 않았으니까.

내가 왜 살인자가 없을 거라 단정하는지 이해가 되나?

그냥 누이를 빨리 묻어 주게나. 아이는 내게 보내 주고. 난 장례식에 가지 않을 걸세.

조지 반스

죄수
The Prisoner

정신을 차렸을 때 그는 오른쪽으로 돌아누워 있었다. 볼에 꺼끌꺼끌한 담요가 느껴졌다. 그는 눈앞을 막고 선 강철 벽을 빤히 보았다.

귀를 쫑긋 세웠다. 죽음과 같은 정적. 그는 귀에 온 신경을 집중시켰다. 하지만 아무 소리도 들리지 않았다.

덜컥 겁이 났다. 그의 이마에는 깊게 주름이 팼다.

한쪽 팔꿈치로 바닥을 딛고 상체를 세워 어깨 너머를 살폈다. 창백하고 여윈 얼굴의 피부가 팽팽히 당겨졌다. 몸을 틀고 침상 옆으로 천근만근 같은 두 다리를 내렸다.

등받이 없는 의자에는 쟁반이 놓여 있었다. 반쯤 먹다 남긴 음식. 손도 대지 않은 로스트 치킨과 포크로 할퀴어 놓은 으깬 감자, 녹은 버터에 흥건히 젖은 비스킷 조각들, 그리고 빈 컵. 식은 음식에서 풍기는 냄새가 후각을 자극했다.

고개가 좌우로 돌아갔다. 입을 떡 벌린 채 빗장을 지른 창문과 더 두꺼운 빗장을 지른 문을 바라보았다. 겁에 질린 그는 신음을 토했다.

신발이 딱딱한 바닥에 질질 끌렸다. 그는 휘청거리며 벽으로 다가가 창문 빗장을 꼭 붙잡았다. 창밖으로는 아무것도 보이지 않았다.

그는 몸서리를 치며 돌아섰다. 그리고 음식이 담긴 쟁반을 침상으로 옮겨 놓은 후 의자를 벽 쪽으로 끌고 갔다. 그는 어색하게 의자로 기어 올라갔다.

다시 밖을 내다보았다.

잿빛 하늘, 벽, 빗장을 지른 창문, 불룩 돌출된 검은 스포트라이트, 그리고 멀리 내려다보이는 안뜰. 이슬비가 살랑이는 베일처럼 뿌려지고 있었다.

혀가 움직였다. 눈은 충격에 휘둥그레졌다.

"어?" 그가 기어 들어가는 목소리로 중얼거렸다.

의자가 한쪽으로 기울어지면서 스르르 미끄러졌다. 오른쪽 무릎은 바닥에 떨어졌고, 볼은 차가운 금속 벽에 짓이겨졌다. 그는 공포와 통증에 울부짖었다.

그는 힘겹게 몸을 일으키고 침상으로 돌아가 몸을 눕혔다. 그때 밖에서 발소리가 들렸다. 누군가가 빽 소리쳤다.

"닥쳐!"

뚱뚱한 남자가 문 앞으로 다가와 섰다. 그는 파란 제복 차림이었다. 얼굴에는 성난 표정이 떠올라 있었다. 그가 빗장 사이로 죄수를 들여다보며 으르렁거렸다.

"대체 뭐가 문제야?"

죄수는 멍하니 남자를 응시했다. 떡 벌어진 입에서 흘러내린 침이 턱에서 뚝뚝 떨어졌다.

"저런, 저런, 저런." 남자가 흉측하게 미소를 흘리며 말했다. "이제 한계에 다다른 모양이군."

그가 커다란 머리를 뒤로 젖히고 웃음을 터뜨렸다. 죄수를 비웃는 것이었다.

"이봐요, 맥." 그가 동료를 불렀다. "이리 좀 와 봐요. 여기 와서 이것 좀 보라고요."

또 다른 발소리가 들렸다. 죄수가 벌떡 일어나 문으로 달려갔다.

"내가 왜 여기 갇혀 있는 거야?" 그가 물었다. "날 왜 가둔 거냐고!"

남자의 웃음소리가 한층 커졌다.

"하! 이제야 무너졌군."

"조용히 좀 해." 복도 어딘가에서 목소리가 으르렁거렸다.

"닥쳐!" 교도관이 빽 소리쳤다.

맥이 감방 쪽으로 다가왔다. 새치가 많이 난 그는 나이가 조금 들어 보였다. 그가 호기심에 찬 얼굴로 감방 안을 들여다보았다. 시선이 빗장을 움켜쥔 채 밖을 내다보고 있는 죄수의 창백한 얼굴을 유심히 살폈다. 죄수의 손가락 마디도 하얗게 질려 있었다.

"무슨 일이야?"

"무너진 거예요." 찰리가 말했다. "그렇게 버티더니만 와르르 무너져 내렸다고요."

"그게 무슨 소리지?" 죄수가 두 교도관의 얼굴을 번갈아 보며 물었다. "여기가 어디야? 날 어디로 데려 온 거냐고!"

찰리가 큰소리로 웃음을 터뜨렸다. 맥은 따라 웃지 않았다. 그는 아직도 죄수를 빤히 응시하고 있었다. 눈이 가늘어졌다.

"그건 자네도 알잖아." 그가 나지막이 말했다. "그만 웃어, 찰리."

찰리가 웃음을 멈추고 식식거렸다.

"웃긴 걸 어떡해요. 절대 안 무너질 것처럼 굴더니만." 그가 죄수를 흉내 냈다. "난 달라. 저 빌어먹을 의자에 앉아 하루 종일 미소만 짓고 있을 거야."

죄수의 잿빛 입술이 살짝 벌어졌다.

"뭐라고?" 그가 웅얼거렸다. "방금 뭐라고 했지?"

찰리가 돌아서서 기지개를 켰다. 그리고 얼굴을 찡그리며 한 손을 자신의 불룩한 배에 얹어 놓았다.

"잠이 확 달아났네."

"의자라니?" 죄수가 소리쳤다. "그게 무슨 소리냐고!"

찰리가 다시 웃음을 터뜨렸다. 웃을 때마다 그의 똥배가 요동쳤다.

"오, 맙소사, 나 혼자 보기가 아깝군." 그가 낄낄거리며 말했다. "날 숨넘어가게 하려는 거야?"

맥이 빗장 앞으로 바짝 다가갔다. 눈은 다시 죄수의 얼굴에 고정됐다. "이제 장난은 그만둬, 존 라일리."

"장난?"

죄수는 황당해 하는 모습이었다. "그게 무슨 소리야? 내 이름은 존 라일리가 아니야."

두 남자는 서로를 빤히 보았다. 신이 난 찰리가 흥얼거리며 다가오고 있었다.

맥이 돌아섰다.

"잠깐." 죄수가 말했다. "가지 마."

맥은 다시 죄수를 돌아보았다.

"무슨 꿍꿍이인 거지? 우리가 바보인 줄 알아? 응?"

죄수는 말없이 그를 응시했다.

"여기가 어디인지만 알려 줘. 제발 부탁이야."

"여기가 어딘지는 자네도 잘 알잖아."

"난 정말……"

"이제 그만 해, 라일리!" 맥이 빽 소리쳤다. "이런다고 뭐가 달라지나?"

"난 라일리가 아니라고!" 죄수도 지지 않고 소리쳤다. "빌어먹을. 난 라일리가 아니야. 내 이름은 필립 존슨이라고."

맥이 천천히 고개를 저었다.

"절대 용기를 잃지 않겠다던 그 친구 말인가?"

죄수는 목이 메어져 오는 걸 느꼈다. 쏟아 내고 싶은 말들이 그의 목구멍 안에 갇혀 마구 뒤섞이는 중이었다.

"신부를 또 만나 볼 텐가?" 맥이 물었다.

"또?" 죄수가 물었다.

맥이 빗장 앞으로 바짝 다가와 감방 안을 들여다보았다.

"어디 아픈가?"

죄수는 대답하지 않았다. 맥이 쟁반을 보았다.

"가져다 준 음식에 입도 대지 않았군. 자네가 주문한 것들이잖아. 저걸 다 챙겨 오느라고 우리가 얼마나 고생했는지 알아? 대체 왜 먹지 않는 거지?"

죄수가 쟁반을 흘끔 돌아보았다가 다시 맥을 보았다. 그리고 다시 쟁반 쪽으로 시선을 돌렸다. 순간 그가 울컥했다.

"날 왜 여기 붙잡아 두는 거야?" 그가 울먹이며 말했다. "난 범죄자가 아니라고. 난⋯⋯"

"시끄러워 미치겠네!" 또 다른 죄수가 소리쳤다.

"어이, 거기, 닥치고 있어." 맥이 복도에 대고 큰소리로 말했다.

"거기 무슨 일이야?" 누군가가 비웃듯 말했다. "그 방 거물이 바지에 실례라도 했나?"

웃음이 터져 나왔다. 죄수가 맥을 빤히 보았다.

"이봐, 내 말 좀 들어 보라고." 그가 바르르 떨리는 목소리로 말했다.

맥이 그를 보며 천천히 고개를 저었다.

"아직도 상황 파악이 안 되는 모양이군, 라일리."

"난 라일리가 아니야!" 남자가 울부짖었다. "내 이름은 존슨이라고."

그는 문에 찰싹 달라붙어 있었다. 그의 표정에서는 고통스러운 간절함이 묻어났다. 그가 바짝 마른 입술을 혀로 핥았다.

"잘 들어. 난 과학자야."

맥이 쓸쓸하게 미소를 지으며 다시 고개를 저었다.

"이제 남자답게 받아들이라고. 그 안에 갇혀서도 거만하게 떠벌리는 게 다른 놈들이랑 똑같군."

죄수는 무력한 모습이었다.

"내 말 좀 들어 봐." 그가 목 쉰 소리로 웅얼거렸다.

"아니, 이젠 자네가 내 말을 들을 차례야." 맥이 말했다. "자네에겐 두 시간밖에 남지 않았어, 라일리."

"내가 얘기했잖아. 난 라일리가……"

"그만해! 딱 두 시간 남았어. 제발 남자답게 좀 굴어 봐. 언제까지 그렇게 징징대기만 할 거야?"

죄수의 표정이 멍해졌다.

"신부를 불러다 줘?"

"아니, 난……" 목이 멘 죄수는 말을 잇지 못했다.

"그래. 신부를 불러 줘. 부탁이야."

맥이 고개를 끄덕였다.

"가서 연락해 보지." 그가 말했다. "그때까지 입 다물고 얌전히 있어."

죄수는 돌아서서 발을 질질 끌며 침상으로 향했다. 그 위에 풀썩 주저앉아 바닥을 물끄러미 내려다보았다.

맥은 잠시 그를 지켜보다가 복도를 따라 걸어 나가기 시작했다.

"무슨 일이냐니까?" 한 죄수가 조롱하듯 말했다. "저 방 거물이 바지에 실례라도 한 거야?"

다른 죄수들이 일제히 웃음을 터뜨렸다. 그들의 웃음소리는 축 늘어져 있는 죄수에게까지 닿았다.

그가 일어나 방 안을 빙빙 맴돌기 시작했다. 창밖으로 하늘을 내다보다가 다시 문 앞으로 다가가 복도를 좌우로 살폈다.

갑자기 입가에 초조한 미소가 떠올랐다.

"좋아." 그가 소리쳤다. "좋다고. 아주 웃겼어. 다들 너무 고마워. 자, 장난은 여기까지 하고, 이제 날 여기서 내보내 줘."

누군가가 끙 앓는 소리를 냈다. "닥쳐, 라일리!" 또 다른 누군가가 소리쳤다.

그의 눈썹이 실룩거렸다.

"장난은 이 정도로 족하다고." 그가 큰소리로 말했다. "이제 그만들 하고 날 좀⋯⋯"

그가 멈칫했다. 누군가가 복도를 따라 빠르게 다가오고 있었다. 찰리의 볼품없는 몸뚱이가 허둥대며 달려와 죄수의 감방 앞에 멈춰 섰다.

"조용히 못 해?" 그가 두툼한 입술을 불쑥 내밀며 으르렁거렸다. "주사를 써야 말을 듣겠어?"

죄수는 애써 미소를 지어 보였다.

"좋아. 알았다고. 이제 흥분 가라앉힐게. 자, 됐지?" 그의 언성이 다시 높아졌다. "그러니까 이제 날 좀 꺼내 줘."

"계속 이런 식이면 주사를 놓을 거야." 찰리가 경고했다. 그는 다시 돌아섰다.

"겁쟁이 주제에 자꾸 까불고 있어."

"내 말 좀 들어 봐. 응?" 죄수가 말했다. "난 필립 존슨이야. 핵 물리학자라고."

고개를 뒤로 젖힌 찰리의 두꺼운 입술을 뚫고 격한 웃음을 터져 나왔다. 온몸이 진동할 정도였다.

"핵 물리⋯⋯" 그는 쌕쌕대며 말을 잇지 못했다.

"사실이야." 죄수가 빽 소리쳤다.

찰리의 목에서 조롱조의 신음이 새어 나왔다. 그가 살집 있는 손으로 자신의 이마를 탁 쳤다.

"상상력이 정말 엄청나시군." 그의 목소리가 복도에서 쩌렁쩌렁 울려 퍼졌다.

"당신도 입 닥치고 있어!" 또 다른 죄수가 소리쳤다.

"까불지 마!" 찰리가 받아쳤다. 미소가 사라진 통통한 얼굴은 어느새 험상궂게 일그러져 있었다.

"신부가 오긴 하는 거야?"

"신부가 오긴 하는 거야? 신부가 오긴 하는 거야?" 그가 놀리듯 흉내 냈다. 회전의자로 돌아가 앉은 그가 앞에 놓인 책상을 탕탕 내리쳤다. 몸을 뒤로 젖히자 의자가 요란하게 삐걱거렸다. 그가 끙 앓는 소리를 냈다.

"또다시 날 깨우면 그땐 주사를 챙겨 들어갈 테니 그렇게 알아!" 그가 복도에 대고 소리쳤다.

"조용히 해!" 또 다른 죄수가 외쳤다.

"까불지 말라고!" 이번에도 찰리가 받아쳤다.

죄수는 의자에 올라가 섰다. 그리고 창문 밖을 다시 내다보았다. 밖에는 비가 내리고 있었다.

"대체 여기가 어디지?"

맥과 신부가 감방 앞에 멈춰 섰다. 맥이 손짓하자 찰리가 제어반의 버튼을 눌렀다. 감방 문이 스르르 열렸다.

"자, 신부님." 맥이 말했다.

신부가 감방 안으로 들어갔다. 그는 키가 작았고, 통통했다. 벌건 얼굴에는 애매한 미소가 머금어져 있었다.

"거기 그 쟁반 좀 주시겠습니까, 신부님?" 맥이 말했다.

신부가 말없이 고개를 끄덕이고는, 쟁반을 집어 들고 맥에게 건넸다.

"감사합니다, 신부님."

"별 말씀을."

교도관은 문을 닫고 밖으로 나가려다 잠시 멈칫했다.

"그 친구가 거칠게 나오면 저를 부르십시오." 그가 말했다.

"그럴 일은 없을 겁니다." 셰인 신부가 말했다. 그는 미소를 흘리며 벽 앞에 서 있는 죄수를 빤히 보았다. 맥이 사라져 주기를 기다리는 것이었다.

맥은 한동안 움직이지 않았다.

"허튼수작 부리지 마, 라일리." 그가 경고했다.

마침내 그가 그들의 시야에서 사라졌다. 그의 발소리가 복도에서 요란하게 울렸다.

죄수가 갑자기 바짝 다가오자 셰인 신부가 움찔했다.

"자, 흥분 말고……" 그가 입을 열었다.

"내가 당신을 치려는 줄 알았나요?" 죄수가 말했다. "내 말 잘 들어요, 신부……"

"앉아서 차분히 얘기합시다." 신부가 말했다.

"네? 오, 그러죠. 좋습니다."

죄수가 침상으로 돌아가 앉았다. 신부는 의자를 집어 들고 침상 쪽으로 다가왔다. 그는 죄수 앞에 조심스레 의자를 내려놓았다.

"내가 하는 말 잘 들어요." 죄수가 다시 말했다.

셰인 신부가 손가락 하나를 펴 보였다. 그는 하얀 손수건을 꺼내 들고 의자의 표면을 공들여 닦았다. 죄수의 두 손이 초조하게 씰룩거렸다.

"하느님 맙소사." 그가 애원하듯 말했다.

"맞아요." 신부가 미소를 지어 보였다. "하느님도 애가 타실 겁니다."

마침내 그가 비대한 몸을 의자에 앉혔다. 축 늘어진 살이 의자 가장자리로 흘러내렸다.

"시작해 볼까요?" 그가 부드럽게 말했다.

죄수가 아랫입술을 살짝 깨물었다.

"내 말 좀 들어 봐요."

"네, 존."

"내 이름은 존이 아닙니다." 죄수가 딱딱거렸다.

신부는 어리둥절한 표정을 지었다.

"아니면……"

"내 이름은 필립 존슨입니다."

신부는 잠시 당혹감을 감추지 못했다. 하지만 이내 구슬퍼 보이는 미소를 흘렸다.

"왜 이런 투쟁을 하는 겁니까? 어째서……"

"내 이름은 필립 존슨입니다. 계속 들어요."

"하지만……"

"들으라고!"

셰인 신부가 흠칫 놀라며 뒤로 물러났다.

"누가 저 자식 입 좀 다물게 해 봐!" 또 다른 감방에서 누군가의 목소리가 천천히, 하지만 요란하게 말했다.

발소리.

"제발 가지 말아요." 죄수가 애원했다. "조금만 더 같이 있어요."

"그럼 언성 높이지 않겠다고 약속해요. 다른 죄수들을 자극하지 않겠다고 약속하면 그렇게 하죠."

맥이 문 앞에 나타났다.

"약속해요, 약속한다고요." 죄수가 속삭였다.

"무슨 일입니까?" 맥이 물었다. 그가 날카로운 눈빛으로 신부를 보았다.

"이만 나오시겠습니까, 신부님?" 그가 물었다.

"아뇨, 아닙니다." 셰인 신부가 말했다. "여긴 아무 문제 없습니다. 라일리가 흥분하지 않겠다고 약속……"

"얘기했잖아요. 내 이름은……"

죄수의 말이 뚝 멎었다.

"뭐라고요?" 신부가 물었다.

"아닙니다. 아무것도 아니에요." 죄수가 웅얼거렸다. "교도관에게 꺼지라고 좀 해 줘요."

신부가 맥을 돌아보았다. 그가 미소를 지으며 고개를 한 번 끄덕여 보였다. 벌건 볼에는 보조개가 떠올라 있었다.

마침내 맥이 사라지자 죄수가 고개를 들었다.

"자, 말해 봐요." 셰인 신부가 말했다. "대체 왜 이러는 겁니까? 참회의 길을 찾고 있는 거예요?"

죄수가 안절부절못하며 어깨를 들썩였다.

"잘 들어요." 그가 말했다. "제발 아무 말 말고, 내가 하는 얘기에 귀 기울여 줘요. 그냥 듣기만 해달라고요. 끼어들지 말고."

"그러죠." 신부가 말했다. "그러려고 온 겁니다. 하지만……"

"좋아요." 죄수는 앉은 채로 몸을 꼼지락거렸다. 몸을 앞으로 살짝 기울인 그의 얼굴은 딱딱하게 굳어져 있었다.

"잘 들어요. 내 이름은 존 라일리가 아닙니다. 내 이름은 필립 존슨
이에요."

신부는 짜증 섞인 표정을 짓고 있었다.

"이봐요."

"아무 말 않고 들어 주기로 하지 않았습니까." 죄수가 말했다.

신부가 눈을 내리깔았다. 마치 성화 속 순교자를 연상시키는 모습
이었다.

"좋아요. 계속 해 봐요."

"난 핵 물리학자입니다. 난……"

그가 멈칫했다.

"지금이 몇 년도입니까?" 그가 불쑥 물었다.

신부가 다시 그를 보았다. 그의 얼굴에 희미한 미소가 떠올랐다.

"그건 당신도 잘……"

"제발. **부탁입니다.** 대답해 줘요."

신부는 살짝 언짢은 기색을 내비치고는, 축 늘어진 어깨를 으쓱였
다.

"1954년이죠."

"뭐라고요?" 죄수가 물었다. "정말입니까?" 그가 신부를 뚫어져라
보았다. "정말이에요?" 그가 다시 물었다.

"내가 왜 거짓말을 하겠습니까?"

"1954년이라고요?"

신부는 끓어오르는 짜증을 애써 억누르며 고개를 끄덕였다.

"그래요."

"그럼 그게 사실이군요." 남자가 말했다.

"뭐가 말입니까?"

"들어 봐요." 죄수가 말했다. "힘들겠지만 내 말을 믿어 보려 애써 줘요. 난 핵 물리학자예요. 적어도 1944년엔 그랬어요."

"무슨 얘긴지 이해가 안 되는군요."

"난 로키 산맥 깊은 곳에 자리한 비밀 핵분열 연구소 소속으로 일했습니다."

"로키 산맥에서요?"

"그곳에 대해 아는 사람은 아무도 없습니다. 세상에 공개된 적이 없거든요. 1943년에 핵분열 실험을 위해 만들어진 곳입니다."

"하지만 그건 오크 리지에……"

"그곳도 같은 연구를 했었죠. 아무튼 우리 연구소는 극비리에 운영됐습니다. 다들 우리가 무슨 일을 하는지 추측만 할 뿐이었죠. 오직 몇 명의 외부인들만 연구소의 존재를 알고 있었습니다."

"하지만……"

"계속 들어 봐요. 우린 U-238을 연구했습니다."

신부가 다시 입을 열려고 했다.

"그건 우라늄의 동위 원소예요. 99퍼센트 이상의 우라늄으로 구성된 물질이죠. 하지만 그것만으로는 핵분열을 시킬 방법이 없습니다. 우린 그것을 가능케 할 방법을 연구했던 거예요. 이해가 됩니까?"

신부의 얼굴에는 어리둥절한 표정이 떠올라 있었다.

"괜찮습니다." 죄수가 다급하게 말했다. "지금 그런 건 하나도 중요하지 않아요. 지금 중요한 건 그곳에서 폭발이 있었다는 사실입니다."

"폭……"

"폭발. 폭발이 있었다고요."

"오. 하지만……" 신부는 당혹스러워 하는 모습이었다.

"1944년 일입니다." 죄수가 말했다. "그러니까…… 10년 전 일인 셈이죠. 황당하게도 잠에서 깨어 보니 내가 여기 갇혀 있더군요. 여기가…… 대체 어딥니까?"

"주 교도소입니다." 신부가 반사적으로 대답했다.

"콜로라도?"

신부가 고개를 저었다.

"여긴 뉴욕입니다."

죄수가 왼손을 들어 자신의 이마를 짚었다. 그리고 떨리는 손가락으로 머리를 쓸어 넘겼다.

"2천 마일." 그가 중얼거렸다. "10년."

"이봐요……"

그가 신부를 보았다.

"내 말 못 믿겠어요?"

신부가 쓸쓸한 미소를 지어 보였다. 죄수는 답답하다는 듯 두 손을 흔들어 댔다.

"내가 뭘 어떻게 해야 믿겠습니까? 내 얘기가 황당하게 들린다는 거 압니다. 시간과 공간을 초월해 지금 이곳에 와 있다는 주장."

그의 눈썹이 실룩거렸다.

"어쩌면 난 시간과 공간을 초월한 게 아니었는지도 몰라요. 어쩌면 나 혼자 미쳐 버린 건지도 모릅니다. 내가 다른 사람이 돼 버렸던지. 어쩌면……"

"이젠 내 말 들어 봐요, 라일리."

죄수의 얼굴이 분노로 일그러졌다.

"얘기했잖아요. 난 라일리가 아니라고요."

신부가 고개를 살짝 숙였다.

"꼭 이래야겠습니까? 처벌을 피하기 위해 이렇게까지 해야겠습니까?"

"처벌?" 죄수가 빽 소리쳤다. "맙소사. 내가 왜 처벌을 받아야 합니까? 난 범죄자가 아니란 말입니다. 난 당신들이 얘기하는 그 사람이 아니라고요."

"나랑 같이 기도합시다." 신부가 말했다.

죄수가 절망의 표정으로 감방 안을 둘러보았다. 그는 몸을 앞으로 기울이고 신부의 어깨를 꽉 움켜잡았다.

"이러지 말아요." 셰인 신부가 말했다.

"당신을 해치려는 게 아니에요." 죄수가 조바심을 내며 말했다. "그 라일리라는 사람에 대해 들려줘요. 그가 누굽니까? 아, 알았어요, 알았어." 신부가 애원하는 듯한 표정을 지어 보이자 그가 말했다. "대체 내가 누구여야 하는 겁니까? 내 배경은 어떻고요?"

"왜 꼭 이렇게까지……"

"대답해 봐요. 빌어먹을. 이제 곧 날 처형할 게…… 그렇죠? 아닌가요?"

신부가 무의식적으로 고개를 끄덕였다.

"두 시간도 채 남지 않았어요. 내 부탁 하나만 들어 주겠어요?"

신부가 한숨을 내쉬었다.

"내 학력이 어떻게 됩니까?" 죄수가 물었다.

"그건 나도 몰라요." 셰인 신부가 말했다. "난 당신의 학력도, 당신의 배경도, 당신의 가족도 모릅니다."

"존 라일리도 당연히 핵 물리학에 대해 아는 게 없겠죠. 안 그렇습니까?" 죄수가 애타는 심정으로 물었다. "안 그래요?"

신부가 어깨를 살짝 으쓱였다.

"아무래도 그렇겠죠."

"대체 그가…… 대체 내가 무슨 죄를 지었다는 겁니까?"

신부가 눈을 감았다.

"제발 이러지 말아요."

"내가 무슨 죄를 지었습니까?"

신부가 잠시 이를 악물었다.

"당신이 뭘 훔쳤어요. 사람도 죽였고요."

죄수는 깜짝 놀라며 그를 보았다. 순간 그는 목이 메었다. 단단히 깍지 낀 그의 두 손은 창백하게 질려 있었다.

"그럼," 그가 웅얼거렸다. "만약 내가…… 그가 그런 짓을 저질렀다면 학식 있는 핵 물리학자가 아니라는 뜻이겠군요. 안 그렇습니까?"

"라일리, 이제……"

"안 그렇습니까?"

"네, 그렇겠죠. 그런데 그게 왜 중요하죠?"

"말했잖아요. 난 핵 물리학에 대해 모르는 게 없다고. 난 당신에게 라일리가 절대 알 수 없는 것들을 들려줄 수 있어요."

신부가 근심 어린 표정으로 한숨을 내쉬었다.

"잘 들어요." 죄수가 다급하게 설명을 시작했다. "그런 사고가 발생하게 된 건 이론과 실제 사이에 큰 차이가 있었기 때문입니다. 이론적으로는 U-238이 중성자를 붙잡아 새로운 U-239 동위 원소를 만들게 돼 있거든요. 중성자가 양이 많지 않아서……"

"이래 봤자 소용없어요."

"소용없다고요?" 죄수가 소리쳤다. "왜죠? **왜죠?** 라일리는 이런 걸 모르는 사람이라면서요. 봐요. 난 이렇게 해박하다고요. 이게 내가 라일리가 아니라는 증거가 아니면 뭐겠어요? 만약 내가 어쩌다 라일리가 돼 버렸다면 그건 기억을 상실해 버려서 그런 거예요. 10년 전 폭발 사고 때 충격을 받아서 그렇게 됐을 거라고요."

셰인 신부는 암울한 표정을 짓고 있었다. 그가 천천히 고개를 저었다.

"그렇게 생각하지 않아요?" 죄수가 애원하듯 말했다.

"그런 건 책만 봐도 알 수 있지 않나요? 한때 외워 둔 걸 기억해 냈는지도 모르잖아요. 난 당신을 죄인으로 보지 않아요."

"진실을 얘기했잖아요!"

"그래도 남자답지 못하게 비겁한 모습을 보이면 되겠습니까?" 셰인 신부가 말했다. "내가 죽음의 공포를 이해하지 못할 것 같아요? 그건 인간의 본성입니다. 그건……"

"오, 맙소사. 이게 가능한 일이에요?" 죄수가 앓는 소리로 말했다. "이게 정말 가능한 일이냐고요!"

신부는 고개를 떨어뜨렸다.

"날 처형할 수는 없어요!" 죄수가 신부의 검은 코트를 움켜쥐며 말했다. "난 라일리가 아니란 말입니다. 난 필립 존슨이에요."

신부는 대꾸가 없었다. 그는 저항도 하지 않았다. 죄수는 계속 신부의 옷을 움켜잡고 세차게 흔들어 댔다. 신부는 속으로 기도했다.

마침내 죄수가 신부에게서 손을 떼고 뒤로 물러났다. 그의 등이 쿵

소리를 내며 벽에 부딪쳤다.

"맙소사." 그가 중얼거렸다. "오, 맙소사. 모두가 날 믿어 주지 않는군요."

신부가 고개를 들고 그를 보았다.

"주님께선 믿어 주실 겁니다." 그가 말했다. "주님께서 품어 안아 주실 겁니다. 기도로 용서를 구하면 돼요."

죄수는 멍한 얼굴로 그를 보았다.

"당신은 이해 못 해요." 그가 덤덤하게 말했다. "절대 이해 못 할 거예요. 난 사형을 당하게 될 거라고요."

그의 입술이 바르르 떨렸다.

"내 말이 믿어지지 않죠? 내가 거짓말을 하고 있다고 생각하죠? 모두가 그렇게 믿고 있어요."

그가 갑자기 고개를 번쩍 들었다. 그리고 벌떡 일어나 앉았다.

"메리!" 그가 울부짖었다. "내 아내. 이제 내 아내는 어떻게 되는 거죠?"

"당신에겐 아내가 없어요, 라일리."

"아내가 없어요? 내게 아내가 없다고요?"

"이제 이 얘긴 그만합시다."

절망한 죄수가 두 손으로 자신의 관자놀이를 꾹꾹 눌러 대기 시작했다.

"맙소사. 어떻게 내 말을 믿어 주는 사람이 단 한 명도 없는 거지?"

"주님은 믿어 주실 겁니다." 신부가 나지막이 웅얼거렸다.

그때 복도에서 발소리가 들렸다. 다른 죄수들의 요란한 툴툴거림도 함께.

찰리가 감방 앞에 모습을 드러냈다.

"이만 나오시죠, 신부님. 계속 그러셔도 소용없습니다. 저 친구는 그 누구의 도움도 달가워하지 않아요."

"이 딱한 사람을 이런 상태로 남겨 두고 가고 싶지 않아요."

죄수가 벌떡 일어나 빗장 질러진 문 앞으로 다가갔다. 찰리는 흠칫 놀라며 뒤로 물러났다.

"허튼수작 마." 그가 으르렁거렸다.

"내 아내에게 연락 좀 해 줘." 죄수가 애원했다. "부탁이야. 우리 집은 미주리 주 세인트루이스에 있어. 번호는……"

"그만둬."

"내 말 좀 들어 보라고. 아내가 모든 걸 해명해 줄 거야. 내가 누구인지 확실히 밝혀 줄 거라고."

찰리가 씩 웃었다.

"맙소사. 이렇게 고분고분한 모습은 처음인데." 그가 만족해 하며 말했다.

"전화 좀 걸어 봐 주겠어?" 죄수가 말했다.

"뒤로 물러나. 어서."

죄수는 순순히 지시에 따랐다. 찰리가 손으로 신호하자 감방 문이 스르르 열렸다. 셰인 신부가 고개를 떨어뜨린 채 밖으로 나왔다.

"또 올게요." 그가 말했다.

"내 아내에게 연락 좀 해 줘요." 죄수가 애원했다.

신부는 잠시 망설이다가 한숨을 내쉬며 수첩과 연필을 꺼내 들었다.

"전화번호가 어떻게 되죠?" 그가 기운 빠진 목소리로 물었다.

죄수가 총총 걸어 문 앞으로 다가갔다.

"아까운 시간 허비하시는 겁니다, 신부님." 찰리가 말했다.

죄수가 잽싸게 셰인 신부에게 전화번호를 불러 주었다.

"잘 받아 적었나요?" 그가 신부에게 물었다. "정말이에요?" 그가 다시 번호를 불러 주었다. 신부가 고개를 끄덕였다.

"그녀와 연락이 닿으면…… 내가 무사히 잘 지낸다고 전해 줘요. 곧 집에 돌아가겠다고 말이에요. 시간이 없으니 서둘러 달라고도 말해 줘요. 주지사나 뭐 그런 사람들에게 내 얘기 좀 해 달라고."

신부가 남자의 덜덜 떨리는 어깨에 살며시 손을 얹었다.

"전화를 걸었을 때 응답이 없으면," 그가 말했다. "아무도 응답하지 않으면 더 이상 황당한 주장을 늘어놓지 않겠다고 약속할 수 있겠어요?"

"응답할 겁니다. 그 사람은 집에 있을 거예요. 난 알아요."

"만약 없다면 말입니다."

"있을 거라니까요."

신부가 그에게서 손을 떼고 복도를 따라 천천히 걸어 나가기 시작했다. 그는 다른 감방의 죄수들에게 고개를 끄덕여 인사하는 것을 잊지 않았다. 죄수는 신부가 시야에서 사라질 때까지 그의 뒷모습을 지켜보았다.

그가 다시 돌아섰다. 찰리가 능글맞게 웃고 있었다.

"지금껏 봐 온 놈들 중 자네가 최고인 것 같아." 찰리가 말했다.

죄수가 그를 빤히 보았다.

"예전에 이런 놈도 있었지." 찰리가 말했다. "자기가 폭탄을 삼켜 버렸다나. 자기를 전기의자에 앉히면 교도소가 날아가 버릴 거라고 협

박했었어."

그가 당시 기억을 떠올리며 킬킬 웃었다.

"우린 그놈을 데려가 엑스레이를 찍어 봤어. 예상했던 대로 거짓말이었지. 결국 전기의자에 앉아 저세상으로 가 버렸어."

죄수는 몸을 틀고 침상으로 돌아가 풀썩 주저앉았다.

"또 이런 놈도 있었어." 찰리가 다른 죄수들도 똑똑히 들을 수 있게 큰소리로 말했다. "자기가 그리스도라나? 자기는 절대 죽지 않는다더군. 죽어도 사흘 후면 다시 살아난다고 했어. 벽도 뚫고 지나다닐 수 있다고 했고."

그가 주먹으로 코를 문질렀다.

"그 후로는 통 소식이 없더군." 그가 낄낄거렸다. "하지만 혹시 몰라 늘 벽만 보면서 살고 있지."

그가 요란하게 웃음을 터뜨렸다.

"또 어떤 놈은 말이야," 그가 말했다. 죄수가 이글거리는 매서운 눈으로 그를 노려보았다. 찰리는 어깨를 으쓱이고 복도를 걸어 나가기 시작했다. 하지만 몇 걸음도 채 떼지 못하고 다시 돌아서서 감방 앞으로 돌아왔다.

"조금 있다가 머리카락 자르러 올 거야." 그가 말했다. "특별히 원하는 스타일 있어?"

"꺼져."

"구레나룻은 남길까?" 찰리가 말했다. 그의 통통한 얼굴에는 조롱의 표정이 떠올라 있었다. 죄수는 고개를 돌려 창밖을 내다보았다.

"앞머리는 단발로 해 보는 게 어때?" 찰리가 물었다. 그가 다시 웃음을 터뜨리며 돌아섰다.

"이봐요, 맥, 이 친구 앞머리를 단발로 잘라 주는 게 어때요?"

죄수는 몸을 숙이고 떨리는 두 손을 눈에 얹었다.

문이 열리고 있었다.

죄수는 몸을 바르르 떨었다. 침상에 붙어 있던 그의 머리가 번쩍 들렸다. 그는 멍한 얼굴로 맥과 찰리와 세 번째 남자를 차례로 보았다. 세 번째 남자는 손에 무언가를 들고 있었다.

"원하는 게 뭐지?" 그가 잠긴 목소리로 물었다.

찰리가 실실 웃었다.

"웃기는 놈이군. 원하는 게 뭐냐고?"

그의 얼굴에 음흉해 보이는 미소가 머금어졌다. "이발해 주려고 왔어."

"신부는 어디 있지?"

"성당에 있겠지 뭐." 찰리가 대답했다.

"조용히 좀 해." 맥이 짜증을 내며 말했다.

"얌전히 있어야 해." 세 번째 남자가 말했다.

죄수의 두피가 팽팽히 당겨졌다. 그가 흠칫 놀라며 벽 쪽으로 물러났다.

"잠깐만." 그가 겁에 질린 얼굴로 말했다. "당신들 지금 크게 실수하고 있는 거야."

찰리가 숨넘어가게 웃으며 그를 붙잡았다. 죄수는 거칠게 저항했다.

"안 돼!" 그가 울부짖었다. "아까 그 신부를 불러와!"

"얌전히 있어." 찰리가 으르렁거렸다.

죄수의 시선이 맥과 세 번째 남자를 분주히 오갔다.

"내 말 좀 들어 봐." 잔뜩 흥분한 그가 소리쳤다. "신부가 세인트루이스에 있는 내 아내에게 연락해 본다고 했어. 아내가 내가 누군지 확인해 줄 거야. 난 라일리가 아니라고. 난 필립 존슨이야."

"이러지 마, 라일리." 맥이 말했다.

"존슨, 존슨!"

"존슨, 존슨, 자, 이제 머리를 깎아야지, 존슨, 존슨." 찰리가 죄수의 팔뚝을 움켜잡으며 말했다.

"이거 놔!"

찰리가 거칠게 죄수를 일으켜 세운 후 그의 팔을 뒤로 꺾었다. 성난 그의 얼굴은 포악하게 변해 있었다.

"꽉 붙잡고 있어." 맥이 신경질을 내며 말했다. 맥은 죄수의 또 다른 팔을 붙잡았다.

"빌어먹을. 대체 뭘 어떡해야 날 믿어 주겠어?" 죄수가 몸을 뒤틀어 대며 빽 소리쳤다. "난 존슨이 아니라고. 아니, 내 말은, 난 라일리가 아니란 말이야."

"아까 들었으니 그만해." 찰리가 헐떡거렸다. "자, 빨리 밀어 버려요!"

그들은 죄수를 침상에 눕혀 놓고 또다시 그의 팔을 뒤로 꺾었다. 그가 비명을 지르자 찰리가 손등을 휘둘러 입을 후려쳤다.

"닥치고 있어!"

죄수가 덜덜 떨며 앉아 있는 동안 잘려 나간 머리카락이 바닥에 수북이 쌓였다. 그의 눈썹에 몇 가닥이 달라붙었다. 입에서는 피가 조금씩 배어 나오고 있었다. 휘둥그레진 눈에는 공포가 서려 있었다.

세 번째 남자가 죄수의 머리를 마저 깎은 후 몸을 숙이고 그의 바지를 칼로 슥 벴다.

"음." 그가 끙 앓는 소리를 냈다. "다리에 화상을 입었네요."

죄수가 고개를 떨어뜨리고 다리를 내려다보았다. 그가 소리 없이 무언가를 웅얼거리다가 이내 비명을 질렀다.

"섬광 화상Flash Burn이야! 똑똑히 봐 두라고. 이게 바로 핵폭발의 증거야! 이제 내 말을 믿겠어?"

찰리가 씩 웃었다. 그들이 죄수에게서 손을 떼자 그가 침상 위로 픽 고꾸라졌다. 죄수는 벌떡 일어나 맥의 팔뚝을 움켜잡았다.

"당신은 저 녀석과 달리 똑똑하잖아. 내 다리를 잘 보라고. 섬광 화상이 분명하지?"

맥이 자신의 팔에서 죄수의 손가락을 떼어 냈다.

"흥분하지 마."

죄수는 세 번째 남자에게 다가갔다.

"당신도 봤지?" 그가 애원하듯 말했다. "섬광 화상이 뭔지 몰라? 자, 봐. 잘 보라고. 내 말을 믿어 줘. 이건 섬광 화상이야. 다른 종류의 열로는 절대 이런 흉터를 남길 수 없어. **똑똑히 보라고!**"

"그래, 알았어. 알았다고." 찰리가 복도 쪽으로 물러났다. "믿어 줄게. 옷을 가져올 테니까 그거 걸치고 아내가 기다리는 세인트루이스로 돌아가라고."

"정말 섬광 화상이라니까!"

세 남자가 감방을 나섰다. 그들 뒤로 문이 다시 닫혔다. 죄수는 빗장 사이로 손을 뻗어 그들을 붙잡으려 했다. 찰리가 그의 팔뚝을 주먹으로 내리치고 안으로 떠밀었다. 죄수는 침상 위에 벌렁 누워 버렸다.

"빌어먹을." 그가 떼쓰는 아이처럼 인상을 쓰며 흐느꼈다. "당신들 대체 왜 이러는 거야? 왜 내 말을 믿어 주지 않는 거지?"

남자들은 연신 속닥거리며 점점 멀어져 갔다. 죄수는 정적이 흐르는 감방에 갇혀 펑펑 울었다.

한참 후, 신부가 돌아왔다. 죄수는 고개를 들고 문 앞으로 다가온 그를 내다보았다. 그가 침상에서 일어나 문 쪽으로 달려갔다. 그리고 신부의 팔뚝을 움켜잡았다.

"연락이 닿았나요? 내 아내랑 통화해 봤어요?"

신부는 말이 없었다.

"통화가 됐군요. 그렇죠?"

"그런 이름을 쓰는 사람은 없었습니다."

"뭐라고요?"

"필립 존슨의 아내란 사람이 없었단 말입니다. 자, 이젠 내 말을 들어 주겠습니까?"

"그럼 이사를 간 모양이죠. 아마 그랬을 겁니다! 내가 그때…… 폭발 사고가 난 후 도시를 떠났을 거예요. 그 사람을 찾아 줘요."

"그런 사람이 없다니까요."

죄수는 불신의 표정으로 그를 보았다.

"하지만 내가……"

"난 당신을 진실로 대했어요. 하지만 당신은 단지 처형을 면하고자 없는 얘기를 지어냈습니다."

"다 사실이라니까요! 제발 믿어 줘요. 왜 다들 날…… 잠깐, 잠깐만요."

그가 자신의 오른쪽 다리를 들어 보였다.

"봐요." 그가 간절하게 말했다. "이건 섬광 화상이에요. 핵폭발이 아니고선 절대 입을 수 없는 부상이라고요. 이게 무슨 뜻인지 정말 모르겠어요?"

"내 말 들어 봐요."

"이해가 안 되나요?"

"내 말 들어 보라니까."

"알았어요. 하지만……"

"설령 당신 말이 다 사실이라 해도……"

"설령이 아니라, 전부 다 사실이라니까요."

"설령 그렇다 해도 당신이 범죄를 저질렀다는 사실은 변하지 않습니다. 그 대가를 치러야죠."

"내가 아니었다니까요!"

"그걸 어떻게 증명할 수 있습니까?" 신부가 물었다.

"난…… 난……" 죄수는 말을 잇지 못했다. "이 다리가……"

"아무 증거도 없지 않습니까."

"내 아내……"

"그녀가 대체 어디 있다는 얘깁니까?"

"몰라요. 하지만 당신이 찾아 볼 순 있잖아요. 찾아서 물어보면 진실을 알게 될 겁니다. 아내가 내 결백을 밝혀 줄 거라고요."

"미안하지만 더는 방법이 없습니다."

"없긴요. 있을 겁니다! 제발 내 아내를 찾아 봐 줘요. 그때까지 형 집행을 정지시켜 줄 순 없나요? 이봐요, 내겐 친구도 많다고요. 그들의 주소를 알려 줄게요. 나랑 같이 일했던 동료들의 이름도 공개할 수 있어요. 그들은……"

"그들에게 내가 뭐라고 할 수 있겠어요, 라일리?"

"존슨이라니까요!"

"당신 이름이 뭔지는 상관없어요. 그들에게 연락해 뭐라고 하면 되죠? 10년 전 폭발 사고를 당한 남자에 대해 할 얘기가 있다고요? 그가 핵폭발 사고를 당하고도 멀쩡히 살아 있다고요? 그가……"

그의 말이 뚝 멎었다.

"아직도 모르겠어요?" 그가 애원하듯 말했다. "처형을 피할 수 있는 방법은 없어요. 이럴수록 당신만 더 힘들어질 뿐이란 말입니다."

"하지만……"

"내가 들어가서 기도해 줄게요."

죄수는 그를 빤히 보았다. 순간 그의 얼굴과 태도에서 팽팽했던 긴장이 풀려 버렸다. 그의 몸이 축 늘어졌다. 그가 돌아서서 휘청대며 침상으로 돌아갔다. 그리고 그 위에 풀썩 주저앉았다. 그는 벽에 등을 기댄 채 앉아 핏기 없는 손가락으로 자신의 셔츠 앞부분을 움켜쥐었다.

"희망이 없어." 그가 말했다. "희망이 없어. 아무도 날 믿어 주지 않아. 아무도."

그가 침상에 누워 있을 때 두 명의 교도관이 나타났다. 그는 흐리멍덩한 눈으로 벽을 응시하고 있었다. 신부는 의자에 앉아 기도를 하는 중이었다.

죄수는 말없이 그들에게 이끌려 복도를 걸어 나갔다. 그가 잠시 고개를 들고 주위를 둘러보았다. 마치 세상이 기묘하고 이해할 수 없는 잔인함으로 가득 차 있다는 것처럼.

그는 다시 고개를 떨어뜨리고 계속해서 발을 질질 끌어 앞으로 나아갔다. 두 교도관이 양옆을 지켰고, 고개를 푹 숙인 신부는 두 손을 가지런히 모은 채 그들을 뒤따르고 있었다. 기도 중인 입은 소리 없이 움직이고 있었다.

나중에 맥과 찰리가 카드 게임을 하고 있을 때 불이 나가 버렸다. 그들은 잠자코 앉아 기다렸다. 사형수 수감 건물의 다른 죄수들이 뒤척이는 소리가 들렸다.

그리고 다시 불이 들어왔다.

"선배님이 돌리실 차례예요." 찰리가 말했다.

하얀 실크 드레스
Dress of White Silk

여긴 너무 조용하다.

할머니는 나를 방에 가둬 두고 내보내 주지 않는다. 할머니는 그 일 때문이라고 한다. 이번에도 내가 잘못한 모양이다. 그깟 드레스 하나 가지고. 우리 엄마 드레스. 엄마는 영영 세상을 떠나 버렸다. 할 머니는 엄마가 천국에 올라갔다고 한다. 어떻게 그럴 수 있지? 나도 죽으면 천국에 갈 수 있나?

할머니 소리가 들린다. 할머니는 엄마 방에 들어가 있다. 할머니는 엄마의 드레스를 상자에 도로 넣는 중이다. 왜 항상 저러지? 자물쇠 까지 채워 두고. 그러지 말아 주면 좋겠는데. 드레스는 예쁘고 향긋 한 냄새도 풍긴다. 입으면 따뜻하고. 나는 그걸 볼에 문지르는 걸 좋 아한다. 하지만 이제는 그럴 수 없게 됐다. 할머니는 내가 그러는 게 싫은 모양이다.

하지만 정말 그런지는 모르겠다. 우리 집에선 매일 이런 일이 벌어진다. 어제는 메리 제인이 놀러 왔다. 걔는 길 건너에 산다. 걔는 매일 우리 집에 놀러 온다. 오늘도 그랬고.

내게는 일곱 개의 인형과 소방차가 있다. 오늘 할머니가 말했다. 인형이랑 소방차만 가지고 놀아. 엄마 방엔 들어가지 말고. 할머니는 만날 같은 말만 한다. 내가 까먹을까 봐 그러는 것 같다. 그래서 매일 그 얘기를 하는 게 아닐까? 엄마 방에 들어가지 마. 그렇게.

하지만 엄마 방이 너무 좋은걸 어떡해. 비가 내리면 나는 거기 들어간다. 할머니가 낮잠을 잘 때도 몰래 들어가 보고. 나는 아무 소리도 내지 않는다. 그냥 침대에 앉아 하얀 커버만 만지작거릴 뿐이다. 지금보다도 훨씬 어릴 때 그랬던 것처럼. 방에서는 달콤한 향기가 난다.

나는 엄마가 드레스를 꺼내 걸치는 모습을 상상해 본다. 하얀 드레스에는 향긋한 냄새가 배어 있다. 밤 외출용 드레스. 엄마는 그 옷을 그렇게 불렀다. 정확히 언제 그랬는지는 기억나지 않지만.

귀를 쫑긋 세우면 드레스 살랑거리는 소리를 들을 수 있다. 나는 엄마가 화장대에 앉아 있는 모습을 상상해 본다. 그렇게 앉아 향수를 뿌리거나 하는 모습을. 엄마의 까만 눈이 보인다. 생생히 기억난다.

나는 비가 오는 날이 좋다. 그런 날엔 창문에 눈이 보인다. 빗소리를 듣고 있으면 꼭 커다란 거인이 밖에 서 있는 것처럼 느껴진다. 거인은 세상에 대고 조용히 있으라고 한다. 나는 엄마 방에 들어가서 그런 상상을 하며 논다.

나는 엄마의 화장대에 앉아 있는 걸 제일 좋아한다. 엄청나게 크고 분홍색인 화장대는 달콤한 향기도 풍긴다. 앞에 놓인 의자에는 푹신한 쿠션이 붙어 있다. 화장대에는 울퉁불퉁하게 장식된 유리병이 여럿 놓여 있고, 그 안에는 다양한 색채의 향수가 담겨 있다. 앞에는 온몸을 비추는 커다란 거울이 붙어 있고.

거기 앉아 있으면 내가 엄마가 된 듯한 기분이 든다. 내 입에선 이런 말이 흘러나온다. 조용히 계세요, 어머니. 저는 나갈 거예요. 저를 막을 생각일랑 마세요. 머릿속에서 왜 그런 말이 자꾸 떠오르는지 모르겠다. 오, 징징대지 좀 마세요, 어머니. 그런다고 제 마음이 흔들릴 것 같아요? 마법 드레스를 걸쳤으니 절대 그럴 일 없다고요.

나는 엄마가 된 척하며 브러시로 머리를 빗기도 한다. 하지만 매번 내 방에 있는 브러시를 가져가 쓴다. 엄마 브러시는 써 본 적이 없다. 괜히 그랬다간 할머니에게 트집을 잡힐 테니까. 할머니가 화내는 게 싫어 나는 엄마 브러시에 손도 대지 않는다.

가끔 상자를 열어 볼 때가 있다. 할머니가 어디에 열쇠를 보관해 두는지 알아낸 덕분이었다. 언젠가 할머니가 열쇠를 엄마 옷장 안에 걸어 놓는 걸 몰래 지켜본 적이 있다. 문 뒷면 고리에.

이제는 아무 때나 상자를 열어 볼 수 있다. 난 엄마 드레스를 꺼내 보는 걸 좋아한다. 그냥 보고만 있어도 좋다. 너무 아름답고 실크처럼 매끄러운 느낌도 마음에 쏙 든다. 백만 년 동안 드레스만 만지작거리며 살아도 좋을 것 같다.

나는 장미가 새겨진 양탄자 위에 무릎을 꿇고 앉는다. 그런 다음, 드레스를 팔에 걸쳐 놓고 냄새를 맡아 본다. 볼에 살살 문질러 보기도 한다. 드레스를 꼭 끌어안고 잠들 수 있다면 얼마나 좋을까? 정말로. 하지만 이젠 그럴 수 없게 됐다. 할머니도 안 된다고 했고. 할머니는 그냥 태워 버리라고 했지만 너무나 사랑했던 엄마를 그렇게 보낼 수는 없다. 할머니는 드레스만 보면 펑펑 운다.

나는 드레스로 이상한 장난을 쳐 본 적이 없다. 갖다 놓을 때는 마치 손도 대지 않은 것처럼 반듯하게 잘 개어 놓았다. 할머니는 그 사실을 전혀 모르는 듯했다. 어떻게 그걸 모를 수 있는지 웃음이 나왔다. 하지만 이제는 내가 손을 댔다는 걸 알게 된 모양이다. 나는 무슨 벌을 받게 될까? 대체 드레스 하나 가지고 왜 이 난리지? 엄마가 입었던 게 아닌가?

나는 그 방에 들어가 엄마 사진을 들여다보는 걸 최고로 좋아한다. 사진은 금색 틀에 담겨 있다. 할머니는 그걸 액자라고 부른다. 사진은 서랍장 위 벽에 걸려 있다.

엄마는 예쁘다. 네 엄마는 아주 예뻤단다. 할머니는 말한다. 왜 그런 식으로 말을 하는 거지? 나를 보며 미소 짓는 엄마는 아직도 예쁜데. 항상, 언제까지나 그럴 거고.

엄마의 머리와 눈은 새까맸고 입은 새빨갰다. 나는 엄마의 하얀 드레스를 좋아한다. 드러난 엄마의 어깨는 걸치고 있는 드레스만큼이나 하얗게 질린 상태다. 두 손도 마찬가지고. 엄마는 너무 아름답다. 영영 딴 세상으로 가 버렸지만 그래도 난 엄마를 사랑한다. 그것도 아주 많이.

그래서 내가 메리 제인에게 못되게 구는 모양이다.

메리 제인은 늘 그렇듯 점심을 먹자마자 우리 집에 놀러 왔다. 할머니는 낮잠을 자러 들어갔다. 할머니는 엄마 방에 절대 들어가면 안 된다고 경고하는 걸 잊지 않았다. 나는 할머니에게 걱정 말라고 말했다. 정말로 들어가지 않을 생각이었다. 하지만 소방차를 가지고 놀던 메리 제인이 불쑥 내게 말했다. 넌 엄마 없지? 없는데 있다고 거짓말한 거지?

순간 화가 확 치밀었다. 내게도 분명 엄마가 있는데. 절대 거짓말이 아닌데. 너무나도 화가 났다. 걔는 나를 거짓말쟁이라고 불렀다. 나는 엄마의 침대와 화장대와 사진과 드레스에 대해 들려주었다.

못 믿겠으면 보여 줄게. 나는 말했다.

나는 할머니의 방을 흘끔 들여다보았다. 할머니는 곤히 잠들어 있었다. 나는 아래층으로 내려가 메리 제인에게 같이 들어가 보자고 했다. 할머니가 잠들었으니 걱정 말라면서.

메리 제인은 갑자기 진지해졌다. 긴장했는지 어색하게 킥킥거렸다. 위층 복도의 테이블에 부딪쳤을 때는 섬뜩한 소리를 내기도 했다. 내가 말했다. 이제 보니 너 겁쟁이였구나. 그러자 메리 제인이 받아쳤다. 우리 집은 너희 집처럼 어둡지 않거든. 내가 고작 그 정도 놀림에 속상해 할 줄 알았나?

우리는 엄마 방으로 들어갔다. 깜깜한 방에서는 아무것도 보이지 않았다. 여기가 우리 엄마 방이야. 이래도 내가 거짓말을 했다고 할래? 나는 말했다.

걔는 문 옆에 서서 움직이지 않았다. 잔뜩 겁을 집어먹었는지 아무 말도 하지 않았다. 메리 제인이 방 안을 찬찬히 둘러보았다. 내가 팔을 살짝 건드리자 걔는 화들짝 놀랐다. 뭐해? 안 들어가고. 나는 말했다.

나는 침대에 앉았다. 이게 우리 엄마 침대야. 얼마나 부드러운지 와서 봐. 메리 제인은 여전히 말이 없었다. 겁쟁이. 내가 말했다. 아니야. 메리 제인이 말했다.

와서 앉아 봐. 그래야 얼마나 부드러운지 알 수 있잖아. 메리 제인이 다가와 내 옆에 앉았다. 봐. 엄청 푹신하지? 냄새도 향긋하고?

나는 눈을 감았다. 하지만 이상하게도 기분이 평소 같지 않았다. 친구랑 함께 있기 때문인가? 나는 메리 제인에게 커버에서 손을 떼라고 했다. 네가 만져 보라고 했잖아. 메리 제인이 말했다. 이제 그만 만져. 내가 말했다.

저기 봐. 메리 제인을 붙잡아 일으켰다. 저게 화장대야. 나는 친구를 그쪽으로 이끌었다. 이거 봐. 메리 제인이 말했다. 방 안은 언제나처럼 고요했다. 점점 기분이 나빠졌다. 메리 제인이랑 엄마 방에 같이 있어서 그랬던 것 같다. 메리 제인이 방에 들어온 걸 엄마가 봤다면 무척 못마땅해 했을 것이다.

하지만 방에 들어온 이상 모든 걸 보여 줄 수밖에 없다. 나는 메리 제인에게 거울을 보여 주었다. 우리는 나란히 서서 거울을 들여다보았다. 그 애는 창백했다. 메리 제인은 겁쟁이. 나는 말했다. 아니야. 아니라니까. 너희 집이 이상하게 조용하고 어두운 거야. 냄새도 이상하고. 메리 제인이 말했다.

또 화가 치밀었다. 아무 냄새도 안 나는데. 나는 말했다. 분명히 나고 있어. 아까 너도 난다고 했었잖아. 메리 제인은 나를 점점 더 화나게 만들고 있었다. 설탕 냄새 같아. 그 애가 말했다. 너희 엄마 방에선 아픈 사람 냄새가 나.

우리 엄마한테 아픈 사람 같다고 하지 마. 나는 말했다.

드레스 보여 준다며? 없으면서 거짓말한 거 아니야? 그 애가 말했다. 순간 온몸이 뜨겁게 달아올랐다. 나는 메리 제인의 머리채를 냅다 움켜잡았다. 보고 싶다면 보여 줄게. 나는 말했다. 엄마 드레스를 보여 주면 믿을 거지? 보고 나면 날 거짓말쟁이라고 부르면 안 돼. 알았지?

나는 그 애를 꼿꼿하게 세워 놓고 고리에 걸린 열쇠를 가져왔다. 그런 다음, 무릎을 꿇고 앉아 상자를 열었다.

메리 제인이 말했다. 웩. 쓰레기 냄새가 나.

나는 손톱으로 그 애를 꼬집었다. 메리 제인은 버럭 화를 내며 뒤로 물러났다. 꼬집지 마. 얼굴이 벌게진 그 애가 말했다. 집에 가서 엄마한테 다 이를 거야. 그리고 드레스도 하얗지 않잖아. 더럽고 흉측해.

더럽지 않아. 내 목소리에 할머니가 깨면 어쩌나 걱정이 됐다. 나는 상자에서 드레스를 꺼냈다. 그리고 드레스가 얼마나 하얀지 메리 제인이 똑똑히 볼 수 있도록 번쩍 들어 보였다. 비의 속삭임처럼 휘리릭 펼쳐진 드레스의 끝자락이 양탄자에 닿았다.

봐. 하얗지? 하얗고 깨끗하고 부드럽지?

아니. 그 애가 말했다. 잔뜩 화가 난 메리 제인의 얼굴은 시뻘게져 있었다. 구멍이 뚫려 있잖아. 나는 점점 더 화가 났다. 엄마가 여기 있었으면 널 가만두지 않았을걸. 나는 말했다. 넌 엄마가 없잖아. 그 애가 말했다. 메리 제인이 미워 죽겠다.

엄마 있어! 나는 큰소리로 외쳤다. 그리고 손가락으로 엄마 사진을 가리켰다. 이렇게 어두운 데서 저게 보이겠어? 그 애가 말했다. 나는 메리 제인을 힘껏 떠밀었다. 그 애는 서랍장에 부딪쳤다. 봐. 나는 말했다. 저 사진을 똑똑히 보라고. 저게 우리 엄마야. 세상에서 제일 아름다운 저 여자가 우리 엄마라고.

못생겼어. 손도 이상해 보이고. 메리 제인이 말했다. 아니야. 나는 말했다. 우리 엄마는 세상에서 제일 아름다운 여자라고!

아니야. 아니야. **뻐드렁니도 났잖아.**

그때의 기억이 잘 나지 않는다. 내 팔에 걸쳐진 드레스가 움직였던 것 같다. 메리 제인이 비명을 질렀다. 그때 일이 잘 기억나지 않는다. 방 안이 더 어두워졌고 커튼이 스르르 드리워졌다. 아무것도 보이지 않았다. 들리는 소리라고는, 뻐드렁니 이상한 손 뻐드렁니 이상한 손, 그것뿐이었다. 아무도 입을 열지 않았는데.

그뿐만이 아니었다. 어딘가에서 이런 말도 들렸다. **그 애 입을 막아 버려!** 나는 더 이상 드레스를 붙잡고 있을 수가 없었다. 기억은 나지 않지만 어느새 내가 그 드레스를 걸치고 있었다. 나는 어느새 다 자라 있었다. 느낌으로는 아직 어린아이였지만. 겉으로는 다 컸다는 얘기다.

아마 그때 뭔가 끔찍하고 나쁜 일이 벌어졌던 모양이다.

할머니가 나를 그 방에서 끌어냈다. 기억은 잘 안 나지만. 할머니는 빽빽 비명을 질러 댔다. 하느님 맙소사. 결국 일이 벌어졌네. 일이 벌어졌어. 계속 같은 말만 반복했다. 나는 어찌 된 영문인지 몰랐다. 할머니는 나를 이곳, 내 방으로 끌고 와 나를 가두어 놓았다. 아무리 기다려도 내보내 주지 않는다. 하지만 무섭지는 않다. 여기 수백만 년, 수십억 년 갇혀 있으라고 해도 괜찮다. 할머니가 내게 저녁을 챙겨 주지 않아도 된다. 어차피 배도 고프지 않으니까.

오히려 배가 너무 부르다.

이발

Haircut

안젤로는 블록 끝에 자리한 템플스 카페테리아에서 점심을 먹고 있었고, 조는 이발소 의자에 앉아 조간신문을 훑고 있었다.

이발소 안은 후텁지근했다. 실내 공기에서는 로션과 화장수와 면도 비누 냄새가 진하게 풍겼다. 타일 바닥에는 잘려 나간 머리카락이 소용돌이치고 있었다. 정적 속에서 커다란 파리 한 마리가 윙윙대며 같은 자리를 천천히 맴도는 중이었다. 조는 표제를 훑었다. **폭염 계속 이어져.**

손수건으로 목을 훔치고 있을 때 망을 친 문이 열렸다가 이내 요란한 소리를 내며 닫혔다. 조는 고개를 돌리고 다가오는 남자를 바라보았다.

"어서 오세요, 손님." 조가 기계적으로 말했다. 그는 신문을 접으며 검은 가죽으로 덮인 의자를 미끄러지듯 내려왔다.

그는 벽을 따라 줄지어 놓인 철사 등받이 의자에 신문을 내려놓았다. 남자는 발을 질질 끌고 들어와 의자를 골라 앉았다. 그의 두 손은 주름진 갈색 개버딘* 코트 주머니 안에 꽂혀 있었다. 그는 축 늘어진 모습으로 앉아 기다렸다. 조가 손님에게로 다가갔다.

"네, 손님." 조가 말했다. 그는 바짝 마르고 누렇게 뜬 남자의 얼굴을 잠시 내려다보았다. 그가 유리로 된 캐비닛에서 수건을 꺼내 왔다. "코트를 벗으시겠어요?" 그가 물었다. "오늘 아주 푹푹 찌는군요."

남자는 대답이 없었다. 조의 얼굴에서 미소가 사라졌다가 이내 다시 되돌아왔다.

"뭐 좋으실 대로." 그는 남자의 색 바랜 셔츠의 깃 안으로 수건을 꽂아 넣었다. 남자의 피부는 건조하고 차가웠다. 그는 남자의 코트에 줄무늬 천을 댄 후 옷핀으로 고정시켜 놓았다.

"오늘도 엄청 뜨겁겠는데요."

남자는 여전히 말이 없었다. 조는 헛기침을 한 번 했다.

"면도도 해 드릴까요?" 그가 물었다.

남자가 고개를 한 번 저었다.

"이발." 조가 말하자 남자가 천천히 고개를 끄덕였다.

조는 전기면도기를 집어 들고 전원을 켰다. 높은 음으로 윙윙거리는 소리가 정적을 깨뜨렸다.

"저…… 허리를 좀 펴 주시겠습니까, 손님?" 조가 말했다.

남자는 팔꿈치로 의자 팔걸이를 딛고 상체를 살짝 들었다. 아무 소

* 소모사梳毛絲 및 면사를 사용하여 날실을 씨실보다 두 배 정도 촘촘하게 능직綾織으로 짠 옷감.

리도 내지 않았고 표정의 변화도 없었다.

조는 면도기로 남자의 목을 훑기 시작했다. 털이 밀린 자리의 피부는 창백했다. 꽤 오랜만에 이발소를 찾은 모양이었다.

"이놈의 더위가 금방 물러갈 것 같지 않네요."

"계속." 남자가 말했다.

"그렇죠?" 조가 말했다. "어떻게 된 게 갈수록 더 뜨거워지는지 원. 저번에 집사람에게도 얘기했지만……"

그는 신나게 주절대며 남자의 목을 계속해서 시원하게 밀어 나갔다. 가늘고 긴 털들이 남자의 어깨 위로 소리 없이 뿌려졌다.

조는 전기면도기의 헤드를 다른 것으로 교체하고 계속 남자의 머리털을 밀어 나갔다.

"짧게 깎아 드릴까요?"

남자는 천천히 고개를 끄덕였다. 조는 남자의 피부가 상하지 않도록 조심스레 면도기를 놀려 댔다.

"계속 자라요." 남자가 말했다.

조가 킬킬 웃었다. "그게 자연의 섭리죠." 그의 표정이 갑자기 진지해졌다. "머리카락은 여름에 특히 더 빨리 자라죠. 열기 때문입니다. 분비선이 더 활발히 기능한다나요. 그래서 저는 늘 손님들께 짧게 치시는 걸 권해 드립니다."

"네." 남자가 말했다. "짧게." 맥 빠진 그의 목소리에서는 어떠한 톤도 묻어나지 않았다.

조가 면도기를 내려놓고 바지 뒷주머니에서 구겨진 손수건을 뽑아 들었다. 그리고 그것으로 땀에 젖은 눈썹을 훔쳐 냈다.

"더워 죽겠네요." 그가 긴 한숨을 내쉬며 말했다.

남자는 아무 대꾸가 없었다. 조는 손수건을 다시 주머니에 집어넣었다. 그런 다음, 가위와 빗을 집어 들고 다시 의자 쪽으로 몸을 틀었다. 그는 허공에 대고 가위질을 몇 번 한 후 남자의 머리를 다듬기 시작했다. 남자의 입 냄새가 확 풍겨 오자 얼굴이 찌푸려졌다. 치아가 나쁜가 보군.

"손톱도." 남자가 말했다.

"네?"

"계속 자라요."

조는 잠시 머뭇거렸다. 그의 시선이 벽에 걸린 거울 쪽으로 돌아갔다. 남자는 자신의 무릎을 내려다보고 있었다.

조는 침을 한 번 삼키고 계속 가위질을 이어 나갔다. 얇은 빗으로 남자의 머리를 빗어 내리고 나서 머리털 한 움큼을 싹둑 잘라 냈다. 검고 건조한 머리카락이 줄무늬 천 위로 우수수 떨어져 내렸다. 바닥에도 조금 뿌려졌다.

"길어요." 남자가 말했다.

"네?"

"내 손톱."

"오. 죄송합니다만 여긴 손톱 관리사가 없습니다." 조는 어색하게 웃음을 터뜨렸다. "저희는 그런 고급 이발소가 아닙니다."

남자의 표정은 딱딱하게 굳어 있었다. 조의 얼굴에서 미소가 사라졌다.

"손톱 관리를 받으시려면 말입니다," 그가 말했다. "애틀랜틱 가에 있는 큰 이발소에 가 보시죠. 거긴 손톱 관리사가 있거든요."

"계속 자라요." 남자가 말했다.

"네." 조가 산란해 하며 말했다. "저기…… 머리 윗부분도 조금 쳐 드릴까요?"

"멈출 수가 없어요." 남자가 말했다.

"네?" 조는 다시 벽에 걸린 거울을 보았다. 거울 속 남자의 얼굴에는 조금의 변화도 없었다. 퀭한 남자의 눈도 흔들림이 없었다.

그는 더는 말을 걸지 않겠노라고 다짐한 후 다시 가위질로 돌아갔다.

남자에게서 풍기는 역한 냄새가 점점 진해졌다. 이번엔 입 냄새가 아닌 것 같은데. 조는 생각했다. 온몸에서 다 풍기는 것 같아. 몇 주째 목욕을 못 한 모양이지? 조는 악문 이 사이로 간신히 숨을 쉬었다. 정말 견디기가 힘들 정도군. 그는 생각했다.

잠시 후, 이발을 마친 그가 가위와 빗을 카운터에 내려놓고 줄무늬 천을 걷어 탈탈 털었다. 검은 머리카락이 바닥에 뿌려졌다.

그는 수건을 다시 깃 안으로 잘 꽂아 놓고 줄무늬 천을 코트에 댔다. 그런 다음, 검은 기계에서 뿜어져 나온 하얀 비누거품을 왼쪽 손바닥에 쥐었다.

그는 남자의 관자놀이와 귀 주변에 거품을 골고루 발라 나갔다. 남자의 차가운 피부가 손가락에 닿을 때마다 그는 움찔거렸다. 많이 아픈 사람 같은데. 그는 생각했다. 설마 전염되는 건 아니겠지? 세상에는 남에 대한 배려가 없는 사람들이 간혹 있었다.

조는 초조하게 흥얼거리며 가죽숫돌에 면도칼을 갈았다. 남자는 여전히 미동도 없이 앉아 있었다.

"서둘러 줘요." 남자가 말했다.

"알겠습니다. 서두르겠습니다." 그는 면도칼을 한 번 더 문지르고 나서 가죽숫돌을 손에서 놓았다. 밑으로 떨어진 그것이 의자 뒷면에 한 번 부딪쳤다.

조는 피부를 살짝 당겨 팽팽하게 만든 후 남자의 오른쪽 귀 주변을 밀어 나가기 시작했다.

"남았어야 했어요." 남자가 말했다.

"네?"

남자는 입을 닫았다. 조는 불안감에 침을 한 번 삼키고 나서 계속 면도를 이어 갔다. 그는 악취를 맡지 않으려 입으로만 숨을 쉬었다.

"서둘러 줘요." 남자가 말했다.

"최대한 빨리 하고 있습니다." 조가 짜증 섞인 톤으로 대꾸했다.

"남았어야 했어요."

어떤 이유에서인지 조의 몸이 바르르 떨렸다. "금방 끝내 드리겠습니다." 남자는 계속해서 자신의 무릎만 내려다볼 뿐이었다. 의자에 고정된 몸은 조금의 흔들림도 없었다. 두 손도 여전히 주머니에 꽂혀 있었다.

"왜죠?" 남자가 말했다.

"네?"

"왜 계속 자라죠?"

조의 얼굴이 다시 멍해졌다. 그는 거울에 비친 남자의 모습을 살폈다. 속이 울렁거려 왔다. 그는 자연스럽게 미소를 지어 보려 애썼다.

"사는 게 그런 거죠 뭐." 그가 기어 들어가는 목소리로 말했다. 그리고 최대한 신속히 면도를 마무리 지었다. 깨끗한 수건으로 비누거품을 훔쳐 냈다. 털이 밀린 자리는 새하얗게 변해 있었다.

그는 남자의 목과 귀 주변을 씻기 위해 물병을 가져오려다 멈칫했다. 돌아서서 브러시로 남자의 목에 파우더를 발라 나갔다. 파우더의 향긋한 냄새가 지독한 악취와 한 데 어우러졌다.

"머리 적셔 드릴까요?"

남자는 대답이 없었다. 조는 필요 이상의 호흡을 삼가며 남자의 머리를 빗어 내렸다. 그는 손가락이 머리에 닿지 않도록 애썼다. 그는 왼쪽으로 가르마를 탄 후 머리를 단정하게 빗어 넘겨 주었다.

그제야 남자가 고개를 들고 생기 없는 눈으로 거울 속 자신의 모습을 응시했다.

"네." 그가 느릿느릿 말했다. "됐어요."

남자가 둔한 움직임으로 자리에서 일어났다. 조는 의자를 돌아가 그의 옷에서 수건과 줄무늬 천을 걷어 내 주었다.

"네, 손님." 그의 입에서 자동적으로 대꾸가 흘러나왔다.

남자는 코트 주머니에 손을 꽂아 넣은 채 발을 질질 끌며 문 쪽으로 걸어 나가기 시작했다.

"이봐요, 잠깐만요." 조가 깜짝 놀라며 말했다.

남자가 천천히 몸을 틀고 다크서클이 생긴 눈으로 그를 보았다. 조는 초조하게 마른침을 삼켰다.

"1달러 50센트입니다." 그가 조심스레 말했다.

남자는 깜빡이지도 않는 게슴츠레한 눈으로 그를 보았다.

"뭐라고요?"

"1달러 50센트라니까요." 조가 다시 말했다. "이발 요금 말입니다."

남자는 계속해서 조를 응시하다가 갑자기 자신의 코트 주머니를 내려다보았다.

그가 부자연스러운 동작으로 천천히 두 손을 꺼냈다.

순간 조의 온몸이 바짝 얼어붙었다. 숨이 턱 막힌 그는 뒤로 한 걸음 물러났다. 그의 눈은 남자의 하얀 손과 손끝에서 3센티미터 가까이 자라난 손톱에 고정돼 있었다.

"하지만 돈이 없는데요." 남자가 두 손을 천천히 펼쳐 보이며 말했다.

조는 자신의 목에 탁 걸린 숨소리를 미처 듣지 못했다.

그는 입을 떡 벌린 채 남자의 하얀 손가락 사이로 흘러내리는 검은 흙을 보았다.

그의 온몸은 마비된 상태였다. 남자는 다시 돌아서서 발을 질질 끌며 걸음을 옮겨 나갔다. 그는 망을 친 문을 열고 밖으로 나갔다.

문간을 벗어난 남자는 햇볕이 쨍쨍 내리쬐는 보도로 올라섰다.

조는 멍한 얼굴로 서서 애틀랜틱 가를 향해 천천히 걸어 나가는 남자를 아주 오랫동안 지켜보았다.

2만 피트 상공의 악몽

Nightmare at 20,000 Feet

"안전벨트를 매 주세요." 스튜어디스가 쾌활한 톤으로 그에게 말했다.

그녀의 주문이 끝나기가 무섭게 앞쪽 객실로 이어지는 아치형 통로에 사인이 켜졌다. **안전벨트 착용**. 그리고 바로 밑에, **금연**. 윌슨은 입에 문 담배를 몇 번에 나누어 길게 빨고 나서 팔걸이 재떨이에 신경질적으로 비벼 껐다.

창밖으로 엔진 하나가 연기를 폭발적으로 뿜어내고 있는 게 보였다. 연기는 밤공기에 닿자마자 사방으로 흩어져 버렸다. 기체가 진동하기 시작하자 윌슨은 다시 창밖을 내다보았다. 엔진실에서 하얀 배기가스가 힘차게 나오고 있었다. 두 번째 엔진이 잠시 털털거리더니이내 프로펠러가 돌기 시작했다. 바짝 긴장한 윌슨은 순순히 안전벨트를 착용했다.

이제 모든 엔진이 돌아갔다. 기체가 흔들릴 때마다 윌슨의 머리가 욱신거렸다. 그는 뻣뻣한 자세로 앉아 바로 앞의 좌석을 응시했다. DC-7은 에이프런*을 가로지르는 중이었다. 요란한 소리를 내며 뿜어내는 배기가스가 밤을 데우고 있었다.

비행기는 활주로 가장자리에 잠시 멈춰 섰다. 윌슨은 창밖에서 빛을 발하는 거대한 터미널 건물을 바라보았다. 늦은 아침쯤이면 샤워를 마치고 말쑥하게 차려입은 상태일 거야. 그는 생각했다. 그런 차림으로 거래처 사무실에 앉아 인류 역사에 아무런 의미도 보태지 못할, 허울만 그럴 듯한 거래를 성사시키기 위해 바동거리고 있겠지? 생각할수록 짜증이……

윌슨의 숨이 턱 막혔다. 몸 풀기를 마친 엔진들이 본격적으로 이륙 준비에 들어갔다. 요란한 소음에 귀가 먹먹해졌다. 마치 누군가가 방망이로 귀를 두들겨 대고 있는 것 같았다. 그는 먹먹한 귀를 뚫기 위해 입을 쩍 벌려 보았다. 그의 눈은 아픈 사람처럼 게슴츠레해졌고, 두 손에는 잔뜩 힘이 들어가 있었다.

누군가가 그의 팔뚝에 살며시 손을 얹었다. 순간 그의 다리가 움찔했다. 그는 황급히 고개를 돌려 아까 출입구에서 만났던 스튜어디스를 올려다보았다. 그녀가 미소를 흘리며 내려다보았다.

"괜찮으세요?" 그는 그녀의 말을 간신히 알아들었다.

윌슨은 입을 굳게 다물고 귀찮다는 듯 손을 살랑거렸다. 그녀는 어색하게 활짝 웃어 보이고 난 후 돌아서서 걸음을 총총 옮겨 나갔다.

---

* 항공기가 방향을 돌리거나 짐을 싣거나 하는 구역.

비행기가 다시 움직이기 시작했다. 처음에는 움직임이 많이 둔하게 느껴졌다. 마치 엄청난 견인력에 저항하는 베헤모스*에 올라탄 기분이었다. 비행기의 속도는 점점 높아졌다. 더 이상의 저항은 느껴지지 않았다. 윌슨은 창문 쪽으로 몸을 틀고 빠르게 스치는 검은 활주로를 내다보았다. 날개 가장자리에서 플랩이 내려오고 윙윙대는 기계음을 냈다. 어느새 거대한 바퀴들은 활주로에서 떨어져 있었고, 창밖으로 내려다보이는 땅은 빠르게 멀어져 갔다. 나무와 건물들, 그리고 쉴 새 없이 움직이는 차량의 불빛들. DC-7은 오른쪽으로 서서히 기울어지는 중이었다. 차갑게 반짝이는 별들을 향해.

마침내 비행기는 수평 상태로 돌아왔다. 순항 속도에 이르러서야 비로소 윌슨의 귀가 나지막한 윙윙거림에 적응되었다. 마치 엔진들이 일제히 멎어 버린 것 같았다. 바짝 긴장하고 있던 그의 몸에서 힘이 스르르 풀렸다. 하지만 평온의 순간은 오래 가지 않았다. 윌슨은 미동도 없이 앉아 '금연' 사인을 뚫어지게 응시했다. 사인이 깜빡이며 꺼지자 그가 잽싸게 담배를 꺼내 불을 붙였다. 그리고 앞좌석 뒷주머니에서 신문을 뽑아 들었다.

늘 그렇듯 세상은 그와 비슷한 상태에 빠져 있었다. 외교적 분쟁, 지진과 총기 사건, 살인, 강간, 토네이도와 교통사고, 실업 갈등, 조직범죄. 하느님 하늘에 계시니, 온 누리가 평화롭구나. 아서 제프리 윌슨은 생각했다.

15분 후, 그는 신문을 한쪽으로 치워 놓았다. 속이 울렁거렸다. 그는 두 개의 화장실 옆에 붙은 사인을 체크했다. 둘 다 불이 들어와 있

---

* 구약성서에 등장하는, 하마와 닮은 거대한 괴물. 레비아탄은 바다의 마수, 베헤모스는 육지의 마수이다.

었다. **사용 중.** 그는 이륙 후 세 번째로 피운 담배를 끄고 나서 머리 위 조명을 껐다. 그의 시선이 다시 창밖으로 돌아갔다.

승객들이 속속 불을 끄고 좌석 등받이를 뒤로 내리며 눈을 붙일 준비에 들어갔다. 윌슨은 손목시계를 들여다보았다. 11시 30분. 그의 입에서 기운 빠진 한숨이 터져 나왔다. 그가 걱정했던 대로 탑승 전 복용한 약은 조금도 도움이 되지 않았다.

화장실에서 여자가 나오는 걸 확인한 그는 황급히 일어났다. 가방을 집어 들고 통로를 따라 걷기 시작했다.

거북한 속은 좀처럼 진정이 되지 않았다. 윌슨은 끙 앓는 소리를 내며 옷매무새를 가다듬었다. 그런 다음, 가방에서 칫솔과 치약을 꺼냈다.

한 손으로 차가운 격벽을 짚은 채로 이를 닦았다. 그리고 좌측 벽에 난 틈새로 선체 안쪽의 담청색 프로펠러를 내다보았다. 윌슨은 날 세 개짜리 식칼 같은 그것이 갑자기 뜯겨져 나와 벽을 가르고 화장실로 들이닥치는 상황을 상상해 보았다.

속이 다시 거북해졌다. 윌슨은 본능적으로 치약 섞인 침을 꿀꺽 삼켰다. 그는 잠시 캑캑거리다가 홱 돌아서서 세면기에 입안 가득 고인 침을 뱉었다. 그리고 입을 황급히 헹구고 나서 물을 한 컵 받아 마셨다. 젠장. 기차로 갈걸 그랬어. 개인 객실에서 편히 쉴 수도 있고, 특별 객차의 안락의자에 앉아 술을 마시며 잡지도 실컷 볼 수 있었을 텐데. 하지만 그에게는 그럴 시간도 없었고, 운도 따라 주지 않았다.

세면도구를 주섬주섬 챙기던 그의 시선이 가방 안에 담긴 유포 봉투로 떨어졌다. 잠시 망설이던 그는 작은 가방을 세면대로 끌어와 봉투를 꺼냈다. 그리고 봉투를 열어 내용물을 확인했다.

그의 눈이 기름을 칠해 번들거리는 권총을 훑었다. 그가 무장을 하고 다닌 지도 어느덧 1년이 다 돼 가고 있었다. 노상강도로부터 목숨과 돈을 지키기 위해 내린 결정이었었다. 출장지의 어린 갱단 멤버들로부터 스스로를 보호하기 위해서. 물론 그것이 타당한 이유가 되지 못한다는 건 그도 잘 알고 있었다. 그럼에도 그는 무장을 결심하기에 이르렀다. 날이 갈수록 점점 더 자주 떠올리게 되는 그만의 특별한 이유 때문이었다. 얼마나 간단한 일인가. 여기서, 지금……

　　윌슨은 눈을 질끈 감고 다시 침을 삼켰다. 그의 입안에서는 아직까지도 치약 맛이 감돌고 있었다. 미뢰에서 화한 박하향이 은은히 퍼지는 중이었다. 그는 기름투성이 권총을 손에 쥔 채 서늘한 화장실 바닥에 풀썩 주저앉았다. 주체할 수 없을 만큼 온몸이 덜덜 떨렸다. 신이여, 제발 저를 놓아 주소서! 머릿속에서 절규가 터져 나왔다.

　　"놓아 주소서, **제발 놓아 주소서.**" 마치 남의 목소리 같은 징징거림이 그의 귓전에 맴돌았다.

　　갑자기 윌슨의 허리가 꼿꼿이 세워졌다. 그는 입을 굳게 다문 채 권총을 가방에 집어넣었다. 그리고 서류가방을 그 위에 얹어 놓은 후 지퍼를 채웠다. 그는 다시 일어나 문을 열고 밖으로 나왔다. 그리고 신속히 자리로 돌아가 앉았다. 작은 여행가방도 원위치에 돌려놓았다. 그는 팔걸이 버튼을 누르고 좌석 등받이를 뒤로 내렸다. 그는 비즈니스맨이었고, 바로 다음 날 처리해야 할 비즈니스가 있었다. 복잡하게 생각할 것 없었다. 몸이 수면을 필요로 했고, 그는 순순히 그것을 안겨 줄 참이었다.

　　하지만 20분 후, 윌슨은 천천히 손을 뻗어 팔걸이 버튼을 눌렀다. 등받이와 함께 일어나 앉은 얼굴에는 낙담한 패배자의 표정이 떠올라 있었다. 왜 저항을 해? 어차피 단 한숨도 잘 수 없을 텐데. 쿨하게 포기하라고.

그는 크로스워드 퍼즐을 반쯤 풀고 나서 신문을 무릎에 내려놓았다. 그의 눈에는 피로가 가득 차 있었다. 그는 허리를 곧게 세우고 어깨를 돌려 보았다. 스트레칭으로 등근육도 풀어 주었다. 이젠 뭘 한다? 잠은 오지 않았지만 신문을 다시 집어 들고 싶지는 않았다. 그는 다시 손목시계를 들여다보았다. 로스앤젤레스에 도착하기까지는 아직도 일곱 시간이나 남아 있었다. 뭘 하며 시간을 죽이지? 그는 객실을 슥 둘러보았다. 한 명을 제외한 모든 승객들이 잠에 빠져 있었다.

순간 압도적인 분노가 찾아들었다. 그는 비명을 지르며 아무거나 닥치는 대로 집어던지고 싶었다. 이를 얼마나 꽉 물고 있었던지 턱이 아파올 정도였다. 윌슨은 커튼을 거칠게 걷고 이글거리는 눈으로 창밖을 응시했다.

밖에서는 날개 표지등이 깜빡이고 있었고, 엔진 덮개에서는 배기가스가 야단스럽게 뿜어져 나오고 있었다. 2만 피트 상공에서 요란하게 울부짖는 죽음의 껍데기 안에 갇혀 있는 기분이야. 그는 생각했다. 극야polar night를 뚫고……

하늘에서 번개가 번쩍이자 윌슨이 움찔했다. 순간 날개가 눈부시게 빛을 발했다. 그가 침을 꿀꺽 삼켰다. 폭풍 속으로 파고드는 건가? 그는 거센 빗줄기와 강풍을 헤치고 나아가는 비행기를 머릿속에 그려 보았다. 불길한 기운이 그를 엄습해 왔다. 윌슨은 비행기 여행을 별로 즐기기 않았다. 과도한 흔들림은 늘 그의 속을 불편하게 만들었다. 그는 탑승 전 드라마민 멀미약을 몇 알 더 챙겨 먹지 않은 자신을 질책했다. 설상가상으로 그의 좌석은 비상구 바로 옆에 자리하고 있었다. 그는 그 문이 돌발적으로 열어젖혀지는 상상을 해 보았다. 자신이 비행기 밖으로 내던져지는 상상도.

윌슨은 눈을 깜빡이며 고개를 저었다. 그의 목덜미가 따끔거렸다. 그는 창문에 얼굴을 갖다 붙이고 밖을 응시했다. 미동도 없이 앉아 있는 그의 눈이 가늘어졌다. 뭔가 본 것 같은데……

갑자기 그의 속이 요동치기 시작했다. 눈에는 힘이 잔뜩 들어가 있었다. 무언가가 날개 위를 기어 다니고 있었다.

순간 윌슨은 극심한 메스꺼움을 느꼈다. 맙소사. 이륙하기 전에 개나 고양이가 기어 오른 모양이지? 하지만 어떻게 떨어지지도 않고 저렇게 붙어 있을 수 있을까? 그의 온몸에 소름이 쫙 돋았다. 딱하기도 하지. 얼마나 겁을 먹고 있을까? 살인적인 강풍 속에서 매끄러운 날개 표면을 붙잡고 버티는 게 과연 가능한 일일까? 대체 무엇을 붙잡고 있는 것일까? 아무리 생각해도 불가능한 일이었다. 어쩌면 그냥 새인지도 몰랐다. 그게 아니면……

그때 다시 번개가 쳤다. 눈부신 불빛에 모습을 드러낸 형체는 바로 사람이었다.

윌슨의 온몸이 바짝 얼어붙었다. 그는 넋 나간 표정으로 날개를 붙잡고 기어오는 까만 형체를 지켜보았다. **말도 안 돼.** 어딘가에서 충격에 휩싸인 목소리가 알아들을 수 없는 말을 주절대고 있었다. 윌슨이 자각하고 있는 것은 근육을 찢고 튀어나올 듯이 요동치는 자신의 심장과 바깥의 남자뿐이었다.

순간 얼음물을 끼얹기라도 한 듯 반응이 일어났다. 그의 머리는 합당한 해명을 내놓으라고 아우성이었다. 정비사가 실수로 올라탄 건가? 만약 그렇다면 어떻게 이런 살인적인 강풍 속에서 저렇게 버틸

수가 있지? 그것도 희박한 산소, 그리고 살을 에는 결빙 온도와 싸워
가면서?

윌슨은 스스로에게 반박의 기회를 내주지 않았다. 그는 자리에서
벌떡 일어나 소리쳤다. "스튜어디스! 스튜어디스!" 그의 공허한 목소
리가 객실 안에서 쩌렁쩌렁 울려 퍼졌다. 그는 승무원 호출 버튼을
미친 듯이 눌렀다.

"스튜어디스!"

그녀가 통로를 따라 부리나케 달려왔다. 화들짝 놀란 그녀의 얼굴
은 딱딱하게 굳어 있었다. 그의 심상치 않은 표정을 확인한 그녀가
멈칫했다.

"밖에 사람이 있어요! 어떤 남자가 있다고요!" 윌슨이 울부짖었다.

"네?" 그녀의 볼과 눈 주위 근육이 수축되었다.

"봐요, 직접 보라고요!" 윌슨의 손이 바르르 떨렸다. 그는 좌석에
앉아 창밖을 가리켰다. "그는 저쪽에서 기어오고……"

목이 메자 그는 말을 잇지 못했다. 날개에는 아무것도 붙어 있지
않았다.

윌슨은 앉은 채로 몸을 덜덜 떨었다. 그는 한동안 창문에 비친 스
튜어디스의 모습을 보았다. 그녀의 얼굴에는 멍한 표정이 떠올라 있
었다.

마침내 그가 돌아앉아 그녀를 올려다보았다. 그녀의 빨간 입술이
살짝 열렸지만 아무 말도 흘러나오지 않았다. 그녀는 다시 입을 닫고
마른침을 꿀꺽 삼켰다. 그녀는 애써 미소를 지어 보였다.

"미안합니다." 윌슨이 말했다. "아무래도 내가 잘못 본 것……"

그가 말을 멈추었다. 통로 건너에서 십 대 소녀가 호기심에 찬 모

습으로 그를 보고 있었다.

스튜어디스가 초조한 듯 헛기침을 한 번 했다. "뭐라도 가져다 드릴까요?"

"물 한 잔 부탁해요." 윌슨이 대답했다.

스튜어디스가 돌아서서 통로를 걸어 나갔다.

윌슨은 숨을 길게 한 번 들이쉬고는 어린 소녀의 부담스러운 시선을 피해 돌아앉았다. 똑같은 기분이 찾아들었다. 그것이 그를 가장 당혹스럽게 만들었다. 환영은 어디로 갔을까? 비명은? 관자놀이를 때려 대던 주먹은? 머리털을 쥐어뜯던 손은?

그는 눈을 질끈 감았다. 분명 남자를 봤는데. 내 눈으로 똑똑히 봤는데. 그래서 똑같은 기분이 느껴졌던 것이었다. 하지만 따져 보면 말이 되지 않는 일이었다. 그도 그 사실을 부정하지 않았다.

윌슨은 눈을 감은 채 앉아 만약 재클린이 옆자리에 앉아 있었다면 과연 뭐라고 했을지 생각해 보았다. 충격을 받아 아무 말도 못 하고 있지 않았을까? 어쩌면 어색하게 미소를 흘리며 쉴 새 없이 재잘거렸을지도 몰랐다. 마치 자기는 아무것도 못 봤다는 듯이. 그의 아들들은 또 뭐라고 했을까? 윌슨은 울먹거리지 않으려 애썼다. 오, 맙소사……

그는 입도 대지 않은 물 컵을 손에 쥔 채 앉아 있었다. 뒤편 어딘가에서 스튜어디스가 승객들과 나지막이 대화를 나누고 있었다. 윌슨의 가슴 속에서 분노가 끓어올랐다. 그는 물을 쏟지 않으려 애쓰며 바닥에서 작은 여행가방을 집어 들었다. 그리고 지퍼를 연 후 안에서 수면제 상자를 꺼냈다. 그는 수면제 두 알을 목으로 넘기고 나서 우그러뜨린 빈 컵을 앞의 좌석 주머니에 쑤셔 넣었다. 그런 다음, 시선을 정면에 고정시킨 채 창문의 커튼을 닫았다. 자, 이제 다 끝났어. 순간적으로 환영을 봤다고 해서 내 정신이 이상해진 건 아니라고.

기체가 발작적으로 흔들리자 윌슨은 오른쪽으로 몸을 틀었다. 그는 빨리 날개 위 남자를 잊고 싶었다. 그것이 가장 시급한 일이었다. 계속 그것을 곱씹는 건 정신 건강에 좋지 않았다. 입가에 뜻밖의 미소가 머금어졌다. 하긴, 누가 내 일상적인 환각을 문제 삼을 수 있겠어? 하지만 한 번 봤다 하면 엄청난 스케일로 터져 버리니 원. 2만 피트 상공에 떠 있는 DC-7의 날개에 달라붙은 알몸의 남자라니. 단단히 미쳐 버리지 않고서야 그게 가능이나 한가?

하지만 미소는 금세 사라져 버렸다. 윌슨은 등골이 오싹해짐을 느꼈다. 하지만 너무나 생생했잖아. 어떻게 있지도 않은 걸 그토록 똑똑히 목격할 수 있었겠어? 어떻게 머릿속 상상이 사람을 이토록 바보로 만들 수 있지? 정신이 혼미하거나 어리둥절한 상태도 아니었는데. 게다가 놈은 분명한 형태를 취하고 있었잖아. 전혀 헛것처럼 보이지 않았어. 선명하고 입체적이었어. 절대로 환영이 아니었단 말이야. 가장 소름 돋는 부분이었다. 조금도 꿈처럼 느껴지지 않았다는 사실. 그는 아무 생각 없이 창밖의 날개를 내다보았고……

윌슨은 충동적으로 커튼을 걷었다.

그는 문득 자신이 살아남지 못할 수도 있겠다고 생각했다. 가슴과 배 속에 담긴 것들이 무섭게 부풀어 목구멍과 머리까지 치솟아 오르는 기분이었다. 숨이 턱 막혔고, 압력에 눈알이 튀어나올 것만 같았다. 퉁퉁 부은 덩어리 속에 갇혀 버린 채 힘겹게 뛰고 있는 심장은 폭발하기 직전이었다. 윌슨은 바짝 얼어붙은 채 앉아 있었다.

두꺼운 유리 너머에서 남자가 그를 무섭게 노려보고 있었다.

소름 끼칠 만큼 악의에 찬 얼굴. 그것은 인간의 것이 아니었다. 커다란 땀구멍들로 뒤덮인 거친 피부는 지저분했다. 변색된 코는 납작한 덩어리 같았다. 입술은 흉측하게 뒤틀려 있었다. 심하게 튼 입술 사이로 기괴할 만큼 크고 비뚤비뚤한 이가 드러났다. 깜빡이지 않는 작은 눈은 옴폭 들어가 있었다. 텁수룩한 머리는 마구 헝클어진 상태였고, 남자의 귀와 코 밖으로도 털이 삐죽 튀어 나와 있었다. 돌출된 앙상한 볼은 새의 머리를 연상시켰다.

마비된 사람처럼 의자에 달라붙은 윌슨은 어떠한 반응도 보일 수가 없었다. 멈춰 버린 시간은 그 의미마저 잃은 상태였다. 기능과 분석도 뚝 멎어 버린 후였다. 모든 것이 충격에서 헤어나지 못하고 있었다. 오직 어둠 속에서 홀로 미친 듯이 뛰고 있는 심장만이 제 기능을 하고 있을 뿐이었다. 윌슨은 눈조차 깜빡일 수 없었다. 눈은 흐릿해졌고, 숨은 가빠 왔다. 그는 다시 남자의 멍한 얼굴로 시선을 돌렸다.

그는 눈을 질끈 감고 머릿속에 남은 잔상을 지워 내려 애썼다. 내가 헛것을 본 거야. 그가 이를 악물고 코로 바르르 떨리는 호흡을 이어 나갔다. 헛것을 본 거야. **밖에는 아무도 없다고.**

좌석 팔걸이를 꽉 움켜쥔 그의 손은 창백했다. 윌슨은 차분히 마음을 가다듬었다. 밖엔 아무도 없다고. 그는 생각했다. 날개에 쪼그려 앉아 나를 노려보는 저 남자. 저게 어떻게 가능하냔 말이야.

그가 다시 눈을 떴다.

순간 온몸이 움츠러든 그의 숨이 턱 막혀 버렸다. 남자는 여전히 날개에 붙어 있었고, 그의 얼굴에는 환한 미소가 떠올라 있었다. 윌슨은 두 주먹을 있는 힘껏 쥐었다. 손톱이 손바닥을 파고들면서 통증이 느껴졌다. 그는 자신의 의식이 온전한 상태라는 게 믿어질 때까지 주먹을 펴지 않았다.

한참 후, 윌슨은 스튜어디스 호출 버튼을 누르기 위해 감각 잃은 손을 머리 위로 뻗었다. 그는 같은 실수를 반복하지 않으리라 다짐했다. 자리에서 벌떡 일어나 비명을 지르면 창밖의 괴물은 또다시 숨어 버릴 게 뻔했다. 겁에 질린 그는 계속해서 버튼을 향해 떨리는 손을 쭉 뻗었다. 그를 지켜보는 남자의 작은 눈이 팔뚝의 움직임에 반응했다.

그는 아주 조심스레 버튼을 눌렀다. 한 번, 그리고 두 번. 자, 얼른 와 봐. 그는 생각했다. 와서 내가 보고 있는 걸 똑똑히 보라고. 어서, 서둘러.

객실 뒤편에서 커튼 걷히는 소리가 들렸다. 순간 그의 몸이 뻣뻣하게 굳어졌다. 추악하고 무도한 남자의 고개가 어느새 그쪽으로 돌아가 있었다. 윌슨은 온몸이 마비된 채 그를 응시했다. 서둘러요. 그는 생각했다. 제발, 빨리 좀 오라고요!

눈 깜짝할 새 벌어진 일이었다. 남자의 시선이 다시 윌슨에게로 돌아왔다. 그의 입가에는 기분 나쁜 미소가 머금어져 있었다. 남자가 갑자기 폴짝 뛰어 어딘가로 사라져 버렸다.

"네, 부르셨어요?"

윌슨은 폭발해 버릴 것만 같았다. 그의 시선은 계속해서 남자가 서 있던 자리와 스튜어디스의 미심쩍어 하는 표정을 번갈아 훑었다. 스튜어디스에게서 날개로, 그리고 다시 스튜어디스에게로. 숨이 턱 막혔다. 그의 눈은 실망으로 가득 차 있었다.

"무슨 일이시죠?" 스튜어디스가 물었다.

그녀의 표정을 확인한 윌슨은 속에서 끓어오르는 분노를 간신히 진정시켰다. 이 여자가 내 말을 믿어 줄 리 없어. 그는 대번에 그걸 알 수 있었다.

"미…… 미안해요." 그가 더듬거리며 말했다. 마른침을 삼키자 목이 꿀럭거렸다. "아무것도 아니에요. 미안해요."

스튜어디스는 할 말을 잊은 표정이었다. 기체가 한쪽으로 기울자 그녀가 한 손으로 윌슨의 옆 좌석 뒷면을 꼭 붙잡았다. 스커트 솔기 옆으로 축 늘어진 또 다른 손은 살랑살랑 흔들리고 있었다. 그녀가 할 말이 있는 듯 입술을 살짝 열었다. 하지만 그 안에서는 한동안 아무 말도 흘러나오지 않았다.

"저," 마침내 그녀가 말했다. 그리고 헛기침을 한 번 했다. "필요한 게 있으시면 또 불러 주세요."

"네, 네. 고마워요. 저기, 혹시…… 지금 폭풍 속을 지나고 있나요?"

스튜어디스가 어색하게 미소를 지어 보였다. "심한 폭풍은 아니에요. 아무 걱정 마세요."

윌슨은 경련하듯 고개를 끄덕였다. 스튜어디스가 돌아서자 그는 길게 숨을 들이쉬었다가 씩씩대며 코로 내뿜었다. 그녀는 그를 미치광이로 여기고 있을 게 분명했다. 하지만 어쩌겠는가. 트레이닝 때 자그마한 남자가 날개에 웅크려 앉아 있다고 주장하는 승객들을 다루는 법을 배웠을 리 없을 텐데.

주장?

윌슨이 고개를 휙 돌려 창밖을 내다보았다. 검은 날개에서 힘차게 뿜어내는 배기가스, 그리고 깜빡이는 불빛들. 그는 분명 남자를 보았다. 맹세코. 멀쩡한 정신을 갖고 주변의 모든 걸 제대로 의식하고 있

312

으면서 어떻게 그런 환영에 시달릴 수 있지? 정신이 현실을 왜곡하는 대신 뜬금없지만 너무나도 사실적인 광경에 휘둘린다는 게 논리적으로 말이 되는 일인가?

아니. 전혀 말이 되지 않아.

윌슨은 문득 전쟁 때 연합군 조종사들을 괴롭히곤 했다는 요상한 생명체들에 대한 신문 기사들을 떠올렸다. 그들은 그것들을 그렘린*이라고 불렀다. 과연 그것들이 실재할까? 정말 그런 것들은 이 살인적인 강풍 속에서 중력을 무시한 채 비행기 날개에 서 있을 수 있을까? 제 아무리 덩치가 크다고 해도?

그가 그런 생각에 잠겨 있을 때 남자가 다시 모습을 드러냈다.

방금 전까지만 해도 보이지 않았던 남자는 어느새 날개 위에 내려앉아 있었다. 신기하게도 안에서는 미세한 진동조차 느껴지지 않았다. 사뿐하게 떨어진 남자는 마치 중심을 잡으려는 듯 털로 뒤덮인 짧은 두 팔을 양옆으로 쭉 뻗었다. 윌슨의 몸은 또다시 바짝 얼어붙어 버렸다. 남자의 얼굴에는 음흉한 표정이 떠올라 있었다. 그는 자신이 윌슨에게 보기 좋게 한 방 먹였음을 아는 눈치였다. 순간 윌슨의 몸이 바르르 떨렸다. 저놈의 존재를 남들에게 어떻게 증명하지? 그가 절망의 눈빛으로 주위를 둘러보았다. 통로 너머의 소녀. 나지막이 말을 걸어 깨워 볼까? 어쩌면 저 애의 눈에도……

아니야. 놈은 저 애가 보기 전에 또 뛰어내릴 거야. 누구의 눈에도 띄지 않는 기체 위로. 물론 조종석의 조종사들도 볼 수 없을 거다. 윌슨은 월터가 주문했던 카메라를 제때 사 주지 못한 자신을 질책했다.

* 기계에 고장을 일으키는 것으로 여겨지는 가상의 존재.

젠장. 그거라도 있었으면 놈을 찍을 수 있을 텐데.

그는 창문 쪽으로 몸을 기울였다. 지금은 뭘 하고 있지?

순간 번개가 치면서 날개를 뒤덮고 있던 어둠이 걷혔다. 윌슨의 시선이 호기심 많은 아이처럼 날개 가장자리에 쪼그리고 앉아 빠르게 도는 프로펠러에 오른손을 쭉 내밀고 있는 남자에게 고정되었다.

윌슨의 간담이 서늘해졌다. 남자의 손은 소용돌이치는 프로펠러에 점점 가까워져 갔다. 손끝이 닿았는지 남자가 움찔하며 물러났다. 고통스러워 하는 그의 입술이 씰룩거렸다. 손가락이 잘렸어! 윌슨은 생각했다. 그의 속이 메스꺼워졌다. 놀랍게도 남자는 다시 프로펠러를 향해 쭈글쭈글한 손을 뻗었다. 마치 맹렬히 도는 선풍기 날개를 기어이 붙잡고 말겠다고 다짐한 겁 없는 아이를 보는 듯했다.

소름 끼칠 만큼 엽기적인 상황이 아니었다면 남자의 그런 행동은, 객관적인 견지에서 본다면 꽤 익살스럽게 와 닿았을 것이다. 어쩌다 보니 현실로 튀어나오게 된 동화 속 트롤처럼. 남자의 머리와 몸에 난 털이 거센 바람에 나부끼고 있었다. 그의 관심은 오로지 프로펠러에만 집중돼 있었다. 어떻게 이걸 광기의 극치로 여길 수 있지? 윌슨은 생각했다. 이 웃기는 상황이 어떻게 자기를 폭로할 기회가 될 수 있느냔 말이야.

윌슨은 계속해서 프로펠러를 향해 손을 가져가는 남자는 지켜보았다. 남자는 손끝이 프로펠러에 닿을 때마다 화들짝 놀라며 물러났다. 마치 뜨거운 것에 데기라도 한 듯이 손가락을 입에 쑤셔 넣고 식히기도 했다. 그러는 와중에도 그는 이따금 어깨 너머로 고개를 돌려 윌슨을 보는 걸 잊지 않았다. **놈은 아는 거야.** 윌슨은 생각했다. 이게 우리만의 게임이라는 걸 알고 있어. 내가 불러 온 누군가에게 노출되면 그가 지는 것이다. 만약 내가 유일한 목격자로 남는다면 그가 이기는 것이고. 윌슨은 다시 진지해졌다. 이를 악물었다. 왜 조종사들은 저 녀석을 못 보는 거지?

프로펠러에 흥미를 잃은 남자가 엔진 덮개에 올라탔다. 양쪽으로 두 다리를 벌린 모습이 꼭 날뛰는 말에 올라 탄 것처럼 보였다. 윌슨은 그를 뚫어져라 보았다. 순간 그의 등골이 오싹해졌다. 땅딸막한 남자는 손톱으로 엔진 덮개를 뜯어내려 애쓰는 중이었다.

윌슨은 충동적으로 손을 뻗어 스튜어디스 호출 버튼을 꾹 눌렀다. 객실 뒤편에서 그녀가 다가오는 소리가 들려왔다. 남자는 그 사실도 모른 채 엔진 덮개만을 연신 공략해 대고 있었다. 하지만 스튜어디스가 도착하기 직전 어떻게 알았는지 남자가 윌슨을 홱 돌아보았다. 그리고 줄이 당겨진 꼭두각시처럼 위로 붕 떠올랐다.

"부르셨어요?" 그녀가 불안한 표정으로 내려다보았다.

"미안하지만…… 잠깐 앉아 볼래요?" 그가 말했다.

그녀는 망설였다. "글쎄, 저는 좀……"

"부탁이에요."

그녀가 그의 옆 자리에 조심스레 앉았다.

"무슨 일이시죠, 윌슨 씨?"

그는 뛰는 가슴을 애써 진정시켰다.

"그가 아직도 밖에 있어요."

스튜어디스가 그의 얼굴을 빤히 보았다.

"내가 당신에게 이 얘길 하는 이유는," 윌슨이 허둥대며 말했다. "그가 엔진을 훼손하려 들기 때문이에요."

그녀의 시선이 창문 쪽으로 홱 돌아갔다.

"아뇨, 안 돼요. 내다보지 말아요." 그가 말했다. "그는 지금 거기 없어요." 그가 헛기침을 해 목을 가다듬었다. "그건…… 당신이 나타날 때마다 자취를 감춰 버려요."

순간 그의 속이 메스꺼워졌다. 그녀가 무슨 생각을 하고 있을지 짐작이 됐기 때문이었다. 누군가가 같은 주장을 한다면 그 역시도 그녀와 같은 생각을 하게 될 게 분명했다. 머릿속이 아찔해졌다. 내가 미쳐 가고 있나 봐! 그는 생각했다.

"믿어 줘요." 그가 불길한 생각을 애써 밀어내고 말했다. "내가 헛것을 본 게 아니라면 이 비행기는 굉장히 위험한 상황에 처해 있는 거예요."

"네?"

"알아요." 그가 말했다. "내가 미쳤다고 생각하죠?"

"전혀요."

"부탁 하나만 할게요." 그가 끓어오르는 분을 힘겹게 삭이며 말했다. "조종사들에게 내 얘길 전해 줘요. 그들에게 날개를 유심히 살펴보라고 해요. 그들이 아무것도 보지 못하면…… 뭐, 하는 수 없죠. 하지만 만약 그놈을 보게 된다면……"

스튜어디스는 말없이 앉아 그를 응시하고 있었다. 무릎에 얹은 윌슨의 두 주먹이 바르르 떨렸다.

"그래 주겠어요?"

그녀가 자리에서 일어났다. "그렇게 전할게요."

그녀는 돌아서서 부자연스러운 모습으로 통로를 걸어 나가기 시작했다. 정상으로 보이지 않는 빠른 걸음. 그에게서 도망치는 게 아니라는 인상을 심어 주기 위해 노력 중인 듯했다. 그는 다시 창밖을 내다보았다. 그의 속이 또 한 번 울렁거렸다.

남자가 다시 불쑥 나타났다. 그는 기괴한 발레 댄서처럼 날개에 사뿐 내려앉았다. 다시 엔진에 올라 탄 남자가 하던 작업을 이어 나갔다. 그는 엔진 양옆으로 두꺼운 맨다리를 늘어뜨린 채 두 손으로 분주히 엔진 덮개를 쑤셔 댔다.

내가 지금 뭘 걱정하고 있는 거지? 월슨은 생각했다. 저 흉측한 괴물이 맨손으로 리벳을 뜯어낼 리 없잖아. 조종사들이 저놈을 보든 못 보든 상관없어. 비행기는 끄떡도 없을 테니까. 그보다는 내 개인적인 이유가 더……

바로 그때 남자가 덮개 끝을 뜯어내는 데 성공했다.

월슨의 숨이 턱 막혀 버렸다. "여기요, 어서 와 봐요!" 조종실 문간에 서 있던 스튜어디스와 조종사가 그 소리에 움찔했다.

월슨 쪽을 흘끔 돌아본 조종사가 스튜어디스를 한쪽으로 밀쳐 내고 황급히 달려왔다.

"빨리요!" 월슨이 울부짖었다. 그가 잽싸게 창밖을 내다보았다. 남자는 또다시 위로 폴짝 뛰어올랐다. 하지만 그건 아무래도 상관없었다. 이번엔 확실한 물증이 있으니까.

"무슨 일입니까?" 좌석 옆에 멈춰 선 조종사가 숨을 할딱이며 물었다.

"놈이 엔진 덮개를 뜯어냈어요!" 월슨이 떨리는 목소리로 말했다.

"누가 뭘 했다고요?"

"밖의 남자 말이에요!" 월슨이 말했다. "저놈이 방금 전까지……!"

"월슨 씨, 목소리 낮추세요!" 조종사가 지시했다.

월슨의 입이 쩍 벌어졌다.

"무슨 일인진 모르겠습니다." 조종사가 말했다. "하지만……"

조종사가 헥헥거리며 몸을 앞으로 숙였다. 그리고 차가운 눈빛으로 윌슨을 노려보았다. "뭐가 어떻게 됐다는 말씀입니까?"

윌슨이 날개 쪽으로 고개를 홱 돌렸다. 덮개는 멀쩡히 붙어 있었다.

"오, 잠깐만요." 압도적인 공포가 찾아들기 전에 그가 말했다. "덮개를 뜯어내는 걸 내 두 눈으로 똑똑히 봤단 말이에요."

"윌슨 씨, 계속 이러시면……"

"그가 덮개를 뜯어내는 걸 봤다니까요." 윌슨이 말했다.

조종사는 우뚝 서서 아연한 표정으로 그를 응시했다. 아까 스튜어디스가 내비친 눈빛과도 다르지 않았다. 윌슨의 몸이 덜덜 떨렸다.

"믿어 줘요. 분명 그를 봤어요!" 그가 빽 소리쳤다. 자신의 갈라진 목소리에 스스로 움찔했다.

조종사가 그의 옆에 쪼그려 앉았다. "윌슨 씨, 부탁입니다." 그가 말했다. "저는 선생의 주장을 믿습니다. 하지만 여기엔 다른 승객도 많지 않습니까. 이 많은 사람들이 일제히 패닉에 빠지면 큰일이잖아요."

윌슨은 잠시 넋이 나가 있었다.

"그럼…… 당신도 봤다는 얘긴가요?" 그가 물었다.

"물론이죠." 조종사가 말했다. "하지만 다른 승객들이 놀라는 일은 없어야 하지 않겠습니까. 제 말 이해하시겠죠?"

"물론, 물론입니다. 나도 그걸 원하지는……"

윌슨의 사타구니와 하복부는 경련성 마비에 걸린 것 같았다. 갑자기 그가 입을 굳게 닫고 사나운 눈빛으로 조종사를 노려보았다.

"이해합니다."

"우리가 분명히 기억해 둬야 할 건……" 조종사가 말했다.

"거기까지만 해요." 월슨이 말했다.

"네?"

월슨이 몸을 바르르 떨었다. "이만 꺼지라고요."

"월슨 씨, 그게 무슨……?"

"더 듣고 싶지 않단 말입니다." 월슨은 하얗게 질린 얼굴을 돌리고 창밖을 내다보았다. 그의 눈빛은 돌처럼 차가웠다.

그가 갑자기 돌아앉아 조종사를 노려보았다.

"아무 걱정 말아요. 더 이상 입 열지 않을 테니까!" 그가 신경질적으로 말했다.

"월슨 씨, 저희 입장을 좀 헤아려……"

월슨이 다시 몸을 틀고 매서운 눈으로 창밖 엔진을 내다보았다. 통로에 나란히 선 승객 두 명이 그를 보고 있었다. **바보들!** 그는 생각했다. 두 손이 덜덜 떨리고 있었다. 당장이라도 구토가 터질 것 같은 기분을 느꼈다. 멀미가 난 걸 거야. 기체는 폭풍 속을 나아가는 보트처럼 심하게 요동쳤다.

조종사는 아직도 그에게 훈계 중이었다. 그는 창문에 비친 조종사의 모습을 빤히 보았다. 옆에는 어두운 표정의 스튜어디스가 말없이 서 있었다. 그걸 못 보다니. 한심한 것들. 둘 다 똑같아. 월슨은 생각했다. 마침내 그들이 물러갔다. 그는 끝까지 못 본 척했다. 창문에 객실 뒤편으로 이동하는 그들의 뒷모습이 비쳤다. 보나마나 내 얘기를 신나게 하고 있겠지? 내가 갑자기 발작하면 어떻게 처리해야 할지 고민 중일 거야.

그는 남자가 다시 나타나 주기를 바랐다. 그가 엔진 덮개를 뜯어내고 엔진을 박살 내 주기를 바랐다. 참사와 서른 명도 넘는 승객들 사이에 자신이 서 있다는 생각에 그는 묘한 쾌감을 느꼈다. 참사가 벌어지도록 그냥 내버려 두는 것도 그의 자유였다. 월슨의 얼굴에 무성의한 미소가 떠올랐다. 그야말로 엄청난 스케일의 자살이 되겠지.

땅딸막한 남자가 위에서 툭 떨어졌다. 월슨은 자신의 짐작이 옳았음을 확인했다. 남자는 뛰어오르기 전에 뜯어낸 덮개를 제자리에 꾹 눌러 놓았던 것이다. 그는 다시 덮개를 걷어 내려 하고 있었다. 이번에는 손쉽게 뜯겨져 나왔다. 마치 환자의 피부를 떼어 내는 기괴한 외과의를 보는 듯했다. 날개는 심하게 요동쳤지만 남자는 조금도 개의치 않는 모습이었다.

월슨은 다시 패닉에 빠졌다. 이젠 어쩌지? 아무도 날 믿어 주지 않잖아. 그들을 계속 납득시키려 했다가는 완력을 써서 날 제압하려 들지도 몰라. 아예 스튜어디스를 옆자리에 앉혀 놓을까? 그러면 적어도 참사는 막을 수 있을 텐데. 하지만 그녀가 좌석을 떠나거나 앉은 채로 잠이 들면 놈이 다시 돌아오겠지? 설령 그녀가 쏟아지는 잠을 참고 버텨 준다 해도 그가 반대편 날개로 가 버리면 끝이잖아. 월슨은 몸서리를 쳤다. 서늘한 냉기가 뼛속 깊이 스며드는 것 같았다.

맙소사, 내가 할 수 있는 게 아무것도 없잖아.

그는 몸을 움찔대며 창밖의 땅딸보를 내다보았다. 그때 스쳐 지나가는 조종사의 모습이 창문에 비쳤다. 남자와 조종사의 거리는 불과 몇 미터밖에 되지 않았다. 그는 그 둘을 똑똑히 볼 수 있었지만 그들은 서로의 존재를 의식하지 못하고 있었다. 아니야. 이건 아니라고. 땅딸막한 남자는 월슨을 스쳐 지나가는 조종사를 어깨 너머로 돌아보았다. 하지만 더 이상 달아날 필요가 없다는 걸 깨달았는지 시큰둥한 반응만을 보일 뿐이었다. 이제 윌슨의 간섭이 거슬리지 않는다는 듯이. 윌슨은 격노에 몸을 바르르 떨었다. 죽여 버릴 거야! 이 추잡한 짐승 놈, 내 손으로 널 죽여 버릴 거라고!

그때 밖에서 엔진이 이상 반응을 보였다.

그 짧은 순간에 윌슨의 가슴이 철렁 내려앉았다. 그는 창문에 얼굴을 갖다 붙이고 밖을 내다보았다. 남자는 몸을 웅크린 채 뒤로 꺾인 덮개 안으로 손을 쑤셔 대고 있었다.

"그러지 마." 윌슨이 훌쩍이며 애원했다. **"제발 그만둬……"**

엔진이 다시 덜거덕거렸다. 윌슨은 겁에 질린 얼굴로 주위를 돌아보았다. 다들 귀가 먹었나? 그가 황급히 손을 뻗어 스튜어디스 호출 버튼을 누르려다 말고 생각을 바꾸어 손을 거둬들였다. 아니야. 또 소란을 피웠다간 그들이 달려와 날 가둬 버릴지도 몰라. 하지만 이 비행기에 무슨 일이 벌어지고 있는지 아는 사람은 나 혼자뿐이잖아. 놈을 막을 수 있는 사람도 나뿐이고.

"맙소사……" 윌슨이 아랫입술을 꽉 깨물었다. 통증에 그가 또 훌쩍거렸다. 그는 몸을 틀고 주위를 살폈다. 스튜어디스가 허둥대며 심하게 흔들리는 통로를 따라 움직이고 있었다. 방금 그 소리를 들었나 보군! 그는 그녀를 유심히 지켜보았다. 그녀는 윌슨의 자리를 지나며 그를 흘끔 보았다.

그녀는 세 좌석 앞에 멈춰 섰다. 다른 승객도 놈을 본 모양이야! 윌슨은 스튜어디스가 몸을 숙이고 한 승객과 대화하는 모습을 지켜보았다. 밖에서는 엔진이 또 털털거렸다. 윌슨은 고개를 돌리고 공포에 질린 눈으로 창밖을 살폈다.

"빌어먹을 자식!" 그가 징징거렸다.

그는 다시 돌아 앉아 통로를 걸어오는 스튜어디스를 보았다. 그녀는 조금도 불안한 것 같지 않았다. 윌슨은 자신의 눈을 의심했다. 말도 안 돼. 그녀는 좌우로 몸을 흔들어 대며 조리실로 들어가 버렸다.

"안 돼." 윌슨은 덜덜 떨리는 몸을 제대로 가눌 수 없었다. 아무도 그 소리를 듣지 못한 모양이었다.

지금 밖에서 무슨 일이 벌어지고 있는지 아무도 알지 못했다.

갑자기 윌슨이 몸을 숙이고 좌석 밑에 놓아둔 작은 가방을 집어 들었다. 그는 황급히 지퍼를 열고 서류가방을 꺼내 카펫 깔린 바닥에 떨어뜨렸다. 그런 다음, 그 안에서 유포 봉투를 찾아 들고 다시 허리를 폈다. 스튜어디스가 다가오고 있음을 알아차린 그가 가방을 좌석 밑으로 차 넣었다. 봉투도 들키지 않게 좌석 옆에 놓아두었다. 그는 숨을 죽인 채 경직된 자세로 앉아 그녀가 지나가기를 기다렸다.

그녀가 다시 멀어지자 그는 봉투를 무릎에 얹어 놓고 조심스레 내용물을 꺼내 들었다. 너무 흥분한 탓에 하마터면 권총을 떨어뜨릴 뻔했다. 간신히 총열을 움켜쥔 그가 힘이 잔뜩 들어간 손을 개머리로 옮겨 놓고 안전장치를 풀었다. 어느새 많이 냉정해진 그가 다시 창밖을 살폈다.

남자는 그를 빤히 보고 있었다.

윌슨은 떨리는 입술을 굳게 다물었다. 그가 무슨 생각을 하고 있는지 남자가 알 리 없었다. 그는 마른침을 한 번 삼키고 호흡을 가다듬었다. 그의 시선이 한 승객에게 알약을 챙겨 주고 있는 스튜어디스를 잠시 향했다가 이내 창밖으로 되돌아갔다. 남자는 엔진 안으로 손을 밀어 넣고 있었다. 윌슨은 권총을 더욱 힘껏 움켜쥐었다. 그리고 천천히 총구를 들었다.

하지만 그의 손은 이내 다시 내려졌다. 유리창이 너무 두껍다는 걸 깨달았기 때문이었다. 총알이 튕겨져 나와 무고한 승객의 목숨을 앗아갈 수도 있었다. 그는 몸서리를 치며 땅딸막한 남자를 보았다. 엔진이 또다시 푸드덕거렸다. 윌슨은 튀는 불꽃에 환히 밝혀진 남자의 짐승 같은 얼굴을 똑똑히 볼 수 있었다. 그는 차분히 정신을 가다듬었다. 이제 방법은 하나뿐이었다.

그는 비상구의 손잡이를 내려다보았다. 그것은 투명한 커버로 덮여 있었다. 윌슨은 그것을 뜯어내고 바닥에 떨어뜨렸다. 그는 다시 밖을 살폈다. 남자는 아직도 웅크려 앉아 손으로 엔진을 쑤셔 대고 있었다. 윌슨은 바르르 떨며 숨을 천천히 들이쉬었다. 그가 왼손으로 문손잡이를 잡고 조심스레 돌려 보았다. 손잡이는 밑으로 내려가지 않았다. 위로 올려야 하는 모양이었다.

윌슨은 손잡이에서 손을 떼고 권총을 무릎에 내려놓았다. 이제 망설일 시간이 없어. 그는 떨리는 손으로 안전벨트를 맸다. 문이 열리면 엄청난 기운이 그를 기체 밖으로 잡아 끌 것이 분명했다. 비행기의 안전을 위해서라도 좌석에서 버텨 내야만 했다.

지금이야. 윌슨이 다시 권총을 집어 들었다. 가슴 속에서 심장이 요동치고 있었다. 단숨에 해치워야 한다. 정확하게. 만약 실패하면 남자는 반대편 날개로 넘어가 버릴 것이다. 꼬리부로 자리를 옮겨 전선을 뜯어 버리거나 플랩을 훼손할 수도 있다. 비행기의 평형 상태가 깨지면 대형 참사를 면할 길이 없다. 안 돼. 반드시 성공해야만 해. 그는 남자의 가슴이나 복부에 총알을 박아 넣을 계획이었다. 윌슨은 깊은 숨을 들이쉬어 폐를 가득 채웠다. 지금. 그는 생각했다. **지금이야.**

윌슨이 손잡이를 움켜쥐려는 순간 통로에서 스튜어디스가 다가왔다. 그를 내려다본 그녀가 공포에 질린 모습으로 바짝 얼어붙었다. 눈이 휘둥그레진 그녀는 넋이 나간 얼굴이었다. 그녀가 애원하듯 한 손을 번쩍 들었다. 순간 엔진 소음 너머로 그녀의 새된 비명이 터져 나왔다.

"윌슨 씨, 안 돼요!"

"물러서요!" 윌슨이 빽 소리치며 손잡이를 힘껏 위로 틀었다.

순간 가공할 기운이 윌슨을 빨아들이기 시작했다. 그의 머리와 어깨가 선실 밖으로 내밀어졌다. 그는 희박하고 얼음장처럼 차가운 공기를 가쁘게 들이쉬었다. 요란한 엔진 소음이 고막을 찢을 듯이 들려왔다. 거센 북극풍에 눈을 제대로 뜰 수가 없었다. 흉측한 남자에 대해서는 까맣게 잊고 말았다. 대혼란에 빠진 선실 곳곳에서 승객들의 비명이 터져 나왔다.

그때 윌슨의 눈에 남자의 모습이 들어왔다.

그는 날개를 따라 걸어오고 있었다. 그가 몸을 앞으로 기울인 채 갈고리 발톱 같은 손을 마구 휘둘러 댔다. 윌슨은 권총을 들고 방아쇠를 당겼다. 총성은 으르렁대는 거센 바람에 금세 묻혀 버렸다. 남자가 휘청거리며 두 팔을 휘둘렀다. 윌슨의 머릿속에서 날카로운 통증이 느껴졌다. 그는 코앞으로 다가온 남자에게 또다시 총을 발사했다. 남자는 호들갑을 떨며 주춤 물러났다. 그리고 돌풍에 날아간 종이 인형처럼 휙 사라져 버렸다. 윌슨은 뇌가 마비된 듯한 기분을 느꼈다. 그때 누군가가 그의 손에서 권총을 낚아챘다.

그리고 모든 것이 겨울의 어둠 속에 파묻혀 버렸다.

그는 연신 웅얼거리며 몸을 뒤척였다. 정맥 안으로 미지근한 무언가가 주입되고 있었다. 팔다리는 빳빳하게 경직된 상태였다. 어둠 속에서 질질 끌리는 발소리와 나지막한 웅성거림이 들려왔다. 그는 무언가에 눕혀져 있었다. 그리고 그 무언가는 어디론가로 빠르게 이동 중이었다. 찬바람이 그의 얼굴에 뿌려졌다. 그의 밑에서 바닥이 잠시 요동쳤다.

그가 긴 한숨을 내쉬었다. 비행기는 착륙한 후였고, 그는 들것에 실려 옮겨지고 있었다. 머리 부상 때문인지, 아니면 혈관에 주입된 약물 때문인지 그는 진이 빠진 상태였다.

"저따위 방법으로 자살을 기도하다니. 이걸 누가 믿겠어?" 어딘가에서 누군가가 말했다.

윌슨은 어이가 없었다. 누구인지는 몰라도 단단히 오해하고 있었다. 비행기의 엔진 상태와 그의 부상 부위를 유심히 살펴보면 진실이 밝혀질 것이다. 그리고 그가 승객들의 생명의 은인이라는 사실을 깨닫게 될 것이다.

윌슨은 꿈도 꾸지 않고 곤히 잠에 빠져들었다.

장례식
The Funeral

〈나는 죽으러 바를 넘어간다 Am Crossing o'er the Bar to Join the Choir Invisible〉 차임벨 멜로디가 '클루니스 할인 장례식장'에 방문객이 들어섰음을 알려 주었을 때, 모튼 실크라인은 펜튼 장례식에 쓸 꽃 장식에 대해 고민하는 중이었다.

실크라인은 졸린 듯한 적갈색 눈을 깜빡이며 차분히 두 손을 모았다. 그리고 흑담비 가죽으로 덮인 의자 등받이에 몸을 갖다 붙이며 입가에 장의사다운 온화한 미소를 머금었다. 정적이 내려앉은 복도에서 발소리가 들렸다. 누군가가 카펫 깔린 바닥을 느긋하게 내디디며 다가오는 중이었다. 잠시 후, 키가 큰 남자가 안으로 들어왔다. 탁상시계가 퉁명스럽게 윙윙대며 7시 30분이 되었음을 알려 주었다.

마치 눈부신 죽음의 천사와 마주한 듯 모튼 실크라인이 자리에서 일어나 발소리를 죽인 채 윤이 나는 책상을 돌아 나왔다. 그가 축 늘어진 손을 앞으로 내밀었다.

"아, 어서 오십시오." 그가 감미로운 목소리로 말했다. 얼굴에는 연민과 환영의 미소를 머금고, 완벽히 계산된 목소리는 적당히 순종적으로 들렸다.

남자의 손은 차가웠고 뼈가 부서질 만큼 억셌다. 순간 실크라인의 시나몬색 눈에 고통의 빛이 스쳤다. 하지만 그는 내색하지 않으려 최대한 애썼다.

"앉으시죠." 그가 멍든 손으로 비탄에 빠진 고객을 위해 마련된 의자를 가리키며 웅얼거렸다.

"감사합니다." 남자가 바리톤 목소리로 정중하게 말했다. 의자에 앉은 그가 벨벳 깃이 달린 외투의 앞 단추를 풀고 홈부르크 모자*를 유리로 덮인 책상머리에 내려놓았다.

"저는 모튼 실크라인입니다." 실크라인은 다시 책상 뒤로 돌아가 조심스런 나비처럼 의자 쿠션에 살며시 앉았다.

"아스페르입니다." 남자가 말했다.

"만나 뵙게 돼서 진심으로 반갑습니다, 아스페르 씨." 실크라인이 아양을 떨 듯 말했다.

"반갑습니다."

"자, 그럼," 갑자기 진지해진 실크라인이 본론으로 들어갔다. "저희 클루니스가 선생님의 비탄을 덜어 드리기 위해 어떻게 도우면 되겠습니까?"

---

* 좁은 챙이 말려 있는 남성용 모자.

남자가 검은 바지로 덮인 다리를 꼬았다. "장례 절차를," 그가 말했다. "상의하러 왔습니다."

실크라인이 한 번 고개를 끄덕이고 기꺼이 돕겠다는 듯 미소를 지어 보였다.

"그러시군요. 잘 오셨습니다, 선생님." 그의 시선이 위로 몇 센티미터 올라갔다. "사랑하는 이가 외롭게 홀로 누워 영원한 잠에 빠져들면," 그가 암송했다. "이불은 클루니가 덮어 드리겠습니다."

그는 시선을 원위치로 내리고 복종적인 미소를 머금었다. "이 카피는, 클루니 부인께서 직접 지으신 겁니다. 오래전부터 고객분들께 위안을 드리기 위해 써 왔습니다."

"멋지군요." 남자가 말했다. "아주 시적입니다. 구체적으로 말씀드리면, 저는 이곳에서 가장 큰 방을 빌리고 싶습니다."

"그러십니까?" 실크라인은 두 손을 비비지 않으려 애쓰며 말했다. "'영원한 안식' 룸이 이곳에서 가장 큽니다."

남자가 싹싹하게 고개를 끄덕였다. "그럼 그곳으로 하죠. 그리고 여기서 가장 비싼 관도 하나 구입하겠습니다."

실크라인은 환히 웃고 싶었지만 꾹 참았다. 그의 심장 근육이 미친 듯이 요동쳤다. 그는 다시 음울한 표정을 지어 보였다.

"그렇게 하시죠. 준비해 드리겠습니다."

"테두리가 금으로 장식된 것도 있습니까?" 남자가 물었다.

"아…… 물론이죠." 실크라인이 요란하게 침을 삼켰다. "클루니스의 서비스에 크게 만족하실 겁니다. 하지만……" 그의 동정하는 톤은 어느새 사무적으로 바뀌어 있었다. "비용이 선생님의 예산을 훌쩍 뛰어넘을 수도 있을 겁니다. 아무래도……"

"비용이라면 문제가 되지 않습니다." 남자가 한 손을 살랑거리며 말했다. "모든 것을 최고급으로 해 주십시오."

"그렇게 처리해 드리겠습니다." 모튼 실크라인은 의욕적으로 말했다.

"감사합니다." 남자가 말했다.

"자," 실크라인이 기운차게 말했다. "저희 모스마운드 씨가 운명을 달리하신 분을 위해 식을 진행해 드릴 수도 있습니다만, 선생님께서 특별히 생각하고 계신 특정 교파의 의식이 있습니까?"

"아뇨." 남자가 진지한 톤으로 말했다. "진행은 제 친구가 맡기로 했습니다."

"아." 실크라인이 고개를 끄덕이며 말했다. "알겠습니다."

그가 몸을 앞으로 기울여 오닉스 펜대에서 황금색 펜을 뽑아 든 후 왼손의 두 손가락만 이용해 책상 위 상아 상자에서 신청서를 꺼냈다. 그는 고개를 들고 진지한 표정을 지어 보였다. 불가피하게 던져야만 하는 '고통스러운 질문들'의 시간이 온 것이었다.

"자," 그가 말했다. "고인의 성함이 어떻게 되십니까?"

"아스페르." 남자가 말했다.

실크라인이 고개를 들고 공손하게 미소를 지었다. "친척분이신가 보죠?"

"접니다." 남자가 말했다.

실크라인의 웃음은 어색한 기침에 가까웠다.

"방금 뭐라고 하셨습니까? 그게 무슨……"

"접니다." 남자가 다시 말했다.

"하지만 무슨 말씀이신지……"

"그게 말입니다," 남자가 설명했다. "정식으로 세상에 하직을 고할 기회가 없었거든요. 그땐 너무 정신이 없었습니다. 임시변통으로 후다닥 해치웠었죠. 뭐랄까…… 맛이 좀 밋밋했습니다." 남자가 떡 벌어진 어깨를 으쓱였다. "저는 그게 늘 마음에 걸렸습니다." 그가 말했다. "그래서 기회가 되면 꼭 제대로 다시 하리라 다짐해 왔습니다."

모튼 실크라인이 펜대에 펜을 꾹 꽂아 넣고 자리에서 일어났다. 그의 얼굴이 불그락푸르락해졌다.

"그렇군요." 그가 말했다. "알겠습니다."

남자는 신경질적인 모튼 실크라인의 반응에 살짝 당황하는 모습이었다.

"저는……" 그가 다시 입을 열었다.

"저도 친근한 농담을 꽤 즐기는 편입니다." 실크라인이 그의 말을 끊었다. "하지만 근무 시간 중엔 아닙니다. 선생께서 이곳이 뭐하는 곳인지 깜빡 잊으신 모양입니다. 여긴 클루니스입니다. 신망 높은 장례식장이라고요. 그런 하찮은 농담은 이곳에서 결코 환영받지 못합니다. 뿐만 아니라……"

검은 옷차림의 남자가 갑자기 자리에서 벌떡 일어났다. 화들짝 놀란 실크라인이 입을 떡 벌린 채 몸을 움츠리고 그를 응시했다. 남자의 눈에서 불길한 기운이 번뜩였다.

"이건," 남자가 위협적인 톤으로 말했다. "농담이 아닙니다."

"농담이……" 실크라인은 말을 잇지 못했다.

"난 말입니다," 남자가 말했다. "당신과 농담 따먹기나 하려고 여기 온 게 아닙니다." 그의 눈이 선홍색 석탄처럼 이글거렸다. "진지하게 의뢰하는 것이니 더 의심하지 말아요. 알아듣겠습니까?"

"저는……"

"다음 주 화요일," 남자가 말을 이었다. "오후 8시 30분, 내 친구들을 데리고 오겠습니다. 그때까지 주문한 모든 걸 완벽히 준비해 놓도록 해요. 비용은 장례식이 끝나고 지불하겠습니다. 질문 있습니까?"

"저는……"

"굳이 상기시킬 필요는 없지만," 남자가 홈부르크 모자를 집어 들며 말했다. "이번 일은 내게 매우 중요합니다." 그가 잠시 말을 멈추었다가 이내 으스스한 저음으로 이어 나갔다. "아무 문제없이 치를 수 있게 최선을 다해 줘요."

남자가 허리를 살짝 숙이고 인사한 후 홱 돌아서서 두 걸음 성큼 걸어 나갔다. 그는 문간에서 다시 멈춰 섰다.

"음…… 한 가지 더 주문할 게 있습니다. 로비의 거울 있죠? 그거…… 없애야 합니다. 그날 친구들과 내가 사용할 방에도 거울이 있다면 미리 싹 치워 줘요."

남자가 회색 장갑을 낀 손을 살짝 들었다. "그럼 이만 가 보겠습니다."

모튼 실크라인이 복도로 달려 나갔을 때 남자는 퍼덕거리며 작은 창문 밖으로 빠져나가려는 중이었다. 순간 모튼 실크라인은 픽 고꾸라져 버렸다.

8시 30분에 맞춰 도착한 그들은 한담을 나누며 클루니스의 로비로 들어섰다. 모튼 실크라인은 다리가 후들거렸지만 꾹 참고 그들을 맞았다. 며칠 밤을 꼬박 샌 그의 눈에는 너구리 같은 다크서클이 생겨 있었다.

"안녕하십니까." 키 큰 남자가 말했다. 그는 모든 거울이 떨어져 나간 벽을 확인하고는 만족스럽다는 듯 고개를 끄덕였다.

"어서……" 실크라인은 인사말도 제대로 건네지 못했다.

그의 성대는 느슨해졌고, 멍한 눈은 키 큰 남자의 친구들을 차례로 훑느라 분주했다. 이고르라는 이름으로 불리는, 일그러진 얼굴의 곱추. 수의로 덮인 어깨에 검은 고양이를 얹혀 놓은 뾰족 모자 노파. 실크라인을 유심히 보며 노란 이를 딱딱 부딪쳐 대는, 덩치가 산 만하고 손이 새까만 털로 뒤덮인 남자. 연신 입술을 핥으며 야릇한 표정으로 실크라인을 향해 미소를 흘리는 창백한 얼굴의 남자. 눈과 입술이 새빨간 야회복 차림의 남녀 대여섯 명. 그들의 인상적인 치아가 실크라인을 주눅 들게 했다.

실크라인은 벽에 달라붙은 채 서서 입을 동그랗게 오므리고 신나게 수다를 떨며 지나쳐 가는 사람들을 지켜보았다. 양옆으로 늘어뜨린 그의 두 손은 쉴 새 없이 씰룩거리고 있었다. 그들은 '영원한 안식' 룸으로 몰려갔다.

"같이 들어갑시다." 키 큰 남자가 말했다.

실크라인이 움찔하며 벽에서 떨어져 나왔다. 그는 내키지 않는 걸음을 옮겨 그들을 따라 복도를 걸었다. 눈은 여전히 휘둥그레져 있었다.

"물론," 남자가 온화한 목소리로 말했다. "모든 게 완벽히 준비됐겠죠?"

"오," 실크라인이 화들짝 놀라며 말했다. "어…… 네, 물론입니다."

"좋습니다."

두 남자가 방으로 들어섰을 때 문상객들은 관 앞에 완벽한 반원을 이루고 앉아 있었다.

"괜찮은데." 꼽추가 웅얼거렸다. "관을 아주 잘 골랐어."

"그래, 이 관이야. 바로 이 관이라고. 그렇지, 델피니아?" 노파가 킥킥 웃으며 말했다. 델피니아가 맞장구쳤다. "야옹."

나머지 문상객들은 환히 웃으며 고개를 끄덕였다. 그들이 일제히 웅얼거렸다. "아. 아."

야회복 차림의 한 여자가 말했다. "루트비히에게도 보여 줘야지." 그들이 반으로 갈라져 길을 내 주자 키 큰 남자가 걸어 들어왔다.

그는 긴 손가락으로 관 측면과 뚜껑의 금세공 장식을 살살 훑더니, 감탄하며 고개를 끄덕였다. "훌륭해." 그가 허스키한 목소리로 말했다. "아주 훌륭해. 내가 바랐던 게 바로 이거였어."

"탁월한 선택이야." 백발의 키 큰 남자가 말했다.

"크기가 맞는지 들어가 봐!" 못생긴 노파가 킬킬 웃으며 말했다.

수줍게 웃으며 관 속으로 기어 들어간 루트비히가 몸을 꼼지락거리며 편안한 자세를 취했다. "딱 좋아." 그가 만족스러운 표정으로 말했다.

"마스터, 아주 잘 어울리십니다." 이고르가 고개를 끄덕이며 말했다. "관에 들어가 계시니 보기가 좋습니다."

손이 새까만 털로 덮인 남자가 9시 15분에 다른 약속이 있다면서 서두르자고 재촉했다. 모두가 우르르 자리로 돌아가 앉았다.

"자네도 어서 와." 노파가 뼈만 앙상한 손을 흔들며 뻣뻣이 얼어붙어 있는 실크라인을 불렀다. "이리 와서 내 옆에 앉아. 난 예쁘장한 사내들을 좋아해. 안 그래, 델피니아?" 델피니아가 말했다. "야옹."

"부탁이야, 제니." 루트비히 아스페르가 살짝 눈을 뜨고 노파를 돌아보았다. "진지하게 임해 줘. 내겐 굉장히 중요한 날이라고."

노파가 어깨를 으쓱였다. "알았어, 알았다고." 그녀가 중얼거렸다. 그리고 끝이 뾰족한 모자를 벗어 주름진 부분을 살살 문질러 폈다. 창백한 얼굴의 키 작은 남자가 손으로 실크라인을 이끌었다. 좀비처럼 뻣뻣한 모습의 실크라인은 몸을 덜덜 떨며 노파의 옆자리에 앉았다.

"안녕, 프리티 보이." 노파가 몸을 기울이고 창끝처럼 뾰족한 손가락으로 실크라인의 옆구리를 쿡 찌르며 속삭였다.

카르파티아 지역 출신으로 보이는 키 큰 백발 남자가 자리에서 일어나자 본격적으로 의식이 시작됐다.

"동지 여러분," 그가 말했다. "오늘 우리는 경건하고 단호한 운명의 선택을 받아 세상으로부터 추방당한 후 암울한 석관 속에 영원히 갇히게 된 루트비히 아스페르에게 경의를 표하고자 꽃봉오리로 뒤덮인 이곳에 모였습니다."

"시-지Ci-gît(여기 잠들다)." 누군가가 웅얼거렸다. "샹 뒤 시뉴Chant du cygne(백조의 노래)." 또 다른 누군가가 나지막이 말했다. 이고르는 눈물을 흘렸고, 모든 실크라인의 옆자리에 앉은 창백한 얼굴의 키 작은 남자는 몸을 살짝 기울인 채 소곤거렸다. "맛있어 보이는군." 하지만 실크라인은 그 의미를 알지 못했다.

"그리하여," 카르파티아에서 온 남자가 계속 이어 나갔다. "우리 모두 동지의 죽음을 비통해 하며 이 쓸쓸한 돌무덤을, 이 환상열석을, 이 불행한 봉분을……"

"알기 쉽게, 알기 쉽게." 제니가 뾰족한 구두 끝으로 바닥을 구르며 말했다. "야옹." 델피니아도 주인을 거들었다. 노파가 실크라인을 돌아보며 핏발 선 눈으로 윙크했다. 실크라인은 흠칫 놀라며 물러났다. 반대쪽에 앉은 남자가 산딸기 같은 눈으로 그를 응시하며 또다시 웅 얼거렸다. "아주 맛있겠어."

백발 신사가 말을 멈추고 도도해 보이는 콧날 너머로 노파를 쏘아 보았다. 잠시 후, 그가 계속 이어 나갔다. "이 석실 분묘를, 이 비탄의 묘당을, 이 화장터를, 이 무시무시한 침묵의 탑을⋯⋯"

"방금 뭐라고 하셨죠?" 이고르가 훌쩍거리다 말고 물었다. "뭐죠? 뭐라고 하셨죠?"

"이건 웅변대회가 아니야." 노파가 말했다. "그냥 본론만 말하라고."

루트비히가 다시 고개를 들었다. 그의 얼굴에는 짜증이 가득했다. "제니," 그가 말했다. "제발 협조 좀 해 줘."

"아⋯⋯ 계속하기나 해!" 노파가 신경질을 내며 쏘아붙였다. 델피 니아도 옆에서 투덜거렸다.

"레쿠이에스카스 인 파세Requiescas in pace(돌아가신 이에 명복이 있을지어다), 나의 형제여." 백작이 성미 급하게 이어 나갔다. "때 이 른 죽음에도 당신에 대한 추억은 소멸하지 않을 것입니다. 내 사랑하 는 친구여, 비록 경기장은 바뀌었지만 당신은 여전히 현역으로 뛰고 있습니다."

그 말이 끝나기가 무섭게 털북숭이 남자가 자리에서 일어났다. "먼 저 갈게." 그는 나지막이 으르렁거리며 방을 나갔다. 카펫 깔린 복도 바닥에 발톱 긁히는 소리가 요란하게 들렸다. 실크라인은 벽을 타고 쩌렁쩌렁 울려 퍼지는 발소리에 또다시 바짝 얼어붙어 버렸다.

"올게이트 저 친구는 저녁 약속이 있다나 봐요." 키 작은 남자가 눈 을 번뜩이며 미소를 지어 보였다. 실크라인이 몸을 덜덜 떨자 의자가 삐걱거렸다.

백발 신사는 말없이 우뚝 서 있었다. 벌게진 눈을 질끈 감고 입을 굳게 다문 모습이 꼭 언짢아하는 귀족을 연상시켰다.

"백작," 루트비히가 말했다. "그냥 무시해."

"얼마나 더 저런 천박한 조롱을 참아 내야 하지?" 백작이 물었다. "얼마나 더……"

"또 오버하는군." 제니가 고양이에게 속삭였다.

"닥치고 있어, 이 여자야!" 백작이 빽 소리쳤다. 그의 머리가 잠시 길게 나부끼는 하얀 연기 속에 파묻혀 버렸다가 다시 모습을 드러냈다. 흥분이 조금 가라앉은 모양이었다.

루트비히가 일어나 앉았다. 얼굴에는 짜증 섞인 표정이 떠올라 있었다. "제니, 미안하지만 이만 가 주겠어?"

"늙은 보스턴의 제니를 기어이 쫓아내야겠어?" 노파가 반발했다. "좋아. 가라면 가야지 뭐 어쩌겠나!"

실크라인은 몸을 잔뜩 움츠린 채 눈앞에서 펼쳐지는 광경을 지켜보았다. 노파가 뾰족한 모자를 신경질적으로 툭 쳤다. 그녀의 손끝에서 자그마한 번갯불이 번쩍 튀었다. 달팽이처럼 등이 굽은 델피니아가 까만 털을 곤두세웠다. 백작이 앞으로 성큼 걸어 나와 노파의 어깨를 꽉 움켜잡았다. 순간 그의 몸에서 불꽃이 튀었다. 남자는 움찔하며 걸음을 멈추었다.

"하!" 제니가 까르르 웃었다. 공포에 질린 실크라인이 숨을 할딱였다. "내 양탄자!"

"제-니!" 루트비히가 관을 기어 나오며 빽 소리쳤다. 노파가 손짓하자 방 안의 모든 꽃이 팝콘처럼 속속 터지기 시작했다.

"안 돼." 활짝 열린 커튼에 불이 옮겨 붙자 실크라인의 입에서 신음이 터져 나왔다. 의자들은 사방으로 내던져졌다. 하얀 연기로 둔갑한 백작이 쉬익 소리를 내며 노파에게 달려들었다. 제니가 두 팔을 휘두르자 그녀와 고양이가 주황색 거품으로 변해 버렸다. 그때 무언가가 요란하게 깩깩대며 날갯짓을 시작했다.

눈이 휘둥그레진 모튼 실크라인이 앞으로 고꾸라지기 직전, 창백한 얼굴의 남자가 몸을 기울이고 환히 웃으며 장의사의 감각 잃은 팔뚝을 꽉 움켜쥐었다. "맛있겠어."

실크라인은 양탄자 위로 픽 쓰러져 버렸다.

모튼 실크라인은 흑담비 가죽 의자에 축 늘어진 채 앉아 있었다. 끔찍하고 황당한 일을 겪은 지 일주일이 지났지만 그의 몸은 아직도 움찔거리고 있었다. 책상에는 루트비히 아스페르가 의식을 잃고 쓰러진 그의 가슴에 꽂아 두고 간 메모가 놓여 있었다.

선생. 메시지는 그렇게 시작되었다.

금화가 담긴 이 가방을 받아 주시오. (비용은 이것으로 충분할 것으로 믿소.) 내 장례식에서 문상객들이 선생에게 너무나 무례하게 굴었소. 내 사과하리다. 주문한 모든 부분을 완벽히 챙겨 준 것에 대해 감사한 마음을 전하오.

실크라인은 메모를 내려놓고 책상 위에서 빛을 발하는 금화 무더기를 손가락으로 살살 만져 보았다. 그의 지인이 (카리요스 할인 카타콤에서 염쟁이로 일하고 있는 그의 조카) 멕시코에서 안전하게 금을 처리하는 방법을 살짝 귀띔해 준 적 있었다. 결과만 놓고 보면 그 날의 악몽은 오히려 그에게는 잘된……

모든 실크라인이 고개를 들고 사무실로 불쑥 들어온 무언가를 올려다보았다.

그럴 수만 있다면 그는 비명을 지르며 일어나 꽃무늬 벽지 안으로 사라져 버렸을 것이다. 하지만 공포에 질린 그는 움직일 수가 없었다. 그는 입을 떡 벌린 채 거대한 괴물을 보았다. 특정한 모양이 없는 그것은 촉수가 달려 있었고, 황토를 뚝뚝 흘리고 있었다. 괴물이 그의 앞에서 몸을 좌우로 흔들어 댔다.

"친구가," 그것이 정중히 말했다. "당신을 추천해 줬습니다."

실크라인은 툭 튀어나온 눈으로 한동안 괴물을 보았다. 그의 씰룩이는 손이 금화 무더기에 살짝 스쳤다. 순간 그의 안에서 용기가 솟구쳤다.

"아주," 그가 입으로 숨을 내쉬며 말했다. "잘 오셨습니다. 어…… 선생님. 어떤 행사든……" 그가 마른침을 한 번 삼키고는 마음을 다잡았다. "완벽히 챙겨 드리겠습니다."

그는 사무실 안을 가득 채운 황록색 연기를 입으로 후 불고 나서 펜을 뽑아 들었다.

"고인의 성함이 어떻게 되시나요?" 그가 사무적인 톤으로 물었다.

태양에서 세 번째
Third from the Sun

알람이 울리기 5초 전, 눈이 번쩍 뜨였다. 매일 아침 제때 눈을 뜨는 건 그에게 어려운 일이 아니었다. 정신이 번쩍 든 그는 어둠 속에서 왼손을 길게 뻗어 버튼을 눌렀다. 요란하게 울어 보려던 알람이 뚝 멎었다.

옆에서 아내가 그의 팔뚝에 손을 얹었다.

"잠은 좀 잤어?" 그가 물었다.

"아니. 당신은?"

"조금." 그가 말했다. "거의 못 잤어."

그녀는 잠시 침묵을 지켰다. 그는 아내의 목이 꿀렁이는 소리를 들을 수 있었다. 그녀의 몸이 바르르 떨렸다. 그는 그녀가 무슨 말을 하려는지 짐작하고 있었다.

"우리 정말 가는 거지?" 그녀가 물었다.

그는 몸을 뒤척이며 깊은 숨을 들이쉬었다.

"그래." 그가 말했다. 그의 팔뚝을 잡은 그녀의 손에 힘이 살짝 들어갔다.

"지금 몇 시야?" 그녀가 물었다.

"5시쯤 됐어."

"그럼 일어나서 준비해야지."

"그래야지."

하지만 그들은 움직이지 않았다.

"정말 들키지 않고 우주선에 탈 수 있는 거야?" 그녀가 물었다.

"다들 시험 비행이라고 생각할 거야. 아무도 유심히 보지 않을 테니 걱정 마."

그녀는 대꾸가 없었다. 그녀가 남편에게 바짝 다가가 자신의 차가운 몸을 붙였다.

"난 두려워." 그녀가 말했다.

그는 아내의 손을 꼭 잡아 쥐었다. "두려워할 거 없어. 아무 일 없을 거야."

"우리보다 아이들이 걱정이야."

"아무 걱정 말라니까."

그녀가 남편의 손을 끌어와 살며시 입을 맞추었다.

"알았어."

부부는 어둠 속에서 나란히 일어났다. 그는 아내가 일어서는 소리를 들었다. 그녀의 잠옷이 바스락거리며 바닥에 떨어졌다. 그녀는 그것을 집어 들지 않았다. 서늘한 아침 공기 속에서 그녀가 몸을 바르르 떨었다.

"정말로 필요한 게 없어?" 그녀가 물었다.

"아무것도. 필요한 건 이미 우주선에 다 실어 놓았어. 게다가……"

"응?"

"뭘 들고 들어가면 경비가 수상쩍어 할 거야. 당신과 아이들은 그냥 날 배웅하는 척만 해 주면 돼."

그녀가 옷을 챙겨 입기 시작했다. 그도 이불을 걷어차고 일어났다. 그는 차가운 바닥을 가로질러 옷장으로 향했다.

"애들은 내가 가서 깨울게." 그녀가 말했다.

그가 끙 앓는 소리를 내며 머리 위로 옷을 걸쳤다. 방을 나가려던 아내가 문 앞에서 멈춰 섰다. "정말로……"

"응?"

"정말로 경비가 이상하게 생각하지 않을까? 이웃들까지 당신을 배웅하러 나가면 말이야."

침대에 풀썩 주저앉은 그가 신발 잠금쇠를 찾아 손을 더듬거렸다.

"그건 운에 맡겨야지 뭐." 그가 말했다. "우리에겐 그들이 꼭 필요해."

그녀가 한숨을 내쉬었다. "너무 냉혹한 것 같아서 말이야. 너무 계산적이고."

그는 허리를 펴고 문간에 선 아내의 실루엣을 보았다.

"그럼 어떡해?" 그가 심란한 듯 물었다. "우리 아이들을 이종 교배시킬 순 없잖아."

"그건 그렇지만," 그녀가 말했다. "나는 좀……"

"좀 뭐?"

"아무것도 아니야. 괜한 소리 꺼내서 미안해."

그녀가 문을 닫고 나갔다. 발소리가 복도를 따라 멀어져 갔다. 잠시 후, 아이들 방의 문이 스르르 열렸다. 이내 두 아이의 목소리가 들려 왔다. 그의 입가에 생기 없는 미소가 머금어졌다. 다들 휴가를 떠나는 줄 알고 있겠지?

그는 신발을 마저 신었다. 아이들은 아무것도 모르고 있다. 아이들은 아버지를 일터까지 배웅하고 돌아와 학교 친구들에게 신나게 자랑할 생각에 잔뜩 부풀어 있다. 영영 돌아오지 못할 거라는 걸 모르는 채.

그는 신발의 잠금쇠를 걸고 나서 일어났다. 그런 다음, 발을 질질 끌고 서랍장 앞으로 다가가 불을 켰다. 한없이 평범한 내가 이런 엄청난 일을 꾸미다니. 그는 아직도 실감이 나지 않았다.

너무나 냉혹하고, 너무나 계산적인. 아내의 말이 머릿속에서 맴돌고 있었다. 하지만 어쩔 수 없잖아. 달리 방법이 없으니. 세계 멸망은 몇 년 안에, 아니, 어쩌면 그보다 더 일찍 찾아올 것이 분명했다. 가공할 섬광과 함께. 그 속에서 살아남는 길은 이것뿐이었다. 어떻게든 다른 행성으로 탈출해서 동행하는 몇몇 사람들과 새 출발을 해야만 했다.

그는 거울에 비친 자신의 모습을 물끄러미 들여다보았다.

"다른 선택지는 없어."

그는 침실 안을 찬찬히 둘러보았다. 내 인생의 1막은 여기서 끝이 나는군. 램프를 끄는 것은 머릿속 불을 켜는 것과 같았다. 그는 살며시 문을 닫고 심하게 닳은 손잡이에서 손을 뗐다.

아들과 딸이 계단을 내려가고 있었다. 아이들은 비밀스러운 내용을 서로에게 속삭이는 중이었다. 그는 흥미로워 하며 고개를 저었다.

아내가 그를 기다리고 있었다. 그들은 손을 잡고 나란히 계단을 내려갔다.

"난 두렵지 않아." 그녀가 말했다. "다 잘될 거야."

"그래. 당연하지."

그들은 식당으로 들어가 아이들과 함께 자리를 잡고 앉았다. 아내가 주스를 차례로 따라 준 다음, 음식을 가지러 사라졌다.

"가서 엄마 좀 도와 드리렴." 딸이 자리에서 일어났다.

"이제 때가 됐죠, 아빠?" 아들이 말했다. "때가 된 거 맞죠?"

"흥분하지 마. 아빠가 했던 얘기 기억하지? 누구한테 함부로 입을 놀리면 널 두고 갈 수밖에 없어."

그때 접시가 바닥에 떨어져 산산조각 났다. 그가 아내 쪽을 홱 돌아보았다. 그녀는 입술을 바르르 떨며 그를 응시하고 있었다.

그녀가 황급히 시선을 돌리고 몸을 숙였다. 그녀는 허둥대며 깨진 접시 조각들을 집어 들었다가 이내 바닥에 떨어뜨리고는 몸을 일으켰다. 그녀는 신발을 이용해 그것들을 벽 쪽으로 밀어 놓았다.

"이제 와서 이런 게 무슨 소용이야?" 그녀가 소심하게 말했다. "이제 이런 데 신경 쓸 필요가 없잖아."

어머니의 뜻밖의 모습에 아이들은 크게 놀란 모양이었다.

"왜 그러세요?" 딸이 물었다.

"아무것도 아니야. 아무것도." 그녀가 말했다. "그냥 신경이 좀 예민해져서 말이야. 테이블로 돌아가렴. 주스도 좀 마시고. 이웃들이 곧 도착할 테니 빨리들 먹어야 할 거야."

"아빠, 그 사람들은 왜 데려가는 거예요?" 아들이 물었다.

"왜냐하면," 그가 기어 들어가는 목소리로 말했다. "그들도 같이 떠나고 싶어 하니까. 자, 이 얘긴 이제 그만하자. 누가 듣기라도 하면 어떡해?"

식당 안에서는 정적이 흐르고 있었다. 아내가 가져온 음식을 테이블에 내려놓았다. 들리는 것이라고는 그녀의 발소리뿐이었다. 아이들은 계속해서 서로를, 그리고 아버지를 번갈아 보았다. 그의 시선은 앞의 접시에서 떨어지지 않았다. 음식은 뻑뻑했고, 맛은 밋밋했다. 심장은 늑골을 뚫고 나올 듯이 요동쳤다. 마지막 날. 오늘이 마지막 날이야.

"좀 먹어 둬." 그가 아내에게 말했다.

마침내 그녀가 자리에 앉았다. 포크를 드는 순간 문 쪽에서 버저가 울렸다. 그녀가 놓친 포크가 요란한 소리를 내며 바닥에 떨어졌다. 그가 손을 뻗어 아내의 손을 꼭 잡아 줘었다.

"걱정 마. 다 잘될 거야." 그가 아이들을 돌아보며 말했다. "가서 문을 열어 주겠니?"

"우리 둘 다요?" 딸이 물었다.

"그래. 둘 다."

"하지만……"

"어서 시키는 대로 해."

의자에서 미끄러지듯 내려온 아이들은 부모님을 흘끔 돌아본 후 식당을 나갔다.

아이들 뒤로 미닫이문이 닫히자 그가 아내를 돌아보았다. 창백한 얼굴은 딱딱하게 굳어 있었다. 그녀는 입을 굳게 닫았다.

"여보, 진정해." 그가 말했다. "날 믿어 줘. 위험한 일이라면 내가 당

신을 끌어들였을 리 없잖아. 내가 비행을 몇 번이나 했는지 당신도
알지? 우리 목적지에 대해선 이미 훤히 알고 있다고. 안전한 곳이니
까 걱정 붙들어 매. 날 믿어 달라고."

그녀가 남편의 손을 끌어가 자신의 볼에 문질렀다. 그녀가 눈을 감
자 눈꺼풀 밑으로 커다란 눈물방울이 뚝뚝 떨어졌다.

"그걸 의심하는 게 아니야." 그녀가 말했다. "난 그저…… 여길 떠나
는 것, 영영 다시 돌아올 수 없다는 사실이 슬픈 거라고. 우린 일생을
여기서만 살았잖아. 이건…… 단순히 이사를 가는 게 아니야. 영원히
돌아올 수 없는 길을 떠나는 거라고. 영원히 말이야."

"내 말 좀 들어 봐, 여보." 그가 다급하게 말했다. "당신도 잘 알다시
피 앞으로 몇 년 안에, 아니, 어쩌면 그보다 일찍 또 다른 전쟁이 발
발할 거야. 그것도 아주 끔찍한 전쟁이. 전쟁이 끝나면 이 땅엔 아무
것도 남지 않을 거야. 그 전에 여길 떠나야만 한다고. 우리 아이들을
위해서. 우리 모두를 위해서……"

그가 잠시 말을 멈추고 머릿속으로 준비된 대사를 읊었다.

"인류의 미래를 위해서." 그가 맥 빠진 목소리로 말했다. 여러모로
아쉬운 타이밍이었다. 내용도 이른 아침, 푸석푸석한 음식을 앞에 놓
고 늘어놓기에는 부적절했다. 설령 구구절절 옳은 말이라 하더라도.

"두려워 할 거 없어." 그가 말했다. "다 잘될 거야."

그녀가 그의 손을 꼭 잡았다.

"알아." 그녀가 나지막이 말했다. "나도 알아."

밖에서 발소리가 다가오고 있었다. 그는 티슈를 한 장 뽑아 아내에
게 건넸다. 그녀가 황급히 눈가를 훔쳤다.

문이 스르르 열렸다. 이웃들과 그들의 자녀들이 안으로 들어왔다.

아이들 모두 들뜬 모습이었다. 흥분된 마음이 좀처럼 진정되지 않는 모양이었다.

"안녕하세요." 이웃집 남자가 인사했다.

이웃의 아내가 그의 아내에게로 다가갔다. 그들은 창가로 다가가 나지막이 대화를 나누었다. 아이들은 안절부절못하고 서서 초조한 눈빛으로 서로를 보았다.

"아침은 먹었어요?" 그가 이웃에게 물었다.

"네." 이웃이 대답했다. "지금 출발해야 하는 거 아닌가요?"

"가야죠." 그가 말했다.

그들은 접시들을 테이블에 놓아둔 채 식당을 나왔다. 그의 아내가 위층으로 올라가 식구들이 입을 옷을 챙겨 왔다.

그와 아내가 포치에 서 있는 동안 나머지 사람들은 차가 있는 곳으로 이동했다.

"문을 걸어야 할까?" 그가 물었다.

그녀는 희미하게 미소를 흘리며 손으로 머리를 쓸어 넘겼다. 그녀가 어깨를 으쓱였다. "이제 아무래도 상관없잖아." 그녀가 돌아서며 말했다.

그는 문을 걸어 잠그고 아내를 뒤쫓아 갔다. 그녀가 남편을 돌아보았다.

"좋은 집인데." 그녀가 웅얼거렸다.

"미련 두지 마." 그가 말했다.

그들은 집을 등지고 돌아서서 대기 중인 차에 올랐다.

"문 걸었어요?" 이웃이 물었다.

"네."

이웃이 쓴웃음을 지었다. "우리도요." 그가 말했다. "그러지 않으려고 했는데 결국 다시 돌아가 걸었습니다."

그들은 조용한 거리를 달려 나갔다. 하늘 끝자락이 붉어져 오고 있었다. 이웃의 아내와 네 아이들은 뒷좌석에, 그와 그의 아내와 이웃은 앞좌석에 각각 자리하고 있었다.

"날씨가 좋을 것 같네요." 이웃이 말했다.

"그러게 말입니다." 그가 말했다.

"아이들에겐 알려 줬나요?" 이웃이 부드럽게 물었다.

"당연히 아니죠."

"나도요. 나도 마찬가집니다." 이웃이 말했다. "그냥 물어 본 거예요."

"오."

그들은 한동안 침묵을 지켰다.

"이제 시간이 얼마 남지 않았다는 생각…… 해 보지 않았나요?" 이웃이 물었다.

그의 얼굴이 딱딱하게 굳어졌다. "아뇨." 그의 입술이 굳게 다물어졌다. "안 해 봤습니다."

"이런 얘긴 그만하는 게 좋을 것 같네요." 그의 이웃이 당황해 하며 말했다.

"네, 그러는 게 좋겠습니다." 그가 말했다.

정문 경비실이 다가오자 그가 뒷좌석을 돌아보았다.

"명심들 해." 그가 말했다. "여기서부터는 절대 입을 열어선 안 돼."

졸다 깬 경비는 새 우주선의 시험 비행 조종사를 대번에 알아보았다. 그는 그들을 수상히 여기지 않았다. 가족이 날 배웅하러 왔어요.

그가 경비에게 말했다. 알겠습니다. 경비는 그들을 우주선 플랫폼으로 들여보내 주었다.

차는 거대한 기둥 아래 멈춰 섰다. 차에서 내린 그들이 일제히 위를 올려다보았다.

커다란 금속 우주선의 앞부분이 하늘을 향해 솟아올라 있었다. 새벽빛을 머금은 우주선의 표면이 반짝거렸다.

"갑시다." 그가 말했다. "서둘러야 해요."

그들은 우주선 엘리베이터 쪽으로 달려갔다. 그는 잠시 멈춰 서서 뒤를 살폈다. 경비실은 텅 빈 상태였다. 그는 모든 걸 기억 속에 담아 두려는 듯 주위를 찬찬히 둘러보았다.

그가 몸을 숙이고 흙을 한 줌 움켜쥐었다. 그리고 그것을 주머니에 집어넣었다.

"안녕." 그가 속삭였다.

그는 엘리베이터로 달려갔다.

그들 앞으로 문이 닫혔다. 모터의 윙윙거림 속에서 아이들이 초조하게 콜록거렸다. 그는 그들을 돌아보았다. 어린 나이에 고생들이 많네. 정말 안타까운 일이야.

그는 눈을 감았다. 아내의 팔이 그의 팔뚝 위에 얹어졌다. 그가 아내를 돌아보았다. 서로 눈이 마주치자 그녀가 미소를 지어 보였다.

"아무 걱정 마." 그녀가 속삭였다.

엘리베이터가 가볍게 진동하며 멈춰 섰다. 문이 열리자 그들은 차례로 내렸다. 날은 빠르게 밝아 오고 있었다. 그는 사람들을 이끌고 울타리로 에워싸인 플랫폼으로 향했다.

그들은 우주선 측면의 좁은 문간으로 기어 들어갔다. 그는 잠시 머뭇거리다가 그들을 따라 들어갔다. 그는 지금 상황에 어울리는 말을 짧게라도 해 보려 머리를 굴렸다. 하지만 그럴수록 마음만 점점 더 짠해질 뿐이었다.

결국 그는 포기하고 말았다. 그가 안으로 들어가 끙 앓는 소리를 내며 문을 닫았다. 휠을 끝까지 돌려놓는 것도 잊지 않았다.

"다 됐어요." 그가 말했다. "자, 이제 출발합시다."

그들의 발이 덱의 금속 바닥과 사다리에 내디뎌질 때마다 발소리가 요란하게 울려 퍼졌다. 그들은 신속하게 조종실로 올라갔다.

아이들이 현창 쪽으로 몰려가 밖을 내다보았다. 순간 그들의 숨이 턱 막혀 버렸다. 자신들이 얼마나 높이 올라와 있는지 그제야 깨달은 것이었다. 두 어머니는 아이들 뒤에 서서 겁에 질린 눈으로 땅을 내려다보았다.

그는 그들에게로 다가갔다.

"너무 높아요." 그의 딸이 말했다.

그는 딸의 머리를 살살 쓰다듬었다. "꽤 높이 올라왔지?"

그가 갑자기 돌아서서 계기판 앞으로 다가갔다. 그리고 잠시 멍하니 서 있었다. 그는 뒤에서 누군가가 다가오는 소리를 들었다.

"아이들에게 얘기해야 하지 않을까?" 아내가 물었다. "우리가 영영 돌아오지 못할 거라는 걸 말이야."

"그렇게 해. 가서 얘기해 줘."

그는 아내의 발소리를 기다렸다. 하지만 그녀는 움직이지 않았다. 그가 뒤를 돌아보자 그녀가 볼에 살짝 입을 맞추었다. 그러고 나서 아이들에게로 돌아갔다.

마침내 그가 스위치를 올렸다. 우주선의 깊은 곳 어딘가에서 불꽃이 튀며 연료가 점화되었다. 분사구에서 농축된 가스가 맹렬히 뿜어져 나왔다. 격벽들이 덜덜 떨리기 시작했다.

그는 딸이 우는 소리를 똑똑히 들을 수 있었지만 애써 못 들은 척했다. 그가 바르르 떨리는 손을 뻗어 레버를 움켜잡았다. 그리고 뒤를 홱 돌아보았다. 모두가 그를 빤히 보고 있었다. 그는 레버를 위로 힘껏 올렸다.

순간 우주선이 덜덜거리더니 앞부분이 서서히 기울기 시작했다. 우주선은 점점 빠르게 솟구쳐 올라갔다. 그들 모두는 거센 바람 소리에 귀를 기울였다.

아이들은 다시 현창으로 달려가 밖을 내다보았다.

"안녕." 그들이 말했다. "잘 있어."

진이 빠져 버린 그는 계기판 앞좌석에 풀썩 주저앉았다. 그가 곁눈질로 자신의 옆자리로 다가와 앉는 이웃 남자를 지켜보았다.

"우리가 정확히 어디로 가는 거죠?" 이웃이 물었다.

"저기 차트에 답이 나와 있어요."

이웃이 차트를 들여다보았다. 순간 그의 눈썹이 올라갔다.

"다른 태양계인가요?"

"맞아요. 이곳과 흡사한 대기를 가졌어요. 거기라면 안심하고 살 수 있을 겁니다."

"우리 모두가 안전하게 살 수 있는 곳." 이웃이 말했다.

그가 고개를 한 번 끄덕이고 나서 자신과 이웃의 가족들을 돌아보았다. 그들은 여전히 현창을 내다보고 있었다.

"방금 뭐라고 했죠?" 그가 물었다.

"이중에서," 이웃 남자가 다시 말했다. "정확히 어느 행성입니까?"

그가 차트 앞으로 몸을 기울이고 손으로 가리켰다.

"저기 저 자그마한 행성입니다." 그가 말했다. "달이 근처에 있는 행성."

"이거 말입니까? 태양에서 세 번째 행성?"

"맞습니다." 그가 말했다. "바로 거기예요. 태양에서 세 번째."

최후의 날
The Last Day

그는 눈을 뜨자마자 생각했다. 최후의 날이 지나갔어.

그는 최후의 날의 절반을 잠으로 흘려 버렸다.

그는 바닥에 누워 천장을 올려다보았다. 벽들은 아직도 밖에서 스며든 불그스름한 빛에 물들어 있었다. 정적에 묻힌 거실에서는 코 고는 소리만이 들려올 뿐이었다.

그는 주위를 슥 둘러보았다.

사방에 몸뚱이들이 널려 있었다. 긴 소파 위에 뻗어 있는 놈도 있고, 의자에 축 늘어져 있는 놈도 있으며, 몸을 둥글게 웅크린 상태로 바닥에 누운 놈들도 있었다. 몇몇은 양탄자를 뒤집어쓰고 있었다. 그 중 두 놈은 알몸이었다.

한쪽 팔꿈치로 침대에 딛고 상체를 세웠다. 머릿속에서 찌릿한 통증이 느껴지자 그는 움찔했다. 눈을 질끈 감고 정신을 가다듬었다. 잠시 후, 다시 눈을 떴다. 혀로 바짝 마른 입안을 훑었다. 아직도 독한 술과 음식의 퀴퀴한 맛이 감돌았다.

그는 계속 팔꿈치에 몸을 지탱한 채로 방 안을 다시 둘러보았다. 그제야 상황이 조금씩 파악되기 시작했다.

낸시와 빌은 서로 부둥켜안은 채 누워 있었다. 두 사람 모두 알몸이었다. 노먼은 안락의자에 웅크려 앉아 있었다. 곯아떨어진 그의 야윈 얼굴은 딱딱하게 굳어져 있었다. 모트와 멜은 더러운 융단을 몸에 덮은 채 바닥에 누워 있었다. 두 사람 모두 심하게 코를 골았다. 나머지 사람들은 바닥에 아무렇게나 널브러져 있었다.

밖에서는 붉은 빛이 쏟아져 들어왔다.

창밖을 내다본 그는 마른침을 삼켰다. 그리고 눈을 깜빡였다. 자신의 긴 몸을 내려다보고 다시 마른침을 삼켰다.

난 살아 있어. 그는 생각했다. 그게 다 사실이었어.

그는 눈을 비비고 아파트 안에 정체된 공기를 깊이 들이마셨다.

몸을 일으키려다 실수로 글라스를 쓰러뜨렸다. 술과 탄산음료가 짙은 파란색 양탄자 위로 엎어졌다.

다른 글라스들을 살펴보았다. 깨진 글라스, 발로 걷어찬 글라스, 벽에 내던져진 글라스. 사방에 널린 술병들은 전부 텅 빈 상태였다.

그는 방 안을 찬찬히 둘러보았다. 시선이 뒤집힌 전축에 멎었다. 앨범들은 사방에 흩어져 있었고, 양탄자 위에 뿌려진 깨진 음반 조각들은 기묘한 패턴을 만들어 놓았다.

그제야 기억이 찾아들었다.

전날 밤, 이 난리를 시작한 것은 모트였다. 그가 갑자기 작동 중인 전축 앞으로 성큼 다가가 혀 꼬인 투로 소리쳤다.

"이깟 음악이 뭐라고! 그냥 거슬리는 소음일 뿐인걸!"

그가 구둣발로 전축의 앞부분을 걷어찼다. 전축은 벽에 부딪혀 박살이 나 버렸다. 휘청거리며 그 앞으로 다가간 그가 무릎을 꿇고 앉았다. 그리고 굵고 억센 팔로 전축을 뒤집어 놓고 나서 다시 발로 걷어찼다.

"이런 건 없애버려려 해!" 그가 소리쳤다. "이런 쓰레기 같은 음악은 이제 진절머리가 나!"

그가 재킷에서 꺼낸 음반들을 차례로 무릎에 내리찍어 산산조각 내 버렸다.

"자!" 그가 모두에게 소리쳤다. "어서!"

그 말에 모두가 우르르 달려와 동참했다. 지난 며칠간의 모든 엽기적인 제안들이 그랬듯이.

어떤 여자와 뜨겁게 사랑을 나누던 멜도 벌떡 일어났다. 그는 음반들을 닥치는 대로 집어 창밖으로 던져 버렸다. 음반들은 아주 멀리 날아가 거리 위로 속속 떨어져 내렸다. 찰리도 총을 잠시 밀어 놓고 창문 앞에 서서 지나는 사람들을 표적 삼아 음반들을 날렸다.

리처드는 바로 밑 인도에 떨어진 검은 접시들이 튀어 올랐다가 산산조각 나는 광경을 물끄러미 지켜보았다. 그도 한 개를 집어 멀리 날려 버린 후였다. 흥미를 잃은 그는 뒤로 물러나 다른 사람들에게 자리를 양보했다. 그런 다음, 멜의 여자를 침실로 끌고 들어가 섹스를 했다.

불그스름하게 물든 방 안에서 비틀대며 일어난 그는 그때 일을 떠올려 보았다.

그는 잠시 눈을 감았다.

눈을 떠 낸시를 보았다. 그도 광란의 밤의 어수선한 틈을 타 그녀를 데리고 방으로 들어갔었다. 바로 어젯밤의 일이었다.

화가 많이 난 모양이군. 그는 생각했다. 그녀는 늘 짐승처럼 사나웠다. 과거에는 종종 폭발하는 격한 감정을 감추느라 진땀을 뺐지만 언제부터인가는 그 누구의 눈치도 보지 않고 자신의 관심사에 열중하고, 또 즐겼다.

그는 과연 세상에 진정한 품위를 지니고 사는 사람이 단 한 명이라도 있을지 궁금했다. 그걸로 더는 사람들에게 깊은 인상을 심어 줄 수 없다는 것을 알면서도 병적으로 집착하는 부류.

그는 잠들어 있는 여자를 조심스레 넘어갔다. 그녀는 슬립 차림이었다. 그는 그녀의 헝클어진 머리와 흉측하게 번진 빨간 입술과 미간을 찌푸린 채 불쾌한 표정을 짓는 얼굴을 내려다보았다.

침실 안을 흘끔 들여다보았다. 침대에는 여자 세 명과 남자 두 명이 누워 있었다.

그는 화장실에서 시체 한 구를 발견했다.

시체는 욕조에 아무렇게나 버려진 상태였고, 그 위로는 샤워 커튼이 덮여 있었다. 오직 욕조 가장자리 밖으로 다리만 드러나 있을 뿐이었다.

그는 커튼을 걷고 피로 흥건히 젖은 셔츠와 여전히 창백하고 움직임 없는 얼굴을 보았다.

찰리.

그는 고개를 저으며 돌아섰다. 그리고 세면대에서 얼굴과 손을 씻었다. 상관없어. 아무 문제없어. 오히려 찰리가 운이 좋은 거지. 오븐

에 머리를 처박거나 직접 손목을 긋거나 약을 먹거나, 뭐 그런 용인
된 방법으로 자살을 선택한 사람들과 마찬가지로.

그는 거울에 비친 자신의 지친 얼굴을 보며 남들처럼 손목을 그어
자살하는 방법을 고민해 보았다. 하지만 그럴 용기가 없었다. 자기
파괴에 이르기까지는 절망 그 이상의 것이 필요하기 때문이다.

물을 한 잔 받아 마셨다. 다행이군. 그는 생각했다. 아직 물이 나오
다니. 수도, 전기, 가스, 통신, 모든 시스템이 마비됐을 줄 알았는데.

어떤 바보가 최후의 날에 출근을 했지?

리처드가 주방에 들어갔을 때 스펜서는 거기 있었다.

그는 반바지 차림으로 테이블에 앉아 자신의 손을 내려다보고 있
었다. 스토브 위에서는 계란이 익고 있었다. 가스도 끊어지지 않았군.
리처드는 생각했다.

"안녕." 그가 스펜서에게 말했다.

스펜서는 고개도 들지 않고 끙 앓는 소리를 냈다. 그는 계속해서
자신의 손을 내려다보았다. 리처드도 더는 말을 걸지 않았다. 그는
돌아서서 가스불을 조금 줄였다. 그런 다음, 찬장에서 식빵을 꺼내
전기 토스터에 한 조각 집어넣었다. 하지만 토스터는 작동하지 않았
다. 그는 어깨를 으쓱이고 돌아섰다.

"몇 시나 됐지?"

스펜서가 고개를 들고 물었다.

리처드가 손목시계를 들여다보았다.

"시계가 멈췄어."

그들은 잠시 서로의 얼굴을 빤히 보았다.

"오." 스펜서가 말했다. 그리고 그가 물었다. "오늘이 무슨 요일이지?"

리처드는 잠시 생각에 잠겼다. "일요일일 거야, 아마."

"사람들이 교회에 나갔는지 모르겠군." 스펜서가 말했다.

"그게 무슨 상관이야?"

리처드가 냉장고를 열어 보았다.

"계란도 다 떨어졌어." 스펜서가 말했다.

리처드는 냉장고 문을 닫았다.

"계란도 없고," 그가 무뚝뚝하게 말했다. "닭고기도 없고, 아무것도 없네."

그는 벽에 몸을 기댄 채 서서 한숨을 내쉬며 창밖으로 불그스름한 하늘을 내다보았다.

메리. 그는 생각했다. 메리. 그의 아내가 됐어야 하는 여자. 그가 그냥 떠나보낸 여자. 그는 그녀가 지금쯤 어디서 뭘 하고 있을지 궁금해졌다. 지금 그녀도 자기 생각을 하고 있을지.

노먼이 터덜터덜 걸어 들어왔다. 잠과 술에 취한 그는 몸도 제대로 가누지 못했다. 멍한 표정의 그는 입을 떡 벌리고 있었다.

"안녕." 그가 꼬인 혀로 말했다.

"어서 와, 햇살 좋네." 리처드가 퉁명스럽게 말했다.

노먼은 우두커니 서서 그를 보았다. 잠시 후, 그가 싱크로 다가가 입을 헹구고 배수구에 물을 뱉어 냈다.

"찰리가 죽었어."

"알아." 리처드가 말했다.

"언제 그런 거지?"

"어젯밤." 리처드가 그에게 말했다. "넌 의식을 잃은 상태였어. 찰리가 우리 모두를 쏴 죽이겠다고 했던 거 기억나? 고통으로부터 구원해 주겠다면서 말이야."

"응." 노먼이 말했다. "내 머리에 총구를 들이 댔지. 얼마나 차가운지 한번 느껴 보라면서."

"그러다 모트랑 한바탕 싸움이 벌어졌지." 리처드가 말했다. "그러다 총이 발사됐어." 그가 어깨를 으쓱였다. "그렇게 된 거야."

그들은 무표정한 얼굴로 서로를 보았다.

노먼이 고개를 돌리고 창밖을 내다보았다.

"아직도 저기 보이네." 그가 웅얼거렸다.

그들은 일제히 태양과 달과 별들을 가려 버린 거대한 불덩이를 바라보았다.

노먼이 다시 고개를 돌리고 침을 꿀꺽 삼켰다. 그는 가볍게 떨리는 입술을 꼭 닫았다.

"맙소사." 그가 말했다. "오늘이야."

그가 다시 하늘을 올려다보았다.

"오늘," 그가 말했다. "모든 게 끝이 나는 거야."

"모든 게." 리처드가 말했다.

스펜서가 자리에서 일어나 가스를 껐다. 그는 잠시 계란을 내려다보다가 입을 열었다. "내가 왜 이걸 만들었지?"

그는 다 익은 계란을 싱크대에 버렸다. 계란은 하얀 싱크대 표면을 스르르 미끄러져 내려갔다. 연기를 내뿜으며 노른자가 터졌다. 에나멜 위에 노란 얼룩이 번졌다.

스펜서가 입술을 살짝 깨물었다. 그의 표정이 서서히 굳어 갔다.

"들어가서 그녀랑 또 한 판 해야겠어." 그가 불쑥 말했다.

그가 리처드를 밀치고 주방을 나갔다. 그는 반바지를 벗어젖히고 복도 모퉁이를 돌아 사라졌다.

"스펜서 저 친구도 참." 리처드가 말했다.

노먼이 테이블로 다가가 앉았다. 리처드는 여전히 벽에 몸을 기댄 채 서 있었다.

그때 거실에서 낸시의 새된 고함이 들려 왔다.

"이봐, 다들 일어나라고! 내가 하는 것 좀 봐! 모두들 날 보라고! 어서!"

노먼이 주방 문간을 보다가 갑자기 테이블에 얹어 놓은 팔뚝 위로 고개를 떨어뜨렸다. 그의 앙상한 어깨가 바르르 떨리기 시작했다.

"나도 했어." 그가 말했다. "나도 했어. 오, 맙소사. 내가 왜 여기 온 거지?"

"섹스하러." 리처드가 말했다. "우리 모두가 그렇듯이. 최후의 날을 섹스와 술로 멋지게 마감하기로 했잖아."

노먼이 울먹이기 시작했다.

"난 이렇게 죽을 수 없어." 그가 훌쩍이며 말했다. "이건 아니라고."

"아마 20억 명 정도가 이러고 있을걸." 리처드가 말했다. "태양이 떨어지고 나서도 그들은 계속 그러고들 있을 거야. 정말 봐 줄 만하겠지?"

그는 절체절명의 순간에도 짐승처럼 서로에게 엉겨 붙어 난잡하게 놀 사람들을 생각하며 몸서리를 쳤다. 그는 눈을 감고 이마를 벽에 갖다 붙였다. 머릿속에서 불쾌한 이미지를 지워 내려는 것이었다.

하지만 벽은 기대와 달리 뜨끈했다.

테이블에 앉아 있는 노먼이 고개를 들었다.

"집으로 돌아가자."

리처드가 그를 보았다. "집?"

"부모님에게로. 어머니와 아버지에게. 어머니 품으로."

리처드는 고개를 저었다.

"난 싫어."

"하지만 난 갈 수 없어."

"왜?"

"왜냐하면…… 난 두려워. 거리로 쏟아져 나온 사람들이 사방에 총질을 해 대고 있잖아. 눈에 들어오는 사람 모두를 가차 없이 쏴 죽이고 있다고."

리처드가 어깨를 으쓱였다.

"넌 왜 안 되는데?" 노먼이 물었다.

"별로 뵙고 싶지 않아."

"너희 어머니를?"

"그래."

"미쳤구나." 노먼이 말했다. "그럼 대체 누구를……"

"난 싫어."

그는 최후의 날을 맞아 집에서 아들을 애타게 기다리고 있을 어머니를 생각했다. 미적거리다가 끝내 어머니를 영영 보지 못하게 될지도 모른다는 생각이 그의 마음을 아리게 했다.

하지만 그는 계속 생각했다. 집에 돌아가면 어머니가 분명 기도하라고 닦달해 댈 거야. 싫다는 성서도 읽으라고 집요하게 권할 거고. 최후의 날 마지막 몇 시간을 그런 것들에 허비할 순 없잖아. 안 그래?

그가 다짐하듯 다시 말했다.

"난 싫어."

노먼은 넋이 나간 표정을 짓고 있었다. 그의 가슴은 울음을 참느라 연신 들썩였다.

"난 어머니를 보고 싶어."

"그럼 어서 가 봐." 리처드가 퉁명스럽게 말했다.

하지만 마음이 편치 않았다. 어머니를 영영 다시 볼 수 없을 거라는 생각. 누이와 그녀의 남편과 그녀의 딸도.

두 번 다시 볼 수 없는 얼굴들.

그는 한숨을 내쉬었다. 더 이상의 저항은 무의미했다. 노먼이 옳았다. 부모가 아니면 세상의 어느 누가 그들을 보듬어 주겠는가. 곧 불바다로 변해 버릴 세상에서 부모보다 그들을 더 사랑해 줄 사람이 과연 있을까?

"……좋아." 그가 말했다. "자, 나가자고. 여기서 이렇게 최후를 맞을 순 없잖아."

아파트 로비는 토사물 냄새로 진동했다. 술에 취한 관리인은 인사불성이 된 채 계단에 쓰러져 있었다. 로비 한쪽 구석에는 누군가에게 머리를 걷어차여 죽은 개의 시체가 방치돼 있었다.

건물을 빠져 나온 그들이 일제히 멈춰 섰다.

그들은 본능적으로 하늘을 올려다보았다.

빨갛게 물든 하늘은 용융 슬래그*처럼 변해 있었다. 불타는 빛줄기

---

* 금속류를 제련하거나 녹이는 과정에서 발생하는 용융 상태의 찌꺼기.

들이 뜨거운 빗방울처럼 쏟아져 내리는 중이었다. 우주를 가려 버린 거대한 불덩이는 쉴 새 없이 다가오고 있었다.

그들은 촉촉해진 눈을 내리깔았다. 불덩이를 보고 있노라면 눈이 아파져 왔다. 그들은 거리를 따라 걸어 나가기 시작했다. 사방에서 후끈한 기운이 엄습해 왔다.

"12월," 리처드가 말했다. "하지만 꼭 열대인 것 같아."

그들은 한동안 말없이 걸었다. 그는 열대와 지구의 두 극과 영영 가 볼 수 없는 나라들을 생각했다. 영영 해 볼 수 없는 일들도.

지구가 종말을 향해 달려가는 동안 메리를 끌어안고 죽을 만큼 사랑한다고, 자신은 두렵지 않다고 속삭이는 것 같은.

"영원히." 그가 말했다. 압도적인 좌절감에 온몸이 뻣뻣해져 왔다.

"뭐?" 노먼이 말했다.

"아니야. 아무것도 아니야."

부지런히 걸음을 옮겨 나가던 리처드는 재킷 주머니에 무언가 묵직한 것이 담겨 있음을 깨달았다. 어떤 물체가 계속해서 옆구리를 두들겨 댔다. 손을 넣어 그것을 꺼냈다.

"그게 뭐야?" 노먼이 물었다.

"찰리의 총." 리처드가 말했다. "어젯밤에 몰래 챙겼어. 대참사를 막기 위해서."

그가 어색하게 웃음을 터뜨렸다.

"그래야 찰리가 이상한 짓을 못할 테니까." 그가 쓸쓸하게 말했다. "맙소사, 꼭 배우가 된 기분이야."

그가 권총을 멀리 던져 버리려다 멈칫했다. 생각이 바뀐 것이었다. 그는 권총을 다시 주머니에 집어넣었다.

"나중에 필요할지도 모르겠어."

노먼은 듣고 있지 않았다.

"아무도 내 차를 훔쳐가지 않았어. 정말 다행이야. 오……!"

하지만 누군가가 돌로 앞 유리를 박살 내 놓은 상태였다.

"지금 이런 게 무슨 상관이야?" 리처드가 말했다.

"그게…… 하긴, 상관없지."

그들은 앞 좌석에 올라 쿠션에 흩뿌려진 유리 파편을 털어 냈다. 차 안은 답답했다. 리처드는 재킷을 벗어 밖으로 내던졌다. 권총을 바지 주머니에 쑤셔 넣었다.

노먼은 다운타운 쪽으로 차를 몰아나갔다. 그들은 거리로 쏟아져 나온 사람들을 유심히 지켜보았다.

마치 무언가를 찾아 헤매는 듯이 사방으로 뛰어다니는 사람들. 서로 무언가를 놓고 싸우는 사람들. 인도에는 창밖으로 뛰어내려 죽은 사람들과 달리는 차에 뛰어들어 죽음을 맞은 사람들이 널려 있었다. 가스 버너들이 속속 폭발한 건물들은 불길에 휩싸여 있었고, 창문들은 전부 박살이 나 있었다.

상점들을 돌며 물건을 약탈하는 사람들도 보였다.

"저 사람들 왜 저러지?" 노먼이 당혹스러워 하며 물었다. "최후의 날을 저렇게 보내고 싶나?"

"어쩌면 일생을 저러고 살아 온 사람들일 수도 있잖아." 리처드가 말했다.

그는 차문에 몸을 기댄 채 지나치는 사람들을 응시했다. 몇몇은 그들을 향해 손을 흔들기도 했다. 욕을 하고 침을 뱉는 사람들도 있었다. 가끔 빠르게 스쳐 가는 차들을 향해 물건을 집어 던지는 사람들도 보였다.

"사람은 일생을 살아 온 대로 죽는 거야." 그가 말했다. "선한 사람들은 선하게, 나쁜 사람들은 나쁘게."

"조심해!"

노먼이 빽 소리쳤다. 차 한 대가 중앙선을 넘어 달려오고 있었다. 차창 밖으로 몸을 내민 남녀 승객들은 술병을 흔들어 대며 고함을 지르고 노래를 불렀다.

노먼은 황급히 핸들을 꺾었다. 두 차는 아슬아슬하게 서로를 비껴갔다.

"다들 미쳤군!"

리처드는 뒷유리를 내다보았다. 통제 불능 상태에 빠진 문제의 차는 결국 도로를 벗어나 어떤 상점을 들이받고 말았다. 차는 옆으로 뒤집혔고, 바퀴들은 미친 듯이 헛돌았다.

그는 말없이 앞으로 시선을 되돌렸다. 노먼은 어두운 표정으로 정면을 응시하고 있었다. 핸들을 쥔 두 손은 힘이 잔뜩 들어가 하얗게 질려 있었다.

또 다른 교차로.

차 한 대가 그들 쪽으로 맹렬히 달려왔다. 노먼은 화들짝 놀라며 급브레이크를 밟았다. 앞으로 확 쏠린 그들의 몸이 계기판에 부딪혔다. 그들의 숨이 일제히 턱 막혀 버렸다.

노먼이 다시 차를 출발시키려는 순간 칼과 몽둥이로 무장한 십 대 아이들이 그들을 향해 달려들었다. 다른 차를 추격하던 아이들은 노먼과 리처드를 새로운 표적으로 지목한 모양이었다.

노먼이 잽싸게 기어를 1단에 걸고 가속 페달을 힘껏 밟았다.

소년 하나가 차 뒤편으로 뛰어 올랐다. 또 다른 소년은 측면 발판에 오르려다가 미끄러져 도로에 나자빠졌다. 다음 소년은 발판으로 사뿐히 올라와 문손잡이를 붙잡는 데 성공했다. 그가 리처드를 향해 칼을 휘둘렀다.

"새끼들 다 죽여 버리겠어!" 소년이 소리쳤다. "개자식들!"

소년이 다시 칼을 휘둘렀다. 리처드가 어깨를 옆으로 틀어 피하자 칼날이 좌석 뒷면에 박혔다.

"꺼져!" 노먼이 소년과 눈앞 도로를 번갈아 보며 소리쳤다.

좌우로 비틀대는 차는 브로드웨이를 맹렬히 달려 나갔다. 소년은 문을 열려고 필사적으로 바동대는 중이었다. 다시 칼을 휘둘렀지만 차가 요동치는 바람에 빗나가고 말았다.

"죽여 버릴 거야!" 소년은 분노에 휩싸인 멍청이처럼 소리를 빽빽 질러 댔다.

리처드는 문을 열어 소년을 떼어 내려 했지만 쉽지가 않았다. 소년의 창백하고 일그러진 얼굴이 차창에 짓이겨졌다. 소년은 다시 칼을 번쩍 들어올렸다.

리처드가 다급하게 권총을 뽑아들어 소년의 얼굴에 한 방 갈겼다.

소년이 울부짖으며 차에서 떨어져 나갔다. 그는 돌로 가득 찬 부대처럼 도로를 나뒹굴었다. 한 번 살짝 튀어 오른 소년은 왼쪽 다리를 움찔하다가 이내 쭉 뻗어 버렸다.

리처드는 몸을 틀어 정면을 향했다.

다른 소년은 아직도 차 뒤편에 매달려 있었다. 그는 광기 어린 얼굴을 뒷 유리에 문대며 욕을 퍼붓는 중이었다.

"저 녀석을 떨어뜨려!" 리처드가 말했다.

노먼은 인도를 향해 달리다가 갑자기 도로 쪽으로 방향을 틀었다. 하지만 소년은 용케 붙어 있었다. 노먼이 다시 같은 방법을 써 보았지만 소년은 꿈쩍도 하지 않았다.

그는 세 번째 시도 만에 간신히 소년을 떼어 내는 데 성공했다. 소년은 중심을 잃지 않으려 애를 썼지만 결국 가속도를 이기지 못하고 연석 위로 날아가 한 상점의 판유리에 처박혀 버렸다. 충격을 덜어 보려 두 팔을 앞으로 내밀었지만 별 도움이 되지 않았다.

그들은 차 안에 나란히 앉아 가쁜 숨을 몰아쉬었다. 그들은 한동안 입을 열지 못했다. 리처드가 창밖으로 권총을 던져 버렸다. 총은 콘크리트 바닥을 구르다가 소화전에 부딪쳤다. 노먼이 무언가를 말하려다 다시 입을 닫아 버렸다.

5번가로 들어선 차는 다운타운을 향해 시속 100킬로미터로 달리는 중이었다. 도로에는 다른 차가 거의 보이지 않았다.

그들은 교회 몇 곳을 지나쳐 달려갔다. 교회마다 사람들로 넘쳤다. 정문 앞 계단은 미처 들어가지 못한 사람들로 장사진을 이루고 있었다.

"딱한 영혼들." 리처드가 웅얼거렸다. 그의 손은 아직도 덜덜 떨리고 있었다.

노먼이 깊은 숨을 한 번 들이쉬었다.

"나도 딱한 영혼이고 싶어." 그가 말했다. "무언가라도 기꺼이 믿을 수 있는 딱한 영혼."

"하긴." 리처드가 말했다. 그리고 이내 덧붙였다. "난 최후의 날엔 내가 진실하다고 생각하는 걸 믿으면서 보내고 싶어."

"최후의 날." 노먼이 말했다. "난……"

그가 고개를 저었다. "실감이 나지 않아. 신문을 봤어. 저기 떠 있는…… 저것도 눈으로 확인했고. 피할 수 없다는 걸 잘 알지만, 맙소사! 종말이라니!"

그가 리처드를 흘끔 돌아보았다.

"그 후엔 정말 아무것도 없는 걸까?"

리처드가 말했다. "나도 모르겠어."

차가 14번가로 들어서자 노먼은 이스트 사이드로 방향을 틀었다. 맨해튼 브리지를 빠르게 통과한 그는 한순간도 멈추지 않고 시체와 박살이 난 차들을 요리조리 피해 맹렬히 달려갔다. 실수로 죽은 남자의 다리를 밟고 지나갈 때 그의 얼굴에서는 경련이 일어났다.

"저 사람들 다 운이 좋은 거야." 리처드가 말했다. "적어도 우리보다는 그래."

그들은 브루클린 다운타운에 자리한 노먼의 집 앞에 차를 세웠다. 몇몇 아이들이 골목에서 야구를 하고 있었다. 그들은 오늘이 무슨 날인지 전혀 모르고 있는 듯했다. 그들의 요란한 목소리가 골목의 정적을 뒤흔들고 있었다. 자식들이 어디서 무엇을 하고 있는지 과연 부모들이 알기나 할까? 신경이나 쓰고 있을까? 리처드는 문득 궁금해졌다.

노먼이 그를 빤히 보고 있었다.

"이제……?" 그가 입을 열었다.

갑자기 리처드의 속이 울렁거렸다. 그는 차마 대답할 수 없었다.

"잠깐이라도…… 들어왔다 갈래?" 노먼이 물었다.

리처드는 고개를 저었다.

"아니." 그가 말했다. "그냥 집에 갈 거야. 아무래도…… 가서 뵙는 게 낫겠어. 우리 어머니 말이야."

"오."

노먼이 고개를 끄덕였다. 그리고 앉은 채로 허리를 곧게 폈다. 그는 잠시 뛰는 가슴을 진정시키려 애썼다.

"뭐 어쨌든 간에 말이야, 딕," 그가 말했다. "난 널 내 가장 친한 친구로 여기고 있어. 그리고……"

그는 말을 잇지 못했다. 그가 손을 뻗어 리처드의 손을 꼭 잡았다. 그리고 점화장치에 열쇠를 꽂아 둔 채 차에서 내렸다.

"잘 가." 그가 허둥대며 말했다.

리처드는 차를 빙 돌아 아파트 건물로 달려가는 친구의 뒷모습을 지켜보았다. 그가 정문에 다다랐을 때 리처드가 큰소리로 불렀다.

"놈!"

노먼이 멈춰 서서 뒤를 돌아보았다. 두 사람은 잠시 서로를 보았다. 함께해 온 세월이 그들 사이에서 깜빡이며 스쳐가는 듯했다.

리처드는 애써 미소를 지어 보였다. 그가 손을 올려 이마에 가져다 대고 마지막 경례를 했다.

"안녕, 놈." 그가 말했다.

노먼은 미소 짓지 않았다. 그는 아무 대꾸도 없이 문을 밀고 들어가 버렸다.

리처드는 오랫동안 아파트 정문을 바라보았다. 그는 차에 시동을 걸었다가 이내 꺼 버렸다. 노먼의 부모님이 집에 없을지도 모른다는 생각 때문이었다.

한참 후, 그는 다시 시동을 걸고 집으로 향했다.

그는 차를 모는 내내 골똘한 생각에 잠겼다.

그는 최후의 순간까지 기다리고 싶지 않았다. 지금 당장 끝내 버리고 싶었다. 히스테리 발작이 시작되기 전에.

수면제로 해야겠어. 그는 결심했다. 그것이 최선의 방법이었다. 그는 집에 남은 수면제로 충분하기를 바랐다. 모퉁이 약국에는 진작 동이 나 버렸을 것이다. 지난 며칠간 수면제를 찾는 사람들이 러시를 이루었다. 온 가족이 함께 먹고 죽으려면 한두 알로는 어림도 없었을 테고.

그는 특별한 일 없이 집에 도착했다. 하늘은 강렬한 진홍색을 띠고 있었다. 마치 아득히 떨어진 오븐에서 열파가 전해져 오듯 그의 얼굴이 후끈 달아올랐다. 그는 열기를 깊게 들이마셨다.

그는 현관문을 열고 안으로 천천히 들어갔다.

보나마나 거실에 계실 거야. 그는 생각했다. 책에 에워싸인 채 기도하고 계시겠지? 머지않아 바짝 타 버릴 이 세상에서 보이지 않는 힘으로 자신을 구원해 달라고.

하지만 어머니는 거실에 있지 않았다.

그는 집 안을 샅샅이 살펴보았다. 심장 박동이 점점 빨라졌다. 아무리 찾아 봐도 어머니가 보이지 않자 그는 가슴에 커다란 구멍이 나 버린 듯한 공허함을 느꼈다. 어머니를 보고 싶지 않다고 했던 말은 본심에서 우러난 것이 아니었다. 그는 어머니를 사랑했다. 그에게 남은 혈육이라고는 어머니가 유일했다.

그는 어머니가 남겨 놓았을지 모르는 메모를 찾아 어머니의 방과 자신의 방, 그리고 거실을 꼼꼼히 뒤져 보았다.

"엄마." 그가 불러 보았다. "엄마, 어디 계세요?"

그가 찾던 메모는 주방에 있었다. 그는 테이블에서 그것을 집어 들었다.

리처드, 내 아들.

엄마는 네 누이 집에 가 있단다. 그곳으로 오렴. 마지막 날을 너 없이 엄마 혼자 보내게 하지 말고. 이 세상을 떠나기 전 네 얼굴을 마지막으로 보고 싶구나. 부탁이다.

마지막 날.

다른 사람도 아니고, 재료 과학에 대한 아들의 취미에 늘 회의적이었던 그의 어머니가 이제야 과학의 마지막 예측을 믿고 받아들인 것이었다.

더 이상은 의심할 수 없었으리라. 하늘이 불타는 증거로 꽉 차 버렸으니. 세상 그 누구도 더 이상은 감히 의문을 갖지 못했을 것이다.

만천하의 운명이 다하는 날. 눈 깜짝할 새 소멸할 진화와 혁명, 갈등과 충돌, 혼잡한 과거 속으로 흘러 들어간 수 세기에 걸친 세월의 무한한 지속성, 암석과 나무와 짐승과 인간들에 대한 경이로운 디테일들. 인류의 자존심과 허영심은 천문학적 대혼란 속에 묻혀 소각돼 버릴 것이다.

더 이상 그 무엇도 의미가 없었다. 아무것도. 왜냐하면 모든 게 종말을 맞게 됐으니까.

그는 약품 수납 선반에서 수면제를 챙겨 집을 나섰다. 그는 누이의 집으로 차를 몰았다. 빈 술병부터 시체들까지, 온갖 것들이 널려 있는 거리를 달리는 내내 그는 어머니를 생각했다.

그는 인류 최후의 날까지 어머니와의 언쟁으로 허비해 버릴 가능성에 몸서리를 쳤다. 어머니가 섬기는 신과 어머니의 신념에 반박하는 것으로 이 아까운 시간을 다 써 버릴까 봐.

오늘만큼은 어머니의 말에 토를 달지 않기로 결심했다. 마지막 날만큼은 무탈하고 평화롭게 보내고 싶었다. 어머니의 믿음을 비난하지 않고 그냥 묵묵히 인정하기로 했다.

그레이스의 집 현관문을 굳게 걸려 있었다. 그가 초인종을 누르자 누군가의 허둥대는 발소리가 들려 왔다.

안에서 레이가 소리쳤다. "문 열지 마세요, 엄마! 저번에 왔던 깡패들인지도 모른다고요!"

"리처드가 온 거야. 난 알 수 있어!" 그의 어머니가 말했다.

문을 열고 나온 그녀가 아들을 끌어안고 감격의 눈물을 흘렸다.

그는 한동안 입을 열지 못했다. 한참 후, 그가 부드러운 톤으로 말했다. "저 왔어요, 엄마."

그레이스와 레이는 오후 내내 거실에 미동도 없이 앉아 그의 조카 도리스가 천진하게 노는 모습을 지켜보았다.

메리와 함께 있어야 하는데. 리처드는 생각했다. 오늘만큼은 그녀와 함께하고 싶었는데. 그녀와 잘 풀렸으면 지금쯤 아이들도 여럿 있었을 거야. 나는 그레이스처럼 거실에 앉아 우리 아이들을 지켜보고 있었겠지. 고작 몇 년밖에 살지 못한 그 애들의 운명을 마음 아파하면서.

저녁이 다가오면서 하늘은 점점 더 밝아졌다. 밖에서는 맹렬한 진홍색 기류가 무섭게 흐르고 있었다. 도리스는 말없이 일어나 창밖을 내다보았다. 아이는 하루 종일 웃지도, 울지도 않았다. 순간 리처드는 깨달았다. **저 아이도 아는 거야.**

그는 어머니가 함께 기도하자고 제안할까 봐 두려웠다. 나란히 앉아 성서를 읽으며 신의 자비를 기다리자고 할까 봐.

하지만 그의 어머니는 아무 말이 없었다. 그냥 미소를 흘리며 저녁 준비에 여념이 없을 뿐이었다. 리처드는 주방으로 들어가 저녁을 만드는 어머니 옆에 다가가 섰다.

"전 그때를 기다리지 않을지도 몰라요." 그가 어머니에게 말했다. "그 전에…… 수면제를 먹고 죽을 수도 있어요."

"많이 두렵니, 아들?"

"다들 두려워하잖아요."

그녀가 고개를 저었다. "모두가 그런 건 아니야."

이제…… 그는 생각했다. 시작이군. 저 우쭐대는 표정, 마침내 기도할 시간이 된 거야.

그녀는 채소가 담긴 접시를 아들에게 건넸다. 그들은 식사를 위해 모여 앉았다.

저녁을 먹는 내내 아무도 입을 열지 않았다. 그저 멀리 떨어진 음식을 자기 쪽으로 밀어 달라는 주문만 간간이 나왔을 뿐이었다. 도리스도 말이 없기는 마찬가지였다. 리처드는 테이블 너머로 조카를 빤히 보았다.

그는 전날 밤 일들을 떠올렸다. 미친 듯이 퍼마셨던 술, 싸움, 강간. 그는 숨진 채 욕조에 누워 있던 찰리를 생각했다. 맨해튼의 아파트도. 삶의 클라이맥스에서 욕망에 절어 맹렬히 차를 몰던 스펜서도. 머리에 총을 맞고 뉴욕 도로변 배수로에 처박혀 버린 소년도.

모두 아득하게만 느껴졌다. 그 모든 게 실제로 벌어진 일이었다는 사실이 믿어지지 않을 정도였다. 가족과 함께 저녁을 먹는 이 순간도 평소 늘 그래 왔던 것처럼 자연스럽기만 했다.

비록 하늘을 가득 채운 선홍색 불빛이 마치 환상적인 벽난로에서 발산된 기운처럼 창문으로 스며들고 있기는 했지만.

식사가 끝날 무렵 그레이스가 상자를 하나 가져와 테이블에 내려놓았다. 그녀는 상자를 열고 안에서 하얀 알약을 꺼냈다. 도리스는 호기심에 찬 눈으로 어머니를 지켜보았다.

"이건 후식이야." 그레이스가 딸에게 말했다. "모두가 이 하얀 사탕을 후식으로 먹을 거야."

"박하사탕이에요?" 도리스가 물었다.

"그래." 그레이스가 말했다. "박하사탕이야."

그레이스가 도리스와 레이 앞으로 알약을 밀자 리처드의 두피가 따끔거렸다.

"우리가 다 먹기엔 부족해." 그녀가 리처드에게 말했다.

"내 건 챙겨 왔어." 그가 말했다.

"엄마 드실 것까지 있어?"

"난 됐다." 그녀의 어머니가 말했다.

리처드는 하마터면 어머니에게 빽 소리를 지를 뻔했다. 오, 제발 혼자서만 고결한 척하지 마세요! 하지만 그는 꾹 참았다. 그는 자그마한 손으로 알약을 집어 드는 도리스를 겁에 질린 눈으로 응시했다.

"이건 박하사탕이 아니잖아요." 아이가 말했다. "엄마, 이건 박하사탕이……"

"박하사탕이야." 그레이스가 깊은 숨을 들이쉬었다. "어서 먹어 봐."

도리스가 한 알을 입에 넣었다. 소녀의 얼굴이 이내 일그러졌다. 도리스는 손바닥에 약을 뱉어 냈다.

"박하사탕이 아니잖아요." 화가 난 소녀가 말했다.

그레이스는 하얗게 질린 주먹을 입으로 가져가 꼭 깨물었다. 그녀의 눈이 다급하게 로이에게로 향했다.

"다시 먹어 봐, 도리스." 레이가 말했다. "몸에 좋은 거야. 어서."

도리스는 울음을 터뜨렸다. "싫어요. 먹기 싫다고요."

"먹으라니까!"

레이가 몸을 떨며 홱 돌아앉았다. 리처드는 조카에게 약을 먹일 방법을 궁리해 보았다. 하지만 그럴듯한 아이디어가 떠오르지 않았다.

그때 그의 어머니가 입을 열었다.

"우리 게임할까, 도리스?" 그녀가 말했다. "할머니가 열을 다 세기 전에 그 약을 삼키면 1달러를 상으로 줄게."

도리스가 코를 훌쩍거렸다. "1달러를요?" 아이가 말했다.

리처드의 어머니가 고개를 끄덕였다.

"하나." 그녀가 말했다.

도리스는 움직이지 않았다.

"둘." 리처드의 어머니가 말했다.

"정말 1달러 주실 거예요?"

"그렇다니까. 셋, 넷, 자, 서둘러."

도리스가 알약을 향해 손을 뻗었다.

"다섯…… 여섯…… 일곱……"

그레이스는 눈을 질끈 감고 있었다. 그녀의 볼은 하얗게 질려 있었다.

"아홉…… 열……"

리처드의 어머니가 살며시 미소를 지었다. 하지만 그녀의 입술은 가볍게 떨렸고, 눈가는 어느새 촉촉이 젖어 있었다.

"잘했어." 그녀가 쾌활한 톤으로 말했다. "네가 이겼어."

그레이스가 갑자기 알약을 입에 털어 넣고 꿀꺽 삼켜 버렸다. 그녀의 시선이 레이를 향했다. 그도 떨리는 손으로 자신의 알약을 입에 넣고 삼켰다. 리처드는 약을 꺼내려 주머니에 손을 넣었다가 다시 뺐다. 약 먹는 모습을 어머니에게 보이고 싶지 않았다.

도리스는 스르르 잠에 빠져들었다. 연신 하품을 해 대던 아이는 끝내 다시 눈을 뜨지 못했다. 레이가 딸을 번쩍 안아 들었다. 소녀의 고개가 그의 어깨에 떨어졌고, 작은 팔은 그의 목에 걸쳐졌다. 그레이스도 자리에서 일어났다. 세 식구는 나란히 침실로 들어갔다.

리처드는 어머니가 그들에게 작별인사를 하려고 자리를 비운 동안 말없이 앉아 하얀 식탁보와 남은 음식을 물끄러미 내려다보았다.

다시 식탁으로 돌아온 어머니가 그를 보며 미소를 지었다.

"설거지를 도와주겠니?" 그녀가 말했다.

"네……?" 입이 떨어지지 않았다. 이렇게 된 마당에 우리가 뭘 하든 무슨 상관이야?

붉게 물든 주방에 어머니와 그는 나란히 섰다. 두 번 다시 사용하지 못할 접시들을 차분히 닦아 찬장에 쌓아 나가는 상황이 그에게는 비현실적으로 느껴졌다. 어차피 몇 시간 후면 다 사라져 버릴 것들인데.

그는 침실에 들어간 레이와 그레이스를 생각했다. 그는 말없이 주방을 빠져나와 침실로 가 보았다. 그리고 문틈으로 세 식구를 오랫동안 들여다보았다. 한참 후, 그는 다시 문을 닫고 천천히 걸음을 옮겨 주방으로 돌아갔다. 그는 어머니를 빤히 보았다.

"다들……"

"알아." 어머니가 말했다.

"왜 그들에게 아무 말씀도 안 하셨죠?" 그가 물었다. "왜 그들이 아무 말도 없이 그러도록 내버려 두신 거죠?"

"리처드," 그녀가 말했다. "오늘만큼은 모두가 각자의 의지대로 떠날 수 있게 내버려 두는 게 맞아. 그 누구라도 뭘 어쩌라고 참견해선 안 돼. 도리스는 그들의 딸이야."

"그리고 저는 어머니의……?"

"넌 이제 아이가 아니잖니."

마침내 설거지가 끝이 났다. 바르르 떨리는 그의 손가락은 감각을 잃은 상태였다.

"엄마, 어젯밤 일은……"

"그건 신경 쓰지 마라."

"하지만……"

"이젠 다 부질없는 일이야." 그녀가 말했다. "이승을 떠나야 하는 날이잖니."

하긴. 가슴이 아려왔다. **이승**This Part. 이제 내세와 천국과 참회한 죄인들에게 내려질 보상에 대한 설명이 쏟아질 차례였다.

어머니가 말했다. "나가서 포치에 좀 앉아 있자꾸나."

이해가 되지 않았다. 그는 어머니와 함께 적막한 집을 나왔다. 그리고 포치 계단에 나란히 자리를 잡고 앉았다. 두 번 다시 그레이스를 보지 못하겠지. 그는 생각했다. 도리스도. 노먼과 스펜서와 메리도. 그리고……

받아들이기 힘든 현실이었다. 압도적인 절망. 그가 할 수 있는 일이라고는 어색하게 앉아 빨갛게 물든 하늘과 당장이라도 세상을 삼켜 버릴 듯이 달려드는 거대한 태양을 물끄러미 올려다보는 것뿐이었다. 더 이상 초조하지도 않았다. 두려움은 한없는 반복 속에서 많이 무뎌진 상태였다.

"엄마," 그가 입을 열었다. "왜…… 왜 제게 신앙 얘기를 안 하시는 거죠? 속으로는 엄청 들려주고 싶으실 텐데."

그녀가 아들을 돌아보았다. 붉게 물든 얼굴에는 온화한 표정이 떠올라 있었다.

"그럴 필요가 없잖니." 그녀가 말했다. "결국 저승에서 함께하게 될 테니까. 넌 믿지 않아도 돼. 엄마가 네 몫까지 믿고 있으니까."

그는 어머니를 빤히 보았다. 그녀의 확신과 용기는 실로 경이로운 수준이었다.

"지금 그 약을 먹겠다면," 그녀가 말했다. "난 괜찮으니까 꺼내 먹으렴. 엄마 무릎을 베고 누워 푹 자면 돼."

순간 온몸에 전율이 일었다. "정말 그래도 돼요?"

"네가 원한다면 엄마도 좋아."

그는 한동안 망설였다. 지구가 종말을 맞았을 때 쓸쓸히 홀로 앉아 있을 어머니의 모습이 자꾸 그의 눈앞에 아른거렸다.

"엄마랑 같이 있을래요." 그가 불쑥 말했다.

그녀가 미소를 지어 보였다.

"생각이 바뀌면," 그녀가 말했다. "언제든 얘기하렴."

그들은 한동안 침묵을 지켰다. 한참 후, 그녀가 다시 입을 열었다.

"정말 아름답구나."

"아름답다고요?" 그가 물었다.

"그래." 그녀가 말했다. "신이 우리 연극에 저토록 화려한 막을 내려 주셨잖니."

썩 와 닿는 표현은 아니었다. 그가 어머니의 어깨에 팔을 두르자 그녀는 아들에게 몸을 기댔다. 순간 그는 한 가지 분명한 사실을 깨달았다.

마지막 날의 저녁, 모자는 그렇게 나란히 앉아 종말을 기다렸다. 이제는 아무 의미도 없었지만 그들은 서로를 사랑하고 있었다.

장거리 전화
Long Distance Call

전화벨이 울리기 직전, 폭풍이 그녀 집 밖의 나무를 쓰러뜨려 버렸다. 단잠에 빠져 있던 킨 부인은 그 소리에 놀라 눈을 떴다. 숨이 턱막힌 그녀는 연약한 손으로 시트를 쥐고 있는 힘껏 비틀어 댔다. 앙상한 가슴 아래서는 굼뜬 심장이 쿵쾅거렸다. 바짝 얼어붙은 그녀는 말없이 앉아 어두운 창밖을 내다보았다.

그때 전화벨이 울렸다.

이 시간에 누구지? 머릿속에 불쑥 떠오른 질문이었다. 그녀의 가느다란 손이 어둠 속에서 불안정하게 흔들렸다. 미스 엘바 킨은 차가운 수화기를 집어 들고 귀로 가져갔다.

"여보세요." 그녀가 말했다.

요란한 천둥소리가 밤을 뒤흔들었다. 미스 킨의 불편한 다리가 썰룩거렸다. **뭐라고 하는지 못 들었어.** 그녀는 생각했다. **천둥소리가 목소리를 덮어 버렸어.**

"여보세요." 그녀가 다시 말했다.

수화기에서는 아무 소리도 흘러나오지 않았다. 미스 킨은 무기력한 상태로 기다렸다. 그리고 또다시 갈라진 목소리로 말했다. "여보세요." 밖에서는 연신 천둥이 내리쳤다.

전화 건 사람은 여전히 말이 없었다. 수화기를 내려놓는 소리조차도 들리지 않았다. 화가 난 그녀는 떨리는 손을 뻗어 수화기를 거칠게 내려놓았다.

"누군지 몰라도 무례하네." 그녀는 웅얼거리며 다시 베개 위로 몸을 뉘었다. 일어나 앉느라 무리했던 허리가 쑤셔 왔다.

입에서 맥 빠진 한숨이 터져 나왔다. 달아난 잠을 또 어떻게 불러들일지 막막했다. 쉽지 않겠지만 이번에도 거슬리는 다리 통증을 무시한 채 지친 근육을 작동시키고, 원치 않는 잡념이 새어 나오지 않도록 머릿속 꼭지를 꼭 잠가야만 했다. 뭐 어쩌겠어? 다른 수가 없잖아. 필립스 간호사는 절대 안정을 취해야 한다고 신신당부했다. 엘바 킨은 천천히 심호흡을 하며 커버를 턱 밑까지 끌어올렸다. 그리고 오지 않는 잠을 억지로 청했다.

하지만 소용이 없었다.

그녀는 다시 눈을 뜨고 고개를 돌려 창밖을 내다보았다. 이따금 번갯불이 번뜩였지만 폭풍은 서서히 물러가는 중이었다. **왜 잠이 오지 않는 거지?** 그녀는 생각했다. **왜 항상 여기 이렇게 누워 밤을 지새워야만 하지?**

그녀는 그 답을 잘 알고 있었다. 삶이 따분할 때는 아무리 작고 하찮은 것이라도 비정상적으로 흥미롭게 와 닿는 법이었다. 죽은 듯이 누워 있다가 베개에 몸을 기대고 앉아 필립스 간호사가 도서관에서 빌려 온 책을 읽는 것. 미스 킨의 삶의 안쓰러운 패턴이었다. 식사, 휴식, 약 복용, 라디오 청취, 그리고 기다림. 그녀는 뭔가 새로운 일이 벌어지기를 하염없이 기다리고 있었다.

한밤중에 걸려온 수상한 전화처럼.

발신자가 수화기가 내리는 소리는 분명 듣지 못했다. 미스 킨은 그 점이 이해가 되지 않았다. 전화를 건 사람이 아무 말도 없이 "여보세요" 소리만 듣고 있는 건 무슨 경우지? 전화가 온 게 맞기는 한 건가?

이럴 줄 알았으면 상대방이 제풀에 지칠 때까지 묵묵히 기다렸다가 조용히 끊는 건데. 아니면 발신자의 사려 깊지 못한 행동을 호되게 나무라든지. 폭풍우가 몰아치는 한밤중에, 그것도 몸이 불편한 노파에게 이런 못된 장난을 치다니. 만약 누군가가 듣고 있었다면 아주 따끔하게 야단을 쳤을 거야.

"정신이 번쩍 들게 해 줬을 거라고."

그녀가 어둠 속에서 혀를 끌끌 차며 큰소리로 말했다. 흥분은 가라앉았지만 넌더리가 나는 건 어쩔 수 없었다. 그쪽 전화가 고장 난 게 틀림없어. 누군가가 내 상태를 물어 보려고 연락을 한 것일 텐데. 필립스 간호사에게 걸려 온 전화였거나. 하지만 발신자 쪽 전화가 고장 나는 바람에 전화벨은 제대로 울렸으나 정상적인 통화는 불가능했던 것이다. 그래, 바로 그렇게 된 거였어.

미스 킨은 고개를 한 번 끄덕이고 나서 살며시 눈을 감았다. 다시 잠을 청해 봐야지. 그녀는 생각했다. 마을을 벗어난 먼 곳에서 폭풍이 탁한 소리로 목을 풀었다. **부디 내 걱정을 하는 사람이 없어야 할 텐데.**

엘바 킨은 생각했다. **누가 지금 그러고 있을까 봐 걱정이야.**

그녀가 그런 생각을 하고 있을 때 다시 전화벨이 울렸다.

역시. 그녀는 생각했다. **기어이 나랑 통화를 하겠다는 거네.** 그녀는 어둠 속에서 황급히 손을 뻗었다. 그리고 잠시 더듬거리다가 수화기를 집어 들었다.

"여보세요." 미스 킨이 응답했다.

침묵.

목이 메어 왔다. 분명 이상한 일이었지만 그녀는 별로 거슬리지 않았다. 아니, 전혀 거슬리지 않았다.

"여보세요?" 그녀가 조심스레 말했다. 그녀는 아직 발신자에게 희망을 걸고 있었다.

전화를 건 상대는 여전히 말이 없었다. 그녀는 잠시 기다렸다가 다시 입을 열고 짜증 섞인 톤으로 말했다. **"여보세요!"** 그녀의 새된 목소리가 어둠에 묻힌 방 안을 쩌렁쩌렁 울려댔다.

무반응. 미스 킨은 수화기를 냅다 집어던지고 싶은 충동에 사로잡혔다. 그녀는 안에서 꿈틀 대는 본능을 애써 달랬다. **안 돼. 기다려야 해. 상대가 수화기를 내려놓는 소리라도 내 귀로 똑똑히 확인하고 싶어.**

그래서 그녀는 묵묵히 기다렸다.

침실 안에는 무거운 정적이 내려앉아 있었다. 하지만 엘바 킨은 계속해서 귀를 쫑긋 세운 채 상대가 내는 소리를 포착하려 애쓰고 있었다. 수화기를 내려놓는 소리도, 전화가 끊어진 후 흐르는 윙윙 소리도 상관없었다. 그녀의 가슴이 살짝 부풀어 올랐다가 이내 꺼져 버렸다. 그녀는 눈을 감고 귀에 모든 신경을 집중시켰다. 잠시 후, 그녀는 다시 뜬 눈을 어둠 속에서 몇 번 깜빡였다. 발신자는 아직까지도 입을 열지 않고 있었다. 딸깍 소리도, 윙윙 소리도, 누군가가 수화기를 내려놓는 소리도 없었다.

"여보세요!" 그녀가 갑자기 빽 소리쳤다. 그리고 쥐고 있던 수화기를 멀리 던졌다.

그것은 표적을 빗나가 버리고 말았다. 수화기는 둔탁한 소리를 내며 양탄자에 떨어졌다. 미스 킨은 다급하게 램프를 켰다. 뿌연 불빛이 사방에 뿌려지자 그녀가 움찔했다. 그녀는 옆으로 돌아누워 말 없는 전화기를 향해 손을 뻗었다.

하지만 안타깝게도 손은 닿지 않았다. 불편한 다리로는 일어나 앉는 것조차도 쉽지 않았다. 그녀의 목이 다시 메어 왔다. 맙소사, 밤새도록 저렇게 바닥을 뒹굴게 놔둬야 하나? 무언가에 홀린 듯한 얼떨떨한 기분으로 입도 열지 않은 채?

그녀가 전화기 쪽으로 갑자기 손을 뻗어 수화기 거는 곳을 꾹 눌렀다. 바닥에서는 수화기가 딸깍거렸다. 그리고 이내 정상적인 윙윙 소리가 흘러나오기 시작했다. 엘바 킨은 마른침을 꿀꺽 삼키고 깊은숨을 한 번 들이쉰 후 베개 위로 벌러덩 누워 버렸다.

그녀는 패닉을 걷어 내고 이성을 되찾으려 애썼다. **생각할수록 황당해.** 그녀는 생각했다. **별것도 아닌 걸 가지고 호들갑을 떨다니. 이게 무슨 엄청난 미스터리라도 되는 것처럼. 그냥 자다가 폭풍 소리에 놀라 깼을 뿐인데. (그런데 아까 나를 깨운 게 정확히 뭐였지?) 내 삶이 얼마나 따분하고 재미가 없으면 고작 이런 일로 법석을 떨까? 그래, 심했어. 너무 심했다고.** 하지만 심했던 건 사건이 아니라, 그것에 대한 그녀의 반응이었다.

미스 엘바 킨은 더 이상의 잡념에 휘둘리지 않으려 애썼다. **이젠 정**

말 자야 해. 그녀는 심통이 난 듯 몸서리를 치며 자신을 다그쳤다. 그녀는 반듯하게 누워 몸에 긴장을 풀었다. 바닥에서는 전화기가 멀리 떨어진 벌들처럼 윙윙거리고 있었다. 하지만 그녀는 애써 무시해 버렸다.

다음 날 이른 아침, 필립스 간호사가 아침 식사 그릇을 챙겨 가 버린 후 엘바 킨은 전화 회사에 연락해 보았다.

"미스 엘바예요."

"오, 네, 미스 엘바." 교환원, 미스 핀치가 말했다. "무슨 일로 연락 주셨나요?"

"어젯밤에 나한테 전화가 두 번 걸려 왔어요." 엘바 킨이 말했다. "하지만 응답을 하면 아무 말이 없더라고요. 수화기를 내려놓는 소리도 들리지 않았고요. 신호음도 없이 그냥…… 정적만 흘렀어요."

"그러셨군요, 미스 엘바." 미스 핀치가 명랑한 톤으로 말했다. "어젯밤 폭풍이 전화선의 절반 가까이를 망쳐 놨어요. 지금도 끊어진 선과 혼선을 항의하는 전화가 계속 오고 있어요. 그나마 댁의 전화는 제대로 작동했다니 다행이네요."

"그냥 혼선이 됐던 걸까요?" 미스 킨이 말했다. "폭풍 때문에?"

"오, 그렇죠, 미스 엘바. 아마 그랬을 거예요."

"또 그런 일이 벌어질까요?"

"오, 그럴 수도 있겠죠." 미스 핀치가 말했다. "그럴 가능성도 있어요. 그 부분은 확실하게는 말씀 드릴 수가 없네요, 미스 엘바. 하지만 만약 또 그런 일이 벌어지면 꼭 제게 연락 주세요. 제가 사람을 보내 살펴보게 할게요."

"알았어요." 미스 엘바가 말했다. "고마워요."

그녀는 오전 내내 베개를 깔고 무기력하게 누워 있었다. 미스터리가 풀리니, 그녀는 생각했다. 마음이 한결 가벼워졌어. 솔직히 미스터리랄 것도 없지만. 폭풍에 혼선이 돼 버렸던 거야. 집 밖의 오래된 참나무가 쓰러져 버릴 정도였잖아. 난 그 소리에 놀라서 깼고. 아무튼 아끼던 나무가 쓰러지니 마음이 아프네. 여름 내내 그늘을 만들어 주었는데. 그나마 다행이긴 하지. 그녀는 생각했다. 도로 쪽으로 쓰러져서 말이야. 하마터면 집을 덮칠 뻔했잖아.

특별한 일 없이 하루가 흘러가 버렸다. 먹고, 앤절라 서켈 소설과 우편물(광고 전단지 두 장과 전기세 고지서)을 읽고, 필립스 간호사와 수다를 떨고. 그날 초저녁, 문제의 전화가 걸려 왔을 때 그녀는 별 생각 없이 습관처럼 수화기를 집어 들었다.

"여보세요."

침묵.

그녀는 전날 밤 일을 떠올리며 다급하게 필립스 간호사를 불렀다.

"무슨 일이시죠?" 육중한 여자가 양탄자 깔린 침실로 천천히 걸어 들어왔다.

"내가 아까 얘기했었죠? 또 걸려 왔어요." 엘바 킨이 수화기를 내밀며 말했다. "들어 봐요."

필립스 간호사가 건네받은 수화기를 회색 머리에 덮인 귀로 가져갔다. 그녀의 차분한 표정에는 변화가 없었다. "아무도 없는데요."

"내 말이." 미스 킨이 말했다. "그렇죠? 자, 계속 들어 봐요. 수화기 내려놓는 소리가 들리는지. 보나마나 들리지 않을 거예요."

한동안 듣고 있던 필립스 간호사가 고개를 저었다. "아무 소리도 안 들리는데요." 그녀가 수화기를 내려놓으며 말했다.

"오, 잠깐!" 미스 킨이 다급하게 말했다. "아, 하는 수 없죠 뭐." 그녀가 체념한 톤으로 덧붙였다. "자꾸 이런 전화가 걸려 오면 미스 핀치에게 연락할 거예요. 그녀가 수리공을 보내 주겠다고 했거든요."

"그렇군요." 필립스 간호사가 말했다. 그리고 돌아서서 거실로 나가 버렸다.

8시, 필립스 간호사는 언제나처럼 침대 옆 탁자에 사과와 쿠키, 물한 컵, 그리고 약병을 놓아두고 나서 퇴근했다. 그녀는 통통하게 부풀린 베개를 미스 킨의 등 뒤에 받쳐 놓고 라디오와 전화기를 침대옆으로 바짝 밀어 놓은 후 만족스러운 표정으로 방 안을 둘러보며 말했었다. "내일 뵐게요."

15분 후, 전화벨이 다시 울렸다. 킨은 잽싸게 수화기를 집어 들었다. 이번에는 "여보세요"라는 말도 하지 않았다. 그냥 귀를 쫑긋 세우고 듣기만 했다.

다른 때와 똑같았다. 완벽한 정적. 초조한 마음으로 듣고 있던 그녀가 수화기를 내려놓으려는 순간 처음으로 소리가 들려왔다. 그녀의 볼이 씰룩였다. 그녀는 수화기를 다시 귀로 가져갔다.

"여보세요?" 그녀가 바짝 긴장한 목소리로 말했다.

속삭임, 단조로운 흥얼거림, 바스락거림. 뭘 하는 거지? 미스 킨은 눈을 질끈 감았다. 그리고 더 집중에서 들어 보았다. 하지만 명쾌한 답은 찾아들지 않았다. 정체를 알 수 없는 소리는 너무나 희미했다. 잠시 후, 징징 대는 진동이 멎자…… 한숨이 내쉬어지고…… 거슬리는 치찰음이 들려오기 시작했다. **또 혼선됐나?** 그녀는 생각했다. **어쩌면 전화기가 만들어 내는 소음인지도 몰라. 어딘가에서 바람에 날린 전선이 끊**

어져 버렸거나. 그게 아니라면……

빠르게 돌던 그녀의 머리가 회전을 멈추었다. 그녀는 숨까지 턱 막혀 버렸다. 수상한 소리가 멎으면서 다시 그녀의 귓속에서 정적이 일기 시작했다. 그녀는 가슴 속에서 요동치는 심장 소리를 똑똑히 들을 수 있었다. 목은 점점 메어 오는 중이었다. **오, 이제 그만 해.** 그녀는 생각했다. **뭔지 다 알면서 왜 그래? 폭풍 때문이라고, 폭풍!**

그녀는 베개 위로 몸을 눕히고 수화기를 다시 귀로 가져가 댔다. 그녀는 코로 불안정한 호흡을 이어 나갔다. 가슴 속에서 터무니없는 공포가 조수처럼 끓어오르는 걸 느낄 수 있었다. 온전한 정신을 유지하려 애써 보았지만 이성의 끈은 끝내 그녀를 붙잡아 주지 않았다.

다시 요상한 소음이 들리고, 그녀는 몸서리를 쳤다. 이건 인간이 내는 소리가 아니야. 그녀는 생각했다. 하지만 마치 말을 하는 것 같잖아. 독특한 억양에 뚜렷한……

입술이 바르르 떨렸다. 목에서는 끙 앓는 소리가 흘러나왔다. 그녀는 차마 수화기를 내려놓을 수가 없었다. 그러려고 해도 몸이 말을 듣지 않았다. 마치 최면에 걸린 듯했다. 바람 소리인지 고장 난 기계 장치 소리인지 알 길은 없었지만 그 야릇한 소음은 그녀를 필사적으로 붙잡고 있었다.

"여보세요?" 그녀가 떨리는 목소리로 웅얼거렸다.

갑자기 확 커진 소리가 그녀의 머릿속을 뒤흔들어 댔다.

"여-보-세-요." 발신자가 말했다. 미스 킨은 순간 실신해 버리고 말았다.

"정말 누군가가 '여보세요'라고 했단 말씀이세요?" 미스 핀치가 미스 엘바에게 물었다. "보나마나 혼선이 되었던 거예요."

"남자 목소리를 들었다고 했잖아요!" 엘바 킨이 몸서리를 치며 소리쳤다. "내가 '여보세요'라고 반복해서 말했을 때 아무 대꾸 없이 듣고만 있었던 바로 그 남자라고요. 수화기에 대고 요상한 소리를 냈던 바로 그 남자!"

미스 핀치가 조심스레 헛기침을 했다. "최대한 빨리 사람을 보내 살펴보게 할게요, 미스 엘바. 폭풍이 물러간 후 수리할 곳이 넘쳐나서 다들 한창 바쁠 때이긴 하지만요. 그래도 최대한 빨리 봐 드릴 수 있게……"

"그 남자가 또 전화를 걸어오면 그땐 어떻게 해야 하죠?"

"그냥 끊어 버리시면 되잖아요, 미스 엘바."

"그런다고 그가 멈출 것 같아요?"

"그럼," 미스 핀치의 톤은 더 이상 상냥하지 않았다. "그가 누군지 한번 알아보세요, 미스 엘바. 그걸 알아내면 저희가 즉각 조치를 취할 수 있어요. 그렇게 되면……"

미스 킨은 전화를 끊어 버렸다. 그녀는 잔뜩 경직된 몸을 베개 위에 눕혔다. 필립스 간호사는 허스키한 목소리로 사랑 노래를 부르며 아침을 준비하고 있었다. 미스 핀치는 그녀의 말을 믿지 않는 듯했다. 미스 핀치는 그녀의 정신 상태를 의심하고 있을 것이 분명했다. 어디 두고 보라지.

"날 믿어 줄 때까지 계속 전화를 걸어 댈 거예요." 오후 낮잠 시간을 앞두고 그녀가 필립스 간호사에게 말했다.

"그렇게 하세요." 필립스 간호사가 말했다. "자, 이제 약 드시고 한숨 푹 주무세요."

미스 킨은 씩씩대며 침대에 몸을 뉘었다. 정맥이 엉킨 두 손은 양 옆으로 늘어뜨리어져 있었다. 2시가 훌쩍 지난 시각, 10월 오후의 집 안은 고요했다. 거실 쪽에서는 필립스 간호사의 코 고는 소리가 들려 왔다. **너무 화가 나.** 엘바는 생각했다. **왜 다들 날 믿어 주지 않는 거지?** 그 녀가 가느다란 입술을 꼭 다물었다. **다음에 또 전화벨이 울리면 필립스 간 호사를 불러 그 소리를 들려주겠어.**

바로 그 순간, 기다렸다는 듯 전화벨이 울렸다.

미스 킨의 온몸이 바짝 얼어붙어 버렸다. 아직 대낮이었고 눈부신 햇살이 스며들어와 그녀의 꽃무늬 침대보에 쏟아졌지만 그녀는 두려 웠다. 그녀가 자기磁器로 된 이를 아랫입술 안으로 밀어 넣었다. **전화 를 받아 볼까?** 그녀가 답을 떠올리기도 전에 그녀의 손이 수화기를 잽 싸게 집어 들었다. 그녀는 깊은 숨을 한 번 들이쉰 후 수화기를 귀로 가져가 댔다. 그녀가 말했다. "여보세요?"

남자의 목소리가 말했다. "여보세요?" 허허롭고 맥 빠진 목소리였 다.

"누구시죠?" 미스 킨이 애써 차분한 톤으로 물었다.

"여보세요?"

"누구시냐고요, 네?"

"여보세요?"

"내 말 들려요?"

"여보세요?"

"제발……!"

"여보세요?"

미스 킨이 거칠게 수화기를 내려놓고 나서 침대에 벌러덩 누웠다.

가쁜 숨을 몰아쉬는 그녀의 몸은 심하게 떨리고 있었다. **대체 뭐지?** 그녀는 생각했다. **대체 이게 뭐냔 말이야!**

"마거릿!" 그녀가 큰소리로 불렀다. "마거릿!"

거실에서 필립스 간호사가 툴툴거리며 기침을 몇 번 했다.

"마거릿, 제발……!"

엘바 킨은 덩치 큰 여자가 힘겹게 몸을 일으키고 거실을 터덜터덜 가로지르는 소리에 귀를 기울였다. **침착해야 해.** 그녀가 속으로 되뇌었다. 바르르 떨리는 그녀의 두 손은 화끈 달아오른 얼굴에 얹어져 있었다. **그녀가 들어오면 방금 무슨 일이 있었는지 차분하게 들려줄 거야.**

"무슨 일이시죠?" 간호사가 투덜거리며 물었다. "또 배가 아프세요?"

미스 킨은 메어 오는 목으로 마른침을 꿀꺽 삼켰다. "그가 또 전화를 걸어 왔어요." 그녀가 속삭였다.

"누가요?"

"그 남자 말이에요!"

"그 남자라뇨?"

"계속해서 전화를 거는 그 남자!" 미스 킨이 빽 소리쳤다. "전화를 걸어서는 '여보세요'만 반복해 댄다고요. 정말 그 말뿐이에요. 여보세요, 여보세요, 여보……"

"이제 그만 좀 하세요." 무심한 표정의 필립스 간호사가 나무라듯 말했다. "다시 누우셔서……"

"눕고 싶지 않아요!" 그녀가 흥분해서 말했다. "계속 전화를 걸어 나를 공포에 떨게 하는 그 나쁜 사람이 누군지 알아내야 한다고요!"

"흥분 좀 가라앉히세요." 필립스 간호사가 경고했다. "그러다 또 배탈이 나면 어쩌려고 그러세요?"

미스 킨이 갑자기 펑펑 울기 시작했다. "무서워요. 그가 무섭다고요. 왜 자꾸 전화를 거는 걸까요?"

필립스 간호사는 무심한 표정으로 서서 그녀를 내려다보았다. "아까 미스 핀치가 뭐라고 하던가요?" 그녀가 나지막이 물었다.

미스 킨의 떨리는 입술에서는 아무런 답도 흘러나오지 않았다.

"혼선이었을 거라던가요?" 간호사가 부드러운 톤으로 물었다. "그랬어요?"

"하지만 그게 아니라니까! 남자가 전화를 건 거라고요. **어떤 남자가!**"

필립스 간호사가 긴 한숨을 토했다. "모르는 남자라면, 그냥 끊어버리시면 되잖아요. 굳이 대화를 이어 갈 이유가 있나요? 앞으로는 그냥 끊어 버리세요. 어려운 일도 아니잖아요."

미스 킨이 눈물로 반짝이는 눈을 감고 입술을 씰룩거렸다. 머릿속에서는 아직도 남자의 음울하고 무기력한 목소리가 맴돌고 있었다. 흔들림 없는 억양, 끝내 답을 듣지 못한 질문, 그리고 애절함과 냉담함이 묻어나는 "여보세요"의 반복. **여보세요? 여보세요?** 생각만 해도 심장이 떨려 왔다.

"보세요." 필립스 간호사가 말했다.

그녀가 눈을 뜨고 수화기를 테이블에 내려놓는 간호사의 흐릿한 모습을 지켜보았다.

"자," 필립스 간호사가 말했다. "이젠 전화벨이 울리지 않을 거예요. 계속 이렇게 놔두세요. 필요한 게 있을 땐 그냥 다이얼만 하시면 돼요. 이렇게 하면 문제가 해결되겠죠? 네?"

미스 킨이 암울한 표정으로 간호사를 보았다. 그리고 마지못해 고개를 한 번 끄덕여 보였다.

그녀는 잠을 이루지 못하고 어두운 침실에 누워 윙윙 대는 발신음을 듣고 있었다. 저 소리 때문에 잠을 이루지 못하는 걸까? 그녀는 생각했다. 정말 저 소리가 내 잠을 방해하고 있는 걸까? 수화기를 내려놓은 첫날 밤엔 푹 잤던 것 같은데. 아니야. 저 소리 때문이 아니라고. 분명 다른 뭔가가 있어.

그녀는 눈을 질끈 감았다. 듣지 않을 거야. 그녀는 생각했다. 더 이상은 듣지 않을 거라고. 그녀는 밤기운을 온몸으로 받으며 떨리는 호흡을 이어 나갔다. 머릿속으로 스며든 어둠이 발신음을 막아 주기를 바랐지만 그녀의 뜻처럼 되지 않았다.

미스 킨은 손을 더듬어 검은색 모직 재킷을 찾아냈다. 그리고 그것으로 수화기를 꽁꽁 감싸 놓았다. 그녀는 다시 한숨을 내쉬며 경직된 몸을 침대에 뉘었다. 이제야 눈을 붙일 수 있겠어. 그녀는 생각했다. 어디 한 번 잠을 청해 볼까?

하지만 발신음은 계속해서 들려 왔다.

순간 그녀의 몸이 바짝 얼어붙었다. 그녀가 재킷을 걷어 내고 수화기를 크레이들*에 힘껏 내리찍었다. 그제야 산뜻하고 평화로운 정적이 찾아 들었다. 미스 킨은 낮은 탄성을 토하며 베개 위로 픽 쓰러졌다. 이젠 정말 자야 해.

그때 전화벨이 울렸다.

그녀의 숨이 턱 막혔다. 어둠을 가르고 들리는 벨소리가 고막을 찢

---

* 전화기의 수화기 거는 곳.

을 듯한 날카로운 진동이 되어 그녀를 에워쌌다. 그녀는 황급히 손을 뻗어 수화기를 집어 들었다. 그리고 다시 그것을 테이블에 내려놓았다. 다시 남자의 목소리를 듣게 될지 모른다는 생각에 그녀가 잽싸게 손을 거둬들였다.

목에서는 맥이 미친 듯이 뛰고 있었다. **안 되겠어. 빨리, 최대한 민첩하게 수화기를 집어 들고 크레이들에 내려놓는 거야. 그런 다음, 전화선을 확 잡아 뽑아야 한다고. 그래, 그렇게 해야겠어!**

바짝 긴장한 그녀는 윙윙 대는 수화기 쪽으로 조심스레 손을 뻗었다. 그리고 숨을 죽인 채 계획했던 것을 실행에 옮겨 나갔다. 그녀가 잽싸게 크레이들을 움켜잡고……

순간 그녀의 몸이 바짝 얼어붙어 버렸다. 남자의 목소리가 어둠을 헤집고 들려 왔기 때문이었다. "어디야? 당신과 할 얘기가 있어."

차가운 얼음 발톱이 몸서리치는 미스 킨의 가슴을 할퀴고 지나갔다. 공포에 질린 그녀는 온몸이 마비된 채 누워만 있었다. 수화기에는 연신 남자의 목소리가 흘러나왔다. "어디 있어? 할 얘기가 있다고."

미스 킨의 목에서 미세하게 떨리는 신음이 새어 나왔다.

남자가 계속 말했다. "어디야? 할 얘기가 있어."

"아니야, 아니야." 미스 킨이 울먹였다.

"어디냐니까. 당신과 할 얘기가……"

그녀는 뻣뻣하고 창백한 손가락으로 크레이들을 꾹 눌렀다. 그리고 5분쯤 기다렸다가 조심스레 손을 뗐다.

"더는 못 참겠어요!"

신경이 곤두선 미스 킨의 목소리는 카랑카랑했다. 그녀는 바짝 경직된 모습으로 침대에 누워 송화구에 대고 분을 쏟아 내는 중이었다.

"전화를 끊어 버렸는데도 그 남자가 계속 전화를 걸어 왔다고요?" 미스 핀치가 물었다.

"그건 아까 설명했잖아요!" 엘바 킨이 버럭 소리쳤다. "전화가 걸려 오지 않도록 수화기를 내려놓았었다고요. 하지만 밤새도록 윙윙거리는 통에 잠을 잘 수가 없었어요. 단 1분도 눈을 붙이지 못했단 말이에요! 그러니까 우리 집 전화선을 체크해 줘요. 무슨 얘긴지 알아듣겠어요? 이런 끔찍한 일이 다시 벌어지지 않게 해달라고요!"

그녀의 눈은 검고 딱딱한 구슬처럼 변해 있었다. 마비된 그녀의 손가락에서 수화기가 떨어질 뻔했다.

"알겠어요, 미스 엘바." 교환원이 말했다. "오늘 사람을 그쪽으로 보내 드릴게요."

"고마워요." 미스 킨이 말했다. "그럼 나중에 그 남자가 누군지 알게 되면……"

딸깍 소리가 들려오자 그녀의 입이 딱 다물려졌다.

"아직 통화 중이에요."

딸깍 소리가 멎자 그녀가 계속 이어 나갔다. "다시 얘기할게요. 나중에 그 나쁜 남자가 누군지 확인되면 내게도 알려 주겠어요?"

"물론이죠, 미스 엘바. 꼭 알려 드릴게요. 이따 오후에 사람을 보내 드릴 테니 그때까지만 기다려 주세요. 주소가 밀 레인 127번지, 맞으시죠?"

"맞아요. 정말 오늘 중으로 사람을 보내 줄 거죠?"

"약속할게요, 미스 엘바. 인력이 구해지는 대로 최대한 신속히 보내 드릴게요."

"고마워요." 미스 킨이 안도의 한숨을 내쉬며 말했다.

그날 아침, 문제의 남자로부터는 전화가 걸려 오지 않았다. 오후도 마찬가지였다. 그제야 그녀의 경직된 몸에서 긴장이 살짝 풀렸다. 그녀는 필립스 간호사와 크리비지*를 했고 가끔 웃음을 터뜨리는 여유도 보였다. 전화 회사가 문제 해결을 위해 애쓰는 중이라니 그녀는 한결 마음이 놓였다. 이제 곧 끔찍한 남자는 잡힐 것이고, 그녀는 모처럼 마음의 평안을 누릴 수 있게 될 것이다.

하지만 오후 2시, 그리고 3시가 지나도 수리공은 나타나지 않았다. 미스 킨은 다시 걱정이 됐다.

"대체 어떻게 된 거지?" 그녀가 성을 내며 말했다. "오후에 사람을 보내 준다고 약속까지 했으면서."

"곧 올 거예요." 필립스 간호사가 말했다. "조금만 더 기다려 보세요."

4시가 지나도록 수리공은 나타나지 않았다. 미스 킨은 크리비지를 하지도, 책을 읽지도, 라디오를 듣지도 않았다. 잠시 풀렸던 긴장이 다시 되돌아 왔다. 그리고 5시, 전화벨이 울렸다. 너울대는 침실복 소매에서 뻣뻣해진 그녀의 손이 불쑥 튀어나와 수화기를 낚아채 들었다. **남자가 입을 열면**, 그녀는 생각했다. **남자가 또다시 입을 열면 나는 심장이 멎을 때까지 비명을 지를 거야.**

그녀가 수화기를 귀로 가져가 댔다. "여보세요?"

* 카드게임의 일종.

"미스 엘바, 미스 핀치예요."

그녀는 눈을 감고 떨리는 숨을 길게 내쉬었다. "네?" 그녀가 말했다.

"댁으로 계속 걸려 온 전화 말인데요."

"네?" 그녀는 알고 있었다. 미스 핀치가 진짜로 하고 싶었던 말은…… "댁으로 계속 걸려 온다고 **말씀하셨던** 전화 말인데요."

"저희가 그 전화를 추적해 봤거든요." 미스 핀치가 계속 이어 나갔다. "방금 보고서가 들어왔어요."

미스 킨의 숨이 턱 막혔다. "네?"

"아무것도 찾지 못했다더군요."

엘바 킨은 대꾸하지 않았다. 그녀의 회색 머리는 베개에 얌전히 얹어져 있었고, 수화기는 여전히 귀에 착 달라붙어 있었다.

"추적해 봤더니…… 전화선이 연결되지 않은 마을 외곽이었답니다."

"전화선이…… 연결되지 않았다고요?"

"네, 미스 엘바." 미스 핀치가 언짢아하는 톤으로 말했다.

"그러니까 내가 환청을 들었다는 얘긴가요?"

미스 핀치의 목소리는 단호했다. "그곳에선 누구도 댁으로 전화를 걸 수가 없어요."

"정말 어떤 남자가 전화를 걸어 왔다니까요!"

미스 핀치는 대꾸가 없었다. 수화기를 움켜쥔 미스 킨의 손가락에는 힘이 잔뜩 들어가 있었다.

"분명히 전화가 걸려 왔어요." 그녀가 말했다. "그런 상황에서 내게 전화를 걸 방법이 분명 있었을 거라고요!"

"미스 엘바, 거기엔 아무도 없어요."

"거기라니, 어디 말이죠?"

교환원이 말했다. "미스 엘바, 거긴 묘지예요."

다리를 다친 아가씨는 침실에 내려앉은 검은 정적 속에 누워 묵묵히 기다렸다. 간호사는 그녀와 함께 밤을 보내 주지 않았다. 상황에 따라 토닥거려 주고, 꾸짖고, 무시할 뿐이었다.

그녀는 전화벨이 울리기를 기다리고 있었다.

전화선을 끊어 버릴 수도 있었지만 그럴 용기가 없었다. 그녀는 얌전히 누워 기다렸다. 열심히 머리를 굴리면서.

그녀는 침묵을 생각했다. 아무 소리도 듣지 못한, 하지만 꼭 다시 듣고 싶어 하는 자신의 귀에 대해서도. 남자의 부글대는 소리와 웅얼거림에 대해서도. 한마디도 하지 않은 남자는 입을 열기 위해 필사적으로 바동댔었다. 얼마나 오랫동안 그랬었지? **여보세요? 여보세요?** 한없이 긴 침묵이 전하는 인사. **어디야?** 그녀로 하여금 어색한 거짓말을 늘어놓게 만든 딸깍 소리와 주소를 불러 주던 교환원의 목소리. 그리고……

그때 전화벨이 울렸다.

잠시 멈췄다가 다시 따르릉. 어둠 속에서 잠옷이 바스락거렸다.

전화벨이 뚝 멎었다.

그녀는 귀를 쫑긋 세워 보았다.

그녀의 창백한 손가락에서 전화기가 떨어져 나갔다. 그녀의 눈은 허공에 고정돼 있었고, 기운 빠진 심장은 느리게 뛰고 있었다.

어둠에 묻힌 밖에서는 귀뚜라미가 요란하게 울어 대고 있었다.

그녀의 머릿속에서는 아직도 무겁고 숨 막히는 침묵에 끔찍한 의미를 불어넣는 그 말이 맴도는 중이었다.

"여보세요, 미스 엘바. 제가 댁으로 갈게요."

데우스 엑스 마키나
Deus ex Machina

모든 건 그가 면도를 하다가 얼굴이 베이면서 시작되었다.

그때까지 로버트 카터는 평범한 사람이었다. 그는 서른네 살이었고, 철도회사에서 회계사로 일하고 있었다. 그는 아내 헬렌과 두 딸, 열 살 된 메리, 그리고 다섯 살배기 루스와 함께 브루클린에 살고 있었다. 키가 작은 루스는 화장실 세면대에 손이 닿지 않았다. 아이가 올라설 수 있도록 마련된 상자는 세면대 밑에 보관돼 있었다. 거울 앞으로 몸을 살짝 기울인 채 면도기로 목 부분을 밀어 나가던 로버트 카터는 상자에 발이 걸려 넘어지고 말았다. 그는 균형을 잡기 위해 두 팔을 맹렬히 저어 댔다. 그 과정에서 손으로 면도칼을 감싸 쥐었다. 무릎이 타일 바닥에 떨어지는 순간 입에서 끙 앓는 소리가 터져 나왔다. 그의 이마는 세면대에 부딪혔고 목은 날카로운 칼날 위로 떨어졌다.

그는 바닥에 큰 대자로 누워 숨을 헐떡였다. 복도에서 빠르게 달려오는 발소리가 들렸다.

"아빠?" 메리가 말했다.

그는 아무 말도 할 수 없었다. 그의 시선은 거울에 비친 자신의 모습에 고정돼 있었다. 목에 깊이 난 상처에. 겹겹이 쌓인 여러 이미지가 그의 시야로 몰려들었다. 철철 쏟아지는 피의 이미지. 그리고 또 다른 이미지는……

"아빠?" 아이가 다급한 톤으로 말했다.

"난 괜찮아." 그가 말했다. 흐릿했던 그의 시야는 다시 정상으로 돌아왔다. 카터의 딸은 어느새 침실로 들어와 있었다. 그는 목에서 뿜어진 적갈색 기름이 사방으로 튀는 것을 지켜보았다.

발작이라도 일어난 듯 몸이 덜덜 떨렸다. 그는 황급히 집어 든 수건을 자신의 목에 가져가 붙였다. 통증은 없었다. 그는 조심스레 수건을 걷어 보았다. 거품 이는 기름이 또다시 상처를 가려 놓은 상태였다. 그의 눈에 실처럼 가느다란 빨간 전선들이 들어왔다.

로버트 카터는 휘청거리며 주춤 물러났다. 그의 눈에 당혹감이 묻어났다. 뜻밖의 광경에 놀란 그는 다시 목에서 수건을 뗐다. 전선들, 그리고 금속.

로버트 카터는 멍한 얼굴로 화장실 안을 둘러보았다. 그제야 현실의 디테일이 한꺼번에 밀려들었다. 세면대, 거울로 덮인 약 선반, 면도 비누가 담긴 나무 그릇과 거품 묻은 그것의 가장자리, 눈처럼 하얀 거품이 뚝뚝 떨어지는 브러시, 초록색 병에 담긴 로션. 모든 게 진짜였다.

딱딱히 굳은 표정의 그가 허둥대며 상처 난 목을 수건으로 칭칭 감은 후 벌떡 일어났다.

거울 속에 비친 얼굴은 변함이 없었다. 그는 그 앞으로 몸을 기울이고 달라진 점을 찾아보기 시작했다. 그는 스펀지 같은 자신의 볼을 쿡쿡 찔러 보았다. 그리고 검지로 자신의 턱뼈를 찬찬히 더듬어 나갔다. 손가락으로 비누 거품이 말라붙은 말랑거리는 목 부분을 꾹 눌렀다. 달라진 건 아무것도 없었다.

아무것도?

그는 홱 돌아서서 한쪽 벽을 응시했다. 시야는 어느새 눈물로 흐려져 있었다. 정말 눈물인가? 손을 들고 눈가를 더듬어 보았다.

손가락에 묻은 것은 기름이었다.

순간 가슴이 철렁 내려앉았다. 온몸은 주체할 수 없이 떨리고 있었다. 아래층에서는 헬렌이 주방을 분주히 들락거리는 소리가 들려왔다. 아이들 방에서는 그의 두 딸이 신나게 수다를 떨어 대며 옷을 챙겨 입는 중이었다. 여느 때와 같은 아침이었다. 모두가 또 다른 하루를 준비하느라 여념이 없었다. 하지만 그에게는 단순히 또 다른 하루가 아니었다. 전날 밤, 그는 사업가였고, 아버지와 남편이었으며, 인간이었다. 그런데 오늘 아침에는……

"밥?"

계단 아래서 헬렌이 그를 불렀다. 움찔하는 그의 입술이 마치 응답이라도 하려는 뜻 씰룩거렸다.

"7시 15분이야." 그녀가 말했다. 그리고 다시 주방으로 향하며 소리쳤다. "서둘러, 메리!" 그녀 뒤로 주방 문 닫히는 소리가 들렸다.

로버트 카터는 불길한 예감에 휩싸였다. 그는 갑자기 무릎을 꿇고 앉아 또 다른 수건으로 바닥에 뿌려진 기름을 훔치기 시작했다. 그는 바닥이 티끌 하나 없이 깨끗해질 때까지 청소를 멈추지 않았다. 그는 더러워진 면도날도 잘 닦아 놓았다. 그런 다음, 바구니 뚜껑을 열고 수건을 다른 빨랫감 밑으로 쑤셔 넣었다.

아이들이 문을 두드리자 그가 흠칫 놀랐다.

"아빠, 화장실이 급해요!"

"잠깐만." 그는 다시 거울을 들여다보았다. 비누 거품. 그는 잽싸게 거품을 닦아 냈다. 얼굴은 아직도 검푸른 턱수염으로 덮여 있었다. **아니, 이것도 전선인가?**

"아빠, 우리 늦었어요." 메리가 말했다.

"알았어." 그의 목소리는 아주 차분했다. 그는 목욕가운의 깃을 세워 목에 난 상처를 가린 후 깊은숨을 한 번 들이쉬었다. 이걸 '숨'이라고 부를 수 있을까? 마침내 그가 문을 열었다.

"제가 먼저 씻을게요." 메리가 세면대로 달려가며 말했다. "이러다 지각할지도 몰라요."

루스가 입술을 뾰루퉁 내밀었다. "나도 할 게 많다고." 아이가 말했다.

"그만들 해." 그가 말했다. 지난날, 그가 인간이자 아버지였을 때처럼. "얌전히 굴어야지."

"제가 먼저 씻어야 한다고요." 메리가 수도꼭지를 돌려 뜨거운 물을 틀었다.

카터는 잠시 두 딸을 물끄러미 지켜보았다.

"저게 뭐예요, 아빠?" 루스가 물었다.

그가 움찔했다. 아이는 욕조 옆에 묻은 기름을 내려다보고 있었다.

그가 미처 닦아 내지 못한 기름얼룩.

"면도하다가 조금 베였어." 그가 말했다. 신속히 훔쳐 내면 그것이 핏자국이 아니라는 걸 알아채지 못할 것이다. 그는 티슈로 기름을 닦아 냈다. 그리고 그것을 잽싸게 변기에 떨어뜨린 후 물을 내렸다.

"많이 다치셨어요?" 메리가 볼에 비누 거품을 묻히며 물었다.

"아니." 그가 말했다. 그는 아이들과 눈을 맞추기가 두려웠다. 그는 황급히 복도로 나갔다.

"밥, 아침 먹어!"

"알았어." 그가 웅얼거렸다.

"밥?"

"곧 내려갈게."

헬렌, 헬렌……

로버트 카터는 침실 거울 앞에 서서 자신의 몸을 살펴보았다. 도무지 이해가 되지 않는 상황이었다. 편도선 수술, 맹장 수술, 치과 치료, 백신 접종, 주사, 혈액 검사, 엑스레이 검사. 지금껏 내가 인간으로서 살아 온 인생은 다 뭐지? 피, 조직, 근육, 분비선과 호르몬, 동맥, 정맥……

그는 그 답을 알지 못했다. 그는 신속하고 어색한 동작으로 옷을 걸쳤다. 당분간 아무 생각도 하고 싶지 않았다. 그는 목에 두르고 있던 수건을 걷어 내고 커다란 밴드를 상처에 붙였다.

"밥, 뭐해?" 그의 아내가 불렀다.

그는 수천 번 그래 왔듯이 넥타이를 척척 맸다. 옷을 다 갖춰 입고 나니 그제야 사람 같아 보였다. 그는 거울 속에 비친 자신의 모습을 빤히 응시했다. 이제야 사람 같아졌어.

그는 마음을 단단히 먹고 침실을 나섰다. 차분히 계단을 내려온 그는 주방으로 들어갔다. 그는 아내에게 알리지 않기로 결심한 상태였다.

"어서 와." 그녀의 시선이 잠시 그를 훑었다. "어딜 베인 거야?"

"응?"

"애들이 그러던데. 당신이 면도하다가 베였다고. 어디야?"

"목. 별일 아니야."

"내가 좀 볼게."

"정말 괜찮다니까, 헬렌."

그녀가 남편의 목을 흘끔 보았다. 셔츠 깃 위로 밴드가 살짝 드러나 있었다.

"아직도 피가 나는 것 같은데."

카터의 가슴이 철렁 내려앉았다. 번쩍 들린 손이 상처에 얹어졌다. 밴드는 목에서 배어 나온 기름으로 얼룩져 있었다. 그는 다시 헬렌을 돌아보았다. 순간 불길한 예감이 엄습해 왔다. 여길 빠져나가야 해. **지금 당장.**

주방을 나온 그는 현관문 옆 옷장에서 정장 코트를 꺼내 걸쳤다.

그 사람은 피를 봤어.

도망치듯 집을 빠져나온 그가 보도를 총총 걸어 나갔다. 서늘한 아침이었다. 온통 구름으로 뒤덮인 하늘은 잿빛을 띠고 있었다. 간만에 비가 오려는 모양이었다. 그의 몸이 오한이 난 것처럼 바르르 떨렸다. 자신의 정체를 깨닫게 됐음에도 그는 실감이 나지 않았다.

그 사람은 피를 봤어. 그는 자신의 정체를 알게 된 것보다도 그 사실이 더 두려웠다. 밴드를 얼룩지게 만든 건 누가 봐도 기름이었다. 피라면 절대 그런 패턴을 만들 수 없었다. 냄새는 말할 것도 없고. 하지만 그 사람은 피를 봤어. **왜지?**

모자를 쓰지 않은 탓에 그의 머리는 미풍에 살랑이고 있었다. 로버트 카터는 분주히 머리를 굴려 대며 거리를 걸었다. 그는 로봇이었다. 그건 부정할 수 없는 사실이었다. 한때 인간 로버트 카터가 있었다면 그는 로봇에 의해 대체되고 말았다. 하지만 왜? **대체 왜?**

그는 골똘한 생각에 빠진 채로 지하철역 계단을 내려갔다. 그의 주변으로 사람들이 빠르게 스쳐 지나갔다. 해명 가능한 삶을 사는 사람들, 자신들이 인간이라는 걸 아는 사람들, 그리고 불편한 생각에 사로잡히지 않아도 되는 사람들.

그는 지하철 플랫폼의 신문 판매소로 다가가 조간신문의 표제를 읽어 보았다. **정면충돌로 3명 사망.** 신문에는 사진도 실려 있었다. 심하게 훼손된 차, 검은 고속도로 위에 아무렇게나 널브러진 시체들. 개울이 되어 흐르는 피. 카터는 몸서리를 치며 사진 속 시체가 자신일 경우를 상상해 보았다. 피 대신 기름을 쏟으며 뻗어 있는 자신의 모습을.

그는 플랫폼 끝에 서서 선로를 물끄러미 내려다보았다. 인간이었던 내가 정말로 로봇으로 대체돼 버린 건가? 누가 번거롭게 그런 거지? 그것도 이토록 발각되기 쉽게? 무언가에 찔리거나 베여도, 하다못해 그냥 코피만 쏟아도 이 모든 게 사기라는 걸 알 수 있을 텐데. 물론 외부 충격에 머릿속 나사가 느슨하게 풀어지지 않았다면. 그런 충격 없이 피부만 찢겼더라면 피와 조직만이 눈에 들어 왔을 것이다.

그는 무의식적으로 바지 주머니에서 1페니 동전을 꺼내 껌 판매기에 넣었다. 그가 손잡이를 잡아당기자 껌이 툭 떨어졌다. 포장지를 반쯤 벗겼을 때 문득 떠오르는 생각이 하나 있었다. 지금 이럴 때 껌을? 그는 자신의 머릿속에서 충동에 대한 반응으로 한창 돌아가고 있을 기어들, 그리고 인공 치아와 연결된 레버를 떠올리며 얼굴을 찌푸렸다.

그는 껌을 주머니에 쑤셔 넣었다. 열차가 들어오자 역 전체가 진동했다. 카터의 눈이 왼쪽으로 돌아갔다. 먼발치로 맨해튼 특급열차의 빨간색과 초록색 눈이 보였다. 그의 시선이 다시 정면으로 돌아갔다. 언제 대체된 거지? 어젯밤? 그 전날 밤? 아니면 작년에? 아니야. 그랬을 리 없어. 그건 불가능하다고.

열차가 그의 앞을 빠르게 지나가고 있었다. 열차의 창문과 문들이 흐릿하게 보였다. 그는 확 뿜어진 따스하고 퀴퀴한 바람을 온몸으로 받았다. 진한 냄새를 똑똑히 맡을 수 있었다. 소용돌이치는 먼지바람 속에서 그의 눈이 연신 깜빡였다. 불과 몇 초 만에 벌어진 일들이었다. 기계로서 그의 반응은 믿어지지 않을 만큼 인간의 것과 흡사했다.

마침내 그의 앞에 열차가 멈춰 섰다. 그는 우르르 몰려드는 승객들 틈에 끼어 열차에 올랐다. 그는 균형을 잃지 않도록 왼손으로 폴을 꼭 잡아 쥐었다. 문이 다시 스르르 닫히고 열차가 움직이기 시작했다. 난 지금 어디로 가고 있는 거지? 그는 갑자기 궁금해졌다. 보나마나 일터는 아닐 테고. 그럼 대체 어디로 가는 걸까? 생각해 봐. 그는 속으로 외쳤다. 머리를 굴려 보라고.

바로 그때, 그는 자신이 가까운 곳에 서 있는 남자를 빤히 응시하고 있음을 깨달았다.

남자의 왼손은 붕대로 감긴 상태였고, 그 위로는 기름이 배어나 있었다.

그는 다시 바짝 얼어붙어 버렸다. 충격에 머릿속이 마비된 것만 같았다. 미동도 없는 그의 몸은 모든 감각을 잃은 것 같았다.

나 혼자만 이런 게 아니었어.

문 바로 위에는 '비상구'라고 적힌 네온사인이 붙어 있었다. 로버트 카터는 떨리는 손으로 손잡이를 움켜잡고 힘껏 당겨 문을 열었다.

순간 깨달음이 찾아들었다. 교통사고. 차를 몰고 출근길에 오른 남자, 펑크 난 타이어, 트럭. 로버트 카터는 복도에 서서 침대에 누운 남자를 들여다보고 있었다. 몸에는 붕대가 칭칭 감기는 중이었다. 그의 눈 위에는 깊게 베인 상처가 남아 있었고, 그것에서 배어 나온 기름은 그의 볼을 타고 연신 흘러내렸다. 그의 얼굴에서 떨어진 기름이 양복을 적셨다.

"대기실에서 기다려 주세요."

"네?" 갑자기 들려온 간호사의 목소리에 카터가 흠칫 놀랐다.

"대기실에 가서……"

말이 끝나기도 전에 그는 휙 돌아서서 4월의 아침이 기다리는 밖으로 뛰쳐나갔다.

카터는 인도를 따라 천천히 걸어갔다. 도시의 소음은 이제 들리지 않았다.

얼마나 많은 로봇이 나처럼 살고 있을까? 자신들이 로봇이라는 걸 모르는 채 인간들과 부대끼면서? 다쳐서 병원에 실려 가도 세상은 그 사실을 모른다. 황당하지 않은가? 그 남자는 분명 온몸이 기름으로 뒤덮인 상태였다. 그럼에도, 아무도 그 사실을 알아채지 못했다.

오직 그만이 눈치챘을 뿐이었다.

로버트 카터는 걸음을 멈추었다. 자꾸만 몸이 축 처지는 느낌이었다. 그는 잠시 앉아 쉬고 싶었다.

술집에는 손님이 딱 한 명뿐이었다. 남자는 카운터 맨 끝자리에 앉아 신문을 보며 맥주를 마시는 중이었다. 카터는 지친 몸을 이끌고 높은 가죽 의자에 올라가 앉았다. 의자 다리에 발을 걸쳐 놓은 그는 어깨를 축 늘어뜨린 채 앉아 윤이 나는 짙은 색 카운터를 물끄러미 내려다보았다.

통증, 혼란, 공포, 그리고 불안이 한 데 뒤섞여 엄습해 왔다. 해법이 있기는 한가? 언제까지 절망에 사로잡혀 이렇게 정처 없이 떠돌아야 하나? 집을 나선 게 한 달 전 일처럼 느껴지는데. 하지만 거긴 더 이상 내 집도 아니잖아.

아닌가? 그가 천천히 몸을 일으켰다. 세상에 나 같은 로봇이 더 있다는 게 확인됐잖아. 그렇다면 헬렌과 아이들도? 황당하지만 그럴듯한 의심이었다. 그는 어떻게든 가족을 되찾고 싶었다. 하지만 만약 그들 역시 전선과 금속과 전류로 이루어진 로봇들이라면? 그걸 알고 나서도 그들이 가족으로 여겨질까? 이 충격적인 사실을 그들에게 털어 놓는 것 또한 쉬운 일은 아닐 것이다. 만약 자신들이 로봇이라는 걸 그들이 모르고 있다면.

그의 왼손이 카운터에 힘없이 툭 떨어진다. 빌어먹을. 피곤해 죽을 것 같아. 그냥 다 잊고 푹 쉬고 싶을 뿐이야.

안쪽 방에서 바텐더가 걸어 나왔다. "뭘로 하시겠습니까?" 그가 물었다.

"스카치, 얼음 없이." 로버트 카터가 반사적으로 말했다.

바텐더가 술을 준비하는 동안 그는 홀로 조용히 앉아 있었다. 그때 문득 그의 뇌리를 스치는 생각이 있었다. **로봇이 어떻게 술을 마실 수 있지?** 액체는 금속을 녹슬게 하잖아. 회로가 누전을 일으킬 수도 있고. 카터는 겁에 질린 눈으로 술을 따르는 바텐더를 지켜보았다. 마침내 바텐더가 되돌아와 글라스를 카운터에 내려놓았다. 순간 공포의 물결이 뚝 멎어 버렸다.

　아니, 이게 나를 녹슬게 하지는 않을 거야. 절대로.

　로버트 카터는 몸을 바르르 떨며 글라스를 내려다보았다. 5달러를 받은 바텐더는 거스름돈을 챙기러 사라졌다. **기름.** 하마터면 그는 외마디 비명을 지를 뻔했다. 기름 한 잔.

　"오, 하느님 맙소사……" 미끄러지듯 의자를 내려온 그는 문을 향해 휘청대며 걸어 나갔다.

　바깥 거리는 분주히 돌아가고 있었다. 내게 무슨 일이 벌어지고 있는 거지? 그는 생각했다. 맥이 풀려 버린 그는 판유리 창문에 몸을 기댄 채 서서 눈을 깜빡이며 혼란해진 정신을 가다듬었다.

　흐려졌던 그의 시야가 서서히 정상으로 돌아왔다. 식당 안에서는 남자와 여자가 차분히 앉아 식사를 하고 있었다. 로버트 카터는 입을 딱 벌리고 그들을 보았다.

　접시와 컵마다 기름이 가득하잖아.

　바삐 걸음을 옮기는 사람들 한복판에서 그는 꼭 외로운 섬이 돼 버린 것 같은 기분을 느꼈다. 대체 몇 명이나 될까? 그는 생각했다. 맙소사. **대체 몇 명이나 되느냐고!**

　농사는? 곡식밭과 채소밭과 과수원들은? 소고기와 양고기와 돼지고기는? 가공과 통조림 제조와 굽는 건? 아니야. 다시 원점으로 되돌아가야 해. 단순한 가능성을 다시 파헤쳐 봐야 한다고. 머리를 부딪힌 후로 현실 감각을 완전히 잃어 버렸나 봐. 세상은 여전히 그대로인데. 나 혼자만 문제라고.

로버트 카터는 도시의 냄새를 제대로 맡아 보기 시작했다.

뜨겁게 달구어진 기름과 기계가 풍기는 냄새. 보이지 않는 거대한 공장의 냄새였다. 그의 고개가 좌우로 돌아갔다. 그의 얼굴은 공포에 질려 있었다. 맙소사, 대체 몇 명이나 되는 거지? 도망치고 싶었지만 몸은 말을 듣지 않았다. 손가락 하나 까딱할 수 없었다.

로버트 카터는 비명을 질렀다.

내 수명이 다한 건가?

그는 뚝뚝 끊기는 기계적인 움직임으로 힘겹게 호텔 로비로 들어섰다.

"방이 필요해요." 그가 말했다.

직원이 수상쩍다는 듯이 헝클어진 산발 머리에 잔뜩 겁에 질린 눈을 한 남자를 보았다. 그는 남자에게 숙박부 기재를 위한 펜을 건넸다.

로버트 카터. 그는 아주 천천히 서명을 해 나갔다. 마치 자신의 이름의 철자를 까먹기라도 한 것처럼.

방으로 들어온 카터는 문부터 걸어 잠그고 침대에 풀썩 주저앉았다. 그는 한동안 자신의 손을 물끄러미 내려다보았다. 서서히 멎어가는 시계 같아. 만든 사람도, 자신의 운명도 알지 못하는 시계.

마지막 가능성. 무모하고 황당한 생각이지만 지금 내가 떠올릴 수 있는 유일한 시나리오야.

지구는 정복당한 거야. 모든 인류는 로봇에 의해 대체된 거고. 의사들이 가장 먼저 희생됐겠지? 로봇의 정체가 드러난 몸뚱이들을 확인한 장의사와 경찰도 마찬가지였을 테고. 그들은 아무것도 보지 못하게 프로그래밍됐을 거야. 회계사인 나도 우선순위에 올라 있을걸. 기본적인 상업 시스템의 일부이니까. 난……

로버트 카터는 눈을 질끈 감았다. 황당해. 그는 생각했다. 황당하고 불가능한 일이야.

그가 다시 몸을 일으키기까지는 몇 분이 소요됐다. 그는 무기력하게 움직여 책상 서랍에서 봉투와 종이를 꺼냈다. 그의 시선이 잠시 기드온 성경에 머물렀다. 이것도 로봇이 쓴 건가? 상상만으로도 끔찍했다. 아닐 거야. 이게 쓰였을 당시엔 분명 인간이 존재했을 거야. 지금 상황은 최근에 시작된 공포물일 거라고.

그가 만년필을 뽑아 들고 헬렌에게 편지를 써 나가기 시작했다. 그의 손이 껌을 찾아 주머니를 뒤적였다. 그것은 그의 습관이었다. 입에 넣고 씹으려는 순간 그는 그것이 껌이 아니라는 사실을 깨달았다. 그것은 단단하게 굳어 버린 기름 덩어리였다.

그의 손에서 기름 덩어리가 툭 떨어졌다. 또 다른 손에 쥐어져 있던 펜도 양탄자 위로 떨어졌다. 그에게는 그것을 다시 집어들 기운이 남아 있지 않았다.

껌. 술집에서 마신 스카치. 식당의 음식들. 그는 정신이 번쩍 들었다.

지금 하늘에서 비처럼 쏟아지고 있는 저건 뭐지?

진실이 그의 마음을 짓이겨 댔다.

고꾸라지기 직전 그는 다시 성경을 내려다보았다. **하느님이 이르시되 우리의 형상을 따라 우리의 모양대로 우리가 사람을 만들고……**

그리고 이내 어둠이 찾아들었다.

기록적인 사건
One for the Books

그날 아침, 잠에서 깬 그는 프랑스어를 구사할 줄 알게 됐다.

어떠한 예고도 없었다. 6시 15분, 늘 그렇듯 자명종이 울어 댔고, 그와 그의 아내는 몸을 뒤척였다. 프레드는 잠이 덜 깬 손을 뻗어 요란한 종소리를 멈추게 했다. 방 안은 잠시 정적에 휩싸였다.

에바가 커버를 밀어내자 그도 자신의 커버를 밀쳐내고 정맥이 흉측하게 튀어나온 다리를 침대 옆으로 늘어뜨렸다. 그가 말했다. **"봉 마탱Bon matin**, 에바."

잠시 어색한 침묵이 흘렀다.

"뭐라고?" 그녀가 물었다.

"즈 디 봉 마탱Je dis bon matin." 그가 말했다.

그녀의 잠옷이 바스락거렸다. 몸을 비튼 그녀는 가늘어진 눈으로 남편을 보았다. "뭐라고 했어?"

"그냥 잘 잤냐고 물어 본……"

프레드 엘더먼이 아내를 빤히 응시했다.

"내가 뭐라고 했지?" 그가 속삭였다.

"방금 '봉 마탱'이라고 했잖아. 아니면……"

"즈 디 봉 마탱. 세틍 봉 마탱, 네스 파C'est un bon matin, n'est-ce pas?**"**

그가 손바닥으로 자신의 입을 틀어막았다. 속구가 포수의 미트 안으로 빨려 들어가는 듯한 소리가 났다. 주먹을 악문 그는 경악의 표정을 짓고 있었다.

"프레드, 갑자기 왜 그래?"

그가 천천히 입에서 손을 뗐다.

"나도 모르겠어, 에바." 그가 여전히 충격에 휩싸인 표정으로 말했다. 그는 무의식적으로 손을 올리고 벗어진 정수리를 손가락으로 살살 문지르기 시작했다. "무슨…… 외국어처럼 들리는데."

"당신은 외국어 할 줄 모르잖아, 프레드." 그녀가 말했다.

"내 말이."

두 사람은 한동안 말없이 서로의 얼굴을 빤히 보았다. 프레드의 시선이 시계 쪽으로 돌아갔다.

"옷부터 걸치자고." 그가 말했다.

그가 화장실에 들어가 있는 동안 그녀는 남편의 노랫소리를 귀 기울여 들었다. **"엘 휘 윙 프로마주, 듀 레 드 세 무통, 홍, 홍, 듀 레 드 세 무통**Elle fit un fromage, du lait de ses moutons, ron, ron, du lait de ses moutons.**"** 하지만 그녀는 면도에 집중하는 남편을 굳이 불러 내지 않았다.

아침 식탁에서 커피를 마시던 그가 무언가를 흥얼댔다.

"뭐?" 그녀가 참지 못하고 불쑥 말했다.

"즈 디 크 뵈 디르 서시Je dis que veut dire ceci?"

그는 아내가 커피를 꿀꺽 삼키는 소리를 똑똑히 들을 수 있었다.

"이게," 그가 어리둥절한 표정으로 말했다. "대체 이게 무슨 뜻이지?"

"그야 나도 모르지. 당신은 지금껏 외국어를 써 본 적이 없잖아."

"그렇지." 그의 입으로 향하던 토스트는 중간 지점에서 멈춰 버렸다. "이게…… 어느 나라 말일까?"

"내가 듣기에는…… 프랑스어 같은데."

"프랑스어? 난 프랑스어를 배운 적이 없어."

그녀가 커피를 한 모금 더 삼키고 기운 빠진 목소리로 말했다. "어쨌든 이젠 할 수 있잖아."

그가 식탁보를 물끄러미 내려다보았다.

"르 디아블 상 멜Le diable s'en mêle." 그가 웅얼거렸다.

그녀의 언성이 살짝 높아졌다. "프레드, **뭐라고?"**

그는 혼란스러운 모습이었다. "아무래도 악마의 소행 같다고 했어."

"프레드, 당신……"

그녀가 허리를 곧게 펴고 깊은 숨을 한 번 들이쉬었다. "자," 그녀가 말했다. "불경한 얘긴 그만하고, 어쩌다 이렇게 됐는지 생각해 보자." 그는 대꾸가 없었다. "뭔가 이유가 있을 거 아니야. 안 그래, 프레드?"

"그렇겠지, 에바. 당연히 있을 거야. 하지만……"

"하지만은 무슨 하지만이야?" 그녀가 딱딱거렸다. 그리고 남편을 계속 몰아붙였다. "당신이 갑자기 프랑스어에 능통하게 된 이유가 있어?" 그녀가 가느다란 손가락을 딱 부딪쳐 소리를 냈다. "하루아침에 말이야."

그가 모호하게 고개를 저었다.

"자," 그녀가 계속 이어 나갔다. 무슨 말을 해야 할지 그녀도 막막한 상태였다. "어디 한번 들어 보자." 그들은 잠시 서로를 빤히 보았다. "아무 말이나 해 봐." 그녀가 말했다. "그러니까……" 그녀가 잠시 머뭇거렸다. "제대로 한번…… 들어 보고 싶어." 그녀가 말끝을 흐렸다.

"아무 말이나 해 보라고?"

"그래." 그녀가 말했다. "자, 어서."

"엉 제미스멍 스 휘 엉텅드르. 레 도그 스 메텅 아 아부와예. 세 강 므 봉 비앵. 일 바 슈르 레 캥즈 앙 Un gémissement se fit entendre. Les dogues se mettent à aboyer. Ces gants me vont bien. Il va sur les quinze ans……"

"프레드?"

"일 휘 파브리케 윈 에그작트 레프레젱테숑 뒤 몽트레 Il fit fabriquer une exacte représentation du monstre."

"프레드, 잠깐만!" 그녀가 겁에 질린 표정으로 빽 소리쳤다.

그가 입을 닫고 눈을 깜빡이며 아내를 보았다.

"이번엔…… 이번엔 뭐라고 한 거야, 프레드?"

"뭐라고 했냐면…… 신음이 들렸다. 그의 마스티프들이 짖어 대기 시작했다. 이 장갑은 내게 딱 맞네. 머지않아 열다섯 살이 될 소년은……"

"뭐?"

"그는 괴물의 정확한 사본까지 만들어 놓은 상태였다. **상 멤 라타미**Sans même l'entamer."

"프레드?"

그는 컨디션이 좋지 않아 보였다. "상처 하나 내지 않고." 그가 말했다.

이른 아침의 캠퍼스는 조용했다. 화이트 캠퍼스에서 7시 30분에 시작되는 경제학 강의 외 다른 클래스는 없었다. 이곳 레드 캠퍼스는 완전한 정적에 휩싸여 있었다. 이제 한 시간쯤 후면 인도는 로퍼를 질질 끌고 다니는 학생들의 시끌벅적한 수다 소리와 웃음으로 가득 차게 될 것이다. 하지만 지금 이 순간, 학교는 평온하기만 했다.

정신이 산란해진 프레드 엘더먼은 캠퍼스 동쪽을 가로질러 갔다. 그는 행정실로 향하는 길이었다. 넋이 나간 에바를 집에 홀로 남겨 두고 온 그는 일터로 향하는 내내 머리를 굴려 보았다.

대체 어떻게 된 거지? 언제부터 이런 현상이 시작된 걸까? **세 튕 외르**C'est une heure. 그의 정신이 말했다.

그는 신경질적으로 고개를 세차게 저었다. 암담한 상황이었다. 그는 자신에게 무슨 일이 벌어지고 있는지 궁금했다. 하지만 아무리 애를 써 봐도 답은 나오지 않았다. 모든 게 이치에 닿지 않았다. 가방끈 짧은 쉰아홉 살의 그는 대학교 건물 관리인으로, 조용하고 평범한 삶을 살아 왔다. 그런 그가 오늘 아침부터 완벽한 프랑스어를 구사할 줄 알게 됐다.

프랑스어.

그는 잠시 걸음을 멈추고 10월의 찬바람을 온몸으로 받았다. 그의 시선은 제러미 홀의 둥근 지붕에 고정돼 있었다. 전날 밤, 그는 프랑스어학과 사무실을 청소했었다. 혹시 그것 때문에……

아니야. 말도 안 돼. 그는 다시 걸음을 옮겨 나갔다. 몇 걸음이나 내디뎠을까, 그가 무의식적으로 웅얼거리기 시작했다. **"즈 스이, 튀 에, 일 레, 엘 레, 누 솜므, 부 제트**Je suis, tu es, il est, elle est, nous sommes, vous êtes……"

8시 10분, 그는 화장실 세면대를 수리하기 위해 역사학과 사무실로 들어섰다. 1시간 7분 만에 작업을 마친 그는 연장을 가방에 챙겨 넣고 사무실을 나왔다.

"안녕하세요." 그가 책상에 앉아 있는 교수에게 인사했다.

"좋은 아침이에요, 프레드." 교수가 말했다.

복도로 나온 프레드 엘더먼은 비슷한 수준의 세금이 걷혔음에도 루이 16세의 소득이 15세보다 1억 3천만 리브르 이상 많았다는 사실과 수출 이익이 1720년 1억 6백만 리브르에서 1745년 1억 9천 2백만 리브르로 껑충 뛰어 오른 사실을 곱씹으며 신기해 했다. 그리고……

복도를 걸어 나가던 그가 갑자기 멈춰 섰다. 그의 앙상한 얼굴에는 경악의 표정이 떠올라 있었다.

그날 아침, 그는 물리학, 화학, 영문학, 그리고 미술학과 사무실을 차례로 들르게 돼 있었다.

윈드밀은 중심가 인근에 자리한 술집이었다. 프레드는 월요일, 수요일, 그리고 금요일 저녁마다 그곳에 들러 생맥주를 홀짝이며 호건스 볼링장 매니저인 해리 불러드, 그리고 우체부이자 아마추어 원예사인 루 피콕과 수다를 떨었다.

그날 저녁, 프레드는 어두침침한 술집으로 들어서며 중얼거렸다.

"**즈 코네 투 세 브라브 장**Je connais tous ces braves gens." 마침 술집을 나서려던 한 손님이 그 말을 듣고 말았다. 그는 당황해 하며 주위 반응을 빠르게 살폈다. "내 말은……" 그가 웅얼거렸다. 하지만 말을 맺지는 못했다.

친구가 들어온 것을 거울로 확인한 해리 불러드가 두꺼운 목에 얹어진 고개를 돌리며 말했다. "어서 와, 프레드. 오늘은 왠지 위스키가 확 당기더군." 그리고 바텐더를 불렀다. "이 친구에게도 한 잔 갖다 줘요." 그가 씩 웃었다.

프레드는 미소를 흘리며 바로 다가갔다. 그날 처음으로 지어 보인 귀한 미소였다. 피콕과 불러드가 그를 반겨 맞는 동안 바텐더는 맥주가 찰랑거리는 커다란 잔을 가져와 내려놓았다.

"요즘 어때, 프레드?" 해리가 물었다.

프레드는 맥주 거품을 걷어 낸 두 손가락으로 콧수염을 매만졌다.

"뭐 그럭저럭." 아직은 친구들과 그 문제를 의논할 때가 아니었다. 에바와의 저녁 식사는 늘 고통스러웠다. 그는 차려진 음식을 먹으면서 30년 전쟁, 마그나카르타 대헌장, 그리고 예카테리나 2세 관련 은밀한 정보 따위를 아내에게 상세히 들려 주었다. 7시 30분, 홀가분한 기분으로 집을 나선 그는 자신도 모르게 중얼거렸다. "**본 뉘 마 셰르**Bon nuit, ma chère."

"잘 지냈어?" 그가 해리 불러드에게 물었다.

"뭐 그냥." 해리가 대답했다. "볼링장에 페인트를 새로 칠하는 중이야. 새 단장을 하기로 했거든."

"그래?" 프레드가 말했다. "유색 밀랍으로 칠하는 게 쉽지 않았을 때 그리스와 로마의 화가들은 '템페라'라는 걸 썼어. 그게 뭐냐면 말이야, 나무나 치장 벽토에서 얻을 수 있는……"

그의 설명이 뚝 멎었다. 테이블에는 어색한 정적이 흐르고 있었다.

"그가 무슨 소리야?" 해리 불러드가 물었다.

프레드가 초조하게 침을 삼켰다. "아무것도 아니야." 그가 허둥대며 말했다. "난 그냥……" 그가 글라스에 담긴 황갈색 맥주를 물끄러미 내려다보았다. "아무것도 아니야."

불러드는 피콕을 흘끔 돌아보았다. 피콕은 어깨를 으쓱여 보였다.

"온실 꽃들은 어떻게 됐지, 루?" 프레드가 화제 전환을 위해 물었다.

땅딸막한 남자가 고개를 끄덕였다. "괜찮아. 잘 자라고 있어."

"다행이네." 프레드가 그를 따라 고개를 끄덕이며 말했다. "**비 소 노 푸이 디 친콴테 바스티멘티 인 포르토**Vi sono pui di cinquante bastimenti in porto."* 그가 이를 악물고 눈을 질끈 감았다.

"뭐라고?" 루가 한쪽 귀에 손을 가져다 대고 물었다.

프레드는 헛기침을 한 번 하고는 맥주를 벌컥벌컥 들이켰다. "아무것도 아니야."

"방금 뭐라고 한 거지?" 해리가 물었다. 그의 커다란 얼굴에는 미소가 희미하게 머금어져 있었다. 무슨 재밌는 농담거리라도 기대하고 있는 듯이.

"그…… 그게 말이야, 항구에 배가 쉰 척도 넘게 들어와 있다는 얘기였어." 프레드가 침울한 표정으로 설명했다.

순간 해리의 얼굴에서 미소가 사라졌다.

---

* 이탈리아어.

"항구라니? 무슨 항구?" 그가 물었다.

프레드는 애써 태연한 척해 보였다. "그냥…… 오늘 들은 조크야. 펀치라인이 뭐였는지는 까먹었어."

"오." 해리는 잠시 프레드를 빤히 보다가 다시 자신의 맥주로 시선을 돌렸다. "그래?"

또다시 불편한 침묵이 찾아들었다. 한참 후, 루가 프레드에게 물었다. "오늘 일은 다 끝났어?"

"아니. 이따 돌아가서 수학과 사무실을 마저 청소해야 돼."

루가 고개를 끄덕였다. "안됐군."

프레드는 콧수염에서 거품을 다시 짜냈다. "물어볼 게 있는데," 그가 충동적으로 입을 열었다. "어느 날 아침, 잠에서 깨 보니 프랑스어에 능통해 있다면 자네들은 어떻겠어?"

"누가 그랬는데?" 해리가 눈을 가늘게 뜨며 물었다.

"누가 그랬다는 건 아니고." 프레드가 황급히 대답했다. "그냥…… **만약** 그런 일이 벌어지면 어떨 것 같으냐는 얘기지. 어느 날 잠에서 깨 보니 지금껏 배운 적 없는 것들을 다 알고 있다면 말이야. 무슨 얘긴지 이해하겠어? 그냥 다 알게 됐다면. 마치 오래전부터 알고 있었다는 듯이. 그리고 이제야 처음으로 그 사실을 깨닫게 됐다는 듯이."

"대체 뭘 알게 됐다는 거지, 프레드?" 루가 물었다.

"음…… 역사라든지, 아니면 다른…… 언어들이라든지. 책이나 미술 따위에 대한 지식일 수도 있고…… 원자와 화학 물질 같은……" 그가 어색하게 어깨를 으쓱인다. "그런 것들 말이야."

"무슨 소린지 모르겠는데." 조크가 아님을 깨달은 해리가 진지하게 말했다.

"한 번도 배운 적 없는 것들을 하루아침에 훤히 알게 됐다고?" 루가 물었다. "그 얘기야?"

그들의 목소리에서는 의심과 불신과 주저함이 묻어났다. 마치 이모든 게 섣불리 뛰어들면 안 되는 게임이라도 되는 듯이.

프레드는 더 이상 밀어붙이지 않기로 했다. "그냥 재미로 물어 본 거야. 이쯤에서 그만두자고. 뭐 별로 중요한 얘기도 아니고."

그날 밤, 그는 맥주 한 잔을 비우고 나서 수학과 사무실 청소를 마저 해야 한다며 먼저 자리를 떴다. 학교로 돌아간 그는 정적 속에 파묻혀 열심히 쓸고, 닦고, 털어냈다. 그러는 동안에도 자신에게 무슨 일이 벌어지고 있는지 이해해 보려 무던히 애를 썼다.

일을 마친 후, 그는 차가운 밤공기를 맞으며 집까지 걸어갔다. 도착하니 에바가 주방에서 그를 기다리고 있었다.

"커피 줄까, 프레드?" 그녀가 물었다.

"좋지." 그가 고개를 끄덕이며 말했다. 그녀가 자리에서 일어나려 했다. "아니, **사코마디, 라 프레고**s'accomadi, la prego." 그가 불쑥 말했다.

그녀가 어두운 표정으로 그를 보았다.

"내 말은," 그가 말했다. "앉으라는 얘기야, 에바. 내가 만들어 마실 수 있어."

그는 커피를 마시며 하루 동안 겪은 일들에 대해 상세히 들려주었다.

"도무지 무슨 일인지 이해가 안 돼, 에바." 그가 말했다. "너무…… 무서워. 어떤 면에서는 말이지. 배운 적 없는 것들을 이토록 깊이 알게 되다니. 이런 지식들이 다 어디서 왔는지 모르겠어. 정말 아무것도 모르겠다고." 그의 입이 잠시 꼭 다물렸다. "하지만 사실인 걸 어떡해?" 그가 말했다. "전부 다."

"그럼…… 프랑스어가 다가 아니야, 이젠?"

그가 근심 어린 표정으로 고개를 끄덕였다. "아는 게 엄청 많아졌어." 그가 말했다. "그러니까……" 그가 컵에서 눈을 떼고 아내를 보았다. "잘 들어 봐. 빠른 미립자를 생산하는 가장 손쉬운 방법은 상대적으로 낮은 전압과 반복되는 가속을 이용하는 거야. 사용되는 모든 장비들 속에서 하전 입자들은 둥글게, 또는 나사선 궤도로 움직이게 되는데…… 지금 내 말 듣고 있어, 에바?"

그녀가 초조하게 침을 한 번 삼켰다. "응, 듣고 있어."

"그게 다 자기장 덕분이야. 가속은 여러 다양한 방법으로 적용될 수 있거든. 커스트와 서버의 베타트론 속에는 말이야……"

"그게 무슨 소리야, 프레드?" 그녀가 불쑥 끼어들었다.

"나도 모르겠어." 그가 무기력하게 말했다. "그냥…… 머릿속에서 불러 주는 대로만 읊어 대고 있을 뿐이야. 외국어로 말할 때도 그 내용을 다 알 수 있고. 하지만…… 이건 차원이 다른 문제잖아."

그녀가 몸을 바르르 떨었다. 그리고 자신의 팔뚝을 꼭 움켜쥐었다. "뭔가가 단단히 잘못됐어." 그녀가 말했다.

그는 인상을 찌푸린 채 한동안 아내를 응시했다.

"그게 무슨 뜻이야, 에바?"

"나도 몰라, 프레드." 그녀가 나지막이 대답한 후 고개를 천천히 한 번 가로저었다. "정말 모르겠어."

그날 밤 자정, 그녀는 남편의 웅얼대는 잠꼬대 소리에 놀라 눈을 떴다.

"10부터 200까지의 정수들의 자연 로그."

"일차항-영-이점삼영이육. 일-이점삼구칠구. 이-이점……"

"프레드, 그만하고 자." 그녀가 불안한 얼굴로 말했다.

"……사팔사구."

그녀가 팔꿈치로 남편을 쿡 찔렀다. "잠이나 자라고, 프레드."

"삼-이점……"

"프레드!"

"응?" 그가 신음을 토하고 나서 마른침을 삼켰다. 그런 다음, 옆으로 홱 돌아누웠다.

그녀는 어둠 속에서 남편이 잠이 덜 깬 손으로 베개를 부풀리는 소리를 들었다.

"프레드?" 그녀가 나지막이 불러 보았다.

그가 기침을 하며 말했다. "왜?"

"아무래도 내일 아침에 분 박사를 만나고 오는 게 좋을 것 같아."

그는 깊은 숨을 한 번 들이쉬었다가 최대한 천천히 내쉬었다. 폐 안의 공기가 전부 방출될 때까지.

"나도 같은 생각이야." 그가 기어 들어가는 목소리로 말했다.

금요일 아침, 그가 윌리엄 분 박사의 대기실 문을 열자 갑자기 스며든 바람에 간호사 책상에 놓여 있던 문서들이 흐트러졌다.

"오." 그가 사과의 톤으로 말했다. **"레 키에고 스쿠세**Le chieggo scuse. **논 네 발 라 페나**Non ne val la pena."

미스 아그네스 매카시는 분 박사의 접수 담당자로 일해 온 지난 7년 동안 프레드 엘더먼의 입에서 튀어 나온 것 같은 외국어를 한 번도 들어 본 적이 없었다.

화들짝 놀란 그녀가 휘둥그레진 눈으로 그를 보았다. "방금 뭐라고 하셨죠?"

프레드의 입가에 초조한 미소가 머금어졌다.

"아무것도 아니에요." 그가 말했다. "미스."

그녀가 형식적인 미소를 지어 보였다. "오." 그녀가 헛기침을 한 번 했다. "어제는 시간을 못 내드려 죄송했어요."

"괜찮아요." 그가 말했다.

"몇 분만 기다려 주세요."

20분 후, 프레드는 분의 책상 옆에 앉아 있었다. 건장한 체구의 의사가 앞으로 몸을 기울이며 말했다. "무슨 일로 왔죠, 프레드?"

프레드는 자신의 상황을 상세히 설명했다.

의사의 우호적인 미소가 어색하고 부자연스럽게 바뀌었다가 이내 증발해 버렸다.

"그게 정말입니까?"

프레드가 진지한 표정으로 고개를 끄덕였다. "**즈 므 레스 콩세이예**Je me laisse conseiller."

분 박사의 축 늘어졌던 눈썹이 이내 올라갔다. "프랑스어군요." 그가 말했다. "무슨 뜻입니까?"

프레드가 마른침을 한 번 삼켰다. "박사님 소견을 듣고 싶다고 했습니다."

"맙소사." 분 박사가 손가락으로 아랫입술을 잡아당기며 웅얼거렸다. "어떻게 이런 일이." 그가 자리에서 일어나 프레드의 머리를 손으로 더듬었다. "최근에 머리를 얻어맞거나 하진 않았고요?"

"아뇨." 프레드가 말했다. "그런 적 없었어요."

"흠." 분 박사가 손을 거두고 두 팔을 양옆으로 늘어뜨렸다. "혹이 났거나 금이 간 곳은 만져지지 않습니다." 그는 미스 매카시를 호출했다. 그리고 프레드에게 말했다. "일단 엑스선 검사부터 해 봅시다."

엑스선 검사 결과 모든 게 정상으로 확인되었다.

두 남자는 진찰실에 앉아 의논을 이어 나갔다.

"믿어지지가 않습니다." 의사가 고개를 저으며 말했다. 낙담한 프레드가 긴 한숨을 내쉬었다. "하지만 너무 걱정하진 말아요." 분 박사가 말했다. "건강에 무슨 문제가 생긴 건 아니니까. 갑자기 똑똑해진 게 나쁜 건 아니지 않습니까."

프레드는 초조한 손가락으로 콧수염을 살살 만지작거렸다. "말이 안 되잖아요. 왜 갑자기 이런 일이 생긴 걸까요? 이게 무슨 병이죠? 솔직히 난 두려워요."

"겁먹을 거 없어요, 프레드. 날 믿으라니까요. 당신의 몸 상태는 완벽해요. 그건 내가 보장할게요."

"하지만 내……" 프레드가 잠시 머뭇거렸다. "내 머리는 정상이 아니잖아요."

분 박사가 아랫입술을 쭉 내민 채 고개를 저었다. "나라면 아무 걱정 안 하겠어요." 그가 손바닥으로 책상을 탁 내리쳤다. "내가 한번 알아볼게요, 프레드. 동료들과 함께 분석해 보면 뭔가 답이 나올 겁니다. 그럼 그때 당신에게 알려 줄게요. 그럼 되겠죠?"

그가 프레드를 문까지 배웅했다.

"그러는 동안," 그가 말했다. "당신은 그냥 잊고 지내려 애써 봐요. 아무 걱정할 거 없습니다."

하지만 몇 분 후, 어딘가로 전화를 거는 그의 얼굴은 어느새 딱딱하게 굳어 있었다.

"펫록인가?" 상대가 응답하자 그가 말했다. "포저poser를 찾았어."

그날 저녁, 프레드는 또다시 윈드밀을 찾았다. 갈증 때문이 아니라 습관 때문이었다. 에바는 이 모든 게 과로 때문이라며 집에서 쉬라고 했었다. 하지만 프레드는 건강과는 무관한 문제라면서 '오 르부아르Au revoir'라는 인사를 남기고 도망치듯 나와 버렸다.

그는 해리 불러드, 그리고 루 피콕과 함께 나란히 바에 앉아 첫 잔을 비웠다. 해리는 다가오는 선거에서 국회의원, 밀포드 카펜터를 찍으면 안 되는 이유를 열띠게 설명했고, 프레드는 말없이 듣고만 있었다.

"그 친구 전용 회선이 모스크바까지 연결돼 있을 거야." 그가 말했다. "그런 놈 몇 명을 뽑아 놓으면 크게 후회할 일이 터지게 돼 있어. 정말이라니까." 그가 맥주잔을 물끄러미 내려다보고 있는 프레드를 흘끔 돌아보았다. "또 무슨 문제라도 있어?" 그가 프레드의 어깨를 툭 치며 물었다.

프레드는 그간의 일들을 털어 놓았다. 마치 덜컥 걸려 버린 몹쓸 병에 대해 고백하듯이.

루 피콕은 믿어지지 않는다는 표정이었다. "그래서 자네가 저번에 그런 얘길 꺼냈던 거였군!"

프레드가 고개를 끄덕였다.

"설마 농담은 아니겠지?" 해리가 물었다. "정말 모르는 게 없어졌단 말이야?"

"거의 모든 걸 알게 됐어." 프레드가 침울한 표정으로 대답했다.

해리의 얼굴에 장난기 어린 표정이 떠올랐다.

"만약 내가 자네가 모르는 걸 물어 보면?"

"그럼 엄청 기쁠 것 같아." 프레드가 절망이 묻어나는 목소리로 대답했다.

해리가 환히 웃었다. "좋아. 원자나 화학 물질 같은 건 묻지 않겠어. 그냥 내 고향 오 사블과 타르바 사이에 긴 지역에 대해 아는 대로 얘기해 봐." 그가 만족스러워하는 얼굴로 바를 탁 내리쳤다.

프레드의 얼굴에 잠시 화색이 돌았다. 하지만 이내 침울한 표정이 되돌아왔다. 그가 기운 빠진 목소리로 말했다. "오 사블과 타르바 사이엔 벌목한 땅이 있어. 고속도로가 거길 가로지르고 있지. 한때 대왕송으로 뒤덮였던 곳인데 **(위험: 고속도로에 사슴이 자주 출몰한다)** 어느샌가 참나무와 소나무와 미루나무가 뒤섞인 이차림二次林이 돼 버렸어. 한동안 잘나가던 목재 산업이 쇠퇴한 후로는 월귤 재배로 다들 먹고살고 있지."

해리의 숨이 턱 막혀 버렸다.

"월귤은 화재가 났던 땅에서 잘 자라거든." 프레드가 계속 이어 나갔다. "그래서 그곳 사람들은 일부러 땅에 불을 지르곤 해."

"거짓말 마!" 해리가 성을 내며 말했다. 그의 턱이 바르르 떨리고 있었다.

프레드가 흠칫 놀라며 그를 보았다.

"그런 거짓말을 함부로 늘어놓고 다니면 곤란해." 해리가 말했다. "모르는 게 없다고 해 놓고선 고작 거짓말이나 둘러대는 거야?"

"흥분하지 마, 해리." 루가 말했다.

"내가 흥분 안 하게 됐어?" 해리가 으르렁거렸다. "저런 거짓말을 뻔뻔하게 늘어놓다니."

"난 그냥 아는 대로만 답했을 뿐이야." 프레드가 괴로워하며 말했다.

"그래? 그렇다면 뭐……" 해리가 안절부절못하며 글라스를 만지작거렸다.

"정말 모든 걸 다 알고 있는 거야?" 루가 물었다. 경외심에 사로잡힌 그는 조금이나마 긴장을 풀어 보려 애쓰는 모습이었다.

"그렇다니까." 프레드가 대답했다.

"무슨…… 속임수가 있는 건 아니고?"

프레드가 고개를 저었다. "속임수 아니야."

풀이 죽어 있던 루 피콕이 다시 기운을 냈다. "그럼 이번엔," 그가 은밀한 비밀을 나누듯 나지막이 말했다. "주황 장미에 대해 얘기해 봐."

프레드의 얼굴이 또다시 어두워졌다. 그가 답을 암송해 나가기 시작했다. "사실 주황은 원색이 아니야. 그보다는 빨강과 다양한 색채의 분홍과 노랑을 섞어 만든 색에 가깝지. 페르나티아 품종이 세상에 나오기 전까지는 주황색 장미를 구경하는 게 쉽지 않았어. 주황색, 살구색, 샤모아색, 그리고 산호색 장미들은 분홍색이 두드러져 보이거든. 하지만 운이 좋으면 그런 아름다운 색조가 만들어지기도 한다더군. **퀴스 드 님페 에뮈**Cuisse de Nymphe émue."

루 피콕의 입이 떡 벌어졌다. "대단한데."

해리 불러드가 깊은 숨을 한 번 들이쉬었다. "그럼 이번엔 카펜터에 대해 아는 대로 얘기해 봐." 그가 호전적으로 말했다.

"카펜터, 밀포드, 1898년 일리노이주 시카고에서 태어나……"

"됐어." 해리가 불쑥 끼어들었다. "관심 없어. 그놈은 빨갱이잖아. 깊이 알아볼 필요가 없는 놈이라고."

"선거 운동에는 따져 봐야 할 요소가 많아." 프레드는 어느새 인용에 들어갔다. "후보자의 성격, 각종 이슈들, 언론 태도, 경제 단체들, 전통, 여론조사, 그리고……"

"그 자식 빨갱이라니까!" 해리가 언성을 높였다.

"지난 선거 때 자네도 그를 찍었잖아." 루가 말했다. "내 기억이 정확하다면……"

"난 그놈을 찍지 않았어!" 해리가 벌게진 얼굴로 으르렁거린다.

프레드 엘더먼의 얼굴에 멀뚱멀뚱한 표정이 떠올랐다. "사실이 아닌 내용을 기억하는 건 기억 왜곡이야. 정식 명칭은 '병적 허언', 또는 '허언증'이고."

"그래서 내가 거짓말을 했다는 얘기야, 프레드?"

"일반적인 거짓말과는 차이가 있어. 자신의 거짓말을 철석같이 믿는 경우는……"

"눈에 그 멍은 뭐야?" 프레드가 주방으로 들어섰을 때 에바가 깜짝 놀라며 물었다. "그 나이 먹고 누구랑 싸우기라도 한 거야?"

남편의 얼굴을 제대로 살핀 그녀가 황급히 냉장고로 달려갔다. 그녀는 남편을 의자에 앉히고 소고기 스테이크를 가져와 퉁퉁 부은 눈에 갖다 댔다. 프레드는 밖에서 겪은 일을 상세히 들려주었다.

"약자를 괴롭히는 걸 즐기는 사람이야." 그녀가 말했다. "아주 나쁜 인간이라고!"

"아니야. 그 친구 탓이 아니라고. 내가 먼저 그를 모욕했어. 내가 무슨 얘길 나불거리는지 나조차도 모르겠단 말이야. 아무래도…… 나 단단히 미쳐 버린 것 같아."

그녀는 당혹스러워 하며 축 늘어진 채 앉아 있는 남편을 내려다보았다. "분 박사는 왜 아직 아무 조치가 없는 거지?"

"나도 모르겠어."

30분 후, 에바의 만류에도 프레드는 동료 관리인과 도서관을 청소하기 위해 기어이 집을 나섰다. 하지만 넓은 공간에 들어서는 순간 그의 숨이 턱 막혔다. 그는 두 손으로 관자놀이를 움켜쥐고 한쪽 무릎을 바닥에 꿇었다. "내 머리! 내 **머리!**"

그는 아래층 복도에 앉아 머릿속 통증이 가실 때까지 기다렸다. 시선이 번들거리는 타일 바닥에 고정됐다. 머리는 마치 헤비급 세계 챔피언과 29라운드를 뛰다 나온 것 같은 기분이었다.

펫록은 아침에 들어왔다. 아서 B.는 42세의 심리학과장으로, 작은 키에 다부진 체구의 소유자였다. 체크무늬 외투 차림에 포크파이 햇*을 눌러쓴 그는 닳아 해진 포치를 빠르게 가로질러 초인종을 꾹 눌렀다. 응답을 기다리는 동안 그는 가죽장갑 낀 손을 가지런히 모으고 하얀 입김을 내뿜었다.

"네?" 에바가 문을 열며 물었다.

펫록 교수는 자신이 온 이유를 설명했다. 그가 자신의 전문분야를 밝히자 겁을 집어먹은 그녀의 얼굴이 딱딱하게 굳었다. 하지만 교수는 그런 그녀의 반응을 눈치채지 못한 듯했다. 분 박사가 보냈다는

---

* 높이가 낮고 챙이 모두 말려 올라간 중절모자.

430

언급에 안도한 그녀가 펫록은 카펫 깔린 계단으로 이끌었다. "아직도 방에 누워 있어요. 어젯밤에 누군가에게 얻어맞고 들어왔더라고요."

"네?" 아서 펫록이 말했다.

방에는 통성명을 마친 두 남자만 남게 됐다. 펫록 교수는 관리인에게 많은 질문을 쏟아냈다. 프레드 엘더먼은 베개에 몸을 기대고 앉아 성의껏 답변을 이어 나갔다.

"어제 폭행을 당하셨다고요?" 펫록이 말했다. "정확히 무슨 일이 있었던 겁니까?"

"모르겠어요, 교수님. 도서관에 들어갔다가…… 꼭 1톤짜리 시멘트 덩어리로 머리를 얻어맞은 기분이었어요. 아니, 그게 머릿속에 떨어진 것 같았습니다."

"놀랍군요. 그리고 선생께서 습득하셨다는 무수한 지식들…… 도서관에서 불운한 일을 당하고 오신 후로 더 늘어났다고 생각하십니까?"

프레드가 고개를 끄덕였다. "이전보다 더 많은 걸 알게 됐어요."

교수가 두 손을 모으고 손가락을 꼼지락거렸다. "페이가 쓴 언어 관련 책. 도서관 섹션 9-B에 꽂혀 있습니다. 책 번호는 429.2이고요. 그 책의 한 부분을 인용해 보시겠습니까?"

프레드는 멍한 표정을 지어 보였다. 하지만 그의 입에서는 어느새 답이 술술 흘러나오고 있었다. "모든 언어가 역사적으로 기록된 근원이 아닌, 프로토-스피치에서 비롯되었다는 이론을 가장 먼저 제안한 건 라이프니츠였어요. 어떤 면에서는 그가 선도자인 셈인데……"

"좋아요. 됐습니다." 아서 펫록이 말했다. "자연적인 텔레파시 징후가 신통력과 결부된 케이스 같습니다."

"그게 무슨 뜻입니까?"

"텔레파시 말입니다, 엘더먼 씨. 텔레파시! 선생께선 마주치는 모든 책과 지식인들로부터 지식을 쏙쏙 빼 드신 겁니다. 프랑스어학과를 청소한 후로는 프랑스어에 능통해지셨습니다. 수학과를 청소한 다음에는 수와 온갖 목록과 공리에 해박해지셨고요. 다른 학부, 주제, 인물들도 마찬가지로 선생께 영향을 끼쳤습니다." 그가 입을 오므리고 프레드를 노려보았다. "아, 대체 어떻게 된 일일까요?"

"카우사 콰 레 Causa qua re." 프레드가 웅얼거렸다.

펫록 교수의 목에서 끙 앓는 소리가 흘러나왔다. "그래요. 저도 알고 싶습니다. 하지만……" 그가 몸을 앞으로 기울였다. "뭐라고 하셨습니까?"

"어떻게 내가 이 많은 걸 한꺼번에 익힐 수 있었을까요?" 프레드가 근심 어린 톤으로 말했다. "그러니까 내 말은……"

"그건 어려운 일이 아닙니다." 땅딸막한 심리학자가 말했다. "인간은 누구나 뇌의 학습 기능을 백 퍼센트 활용하지 못합니다. 그래서 잠재력이 엄청난 것이죠. 어쩌면 선생께선 그 잠재력을 십분 실현하고 계신 것인지도 모릅니다."

"하지만 어떻게요?"

"자연스럽게 실현된 텔레파시와 신통력, 그리고 무한한 기억력과 잠재력이 한 데 어우러진 겁니다." 그가 나지막이 휘파람 소리를 냈다. "놀라운 일입니다. 정말 엄청난 일이 벌어졌어요. 자, 이제 저는 가 보겠습니다."

"난 이제 어떻게 해야 하죠?" 프레드가 애원하듯 물었다.

"마음껏 즐기면 되죠." 교수가 말했다. "신이 주신 선물이지 않습니까. 좀 더 확실한 분석을 위해 교수들을 한번 모아 볼까 합니다. 준비되면 인터뷰에 응해 주시겠습니까? 물론 비공식적으로 진행될 겁니다."

"하지만……"

"다들 깜짝 놀랄 겁니다. 흥분해서 까무러칠 거예요. 저는 《저널》에 실을 논문을 써 보려고 합니다."

"이제 난 어떻게 되는 건가요, 교수님?" 프레드 엘더먼이 떨리는 목소리로 물었다.

"오, 저희가 답을 찾아낼 테니 너무 걱정 마십시오. 이건 혁명적인 사건입니다. 견줄 데 없는 경이로운 현상이에요." 그가 한껏 흥분한 톤으로 말했다. "아직도 믿어지지가 않는군요."

펫록 교수가 돌아간 후에도 프레드는 맥 풀린 모습으로 침대에 앉아 있었다. 내가 할 수 있는 게 아무것도 없단 말이야? 평생을 이러고 살아야 한다고? 아무 때나 툭툭 튀어나오는 불가해한 말들을 정녕 막을 방법이 없나? 매일 머리를 부여잡고 밤새도록 뒤척이고 싶진 않다고. 교수야 신이 났겠지. 남들에게는 신기하고 흥미진진할지 몰라도 난 암울하고 두렵단 말이야.

왜? 대체 왜? 그는 그 질문에 답을 할 수도, 그 질문으로부터 벗어날 수도 없었다.

그가 머리를 감싸 쥔 채 괴로워하고 있을 때 에바가 들어왔다. 그녀는 방을 가로질러 침대에 걸터앉았다.

"아까 그 교수가 뭐래?" 그녀가 불안한 얼굴로 물었다.

그는 아내에게 교수와 나눈 대화의 내용을 들려주었다. 그녀도 그와 같은 반응이었다.

"그게 다야? 마음껏 즐겨?" 그녀가 잠시 입을 꼭 닫고 씩씩거렸다. "뭐 그런 사람이 다 있지? 분 박사가 왜 그 사람을 보낸 거지?"

답을 알 리 없는 그가 고개를 저었다.

그의 얼굴에는 혼란과 공포의 표정이 뒤섞여 있었다. 그녀가 측은해 하며 남편의 볼에 손을 가져가 댔다. "아직도 머리가 아파?"

"머릿속이 아파." 그가 말했다. "내 머릿속이……" 그의 목이 잠시 꿀렁거렸다. "뇌를 압축성 좋은 조직이라고 본다면 그것이 담고 있는 피와 그것을 에워싼 척수액이 뇌실을 채우게 돼서……"

그가 갑자기 말을 멈추었다. 몸이 바르르 떨리기 시작했다.

"맙소사." 그녀가 속삭였다.

"섹스투스 엠피리쿠스*는 자신의 저서 『신을 믿음에 대한 반론』에서 신이 존재함을 단언하는 이들은 결국 불경함에 빠지게 될 거라고 했어. 왜냐하면……"

"프레드, 그만해!"

그는 멍한 얼굴로 아내를 보았다.

"프레드, 당신 지금…… 자기가 무슨 얘길 늘어놓고 있는지 모르지? 그렇지?"

"몰라. 지금껏 그랬어. 난 그냥…… 에바, 대체 내게 무슨 일이 벌어지고 있는 거지?"

그녀는 남편의 손을 꼭 잡아 쥐었다. "괜찮아, 프레드. 너무 걱정하지 마."

하지만 그는 걱정을 거둘 수가 없었다. 비록 머릿속은 복잡한 지식

---

* 그리스의 철학자이자 의사.

으로 가득 차 버렸지만 그는 여전히 같은 사람이었다. 단순하고 어리숙하고 겁도 많은 사람.

왜 내게 이런 일이 벌어진 거지?

그는 마치 끊임없이 지식을 빨아들이는 스펀지가 된 기분이었다. 수용 한계치를 넘어서면 폭발해 버릴지도 모르는 스펀지.

월요일 아침, 펫록 교수가 우연히 마주친 그를 멈춰 세웠다. "엘더먼 씨, 저희 학부 사람들과 얘기를 해 봤습니다. 다들 저만큼이나 흥분하더군요. 오늘 오후에 시간이 되시는지요? 오늘 근무는 이것으로 마치셔도 됩니다."

프레드는 암울한 눈빛으로 의욕에 가득 찬 교수의 얼굴을 응시했다. "오늘 괜찮아요."

"잘됐군요! 그럼 4시 반에 만날까요? 제 사무실로 와 주시겠습니까?"

"그러죠."

"한 가지 제안 드려도 될까요?" 교수가 물었다. "이따 뵐 때까지 학교의 모든 학부를 차례로 둘러보고 오시겠습니까?"

마침내 교수에게서 떨어져 나온 프레드는 청소도구를 치우기 위해 지하실로 내려갔다.

4시 25분, 그는 심리과학부 사무실의 두꺼운 문을 밀고 들어갔다. 그는 한 손을 손잡이에 얹어 놓은 채 차분히 기다렸다. 교수들 중 하나가 그를 알아보았다. 동료들로부터 떨어져 나온 펫록 교수가 황급히 다가왔다.

"엘더먼 씨." 그가 말했다. "잘 오셨습니다. 어서 들어오세요."

"교수님, 혹시 분 박사가 아무 말씀 안 하셨나요?" 프레드가 물었다. "그러니까 내 말은……"

"아뇨, 아무 말 없었습니다. 자, 부담 갖지 마시고 이쪽으로 오시죠. 제가 동료들을…… 신사 숙녀 여러분, 주목해 주세요!"

프레드는 그들 틈에 끼어 어색하게 인사했다. 두려움에 가슴이 쿵쾅대고 신경이 바짝 곤두서 있었지만 그는 내색하지 않으려 애썼다.

"제가 조언 드린 대로 하셨나요?" 펫록이 큰소리로 물었다. "대학의 모든 학부를 차례로 둘러보셨어요?"

"아…… 네, 그랬어요."

"잘하셨습니다." 펫록 교수가 만족한 모습으로 고개를 끄덕였다. "준비가 완벽히 된 것 같군요. 신사 숙녀 여러분, 상상해 보십시오. 이 학교가 담고 있는 모든 지식의 총합을 말입니다. 그게 바로 이 한 사람의 머릿속에 들어가 있습니다!"

교수들은 회의적인 반응이었다.

"아뇨, 정말입니다. 이건 장난이 아닙니다!" 펫록이 말했다. "못미덥다면 직접들 물어 보시죠!"

프레드 엘더먼은 말없이 서서 펫록 교수가 방금 했던 말을 곱씹어 보았다. 대학 내 모든 지식이 내 머릿속에 담겨 있다고? 그럼 이제 여기서 얻을 건 없겠군.

이젠 어쩐다?

그때 질문 하나가 던져졌다. 그는 생기 없고 단조로운 톤으로 대답을 내놓았다.

"천오백만 년 후 태양은 어떻게 될까요?"

"태양이 현재 페이스로 천오백만 년 동안 열을 방출한다면 결국에는 그 전체가 복사열로 바뀌게 될 거예요."

"근음root tone이 뭔가요?"

"하모니 유닛을 이루는 톤들은 대개 제각각의 가치를 지니고 있습니다. 중요도도 다르고요, 소리의 통일체를 압도하는 톤들도 있어요. 그 뿌리는……"

대학 내 모든 지식이 그의 머릿속에 담겨 있었다.

"로마식 건축의 다섯 스타일은?"

"토스카나, 도리아, 코린트, 이오니아, 그리고 혼합 양식. 토스카나는 도리아의 간소한 버전이죠. 트리글리프*는 도리아 양식이고, 코린트의 특징은……"

적어도 이 학교에선 모르는 게 없어졌어. 머릿속이 온갖 잡다한 지식들로 가득 차 버렸다고. 어떻게 이런 일이?

"완충 능력?"

"용액의 완충 능력은 'dx/dpH'로 정의될 수 있습니다. 여기서 'dx'는 소량의 강산强酸이나 아니면……"

대체 왜?

"방금 전. 프랑스어로."

"일 니 아 크엉 앵스탕 Il n'y a qu'un instant."

질문은 끝없이 이어졌다. 흥분한 교수들은 고래고래 악까지 써댔다.

"문학은 무엇과 관계돼 있죠?"

"문학은 아이디어와 관계돼 있습니다. 왜냐하면 사회 속 인간에 대

* 세 줄기 세로로 홈이 진 무늬.

한 이야기이니까요. 그러니까 계통적 서술과 가치 평가는……"

대체 왜?

"기선 마스트 등에 대한 규칙은?" 그들이 웃음을 터뜨렸다.

"항해 중인 기선은 앞 돛대의 위나 앞에 마스트 등을 달아야 합니다. 앞 돛대가 없는 경우는 기선의 전면에 동쪽을 향하도록 걸어 둬야 하고요. 눈부신 하얀 불빛은 원래……"

더 이상 웃음은 터지지 않았다. 질문은 계속해서 던져졌다.

"3단식 로켓이 이륙하는 방식은?"

"3단식 로켓은 수직으로 이륙하게 돼 있습니다. 그러다가 동쪽으로 살짝 돌게 되죠. 그때 연료 정치가 시작되면서……"

"베르나도트 백작은 어떤 사람이었습니까?"

"석유의 부산물은 무엇이죠?"

"어느 도시가……?"

"어떻게 하면……?"

"무엇이……?"

"언제……?"

교수들의 테스트가 끝나자 길고 무거운 침묵이 찾아들었다. 감각을 잃은 그의 온몸이 덜덜 떨리고 있었다. 그는 이제 궁극의 지식마저 손에 넣게 된 것이었다.

그때 전화벨이 울렸다. 그 소리에 모두가 화들짝 놀랐다.

펫록 교수가 달려가 응답했다. "받아 보시죠, 엘더먼 씨."

프레드는 전화기 앞으로 다가가 수화기를 집어 들었다.

"프레드?" 에바가 말했다.

"위Oui."

"뭐라고?"

그가 움찔했다. "미안해, 에바. 나도 모르게 프랑스어가 튀어나왔어."

그는 아내가 마른침을 꿀꺽 삼키는 소리를 묵묵히 듣고 있었다. "프레드, 난…… 걱정이 돼서 전화했어. 왜 안 오는 거야? 당신 사무실에 전화했더니 찰리가……"

그는 교수들과의 미팅에 대해 들려주었다.

"오." 그녀가 말했다. "그럼 이따…… 저녁 시간에 맞춰 올 수 있어?"

궁극의 지식이 스멀스멀 끓어오르고 있었다.

"노력해 볼게, 에바. 아마 가능할 거야."

"걱정 많이 했어, 프레드."

그가 씁쓸하게 미소를 머금었다. "아무 걱정 할 거 없어, 에바."

그때 메시지가 그의 머릿속으로 불쑥 파고들었다. "안녕, 에바." 그는 수화기를 내려놓았다. "이만 가 봐야겠어요." 그가 펫록과 교수들에게 말했다.

그들의 대꾸는 그의 귀에 제대로 들어오지 않았다. 그에게는 오로지 캠퍼스를 신속히 벗어나야 한다는 일념뿐이었다.

의심에 찬 얼굴들을 헤쳐 나온 그는 황급히 복도를 걸어갔다. 그의 행동은 그의 말 만큼이나 무기력해져 있었다. 이해가 되지 않았다. 꼭 무언가에 홀린 기분이었다. 방금 전 그는 영문도 모른 채 새로 얻은 지식을 신나게 쏟아냈다. 그리고 지금은 알 수 없는 기운에 이끌려 긴 복도를 빠르게 걷는 중이었다.

그는 가쁜 숨을 몰아쉬며 로비를 빠르게 가로질렀다. 메시지가 말했다. **어서 와. 시간이 됐어.** 이것들, 이 모든 것들…… 누가 이런 걸 다 알고 싶어 할까? 세속적 지식에 대한 무한한 사실들을 말이야.

세속적 지식……

하마터면 그는 발을 헛디뎌 넘어질 뻔했다. 그는 계단을 달려 내려가 어스레함 속으로 파고들었다. 하늘에서 푸르스름한 하얀 불빛이 깜빡이고 있었다. 그 불빛은 나무와 건물들을 차례로 훑다가 마침내 그에게 닿았다.

겁에 질린 그는 바짝 얼어붙은 채 불빛을 응시했다. 그제야 그는 자신이 이 모든 잡다한 지식을 얻게 된 이유를 깨달았다.

파랗고 하얀 불빛은 귀청을 찢을 듯한 요란한 굉음을 내며 그를 비추고 있었다. 어둠이 내려앉은 캠퍼스 반대편에서 젊은 여자가 비명을 질렀다.

다른 행성에서의 삶은 가능할 뿐만 아니라 성공 확률도 높다. 마지막 한 마디가 그의 뇌리를 스쳤다.

몸에 닿은 불빛이 고스란히 반사되어 광원으로 돌아가 버렸다. 마치 피뢰침이 토해 낸 번개가 먹구름으로 되돌아가 세상을 칠흑 같은 어둠 속에 빠뜨려 버린 상황을 보는 듯했다.

노인은 몽유병 환자처럼 캠퍼스 잔디밭을 어슬렁거리다가 발견됐다. 그들은 그에게 말을 걸어 보았지만 남자의 혀는 굳어져 버린 듯했다. 그들은 하는 수 없이 그의 지갑을 꺼내 남자의 이름과 주소를 확인했다. 그리고 그를 집까지 데려다 주었다.

1년 후 어느 날 밤, 그의 아내는 화장실에서 스펀지를 손에 쥔 채서 있는 남편을 발견했다. 말을 다시 배운 그는 더듬거리며 직접 완성한 첫마디를 내뱉었다.

"프레드, 여기서 뭐하고 있어?"

"세상이 나를 꽉 쥐어짜 버렸어." 그가 말했다.

안에서 죽다
Now Die in It

전화가 걸려 왔을 때 그들은 주방에 있었다. 돈은 크림을 휘젓는 중이었다. 그가 회전식 교반기를 멈추고 아내를 돌아보며 말했다.

"당신이 받아 봐."

"알았어."

베티는 행주로 젖은 손을 말리며 식당으로 나갔다. 그녀는 전화 테이블 앞에 멈춰 섰다. "버터가 될 때까지 저으면 안 돼." 그녀가 주방에 대고 말했다.

"네, 네, 명심하겠습니다."

그녀가 살짝 미소를 지었다. 그리고 집어 든 수화기로 불그스름한 금발머리를 뒤로 넘겼다.

"여보세요."

"돈 타일러 있습니까?" 남자 목소리였다.

"아뇨." 그녀가 대답했다. "잘못 거신 것 같은데요."

남자가 기분 나쁘게 말했다. "아뇨. 그렇지 않아요."

"몇 번으로 거셨는데요?" 베티가 물었다.

남자가 요란하게 기침을 하자 베티가 얼굴을 찌푸리며 수화기를 귀에서 멀리 떼어 냈다.

"장난 그만하고," 남자가 거슬리는 목쉰 소리로 말했다. "빨리 돈 타일러를 바꿔요."

"죄송하지만……"

"그 친구가 남편입니까?" 남자가 그녀의 말을 끊었다.

"이봐요, 자꾸 이러면……"

"돈과 통화하고 싶다고 했지 않습니까." 남자의 언성이 살짝 높아졌다. 베티는 남자의 목소리가 갈라지는 걸 똑똑히 들을 수 있었다.

"잠깐만요." 그녀가 수화기를 테이블에 툭 떨어뜨리고는 다시 주방으로 돌아갔다.

"어떤 남자가 돈을 바꿔 달래." 그녀가 말했다. "돈 **타일러.**"

"그래?" 돈이 끙 앓는 소리를 내며 식당으로 향했다. "누군데?" 그가 어깨 너머로 물었다.

"나도 몰라." 베티는 초콜릿 푸딩에 크림을 바르기 시작했다.

식당에서 돈이 수화기를 들고 응답하는 소리가 들렸다. 그리고 잠시 침묵이 흘렀다. 그녀는 계속해서 윤이 나는 푸딩의 표면에 크림을 발라 나갔다.

"**뭐라고?**" 돈의 고함 소리에 그녀가 움찔했다. 그녀는 크림 그릇을 내려놓고 문간으로 다가갔다. 돈은 어스레한 식당에 서 있었다. 거실

램프 불빛이 그의 얼굴을 은은하게 비추었다. 그의 표정을 딱딱하게 굳어 있었다.

"이봐," 그가 말했다. "당신이 왜 이러는지는 모르겠지만……"

남자가 그의 말을 무례하게 끊어 버린 모양이었다. 베티는 발신자의 말에 집중하는 돈의 입이 씰룩이는 걸 지켜보았다. 그의 어깨도 들썩였다.

"당신 미쳤어?" 그가 미간을 찌푸리며 불쑥 말했다. "난 시카고에 가 본 적도 없단 말이야!"

베티는 먼발치에서도 수화기에서 흘러나오는 남자의 성난 목소리를 똑똑히 들을 수 있었다. 그녀가 식당 안으로 들어갔다.

"이봐." 돈이 설명했다. "내 말 똑똑히 들어. 응? 내 이름은 마틴이야. 타일러가 아니라고. 대체 지금 뭘…… **내 말 들어 보라니까,** 나는 당신이 찾는……"

남자가 또다시 그의 말을 끊었다. 돈은 어금니를 악물고 씩씩거렸다.

"**이봐.**" 그가 이번에는 살짝 겁먹은 톤으로 말했다. "지금 장난치고 있는 거라면……"

베티는 움찔하며 전화를 끊는 남편을 지켜보았다. 그가 얼떨떨한 표정으로 수화기를 보다가 크레이들에 내려놓았다. 그의 입은 살짝 벌어져 있었다.

"돈, 무슨 일이야?"

불쑥 터져 나온 아내의 목소리에 그가 화들짝 놀라며 돌아섰다. 그녀는 천천히 다가가 남편 앞에 섰다.

"돈?"

"모르겠어." 그가 웅얼거렸다.

"누구 전화야?"

"나도 모르겠어, 베티." 그가 신경질적으로 대답했다.

"그 사람이…… 뭐래?"

그는 덤덤한 표정으로 대답했다.

"나를 죽이겠대."

그녀는 떨리는 손으로 수건을 집어 들었다. "뭐라고 했다고?"

그는 말없이 아내를 빤히 보았다. 부부는 정적에 파묻힌 채로 한동안 그렇게 서 있었다. 한참 후, 그가 단조로운 톤으로 다시 말했다.

"하지만 대체 왜, 돈? 그가 왜 그러겠다는 거야?"

그가 천천히 고개를 저으며 초조하게 침을 삼켰다.

"장난이겠지?" 그녀가 물었다.

"장난처럼 들리진 않았어."

주방시계가 8시 30분이 됐음을 요란하게 알리고 있었다. "아무래도 경찰에 신고하는 게 좋겠어." 베티가 말했다.

그는 떨리는 호흡을 이어 나갔다.

"그러는 게 좋겠지?" 근심과 불안이 묻어나는 목소리였다.

"당신 사무실 직원 중 하나가 아닐까?" 그녀가 말했다. "당신도 알잖아. 그들이 늘……"

그녀는 남편의 암울한 표정을 통해 자신이 잘못 짚었음을 확인할 수 있었다. 그녀는 감각 잃은 손으로 수건을 꼭 움켜쥔 채 말없이 서 있었다. 마치 집 안의 모든 소리가 일제히 뚝 멎어 버린 듯했다.

"경찰에 신고부터 하자." 그녀가 언성을 살짝 높였다.

"그래."

"어서 걸어 봐." 그녀가 초조한 모습으로 말했다.

그제야 정신이 든 모양이었다. 그가 아내의 어깨를 토닥이며 희미하게 미소를 지어 보였다.

"알았어. 당신은 가서 그릇들을 마저 정리해. 신고는 내가 할 테니까."

주방 문 앞에 멈춰 선 그녀가 남편을 돌아보았다. "당신, 시카고에 가 본 적 없지? 그렇지?"

"당연하지."

"전쟁 중에도 가 본 적 없고?"

"가 본 적 없어."

그녀가 마른침을 한 번 삼켰다. "그들에게 얘기해. 그 사람이 오해한 것 같다고 말이야." 그녀가 말했다. "어떤 남자가 타일러를 바꿔달라고 했다고도 해. 당신 이름은 마틴인데. 그리고……"

"알았어, 베티, 알았다니까."

"미안." 그녀가 웅얼거리고는 다시 주방으로 사라져 버렸다.

그녀는 식당에서 들려오는 나지막한 목소리에 집중했다. 잠시 후, 수화기가 다시 내려졌다. 발소리. 그가 주방으로 들어왔다.

"경찰이 뭐래?" 그녀가 물었다.

"누군가의 짓궂은 장난일 거래."

"그래도 일단 출동은 하겠지? 안 그래?"

"아마도."

"아마도? 돈, 맙소사! 정말……" 두려움과 분노에 그녀는 말을 잇지 못했다.

"보나마나 올 거야."

"그가 그랬잖아. 당신을……"

"올 거라니까." 그가 말을 끊고 으르렁거렸다.

"부디 그랬으면 좋겠어."

다시 침묵이 찾아들었다. 그는 행주를 집어 들고 글라스의 물기를 닦기 시작했다. 그녀는 계속해서 접시를 닦고 헹군 후 선반에 차곡차곡 쌓아 나갔다.

"푸딩 먹을래?" 그녀가 물었다.

그는 고개를 저었다. 그녀는 푸딩 그릇을 냉장고에 집어넣었다. 그리고 냉장고 문을 붙잡은 채로 남편을 돌아보았다.

"정말 누구인지 모르겠어?"

"모른다고 했잖아." 그가 대답했다.

그녀의 입술이 씰룩였다. "빌리가 깨면 어떡해?" 그녀가 나지막이 말했다.

그는 찬장 쪽으로 돌아서서 글라스를 선반에 올려놓았다.

"미안." 그가 말했다. "나도 모르게 흥분해 버렸어. 이런 일을 매일 겪는 게 아니라서……" 그는 말끝을 흐리고 뻣뻣하고 어색한 동작으로 접시의 물기를 닦기 시작했다.

"잘 해결될 거야." 그녀가 말했다. "경찰이 곧 도착할 테니까."

"그래." 그가 확신 없는 톤으로 말했다.

그녀는 다시 하던 일로 돌아갔다. 주방에서 들리는 소리라고는 접시와 글라스와 은식기 들의 달그락거림뿐이었다. 밖에서는 11월의 찬바람이 거세게 불고 있었다.

돈이 갑자기 글라스를 거칠게 내려놓았다. 그녀의 숨이 턱 막혔다. 글라스에는 금이 가 있었다. "왜 그래?"

"문득 떠오른 생각이 있어." 그가 말했다. "어쩌면 놈은 모퉁이 약국에서 전화를 걸었는지도 몰라."

그녀가 무의식적으로 움직여 손의 물기를 닦았다. "우리 이제 어쩌지? 경찰이 제때 도착하지 않으면 말이야?"

그가 갑자기 식당으로 달려갔다. 그녀는 황급히 남편을 뒤쫓았다. 거실로 나온 그가 램프를 차례로 껐다. 그녀는 휙 돌아서서 왔던 길을 되돌아갔다. 그리고 허둥대며 주방 벽에 붙은 스위치를 내렸다. 형광등이 꺼지자 주방은 이내 칠흑 같은 어둠에 파묻혔다. 그녀의 몸이 덜덜 떨렸다. 그가 다시 주방으로 돌아왔다.

"경찰에 다시 연락해 봐." 그녀가 나지막한 목소리로 조심스레 말했다. 마치 남자가 가까운 곳에 숨어 엿듣고 있기라도 한 듯이.

"소용없어. 그들은……"

"그래도 걸어 봐."

"젠장, 위층 불!"

그가 부리나케 주방을 뛰쳐나갔다. 잠시 후, 카펫 깔린 계단을 맹렬히 달려 올라가는 발소리가 들려왔다. 그녀는 후들거리는 다리를 간신히 옮겨 다시 식당으로 나갔다. 위층에 오른 돈이 빌리의 방문을 살며시 닫고 있었다. 그녀는 계단 쪽으로 달려갔다.

그녀가 계단을 오르려는 순간 돈의 발소리가 뚝 멎었다.

누군가가 현관문 밖에서 초인종을 누르고 있었다.

돈이 내려왔다.

"그 사람일까? 그 사람일 것 같아?" 그녀가 물었다.

"모르겠어." 아내 옆에 바짝 붙어 선 그는 미동도 없었다.

"빌리가 깨면 어쩌지?"

"왜?"

"잠에서 깨면 요란하게 울어 델 테니까. 걔가 어둠을 얼마나 무서워하는지 당신도 알지?"

"가서 누군지 확인해야겠어." 돈이 말했다.

그는 발소리를 죽인 채 양탄자 깔린 거실을 빠르게 가로질렀다. 몇걸음 뒤따르던 그녀가 갑자기 멈칫했다. 그는 벽에 몸을 기댄 채 서서 창문 커튼 사이로 바깥을 살폈다. 가로등 불빛이 새어 들어와 벽돌 깔린 포치 바닥에 떨어졌다.

"보여?" 그녀가 최대한 목소리를 죽인 채 말했다. "그 사람이야?"

그는 어둠 속에서 무겁고 떨리는 숨을 내쉬었다. "그 사람이야."

그녀는 거실 한복판에 서 있었다. 마치 집 안의 모든 열기가 갑자기 증발해 버린 듯했다. 그녀의 몸이 또다시 바르르 떨렸다.

초인종은 계속 울려 댔다.

"경찰인지도 모르잖아." 그녀가 초조하게 말했다.

"아니. 경찰은 아니야."

그들은 잠시 입을 꼭 닫은 채 기다렸다. 마침내 초인종 소리가 멎었다.

"이젠 어쩔 셈이야?" 그녀가 물었다.

그는 대답이 없었다.

"만약 우리가 문을 열면 그가……?" 그녀의 남편이 끙 앓는 소리를 냈다. "그가 왜 그런 실수를 하겠어? 응?"

그가 깊은 숨을 한 번 들이쉬었다. "빌어먹을."

"왜 또?"

그는 현관문 쪽으로 이동했다. 순간 그녀의 뇌리를 스치는 생각. **문이 잠겨 있지 않아.**

돈은 몸을 숙여 신발을 벗었다. 그리고 발소리를 죽인 채 현관 홀로 들어섰다. 그녀는 눈을 질끈 감고 귀를 쫑긋 세웠다. 돈이 자물쇠 거는 소리를 밖에서 듣지 않았을까? 그녀의 목이 꿀렁거렸다. 경찰이 왔을 수도 있잖아. 돈은 어떻게 아니라고 확신하는 거지? 살인자가 피해자가 될 사람의 집 초인종을 누르는 경우가 있나?

그때 앞창 밖에서 안을 들여다보는 검은 형체가 그녀의 눈에 들어왔다. 그녀는 순간 바짝 얼어붙어 버렸다.

돈이 다시 돌아왔다. "아무래도 그가⋯⋯"

"쉿!"

그가 입을 닫고 거실 창문 쪽으로 시선을 돌렸다. 마치 검은 형체에 대해 진작 알고 있었다는 듯이. 정적 속에서 베티는 남편의 마른 침 삼키는 소리를 똑똑히 들을 수 있었다.

마침내 그림자가 창문에서 떨어져 나갔다. 베티는 그제야 자신이 숨을 참고 있다는 사실을 깨달았다. 그녀는 떨리는 가슴을 달래며 길게 숨을 내쉬었다.

"가서 총을 가져와야겠어." 돈이 허스키한 목소리로 말했다.

그 말에 그녀가 흠칫 놀랐다. "총을?"

"제대로 작동했으면 좋겠는데. 너무 오랫동안 관리를 하지 않아서."

돈이 아내를 지나쳐 걸어 나갔다. 그녀는 마비가 된 사람처럼 서서 계단을 오르는 남편의 발소리를 들었다.

위층에서 빌리의 울음소리가 들려 왔다.

그녀는 황급히 주방을 빠져나와 계단으로 향했다. 그녀의 시선은 주방에 고정돼 있었고, 귀는 돈을 죽이려는 남자가 안으로 진입하려 애쓰는 소리에 집중돼 있었다.

하마터면 그녀는 벽에 찰싹 달라붙은 채 계단을 내려오는 남편과 충돌할 뻔했다.

"뭐 하는 거야?" 그가 신경질적으로 물었다.

"빌리한테 가 보려고."

어둠 속에서 무언가가 딸깍거렸다. 돈이 군대에서 썼던 자동 권총의 공이치기를 젖힌 것이었다.

"당신을 죽이려 한다는 것도 경찰에 얘기했어?"

"당연하지."

"그런데 왜 아직 코빼기도 안 보이고 있는 거지?"

순간 그녀의 숨이 턱 막혔다. 남자가 뒤창을 깨고 들어왔기 때문이었다.

그녀는 입을 꼭 다문 채 주방 리놀륨 바닥에 뿌려진 유리 파편 소리에 귀를 기울였다.

"이젠 어쩌지?" 그녀의 속삭임이 어둠을 뒤흔들었다.

아내로부터 떨어져 나온 그는 소리 없이 계단을 내려갔다. 그리고 맨발로 양탄자 깔린 바닥을 디뎌 식당을 가로질렀다. 남자가 창문을 넘어 들어온 사실을 확인한 그녀는 손이 아파 올 때까지 계단 난간을 꽉 움켜쥐고 있었다.

바로 그때 섬뜩한 소리와 함께 그녀의 시야가 확 밝아졌다.

남자가 주방 불을 켠 모양이었다. 벽에 달라붙어 있던 돈이 튀어나와 주방 안의 무언가에 총을 겨누었다. "총 버려!" 하지만 이내 총성이 울렸고, 거실에서 무언가가 박살 나는 굉음이 뒤따랐다.

맥이 풀린 베티는 그대로 계단에 주저앉아 버렸다. 돈의 손에서 발사되지 않은 권총이 툭 떨어졌다. 그녀는 난간 사이로 주방에서 쏟아져 나오는 불빛을 온몸으로 받고 서 있는 남편을 지켜보았다.

주방 안에서 남자의 웃음소리가 흘러나왔다.

"됐어." 그가 말했다. "이제야 네놈을 잡았어."

"안 돼요!" 그녀가 반사적으로 외쳤다. 돈은 하얗게 질린 얼굴로 그녀를 올려다보고 있었다. 주방을 나온 남자의 시선도 그녀에게로 돌아갔다.

"불 켜." 남자가 돈에게 말했다. 그의 목은 잠긴 듯했다. 그의 입에서 흘러나오는 모든 단어가 걸쭉하고 희미하게 들렸다.

잠시 후, 식당에 불이 켜졌다. 베티는 긴 검은 머리에 창백한 얼굴을 가진 남자를 응시했다. 그의 트위드 양복은 말쑥함과는 거리가 멀었고, 단추가 목까지 채워진 조끼에는 달걀 얼룩이 묻어 있었다. 갈고리를 연상시키는 손에는 검은 리볼버가 쥐여 있었다.

"내려와." 그가 그녀에게 말했다.

그녀는 계단을 내려갔다. 남자는 돈이 떨어뜨린 권총을 발로 멀리 차 버린 후 뒷걸음질 쳐 주방으로 들어갔다.

"둘 다 이리로 들어와." 그가 지시했다.

형광등 불빛 아래서 남자의 얽은 얼굴은 더 창백하고 암울해 보였다. 뒤집힌 그의 입술 안으로 이가 드러나 있었다. 그는 코를 훌쩍이며 연신 헛기침을 해 댔다.

"이제야 널 잡았어." 그가 다시 말했다.

"당신이 오해한 거예요." 베티가 용기를 내어 말했다. "착오가 있었던 거라고요. 우리 성은 마틴이에요. 타일러가 아니라."

남자는 그녀의 말을 무시했다. 그의 시선은 돈에게서 떨어질 줄 몰랐다.

"이름을 바꾸면 내가 찾지 못할 줄 알았나? 응?" 그가 눈을 번뜩이며 말했다. 기침을 하자 가슴이 들썩였다. 볼록하게 부푼 볼에는 빨간 점들이 돋아나 있었다.

"당신이 착각한 거요." 돈이 나지막이 말했다. "내 이름은 마틴이오."

"옛날엔 아니었잖아. 안 그래?" 남자가 목쉰 소리로 말했다.

베티가 돈을 흘끔 돌아보았다. 그의 얼굴에는 멍한 표정이 떠올라 있었다. 그녀 안에서 오싹한 기운이 꿈틀거렸다.

"난 당신이 무슨 말을 하고 있는지 모르겠소." 돈이 말했다.

"장난 그만 쳐!" 남자가 으르렁거렸다. "한창 잘나갈 땐 마냥 좋기만 했지? 그렇지, 도니? 하지만 상황이 여의치 않아지니 잽싸게 태세 전환을 해 버리더군. 이 개자식……"

그녀는 차마 입을 열 수가 없었다. 그녀의 시선이 남자와 돈의 얼굴을 번갈아 훑었다. 그녀의 머릿속에서는 열 개가 넘는 시나리오가 한 데 뒤섞여 맴도는 중이었다. 왜 돈이 아무 말 없는 거지?

"그들이 우리에게 무슨 짓을 했는지 알아?" 남자가 덤덤한 톤으로 말했다. "그들이 뭘 했는지 아느냐고! 우리를 10년 동안 감옥에 가둬 뒀어. 10년 동안!" 그가 기분 나쁜 미소를 지어 보였다. "하지만 네겐 아무 일도 없었지, 도니. 너만 자유의 몸으로 풀려났다고."

"돈." 베티가 말했다. 그는 그녀를 돌아보지 않았다.

"나중에 알아보니 결혼까지 했더군." 남자가 말했다. 총을 쥔 손이 바르르 떨렸다. "결혼! 도대체 이게 말이나……"

격한 기침에 그의 몸이 잠시 진동했다. 눈에 눈물이 차오르자 그가 황급히 뒤로 물러났다. 테이블과 충돌한 그는 다리를 넓게 벌리고 서서 총을 앞으로 내밀었다. 또 다른 손으로는 창백한 볼에 흐르는 눈물을 훔쳐냈다.

"**물러나.**" 그가 경고했지만 그들은 움직이지 않았다. 그의 눈은 휘둥그레졌고, 얼굴은 딱딱하게 굳어 갔다. "널 죽여야겠어." 그가 말했다. "죽이겠다고."

"이봐요, 당신……" 돈이 다시 입을 열었다.

"닥쳐!" 남자가 빽 소리쳤다.

그는 입을 닫고 까만 눈으로 식당과 계단을 차례로 살폈다. 또다시 빌리의 울음소리가 들려 왔다.

"아이도 있었군." 남자가 천천히 말했다.

"**안 돼요.**" 베티가 불쑥 말했다. 방금 전 남편을 죽이겠다고 한 남자는 이제 그녀의 아들에게 불경스러운 관심을 보이고 있었다.

"아주 잘됐어." 남자가 말했다. "당한 만큼 네놈에게 갚아 줄 거야."

그녀는 창백해진 남편의 얼굴을 보았다. 돈이 불안하게 흔들리는 목소리로 말했다. "그게 무슨 뜻이지?"

"식당으로 들어가." 남자가 말했다.

그들은 뒷걸음질 쳐 옆방으로 들어갔다. 그들의 눈은 남자의 얽은 얼굴에서 떨어지지 않았다. 베티의 가슴은 주체가 안 될 만큼 쿵쾅거렸다. 아이의 울음소리에 그녀의 몸이 덜덜 떨렸다.

"당신 설마……"

"위층으로 올라가." 남자가 다시 격하게 기침을 했다.

돈의 손이 그녀의 왼쪽 팔뚝을 움켜잡았다. 순간 베티의 몸에 살짝 경련이 일었다. 그녀가 멍한 얼굴로 남편을 돌아보았지만 그의 시선은 돌아오지 않았다. 그는 계단을 오르지 못하도록 아내를 붙잡고 있었다.

"내 아이를 건들지 마." 그가 허스키한 목소리로 말했다.

남자가 권총으로 떠밀자 돈이 한 걸음 물러났다. 베티는 남편에게 바짝 다가가 섰다. 그들은 나란히 계단을 오르기 시작했다. 베티의 마음속 깊은 곳에서 공포가 꿈틀거리고 있었다.

"심슨, 그냥 날 죽여." 돈이 갑자기 애원했다. "내 아들은 건드리지 말고."

돈이 저 사람 이름을 어떻게 알지? 베티는 축 늘어진 몸을 벽에 기댔다. 저 남자 얘기가 사실이었어. 전부 다 말이야.

"제발 부탁이야!" 돈이 말했다.

"제발?" 남자가 그에게 빽 소리쳤다. "난 지난 12년간 네놈을 추적했어. 그중 10년은 감방에서 흘려보냈고, 2년은 출소 후 네 행방을 찾아 헤매는 데 써 버렸지."

갑자기 그의 얼굴이 씰룩거렸다. 격한 기침도 계속 이어졌다. 그가 계단 난간을 향해 왼손을 뻗었다.

순간 돈이 튀어 올랐다.

총성이 울리고, 베티의 목에서 비명이 터져 나왔다. 돈과 남자는 그녀 바로 밑 계단에서 서로 엉겨 붙은 채 사투를 벌이고 있었다. 돈은 극심한 통증을 참지 못하고 괴성을 질렀다. 그의 셔츠와 계단에 깔린 초록색 카펫이 피로 물들고 있었다.

그녀의 휘둥그레진 눈이 남자의 증오로 가득 찬 남자의 얼굴에 고정됐다. 마치 보이지 않는 나사가 서서히 조여지듯 딱딱히 굳은 그의 얼굴의 피부는 점점 팽팽해지고 있었다. 두 남자는 서로의 얼굴에 대고 가쁜 숨을 몰아쉬기만 할 뿐 아무 소리도 내지 않았다. 권총을 차지하기 위해 법석을 떠는 그들의 손은 그녀의 시야 밖에 머물러 있었다.

고막을 찢을 듯한 굉음이 다시 들렸다.

두 남자는 허리를 곧게 편 채 서서 서로를 노려보았다. 남자의 열린 입에서 흐른 침이 까칠한 그의 턱을 타고 뚝뚝 떨어졌다. 그가 층계참에 픽 고꾸라졌다. 생기 잃은 눈은 부부를 빤히 올려다보고 있었다.

베티는 오랫동안 움직이지 않았다.

한참 후, 그녀는 홀로 돌아가 잽싸게 문을 닫았다. 그런 다음, 화장실에 들어가 구급상자를 챙겨 나왔다.

돈은 계단 중간 부분에 앉아 있었다. 머리를 감싸 쥔 그의 두 손은 피로 흥건히 젖어 있었고, 팔꿈치는 무릎에 얹어져 있었다. 그는 계단을 내려오는 아내를 돌아보지 않았다.

그녀는 남편 편에 앉아 그의 어깨와 팔에 붕대를 감아 주었다.

"아파?" 그녀가 기운 빠진 목소리로 물었다.

그는 고개를 저었다.

"이웃들이 총 소리를 들었을까?" 그녀가 말했다.

"들었겠지. 경찰에 신고하는 게 좋겠어."

붕대 위를 분주히 오가던 그녀의 손이 뚝 멎었다. "아까 당신, 신고 안 했지? 그렇지?"

"응."

그가 고개를 들지 않은 채 천천히 말했다.

"어릴 적에," 그가 말했다. "열여덟, 열아홉 살 때 난 시카고에서 부정한 돈벌이를 했어." 그의 시선이 죽은 남자에게로 돌아갔다. "심슨도 그때 나랑 같이 일을 했지. 저 친구는 성질이 급했고, 광기까지 있었어."

그의 고개가 앞으로 푹 숙여졌다. "경찰이 쳐들어 왔을 때 난……" 그가 지친 모습으로 길게 숨을 내쉬었다. "난 너무 무서웠어. 그래서 그대로 달아나 버렸지. 그땐 정말 아무 생각이 없었다고. 그 어린 나이에 내가 뭘 알았겠어? 그래서 뒤도 돌아보지 않고 도망쳐 버렸던 거야."

그녀는 지난 9년간 한 지붕 아래서 함께 살아 온 남자에 대해 아는 게 거의 없었다.

"그 후로 어떻게 됐는지 짐작이 되지? 난 이름부터 바꿨어. 그리고 그때부터 정직하고 선하게 살려고 애썼지. 과거는 깨끗이 잊고 말이야." 그가 패배한 듯이 고개를 저었다. "저 친구가 날 어떻게 찾아냈는지 모르겠어." 그가 마른침을 한 번 삼켰다. "하지만 지금 와서 이런 게 다 무슨 소용이야? 어서 경찰에 신고해. 옆집에서 먼저 연락하기 전에."

그녀는 붕대를 마저 감고 나서 몸을 일으켰다. 그녀는 피투성이가 된 남자를 내려다보지 않으려 애쓰며 계단을 조심스레 내려갔다.

그녀는 수화기를 집어 들고 교환원을 찾았다. "경찰에 연결해 줘요." 그녀가 말했다. 그녀는 기다리는 동안 돈의 창백한 얼굴을 바라보았다. 그는 계단 난간 사이로 그녀를 지켜보고 있었다. 그는 잘못을 저지르고 끌려 온 어린 학생처럼 잔뜩 겁먹은 표정이었다.

"13번 관할구 경찰서입니다." 응답한 남자의 목소리가 말했다.

"총기 사건을 신고하려고요." 베티가 말했다.

남자는 그녀가 불러 주는 주소를 받아 적었다. 베티의 시선이 체념한 표정을 짓고 있는 돈에게로 돌아갔다.

"어떤 남자가 집으로 쳐들어 왔어요." 그녀가 말했다.

"아니." 돈이 말했다. "사실대로 말해 줘."

"그래요." 그녀가 말했다. "전에 본 적 없는 사람이에요. 그냥 빈집털이였나 봐요. 집에 불을 다 꺼져 있었거든요. 그때 우린 텔레비전을 보고 있었는데 아마도 범인이 빈집으로 착각했던 모양이에요."

축 늘어진 채 앉은 돈은 눈을 감고 아내의 목소리에 귀를 기울였다. 그녀는 경찰에게 구급차를 대동하고 와 줄 것을 요청했다. 전화를 끊은 그녀가 남편을 내려다보았다.

"잘했어." 그가 웅얼거렸다.

그의 붕대는 어느새 피로 흥건히 젖어 있었다. 베티는 옷장에서 깨끗한 수건을 가져왔다. 그리고 남편 옆으로 다가가 앉아 수건을 그의 어깨에 대 주었다. 피가 멎자 그녀는 다시 일어나 빌리의 방으로 들어갔다. 그녀는 아이를 품에 안고 살살 흔들었다.

돈은 아래층에 홀로 앉아 경찰이 도착해 시체를 거두어 갈 때까지 조용히 기다렸다.

정복자
The Conqueror

1871년 어느 날 오후, 그랜트빌로 향하는 역마차에는 승객이 둘뿐이었다. 마차는 이글거리는 텍사스 태양 아래서 연신 덜거덕대며 먼지가 자욱한 길을 달려가는 중이었다. 내 맞은편에는 젊은 남자가 앉아 있었다. 그의 한 손은 바짝 말라 딱딱해진 가죽 좌석에 얹어져 있었고, 또 다른 손은 검은색의 작은 가방을 쥐고 있었다.

그는 열아홉이나 스무 살쯤 돼 보였다. 연약해 보이는 그는 체크무늬 플란넬 셔츠 차림이었고, 짙은 색 넥타이는 장식핀으로 고정돼 있었다. 도시에서 온 게 틀림없었다.

두 시간 전, 오스틴을 출발한 후로 나는 줄곧 그의 무릎에 놓인 가방의 정체가 궁금했다. 그의 담청색 눈은 틈날 때마다 문제의 가방을 내려다보았다. 그리고 그럴 때마다 그의 가느다란 입술이 씰룩였다.

그것이 미소를 짓는 것인지 아니면 인상을 쓰는 것인지는 알 길이 없었지만. 그의 옆자리에는 또 다른 검은 가방이 놓여 있었다. 무릎 위 가방보다는 조금 큰 것이었다. 그는 그것에 별 관심을 두지 않았다.

나는 원래 수다스러운 타입이 아니다. 하지만 나이가 들면서 대화를 적당히 즐기게 됐다. 그래도 그날 마차에서는 그에게 말을 걸지 않았다. 그도 마찬가지였고. 나는 한 시간 반 동안 들고 씨름하던 오스틴 신문을 먼지 덮인 옆자리에 내려놓았다. 내 시선은 또다시 작은 가방으로 돌아가 있었다. 그의 가느다란 손가락은 뼈로 만든 손잡이를 꼭 쥐고 있었다.

나는 그 안에 무엇이 담겨 있을지 궁금했다. 어쩌면 그건 청년의 얼굴이 내 아들들, 루나 타일런을 연상시켰기 때문이었는지도 몰랐다. 어쨌든 나는 신문을 다시 집어 들고 그의 앞으로 내밀었다.

"이거 읽겠나?" 스물네 개의 말발굽이 만들어 내는 소음과 마차의 삐걱대는 소리 너머로 내가 물었다.

그는 고개를 한 번 저었다. 미소가 없는 입은 더 굳게 다물어졌다. 또래 청년들의 얼굴에서 보기 힘든 표정이었다. 그 나이에는 비통함이나 단호한 결의에 찬 표정을 잘 짓지 못한다. 미소와 웃음을 짓는 데만도 바쁘기 때문이다. 나쁜 일을 쉽게 잊는 습성 때문이기도 하고. 어쩌면 그래서 더 그 청년이 특이하게 보였는지도 몰랐다.

"난 다 봤어." 나는 말했다.

"정말 괜찮습니다." 그가 퉁명스럽게 말했다.

"재밌는 기사가 실렸어." 나는 폭주하는 혀를 막지 못했다. "멕시코 놈들이 웨슬리 하딘을 쐈다더군."

그 말에 청년이 가방에서 눈을 떼고 나를 빤히 응시했다. 하지만 그의 시선은 이내 다시 가방으로 돌아갔다.

"물론 난 믿지 않네." 나는 말했다. "세상에 존 웨슬리를 그렇게 만들 수 있는 사람은 없어."

청년은 대꾸가 없었다. 나는 덜컥거리는 좌석에 등을 기댄 채 노골적으로 내 눈을 피하는 청년을 지켜보았다.

나 자신을 통제할 수가 없었다. 어째서 늙으면 말이 많아지는 걸까? 노년이 초라해지는 게 두려워서일까? "가방에 금덩이라도 감춰놓은 모양이지? 그토록 공들여 지키는 걸 보면 말이야."

그제야 그의 얼굴에 미소가 머금어졌다. 비록 성의는 느껴지지 않았지만.

"아뇨, 금덩이가 아닙니다." 청년이 말했다. 그의 야윈 목이 잠시 꿀렁거렸다.

나는 미소를 흘리며 계속 밀어붙였다.

"그랜트빌로 가나?"

"네, 그렇습니다." 말씨를 들어 보니 남부 출신은 아닌 듯했다.

나는 입을 닫았다. 그리고 숨 막히는 희부연 염기성 흙먼지 너머로 한없이 펼쳐진 평지를 내다보았다. 황무지 곳곳에는 새하얀 덤불이 드문드문 돋아나 있었다. 나도 모르게 바짝 긴장이 됐다. 정복자를 앞에 두었을 때 우리 남부 사람들이 반응하듯이.

하지만 자부심보다 훨씬 강한 것이 있다. 바로 고독이다. 그것이 나로 하여금 청년을 다시 보게 만들었다. 그를 보고 있노라니 자꾸만 샤일로 전투에서 목숨을 잃은 내 두 아들이 떠올랐다. 이 땅 반대편 출신이라는 이유만으로 청년을 증오할 수는 없었다. 내 비록 남부 연합에 남다른 긍지를 갖고 있었지만 증오에는 영 소질이 없었다.

"그랜트빌에 정착하려고?" 나는 물었다.

순간 청년의 눈이 번뜩였다. "오래 머물진 않을 겁니다." 가방을 움켜쥔 그의 손가락에 점점 더 힘이 들어갔다. 그가 불쑥 말했다. "이 안에 뭐가 들었는지 보고 싶으세요? 그럼……"

그가 말을 멈추고 입을 꼭 다물었다. 괜한 말을 꺼낸 자신에게 단단히 화가 난 모양이었다.

충동적으로 튀어나온, 그리고 중간에 멎어 버린 그의 제안을 어떻게 받아들여야 할지 알 수 없었다.

난감해 하는 내 반응을 살피던 청년이 다시 입을 열었다. "아니에요. 이런 것엔 관심 없으실 거예요."

그렇지 않다고 받아치고 싶었지만 웬일인지 입이 떨어지지 않았다.

암석 많은 구간에 접어든 마차가 심하게 요동쳤다. 청년은 다시 좌석에 등을 기댔다. 먼지 섞인 후끈한 바람이 내가 앉은 쪽 열린 창문으로 들어왔다. 청년은 우리가 오스틴을 출발한 직후부터 자기 쪽 창문에 커튼을 드리워 놓았다.

"우리 마을에 무슨 볼일이라도 있나?" 나는 코를 풀고 눈과 입 주변을 손으로 훔치며 물었다.

그가 몸을 앞으로 살짝 기울였다. "그랜트빌에 사십니까?" 그는 마부 젭 노울스가 말들에게 가죽 채찍을 휘둘러 대는 소리 너머로 언성을 높였다.

나는 고개를 끄덕였다. "거기서 식료품 잡화점을 하고 있네." 나는 미소를 흘리며 말했다. "큰아들을 만나러 북부에 다녀오는 길이야."

그는 내 대답을 듣지 못한 듯했다. 그의 얼굴에는 그 어느 때보다도 진지한 표정이 떠올라 있었다.

"한 가지 여쭤 볼게요." 그가 말했다. "마을에서 가장 빠른 총잡이가 누굽니까?"

뜻밖의 질문에 나는 흠칫 놀랐다. 왠지 단순한 호기심에서 비롯된 질문은 아닌 것 같았다. 청년은 내 답변이 무척 궁금한 모양이었다. 창백한 두 손은 작은 검은색 가방의 손잡이를 꽉 쥐고 있었다.

"총잡이?" 나는 물었다.

"네. 그랜트빌에서 가장 빠른 사람이 누구죠? 하디인가요? 그 사람, 거기 자주 나타납니까? 아니면 롱리인가요? 그들이 마을에 온 적 있어요?"

순간 나는 청년에게 무언가 이상한 구석이 있음을 깨달았다. 그의 얼굴에 떠오른 의욕에 찬 표정도 자연스러운 수준을 훌쩍 넘어선 상태였다.

"솔직히 난 그런 건 잘 모른다네." 나는 말했다. "비록 사납고 시끄러운 곳이지만 나를 비롯한 모두가 좋지 않은 일에 휘말리지 않도록 애쓰며 살고 있네."

"그럼 하딘은요?"

"글쎄, 그것도 잘 모르겠는데." 나는 말했다. "언젠가 그가 캔자스에 산다는 얘길 듣긴 했네만."

청년의 표정에서 간절함과 진심 어린 실망감이 묻어났다.

"오." 그가 어깨를 살짝 늘어뜨리며 말했다.

그가 이내 고개를 번쩍 들었다. "하지만 마을에 다른 총잡이들도 있겠죠?" 그가 말했다. "위험한 남자들 말입니다."

나는 그를 잠시 응시했다. 계속 신문이나 훑고 있을걸. 괜히 말을 걸었어. "그런 놈들이 있기는 하지." 나는 퉁명스럽게 말했다. "피폐해진 남부 도시들이 다 그렇지 않던가?"

"그랜트빌에도 보안관이 있습니까?" 청년이 물었다.

"있고말고." 나는 말했다. 하지만 클릿 보안관이 단지 허수아비에 불과하다는 설명은 굳이 덧붙이지 않았다. 그는 제 그림자에도 놀라는 겁쟁이였다. 그런 그가 지금껏 보안관 자리를 지켜올 수 있었던 것은 순전히 군郡 책임자들이 너무 멀리 살고 있기 때문이었다. 자신들이 지명한 보안관이 얼마나 무능한지 직접 와서 봤어야 하는데.

물론 청년에게는 그 사실도 들려주지 않았다. 살짝 불안해진 나는 입을 닫아 버렸고, 우리 사이로는 어색한 침묵이 내려앉았다. 나는 골똘한 생각에 잠겨 있었다. 청년도 자신만의 요상하고 마구 뒤틀린 생각에 흠뻑 빠져 있는 듯했다. 그는 가방을 내려다보며 손가락으로 손잡이를 만지작거렸다. 마차가 요동칠 때마다 그의 자그마한 가슴이 부풀었다 꺼지기를 반복했다.

빠르게 돌아가는 두꺼운 바퀴살은 요란하게 삐걱거리고, 또 달가닥거렸다. 마부의 고함과 뽀얀 먼지구름을 헤치고 달려 나가는 말들의 발굽 소리도 쉴 새 없이 들려 왔다. 먼발치 오르막 너머로 그랜트빌의 건물들이 속속 모습을 드러냈다.

청년이 마을에 도착한 것이다.

전후 시대 그랜트빌은 텍사스의 여느 마을들과 다르지 않았다. 무법지대와 정착지 사이에 자리한 림보*. 먼지 덮인 거리로 들어서면

* Limbo, 천국도 지옥도 아닌 저승의 한 형태. 연옥Purgatory과는 조금 다른 개념이다.

누구나 패배감에 몸서리를 쳤다. 공기에서는 그들의 깊은 분노가 감지됐다. 점령군에 대한 분노, 민중을 선동하는 북부인들에 대한 분노, 그리고 자신들과 주변인들에 대한 분노. 죽음의 위협은 사방에 도사리고 있었고, 피로 물든 먼지는 붉은색을 띠고 있었다. 나는 이런 곳에서 소화도 시키기 전에 속속 죽어 가는 이들에게 음식을 팔았다.

젭이 블루 벅 호텔 앞에 마차를 세운 후로 청년은 몇 시간 동안 자취를 감춰 버렸다. 그는 두 개의 가방을 꼭 끌어안은 채 길을 건너가 호텔 앞 계단을 올라갔다.

친구들이 우르르 몰려와 맞아 주는 바람에 나는 그에 대해 까맣게 잊게 됐다.

나는 그들과 한동안 수다를 떨고 나서 가게로 향했다. 가게는 깔끔하게 정리된 상태였다. 나는 지난 삼 주 동안 가게를 봐 준 머턴 윈스롭을 칭찬한 후 집으로 가 목욕을 하고 새 옷으로 갈아입었다.

오후 4시경, 나는 넬리 골드 살롱의 문을 열고 들어갔다. 나는 과음을 즐기는 타입이 아니다. 그냥 서늘한 구석 테이블에 앉아 위스키를 홀짝이는 걸 좋아할 뿐이다. 시간을 죽이는 데 이보다 좋은 방법은 없다.

그날 오후, 나는 바텐더 조지 P. 셔너시와 몇 마디 나눈 후 내 자리로 향했다. 쉴 새 없이 재잘대는 손님들과 포커 게임이 한창인 뒷방에서 들려오는 칩 나뒹구는 소리. 백일몽에 빠져들기에 완벽한 환경이었다.

그때 술집 문을 열고 청년이 들어왔다.

처음에는 알아보지 못했다. 그는 더 이상 마차에서 봤던 옷차림이 아니었다. 놀랍다. 같은 사람이 저토록 달라 보일 수 있다니! 그는 도시적인 플란넬 셔츠 대신 진주 단추가 달린 브로드* 셔츠 차림이었고, 플란넬 바지 대신 몸에 꽉 붙는 짙은 색 바지를 걸치고 있었다. 굽 높고 광이 나는 부츠는 그의 종아리까지 올라와 있었다. 머리에 씌워진 챙 넓은 모자가 그의 험한 얼굴에 그림자를 드리웠다.

그의 부츠 굽이 요란한 소리를 내며 바닥에 내디뎌졌다. 그가 바에 거의 다다랐을 때 나는 비로소 그를 알아볼 수 있었다. 그가 작은 검은색 가방에 무엇을 담아 두었던 건지도 짐작이 됐다.

그의 앙상한 허리에는 건벨트가 낮게 둘러져 있었고, 두 개의 권총집에는 콜트 44구경 권총이 하나씩 꽂혀 있었다.

나는 확 달라진 그를 한동안 지켜보았다. 그랜트빌 남자들 중에서 권총을 두 개씩 차고 다니는 사람은 많지 않았다. 마을에 갓 도착한 호리호리한 도시 놈에게는 더더욱 어울리지 않은 모습이었다.

머릿속에서 그가 던졌던 질문들이 맴돌고 있었다. 주체할 수 없을 만큼 손이 덜덜 떨리기 시작하자 나는 황급히 글라스부터 내려놓았다.

넬리 골드의 다른 손님들은 청년을 흘끔 보다가 이내 시선을 돌려 버렸다. 조지 P. 셔너시가 미소를 흘리며 고개를 들었다. 그는 습관적으로 티 하나 없이 깨끗한 마호가니 바의 표면을 문질러 대며 청년의 주문을 받았다.

"위스키." 청년이 말했다.

"브랜드는?" 조지가 물었다.

"아무거나 상관없어요." 청년이 모자 뒤를 살짝 눌러 챙을 높였다.

---

* 면, 레이온, 명주 또는 그것들의 혼방으로 광택이 나는 폭이 넓은 셔츠나 드레스의 옷감.

세심하게 계획된 행동 같아 보였다.

황색 액체가 앞에 놓이자 청년이 입을 열었다. 나는 그가 어떤 질문을 던지려는지 대충 짐작할 수 있었다.

"이 마을에서 가장 빠른 총잡이가 누구죠?"

조지가 고개를 들었다. "뭐라고?"

청년이 다시 한번 물었다. 그의 얼굴은 무표정했다.

"반듯해 보이는 친구가 그런 건 왜 묻나?" 조지가 마치 아들을 대하듯 말했다.

청년의 볼은 드럼에 씌운 가죽처럼 팽팽해지고 있었다.

"내가 물어봤잖아요." 그가 신경질적인 톤으로 말했다. "어서 대답이나 해요."

신나게 수다를 떨던 손님 두 명이 대화를 멈추고 그를 돌아보았다. 테이블에 얹어 놓은 내 두 손은 점점 차가워져 갔다. 청년의 목소리에서는 잔혹함이 묻어났다.

하지만 조지의 얼굴은 늘 그렇듯 정감이 어려 있었다.

"대답 안 할 겁니까?" 청년이 말했다. 그는 내민 두 손을 다시 거두고 바 가장자리를 꼭 잡아 쥐었다.

"자네 이름이 뭔가?" 조지가 물었다.

청년의 꼭 다물린 입은 열리지 않았다. 모자의 챙 아래서 그의 눈이 차갑게 번뜩였다. 그의 입가에는 희미한 미소가 머금어져 있었다. "내 이름은 라이커입니다." 그가 의기양양하게 말했다. 그 생소한 이름이 우리 모두를 공포에 떨게 할 거라 예상한 모양이었다.

"이봐, 라이커 씨, 왜 뜬금없이 마을에서 가장 빠른 총잡이가 누군지 묻는 건가?"

"누구냐니까요!" 라이커의 입가에서 미소가 사라졌다. 갑자기 어두워진 그의 표정에서 강경함이 묻어나왔다. 뒷방에서 포커를 치던 세 남자 중 하나가 열린 문틈으로 살롱을 내다보고 있었다.

"아무래도," 조지가 미소를 흘리며 말했다. "클릿 보안관을 우선 꼽아야겠지. 내 생각엔 그가⋯⋯"

그의 표정이 갑자기 바뀌었다. 권총이 자신의 가슴에 겨누어졌음을 깨달은 것이다.

"거짓말 말아요." 라이커가 이를 갈며 말했다. "이 마을 보안관이 인간말짜라는 거 알아요. 호텔 직원에게 들었단 말이에요. 난 솔직한 답을 원해요."

그가 자신의 의지를 증명하려는 듯 권총의 공이치기를 당겼다. 조지의 얼굴이 창백해졌다.

"이봐, 라이커, 자넨 지금 큰 실수를 저지르고 있는 거야." 그가 말했다. 긴 총열이 가슴에 닿자 그는 주춤 물러났다.

라이커의 입은 분노로 씰룩거렸다. "이제 제대로 된 답을 기대해도 되겠습니까?" 잔뜩 화가 난 그가 사춘기 아이처럼 잠긴 목소리로 말했다.

"셀커크." 조지가 잽싸게 말했다.

그제야 청년이 권총을 거두었다. 그의 입가에 또다시 미소가 머금어졌다. 그는 초조한 눈으로 주위를 찬찬히 훑다가 구석에 앉은 나를 알아보았다. 그의 차가운 파란 눈이 다시 조지에게로 향했다.

"셀커크." 그가 말했다. "성 말고 이름은요?"

"바스." 조지가 말했다. 그의 목소리에서는 분노도, 공포도 없었다.

"바스 셸커크." 청년이 그 이름을 머릿속에 깊이 각인해 두려는 듯 말했다. 그가 몸을 앞으로 기울이고 뜨거운 콧김을 뿜었다. 다문 그의 입술은 또다시 딱딱히 굳어졌다.

"내가 죽이러 왔다고 그에게 전해요. 내가……" 그가 침을 한 번 삼키고는 이를 갈았다. "오늘 밤. 여기서. 8시에." 그가 다시 권총을 앞으로 내밀었다. "꼭 그렇게 전해요." 그가 지시했다.

조지는 아무 말도 하지 않았다. 카운터에서 떨어져 나온 라이커가 어깨 너머로 문의 위치를 확인했다. 오른쪽 부츠의 높은 굽이 안쪽으로 살짝 꺾이자 뒷걸음질하던 그가 휘청거렸다. 잠시 허우적대던 그는 이내 균형을 되찾았다. 그가 허둥대며 사방에 총구를 겨누었다. 얼굴은 벌겋게 달아올랐고, 눈은 어두운 구석들을 분주히 훑고 있었다.

그는 마침내 문에 다다랐다. 그의 가슴은 연신 부풀었다 꺼지기를 반복했다. 술꾼들은 눈을 깜빡이며 권총을 꽂아 넣는 청년을 지켜보았다. 라이커는 미소를 흘리며 애써 태연한 척해 보였다.

"난 그를 좋아하지 않아요. 이 말도 전해 줘요." 그가 말했다. 마치 그것이 셸커크를 죽여야 할 타당한 이유라도 된다는 듯이. 그는 또다시 마른침을 삼켰다. 그리고 꿀렁거리는 목을 감추기 위해 잽싸게 턱을 내렸다.

"그는 비겁한 반역자예요." 그가 숨찬 목소리로 말했다. "그에게 전해요. 나는 양키*고, 반역자를 증오한다고!"

그는 잠시 어쩔 줄 모르고 서 있다가 사라져 버렸다.

---

* 미국 남북 전쟁 당시 북군 병사.

조지가 글라스를 꺼내 와 자기가 마실 술을 따랐다. 우리는 그가 단숨에 잔을 비워 내는 걸 말없이 지켜보았다. "얼간이 자식." 그가 웅얼거렸다.

나는 자리에서 일어나 그에게로 다가갔다.

"저 친구 왜 저런답니까?" 그가 커다란 손으로 문 쪽을 가리키며 내게 물었다.

"이젠 어쩔 거요?" 나는 물었다. 손님 두 명이 조심스레 문으로 다가가 밖을 살폈다.

"어쩔 거냐고요?" 조지가 물었다. "셀커크에게 그놈 얘길 전해야죠."

나는 조지에게 마차에서 라이커와 나눈 대화에 대해 들려주었다. 그리고 평범한 도시 청년인 그가 어떻게 자칭 권총 킬러로 둔갑해 버렸는지 모르겠다고도 했다.

"맙소사." 내 말이 끝나자 조지가 말했다. "하마터면 죽을 뻔했어요. 미친놈이 화를 내니까 무섭더라고요. 아까 정말로 방아쇠를 당기려 했다니까요. 녀석이 콜트를 쥐고 흔드는 거 봤죠?" 그가 고개를 저었다. "뭐 저런 미친놈이 다 있지? 저런 놈이 제일 위험해요. 어떻게 나올지 예측이 불가능하거든요."

"셀커크에겐 아무 말 하지 않는 게 좋겠어요." 나는 말했다. "내가 보안관을 만나서……"

조지가 한 손을 들고 저었다. "나 지금 농담할 기분 아니에요, 존." 그가 말했다. "클릿 그 사람, 어디서 총성만 울려도 베개 밑에 머리 파묻고 벌벌 떤다는 거 몰라요?"

"하지만 셀커크가 노련한 킬러라는 거 당신도 알잖아요, 조지." 나는 말했다. "그가 저 녀석을 살려 둘 것 같아요?"

조지가 수상쩍다는 듯 나를 보았다. "당신이 왜 그걸 걱정하는 거죠?"

"저 녀석이 아직 어리니까요." 나는 말했다. "자기가 지금 무슨 짓을 하고 있는지 모르는 애송이니까."

조지가 어깨를 으쓱였다. "제 발로 걸어 들어와서 그렇게 하라고 시켰잖아요. 아까 못 봤어요?" 그가 말했다. "설령 내가 입을 닫고 있어도 결국 셀커크의 귀에 다 들어가게 돼 있다고요. 방금 나간 두 사람이 여기저기 떠벌리고 다니지 않겠어요?"

셔너시의 입가에 음흉한 미소가 머금어졌다. "결국 자기가 원하는 대로 될 겁니다." 그가 말했다. "그 녀석 영혼에 신의 자비가 내리길."

조지 말이 맞다. 젊은 이방인의 도발 소식은 바람을 타고 마을 전체로 순식간에 퍼지게 될 것이다. 그리고 우리 마을의 정의의 상징인 클릿 보안관은 늘 그래 왔듯 집에 틀어박힌 채 코빼기도 보이지 않을 것이다. 폭풍전야임을 알면서도 모르는 척하거나, 방관자가 되어 구경만 하거나.

하지만 한 가지 분명한 것은 곧 엄청난 폭풍이 들이닥치게 될 거라는 사실이었다. 그리고 모두가 그걸 알고 있었다. 어떤 이유로든 오늘 광장에 나오게 된 사람들도, 평소보다 들떠 보이는 넬리 골드 손님들도, 다들 알고 있었다. 멀리 비켜서서 방관할 수 있는 이들에게 죽음보다 더 매력적인 유혹은 없다. 자기가 피해를 볼 일이 없으니까.

나는 넬리 골드 입구 쪽에 자리를 잡고 앉았다. 오후 내내 호텔방에 틀어박혀 있던 라이커와 단둘이 대화할 수 있는 기회를 간절히 바라면서.

7시 30분, 셸커크와 그의 부하들이 말을 타고 나타났다. 그들은 코를 힝힝대는 말들을 잘 묶어 놓고 살롱으로 들어섰다. 그들은 술꾼들과 인사를 나누고는 요란하게 웃으며 수다를 떨기 시작했다. 그들 모두 신이 나 있었다. 지난 몇 달간 따분함에 몸부림쳐 온 사람들이었다. 클릿은 그들에게 어떠한 저항도 하지 않았다. 그들이 아무리 괴롭히며 조롱해도 보안관은 그냥 바보처럼 웃어넘길 뿐이었다. 마을의 그 누구도 감히 바스 셸커크에게 도전장을 내밀지 못했다. 폭력을 즐기는 그와 그의 깡패들에게는 실로 고난의 나날이 아닐 수 없었을 것이다. 그들의 욕구는 도박과 술과 그랜트빌의 몸 파는 여자들만으로는 채워지지 않았다. 그날 밤 그들이 특히 더 들떠 있었던 이유였다.

나는 나무로 된 보도에 서서 하염없이 기다림을 이어갔다. 살롱에 진을 친 남자들이 신나게 웃고 떠드는 동안 나는 틈틈이 회중시계를 꺼내 들여다보기를 반복했다. 바스 셸커크의 굵고 차분한 목소리는 들려오지 않았다. 그는 고함을 치지도, 웃지도 않았다. 마을 사람들에게 있어 그는 무시무시한 유령이나 다름없었다. 소름 끼치는 논리를 오로지 우레 같은 총성으로만 늘어놓으니 당연한 일이었다.

시간은 계속 흘러갔다. 임박한 누군가의 죽음에 이토록 관심을 가지는 건 이번이 처음이었다. 내 아들들은 천 마일도 넘게 떨어진 곳에서 죽음을 맞았다. 내가 대장장이의 아내에게 밀가루를 팔고 있을 때. 내 아내는 잠에 빠져 있는 동안 아주 평화롭게 세상을 떠났다. 비명이나 울음소리 한 번 내지 않고.

하지만 지금 나는 끔찍한 순간에 깊숙이 빠져 있었다. 마차에서 라이커와 말을 섞어 보았기 때문에, 그리고 무엇보다도 그가 루를 많이 닮았기 때문에. 그래서 나는 이렇게 어둠 속에서 축축한 두 손을 외투 주머니에 찔러 넣은 채 덜덜 떨고 있는 것이었다. 알 수 없는 두려움이 온몸을 뻣뻣하게 만들어 놓았다.

마침내 시계가 8시를 알렸다. 나는 고개를 들었다. 나무 보도를 따라 발소리가 다가오고 있었다. 그는 일정하고 여유로운 페이스로 걸어오는 중이었다.

나는 그림자를 벗어나 그에게로 다가갔다. 사람들로 북적이는 광장이 갑자기 쥐 죽은 듯 고요해졌다. 남자들의 시선이 라이커를 향해 걸어가는 내 등에 일제히 꽂혔다. 바짝 곤두선 신경과 어둠 때문이겠지만 작은 손을 양옆으로 흔들며 차분하게 걷는 청년은 아까보다 커 보였다.

나는 그의 앞에 멈춰 섰다. 청년이 잠시 짜증과 혼란이 뒤섞인 눈빛으로 나를 보았다. 이내 그의 핼쑥한 얼굴에 무성의한 미소가 머금어졌다.

"식료품 가게 주인 아저씨군요." 그가 건조하고 불안정한 목소리로 말했다.

나는 목에 걸린 차가운 기운을 꿀걱 삼켰다. "이보게, 자넨 지금 크게 실수하고 있어." 나는 말했다. "이건 미친 짓이야."

"비켜요." 그가 퉁명스럽게 말했다. 그의 눈은 어느새 내 어깨 너머 살롱에 고정돼 있었다.

"이봐, 내 말 들으라니까. 자네는 바스 셀커크의 적수가 되지 못해."

그가 다시 나를 보았다. 살롱의 어스레한 불빛을 받은 그의 파란 눈에서는 생기가 엿보이지 않았다. 나는 차마 말을 잇지 못하고 그가 지나갈 수 있도록 옆으로 비켜섰다. 라이커가 내비친 무감각한 투지를 도저히 꺾을 자신이 없었다. 무슨 말을 늘어놓아도 그의 마음을 바꾸는 건 불가능했다.

그가 한동안 나를 응시하다가 어깨를 활짝 펴고 다시 걸음을 옮겼다. 그는 넬리 골드의 입구에 다다를 때까지 멈추지 않았다.

나는 그쪽으로 다가가 보았다. 안에서 흘러나온 램프 불빛이 그의 얼굴을 환히 비추어 주었다. 가차 없는 잔인함의 가면이 벗겨진 얼굴에서는 극심한 공포가 엿보였다.

하지만 그것도 잠시, 그의 눈에서 갑자기 불꽃이 튀기 시작했다. 라이커는 가느다란 입술을 꼭 다문 채 문을 열고 안으로 성큼 들어갔다.

술집 안은 정적에 휩싸여 있었다. 나는 조심스레 그를 뒤따라 들어갔다. 내 부츠 굽이 바닥에 끌리면서 거슬리는 소리를 냈다.

반대편에서 갑자기 바스락거리는 소리가 들렸다. 쿵 하는 소리와 딸랑거림이 그 뒤를 이었다. 두 남자가 자리를 뜬 것이었다.

나는 그쪽을 유심히 바라보았다.

라이커는 나를 등진 채 서서 카운터 쪽을 응시하고 있었다. 그곳에는 한 남자가 자리를 지키고 있을 뿐이었다.

바스 셀커크는 원래 키가 컸지만 검은 옷차림 때문인지 오늘따라 더 커 보였다. 그의 챙 넓은 모자 밑으로 곱슬거리는 금발머리가 길게 늘어뜨려져 있었다. 오른쪽 허벅지에 두른 권총집에는 손잡이가 거꾸로 돌아간 피스톨이 꽂혀 있었다. 햇볕에 탄 그의 얼굴은 길쭉했고, 눈은 라이커의 것처럼 하늘색을 띠고 있었다. 공들여 손질한 콧수염에 가려진 그의 입은 조금도 움직이지 않았다.

애빌린의 히콕*을 본 적이 없었지만 셀커크가 그와 똑같이 생겼다는 소문은 익히 들어 왔었다.

두 남자는 서로를 매섭게 노려보았다. 살롱의 모든 술꾼들은 겁에 잔뜩 질린 채로 그들을 지켜보고 있었다. 숨을 죽인 그들의 몸은 바짝 얼어붙어 있었다. 오직 그들의 눈만이 두 사람을 분주히 오갈 뿐이었다. 마치 조각상들로 가득 찬 방에 들어와 있는 기분이었다.

셀커크가 숨을 깊게 한 번 들이쉬자 그의 떡 벌어진 가슴이 부풀어 올랐다. 그가 천천히 숨을 내쉬며 입을 열었다. 그의 굵고 낮은 목소리는 유리에 떨어진 망치처럼 정적을 산산조각 내 버렸다.

"자넨가?" 놋쇠 발걸이에서 스르르 미끄러져 내려온 그의 부츠가 요란한 소리를 내며 바닥에 떨어졌다.

순간 술꾼들이 마치 한 몸이 된 듯 일제히 숨을 헐떡였다.

권총으로 향하던 셀커크의 손가락이 갑자기 돌처럼 굳어졌다. 그는 입을 딱 벌린 채 라이커의 손에 쥐어진 콜트를 보았다.

"이 비겁한 자식……" 그가 다시 입을 열었다. 하지만 그의 목소리는 이내 우레 같은 총성에 파묻혀 버렸다. 마치 몽둥이로 가슴을 얻어맞기라도 한 듯 몸이 카운터 가장자리까지 튕겨져 나갔다. 그는 잠시 엉거주춤한 자세로 서 있었다. 얼굴에는 경악의 표정이 떠올라 있었다. 라이커의 손 안에서 권총이 또 한 번 불을 뿜었다. 셀커크는 몸을 비틀다가 픽 고꾸라졌다.

* 미국의 개척자.

나는 미동도 없는 셀커크의 몸을 멍하니 내려다보았다. 찢긴 그의 가슴에서 피가 뿜어져 나오고 있었다. 내 시선은 다시 라이커에게로 돌아갔다. 모두의 눈이 매캐한 연기에 파묻힌 청년에게 고정돼 있었다.

청년이 발작적으로 침을 삼켰다. "내 이름은 라이커예요." 그가 떨리는 목소리로 말했다. "똑똑히들 기억해 둬요. **라이커.**"

그가 왼쪽 피스톨을 권총집에 꽂아 넣고 초조한 표정으로 뒷걸음질 쳤다. 그의 오른쪽 피스톨은 지켜보는 남자들을 차례로 겨누었다.

마침내 살롱을 벗어난 청년의 얼굴에는 공포와 의기양양함의 표정이 교차하고 있었다. 그가 멀뚱하게 서 있는 나를 돌아보았다.

"봤어요?" 그가 여전히 떨리는 목소리로 물었다. "다 봤어요?"

나는 말없이 그를 빤히 보았다. 청년은 고개를 들고 살롱 안을 다시 들여다보았다. 그의 두 손이 총에 맞은 새들처럼 피스톨 손잡이 위로 툭 떨어졌다.

위협이 감지되지 않았는지 그의 시선이 다시 내게로 돌아왔다. 한껏 들뜬 그의 눈에서 동공은 몇 배 커져 있었다.

"저들이 내 이름을 절대 잊지 못하겠죠?" 청년이 말했다. 그리고 마른침을 꿀꺽 삼켰다. "내 이름을 영원히 기억하게 될 거예요. 이제부턴 내 이름을 들을 때마다 공포에 휩싸이게 될 거라고요."

그가 나를 지나쳐 걸어 나갔다. 하지만 몇 걸음 내딛지 못하고 멈춰 서서 살롱 외벽에 몸을 기댔다. 그는 어느새 진이 빠진 모습이었다. 가쁜 숨을 몰아쉬는 그의 파란 눈이 미친 듯이 흔들렸다. 숨이 막히는지 그는 연신 할딱거리고 있었다.

그가 힘겹게 침을 삼켰다. "봤어요?" 그가 또다시 내게 물었다. 마치 승리의 기쁨을 함께 나누고 싶어 안달이 난 것처럼. "그는 총도 뽑지 못했어요. 총을 뽑지도 못했다고요." 그가 간신히 숨을 내쉴 때마다 야윈 가슴이 바르르 떨렸다. "그렇게," 그가 할딱거렸다. "바로 그렇게 하는 거예요." 그는 계속 씩씩댔다. "내가 저들에게 보여 줬어요. 어떻게 하는 건지 똑똑히 보여 줬어요. 도시에서 온 내가 저들에게 보여 줬단 말이에요. 내가 최고를 죽였어요. 이곳 최고의 총잡이를 해치운 거라고요." 그의 목에서 꿀렁대는 소리가 흘러나왔다. "내가 저들에게 똑똑히 보여 줬어요." 그가 웅얼거렸다.

그가 눈을 깜빡이며 주위를 둘러보았다. "이제 난……"

그는 겁에 질린 눈으로 주위를 빠르게 살펴 나갔다. 마치 소리 없는 킬러들에게 에워싸여 있기라도 한 듯이. 그는 떨리는 입술을 꼭 다물었다.

"비켜요." 청년이 나를 떠밀며 말했다. 나는 돌아서서 호텔을 향해 빠르게 걸어가는 그를 바라보았다. 그는 틈틈이 좌우를 살폈고, 어깨 너머를 돌아보기도 했다. 그의 두 손은 옆구리에 얹어져 있었다.

아무리 애를 써도 라이커가 이해되지 않았다. 그는 도시에서 왔다. 거기까지는 나도 알고 있었다. 대체 어느 도시에서 저런 망나니짓을 배웠을까? 청년은 애초부터 그랜트빌에서 가장 손이 빠른 총잡이를 만나 직접 그를 해치우려 했던 것이었다. 어쩌다 그런 공허한 갈망을 품게 되었을지 궁금해졌다.

이젠 어쩔 거지? 나한테는 그랜트빌에 오래 머무르지 않을 거라고 했는데. 셀커크가 죽었으니 곧바로 마을을 뜨지 않을까?

라이커의 다음 목적지는 어디일까? 다음 마을에서도 이곳과 같은 일이 벌어지게 될까? 그다음 마을에서도? 그리고 그다음 마을에서도? 청년은 새로운 옷차림으로 사람들을 만나 각 마을 최고의 총잡이를 찾아낼 것이다. 그런 다음, 그들에게 차례로 결투를 신청해서…… 매번 그러고 다닐 셈인가? 대체 언제까지 이런 미친 짓을 벌이고 돌아다닐 생각일까? 언제쯤이면 자기보다 더 빠른 총잡이를 만나게 될까?

내 머릿속은 이런 질문들로 가득 차 있었다. 그중 가장 중요한 질문. **왜?** 저 청년은 대체 왜 저러고 다니는 걸까? 대체 무슨 바람이 들었기에 이런 시골 마을까지 와서 피를 보려고 하는 걸까?

내가 열심히 머리를 굴리고 있을 때 바스 셀커크의 부하들이 피로 범벅이 된 두목의 시체를 들고 나와 말에 조심스레 걸쳐 놓았다. 나는 그의 금발머리가 밤바람에 살랑이는 걸 지켜보았다. 시체에서 뚝뚝 떨어지는 피가 어두운 거리를 물들이고 있었다.

여섯 남자가 블루 벅 호텔 쪽을 바라보고 있었다. 복수심에 불타는 그들의 눈이 넬리 골드에서 새어 나온 불빛을 받아 번뜩였다. 나는 그들의 나지막한 목소리에 귀를 기울였다. 죄다 웅얼대는 통에 단어 하나 제대로 알아들을 수 없었지만 나는 호텔에서 떨어지지 않는 그들의 시선을 통해 화제를 대충 짐작할 수 있었다.

나는 다시 그림자 속으로 슬그머니 들어갔다. 그들에게 밀고자로 오해받지 않기 위함이었다. 나는 어둠 속에 파묻혀 그들을 지켜보았다. 그들 중 하나가 권총 손잡이에 손을 얹으며 말했다. **"자, 가 보자고."**

여섯 명의 남자는 천천히 움직였다. 그들은 약속이라도 한 듯 입을 딱 다문 채 호텔이 자리한 방향에 시선을 고정시켰다.

나는 어리석은 짓을 벌이고 말았다. 나이가 들면 다 이렇게 되는 모양이다. 그림자를 벗어난 나는 살롱 모퉁이를 돌아 넬리 골드와 파이크스 마구 제조소 사이로 난 골목을 내달렸다. 살롱 창문으로 새어 나온 불빛이 땅바닥에 그려 놓은 네모들을 지나자 또다시 어둠이 찾아들었다. 내가 왜 뛰고 있는 걸까? 마치 보이지 않는 힘에 떠밀리고 있는 듯한 기분이다. 머릿속에는 오로지 한 가지 생각뿐이었다. **먼저 가서 경고해 줘야 해.**

숨이 가빠져 왔다. 새의 맹렬한 날갯짓처럼 펄럭이는 웃옷의 뒷자락이 연신 내 다리를 두들겨 댔다. 부츠가 땅에 닿을 때마다 마치 쇠사슬 장갑을 낀 주먹이 심장을 내리치는 듯한 기분을 느꼈다.

내가 그들보다 먼저 도착할 수 있을까? 그나마 다행인 건 조심스레 걷는 그들과 달리 나는 세인트 베라 가를 따라 내달리고 있다는 사실이었다. 나는 호텔 뒷문으로 뛰어 들어가 너덜거리는 카펫이 깔린 고요한 복도로 들어섰다.

그날 밤, 프런트는 맥스웰 태런트가 지키고 있었다. 내가 불쑥 나타나자 그가 흠칫 놀라며 고개를 들었다.

"캘러웨이 씨," 그가 말했다. "여긴 무슨 일로……"

"라이커는 어느 방에 있지?" 나는 헐떡거리며 물었다.

"라이커?" 젊은 태런트가 물었다.

"어서 대답해!" 나는 빽 소리쳤다. 그리고 다급하게 입구 통로를 돌아보았다. 포치 계단에서 남자들의 발소리가 들려왔다.

"27호실이에요." 태런트가 말했다. 나는 라이커를 찾아온 남자들을 최대한 오래 붙잡고 있어 줄 것을 당부하고는 계단을 향해 달려갔다.

2층에 다다랐을 때 로비에서 남자들의 웅성거림이 들렸다. 나는 어스레한 복도를 내달려 27호실을 찾아냈다. 그리고 얇은 문에 다급하게 노크했다.

안에서 바스락대는 소리가 흘러나왔다. 양말 신은 발이 문 앞으로 다가오는 소리였다. 라이커가 떨리는 목소리로 누구냐고 물었다.

"캘러웨이일세." 나는 말했다. "식료품 가게 주인 말이야. 날 좀 들여보내 주게. 어서. 자넨 지금 큰 위험에 빠져 있어."

"헛소리 말아요." 그가 기어들어가는 목소리로 말했다.

"그러니 단단히 준비하고 있게." 나는 가쁜 숨을 몰아쉬며 말했다. "셀커크의 부하들이 오고 있어."

그 말에 청년이 헉 하고 숨을 쉬었다. **"아닐 거예요."** 그가 말했다. "말도 안 되는……" 그가 헐떡거리기 시작했다. "몇 명이나 되는데요?"

"여섯 명." 나는 대답했다. 순간 문 뒤편에서 흐느끼며 우는 소리가 들렸다.

"너무들 하네요!" 그가 분노와 공포가 묻어나는 목소리로 소리쳤다. "다들 정말 너무해요. 6대 1로 싸우자는 거잖아요. 너무들 하네!"

나는 잠시 닫힌 문을 응시하며 서 있었다. 바닥에 쓰러져 몸을 비비 꼬아 대는 청년의 모습이 떠올랐다. 겁에 잔뜩 질린 표정, 가슴 속에서 미친 듯이 요동치는 심장, 그리고 도덕성에 대해 절대 알 리 없는 여섯 남자.

"이제 난 어떡해야 하죠?" 그의 목소리는 순식간에 애원의 톤으로 바뀌었다.

내게는 그 답이 없었다. 계단 쪽에서 남자들의 부츠 소리가 요란하게 들리고 있었다. 나는 황급히 뒤로 물러나 어둠이 묻힌 복도 끝을 향해 달려갔다.

딱딱하게 굳은 표정의 여섯 남자가 쿵쾅대며 복도를 걸어갔다. 마치 꿈속 한 장면을 보고 있는 기분이었다. 박차 끝 톱니바퀴가 바닥에 닿을 때마다 짤랑거리는 소리가 났다. 그들의 손에는 콜트 권총이 하나씩 쥐여 있었다. 아니야. 이건 그냥 꿈이 아닌 악몽이라고. 방에 갇혀 묵묵히 운명을 기다리는 라이커와 그를 죽이러 온 남자들을 생각하니 등골이 오싹해지고 속이 울렁거려 왔다. 지금껏 이토록 무력했던 적이 없었는데. 그때 갑자기 방 안에 갇혀 죽기만을 기다리는 내 아들, 루의 모습이 떠올랐다. 순간 내 몸이 주체가 안 될 만큼 덜덜 떨리기 시작했다.

그들의 부츠 소리가 뚝 멎었다. 여섯 남자는 문을 에워쌌다. 문 왼편에 세 명, 오른편에 세 명. 그들의 얼굴에는 단호한 표정이 떠올라 있었고, 권총을 쥔 손들은 죄다 핏기를 잃은 상태였다.

그때 누군가의 목소리가 정적을 깨뜨렸다. "어서 나와, 빌어먹을 양키 자식아!" 그들 중 하나가 소리쳤다. 토머스 애시우드였다. 언젠가 그랜트빌 거리에서 유치한 장난을 하고 노는 그를 본 적이 있었다. 그 소년은 어느새 살인과 복수에만 집착하는 딱한 양아치가 되어 있었다.

다시 찾아든 정적은 오래 가지 못했다.

"빨리 나오란 말이야!" 애시우드가 다시 소리쳤다. 그때 귀청이 터질 것 같은 총성과 함께 문의 패널 하나가 폭발했다. 호텔 전체가 진동했고, 애시우드는 화들짝 놀라며 옆으로 잽싸게 피했다.

총알은 복도 반대편 도배된 석고벽에 깊이 박혔다. 애시우드는 문의 자물쇠에 대고 권총을 두 번 발사했다. 연달아 터진 섬광이 번갯불처럼 그의 얼굴을 밝혀 주었다. 복도를 쩌렁쩌렁 울리는 굉음에 귀가 먹먹해졌다.

방 안에서 권총이 또 한 번 불을 뿜었다. 애시우드가 발로 문을 힘껏 걷어찼다. 그리고 이내 방 안으로 몸을 날렸다. 곧바로 들린 요란한 총성들이 나를 벽에 메다꽂았다.

갑작스레 찾아든 정적 속에서 라이커의 울음 섞인 애원이 들렸다. "이제 그만 쏴요!"

또다시 터져 나온 총성은 내게 복부를 세차게 걷어차인 것과 같은 충격을 안겨 주었다. 벽에 달라붙은 내 몸에서 경련이 일었다. 나는 숨을 죽인 채 나머지 남자들이 방 안으로 우르르 몰려 들어가 방아쇠를 당겨 대는 것을 지켜보았다.

1분도 채 되지 않아 모든 게 끝나 버렸다. 나는 여전히 벽에 몸을 기댄 채 서 있었다. 목구멍이 바짝 타들어 갔다. 셀커크의 부하 두 명이 총상 입은 애시우드를 부축하고 나왔다. 나머지 세 명은 그들을 뒤따르며 한껏 흥분된 얼굴로 무언가를 속삭였다. 그들 중 하나가 말했다. "놈을 확실하게 보내 버렸어."

그들의 발소리는 금세 사라졌다. 나는 텅 빈 복도에 홀로 서서 명한 얼굴로 라이커의 방 쪽을 바라보았다. 열린 문으로 자욱한 화약 연기가 뿜어져 나오고 있었다.

내가 얼마나 오랫동안 그러고 서 있었는지 기억나지 않는다. 속에서는 욕지기가 올라왔고, 양옆으로 늘어뜨린 차가운 손은 덜덜 떨렸다.

한참 후, 얼굴이 하얗게 질린 태런트가 복도 입구에 나타났다. 그제야 나는 정신을 가다듬고 라이커의 방 쪽으로 천천히 다가갔다.

그는 피를 흘리며 쓰러져 있었다. 휘둥그레진 눈은 천장을 향하고 있었고, 뻣뻣해진 양손에는 연기가 피어오르는 권총이 하나씩 쥐여 있었다.

그는 체크무늬 플란넬 셔츠에 하얀 내의, 그리고 짙은 색 양말 차림이었다. 실로 기괴한 광경이었다. 피로 범벅이 된 도시 옷, 창백한 손에 쥐어진 긴 권총들.

"오, 맙소사." 태런트가 넋 나간 표정으로 속삭였다. "그 사람들이 왜 이 친구를 죽인 거죠?"

나는 말없이 고개를 저었다. 나는 태런트에게 돈 걱정 말고 장의사를 불러 올 것을 지시했다. 그는 기다렸다는 듯 황급히 복도를 빠져 나갔다.

갑자기 피로가 몰려들었다. 나는 침대로 다가가 풀썩 주저앉았다. 옆에 놓인 라이커의 가방이 눈에 들어왔다. 셔츠, 속옷, 넥타이, 그리고 양말.

좀 더 뒤져 보니 오려 낸 기사들과 일기장이 보였다.

기사들은 북부 잡지와 신문에서 오려 낸 것들이었다. 히콕과 롱리와 하딘을 비롯한 이 지역의 유명한 총잡이들에 대한 기사들이었다. 특정 문장들 밑으로 그가 연필로 적어 놓은 내용이 보였다. 예를 들면, **와일드 빌은 코트 안에 데린저*를 두 개 넣고 다닌다. 하딘의 보더 롤** 트릭에 목숨을 잃은 자가 한둘이 아니다.**

나는 그의 일기를 통해 모든 걸 이해할 수 있게 됐다. 그는 어릴 적부터 사람을 죽이는 데 특출 난 재능을 가진 이들을 우상으로 삼아

---

* 구경이 크고 총신이 짧은 권총.
** border roll, 총구를 아래로 향한 상태에서 순간적으로 총을 굴려 고쳐 잡는 기술.

왔다. 마침내 권총을 구입한 어리석은 도시 소년은 권총집에서 총을 뽑는 연습을 해 왔고, 그 덕분에 놀라울 만큼 빠른 손과 탁월한 사격 실력을 갖게 됐다.

그는 일기장에 남서부에서 가장 유명한 총잡이들을 차례로 쓰러뜨릴 구체적인 계획을 적어 놓았다. 자신이 정복해야 할 마을들의 목록도 잘 정리돼 있었다.

그리고 그랜트빌은 그 목록 맨 위에 적혀 있었다.

홀리데이 맨

The Holiday Man

"이러다 늦겠어." 그녀가 말했다.

"알아." 그가 지친 모습으로 의자에 축 늘어졌다.

그들은 주방에서 아침을 먹고 있었다. 입맛이 없는 데이비드는 블랙커피를 홀짝이며 식탁보를 응시했다. 식탁보의 가느다란 선들이 그로 하여금 교차하는 고속도로를 떠올리게 했다.

"안 갈 거야?" 그녀가 말했다.

그는 몸을 바르르 떨며 식탁보에서 눈을 뗐다.

"알았어. 갈게."

그는 자리에서 일어나지 않았다.

"데이비드."

"알았어, 알았다고." 그가 말했다. "이러다 늦는다는 거 알아." 화가 난 게 아니었다. 그에게는 더 이상 분노가 남아 있지 않았다.

"당연하지." 그녀가 토스트에 버터를 바르며 말했다. 그녀는 그 위에 산딸기 잼을 듬뿍 얹고 나서 한 입 크게 베어 물었다.

데이비드는 자리에서 일어나 주방을 가로질렀다. 그가 문 앞에 멈춰 서서 뒤를 돌아보았다. 그의 시선이 아내의 뒤통수에 꽂혔다.

"왜 지각하면 안 되는 거지?"

"그러면 안 되는 거니까." 그녀가 말했다. "당신도 알면서."

"하지만 왜 안 되는 거냐고."

"그들이 당신을 필요로 하니까. 보수가 짭짤한 데다가 당신은 이것 말고는 할 줄 아는 게 없으니까. 왜 당연한 걸 묻고 그래?"

"나 대신 다른 사람을 찾아보면 되잖아."

"오, 말도 안 돼." 그녀가 말했다. "그게 불가능하다는 거 알잖아."

그는 두 주먹을 불끈 쥐었다. "왜 꼭 나여야만 하는 거지?"

그녀는 대답하지 않았다. 그냥 말없이 토스트만 씹어 댈 뿐이었다.

"진?"

"더 할 말 없어." 그녀가 토스트를 입에 넣고 뒤를 돌아보았다. "정말 안 갈 거야? 오늘만큼은 절대 지각하면 안 되잖아."

순간 데이비드의 등골이 오싹해졌다.

"맞아." 그가 말했다. "오늘은 절대 늦어선 안 돼."

그는 주방을 나와 위층으로 올라갔다. 양치질을 하고 나서는 구두를 공들여 닦은 후 넥타이를 맸다. 8시가 되기 전에 다시 아래층으로 내려온 그는 주방으로 들어갔다.

"다녀올게."

그녀가 고개를 살짝 들자 그는 몸을 숙이고 키스했다. "안녕, 여보.

오늘도……" 그녀가 갑자기 입을 닫았다.

"……좋은 하루 되라고?" 그가 대신 말을 맺어 주었다. "고마워." 그가 돌아섰다. "멋진 하루 보내고 돌아올게."

그는 오래전 운전을 그만두었다. 매일 아침, 그는 기차역까지 걸어 갔다. 이제는 다른 사람 차를 얻어 타는 것도, 버스를 타고 가는 것도 영 내키지 않았다.

역에 도착한 그는 플랫폼에 서서 기차를 기다렸다. 그에게는 신문이 없었다. 그는 이제 신문을 사지 않았다. 신문을 읽는 게 싫어졌기 때문이다.

"안녕, 개릿."

그가 뒤를 홱 돌아보았다. 시내에서 일하는 헨리 콜터가 그의 등을 토닥거렸다.

"좋은 아침이에요." 데이비드가 말했다.

"잘 지냈어요?" 콜터가 물었다.

"네. 고마워요."

"다행이네요. 독립기념일 휴가엔 뭐 할 거예요?"

데이비드가 마른침을 한 번 삼켰다. "글쎄요……"

"우리 가족은 숲으로 갈 거예요." 콜터가 말했다. "별 볼 일 없는 불꽃놀이엔 관심 없어요. 그래서 식구들을 태우고 멀리 떠날 거예요."

"차를 직접 몰고요?" 데이비드가 말했다.

"**당연하죠.**" 콜터가 말했다. "아주 아주 멀리."

또다시 그것이 꿈틀대기 시작했다. 안 돼. 그는 생각했다. **지금은 안 된다고.** 그는 그것을 간신히 어둠 속으로 밀어냈다.

"……도 잘 굴러가죠?" 콜터가 말했다.

"네?" 그가 물었다.

"광고회사 말이에요. 요즘도 잘 굴러가죠?"

데이브드가 초조하게 헛기침을 했다.

"오, 네." 그가 말했다. "별일 없어요." 그는 늘 콜터에게 들려줬던 거짓말을 깜빡 잊곤 했다.

기차에 오른 그는 시가를 즐겨 피우는 콜터를 피해 금연칸에 자리를 잡았다. 오늘 아침에는 콜터와 붙어 앉고 싶지 않았다.

시내로 향하는 동안 그는 창밖으로 차들이 빽빽이 들어선 고속도로를 내다보았다. 기차가 덜컹대며 다리를 건너갈 때는 거울 같은 호수의 수면을 빤히 내려다보았다. 그는 딱 한 번 고개를 뒤로 젖히고 태양을 올려다보기도 했다.

그는 엘리베이터로 들어섰다.

"올라가시나요?" 고동색 제복 차림의 남자가 데이비드를 빤히 보았다. "올라가세요?" 그가 두루마리 문을 닫으며 말했다.

데이비드는 미동도 없이 서 있었다. 사람들이 속속 들어와 엘리베이터를 채웠다. 잠시 후, 그는 사람들을 헤치고 회전문을 빠져나왔다. 기다렸다는 듯 7월의 후끈한 열기가 그를 엄습해 왔다. 그는 몽유병 환자처럼 인도를 따라 걸었다. 한 블록쯤 벗어났을 때 술집 하나가 그의 눈에 들어왔다. 그는 무작정 그 안으로 들어갔다.

실내는 서늘하고 어두웠다. 다른 손님은 보이지 않았다. 바텐더도 마찬가지였고. 데이비드는 부스의 그림자 속으로 들어가 앉았다. 그는 모자를 벗고 고개를 뒤로 젖힌 채 눈을 감았다.

그는 차마 그럴 수 없었다. 태연하게 사무실로 올라가는 것. 진이 뭐라 해도, 누가 뭐라 해도. 그는 테이블 가장자리를 꼭 움켜잡았다. 그리고 손가락이 하얗게 질려 버릴 때까지 힘을 주었다. 난 절대 못 해.

"주문하시겠습니까?" 목소리가 물었다.

데이비드가 눈을 떴다. 어느새 부스 옆으로 다가온 바텐더가 그를 내려다보고 있었다.

"네, 저기…… 맥주 주세요." 그가 말했다. 그는 맥주를 좋아하지 않았다. 하지만 서늘한 정적을 잠시나마 누리려면 뭐라도 주문해야만 했다. 물론 주문한 술을 마시지 않는 건 그의 자유였다.

바텐더가 맥주를 가져왔고 데이비드는 계산을 해 주었다. 바텐더가 사라지자 그는 테이블에 놓인 글라스를 천천히 돌리기 시작했다. 그러는 동안 그것은 다시 시작됐다. 나는 화들짝 놀라며 그것을 밀쳐 냈다. 안 돼! 그가 성을 내며 그것에게 말했다.

한참 후, 그는 자리에서 벌떡 일어나 술집을 나갔다. 벌써 10시가 넘어 있었다. 물론 시간은 조금도 중요하지 않았다. 그들은 그가 항상 지각한다는 걸 알고 있었다. 그가 늘 그것으로부터 도망치려 하지만 결코 그럴 수 없다는 것도.

그의 사무실은 스위트룸 뒤편에 자리하고 있었다. 양탄자 깔린 비좁은 방에는 소파와 작은 책상만이 갖춰져 있었고, 책상 위에는 연필 몇 자루와 하얀 종이가 놓여 있었다. 그에게 필요한 건 딱 그것뿐이었다. 한때 그에게는 비서도 있었다. 하지만 그는 누군가가 사무실 밖에 죽치고 앉아 있다는 사실이 불편했다. 비서가 있으면 비명도 마음껏 지를 수 없었으니까.

누구도 전용 문을 통해 홀로 들어선 그를 보지 못했다. 사무실로 몰래 들어간 그는 문부터 걸어 잠갔다. 그리고 코트를 벗어 책상에 던져 놓았다. 사무실 안은 답답했다. 그는 창가로 다가가 창문을 활짝 열었다.

아득히 내려다보이는 세상은 분주히 돌아가고 있었다. 그는 멀뚱히 서서 아래 펼쳐진 풍경을 감상했다. 도대체 몇 명이나 될까? 그는 생각했다.

그는 긴 한숨을 내쉬고 돌아섰다. 어쨌든 들어왔잖아. 더 주저할 필요가 없어졌다고. 기왕 이렇게 된 거 빨리 해치우는 게 낫겠어.

그는 블라인드를 내리고 긴 소파로 다가가 벌러덩 누웠다. 잠시 쿠션을 조몰락거리던 그가 사지를 길게 뻗었다. 이내 팔다리가 마비된 듯한 기분이 느껴졌다.

그게 시작됐어.

하지만 그는 막지 않았다. 그것은 녹은 얼음처럼 그의 뇌로 졸졸 흘러 들어갔다. 그것은 겨울 칼바람처럼 무섭게 돌진했다. 그것은 눈보라처럼 맹렬히 소용돌이쳤다. 그것은 펄쩍 뛰어올라 내달렸고, 한껏 부풀었으며, 마침내는 폭발해 버리고 말았다. 그의 머릿속은 온통 그것으로 가득 차 있었다. 온몸이 빳빳해져 오자 그는 숨을 할딱이기 시작했다. 숨을 쉴 때마다 그의 가슴에 경련이 있었고, 심장은 미친 듯이 요동쳤다. 소파를 마구 할퀴어 대는 그의 두 손은 맹금류의 창백한 발톱을 보는 듯했다. 그는 몸을 바르르 떨며 신음을 토했다. 한동안 몸을 비틀던 그가 마침내 비명을 질렀다. 그의 비명은 오랫동안 지속됐다.

한참 후, 비명이 멎자 그의 몸이 축 늘어졌다. 진이 빠진 그는 미동도 없이 소파에 누워 있었다. 그의 눈은 얼어붙은 유리공 같아 보였다. 그는 간신히 팔을 올려 손목시계를 들여다보았다. 2시가 다 돼 있었다.

그는 힘겹게 몸을 일으켰다. 온몸의 뼈가 묵직한 납에 싸인 것 같은 기분이었다. 그는 비틀거리며 책상으로 다가가 앉았다.

그는 그렇게 앉아 종이에 무언가를 적어 내려갔다. 다 쓰고 난 후에는 책상 위에 엎어져 곯아떨어졌다.

한참 후, 잠에서 깬 그는 그 종이를 챙겨 상사에게 가져갔다. 종이에 적힌 내용을 확인한 상사가 고개를 끄덕였다.

"사백여든여섯? 응?" 상사가 말했다. "이거 정확하겠지?"

"물론입니다." 데이비드가 나지막이 말했다. "제가 전부 다 지켜봤습니다." 그는 콜터와 그의 가족도 거기 포함돼 있다는 사실을 언급하지 않았다.

"알았네." 그의 상사가 말했다. "어디 보자. 교통사고 사백쉰둘, 익사 열여덟, 일사병 일곱, 불꽃놀이 셋, 기타 여섯."

불에 타죽은 여자아이를 포함해서. 데이비드는 생각했다. 개미 죽이는 약을 먹고 세상을 떠난 남자 갓난아이도. 감전 사고로 죽은 여자도. 그리고 뱀에 물려 죽어 가는 남자도.

"좋아." 그의 상사가 말했다. "그럼…… 사백쉰 명으로 하세. 사망자가 예상치를 뛰어넘으면 더 흥미롭지 않은가."

"알겠습니다." 데이비드가 말했다.

그날 오후, 모든 신문의 제1면에 그 내용이 실렸다. 데이비드는 기차에 몸을 싣고 집으로 향했다. 앞에 앉은 남자 승객이 옆 좌석 승객을 돌아보며 말했다. "궁금하지 않아요? **도대체 그들이 어떻게 아는 걸까요?**"

데이비드는 자리에서 일어나 차량 맨 끝 승강구로 이동했다. 그리고 기차 바퀴 도는 소리를 들으며 노동절을 생각했다.

뱀파이어라는 건 없다
No Such Thing as a Vampire

열여덟 번째 해 초가을의 어느 날 아침, 알렉시스 게리아 부인은 무기력한 기분에 휩싸인 채로 눈을 떴다. 그녀는 한동안 침대에 누워 까만 눈으로 천장을 응시했다. 많이 쇠약해진 느낌. 마치 팔다리가 납으로 뒤덮인 듯한 기분이었다. 어쩌면 큰 병에 걸렸는지도 몰라. 페트레에게 한번 봐 달라고 해야겠어.

그녀는 가냘프게 숨을 들이쉬고는 몸을 일으켰다. 그 바람에 잠옷이 바스락거리며 그녀의 허리까지 흘러내렸다. 이게 왜 풀려 있지? 그녀는 자신의 몸을 내려다보며 생각했다.

바로 그때, 게리아 부인의 입에서 비명이 터져 나왔다.

식당에서 신문을 훑던 페트레 게리아 박사가 화들짝 놀라며 고개를 들었다. 자리에서 벌떡 일어난 그는 냅킨을 테이블 위로 휙 던져

놓고 부리나케 복도로 뛰쳐나갔다. 그는 카펫 깔린 복도를 전력으로 내달렸다. 그리고 한 번에 두 단씩 계단을 올라갔다.

그가 침실에 도착했을 때 게리아 부인은 침대 가장자리에 앉아 드러난 자신의 가슴을 내려다보고 있었다. 창백한 가슴에는 핏자국이 말라붙어 있었다.

게리아 박사는 입을 딱 벌린 채 열린 문간에 서서 여주인을 지켜보고 있는 위층 담당 하녀를 내보냈다. 그는 방문을 걸어 잠그고 아내에게로 달려갔다.

"페트레!" 그녀가 소리쳤다.

"흥분하지 마오." 그는 피로 얼룩진 베개 위로 아내를 조심스레 눕혔다.

"페트레, 이게 대체 뭐죠?" 그녀가 절박한 톤으로 물었다.

"좀 누워 있으라니까." 그의 노련한 손이 아내의 가슴을 더듬었다. 순간 그의 숨이 턱 막혔다. 그는 아내의 고개를 옆으로 돌려놓고 나서 그녀의 목에 남아 있는, 무언가에 찔린 상처들을 유심히 살펴보았다. 상처에서는 끈적거리는 피가 배어나는 중이었다.

"내 목." 알렉시스가 말했다.

"괜찮소. 이건 그저……" 게리아 박사는 말을 맺지 못했다. 그는 그것이 무엇인지 잘 알고 있었다.

게리아 부인의 몸이 덜덜 떨리기 시작했다. "오, 이런, 이럴 수가." 그녀가 말했다.

게리아 박사가 일어나 세면기 앞으로 다가갔다. 그리고 물을 받아 아내에게로 돌아갔다. 핏자국을 훔쳐 내니 경정맥 가까이에 난 두 개의 작은 상처가 뚜렷이 모습을 드러냈다. 게리아 박사는 미간을 찌푸린 채 그녀의 가슴을 더듬어 나갔다. 아내는 신음을 토하며 고개를 다시 돌려 버렸다.

"내 말 잘 들어요." 그가 최대한 차분하게 말했다. "우린 미신에 굴복하지 않을 거요. 알아듣겠소? 분명 다른 이유가……"

"이대로 죽을 건가 봐요."

"알렉시스, 내 말 들어 보오." 그가 아내의 어깨를 우악스럽게 움켜쥐었다.

그녀가 고개를 돌리고 흐려진 눈으로 남편을 올려다보았다. "당신도 이게 뭔지 알잖아요."

게리아 박사는 마른침을 꿀꺽 삼켰다. 그의 입안에서는 아직도 은은한 커피의 맛이 감돌고 있었다.

"이게 무엇 같아 보이는지 아오." 그가 말했다. "물론 그럴 가능성도 배제할 순 없지만……"

"난 이제 죽는 건가요?"

"알렉시스!" 게리아 박사가 아내의 손을 꼭 잡아 쥐었다. **"결코 그럴 일은 없을 테니 걱정 마오."**

솔타는 루마니아 비호르산의 작은 언덕에 자리한 마을로, 인구는 천 명 정도였다. 어두운 전통을 간직해 온 곳. 멀리서 늑대 우는 소리만 들려와도 마을 사람들은 반사적으로 성호를 그었다. 다른 지역 아이들이 꽃을 따서 모을 때 이곳 아이들은 마늘 싹을 꺾어 와 창문에 거느라 바빴다. 사람들은 문마다 십자가를 그려 놓았고, 목에는 금속 십자가를 걸고 있었다. 뱀파이어에 대한 그들의 공포는 치명적인 병에 대한 공포만큼이나 컸다. 사람들은 항상 주변을 감도는 불안감에 시달렸다.

알렉시스의 방 창문에 빗장을 지르는 게리아 박사의 머릿속은 그런 생각들로 가득 차 있었다. 먼발치 산 너머 하늘은 녹아 내리는 용암색 노을로 물들어 있었다. 이제 곧 어둠이 내려앉을 것이다. 솔타 사람들은 모두 마늘 냄새 진동하는 집에서 문을 꼭꼭 걸어 잠근 채 숨을 죽이게 될 것이고. 그는 마을 사람들이 자신의 아내에게 무슨 일이 벌어졌는지 알고 있을 거라 확신했다. 요리사와 위층 하녀는 제발 자기들을 해고해 달라고 애원했다. 단호한 집사, 카렐이 나서서 수습하지 않았더라면 그들은 진작 떠나 버렸을 것이다. 물론 오래 가지 않아 집사의 노력도 소용없어질 것이 뻔했다. 뱀파이어의 공포 앞에서 이성은 절대 버틸 수 없었으니까.

그날 아침, 그가 아내의 침실을 샅샅이 뒤져 설치류나 독충이 있지는 않은지 확인할 것을 지시했을 때 하인들은 마치 달걀로 덮인 바닥을 걷듯 조심스레 움직였다. 그들의 눈에서는 흰자위가 유독 많이 보였고, 손은 십자가 목걸이에서 한순간도 떨어지지 않은 채였다. 그들은 방에서 설치류나 독충이 발견될 리 없음을 알고 있었다. 물론 게리아도 마찬가지였다. 그럼에도 그는 그들의 소심함을 호되게 질책했다. 하지만 주인의 그런 태도는 하인들을 오히려 더 불안하게 만들 뿐이었다.

창밖을 내다보던 그가 돌아서서 미소를 지었다.

"자," 그가 말했다. "오늘 밤 살아 있는 그 무엇도 이 방에 들어오지 못할 거요."

이내 그의 말이 뚝 멎어 버렸다. 그녀의 눈에서 극도의 공포가 엿보였기 때문이다.

"그 무엇도 들어올 수 없게 해 놨으니 걱정 마오." 그가 다시 말했다.

알렉시스는 미동도 없이 침대에 누워 있었다. 가슴에 얹은 창백한 손에는 그녀가 보석함에서 꺼내 온 은으로 된 십자가가 꼭 쥐여 있었다. 그녀는 다이아몬드 박힌 십자가를 결혼 선물로 받고 난 후로 은 십자가를 걸고 다녀 본 적이 없었다. 하지만 가장 절실할 때 시골 출신인 그녀에게 위안이 돼 준 것은 다름 아닌 오래전 성당에서 썼던 낡아 해진 수수한 십자가였다. 아내의 순진함이 게리아로 하여금 미소 짓게 했다.

"그런 건 필요 없소. 오늘 밤은 안전할 테니."

하지만 십자가를 쥔 그녀의 손에는 점점 더 힘이 들어갔다.

"아니, 원한다면 그렇게 지니고 있어도 되오. 난 그저 밤새도록 당신 곁을 지켜 주겠다는 얘기를 하고 있는 거요."

"밤새도록요?"

그가 침대에 걸터앉아 아내의 손을 살며시 잡아 쥐었다.

"그럼 내가 당신을 두고 떠나 버릴 줄 알았소?"

30분 후, 그녀는 잠에 빠져들었다. 게리아 박사는 침대 옆으로 의자를 끌어와 앉았다. 그는 안경을 벗고 왼손의 엄지와 검지로 콧날을 문질렀다. 그런 다음, 한숨을 길게 내쉬며 아내를 보았다. 정말 숨이 막힐 듯이 아름다운 여자야. 게리아 박사의 호흡이 서서히 가빠졌다.

"세상에 뱀파이어라는 건 없어." 그가 속삭였다.

어딘가에서 쿵쿵거리는 소리가 아득하게 들려왔다. 어느새 잠에 빠져 든 게리아 박사는 손가락을 까딱거리며 신음하고 있었다. 쿵쿵대는 소리는 점점 커졌다. 어둠 속에서 흥분한 목소리가 소용돌이쳤다. "박사님!" 목소리가 다급하게 불렀다.

"게리아 박사님?" 카렐이 말했다.

"뭔가?"

"괜찮으십니까?"

"그래, 괜찮네. 그저……"

게리아 박사가 목쉰 소리로 비명을 지르며 침대를 돌아보았다. 알렉시스의 잠옷이 갈가리 찢겨져 있었다. 그녀의 가슴과 목은 또다시 피로 범벅이 된 상태였다.

카렐은 고개를 저었다.

"창문에 빗장을 질러 놓았는데도 소용이 없군요, 주인님."

키 크고 깡마른 그는 주방 테이블 옆에 서 있었다. 게리아가 불쑥 들어왔을 때 그는 은식기를 닦던 중이었다.

"놈이 연기로도 변할 수 있는 모양입니다. 연기가 돼서 보이지 않는 틈으로도 스며들 수 있는 모양이에요."

"하지만 십자가가 있었지 않나!" 게리아가 빽 소리쳤다. "아내가 그걸 목에 걸고 있었단 말일세! 하지만 어째서 또다시 저 지경이……" 그가 넌더리를 내며 말했다.

"도무지 이해가 안 됩니다." 카렐이 어두운 표정을 지으며 말했다. "십자가가 부인을 지켜 드렸어야 하는데."

"왜 난 아무것도 보지 못했지?"

"놈의 못된 기운에 취해 계셨던 모양입니다." 카렐이 말했다. "주인님은 무사하시니 그나마 천만다행입니다."

"뭐가 다행이라는 건가?" 게리아 박사가 비통한 표정을 지으며 손바닥으로 의자를 탁 내리쳤다. "이젠 어찌하면 좋겠는가, 카렐?" 그가 물었다.

"마늘을 걸어 놓으시죠." 나이 든 남자가 말했다. "창문과 문마다 걸어 두면 되지 않을까요? 틈이 있는 곳마다 말입니다."

게리아가 심란한 표정으로 고개를 끄덕였다. "살면서 내가 이런 일을 겪게 되리라고는 상상도 못 했네." 그가 말했다. "다른 사람도 아니고, 내 아내가 이렇게 될 줄이야……"

"저는 본 적 있습니다." 카렐이 말했다. "무덤에서 튀어나온 괴물을 직접 해치웠었죠."

"말뚝으로 말인가?" 게리아가 넌더리를 내며 말했다.

노인이 천천히 고개를 끄덕였다.

게리아가 마른침을 꿀꺽 삼켰다. "이놈도 자네가 꼭 좀 해치워 주게나."

"페트레?"

그녀는 기운이 쫙 빠져나간 모습이었다. 목소리도 생기 없는 웅얼거림에 불과했다. 게리아는 아내 위로 몸을 숙였다. "나 여기 있소, 여보."

"오늘 밤 괴물이 또 찾아 올 거예요." 그녀가 말했다.

"아니오." 그가 결연한 얼굴로 고개를 저었다. "그런 일은 절대 없을 거요. 사방에 마늘을 걸어 두었으니까."

"십자가도 소용없었잖아요." 그녀가 말했다. "당신이 곁에서 지키고 있었는데도 소용없었고."

"마늘이 확실히 놈을 쫓아 줄 거요. 그리고 자, 보시오." 그가 침대 옆 탁자를 가리켰다. "블랙커피를 가져 오게 했소. 오늘 밤은 기필코 뜬눈으로 지새울 테니 걱정 마오."

그녀는 눈을 감았다. 그녀의 누런 얼굴에 고뇌의 표정이 떠올랐다. "난 죽고 싶지 않아요. 제발 날 지켜 줘요, 페트레."

"그건 걱정하지 말래도." 그가 말했다. "내 약속하오. 놈은 오늘 최후를 맞게 될 거요."

알렉시스의 몸이 바르르 떨렸다. "하지만 괴물을 물리칠 방법이 없잖아요, 페트레." 그녀가 웅얼거렸다.

"어떤 문제든 해결책이 존재하기 마련이오."

밖에서는 차고 묵직한 어둠이 서서히 집을 에워싸는 중이었다. 게리아 박사는 침대 옆에 자리를 잡고 앉아 기다렸다. 한 시간도 채 되지 않아 알렉시스는 깊은 잠에 빠져들었다. 게리아 박사는 쥐고 있던 그녀의 손을 놓고 뜨거운 커피를 한 컵 따랐다. 그는 뜨겁고 쓴 커피를 홀짝이며 방 안을 찬찬히 둘러보았다. 문은 굳게 걸려 있고, 창문에도 단단히 빗장이 걸려 있었다. 눈에 보이는 모든 틈은 마늘로 막아 놓았고, 알렉시스의 목에는 십자가가 있었다. 그는 만족스러운 듯 천천히 고개를 끄덕였다. 이번엔 틀림없이 막을 수 있을 거야. 그는 생각했다. 이번엔 우리가 이길 거라고.

그는 그렇게 앉아 자신의 숨소리를 듣고 있었다.

게리아 박사는 두 번째 노크 소리가 들리기 전에 문 앞으로 달려갔다.

"미카엘!" 그가 젊은 남자를 와락 끌어안았다. "미카엘, 자네가 와 줄 줄 알았네!"

그는 흥분하며 바레스 박사를 자신의 서재로 이끌었다. 창밖은 어둑해지고 있었다.

"마을 사람들은 다 어디 갔습니까?" 바레스가 물었다. "오는 길에 한 사람도 보지 못했어요."

"잔뜩 겁을 먹고 옹송그리며 집에 모여들 있겠지." 게리아가 말했다. "우리 집 하인들도 하나 빼고 죄다 집으로 돌아갔다네."

"누가 남았죠?"

"집사, 카렐." 게리아가 대답했다. "문을 열어 주러 나오지 않은 걸 보면 깊이 곯아떨어진 모양일세. 정말 딱한 사람이야. 나이도 많은데 이젠 다섯 명 몫을 혼자 감당해 내야 하니 말이야." 그가 바레스의 팔뚝을 움켜잡았다. "미카엘, 이렇게 자네를 볼 수 있게 돼서 내 마음이 얼마나 놓이는지 모른다네."

바레스는 걱정스러운 표정을 지어 보였다. "메시지를 받자마자 달려 온 겁니다."

"정말 고맙네." 게리아가 말했다. "클루지에서 이곳까지 거리가 꽤 될 텐데."

"무슨 일 있으십니까?" 바레스가 물었다. "편지에는 구체적인 설명이 없어서……"

게리아는 지난주 겪은 일들을 상세히 들려주었다.

"미카엘, 우린 정말 미쳐 버리기 직전일세." 그가 말했다. "온갖 방법을 다 동원해 봤지만 소용이 없었다네. 마늘, 투구꽃, 십자가, 거울, 유수流水, 전부 다 무용지물이었어! 아니, 그 얘긴 하지 말게. 이건 미신도, 착각도 아니야! 정말로 눈앞에서 벌어진 일이라니까! 뱀파이어가 아내를 저 지경으로 만들어 놨단 말일세! 저 사람은 하루가 다르게 쇠약해지는 중이야."

게리아가 자신의 두 손을 꼭 쥐었다. "어찌 된 일인지 당최 이해가 되질 않아."

"자, 좀 앉으시죠." 바레스 박사가 그를 의자에 앉혔다. 창백해진 게리아의 얼굴을 확인한 그가 얼굴을 찡그렸다. 그는 손가락으로 게리아의 맥을 짚어 보았다.

"문제는 내가 아니래도." 게리아가 신경질적으로 말했다. "우리가 챙겨야 할 사람은 바로 내 아내 알렉시스란 말일세." 그가 떨리는 손을 들어 자신의 눈을 지그시 눌렀다. "무슨 방법이 없겠나?"

젊은 의사는 그의 셔츠 단추를 풀고 목을 살펴보았다.

"여기도 보이는군요." 바레스가 넌더리를 내며 말했다.

"왜 그러나?" 게리아가 젊은 남자의 손을 꽉 움켜쥐었다. "이보게, 말 좀 해 보게나." 그가 말했다. "설마 아니겠지? 내가 아내에게 그런 추악한 짓을 저지른 건가?"

바레스는 무척 당황해 하는 모습이었다. **"박사님이요?"** 그가 말했다. "하지만······"

"알아, 안다고." 게리아가 말했다. "나 역시 놈에게 당했다네. 하지만 난 이토록 멀쩡하지 않은가, 미카엘! 도대체 어떻게 된 거지? 놈이 얼마나 불경한 곳에서 나타났기에. 난 하인들을 시켜 사방을 꼼꼼히 살펴보게 했네. 주변의 모든 묘지도 일일이 뒤집어 엎어 봤고 말일세. 지하 무덤들은 말할 것도 없고! 내가 뒤져 보지 않은 집은 이 마을에 한 채도 없네. 정말 미치고 팔짝 뛸 노릇이야. 자네라면 안 그렇겠나, 미카엘? 하지만 뭔가가······ 분명 뭔가가 있네. 밤마다 찾아와 우리에게 몹쓸 짓을 하고 가는 놈이 분명히 있단 말일세. 마을 전체가 공포에 휩싸여 있어. 나 또한 마찬가지고! 난 그 괴물을 본 적도, 그것이 내는 소리를 들어 본 적도 없네. 하지만 언제 들어왔는지 매일 아침, 내 사랑하는 아내의 상태를 살펴보면……"

바레스의 얼굴은 핼쑥하고 창백했다. 그가 선배 의사를 한동안 빤히 응시했다.

"이제 난 어찌 해야 하나?" 게리아가 말했다. "어찌 해야 아내를 살릴 수 있겠나?"

바레스에게는 그 답이 없었다.

"부인께선 언제부터…… 이렇게 되셨습니까?" 바레스가 물었다. 그의 시선은 하얗게 질린 알렉시스에서 떨어지지 않고 있었다.

"며칠 됐네." 게리아가 대답했다. "그 첫날 이후로 꾸준히 나빠지고 있다네."

바레스 박사는 알렉시스의 축 늘어진 손을 살며시 내려놓았다. "왜 진작 저를 부르지 않으셨습니까?"

"내 선에서 충분히 해결 가능할 거라 믿었네." 게리아가 기운 빠진 목소리로 대답했다. "하지만 내가 오판을 했어."

바레스가 몸을 바르르 떨었다. "하지만 분명 방법이……" 그가 다시 입을 열었다.

"더 이상 쓸 방법이 없다니까." 게리아가 말했다. "모든 걸 다 시도해 봤네. **모든 걸!**" 그가 비틀거리며 창가로 다가가 음울한 표정으로 깊어 가는 밤의 풍경을 내다보았다. "놈은 아랑곳하지 않고 계속 내 집을 들락거리고 있어." 그가 중얼거렸다. "도저히 놈을 막을 방법이 없단 말일세."

"그렇지 않습니다." 바레스는 미소를 지어 보이며 선배를 위로하려 애썼다. 그가 나이 든 남자의 어깨에 살며시 손을 얹었다. "오늘은 제가 지켜보겠습니다."

"소용없는 짓일세."

"저를 믿어 보시죠." 바레스가 초조한 톤으로 말했다. "자, 가서 좀 주무십시오."

"아내를 떠날 순 없네." 게리아가 말했다.

"하지만 휴식이 필요하지 않습니까."

"난 이 방을 뜨지 않을 걸세." 게리아가 말했다. "아내와 떨어질 순 없어."

바레스가 고개를 끄덕였다. "알겠습니다." 그가 말했다. "그럼 저랑 같이 여기서 지켜보시죠."

게리아가 한숨을 내쉬었다. "어디 한번 해 보세나." 그가 말했다. 하지만 그의 목소리에서는 조금의 희망도 묻어나지 않았다.

20분 후, 그는 뜨거운 커피가 담긴 주전자를 챙겨 돌아왔다. 진하게 풍기는 마늘 냄새 탓에 커피 향기를 제대로 누릴 수가 없었다. 게리아는 침대 옆 탁자에 쟁반을 내려놓았다. 바레스 박사는 의자를 끌어와 침대 옆에 자리를 잡았다.

"제가 먼저 불침번을 서겠습니다." 그가 말했다. "먼저 눈을 붙이시죠."

"다 부질없는 짓일세." 게리아가 말했다. 그가 스피곳 아래 컵을 갖다 붙였다. 흑단처럼 까만 액체가 꽐꽐대며 쏟아졌다.

"감사합니다." 바레스가 컵을 받아들며 말했다. 게리아가 고개를 한 번 끄덕이고는 자신의 컵에도 커피를 받았다.

"놈을 처치하지 못하면 솔타는 어떻게 될까?" 그가 말했다. "사람들은 죄다 공포에 질려 있던데."

"놈이…… 마을 다른 곳에도 출몰한 적 있습니까?" 바레스가 그에게 물었다.

게리아가 땅이 꺼져라 한숨을 내쉬었다. "놈이 왜 다른 데를 기웃거리겠나." 그가 말했다. "자기가 원하는 게 이 집에 다 있는데." 그가 낙담한 표정으로 알렉시스를 돌아보았다. "우리 부부가 죽으면," 그가 말했다. "그러면 놈은 딴 데로 가 버릴걸세. 마을 사람들 모두가 그걸 알고 있어. 그래서 저렇게들 숨을 죽이고 우리만 지켜보는 거라네."

바레스는 컵을 내려놓고 눈을 비볐다.

"이건 말이 안 되지 않습니까. 명색이 우린 과학을 믿는 의사들인데 말입니다."

"과학이 놈을 어찌 할 수 있겠는가?" 게리아가 말했다. "과학은 놈의 존재조차 인정하지 않는데. 아무리 세계적인 과학자들을 불러 모아 놔도 한심한 얘기만 늘어놓을 게 뻔해. 당신이 착각하고 있는 겁니다. 세상에 뱀파이어는 존재하지 않아요. 이건 누군가의 속임수일 뿐입니다."

게리아가 잠시 말을 멈추고 후배 의사를 뚫어져라 응시했다. "미카엘?"

바레스의 호흡은 느리고 거칠었다. 게리아는 입에도 대지 않은 컵을 내려놓고 자리에서 일어났다. 그는 의자에 축 늘어진 바레스에게로 천천히 다가갔다. 그리고 눈꺼풀을 열어 초점 잃은 동공을 확인했다. 약효가 굉장하군. 이 정도일 줄이야. 바레스는 한동안 의식을 회복하지 못할 것이다.

게리아는 옷장에서 가방을 꺼내 왔다. 그리고 알렉시스의 잠옷 상의를 북북 찢어 버린 후 주사기로 그녀의 피를 뽑았다. 다행히도 혈액 채취는 이번이 마지막이었다. 그는 아내의 피로 가득 찬 주사기를 바레스에게로 가져가 그의 입에 넣고 깨끗하게 비워 냈다. 그의 입술과 이에도 피를 넉넉히 묻혀 놓았다.

그는 문으로 성큼 다가가 자물쇠를 풀고 다시 바레스에게로 돌아갔다. 그는 젊은 의사를 번쩍 안아 들고 복도로 나갔다. 카렐은 잠에서 쉽게 깨지 않을 것이다. 게리아가 그의 음식에 소량의 아편제를 몰래 타 두었기 때문이었다. 그는 바레스를 질질 끌고 계단을 내려갔다. 어두운 지하 저장고 한쪽 구석에는 바레스를 위한 나무 관이 준비돼 있었다. 그는 날이 밝을 때까지 그 안에 누워 있게 될 것이다. 제정신이 아닌 페트레 게리아 박사가 뜬금없이 카렐에게 다락과 지하 저장고를 살펴 볼 것을 지시할 때까지.

10분 후, 게리아는 다시 침실로 돌아와 있었다. 그는 알렉시스의 맥박을 체크했다. 다행히 정상적으로 뛰고 있었다. 죽을 염려는 없었다. 그간 겪어 온 끔찍한 고통과 살인적인 공포는 그녀에게 충분한 벌이 되었을 것이다. 그리고 바레스는……

게리아 박사는 지난 여름, 알렉시스와 그가 클루지에서 돌아온 이래 처음으로 미소를 짓고 있었다. 한껏 들뜬 그는 늙은 카렐이 알렉시스와 몰래 바람을 피워 온 미카엘 바레스의 심장에 말뚝을 박아 넣는 장면을 머릿속에 신나게 그려 보기 시작했다.

깜짝 선물
Big Surprise

늙은 호킨스 씨는 말뚝 울타리 옆에 서서 자신의 집 앞을 지나는 어린 소년들을 부르곤 했다.

"이봐!" 그가 아이들을 불렀다. "이쪽으로 좀 와 봐!"

대부분 아이들은 겁을 먹고 그에게 접근하지 않았다. 그냥 웃음을 터뜨리며 떨리는 목소리로 그를 놀려 댈 뿐이었다. 그로부터 멀리 도망쳐 나오고서는 친구들을 모아 놓고 자기들이 얼마나 용감했는지 신나게 떠벌려 댔다. 하지만 이따금 부름을 듣고 호킨스 씨에게로 접근하는 소년이 나타나곤 했다. 그럴 때마다 호킨스 씨는 아이에게 요상한 주문을 일러 주었다.

땅에 구멍을 파, 그가 말했어.

살짝 윙크를 하면서.

땅을 파 보면 깜짝 선물을

찾게 될 거야.

언제부터인가 아이들은 그 주문을 구호처럼 외치고 다녔다. 아주 오래전 같은 구호를 들어본 것 같다는 부모도 속속 생겼다.

언젠가 한 아이가 주문대로 땅을 파헤치기 시작했다. 하지만 오래 가지 않아 지쳐 버렸고, 결국 깜짝 선물을 찾지 못했다. 그 소년이 지금껏 유일한 시도자로 남아 있었다.

어느 날, 수업을 마친 어니 윌러커가 두 친구와 집으로 돌아가고 있었다. 나란히 걷던 그들은 길 건너 말뚝 울타리 옆에 서 있는 호킨스 씨를 보게 되었다.

"이봐!" 그가 아이들을 불렀다. "이쪽으로 좀 와 봐."

"널 부르는 것 같은데, 어니." 한 친구가 놀리듯 말했다.

"아니야." 어니가 말했다.

호킨스 씨가 손가락으로 어니를 가리켰다. "이리로 와 봐!" 그가 큰 소리로 불렀다.

어니는 겁먹은 얼굴로 친구들을 차례로 보았다.

"어서 가 봐." 한 친구가 말했다. "겁낼 거 없잖아."

"누가 겁이 난대?" 어니가 말했다. "엄마가 학교 끝나면 곧장 집으로 오라고 하셨단 말이야."

"겁쟁이." 또 다른 친구가 말했다. "호킨스 노인네가 무서운 거지?"

"아니라니까!"

"아니면 가 봐."

"이봐!" 호킨스 씨가 다시 불렀다. "이리 와 보라니까."

"너희는," 어니가 우물거렸다. "여기서 기다리고 있어."

"알았어. 여기서 보고 있을게."

"그럼……" 어니는 마음을 먹고 애써 태연한 척하며 길을 건너갔다. 소년은 책을 왼손에 옮겨 들고 오른손으로는 흘러내린 머리를 쓸어넘겼다. **땅에 구멍을 파, 그가 말했어.** 그는 머릿속으로 중얼거렸다.

어니는 말뚝 울타리 앞으로 바짝 다가갔다. "네?" 아이가 말했다.

"더 가까이 와 봐." 노인이 까만 눈을 번뜩이며 말했다.

어니는 한 걸음 더 다가갔다.

"이 호킨스 할아버지가 무섭니? 응?" 노인이 윙크를 하며 물었다.

"아뇨." 어니가 대답했다.

"다행이구나." 노인이 말했다. "자, 이제부터 내 말 잘 들어. 너, 깜짝 선물 받고 싶지 않니?"

어니가 어깨 너머를 흘끔 돌아보았다. 친구들은 아직도 제자리를 지키고 서 있었다. 아이가 친구들을 향해 환히 웃어 보였다. 바로 그때 여윈 손이 불쑥 튀어나와 아이의 오른팔을 움켜잡았다. "이거 놔요!" 어니가 화들짝 놀라며 소리쳤다.

"놀랄 거 없어." 호킨스 씨가 부드럽게 말했다. "널 해치려는 게 아니야."

어니는 붙잡힌 손을 힘껏 잡아당겼다. 노인이 슬그머니 다가오자 아이의 눈에 눈물이 흐르기 시작했다. 어니는 곁눈질로 헐레벌떡 달아나는 친구들을 바라보았다.

"이…… 이거 놓으라니까요." 어니가 훌쩍거리며 말했다.

"곧 놔 줄게." 노인이 말했다. "자, 얘기해 봐. 깜짝 선물 받고 싶지 않니?"

"아뇨. 괜찮아요."

"받고 싶을 텐데." 호킨스 씨가 말했다. 그의 입김이 느껴지자 어니는 필사적으로 손을 잡아당겼다. 하지만 강철 같은 호킨스 씨의 손은 꿈쩍도 하지 않았다.

"밀러 씨의 농장이 어디 있는지 알지?" 호킨스 씨가 물었다.

"네."

"거기 있는 커다란 떡갈나무도 알고?"

"네. 네, 알아요."

"농장에 있는 떡갈나무로 가서 교회 첨탑이 있는 쪽을 돌아봐. 알겠니?"

"네…… 네."

노인이 자기 앞으로 아이를 조금 더 잡아끌었다. "그쪽으로 열 걸음을 걸어가는 거다. 알겠니? 열 걸음."

"네……"

"열 걸음째 되는 곳을 10피트* 정도 파헤쳐야 해. **내가 지금 몇 피트라고 했지?**" 그가 앙상한 손가락으로 어니의 가슴을 쿡쿡 찔렀다.

"10…… 10피트." 어니가 대답했다.

"그래, 맞았어." 노인이 말했다. "교회 첨탑이 보이는 쪽으로 열 걸음 걸어가서 땅을 10피트 정도 파 내려가면 깜짝 선물을 찾을 수 있어." 그가 어니를 빤히 보며 또다시 윙크했다. "그렇게 해 볼 테야?"

"난…… 네, 알았어요. **알았다고요.**"

* 약 3미터.

그제야 호킨스 씨가 어니의 팔뚝을 놓아 주었다. 아이는 잽싸게 뒤로 물러났다. 소년의 팔은 더 이상 감각이 없었다.

"절대 까먹으면 안 돼." 노인이 말했다.

어니는 홱 돌아서서 전력으로 달리기 시작했다. 친구들은 모퉁이에서 기다리고 있었다.

"그 노인네가 널 죽이려고 달려들었어?" 한 친구가 속삭였다.

"아니." 어니가 말했다. "그런 게 아니었어."

"그럼 뭔데?"

"너희도 알잖아."

그들은 구호를 요란하게 외치며 걸어가기 시작했다.

> **땅에 구멍을 파, 그가 말했어.**
>
> **살짝 윙크를 하면서.**
>
> **땅을 파 보면 깜짝 선물을**
>
> **찾게 될 거야.**

매일 오후, 그들은 밀러 씨의 농장을 찾아갔다. 그리고 커다란 떡갈나무 아래 앉아 시간을 보냈다.

"정말 파 보면 뭔가가 있을까?"

"아니."

"만약 있다면?"

"있긴 뭐가 있어?"

"금 같은 거."

그들은 매일 그곳에 모여 신나게 수다를 떨다가 첨탑이 보이는 쪽으로 열 걸음 걸었다. 그리고 노인이 얘기한 지점의 땅을 운동화 발 끝으로 툭툭 찼다.

"정말로 금이 묻혀 있을까?"

"그럼 그 노인네가 우리에게 알려 줬을 리 없잖아."

"맞아. 자기가 직접 파면 될 텐데."

"너무 늙어서 그럴 힘이 없잖아."

"그런가? 아무튼 여길 파서 금이 나오면 공평하게 3등분해서 나눠 갖는 거야." 그들의 호기심은 점점 커져만 갔다. 그들은 밤마다 금을 캐는 꿈을 꾸었다. 수업 중에는 교과서에 '금'이라는 단어를 적어 놓 았고, 기회가 생길 때마다 금을 팔아 무엇을 사고 싶은지 고민에 빠 졌다. 그들은 일부러 호킨스 씨의 집 앞을 지나쳐 보기도 했다. 그가 또다시 부르면 쪼르르 달려가 정말로 금이 묻혀 있는지 물어볼 참이 었다. 하지만 그 후로 노인은 그들을 부르지 않았다.

그러던 어느 날, 수업을 마치고 집으로 향하던 그들은 호킨스 씨가 또 다른 소년과 대화를 나누고 있는 광경을 목격했다.

"우리에게 먼저 금을 가져도 좋다고 했잖아!" 어니가 말했다.

"맞아!" 그들은 성을 내며 걷는 속도를 올렸다. "빨리 가자!"

그들은 어니의 집으로 달려갔다. 어니는 지하실에서 삽을 꺼내 왔 다. 그들은 삽을 하나씩 챙겨 들고 거리와 쓰레기장을 가로질러 밀러 씨의 농장으로 향했다. 그들은 커다란 떡갈나무 아래 서서 첨탑 쪽으 로 열 걸음 걸었다.

"여기야. 어서 파 보자." 어니가 말했다.

그들의 삽이 검은 흙으로 푹푹 파고들었다. 그들은 말없이 작업을 이어 나갔다. 숨이 내쉬어질 때마다 콧구멍에서 휘파람 소리가 났다.

구덩이 깊이가 3피트에 이르자 그들은 잠시 쉬기로 했다.

"정말로 금이 있긴 할까?"

"모르겠어. 하지만 아까 그 녀석이 오기 전에 우리가 먼저 확인을 해야 한다고."

"맞아!"

"그런데 10피트나 들어갔다가 나중에 어떻게 나오지?" 그들 중 하나가 물었다.

"그러네!"

"구덩이 벽을 깎아 계단을 만들어 놓으면 돼." 어니가 말했다.

그들은 휴식을 마치고 다시 삽질로 돌아갔다. 작업은 한 시간 이상 이어졌다. 구덩이 주변에는 벌레가 득실대는 차가운 흙이 수북이 쌓이는 중이었다. 그들의 옷과 피부는 이미 흙으로 얼룩져 있었다. 구덩이 깊이가 키를 넘어섰을 때 그들 중 하나가 양동이와 밧줄을 가져오겠다며 사라졌다. 어니와 또 다른 소년은 계속해서 땅을 파헤쳐 나갔다. 그렇게 삽으로 떠낸 흙은 쉴 새 없이 구덩이 밖으로 내던져졌다. 한참 후, 그들 머리 위로 흙이 우수수 쏟아져 내렸다. 녹초가 된 아이들은 삽질을 멈추고 젖은 흙에 주저앉아 나머지 친구가 돌아오기를 기다렸다. 그들의 손과 팔은 흙에 물들어 갈색을 띠고 있었다.

"우리가 몇 피트나 팠지?" 소년이 물었다.

"6피트." 어니가 대충 말했다.

또 다른 친구가 돌아오자 그들은 또다시 작업에 들어갔다. 그들은 뼈가 욱신거릴 때까지 삽질을 멈추지 않았다.

"아, 난 그만할래." 연신 양동이를 끌어올리던 소년이 말했다. "더 파 봤자 아무것도 없을 거야."

"그 노인네가 10피트라고 했어." 어니가 말했다.

"난 포기할래." 소년이 말했다.

"겁쟁이!"

"마음대로 생각해."

어니가 옆에 붙어 있는 친구를 돌아보았다. "이제부턴 네가 흙을 퍼올려 줘." 아이가 말했다.

"어, 알았어." 소년이 웅얼거리며 말했다.

어니는 계속해서 구덩이를 파 나갔다. 한참 후, 아이가 고개를 들고 위를 올려다보았다. 구멍의 벽이 덜덜 떨리다가 와르르 무너져 내릴 것만 같았다. 진이 빠진 아이의 몸이 바르르 떨렸다.

"그만하자." 위에서 아이의 친구가 소리쳤다. "아무것도 안 나오잖아. 10피트도 넘게 팠다고."

"좀 더 파면 나올 거야." 어니가 숨을 헐떡이며 말했다.

"대체 언제까지 파려고? 중국이 나올 때까지?"

어니는 벽에 몸을 기대고 서서 이를 갈았다. 통통한 지렁이 한 마리가 흙벽을 뚫고 나와 구덩이 바닥으로 툭 떨어졌다.

"난 집에 갈래." 또 다른 소년이 말했다. "저녁 먹기 전에 돌아가지 않으면 혼나."

"너도 겁쟁이야." 어니가 말했다.

"아아아…… **마음대로 생각해.**"

어니가 뻐근한 어깨를 으쓱였다. "금이 나오면 다 내가 가질 거야." 그가 위에 대고 소리쳤다.

"거기 금 따윈 없다니까." 또 다른 소년이 말했다.

"밧줄 끝을 아무 데나 묶어 놔. 이따 금을 찾으면 그걸 잡고 나갈 거니까." 어니가 말했다.

소년이 낄낄 웃었다. 아이는 밧줄을 관목에 묶고 반대쪽 끝을 구덩이 안으로 늘어뜨렸다. 어니는 고개를 들고 비뚤어진 직사각형 구멍 밖으로 어둑해져 가는 하늘을 올려다보았다. 소년의 얼굴이 불쑥 튀어나와 어니를 내려다보았다.

"몸이 껴 버린 거야?" 소년이 물었다.

"그럴 일 없어." 어니가 으르렁거리며 삽으로 땅을 찍었다. 그는 자신의 등에 꽂힌 친구의 시선을 똑똑히 느낄 수 있었다.

"안 무서워?" 위에서 소년이 물었다.

"뭐가?" 어니는 고개도 들지 않고 신경질적으로 말했다.

"몰라." 소년이 말했다.

어니는 계속 삽질을 이어 나갔다.

"알았어." 소년이 말했다. "나 먼저 가 볼게."

어니는 끙 앓는 소리를 냈다. 친구의 발소리가 점점 멀어졌다. 구덩이 안을 둘러보는 아이의 목에서 나지막한 신음이 흘러나왔다. 갑자기 냉기가 아이를 엄습해 왔다.

"난 끝까지 팔 거야." 아이가 중얼거렸다. 금이 나오면 전부 내 차지라고. 누구와도 나누지 않을 거야.

소년은 씩씩거리며 부지런히 손을 놀렸다. 구덩이 한쪽에서는 아이가 파낸 흙이 수북이 쌓여 갔다. 어둠이 빠르게 내려앉고 있었다.

"조금만 더." 아이는 헐떡거리며 속삭였다. "조금만 더 파면 금을 챙겨 집에 돌아갈 수 있어."

소년이 발로 삽을 힘껏 밟았다. 바로 그때 땅속에서 무언가가 둔탁한 소리를 냈다. 순간 어니의 등골이 오싹해졌다. 소년은 애써 흥분을 가라앉히고 삽질을 이어 갔다. 내가 뭐랬어? 아이는 생각했다. 내가 뭐랬냐고!

소년의 발밑으로 긴 상자의 일부가 살짝 드러나 있었다. 아이는 한동안 그렇게 서서 나무 상자를 내려다보았다. **드디어 찾아냈어……**

어니는 몸을 덜덜 떨며 발로 상자를 건드려 보았다. 나지막하고 공허한 소리가 들려 왔다. 아이는 흙을 조금 더 걷어 내고 삽으로 나무 표면을 긁어 보았다. 엄청난 길이 탓에 완전히 캐내는 건 불가능할 것 같았다.

상자에는 걸쇠로 잠긴 이중 커버가 붙어 있었다.

어니는 이를 악물고 삽의 끝부분으로 걸쇠를 내리쩍었다. 걸쇠가 떨어져 나가면서 커버 하나가 벗겨졌다.

순간 어니의 입에서 외마디 비명이 터져 나왔다. 아이는 흙벽에 등을 붙이고 서서 공포에 질린 얼굴로 상자 안에서 벌떡 일어나 앉은 남자를 빤히 응시했다.

"놀랐지?" 호킨스 씨가 말했다.

산타클로스를 만나다
A Visit to Santa Claus

부루퉁한 리처드는 어둠이 내려앉은 주차장을 가로지르며 연신 한숨을 내쉬었다.

"알았어. 거기까지만 해." 차에 도착했을 때 헬렌이 아이에게 말했다. "화요일에 갈 거라고 했잖아. 몇 번을 얘기해야 알아듣겠니?"

"지금 당장 가고 싶단 말이에요." 리처드가 울먹이며 말했다.

켄은 품고 있는 선물꾸러미를 떨어뜨리지 않으려 애쓰며 열쇠를 찾아 주머니를 뒤적였다. "오," 그가 신경질적으로 말했다. "내가 데려갈게."

"그게 무슨 소리야?" 그녀가 선물꾸러미를 고쳐 들며 물었다. 매서운 칼바람이 차들이 빽빽이 들어찬 주차장을 훑으며 불어 왔다.

"지금 내가 데려가겠다고." 그가 힘겹게 차문을 열며 말했다.

"**지금?**" 그녀가 물었다. "너무 늦었잖아. 왜 아까 저 안에서 쇼핑할 때 데려가지 않았어? 그때 다녀왔으면 좋았잖아."

"내가 지금 데려가겠다고. 안 될 거 없잖아."

"산타클로스 보고 싶어요!" 리처드가 간절한 눈빛으로 엄마를 올려다보며 말했다. "엄마, 지금 당장 산타클로스를 만나고 싶어요!"

"지금은 안 돼, 리처드." 헬렌이 고개를 저으며 말했다. 그녀는 앞좌석에 선물꾸러미를 내려놓고 스트레칭을 했다. 그녀의 입에서 끙 앓는 소리가 터져 나왔다. "그만하라고 했잖아." 리처드가 다시 울먹이자 그녀가 성을 내며 말했다. "지금 엄마가 죽을 만큼 피곤하거든. 다시 들어갈 기운이 없단 말이야."

"당신은 그냥 여기서 기다리기만 하면 돼." 켄도 차 안으로 선물꾸러미를 던져 넣었다. "내가 데려갔다 올 테니까." 그가 차에 불을 켰다.

"엄마, **제발요, 엄마? 제발?**"

그녀는 선물을 밀어내고 조수석에 털썩 주저앉았다. 그녀의 입에서 신음이 흘러나왔다. 그는 헝클어진 갈색 머리 몇 가닥이 흘러내린 아내의 이마와 립스틱이 말라붙은 입술을 차례로 보았다.

"왜 갑자기 마음이 바뀐 거야?" 그녀가 지친 목소리로 남편에게 물었다. "저 안에서 백 번도 넘게 애원했을 땐 모른 척하더니만."

"맙소사. 아까나 지금이나 뭐가 달라?" 그가 딱딱거렸다. "고작 산타클로스나 보자고 화요일에 또 오는 게 낫겠어?"

"아니."

"거 봐." 그는 다리를 가지런히 모으고 정면을 응시하는 아내를 보았다. 그녀의 스타킹에는 잔뜩 주름이 져 있었다. 희미한 불빛 속에서 뚱한 표정을 짓고 있는 그녀는 그새 폭삭 늙어 버린 것 같았다. 그의 배 속에서 묘한 기분이 느껴졌다.

"제발, 엄마?" 리처드가 애원했다. 헬렌이 무슨 우리 집 왕이라도 되나? 켄은 생각했다. 아빠인 난 아무것도 아니라는 거야? 하긴, 언제 내게 권위라는 게 있기는 했나?

침울한 표정으로 앞 유리를 내다보던 헬렌이 뒤로 손을 뻗어 실내등을 껐다. 그녀는 두 시간 가까이 이어진 광란의 크리스마스 쇼핑에 녹초가 돼 버렸다. 흥분한 쇼핑객들, 신경을 거슬리게 하는 점원들, 산타클로스에게 데려가 달라고 조르는 리처드, 짜증을 내며 아이의 간청을 외면하는 켄.

"나 혼자 여기서 뭘 하라고?" 그녀가 물었다.

"몇 분 걸리지 않을 거야." 켄이 말했다. 두 시간에 걸쳐 모자를 졸졸 따라다니며 그들에게 불평을 쏟아냈던 그는 헬렌 못지않게 지친 상태였다.

"오, 마음대로 해." 그녀가 외투 자락으로 다리를 덮으며 말했다. "하지만 너무 오래 있진 마."

"산타클로스, 산타클로스!" 흥분한 리처드가 아버지의 외투 자락을 잡아끌며 빽빽 소리쳤다.

"알았다고!" 켄이 버럭 화를 냈다. "그만 좀 잡아당겨. 빌어먹을!"

"기쁘다 구주 오셨네." 헬렌이 넌더리를 내며 한숨을 내쉬었다.

"다녀올게." 켄이 리처드의 손을 움켜쥐고 쓸쓸한 톤으로 말했다. "가자."

헬렌은 차문을 닫았다. 켄은 아내가 문에 자물쇠를 걸지 않았음을 확인했다. 어쩌면 그녀는 그들이 사라지고 나서 잠금 버튼을 누르려는 건지도 몰랐다. **열쇠!** 그가 황급히 외투 주머니에 손을 찔러넣었다. 마비된 손가락이 차가운 금속을 꼭 움켜쥐었다. 그는 마른침을 한 번 삼키고 나서 찬 공기를 천천히 들이쉬었다. 그의 가슴 속에서는 심장이 쿵쾅대고 있었다. 침착해. 그는 속으로 중얼거렸다. 흥분하지 말고…… 침착해.

그는 뒤를 돌아보지 않았다. 장례식장에서 죽은 이에게 자꾸 눈길을 주는 것과 다르지 않을 테니까. 그는 고개를 들고 백화점 건물 지붕에 걸린 휘황찬란한 네온 화환을 올려다보았다. 쥐고 있는 리처드의 손이 거의 느껴지지 않았다. 그의 또 다른 손은 주머니 속 열쇠를 움켜쥐고 있었다. 절대 돌아봐선 안 돼, 절대로……

"켄!"

그녀의 목소리가 주차장에 쩌렁쩌렁 울려 퍼졌다. 순간 그의 몸이 바짝 얼어붙어 버렸다. 그는 반사적으로 돌아섰다. 그의 아내가 포드 옆에 붙어 서서 그들을 바라보고 있었다.

"열쇠는 주고 가!" 그녀가 말했다. "차를 정문 앞에 세워 둘게. 이따 여기까지 걸어오려면 너무 멀잖아!"

그는 멍한 얼굴로 아내를 바라보았다. 속이 심하게 울렁거리기 시작했다.

"그건……" 그가 애써 분을 삭이고 헛기침을 했다. "별로 안 머니까 괜찮아!" 그가 큰소리로 말했다.

그는 아내가 대꾸하기 전에 잽싸게 돌아섰다. 이상한 낌새를 챘는지 리처드가 그를 빤히 올려다보고 있었다. 누군가가 몽둥이로 그의 흉벽을 두들겨 대고 있는 듯했다.

"엄마가 부르잖아요." 리처드가 말했다.

"산타클로스 볼 거야, 안 볼 거야?" 켄이 신경질적으로 말했다.

"볼 거예요."

"그럼 닥치고 있어!"

그는 또다시 침을 삼키고는 보폭을 늘렸다. 왜 갑자기 저러는 거지? 그의 등골이 오싹해져 왔다. 그의 시선이 다시 네온 화환을 향했다. 하지만 그는 아직도 초록색 코르덴 외투 차림으로 차 옆에 서 있는 헬렌을 똑똑히 볼 수 있었다. 그녀는 한 손을 번쩍 든 채 그를 바라보고 있었다. 그녀의 목소리도 여전히 그의 귓전을 맴돌고 있었다. **이따 여기까지 걸어오려면 너무 멀잖아!** 칼바람에 뒤흔들려 희미하고 애처롭게 들려왔던 소리.

바람이 그의 볼을 차갑게 식혀 놓았다. 아스팔트 바닥을 내디뎌 가는 그와 리처드의 신발 밑에서 자갈이 짓이겨졌다. 70야드*. 앞으로 70야드 정도만 더 가면 정문에 도달할 수 있었다. 저 소리. 차문을 닫고 들어가 버렸나? 보나마나 단단히 화가 났겠지? 저 사람이 문에 자물쇠를 걸어 놓으면 안 되는데……

챙이 축 늘어진 검은 모자를 눌러 쓴 남자가 주차장 끝에 서 있었다. 켄은 그를 못 본 척했다. 대기권 밖으로 나와 버린 것처럼 산소가 희박해진 느낌이었다. 마치 진공 상태의 어둠 속을 걸어가고 있는 듯이. 심장이 바싹 죄는 것 같았고, 폐는 더 이상 공기를 담아 두지 못하는 듯했다.

"산타클로스가 날 사랑할까요?" 리처드가 물었다.

헐떡대는 켄의 가슴이 답답해져 왔다. "그래, 그래." 그가 말했다.

---

* 약 64미터.

"사랑하고말고." 남자는 두 손을 낡은 체크무늬 외투 주머니에 찔러 넣은 채 멀뚱히 서서 밤하늘을 올려다보고 있었다. 쇼핑 중인 아내를 기다리고 있는 듯이. 하지만 그게 아니었다. 열쇠를 쥔 켄의 손에는 힘이 잔뜩 들어가 있었다. 그의 다리는 묵직한 통나무가 돼 버린 것 같았다.

난 못해. 그는 갑자기 생각했다. 그냥 저 남자를 지나쳐 걷겠어. 리처드와 산타클로스를 보고 나와서 그냥 차로 돌아갈 거야. 이곳 일은 다 잊고 집으로 갈 거라고. 그는 압도적인 무력감에 휩싸여 있었다. 머릿속에 선물꾸러미로 가득 찬 포드 안에 홀로 앉아 남편과 아들이 돌아오기를 기다리고 있는 헬렌의 모습이 떠올랐다. 순간 감전이 된 듯 그의 온몸이 찌릿찌릿해져 왔다. 난 못하겠어. 그의 머릿속에서 누군가가 말을 하고 있는 것 같았다. 도저히 못 하겠다고……

점점 차가워지는 그의 손에는 감각이 남아 있지 않았다. 손가락에서는 더 이상 피가 돌지 않는 모양이었다.

아니야. 꼭 해야만 해. 그 길밖엔 없다고. 언제까지 좌절만 하며 살 거야? 여기서 포기하면 암울한 미래를 면치 못한다는 거 명심해. 마음속 울분은 그의 몸에 있어 독과 같았다. 건강을 위해서라도 반드시 해치워야 할 일이었다. 남은 삶을 생각해서라도.

주차장 끝에 다다른 그들은 남자를 지나쳐 걸었다.

갑자기 리처드가 소리쳤다. "아빠, 열쇠 떨어뜨렸어요!"

"빨리 와!" 그가 리처드의 손을 홱 잡아끌었다. 그는 어깨 너머를 돌아보지 않으려 애썼다.

"열쇠가 떨어졌다니까요!"

"빨리 오라니까!"

켄의 말이 끝나기도 전에 리처드가 아빠 손을 뿌리치고 열쇠가 떨어진 곳으로 쌩하니 달려갔다. 그는 미동도 없이 서 있는 남자를 무기력하게 보았다. 남자가 어깨를 으쓱였다. 하지만 켄은 그의 표정을 읽을 수가 없었다. 챙 넓은 모자가 얼굴을 가리고 있었기 때문이었다.

리처드가 열쇠를 들고 달려왔다. "여기요, 아빠."

켄은 떨리는 손으로 열쇠를 받아 외투 주머니에 집어넣었다. 그의 속은 여전히 불편했다. 소용없을 거야. 그는 생각했다. 실망감과 죄책감이 한꺼번에 몰려들었다.

"나한테 고맙다고 해요." 리처드가 다시 아버지의 손을 잡으며 말했다.

고민에 빠진 켄은 걸음을 옮기지 못했다. 그의 손은 아직도 주머니 속 열쇠를 감싸고 있었다. 근육의 긴장이 그를 남자가 있는 쪽으로 이끌었다. 하지만 그는 꾹 참아 냈다. 리처드에게 절대 보여서는 안 되는 모습이기에.

"빨리 들어가요, 아빠." 리처드가 보챘다.

켄은 애써 태연한 척하며 돌아섰다. 그리고 백화점 정문을 향해 다시 걸음을 옮기기 시작했다. 온몸이 무감각했고, 머릿속은 아찔했다. 다 끝났어! 그는 이를 갈며 생각했다. **다 끝나 버렸다고!**

"나한테 고맙다고 해요, 아빠."

"닥치고……!" 예고 없이 터져 나온 우레 같은 목소리에 그가 흠칫 놀랐다. 그의 입술이 바르르 떨렸고, 쏟아 내고 싶었던 말들은 목구멍에 턱 걸려 버리고 말았다. 리처드는 아무 말이 없었다. 아이는 겁에 질린 얼굴로 딱딱하게 굳은 아버지의 얼굴을 올려다보고 있었다.

그들이 백화점 정문까지 절반쯤 왔을 때 체크무늬 외투의 남자가 켄을 스치고 지나갔다.

"실례합니다." 남자가 웅얼거렸다. 그의 팔이 열쇠가 들어 있는 주머니를 툭 쳤다. 준비가 됐으니 내 놓으라는 뜻이었다.

남자는 경련하는 듯한 걸음으로 정문을 향해 빠르게 이동했다. 그의 뒷모습을 바라보는 켄은 누군가가 두 손으로 자신의 머리를 짓이겨 대는 듯한 기분을 느꼈다. 아직 끝이 아니야. 그는 그 사실을 다행으로 여겨야 하는지 갈피를 잡지 못했다. 남자가 회전문 옆의 유리문으로 들어서려다 말고 뒤를 돌아보았다. 지금이야. 그는 생각했다. 바로 지금이라고. 그가 다시 열쇠를 꺼냈다.

"난 저쪽으로 갈래요, 아빠!" 리처드가 쇼핑객들이 쉴 새 없이 드나드는 회전문 쪽으로 아버지를 잡아끌기 시작했다.

"그쪽은 너무 정신없어서 안 돼." 그가 말했다. 하지만 그것은 또 다른 자아가 늘어놓는 말이었다. 이건 내 미래가 걸린 일이야. 그는 반복해서 되뇌었다. 내 미래가.

"사람이 별로 없잖아요, 아빠!"

그는 아들과 입씨름하고 싶지 않았다. 그는 리처드를 옆문 쪽으로 거칠게 잡아끌었다. 그가 열쇠를 쥔 손으로 문을 열려는 찰나 누군가가 그것을 낚아채 가 버렸다.

잠시 후, 그와 리처드는 백화점 안으로 들어섰다. 눈부신 실내조명이 역겹게만 느껴졌다. 그렇게 모든 게 끝나 버렸다.

켄은 어깨 너머로 돌아보지 않고도 남자가 어둠에 묻힌 주차장으로, 그의 포드가 세워진 곳으로 향하는 중이라는 걸 알 수 있었다.

당장이라도 주체할 수 없는 격렬한 반응이 터져 나올 것만 같았다.

밀려드는 메스꺼움에 그는 하마터면 비명을 지를 뻔했다. 그는 남자를 쫓아 밖으로 뛰쳐나가고 싶었다. 안 돼. 생각이 바뀌었어. 빨리 가서 막아야 해! 놀랍게도 헬렌을 향한 증오와 삶에 대한 불만이 한순간에 사라져 버렸다. 헬렌은 차를 정문 앞에 세워 놓겠다고 했다. 남편과 리처드가 칼바람을 맞으며 먼 길을 걸어오지 않아도 되도록. 그의 머릿속에는 오로지 그 기억뿐이었다.

리처드는 계속해서 온기와 소음 쪽으로 그를 잡아끌고 있었다. 그는 현기증 나는 머리를 간신히 가누고 떼를 지어 서성거리는 쇼핑객들을 헤쳐 안으로 들어갔다. 2층 발코니에서는 차임벨 소리가 들려오고 있었다. **기쁘다 구주 오셨네.** 아내가 했던 말인데. 속이 울렁거려 왔다. 이마에서는 땀이 배어 나왔다. 돌아가기엔 너무 늦어 버렸어.

그는 걸음을 멈추고 기둥에 몸을 기댔다. 후들거리는 다리는 물에 녹아 버린 듯했다. 늦었어. 그는 생각했다. 너무 늦어 버렸다고. 이제 내가 할 수 있는 건 아무것도 없어.

"산타클로스 보러 가요, 아빠."

그의 입술 사이로 긴 한숨이 새어 나왔다. "그래." 그가 기운 빠진 모습으로 고개를 끄덕이며 말했다. "가자."

그는 복잡해진 머릿속을 비워 내고 싶었지만 그건 생각처럼 쉽지 않았다. 시각적 이미지로 바뀐 그의 생각들이 머릿속에서 연신 깜빡였다. 포드를 향해 유유히 걸어 나가는 남자. 그를 차로 안내해 줄 열쇠고리에 걸린 자그마한 번호판. 그날 밤 시내의 한 술집에서 보았던 야위고 창백한 남자의 얼굴. 퀜은 목에서 흘러나오는 신음을 애써 끊어 버렸다. **헬렌.** 그의 생각이 고뇌에 찬 목소리로 말했다.

산타의 매직 하우스는 이쪽으로! 반쯤 넋이 나간 그는 에스컬레이터 쪽으로 향했다. 리처드는 아버지 옆에 서서 몸을 꼬며 흥분에 찬 목소리로 속삭였다. "산타클로스, 산타클로스." 과연 리처드는 어떻게 반응할까? 나중에 엄마가 그렇게 돼 버린 걸 알면?

이제 그만! 그는 점점 강렬해지는 분노를 애써 억눌렀다. 굳이 그래야 한다면 난 미래만 생각하겠어. 이런 부정적인 생각 말고. 그는 이토록 허망하게 무너져 내리려고 이 모든 걸 계획한 게 아니었다. 그에게는 이래야만 했던 타당한 이유가 있었다. 사악한 마음으로 경솔하게 벌인 짓은 결코 아니었다.

그들은 에스컬레이터에 올랐다. 리처드는 아버지의 손을 꼭 잡고 있었지만 켄은 아무런 느낌이 없었다. 남아메리카와 리타. 그래, 그 생각만 하는 거야. 보험금 2만 5천 달러. 대학 시절부터 짝사랑해 온 여자. 빚쟁이들에게 쫓길 일 없는 미래. 자유, 소박한 기쁨, 그리고 하찮은 존재의 마모에도 절대 흔들리지 않는 관계.

2층으로 향하는 에스컬레이터와 교차하는 순간 켄은 쇼핑객들의 얼굴을 흘끔 살폈다. 지친 얼굴, 짜증 난 얼굴, 행복한 얼굴, 멍한 얼굴. **그 맑고 환한 밤중에……** 차임벨이 다시 연주를 시작했다. 그는 정면을 응시하며 리타와 남아메리카를 떠올렸다. 그제야 산란했던 정신에 안정이 찾아들었다.

잠시 후, 차임벨 소리는 글리 클럽*이 요란하게 불러 대는 〈징글벨〉에 완전히 파묻혀 버렸다. 리처드는 한껏 들뜬 모습으로 에스컬레이터에서 내려왔다. 켄의 머릿속에 또다시 헬렌이 떠올랐다. **종소리 울려!**

---

* 주로 학생들로 구성된 합창단.

"저기 있어요!" 리처드가 아버지의 손을 더 힘껏 잡아끌며 말했다. "저기!"

"알았어, 알았다고!" 켄은 투덜거리며 아들을 따라 긴 줄이 늘어선 산타의 매직 하우스 쪽으로 향했다.

지금쯤 다 끝났을까? 속이 또다시 울렁거렸다. 그 사람이 차 안에 들어가 있을까? 의식을 잃은 헬렌은 뒷좌석에 처박혀 있겠지? 어쩌면 그는 차를 모는 중일지도 몰라. 으슥한 곳으로 헬렌을 데려가서……

걱정 말아요. 문득 남자의 마지막 한 마디가 떠올랐다. **아무 걱정 말아요. 티 안 나게 확실히 처리할 테니까.**

티 안 나게, 티 안 나게, 티 안 나게, 티 안 나게. 유독 그 부분만 머릿속에서 반복적으로 이어졌다. 그와 리처드는 산타클로스의 집 앞으로 조금씩 이동했다. 착수금 1백 달러. 잔금 9백 달러. 중간 크기 아내를 처리하는 비용이었다.

켄은 눈을 질끈 감았다. 실내는 견디기 힘들 정도로 후텁지근했지만 그의 몸은 부들부들 떨리고 있었다. 머리가 지끈거렸다. 겨드랑이에서는 땀방울이 연신 흘러내렸다. 꼭 벌레가 스멀스멀 기어가는 듯한 느낌이었다. 손을 쓰기엔 너무 늦었어. 그는 백화점에 들어선 후로 줄곧 느껴 온 긴장이 당장 뛰쳐나가 남자를 저지하고 싶은 충동에서 비롯되었음을 깨달았다.

하지만 이제는 너무 늦어 버렸어. 그의 머릿속에서 나지막한 목소리가 말했다.

"산타에게 뭐라고 하죠, 아빠?" 리처드가 물었다.

켄은 음울한 표정으로 다섯 살배기 아들을 내려다보며 생각했다.

다른 건 몰라도 헬렌이 엄마 노릇은 정말 잘했는데. 난 도저히……

"뭐라고 할까요, 아빠?"

그는 미소를 지어 보이려 애썼다. 그는 스스로를 운명이라는 부담스러운 짐을 용감하게 짊어진 사람으로 여기고 싶었다.

"크리스마스 선물로 뭘 원하는지 말씀드려 봐." 그가 말했다. "착한 일을 많이 했다고 꼭 말씀드리고. 네가 원하는 선물을 알려 드리면 돼. 할 수 있겠지?"

"하지만 그걸 어떻게 해요?"

잠시나마 위안이 돼 준 긍정적인 상상이 흐릿해져 갔다. 그는 자신이 어떤 사람인지, 자신이 무슨 짓을 저질렀는지 잘 알고 있었다.

"그걸 아빠가 어떻게 알아?" 그가 신경질적으로 말했다. "산타클로스 안 보고 싶으면 그냥 돌아가도 돼."

앞에 선 남자가 돌아서서 고개를 저었다. 켄을 보는 그는 쓴웃음을 짓고 있었다. 그의 표정은 꼭 이렇게 얘기하는 것 같았다. 당신 마음 누구보다 잘 압니다. 켄은 씰룩거리는 입술에 성의 없는 미소를 머금는 것으로 화답했다. 오, 맙소사, 빨리 여길 나가야겠어. 그는 생각했다. 어떻게 아무렇지도 않게 여기서 이러고 있을 수 있지? 지금 밖에선……

갑자기 숨이 턱 막혀 왔다. 이대로 계속 밀고 나가야 해. 계획대로 끝까지. 이제 와서 어설픈 연기로 모든 걸 망칠 순 없다고.

그는 당장 리타를 집에 데려오고 싶었다. 하지만 그건 불가능했다. 당분간은 독한 술로 버텨야만 한다. 무엇으로라도 안정을 되찾아야만 한다.

그들은 하얀 문을 열고 들어갔다. 어딘가에서 녹음된 남자의 웃음소리가 요란하게 흘러나왔다. 그 소리에 깜짝 놀란 켄이 잽싸게 주위를 살폈다. 웃음소리는 그의 귀에 아주 기분 나쁘게 들렸다. 그냥 무시해 보려 애썼다. 하지만 그를 에워싼 불쾌한 소음은 계속해서 귀를 울려 댔다.

그들 뒤로 문이 닫히자 마침내 웃음소리가 뚝 멎었다. 잠시 후, 스피커에서 희미한 목소리가 흘러나오기 시작했다. **메리 크리스마스, 해피 뉴 이어.**

티 안 나게 확실히 처리할 테니까.

켄은 리처드의 손을 놓았다. 그리고 땀으로 젖은 손바닥을 외투에 문질러 닦았다. 리처드가 다시 아빠 손을 잡으려 했지만 켄은 매정하게 손을 멀리 치워 버렸다. 아이의 얼굴에서 두려움과 어리둥절함의 표정이 교차했다.

안 돼. 이런 반응을 보여선 안 돼. 켄의 머릿속에서 목소리가 말했다. 나중에 리처드가 민감한 질문을 받게 될지도 모른다고. 이런 질문 말이야. **같이 백화점에 들어갔을 때 아빠의 행동이 어땠니?** 그는 다시 리처드의 손을 잡고 애써 미소를 지어 보였다.

"거의 다 왔어." 차분한 자신의 목소리에 그는 흠칫 놀랐다. 열쇠를 어디서 잃어버렸는지 모르겠다니까요. 분명히 주머니에 넣어 뒀는데. 정말이에요. 내가 아는 건 그것뿐이라고요. 지금 날 의심하는 겁니까?

안 돼! 다 틀렸어. 그들이 나를 어떻게 갈구든 난 끝까지 모른 척 잡아떼야 해. 패닉에 빠진 척, 혼란스러운 척, 넋이 나가 버린 척해야 돼. 그것 외엔 방법이 없다고. 난 아들을 데리고 산타클로스를 만나러 간 평범한 아버지일 뿐이야. 다음 날 아내가 차 뒷좌석에서 숨진 채 발견됐다는 소식을 전해 들을 때도 절대 어색한 반응을 보이면 안 돼.

티 안 나게 확실히…… 왜 자꾸 그 말이 생각나는 거지?

산타클로스는 매직 하우스 포치의 등 높은 의자에 앉아 있었다. 집은 15초에 한 번씩 색을 바꾸었다. 산타클로스는 뚱뚱한 중년 남자로, 아이들을 몇 초씩 무릎에 앉혀 놓고 웃음기 넘치는 목소리로 뻔한 멘트만 반복해 늘어놓고 있었다. 그는 아이들의 손에 박하사탕 지팡이를 하나씩 쥐여 주고 나서 그들의 엉덩이를 토닥이며 즐거운 크리스마스를 보내라고 인사했다.

리처드가 포치에 오르자 산타클로스가 아이를 번쩍 들어 빨간 속바지로 덮인 자신의 넓은 무릎에 앉혔다. 백화점의 후끈한 열기가 계단 아래 서 있는 켄을 아찔하게 만들었다. 그는 멀건 눈으로 빨간 볼연지와 가짜 구레나룻으로 뒤덮인 남자의 얼굴을 응시했다.

"꼬마야," 산타클로스가 말했다. "올 한 해 착하게 굴었니?"

리처드는 대답을 위해 입을 열었지만 아무 말도 하지 못했다. 켄은 초조하게 얼굴을 붉히며 고개를 끄덕이는 아들을 바라보았다. 헬렌이 엄마 노릇은 정말 잘했는데. 난 좋은 아버지가 될 자신이 없어. 난 그냥……

그의 시선이 다시 수염으로 덮인 벌건 얼굴로 돌아갔다. "뭐라고요?"

"아드님이 올해 착하게 굴었느냐고요."

"오. 네. 네, 아주 착했어요."

"흠," 산타클로스가 말했다. "그렇다면 다행이구나. 정말 다행이야. 이번 크리스마스엔 뭘 받고 싶니?"

켄은 미동도 없이 서 있었다. 그의 셔츠는 땀에 흠뻑 젖어 있었다. 리처드는 들릴락말락한 목소리로 자기가 갖고 싶은 장난감을 줄줄이 말하는 중이었다. 켄의 눈앞에서 포치가 흔들거렸다. 몸이 좋질 않아. 그는 생각했다. 어서 여길 벗어나야겠어. 나가서 찬 공기 좀 쐬야겠어. 헬렌, 미안해, 미안해. 내겐…… 다른 방법이 없었어. 당신도 이해하지?

리처드가 박하사탕 지팡이를 손에 쥐고 계단을 내려왔다. 그들은 에스컬레이터를 향해 걸어 나가기 시작했다.

"산타클로스가 내가 바라는 모든 장난감을 다 받을 수 있을 거라고 했어요." 리처드가 아버지에게 말했다.

켄은 경련하듯 고개를 끄덕이며 외투 주머니에서 손수건을 꺼냈다. 어쩌면 사람들은 그가 땀을 훔치는 게 아니라고 생각할지 모른다. 그냥 크리스마스가 되니 감격해서 눈물을 흘리는 것이라고 생각해 줄지도.

"엄마에게 얘기해 줄 거예요." 리처드가 말했다.

"그래." 그가 기어들어가는 목소리로 말했다. 우린 나가서 차가 세워져 있었던 곳으로 걸어가게 될 거야. 그리고 거기서 사라진 차를 찾아 한동안 두리번거리겠지. 그런 다음엔 경찰에 신고할 거야.

"그래." 그가 말했다.

"뭐라고요, 아빠?"

그가 고개를 저었다. "아무것도 아니다."

에스컬레이터가 그들을 1층으로 데려다 주었다. 글리 클럽이 다시 〈징글벨〉을 부르기 시작했다. 켄은 리처드 뒤에 서서 아들의 금발머리를 내려다보았다. 중요한 건 바로 지금이야. 그는 생각했다. 지금까지는 시간 낭비만 해 왔을 뿐이야.

신고 전화를 걸 때는 최대한 당황한 척해야 해. 적당히 짜증이 난 척도 해야 하고. 걱정하는 척할 땐 너무 과장돼 보이지 않게 조심해야 해. 아직 패닉에 빠질 상황이 아니니까. 아내의 실종을 두고 끔찍한 상상을 할 타이밍이 아니니까. 그들 뒤에서 글리 클럽의 노랫소리 너머로 녹음된 웃음소리가 들려왔다.

그는 복잡해진 머릿속을 비워 보려 애썼다. 하지만 목소리는 계속해서 쩌렁쩌렁 울려 댔다. 걱정하는 척은 적당히, 짜증이 난 척도 역시 적당하게, 그리고……

저희는 선생을 의심하는 게 아닙니다, 번스 씨. 또다시 목소리가 말했다. 저희는 그저 보험금 2만 5천 달러가 적지 않은 액수라는 걸 말씀드리는 것뿐입니다.

이봐요! 그는 딱딱하게 굳은 얼굴로 그들에게 쏘아붙였다. 우린 보험을 무척 중요하게 여깁니다. 그 사람뿐만 아니라 내게도 2만 5천 달러 보험금이 걸려 있단 말입니다. 왜 그 얘긴 쏙 빼놓는 거죠?

그건 그에게 있어 가장 중요한 포인트였다. 가입한 지는 1년도 채 되지 않았지만 두 사람 모두에게 같은 보험금이 걸려 있다는 것.

에스컬레이터에서 내린 두 사람은 어느새 매장 안에 들어와 있었다. 그는 아들을 이끌고 회전문 쪽으로 향했다. 문밖에서 어둠이 기다리고 있었다. 그의 바지 끝단 안으로 찬 공기가 스며들었다. 그의 발목에서 오싹한 느낌이 전해져 왔다. 잠시 주변을 둘러보다가 경찰에……

보이지 않는 힘이 그를 막아서고 있었다. 어쩐 일인지 그는 매장 밖으로 나갈 수가 없었다. 어느새 그는 카운터 앞에 서서 손수건과 넥타이들을 빤히 내려다보고 있었다. 리처드의 시선은 그에게 고정된 상태였다. 그는 속으로 중얼거렸다. 언짢아해선 안 돼! 고지를 눈앞에 두고 이대로 무너질 순 없어!

리타. 남아메리카. 돈. 미래를 생각하니 흥분이 조금 가라앉았다. 다 아는 거잖아. 왜 자꾸 까먹는 거야? 중요한 건 미래라고. 리타와 함께 남아메리카로 가는 것.

그래, 이제야 좀 진정이 되는군. 그는 불안정한 호흡으로 따뜻한 공기를 깊이 들이마셨다. 외투 주머니 안에서 두 주먹이 천천히 펴졌다.

"자," 그가 모처럼 차분해진 목소리로 말했다. "나가자."

그가 리처드의 손을 잡는 순간 〈고요한 밤, 거룩한 밤〉을 연주 중인 오르간 소리 너머로 영업 종료를 알리는 공이 울렸다. 완벽한 타이밍이야. 그는 생각했다. 월요일 밤. 9시. 우린 유유히 포드가 세워진 곳으로 나가기만 하면 돼. 조금 둘러보다가 경찰에 신고만 하면 끝나는 거라고.

하지만 경찰에 신고하는 게 과연 현명한 일일까? 순간 살짝 혼란해졌다. 평소 같으면 헬렌이 화가 나서 먼저 가 버렸을 거라고 짐작할 텐데.

화가 난 아내가 우리만 남겨 두고 혼자 집으로 가 버린 줄 알았어요. 아뇨, 그 사람은 지금껏 한 번도 그런 적이 없었어요. 어쨌든 우린 버스를 타고 집으로 돌아갔어요. 리처드랑 나랑요. 하지만 아내는 집에 없더라고요. 그 사람이 갈 만한 데가 없는데. 네, 장모님에게도 전화를 걸어 여쭤 봤어요. 아뇨, 여기 사는 친척은 장모님뿐이에요.

그들은 문을 지나 밖으로 나갔다. 켄은 차들이 빽빽이 들어찬 주차장을 응시하며 걸음을 옮겼다. 쥐고 있는 리처드의 손이 느껴지지 않았다. 느껴지는 것이라고는 늑골을 부술 듯이 요동치는 자신의 심장 박동뿐이었다. 엄마가 어디 갔을까? 포드가 세워져 있던 자리에 도착하면 리처드에게 말할 것이다. 엄마는 어디 있죠? 리처드는 그렇게 물을 것이다. 우리는 잠시 기다렸다가 경찰에 신고할 것이다. 아뇨, 아내는 한 번도 이런 적이 없었어요. 그는 속으로 중얼거렸다. 화가 나서 먼저 집에 갔을 거라 생각했어요. 아이랑 같이 집에 와 보니 아내가 없더라고요.

그는 순간적으로 자신이 죽었다고 생각했다. 그토록 잘 뛰던 심장이 멎어 버렸다고. 마치 돌이 된 것만 같았다. 찬바람이 불어와 일그러진 그의 얼굴을 때렸다.

"아빠." 리처드가 아버지의 손을 잡아당기며 말했다.

그는 움직이지 않았다. 그는 헬렌이 멀쩡한 모습으로 앉아 있는 자신의 차를 응시했다.

"추워요, 아빠."

그는 몽유병 환자가 된 것처럼 멍한 상태로 걸음을 옮기기 시작했다. 아무리 기다려도 얼어붙은 머릿속은 정상으로 돌아오지 않았다. 그의 시선은 차와 그 안에 타고 있는 헬렌에게서 떨어지지 않고 있었다. 배 속이 심하게 요동쳤다. 아찔한 머리는 깨질 듯이 아팠다. 오직 그의 발소리만이 떠나가려는 의식을 아슬아슬하게 붙잡아 놓고 있었다. 그의 눈은 여전히 차에 단단히 고정돼 있었다. 헬렌도 그를 빤히 보는 중이었다. 순간 그의 가슴에 따스한 안도감이 찾아들었다.

그가 다가가 차문을 열었다.

"얼마나 기다린 줄 알아?" 그녀가 말했다.

그는 아무 말도 할 수 없었다. 떨리는 손으로 시트를 앞으로 당겨 리처드가 뒷좌석에 오를 수 있게 해 주었다.

"어서 출발해. 빨리 집에 가고 싶어." 헬렌이 말했다.

켄이 외투 주머니에 손을 집어넣었다.

"뭐해?" 그녀가 말했다.

"그…… 그게 말이야…… 열쇠가 없어졌어." 그가 주머니를 토닥이며 말했다. "분명 여기 넣어 뒀는데……"

"가지가지 한다." 그녀의 목소리에서 피로와 넌더리가 묻어났다.

켄은 침을 꿀꺽 삼켰다.

"대체 어디다 둔 거야?" 헬렌이 물었다. "당신 머리는 장식인 거야?"

"나…… 나도 모르겠어." 그가 말했다. "어딘가에서 떨어뜨렸나 봐."

"빨리 가서 찾아와." 그녀가 신경질적으로 말했다.

"알았어." 그가 말했다. "찾아 볼게." 그는 허둥대며 차문을 열고 칼바람 부는 밖으로 나왔다.

"곧 돌아올게."

그녀는 대꾸하지 않았다. 하지만 그는 그녀의 적개심을 똑똑히 감지할 수 있었다.

그는 문을 닫고 차에서 떨어져 나왔다. 그의 얼굴은 천천히 굳어지고 있었다. 그 개자식. 돈만 챙기고 달아나 버리다니!

문득 그의 뇌리를 스치는 생각이 있었다. 은행 계좌에서 수백 달러가 증발해 버린 걸 저 사람이 알면 큰일인데. 뭐라고 둘러대지? 내가 뭐라 해도 믿지 않을 텐데. 직접 나서서 조사를 벌일 게 뻔해. 그리고 어떻게 된 일인지 해명하라고 닦달해 대겠지?

그는 차에서 눈을 떼고 백화점 건물 옥상에 붙은 커다란 네온사인을 바라보았다. 그 중앙에서는 하얀 글자들이 연신 깜빡이고 있었다. 그는 갑자기 그것에 초점을 맞추었다. **메리 크리스마스**—꺼졌다가—**메리 크리스마스**—꺼졌다가—**메리 크리스마스**—꺼졌다가……

춤추는 손가락
Finger Prints

버스에 올랐을 때 그들 두 사람은 오른편 세 번째 줄에 나란히 앉아 있었다. 통로 쪽 좌석에 앉아 있는 키 작은 여자는 무릎 위로 축 늘어진 자신의 두 손을 내려다보고 있었다. 또 다른 한 명은 창밖을 내다보는 중이었다. 밖은 날이 거의 저물어 있었다.

그들 맞은편 두 좌석은 비어 있었다. 나는 머리 위 선반에 서류가방을 올려놓고 빈자리에 앉았다. 문이 닫힌 버스는 정류장을 천천히 빠져나갔다.

나는 한동안 차창 밖을 내다보다가 버스에 오르기 전에 구입한 잡지를 펼쳐 들었다.

내 시선이 맞은편 두 여자에게 향했다.

통로 쪽 좌석에 앉은 여자는 건성으로 보이는 금발머리를 가지고 있었다. 마치 바닥을 뒹구느라 먼지로 뒤덮여 버린 인형을 보는 듯했다. 그녀의 피부는 창백했고, 얼굴은 두 손가락으로 수지*를 빚어 만들어 놓은 듯했다. 손으로 꼬집어 턱과 입술, 코와 귀를 만들고, 야만적으로 두 번 푹푹 찔러 말똥말똥 빛나는 눈을 만들고.

그녀는 손으로 말을 하고 있었다.

지금껏 본 적 없는 광경이었다. 언젠가 그것에 대해 읽어 본 적은 있었다. 농아**들이 쓰는 다양한 손동작들을 설명해 놓은 그림도 본 적 있었고. 하지만 누군가가 수화를 쓰는 모습을 보는 건 이번이 처음이었다.

분주히 움직이는 그녀의 짧고 창백한 손가락에서는 활기가 느껴졌다. 그녀의 머릿속은 절실히 하고 싶은, 하지만 하나라도 놓칠까 봐 두려운 말들로 가득 차 있는 듯했다. 두 손은 계속해서 모아졌다 펴지기를 반복했다. 불과 몇 초 만에 열 가지가 넘는 모양이 만들어졌다. 소리 없는 그녀의 독백은 능숙한 손놀림으로 물 흐르듯 이어졌다.

나는 또 다른 여자 승객을 보았다.

그녀의 야윈 얼굴에는 지친 표정이 역력했다. 그녀는 머리를 받침대에 기대어 놓은 채 멍한 얼굴로 옆의 승객을 지켜보고 있었다. 나는 지금껏 그런 눈빛을 본 적이 없었다. 미동도 없는 그녀의 눈에서는 생기가 조금도 엿보이지 않았다. 그녀는 넋 나간 모습으로 벙어리 여자를 빤히 응시하며 마치 흔들의자에 앉아 있기라도 한 듯 연신 고개를 끄덕여 댔다.

---

* 양초나 비누 등을 만드는 데 쓰이는 동물 기름.
** 聾啞, 청각 장애인과 언어 장애인을 아울러 이르는 말.

이따금 그녀는 고개를 돌리고 창밖을 내다보거나 눈을 감았다. 하지만 그럴 때마다 또 다른 여자는 통통한 손으로 그녀의 드레스를 잡아당겼다. 자신의 창백한 손이 쉴 새 없이 만들어 내는 온갖 모양의 패턴을 계속 집중해서 지켜보라는 강요였다.

내 눈에는 그 모든 게 불가해하고 경이로운 하나의 현상으로 보였다. 여자의 손이 어찌나 빠르게 움직이는지 제대로 집중해서 볼 수조차 없을 정도였다. 한껏 흥분한 살덩이를 보는 듯했다. 하지만 옆의 승객은 알겠다는 듯이 연신 고개를 끄덕여 댔다.

비록 소리는 낼 수 없었지만 벙어리 여자는 엄청난 수다쟁이였다.

그녀의 손은 한시도 멈추지 않았다. 마치 그러지 않으면 죽기라도 하는 것처럼. 한참을 지켜보고 있노라니 그녀가 수화로 무슨 말을 늘어놓는지 대충 짐작이 될 정도였다. 어느새 내 머릿속은 그녀가 쉴 새 없이 늘어놓는 사소한 정보와 험담으로 점점 채워지고 있었다.

이따금 그녀는 과장된 표정을 지으며 두 손으로 무언가를 거칠게 밀어내는 동작을 취하곤 했다. 마치 감당이 안 될 정도로 황당한 이야기를 듣고 반응하듯이. 마치 물리적으로라도 거부하지 않으면 웃다가 죽어 버리기라도 하는 것처럼.

나는 아주 오랫동안 그들에게서 눈을 떼지 못했다. 그 사실을 뒤늦게 알아차린 두 여자가 갑자기 나를 홱 돌아보았다.

나는 반발심이 묻어나는 그들의 표정을 차례로 살폈다.

키 작은 벙어리 여자는 까만 구슬 같은 눈으로 나를 응시하고 있었다. 단추 같은 그녀의 코는 씰룩거렸고, 미소가 머금어진 입은 활 모양을 그리고 있었다. 그녀 무릎에 얹어진 하얀 손은 나병에 걸린 새의 부리처럼 그녀의 꽃무늬 드레스를 꼬집어 대는 중이었다. 꼭 살아

난 실물 크기 인형의 섬뜩한 표정을 보는 듯한 기분이었다.

또 다른 여자는 무언가에 굶주린 듯한 표정을 짓고 있었다.

다크서클로 퀭한 그녀의 눈이 잠시 내 얼굴에 머물렀다가 이내 내 몸을 게걸스럽게 훑기 시작했다. 검은 드레스 아래서 그녀의 가슴이 살짝 부풀어 올랐다. 나는 황급히 고개를 돌려 창밖을 내다보았다.

먼 들판을 바라보는 동안에도 등에 꽂힌 두 여자의 시선이 뚜렷이 느껴졌다.

나는 곁눈질로 어깨 너머를 살짝 살펴보았다. 벙어리 여자가 다시 손을 분주히 놀리며 말 없는 대화를 재개했다. 몇 분 후, 나는 고개를 완전히 돌리고 그들을 보았다.

수척한 여자는 무신경한 모습으로 옆 승객의 손놀림을 지켜보고 있었다. 그래. 그녀가 무성의하게 고개를 끄덕였다. 그래, 그래, 그래.

어느새 나는 꾸벅꾸벅 졸기 시작했다. 빠른 손놀림과 고개의 끄덕임은 계속 이어졌다. 그래, 그래, 그래…… 잠시 후, 누군가가 내 재킷을 살며시 잡아당겼다. 나는 화들짝 놀라며 눈을 떴다.

고개를 들어 보니 통로를 건너온 벙어리 여자가 나를 일으키려는 듯 내 재킷을 잡아끌고 있었다. 잠이 덜 깬 나는 어리둥절한 표정으로 그녀를 올려다보았다.

"무슨 일이죠?" 나는 그녀가 듣지 못한다는 사실을 잊은 채 속삭였다.

그녀는 계속해서 결연하게 내 재킷을 잡아당겼다. 버스가 가로등 앞을 지날 때마다 그녀의 창백한 얼굴이 살짝살짝 드러났다. 밀랍 같은 살덩이에 박힌 그녀의 까만 눈은 불빛을 받아 번뜩였다.

나는 어쩔 수 없이 몸을 일으켰다. 그녀는 끈질기게 나를 잡아끌었고, 잠이 덜 깬 나는 그녀에게 제대로 저항하지 못했다.

내가 통로로 이동하자 그녀가 내 자리에 털썩 주저앉아 좌석에 두 다리를 올려놓았다. 나는 어리둥절한 얼굴로 그녀를 빤히 내려다보았다. 그녀는 눈을 감고 잠에 빠져든 척했다. 나는 몸을 틀고 그녀의 동반자를 돌아보았다.

여자는 차분한 모습으로 앉아 창밖을 내다보는 중이었다.

나는 무기력하게 그녀 옆으로 다가가 앉았다. 왠지 그녀가 먼저 입을 열어 줄 것 같지는 않았다. 그래서 내가 물었다. "당신 친구는 왜 저러는 거죠?"

그녀가 고개를 돌리고 나를 보았다. 가까이에서 보니 그녀는 몇 배 더 수척해 보였다. 뼈만 앙상히 남은 그녀의 목이 꿀렁거렸다.

"저 친구 아이디어였어요." 그녀가 대답했다. "내가 시킨 게 아니라고요."

"아이디어라뇨?" 나는 물었다.

그녀가 나를 유심히 보기 시작했다. 이번에도 그녀는 무언가에 굶주린 듯한 눈빛을 하고 있었다. 그녀의 강렬한 시선이 뜨거운 불꽃처럼 내뿜어졌다. 순간 내 가슴이 철렁 내려앉았다.

"자매인가요?" 나는 어색한 침묵을 깨기 위해 물었다.

그녀는 한동안 대답이 없었다. 그녀의 얼굴이 딱딱하게 굳어졌다.

"난 그녀의 동반자예요." 그녀가 말했다. "돈을 받고 동반자 노릇을 해 주고 있어요."

"오." 나는 말했다. "그러니까……" 나는 이내 할 말을 잊고 말았다.

"내게 말을 걸지 않아도 돼요." 그녀가 말했다. "이건 그녀 아이디어였어요. 내가 시킨 게 아니었다고요."

우리는 한동안 어색한 침묵을 지켰다. 나는 정신이 혼미한 상태로 그녀를 보았고, 그녀는 차창 밖으로 스쳐 가는 어두운 골목 풍경을 내다보고 있었다. 한참 후, 그녀가 갑자기 고개를 휙 돌리고 나를 보았다. 그녀의 눈이 가로등 불빛을 받아 반짝거렸다.

"말을 한시도 멈추지 않아요." 그녀가 말했다.

"네?"

"그녀 말이에요. 말을 한시도 멈추지 않는다고요."

"재밌네요." 나는 말했다. "그걸 '말'이라고 부르다니. 그러니까 내 말은……"

"난 더 이상 그녀의 입을 보지 않아요." 그녀가 말했다. "이제는 손이 입이 돼 버렸으니까요. 난 그녀가 손으로 말하는 걸 들을 수 있어요. 그녀의 목소리는 꼭 끽끽대는 기계 같아요." 그녀가 짧은 숨을 빠르게 들이쉬었다. "저런 수다쟁이는 정말 처음 봤어요."

나는 말없이 앉아 그녀의 얼굴을 보았다.

"난 말을 하지 않아요." 그녀가 말했다. "늘 그녀와 붙어 있지만 우린 한 번도 말을 섞은 적이 없어요. 그녀가 말을 못 하니까요. 그래서 항상 조용하죠. 사람들이 진짜로 말을 할 때마다 흠칫흠칫 놀라요. 내가 진짜로 말을 할 때도 그렇고요. 이러다가 말하는 법을 까먹을 것 같아요. 이미 까먹지 않았다면 말이죠."

그녀의 말은 빠르고 뚝뚝 끊어졌다. 발음도 불분명했다. 껵껵대는 후두음처럼 들리기도 하고 가느다란 가성처럼 들리기도 했다. 거기다 목소리까지 작다 보니 알아듣기가 쉽지 않았다. 불안이 묻어나는 그녀의 톤이 나까지 불안하게 만들었다. 당장이라도 그녀 안에서 무언가가 폭발해 버릴 것만 같은 불길한 기분이 들었다.

"도무지 나만의 시간을 가질 수가 없어요. 그녀랑 늘 붙어 있으니까요. 머지않아 그녀를 떠나겠다고 계속 얘기는 하고 있어요. 나도 수화를 조금 할 줄 알거든요. 떠나겠다고 하면 그녀는 징징 짜면서 그럼 자기는 죽어 버릴 거라고 해요. 그녀가 울며불며 애원하는 걸 보고 있으면 넌더리가 난다니까요."

"하지만 가엾은 그녀를 차마 떠날 수가 없더라고요. 내가 생각을 바꾸면 그녀는 기뻐서 펄쩍펄쩍 날뛰죠. 그녀 아버지는 내 급료를 올려 주고, 우리를 그녀의 친척들에게로 보내요. 그는 딸을 싫어하고, 어떻게든 멀리 보내 버릴 궁리만 한답니다. 그녀가 싫은 건 나도 마찬가지예요. 하지만 그녀가 나름 집안의 실세라 어쩔 수가 없어요. 말로 대화가 안 되니 대들 수도 없죠. 손으로 고함도 못 지르고요. 그저 눈을 질끈 감고 고개를 돌려 버리는 것 외엔 할 수 있는 게 없어요."

그녀의 목소리에 점점 무게가 실려 갔다. 그녀는 연신 두 손으로 자신의 무릎을 꾹꾹 눌러 댔다. 나는 잔뜩 힘이 들어간 그녀의 두 손에서 눈을 떼지 못했다. 그녀가 나를 볼 때도 내 눈길은 조금도 흔들리지 않았다. 마치 모든 방종과 욕망이 허락되는 꿈속에 빠져 있는 듯한 기분이었다.

그녀는 계속해서 가볍게 떨리는 목소리로 하소연을 이어 나갔다.

"그녀는 내가 결혼하고 싶어 한다는 걸 알아요." 그녀가 말했다. "여자라면 누구나 그렇지 않겠어요? 하지만 그녀는 나를 놓아 주지 않아요. 그녀 아버지가 만족할 만한 수준의 급료를 꼬박꼬박 챙겨 주기는 하지만 이제는 정말이지 그만두고 싶어요. 그녀가 너무 밉지만 질질 짜면서 애원할 땐 측은한 마음도 든답니다. 진심으로 울고 애원하

는 게 아니라는 걸 알면서도 말이죠. 입을 꼭 닫은 채로 눈물을 줄줄
흘리는 걸 볼 때면…… 그녀는 내가 마음을 돌릴 때까지 들들 볶아
댄다니까요."

어느새 무릎에 얹어진 내 손도 덜덜 떨리고 있었다. 신기하게도 그
녀의 사연이 절절하게 와 닿았다. 더 듣지 않아도 뻔한 결말을 짐작
할 수 있었지만 그럼에도 나는 최면에 걸린 사람처럼 그녀 말에 집중
했다. 가로등 불빛이 섬광처럼 칠흑 같은 어둠을 밝혀 주었다. 꼭 헤
어날 수 없는 끔찍한 악몽 속에 갇혀 버린 듯한 기분이었다.

"언젠가 그녀가 그러더군요. 내게 남자친구를 만들어 주겠다고."
그녀가 말했다. 순간 나는 몸서리를 치고 말았다. "그래서 장난치지
말라고 쏘아붙였어요. 하지만 그녀는 계속해서 남자친구를 만들어
주겠다고 큰소리를 쳤죠. 우리가 인디애나폴리스로 여행을 떠났을
때 그녀는 버스 통로 반대편으로 넘어가서 선원을 꼬셨어요. 그녀에
게 설득당한 앳된 남자가 내게로 다가왔죠. 자기 말로는 스무 살이라
고 하는데 내 눈엔 열여덟밖에 안 돼 보이더라고요. 뭐 그럭저럭 괜
찮은 청년이었어요. 그는 내 옆자리에 앉았고, 우리는 오랫동안 대화
를 나눴죠. 처음에는 많이 민망했어요. 무슨 말을 해야 할지도 몰랐
고요. 어쨌든 그는 좋은 사람 같았어요. 대화도 즐거웠고요. 하지만
맞은편 자리에 앉아 있는 그녀가 자꾸 거슬리더라고요."

나는 본능적으로 고개를 홱 돌렸다. 벙어리 여자는 곤히 잠들어 있
었다. 왠지 다시 돌아앉으면 그녀가 눈을 번쩍 뜨고 우리를 노려볼
것만 같았다. "신경 쓰지 말아요." 옆의 여자가 말했다.

나는 다시 그녀에게로 시선을 돌렸다.

"우리가 너무 못된 짓을 한 건가요?" 그녀가 불쑥 물었다. 그녀의

축축한 손이 내 손을 덮쳐 왔다. 순간 나는 또다시 몸서리를 쳤다.

"난…… 잘 모르겠어요."

"그 젊은 선원은 참으로 좋은 사람 같았어요." 그녀가 착 가라앉은 목소리로 말했다. "마음에 꼭 들었는데. 그녀가 지켜보고 있어도 상관없어요. 당신도 그렇지 않아요? 차 안도 어둡고, 뭐가 보이겠어요? 우리가 하는 얘기도 듣지 못할 거고 말이에요."

내가 뒤로 주춤 물러나자 그녀의 손에 더 힘이 들어갔다.

"난 깨끗해요." 그녀가 애절하게 말했다. "난 헤픈 여자가 아니에요. 그때 그 선원과 딱 한 번 해 봤을 뿐이에요. 정말이에요. 거짓말이 아니라고요."

그녀는 점점 더 흥분하는 중이었다. 마침내 그녀의 손이 내게서 떨어져 나갔다. 하지만 그녀는 이내 떨리는 손으로 내 다리를 움켜잡았다. 내 속이 심하게 요동치기 시작했다. 마비가 된 듯 움직일 수가 없었다. 아니, 솔직히 움직이고 싶지 않았다. 나는 그녀의 걸쭉해진 목소리와 현란해진 손놀림에 완전히 압도된 상태였다.

"제발." 그녀가 할딱거리며 말했다.

내 입에서는 아무 말도 흘러나오지 않았다.

"난 늘 혼자예요." 그녀가 말했다. "그녀는 내가 결혼하는 걸 원치 않아요. 내가 자기를 떠나 버릴까 봐 두려운 거죠. 걱정 말아요. 어두워서 아무것도 안 보이니까."

내 다리를 움켜쥔 그녀의 손은 더 격렬하게 움직였다. 그녀의 또 다른 손이 내 무릎을 덮치는 순간 가로등 불빛이 차창으로 쏟아져 들어왔다. 그녀의 입은 크고 새까만 상처 같아 보였고, 굶주린 눈은 반짝이고 있었다.

"나를 받아 줘요." 그녀가 조금 더 바짝 다가오며 말했다.

그녀가 갑자기 내게 와락 안겼다. 내게 키스를 퍼붓는 그녀의 떨리는 입술은 불처럼 뜨거웠다. 그녀의 입김이 내 목구멍을 후끈하게 데워 주었다. 그녀의 두 손은 내 옷 안을 거칠게 더듬는 중이었다. 그녀의 흐느적거리고 뜨거운 팔다리가 꿈틀대는 촉수처럼 내 몸을 휘감았다. 그녀의 몸에서 뿜어져 나오는 열기가 내 진을 쫙 빼 놓았다. 어떻게 다들 모른 척 곯아떨어질 수가 있지? 하지만 다른 승객들 모두가 잠들어 있는 건 아니었다. 그들 중 하나는 눈을 부릅뜬 채 우리를 지켜보고 있었다.

잠시 후, 차 안 공기가 서늘하게 식어 버렸다. 다 끝난 것이었다. 잽싸게 뒤로 물러난 그녀가 법석을 떨며 걷혀 올라간 드레스를 잡아 내렸다. 의도치 않게 다리가 드러나 화들짝 놀란 노파를 보는 듯했다. 그녀가 몸을 틀고 창밖을 내다보았다. 내가 바로 옆에 앉아 있다는 사실을 까맣게 잊은 모양이었다. 그새 녹초가 된 나는 어리둥절해 하며 연신 들썩이는 그녀의 등을 보았다. 온몸의 근육이 죄다 물로 변해 버린 기분이었다.

한참 후, 나는 덜덜 떨리는 손으로 흐트러진 매무새를 가다듬고 자리에서 일어났다. 벙어리 여자가 기다렸다는 듯 벌떡 일어나 나를 거칠게 떠밀고 자신의 원래 자리로 돌아갔다. 그녀의 얼굴에서는 졸음의 흔적을 조금도 찾아볼 수 없었다. 그녀는 한껏 흥분한 표정이었다.

나도 원래 자리로 돌아가 앉았다. 내 시선은 다시 통로 너머로 돌아갔다. 그녀의 짤막하고 창백한 손가락들이 서로 엮였다가 풀리기를 반복하며 집요하게 질문을 던져 대고 있었다. 수척한 여자는 또다시 벙어리 동반자에게 붙잡혀 고개만 끄덕일 뿐이었다.

벙어리 소년
Mute

금요일 오후 2시 30분, 검은 레인코트 차림의 남자는 저먼 코너스에 도착했다. 그는 버스 터미널을 가로질러 카운터로 다가갔다. 카운터 뒤에서는 회색 머리를 한 통통한 여자가 안경을 닦고 있었다.

"실례합니다." 그가 말했다. "지금 경찰을 찾고 있는데요."

여자가 무테안경 너머로 그를 보았다. 삼십 대 후반의 키 큰 남자는 꽤 미남이었다.

"경찰을 찾고 계신다고요?" 그녀가 물었다.

"네. 경찰이 아니라 순경이라고 불러야 하나요? 아니면……"

"보안관 말씀이세요?"

"아." 남자가 미소를 지어 보였다. "그래요. 보안관. 어디서 찾을 수 있을까요?"

그는 여자가 안내한 대로 건물을 나갔다. 하늘은 구름으로 완전히 덮여 있었다. 그날 아침, 그가 산길을 따라 카스카 밸리로 막 들어선 버스 안에서 눈을 떴을 때도 하늘은 지금처럼 당장이라도 비를 뿌려 댈 기세였다. 남자는 코트 깃을 세우고 두 손을 레인코트 주머니에 찔러 넣은 채 메인 가 쪽으로 빠르게 걸었다.

그는 진작 이곳을 찾지 않은 자신을 강하게 질책했다. 하지만 그는 지금껏 두 아이 관련 문제들에 발목이 잡혀 아무것도 할 수 없었다. 홀거와 패니에게 문제가 있다는 걸 알면서도 그는 이제야 간신히 독일을 벗어날 수 있었다. 그들이 닐젠 부부로부터 마지막으로 연락을 받은 건 벌써 1년 전의 일이 돼 버렸다. 홀거가 4면 실험에서 자신의 코너로 굳이 이런 외진 곳을 선택한 것은 무척 유감이었다.

베르너 교수의 걸음이 점점 빨라졌다. 그는 닐젠 부부와 그들의 아들의 근황이 궁금해 미칠 지경이었다. 그 아이의 빠르고 꾸준한 진전은 실로 경이로웠다. 모두가 아이에게서 큰 감화를 받았다. 하지만 베르너는 그들에게 무언가 끔찍한 일이 벌어졌다는 예감을 떨칠 수 없었다. 그는 부디 그들이 무사히 살아 있기를 바랐다. 하지만 만약 살아 있다면 어째서 지금껏 아무 연락이 없었을까?

베르너는 근심 어린 얼굴로 고개를 저었다. 이 마을이 문제였을까? 엘켄베르크는 엿보기 좋아하는 주변인들을 피해 여러 차례 이사를 했다. 대부분 악의 없는 호기심쟁이들이었지만 그렇지 않은 경우도 꽤 많았다. 그는 닐젠 가족에게도 비슷한 일이 벌어졌을지 모른다고 생각했다. 작고 소박한 마을이라고 해서 경계를 늦춰서는 안 되었다.

보안관 사무실은 다음 블록 중앙에 자리하고 있었다. 베르너는 좁은 인도를 따라 빠르게 걸었다. 그가 문을 열고 들어서자 넓고 따뜻한 공간이 나타났다.

"네?" 보안관이 책상에서 눈을 떼고 물었다.

"닐젠 씨 가족에 대해 여쭤 볼 게 있어서 왔습니다." 베르너가 말했다.

해리 휠러 보안관은 잠시 멍한 얼굴로 키 큰 남자를 올려다보았다.

전화가 걸려 왔을 때 코라는 폴의 바지를 다리고 있었다. 그녀는 다리미를 세워 놓고 주방을 가로질러 벽에 붙은 전화기에서 수화기를 집어 들었다.

"네?" 그녀가 말했다.

"코라, 나야."

순간 그녀의 얼굴이 딱딱하게 굳어졌다. "무슨 일이에요, 해리?"

그는 대답이 없었다.

"해리?"

"독일에서 누가 왔어."

코라는 바짝 얼어붙은 채 벽에 걸린 달력을 들여다보았다. 그녀의 눈앞에서 번호가 흐릿해졌다.

"코라, 내 말 들었어?"

그녀가 마른침을 꿀꺽 삼켰다. "네."

"난…… 아무래도 그를 집으로 데려가야 할 것 같아." 그가 말했다.

그녀가 눈을 질끈 감았다.

"그래야겠죠." 그녀가 웅얼거리고는 전화를 끊었다.

그녀는 돌아서서 창가로 천천히 다가갔다. 비가 올 것 같네. 그녀는 생각했다. 마치 곧 벌어질 일을 위해 분위기를 내 주려는 듯이 말이야.

그녀는 다시 눈을 감고 손톱이 손바닥을 깊숙이 파고들 때까지 두 주먹을 불끈 쥐었다.

"안 돼." 그것은 속삭임에 가까운 소리였다. "**안 돼.**"

잠시 후, 그녀는 축촉해진 눈을 뜨고 창밖으로 골목을 내다보았다. 그녀의 머릿속에 소년이 나타났던 그 날이 떠올랐다.

만약 한밤중에 화재가 발생하지 않았다면 기회가 충분히 있었을 것이다. 집은 저먼 코너스에서 21마일* 떨어져 있었다. 그중 15마일은 주립 고속도로였고, 나머지 6마일은 나무로 우거진 북쪽 언덕들로 통하는 비포장도로였다. 시간만 주어졌더라면 얼마든지 찾아낼 수 있는 곳이었다.

베른하르트 클라우스가 처음 발견했을 때 집은 이미 화마에 파묻혀 버린 상태였다.

클라우스와 그의 가족은 그곳에서 5마일쯤 떨어진 스카이터치 힐에 살고 있었다. 목이 말라 1시 반쯤 깬 그는 물을 마시러 화장실로 들어갔다가 북향으로 난 창문을 통해 불타는 집을 보게 되었다.

"**고튼임멜Gott'n'immel!**"** 화들짝 놀란 그는 그 짧은 단어가 끝나기도 전에 화장실을 뛰쳐나왔다. 그는 손으로 벽을 더듬으며 카펫 깔린 계단을 허둥지둥 내려가 거실로 들어갔다.

"닐젠의 집에 불이 났어요!" 그가 전화기 크랭크를 미친 듯이 돌리고 나서 깜빡 졸고 있었던 야간 교환수에게 말했다.

---

* 약 33.6킬로미터. 1마일은 약 1.6킬로미터.
** Gott in himmel의 줄임말. 독일어로 '맙소사!'.

신속한 진화 작업은 기대할 수 없었다. 야심한 시간인 데다 외진 곳이었고, 무엇보다도 저먼 코너스에 소방서가 없다는 사실이 문제였다. 벽돌과 목재로 지은 집들에 화재가 발생하면 사람들이 자발적으로 나서서 불을 꺼야만 했다. 큰 마을에서는 별 문제 될 게 없었다. 하지만 이런 외진 동네는 사정이 달랐다.

휠러 보안관이 급하게 모은 다섯 명과 고물 트럭을 타고 현장에 도착했을 때 집은 폭삭 주저앉아 버리기 직전이었다. 그들 여섯 명 중 네 명은 맹렬히 타오르는 불길에 기운 빠진 물줄기를 허무하게 뿌려 댔다. 그러는 동안 휠러 보안관과 맥스 에더먼 보안관 대리는 집 주변을 유심히 살폈다.

안으로 들어갈 방법은 없었다. 뒤로 물러선 그들은 인상을 찌푸린 채 살인적인 열기를 막아내려 두 팔을 번쩍 들었다.

"희망이 없어 보입니다!" 에더먼이 거센 바람 소리 너머로 소리쳤다.

휠러 보안관은 몸서리를 쳤다. "그 아이." 그가 나지막이 말했다. 에더먼은 그 말을 듣지 못했다.

거대한 폭포가 아니면 도저히 잡을 수 없는 불길이었다. 여섯 남자가 할 수 있는 일이라고는 빈터 주변 숲으로 불이 번지지 않도록 애쓰는 것뿐이었다. 그들의 말 없는 형체들이 꿈틀대는 벌건 기운 주변을 서성이며 불씨를 밟아 껐다. 가끔 덤불과 나뭇잎에서 불꽃이 튀면 호스를 가져가 물을 뿌리기도 했다.

그들은 동쪽 언덕 정상 너머로 잿빛 새벽이 몰려들고 있을 때 소년을 발견했다.

고함이 들려 왔을 때 휠러 보안관은 타 버린 집의 측창 안을 들여다보고 있었다. 그는 몸을 휙 틀고 우거진 숲속으로 뛰어 들어갔다. 집에서 몇 십 야드 떨어진 숲은 내리막 경사면에 자리하고 있었다. 덤불 속에서 톰 풀터가 모습을 드러냈다. 빼빼 마른 체구의 그는 팔닐젠을 업고 있었다.

"이 아이를 어디서 찾으셨습니까?" 휠러가 달려가 노인에게 업힌 소년의 다리를 붙잡았다.

"언덕 밑에서 찾았어." 풀터가 숨을 헐떡이며 말했다. "땅바닥에 누워 있더라고."

"화상을 입었습니까?"

"그런 것 같진 않던데. 잠옷도 불에 탄 흔적이 없고 말이야."

"제가 업고 가겠습니다." 보안관이 말했다. 노인이 넘겨 주자 그는 팔을 번쩍 들어 안았다. 소년은 휘둥그레진 초록색 눈을 깜빡이며 그를 올려다보았다.

"의식이 남아 있었구나." 그가 흠칫 놀라며 말했다.

소년은 아무 말 없이 계속해서 그를 응시했다.

"어디 아픈 데 없고?" 휠러가 물었다. 무기력한 몸과 무표정한 표정. 팔은 그로 하여금 조각상을 연상케 했다.

"담요를 가져와 덮어 줘야겠군." 보안관이 웅얼거리며 트럭을 향해 걸었다. 소년의 시선이 불타 버린 집 쪽으로 돌아갔다. 팔의 얼굴은 여전히 딱딱하게 굳어져 있었다.

"충격을 크게 받아서 그럴 거야." 풀터가 중얼거렸다. 보안관은 어두운 표정으로 고개를 끄덕였다.

그들은 소년을 운전석에 눕혀 놓고 담요로 덮어 주었다. 하지만 말없는 아이는 계속해서 몸을 일으켰다. 휠러가 입에 대 준 커피는 소년의 턱을 타고 질질 흘러내렸다. 두 남자는 트럭 옆에 나란히 서서 앞 유리 밖으로 불타는 집을 바라보는 팔을 응시했다.

"상태가 많이 안 좋아 보이는데." 풀터가 말했다. "말도 못 하고, 울지도 못하고."

"화상을 전혀 입지 않았더군요." 휠러는 당혹감을 감추지 못했다. "어떻게 화상 하나 입지 않고 빠져나올 수 있었을까요?"

"저 녀석 부모도 무사히 빠져나오지 않았을까?" 풀터가 말했다.

"그럼 그들은 지금 어디 있는 거죠?"

노인이 고개를 저었다. "그야 난 모르지, 해리."

"일단 아이를 집으로 데려가야겠습니다. 코라가 잘 돌봐 줄 겁니다." 보안관이 말했다. "여기 그냥 두고 갈 순 없지 않겠습니까."

"나도 같이 가겠네." 풀터가 말했다. "편지 분류 작업이 좀 남았거든."

"그러시죠."

휠러는 나머지 네 명을 불러 놓고 한 시간쯤 후에 간단한 요깃거리를 챙겨 오겠다고 했다. 또한 그들과 교대해 줄 대체 인력도 약속했다. 풀터와 그는 팔의 양옆에 자리를 잡고 앉았다. 휠러가 부츠발로 시동 장치를 밟자 엔진이 발작적으로 기침을 몇 번 했다. 잠시 신음하던 엔진에 시동이 걸렸다. 보안관은 엔진을 예열시키고 나서 기어를 걸었다. 트럭은 고속도로로 통하는 흙길을 따라 천천히 내려가기 시작했다.

불타는 집이 시야에서 완전히 사라지자 팔은 무표정한 얼굴로 뒷유리를 빤히 내다보았다. 한참 후, 아이가 천천히 돌아앉았다. 아이의 가녀린 어깨에서 담요가 스르르 벗겨져 내렸다. 톰 풀터는 담요를 집어 다시 아이에게 둘러 주었다.

"좀 따뜻해졌니?" 그가 물었다.

말 없는 소년은 마치 사람 목소리를 처음 들어봤다는 듯 야릇한 표정으로 풀터를 보았다.

트럭이 골목으로 들어서는 소리에 깜짝 놀란 코라가 오른손을 잽싸게 뻗어 스토브를 켰다. 뒤편 포치 계단에서 남편의 발소리가 들려오기 전에 그녀는 베이컨을 프라이팬에 나란히 늘어놓았다. 번철griddle 위에서는 팬케이크 반죽이 노릇노릇해져 가고 있었다. 그녀는 미리 만들어 놓은 커피도 데웠다.

"해리."

남편의 품에 안긴 소년을 본 그녀가 안쓰러운 표정을 지었다. 그녀는 허둥대며 주방으로 돌아갔다.

"일단 침대에 눕혀 놔야겠어." 휠러가 말했다. "충격을 크게 받은 것 같아."

호리호리한 체구의 코라가 계단을 빠르게 올라가 한때 데이비드가 썼던 침실의 문을 활짝 열어 주었다. 휠러가 안으로 들어서자 그녀는 커버를 뒤로 걷고 전기담요를 켰다.

"어디 다쳤어요?" 그녀가 물었다.

"아니." 그가 팔을 침대에 살며시 눕혀 놓았다.

"가엽기도 하지." 그녀가 커버를 끌어올려 축 늘어진 소년을 덮어 주었다. "어린 것이 가엽기도 하지." 그녀는 온화한 미소를 지으며 아이의 이마로 흘러내린 부드러운 금발머리를 살살 쓸어내려 주었다.

"자, 이제 눈을 감고 잠을 청해 봐. 아무 걱정 말고. 자, 어서."

휠러는 아내 뒤에 서서 생기 없는 눈빛으로 코라를 응시하는 일곱 살배기 소년을 지켜보았다. 톰 풀터에게 업혀 나왔을 때도 아이는 지금과 같은 모습이었었다.

방을 나온 보안관은 주방으로 내려갔다. 그는 일일이 전화를 걸어 대체 인력을 소집한 후 커피를 홀짝이며 팬케이크와 베이컨을 구웠다. 한참 후, 뒤편 계단으로 내려온 코라가 스토브 앞으로 다가왔다.

"저 아이 부모는……?" 그녀가 물었다.

"나도 몰라." 휠러가 고개를 저으며 말했다. "가까이서 집을 살펴볼 수 없었어."

"그럼 저 애는요?"

"톰 풀터가 밖에서 발견했어."

"밖에서."

"저 녀석이 어떻게 밖으로 나올 수 있었는지 모르겠어. 숲속에 혼자 있더라고."

그의 아내는 침묵에 빠졌다. 그녀는 다 구워진 팬케이크를 접시에 옮겨 담아 남편 앞에 놓았다. 그녀의 손이 그의 어깨에 얹어졌다.

"많이 피곤해 보여요. 가서 눈을 좀 붙이는 게 어때요?"

"나중에." 그가 말했다.

그녀는 고개를 끄덕이며 그의 어깨를 몇 번 토닥인 후 돌아섰다. "베이컨도 곧 익을 거예요." 그녀가 말했다.

그는 끙 앓는 소리를 냈다. 그가 팬케이크에 메이플 시럽을 뿌리며 말했다. "보나마나 죽었을 거야, 코라. 화재가 아주 크게 났거든. 내가 거길 떠나 올 때도 불길이 완전히 잡히지 않은 상태였어. 그냥 지켜보는 것 외엔 할 게 없었지."

"저 아이, 너무 가여워요."

그녀는 스토브 옆에 서서 녹초가 된 모습으로 식사를 하는 남편을 측은한 눈빛으로 바라보았다.

"몇 가지 물어봤는데," 그녀가 고개를 저으며 말했다. "끝내 입을 안 열더라고요."

"우리에게도 한 마디도 안 했어. 그냥 빤히 쳐다만 보더군."

그는 멍한 얼굴로 테이블을 내려다보며 팬케이크를 씹었다.

"마치 말하는 법을 잊어버린 것처럼 말이야."

그날 아침, 10시가 조금 넘었을 때 기다렸던 폭우가 쏟아졌다. 억수 같이 퍼붓는 폭우에 화재는 완전히 진화되었고, 숯으로 변한 집에서는 연기가 모락모락 피어올랐다.

눈이 심하게 충혈된 휠러 보안관은 무기력한 모습으로 트럭 운전석에 앉아 빗줄기가 잦아들기를 기다렸다. 한참 후, 그는 가슴 깊은 곳에서 우러난 신음을 토해 내며 문을 열고 밖으로 나왔다. 그는 슬리커* 깃을 바짝 세우고 챙 넓은 스테트슨**을 꾹 눌러쓴 후 커버로 덮인 트럭을 돌아 나갔다.

"어디 한번 들어가 볼까." 그가 목쉰 소리로 나지막이 말했다. 그는 질퍽이는 진흙을 밟고 집을 향해 나아갔다.

현관문은 아직도 제자리에 버티고 서 있었다. 휠러와 그가 데려 온 남자들은 무너져 내린 거실 벽을 조심히 기어 올라갔다. 불씨가 살아 있는 목재에서는 뜨거운 열기가 뿜어져 나왔고, 불타고 비에 젖은 양

* 길고 품이 넓은 레인코트.
** 흔히 카우보이 모자라고 불리는 형태의 모자.

556

탄자에서는 매캐한 악취가 풍겼다. 휠러의 속이 다시 울렁거려 왔다.

그는 바닥에 널린 반쯤 타다 남은 책들을 밟고 걸음을 계속 옮겨 나갔다. 그의 부츠 밑에서 숯이 된 표지들이 바스러졌다. 그는 이를 악문 입으로만 숨을 쉬며 현관 홀 쪽으로 이동했다. 거센 빗줄기가 그의 어깨와 등을 연신 두들겨 댔다. 그들이 밖으로 무사히 빠져나갔 기를. 그는 속으로 기도했다. 부디 그들이 무사하기를.

하지만 그의 바람은 이루어지지 않았다. 부부는 새까맣고 흉측하 게 탄 모습으로 침대에 누워 있었다. 그들은 더 이상 인간의 모습을 하고 있지 않았다. 바싹 타 버린 그들의 관절은 심하게 뒤틀린 상태 였다. 딱딱하게 굳은 휠러 보안관의 얼굴은 창백했다.

그의 부하 하나가 다가가 젖은 잔가지로 매트리스 위의 무언가를 쿡쿡 찔러 보았다.

"파이프입니다." 그가 요란한 빗소리 너머로 말했다. "담배를 피우 다가 잠이 든 모양입니다."

"담요를 가져와." 휠러가 지시했다. "저들을 트럭으로 옮겨야지."

두 남자는 말없이 돌아섰다. 휠러는 잔해를 딛고 밖으로 향하는 그 들의 발소리를 묵묵히 듣고 있었다.

그의 눈은 아직도 기괴한 숯덩이로 변해 버린 홀거 닐젠 교수와 그 의 아내 패니에게서 떨어지지 않고 있었다. 큰 키에 풍채가 당당했던 홀거는 꽤 도도한 편이었었다. 호리호리한 체구에 적갈색 머리를 가 졌던 패니는 매끄럽고 불그스레한 얼굴을……

보안관은 홱 돌아서서 방을 나왔다. 하마터면 그는 쓰러진 기둥에 발이 걸려 고꾸라질 뻔했다.

소년. 그 아이는 이제 어떻게 되는 거지? 팔은 태어나서 처음으로 집을 떠나게 됐다. 닐젠 부부가 아들의 정신적 지주였다는 사실은 휠러도 잘 알고 있었다. 팔이 그토록 충격에 빠질 수밖에 없었던 이유였다.

하지만 대체 그 아이는 어머니와 아버지가 죽었다는 걸 어떻게 알았을까?

거실을 가로질러 나가던 보안관이 타다 만 책을 살피고 있는 부하 경관을 발견했다.

"이것 좀 보십시오." 그가 책을 앞으로 내밀며 말했다.

휠러는 표지를 흘끔 보았다. 순간 제목이 그의 눈에 확 들어왔다. **미지의 정신.**

그는 불편한 기색을 감추지 않고 돌아섰다. "그거 내려 봐!" 그가 신경질적으로 말했다. 그리고 성큼성큼 걸어 집을 빠져나갔다. 숯덩이로 변한 닐젠 부부의 모습이 그의 뇌리를 스쳐갔다. 그리고 질문 하나도.

도대체 팔은 어떻게 집을 빠져나올 수 있었을까?

팔은 잠에서 깼다.

아이는 한동안 천장에서 춤을 추고 있는 형체 없는 그림자들을 올려다보았다. 밖에는 비가 내리고 있었다. 낯선 방의 창문 밖으로 바람에 흔들리는 나무의 큰 가지들이 보였다. 팔은 따뜻한 침대 중앙에 미동도 없이 누워 있었다. 방 안의 차가운 공기가 아이의 창백한 볼을 어루만지고 있었다.

다들 어디 계시지? 팔은 눈을 감고 부모의 기운을 감지해 보려 애썼다. 그들은 분명 집에 없었다. 그럼 대체 어디에? 어머니와 아버지는 어디 계신 거지?

우리 어머니 손. 팔은 머릿속을 비우고 '트리거 심벌'을 떠올렸다. 곱고 창백한 손이 아이의 머릿속 까만 벨벳 위에 얹어졌다. 그 부드러운 손을 떠올리는 건 정신을 맑고 또렷하게 만드는 방법이었다.

자기 집에서는 이런 노력이 불필요했다. 그곳에서는 그들의 기운이 넘쳐 났으니까. 그들의 손이 닿았던 모든 물건에는 그들의 정신을 가깝게 끌어 올 수 있는 능력이 담겨 있었다. 방 안 공기에서 그들의 의식이 살짝 느껴지는 것 같았다.

하지만 생경한 환경 탓에 이곳에서는 뜻대로 잘되지 않았다.

그래서 모든 아이들이 이런 본능적인 능력을 갖고 태어난다고 믿는 거란다. 아버지가 했던 말이 어머니의 손가락을 뒤덮은 이슬 묻은 거미집처럼 아이의 머릿속에 떠올랐다. 소년은 어머니의 손에서 그것을 벗겨 내 주었다. 다시 자유를 찾은 손은 아이가 집중해 만들어 낸 어둠을 살살 어루만져 주었다. 아이는 질끈 눈을 감았다. 아이의 미간에 장식무늬 같은 주름이 팼고, 잔뜩 힘이 들어간 턱은 핏기를 잃었다. 의식의 수준이 물처럼 서서히 올라가고 있었다.

그리고 아이의 감각들도 덩달아 예민해졌다.

소리가 비비 꼬인 미로를 드러냈다. 거세게 흐르는 물줄기 소리, 경쾌하면서도 묵직하게 떨어지는 빗줄기 소리, 공기와 나무와 박공이 있는 처마를 유유히 헤집고 다니는 바람 소리, 집이 삐걱대는 소리. 그 모든 소리가 한 데 뒤섞여 쉴 새 없이 속삭여 댔다.

후각이 예민해지면서 아이의 머릿속이 다양한 냄새들로 채워져 갔다. 나무와 털실, 젖은 벽돌과 먼지, 그리고 빳빳하게 풀을 먹인 향긋한 리넨들. 긴장한 아이의 손가락 밑에서는 서늘하고 따스한 기운이 교차하고 있었다. 묵직한 커버와 칼날처럼 다려진 얇은 시트. 그의 입안에서는 찬 공기와 오래된 집의 맛이 느껴졌다. 눈앞에서는 오직 손만이 아른거릴 뿐이었다.

정적. 무반응. 아이는 지금껏 이토록 오랫동안 응답을 기다려 본 적이 없었다. 평소처럼 순식간에 몰려 와야 하는데. 어머니의 손은 점점 선명해졌고, 맥박도 뚜렷이 느껴졌다. 아이는 깊숙이 숨은 미지의 공간으로 내려가 보았다. **이 맨 아래 단계는 훨씬 더 중요한 현상들을 위한 무대란다.** 아버지의 설명. 소년이 맨 아래 단계까지 내려와 본 건 이번이 처음이었다.

위로, 위로. 차가운 손이 아이를 끌어올려 주었다. 또렷한 의식의 덩굴손이 안전지대를 찾아 봉우리가 있는 곳까지 붕 떠올랐다. 손은 서서히 구름으로 변해 가고 있었다. 그리고 이내 사라져 버렸다.

아이는 새까맣게 탄 자신의 집을 향해 둥둥 떠 가고 있었다. 아이의 눈앞으로 빗물이 만들어 놓은 반짝이는 레이스가 펼쳐졌다. 제자리에 버티고 선 현관문은 아이의 손을 기다리고 있었다. 집이 점점 가까워져 왔다. 집은 자욱한 안개에 휩싸인 상태였다. 가까이, 더 가까이……

팔, 안 돼.

침대 위에서 아이의 몸이 덜덜 떨렸다. 머릿속은 바짝 얼어붙어 있었다. 갑자기 집이 멀리 달아나 버렸다. 그 안에 누워 있던 끔찍한 상태의 두 형체가 모습을 드러냈다.

팔이 벌떡 일어나 앉았다. 온몸이 빳빳이 굳어 버린 아이는 정면을 뚫어져라 응시했다. 의식은 소용돌이치며 은신처로 들어가 버렸다. 소년은 부모님이 영영 떠나 버렸음을 알게 됐다. 그들은 아들의 길잡이 역할을 위해 불타는 집에 끝까지 남아 있다가 변을 당한 것이었다.

자신들이 산 채로 불에 타 죽을 것을 알면서도.

그날 밤, 그들은 아이가 말을 하지 못한다는 걸 알게 됐다.

말을 못 할 이유가 전혀 없잖아. 혀도 있고, 목구멍도 멀쩡한데. 휠러가 직접 소년의 입안을 들여다보고 확인한 사실이었다. 하지만 팔은 아무 말도 하지 않았다.

"그래서 그랬군." 보안관이 어두운 얼굴로 고개를 저으며 말했다. 11시가 다 된 시각이었고, 팔은 또다시 잠에 빠져들었다.

"뭐가요, 해리?" 화장대 거울 앞에 앉은 코라가 브러시로 짙은 색 금발머리를 빗어 내리며 말했다.

"프랭크 선생이랑 닐젠의 집에 찾아갔을 때 말이야. 저 아이를 학교에 등록시켜 주려고." 그가 바지를 의자 등받이에 걸쳐 놓았다. "그들은 우리가 찾아갈 때마다 거부했어. 이제야 그 이유를 알 것 같아."

그녀가 거울에 비친 남편을 보았다. "저 애, 어딘가 문제가 있는 것 같지 않아요, 해리?"

"그야 스타이거 박사가 살펴보면 알겠지 뭐. 내가 봐선 아닌 것 같지만."

"그들은 대학까지 나온 사람들이었잖아요." 그녀가 말했다. "배운 사람들이 왜 아들에게 말을 가르치지 않았을까요? 혹시 할 줄은 아는데 자기가 일부러 안 하려 하는 건 아닐까요?"

휠러가 다시 고개를 저었다.

"좀 이상한 사람들이었잖아, 코리." 그가 말했다. "자기들끼리도 거의 대화가 없었다고. 마치 입을 열면 자기들 격이 떨어지기라도 하는 것처럼 말이야." 그가 넌더리를 내며 말했다. "그래서 저 애를 학교에 보내지 않았던 거라고."

그는 끙 앓는 소리를 내며 침대에 털썩 주저앉았다. 그리고 부츠와 종아리까지 올라오는 양말을 차례로 벗었다. "정말 힘든 하루였어." 그가 웅얼거렸다.

"그 집에서 아무것도 못 찾았어요?"

"아무것도. 신분증명서도 없었어. 집 전체가 재로 변해 버렸으니 뭐. 불에 타다 만 책들이 좀 있긴 한데 그게 무슨 단서가 되겠어."

"알아볼 다른 방법은 없고요?"

"닐젠 부부는 마을에서 외상 한 번 터 본 적 없는 사람들이었어. 시민권이 없었으니 교수는 징집 대상도 아니었고."

"오." 코라는 잠시 거울 속 자신의 얼굴을 응시하다가 화장대에 놓인 사진으로 시선을 떨어뜨렸다. 데이비드가 아홉 살 때 사진. 닐젠저 애랑 너무 많이 닮았어. 그녀는 생각했다. 키도, 몸집도 비슷하고. 데이비드의 머리색이 약간 더 짙기는 했지만……"

"저 애를 어쩔 셈이에요?" 그녀가 물었다.

"나도 모르겠어, 코라." 그가 대답했다. "이달 말까지 기다려 봐야지 뭐. 톰 풀터가 그러는데, 닐젠의 집으로 매달 세 통의 편지가 배달됐었대. 전부 유럽에서 부친 것들이라나. 일단 다음 편지가 도착하기를 기다려 봐야 할 것 같아. 발송인이 친척인지도 모르니까."

"유럽." 그녀가 혼잣말하듯 나지막이 말했다. "그 먼 데에서요?"

그녀의 남편은 또다시 앓는 소리를 내며 커버 안으로 쏙 들어가 버렸다. 그리고 매트리스 위에 몸을 눕혔다.

"피곤해." 그가 중얼거렸다.

그의 시선이 천장에 고정됐다. "당신도 들어와." 그가 말했다.

"곧 갈게요."

잠시 후, 그녀가 산란한 정신을 달래려 열심히 빗질을 하고 있을 때 뒤에서 코 고는 소리가 들려왔다. 그제야 그녀는 자리에서 일어나 홀을 가로질렀다.

강처럼 쏟아지는 달빛이 침대를 환히 비춰 주고 있었다. 미동조차 없는 팔의 작은 손에도 달빛이 쏟아졌다. 코라는 그림자 속에 몸을 숨긴 채 소년의 두 손을 오랫동안 지켜보았다. 그녀는 문득 어느새 돌아온 데이비드가 자기 침대에 누워 있다는 착각에 빠졌다.

소음.

누군가가 아이의 머릿속에서 곤봉을 휘두르고 있는 것 같았다. 정체를 알 수 없는 소음이 아이의 머리를 욱신거리게 만들었다. 소년은 누군가가 말을 건 것이라 짐작했다. 아이의 귀에 통증이 느껴졌다. 절대 넘을 수 없는 벽 너머에는 사슬에 속박당한 의식과 갇혀 버린 누군가의 생각들이 버티고 서 있었다.

이따금 벽에 생긴 균열로 정적이 스며들면 아이는 그 조각을 붙잡아 보려 애썼다. 덫이 닫히기 직전 미끼를 잽싸게 낚아채는 짐승처럼.

하지만 문제의 소음은 기다렸다는 듯 또다시 시작됐다. 리듬 없는 삐걱거림과 무언가가 갈리는 소리. 무언가가 반짝이는 이해의 표면을 살살 문질러 대는 소리. 그럴 때면 소년은 목이 타들어갔고, 온몸이 쑤셨으며, 정신이 혼란스러워졌다.

"팔." 그녀가 말했다.

그렇게 일주일이 흘러가 버렸다. 편지가 도착하려면 일주일을 더 기다려야 했다.

"팔, 부모님과 대화해 본 적 없니? 팔?"

주먹들이 날카로운 타격을 이어 나갔다. 손은 소년의 머릿속 신경절에서 감성을 쥐어짜 내는 중이었다.

"팔, 네 이름은 알고 있니? 팔? **팔?**"

소년은 신체적으로 아무 문제가 없었다. 진찰을 했던 스타이거 박사는 분명 그렇게 말했다. 아이가 말을 못 할 이유가 없다고.

"우리가 가르쳐 줄게, 팔. 괜찮아. 우리가 가르쳐 줄 테니 염려 마." 촘촘히 짜인 의식에 칼날이 파고든 것 같았다. **"팔, 팔."**

팔. 아이는 그것이 자신의 이름이라는 걸 알고 있었다. 하지만 이상하게도 귀에는 우울하고 칙칙한 소음으로만 와 닿을 뿐이었다. 머릿속에 담긴 연계된 정보들과는 아무런 상관이 없었다. 아이에게 이름은 단순한 글자의 조합, 그 이상이었다. 이름은 바로 아이 자신이었다. 자신과 부모님 모두에게 엄청난 의미가 있는, 그의 인생의 모든 것. 소년은 부모님이 부르거나 떠올리는 자신의 이름을 단순한 소리로만 받아들이지 않았다.

"팔, 알아듣겠니? 이게 네 이름이야. 팔 닐젠. 알아듣겠어?"

원초적인 감성을 두드리는 소리. 팔. 그 소리가 소년을 냅다 걷어찼다. **팔. 팔.** 아이는 소리의 구렁텅이 속으로 내던져지지 않으려 필사적으로 버텼다.

"팔. 한번 해 봐. 팔. 따라서 말해 보렴. 파-알. **파-알.**"

소년은 그녀로부터 떨어져 나갔다. 패닉에 빠진 그녀는 도망치는 아이를 따라 아들 방으로 들어갔다.

그렇게 한동안 평화가 찾아들었다. 그녀는 말없이 아이를 부둥켜 안았다. 그의 사정을 이해한다는 듯이. 고요 속에서 더 이상 끔찍한 소리는 들려오지 않았다. 그녀는 소리 없이 우는 소년의 머리를 쓰다듬고, 입도 맞춰 주었다. 아이는 그녀의 온기 속에서 얌전히 누워 있었다. 그제야 아이의 정신은 소심한 짐승처럼 은신처를 조심스레 나섰다. 아이는 그녀의 이해심을 감지할 수 있었다. 소리를 필요로 하지 않는 그 느낌을.

사랑. 말하지 않아도 알 수 있고, 그 무엇으로부터도 자유로우며, 황홀할 만큼 아름다운 것.

휠러 보안관이 집을 막 나서려는 찰나 전화가 걸려 왔다. 그는 현관 복도에 멈춰 서서 코라가 대신 응답해 줄 때까지 기다렸다.

"해리!" 아내가 그를 불렀다. "벌써 나갔어요?"

그는 다시 주방으로 들어가 아내로부터 수화기를 건네받았다. "휠러입니다."

"나 톰 풀터일세, 해리." 우체국장이 말했다. "오늘 그 편지가 왔어."

"곧 가겠습니다." 휠러는 전화를 끊었다.

"편지라고요?" 그의 아내가 물었다.

휠러는 고개를 끄덕였다.

"오." 그녀가 들릴락말락한 소리로 웅얼거렸다.

20분 후, 휠러가 우체국으로 들어서자 풀터가 편지 세 통을 카운터로 가져왔다. 보안관은 그것들을 집어 들었다.

"스위스." 그는 봉투에 찍힌 소인을 읽어 보았다. "스웨덴, 독일."

"이번에도 마찬가지야." 풀터가 말했다. "매달 30일에 정확히 맞춰 들어오더라니까."

"제가 열어 보면 안 되겠지요?" 휠러가 말했다.

"그래도 된다고 하고 싶지만, 해리," 풀터가 말했다. "법이 그런 걸 낸들 어쩌겠나. 자네도 알지? 아쉽지만 이대로 반송해야 돼. 그게 법이니까."

"알겠습니다." 휠러는 펜과 수첩을 꺼내 봉투에 적힌 주소를 베껴 썼다. 그리고 나서 편지들을 돌려주었다. "고맙습니다."

그는 4시가 다 돼서야 집으로 돌아올 수 있었다. 코라는 팔과 함께 거실에 앉아 있었다. 팔의 얼굴에는 혼란스러운 기색이 역력했다. 코라의 비위를 맞추려는 의지와 소음의 교란으로부터 벗어나고 싶어 하는 갈망이 한 데 뒤섞인 표정이었다. 소년은 그녀 옆에 바짝 붙어 앉아 울먹이고 있었다.

"오, 팔." 그녀가 바르르 떨고 있는 아이를 끌어안으며 말했다. "겁 낼 거 하나도 없어."

그녀가 남편을 돌아보았다.

"그들이 대체 이 아이에게 무슨 짓을 해 온 거죠?" 그녀가 신경질적인 톤으로 물었다.

그는 고개를 저었다. "나도 몰라. 이래서 진작 학교에 보냈어야 한다니까."

"애가 이런 상태인데 학교를 어떻게 보내요?"

"어차피 내막이 밝혀질 때까진 아무 데도 못 보내." 휠러가 말했다. "오늘 밤에 그들에게 편지를 쓸 거야."

팔은 여자 안에서 격발된 감정을 똑똑히 감지할 수 있었다. 아이가 괴로워하는 그녀의 얼굴을 잽싸게 올려다보았다.

고통. 그녀에게서는 치명상에서 뿜어져 나오는 피처럼 고통이 쏟아져 나오고 있었다.

그들은 침묵 속에서 저녁을 먹었다. 팔은 계속해서 여자가 발산하는 비탄에 집중했다. 멀리서 아득하게 들려오는 흐느낌 같았다. 고뇌로 가득 찬 그녀의 머릿속에서 기억이 섬광처럼 번뜩였다. 소년은 어떤 아이의 얼굴을 보았다. 그 얼굴은 소용돌이치며 흐릿해져 갔고, 이내 자신의 얼굴로 바뀌었다. 두 개의 얼굴이 하나로 겹쳐진 것이었다. 두 소년은 그녀의 간택을 받기 위해 싸우고 있는 것 같았다.

잠시 후, 두 얼굴은 그녀의 머릿속 검은 문 뒤에 갇혀 버리고 말았다. "그들에게 편지를 쓰겠다고 했죠?"

"아무래도 그래야 할 것 같아, 코라." 휠러가 말했다.

침묵. 또다시 시작된 고통. 식사 후 그녀는 아이를 방으로 데려가 침대에 눕혔다. 아이는 연민이 묻어나는 부드러운 눈빛으로 그녀를 올려다보았다. 방을 나간 그녀의 발소리가 멀어질 때까지도 소년은 파도처럼 밀려드는 여자의 비애를 외면할 수 없었다. 가련한 그녀의 절망은 밤새도록 집 안 구석구석에서 작은 새의 애처로운 날갯짓처럼 푸드덕거렸다.

"뭐라고 쓰는 거예요?" 그녀가 물었다.

휠러가 책상에서 아내를 돌아보았다. 복도에서는 자정을 알리는 괘종시계가 일곱 번째 종을 울리고 있었다. 코라가 방을 가로질러 쟁반을 책상에 내려놓았다. 갓 끓인 커피의 향이 그의 후각을 기분 좋게 자극했다.

"그냥 이곳 상황을 알려 주려고." 그가 말했다. "화재가 나서 닐젠 부부가 사망했다고 말이야. 그리고 그들이 저 애랑 친척인지도 물어 볼 거야. 거기 다른 친척이 사는지도 물어봐야 하고."

"설령 그들이 친척이라 해도 저 애 부모만큼이나 무관심할 수도 있 는데."

"코라," 커피에 크림을 넣으며 그가 말했다. "내가 얘기했잖아. 그건 우리가 신경 쓸 일이 아니라고."

그녀는 창백해진 입술을 꼭 다물었다.

"겁에 질린 아이를 챙기는 건 내 소관이에요." 그녀가 힘주어 말했 다. "당신은……"

남편의 온화한 눈빛을 확인한 그녀가 말을 멈추었다.

"난 계속 챙겨 주고 싶어요." 그녀가 돌아서며 말했다.

"그건 우리 일이 아니야, 코라." 그는 바르르 떨리는 아내의 입술을 보지 못했다.

"그냥 두면 계속 저렇게 입을 닫고 살 거라고요! 그림자를 두려워 하면서!"

그녀가 홱 돌아섰다. "저 애를 방관하는 건 죄를 짓는 거예요!" 그 녀가 빽 소리쳤다. 그녀의 목소리에서는 애정과 분노가 한 데 뒤섞여 묻어났다.

"나도 어쩔 수 없어, 코라." 그가 나지막이 말했다. "그저 주어진 임 무에 충실할 뿐이야."

"**임무.**" 그녀가 생기 없는 공허한 톤으로 말했다.

그날 밤, 그녀는 잠을 이루지 못했다. 그녀는 해리의 코 고는 소리 를 들으며 천장에 속속 뿌려지는 그림자들을 빤히 올려다보았다. 그녀의 머릿속에서 장면 하나가 재생되기 시작했다.

어느 여름날 오후. 뒷문 초인종 소리. 포치에 올라선 남자들. 담요로 덮인 무언가를 안고 있는 존 카펜터. 그의 넋 나간 표정. 정적. 햇볕에 달구어진 널 위로 뚝뚝 떨어지는 물방울. 느리고 불규칙하게 떨어지는 물방울 소리는 꼭 죽어 가는 심장의 박동 같았다. **호수에서 물놀이를 하고 있었는데 말입니다, 휠러 부인, 갑자기……**

그녀는 침대에 누워 몸서리를 쳤다. 비탄의 순간을 떠올리는 그녀의 창백한 두 주먹에는 힘이 잔뜩 들어가 있었다. 저 아이가 이 집에 모처럼 활기를 불어넣어 줬는데……

다음 날 아침, 그녀는 핼쑥한 얼굴에 쑥 들어간 눈을 하고 있었다. 그녀는 애써 덤덤한 척하며 다 익은 달걀과 팬케이크를 남편의 접시에 놓아 주었다. 커피를 따를 때도 그녀는 입을 열지 않았다.

그는 아내에게 키스를 하고 집을 나섰다. 그녀는 거실 창가에 서서 트럭을 향해 터덕터덕 걸어 나가는 남편의 뒷모습을 바라보았다. 그가 시야에서 사라지자 그녀는 남편이 우편함 옆에 꽂아 놓은 세 통의 편지 쪽으로 시선을 돌렸다.

어느새 아래층으로 내려온 팔이 그녀를 보며 미소를 지었다. 그녀는 아이의 볼에 입을 맞추었다. 그리고 뒤로 물러나 서서 아이가 오렌지 주스 마시는 모습을 말없이 지켜보았다. 먹는 모습, 글라스를 쥐는 방법, 그 모든 게 다……

팔이 시리얼을 먹는 동안 그녀는 밖에 나가 우편함에 꽂힌 편지들을 뽑았다. 그리고 자신이 준비한 세 통의 편지를 대신 꽂아 놓았다. 나중에 남편이 우체부에게 오늘 아침 편지 세 통을 챙겨 갔는지 확인할 수도 있으니.

팔이 달걀을 먹는 동안 그녀는 지하실로 내려가 남편의 편지들을 보일러 안에 던져 넣었다. 스위스행 편지가 가장 먼저 타들어 갔다. 그리고 독일과 스웨덴으로 가는 편지들이 속속 뒤따랐다. 그녀는 그 것들이 재가 되어 부서질 때까지 부지깽이로 쿡쿡 찔러 댔다.

그렇게 몇 주가 흘러갔다. 소년의 정신은 조금씩 그 특별했던 힘을 잃어 갔다.

"팔, 내 말 이해하니?" 소년에게 필요한, 하지만 소년이 두려워하는 여자의 차분하고 온화한 목소리. "날 위해 딱 한 마디만 해 볼래? 아 무 말이라도 좋아. **팔?**"

아이는 여자가 오직 애정만을 품고 있음을 알고 있었다. 하지만 소 리는 소년을 기어이 죽이고 말 것이다. 아이의 생각들을 구속할 것이 고, 바람에 족쇄를 채우듯이.

"학교에 가고 싶지 않니, 팔? 응? **학교?**"

그녀의 얼굴에는 우려와 헌신의 표정이 떠올라 있었다.

"아무 말이라도 좀 해 봐, 팔. 제발."

두려워진 소년은 끝까지 고집을 꺾지 않았다. 침묵은 그녀의 정신 으로부터 의미를 가져다 줄 것이다. 하지만 소리는 그 의미에 거추장 스러운 살을 더덕더덕 붙여 놓을 것이다. 소리와 합쳐진 의미. 그 둘 의 관계는 무서울 정도로 빠르게 형성됐다. 그리고 소년은 그것을 버 거워 했다. 소리는 취약하고 기민한 상징들을 흉측한 반죽으로 짓눌 러 버렸다. 표현의 오븐 속에서 구워진 그 반죽은 더 이상 성장하지 못하도록 잘게 잘라졌다.

소년은 여자가 두려웠다. 하지만 그녀의 온기에 위로받고 싶었고, 그녀의 품속에서 보호받고 싶기도 했다. 아이는 추처럼 공포와 필요 사이를 반복해서 오고 갔다.

그리고 소리는 여전히 그의 정신에 대고 가위질을 이어 나갔다.

"언제까지 그들의 답장을 기다리고만 있을 순 없어." 해리가 말했다. "저 애를 학교에 보내야 한다고."

"안 돼요." 그녀가 말했다.

그가 신문을 내려놓고 맞은편에 앉아 있는 아내를 보았다. 그녀의 시선은 분주히 움직이는 뜨개바늘에서 떨어지지 않고 있었다.

"안 된다니, 그게 무슨 소리야?" 그가 짜증 섞인 톤으로 물었다. "내가 학교 얘길 꺼낼 때마다 당신은 안 된다고만 하는데 대체 그 이유가 뭐지? 왜 저 앨 학교에 보내면 안 되는 거야?"

그녀는 뜨개질을 멈추고 바늘을 무릎에 내려놓았다. 코라는 남편을 빤히 응시했다.

"나도 모르겠어요." 그녀가 말했다. "난 그냥……" 그녀의 입에서 긴 한숨이 터져 나왔다. "모르겠어요." 그녀가 말했다.

"월요일에 학교로 데려가 볼 거야." 해리가 말했다.

"저 앤 아직도 세상을 두려워하고 있어요." 그녀가 말했다.

"당연히 두렵겠지. 말을 해야 하는 세상에서 자기 혼자만 말을 못 하는데. 그래도 최소한의 교육은 받아야 하잖아."

"저 앤 무지하지 않아요, 해리. 가끔 날…… 날 이해하는 것 같더라고요. 말도 하지 않았는데."

"어떻게?"

"모르겠어요. 하지만…… 뭐 아무튼 닐젠 부부도 무지한 사람들이 아니었잖아요. 그들이 무작정 가르치기를 거부했을 리 없었을 거라고요."

"그들이 뭘 가르쳤는진 모르겠지만," 해리가 다시 신문을 집어 들며 말했다. "전혀 티가 나지 않잖아."

그날 오후, 그들은 아이를 소개하기 위해 미스 에드나 프랭크를 집으로 초대했다. 그녀는 그들에게 공정한 평가를 약속했다.

노처녀 교사는 팔 닐젠이 비참한 방식으로 양육됐다는 사실에는 조금도 관심을 보이지 않기로 했다. 소년에게 절실히 필요한 건 바로 이해였다. 그리고 부모의 잔인한 학대에 대한 기억은 신속히 지워 낼수록 좋았다. 그녀가 교육자의 길로 접어 든 것도 팔과 같은 아이들을 돕기 위함이었다.

그녀는 저먼 코너스의 중심가를 빠르게 걸어 나가며 팔을 학교에 보내 줄 것을 호소하러 휠러 보안관과 함께 닐젠 부부의 집을 찾았을 때를 떠올렸다.

그들은 미스 프랭크 앞에서 의기양양했다. 예의 바른 업신여김이었다. **저희는 아들을 학교에 보낼 마음이 없어요.** 닐젠 교수는 그렇게 말했다. 미스 프랭크는 아직도 그 순간을 생생히 기억하고 있었다. 오만의 극치. **보낼 마음이**…… 실로 역겨운 태도였다.

그나마 다행인 건 소년이 부모의 억압으로부터 해방됐다는 사실이었다. 그 아이에게는 화재가 축복이었을 거야. 그녀는 생각했다.

"저희가 사오 주 전쯤 편지를 보내 봤습니다." 보안관이 설명했다. "하지만 아직도 답장이 없네요. 무작정 이렇게 손 놓고 있을 수만은 없지 않겠습니까. 저 아이에겐 학교 교육이 필요합니다."

"지당하신 말씀이세요." 미스 프랭크가 말했다. 그녀의 창백한 얼굴에는 꿋꿋한 독단의 표정이 떠올라 있었다. 그녀의 입 위로는 콧수염이 살짝 돋아나 있었고, 턱은 뾰족하게 튀어나와 있었다. 핼러윈이 되면 저먼 코너스 아이들은 약속이라도 한 듯 그녀의 집 너머 하늘을 올려다보곤 했다.

"수줍음이 많더라고요." 코라가 말했다. 그녀는 엄해 보이는 중년 여교사의 태도에 살짝 걱정이 됐다. "잔뜩 겁을 집어먹은 상태고요. 많은 이해가 필요할 거예요."

"그 부분은 걱정 마세요." 미스 프랭크가 말했다. "이제 아이를 좀 봐도 될까요?"

코라는 팔을 데리고 계단을 내려가며 아이에게 속삭였다. "두려워하지 마. 겁낼 거 하나도 없어."

거실로 들어선 팔이 미스 에드나 프랭크의 눈을 똑바로 보았다.

오직 코라만이 소년의 몸이 빳빳이 경직됐음을 알아차릴 수 있었다. 아이는 마치 메두사의 섬뜩한 눈빛을 본 듯한 반응이었다. 미스 프랭크와 보안관은 아이의 초록색 눈에서 홍채가 화르르 타오르는 걸 보지 못했다. 미세하게 씰룩이는 아이의 입가도. 아이는 패닉에 빠져 있었지만 그들 중 누구도 그걸 감지하지 못했다.

미스 프랭크가 미소를 흘리며 한 손을 내밀었다.

"이쪽으로 오렴." 그녀가 말했다. 소년은 꿈틀대는 희미한 빛을 문 뒤에 잽싸게 숨겨 놓았다.

"자," 코라가 말했다. "미스 프랭크는 널 돕기 위해 오셨어." 그녀가 공포에 떨고 있는 아이를 여교사 앞으로 살며시 떠밀었다.

또다시 어색한 침묵이 찾아들었다. 팔은 마치 수백 년간 봉쇄됐던 무덤 안으로 걸어 들어가는 기분이었다. 뿜어져 나온 죽은 바람이 소년을 덮쳤다. 압도적인 좌절감이 벌레들처럼 심장 위를 기어 다녔고,

공중으로 떠오른 요상한 질투와 증오들이 위협적으로 소년을 스치고 지나갔다. 그 모든 것은 뒤틀린 기억의 구름 속에 파묻혀 있었다. 아이는 언젠가 아버지가 신화와 전설에 대해 들려주었을 때 덧붙여 묘사한 적 있는 연옥을 떠올렸다. 이건 전설이 아닌 연옥이었다.

그녀의 손은 차갑고 건조했다. 그녀의 정맥을 따라 움직이던 새까만 공포가 아이에게 고스란히 전달됐다. 소리 없는 비명이 소년의 목구멍에 갇혀 버렸다. 그들의 눈이 다시 마주쳤다. 팔이 자신의 머릿속을 훤히 들여다보고 있다는 사실을 그녀도 알고 있었다.

마침내 그녀가 다시 입을 열었다. 자유의 몸으로 돌아온 소년은 어깨를 축 늘어뜨린 채 여자를 빤히 보았다.

"왠지 우린 아주 좋은 팀이 될 것 같구나." 그녀가 말했다.

대혼란!

소년은 홱 돌아서서 보안관의 아내에게로 달려가 안겼다.

아이는 원자력의 엄청난 맥박을 향해 이동하는 가이거 계수기가 된 기분이었다. 가까이, 더 가까이. 깐깐한 통제력이 아이를 세차게 뒤흔들고 있었다. 보이지 않는 기운이 가까워질수록 아이의 반응은 점점 더 거칠어져 갔다. 지난 3개월간 온갖 소리에 시달려 온 탓에 아이의 민감도는 많이 떨어져 있었다. 그럼에도 팔은 마치 활력의 중심으로 들어선 듯 꿈틀대는 기운을 뚜렷이 느낄 수 있었다.

피 끓는 젊음.

문이 열리자 시끌벅적하던 목소리들이 뚝 멎었다. 소년은 엄청난 전류에 감전된 듯한 기분이었다. 아이는 그녀에게 더 바짝 달라붙었다. 뻣뻣해진 손가락은 그녀의 스커트를 꽉 움켜쥔 상태였고, 눈은 휘둥그레졌으며, 살짝 벌어진 입에서는 가쁜 숨이 연신 뿜어져 나왔다. 소년의 흔들리는 시선이 자신을 빤히 보는 아이들의 얼굴을 빠르게 훑어나갔다. 그들에게서는 억제되지 못한 일그러진 에너지가 쉴 새 없이 뿜어져 나왔다.

미스 프랭크가 의자를 뒤로 밀어내고 일어나 6인치 높이의 교단을 내려왔다. 그녀는 통로를 따라 그들에게로 다가갔다.

"어서 오세요." 그녀가 활기찬 목소리로 말했다. "그렇지 않아도 막 수업을 시작하려던 참이었어요."

"저기…… 별일 없겠죠?" 코라가 말했다. 그녀의 시선이 팔에게로 떨어졌다. 아이는 어느새 촉촉해진 눈으로 교실을 둘러보는 중이었다. "오, 팔." 그녀가 몸을 숙이고 손가락으로 아이의 금발머리를 쓰다듬었다. 그녀의 얼굴에는 근심의 기색이 역력했다. "팔, 겁낼 거 없어." 그녀가 속삭였다.

아이는 멍한 눈으로 그녀를 올려다보았다.

"아무 걱정 마. 겁낼 거……"

"아이는 제게 맡겨 주세요." 미스 프랭크가 팔의 어깨에 손을 얹으며 말했다. 아이의 몸이 바르르 떨리고 있었지만 그녀는 애써 무시했다. "수업은 눈 깜짝할 새 끝날 거예요, 휠러 부인. 마음 놓고 돌아가셔도 돼요."

"오, 하지만……" 코라가 다시 입을 열었다.

"제 말 믿으세요. 이게 아이를 위하는 길이에요." 미스 프랭크가 단호히 말했다. "부인께서 곁에 계시면 아이는 더 불안해 할 거예요. 이런 경우를 많이 봐서 잘 안답니다."

소년은 생소함의 소용돌이 속에서 유일하게 익숙한 얼굴인 코라를 필사적으로 붙잡고 있었다. 미스 프랭크가 가늘고 억센 손으로 아이를 잡아끌었다. 그제야 코라가 천천히 물러났다. 그녀는 가여운 아이를 뒤로하고 근심 가득한 얼굴로 교실을 나섰다.

입을 열고 도움을 요청할 수 없는 소년은 혼란스러워 하며 몸만 바르르 떨 뿐이었다. 아이의 정신이 연신 쏘아 대는 미약한 신호는 금세 동력을 잃고 사라져 버렸다. 제대로 훈련이 안 된 탓이었다. 팔은 황급히 물러나 방어 태세를 취했지만 소용이 없었다. 섬뜩한 생각들이 급류처럼 밀려들었고, 그것은 아이의 감각이 완전히 마비돼 버릴 때까지 무의미한 쇄도를 이어 나갔다.

"자, 팔," 미스 프랭크의 목소리가 들려오자 아이는 조심스레 여교사를 올려다보았다. 그녀의 손이 문에 달라붙은 아이를 살며시 잡아끌었다. "자, 이리 와."

소년은 불안정한 소리로 전해지는 말을 이해하지 못했다. 그녀에게서는 비이성적인 적대감이 뚜렷이 감지되었다. 팔은 휘청거리며 어리고 미숙한 아이들로 득실대는 덤불을 헤치고 의식의 가느다란 길을 따라 걸었다. 그들의 타고난 감성과 따분한 정규 교육의 결합은 어색하기가 그지없었다.

그녀는 소년을 교단으로 데리고 올라갔다. 아이는 가슴이 답답해짐을 느꼈다. 마치 무수한 손에 떠밀리는 듯한 기분이었다.

"오늘 새로 들어온 친구야. 이름은 팔 닐젠." 미스 프랭크가 소년을 소개했다. 순간 소리가 억제된 생각들 위로 칼날을 휘둘렀다. "다들 인내심을 갖고 지켜봐 주도록 하자. 안타깝게도 부모님에게 말을 배우지 못했다는구나."

그녀가 증거물을 살펴보는 검사와 같은 눈빛으로 소년을 내려다보왔다.

"영어를 알아듣지 못해." 그녀가 말했다.

잠시 정적이 찾아들었다. 아이의 어깨에 얹어진 미스 프랭크의 손에 힘이 살짝 들어갔다.

"그러니까 우리가 많이 도와줘야 해. 알았지?"

아이들이 술렁거리기 시작했다. 한 아이가 새된 소리로 대답했다. "네, 미스 프랭크."

"자, 팔." 그녀가 말했다. 아이는 돌아보지 않았다. 그녀가 아이의 어깨를 살살 흔들었다. "**팔.**" 그녀가 말했다.

그제야 소년이 그녀를 보았다.

"이름을 한번 말해 보겠니?" 그녀가 물었다. "팔? 팔 닐젠? 해 봐. 네 이름을 말해 봐."

그녀의 손가락이 갈고리발톱처럼 구부러졌다.

"어서. 팔. **파—알.**"

아이가 흐느끼기 시작했다. 미스 프랭크는 아이의 어깨에서 손을 뗐다.

"곧 할 수 있을 거야." 그녀가 차분하게 말했다.

그것은 격려의 말이 아니었다.

소년은 중간 자리에 앉아 있었다. 팔은 소용돌이치는 급류에 던져진 미끼가 된 기분이었다. 정신을 혼미하게 만드는 소음 속에서 우악스러운 입들이 연신 달려들었다.

"이건 보트야. 보트는 물 위에 떠서 가지. 보트에서 사는 사람들은 선원이라고 불러."

교과서 속 보트 그림 밑에는 이름이 적혀 있었다.

팔은 언젠가 아버지가 보여 준 그림을 기억하고 있었다. 그것도 보트 그림이었었다. 하지만 그때 소년의 아버지는 보트에 대한 그 어떤 설명도 하지 않았다. 아이의 아버지는 모든 이미지와 소리를 그림으로 표현해 보여 주었다. 무섭게 넘실대는 새파란 파도. 봉우리가 하얀 눈으로 덮인 회녹색 산들. 강력한 폭풍 속에서 위태롭게 들썩이는 선박. 해 질 녘 태양의 고요하고 장엄한 풍경. 진홍빛을 띤 바다표범과 바다와 하늘.

"이건 농장이야. 먹을 것을 기르고 가꾸는 곳이지. 그런 일을 하는 사람들을 우리는 농부라고 불러."

단어들. 촉촉하고 따스한 흙의 느낌, 산들바람에 황금빛으로 물결치는 곡식밭의 바스락거림, 붉은 헛간 외벽을 달구는 뜨거운 태양의 모습, 바람에 실려 오는 은은한 초원의 냄새, 그리고 아득히 들려오는 소 방울 소리조차 제대로 담아 내지 못하는 공허한 표현들.

"이건 숲이야. 숲은 나무가 많은 곳이란다."

까맣고 독단적인 상징들에서는 현실감이 느껴지지 않았다. 높은 나무들이 우거진 숲을 관통하며 흐르는 강처럼 맹렬히 불어오는 바람의 소리도, 소나무와 자작나무, 떡갈나무와 단풍나무와 솔송나무 향기도, 초록으로 뒤덮인 두터운 임상*을 디디는 느낌도 없었다.

단어들. 갇혀 버린 의미의 무디고 토막 난 표현. 환기도, 확장도 되지 않는. 하얀 바탕 속의 까만 그림들. 이건 고양이야. 이건 개. 고양이, 개. 이건 남자야. 이건 여자고. 남자, 여자. 차. 말. 나무. 책상. 아이

---

* 산림 지표면의 토양과 유기 퇴적물의 층.

들. 모든 단어는 덫이 되어 소년의 정신을 위협했다. 유연하고 무한한 아이의 이해력을 올가미로 붙잡아 두기 위해.

그녀는 매일 소년을 교단에 세워 놓았다.

"팔." 그녀가 아이를 가리키며 말했다. "팔. 해 봐. 팔."

아이는 말할 수 없었다. 팔은 말없이 그녀를 빤히 올려다볼 뿐이었다. 너무 똑똑해서, 너무 두려워서 아무것도 할 수 없는 상황이었다.

"팔." 그녀가 앙상한 손가락으로 아이의 가슴을 쿡 찔렀다. "팔. 팔. **팔.**"

소년은 끝까지 저항했다. 싸워야만 했다. 아이는 일부러 시야를 흐리게 만들었다. 눈앞의 그 무엇도 보고 싶지 않았다. 오로지 어머니의 손에만 집중하고 싶을 뿐이었다. 소년은 이것이 전쟁이라는 걸 알고 있었다. 그리고 아이의 감성은 서서히 잠식당하는 중이었다.

"똑똑히 듣고 따라해 보란 말이야, 팔 닐젠!" 미스 프랭크가 아이의 어깨를 거칠게 흔들어 대며 소리쳤다. "왜 이리 고집이 세? 배은망덕도 유분수지. 친구들처럼 되고 싶지 않니?"

매서운 눈초리. 누구에게도 키스 받지 못할 가느다란 입술이 소년 앞으로 들이밀어졌다.

"돌아가서 앉아." 하지만 아이는 움직이지 않았다. 그녀가 뻣뻣해진 손가락으로 아이의 등을 떠밀어 교단을 내려가게 했다.

"가서 앉아." 그녀가 고집 센 강아지 대하듯 말했다.

매일.

그녀의 눈이 번쩍 뜨였다. 벌떡 일어난 그녀가 어둠에 묻힌 방을 황급히 가로질렀다. 해리는 곤히 자고 있었다. 그녀는 남편의 쌕쌕거림을 뒤로 한 채 조심스레 문을 열고 복도로 나갔다.

"팔."

소년은 창가에 서서 밖을 내다보고 있었다. 그녀의 목소리에 아이가 돌아섰다. 창문으로 스며드는 은은한 불빛이 겁에 질린 아이의 얼굴을 밝혀 주었다.

"침대로 가자." 그녀는 아이를 침대로 데려가 눕혔다. 그리고 침대 옆에 앉아 아이의 야위고 차가운 손을 잡아 주었다.

"왜 그러니?"

소년은 휘둥그레진 눈으로 그녀를 올려다보았다.

"오……" 그녀가 몸을 숙이고 자신의 따뜻한 볼을 아이의 볼에 갖다 댔다. "뭐가 무서운 거니?"

정적이 흐르는 어둠 속에서 교실과 미스 프랭크의 모습이 그녀의 뇌리를 스쳤다.

"학교 때문에 그래?" 그녀가 물었다. 머릿속에 문득 떠오른 생각 때문이었다.

그 답은 아이의 얼굴에 담겨 있었다.

"학교는 무서운 곳이 아니란다." 그녀가 말했다. "넌……"

팔의 눈가가 촉촉해졌음을 알아차린 그녀가 아이를 와락 끌어안았다. **두려워하지 마.** 그녀는 생각했다. **넌 걱정 안 해도 돼. 아줌마가 네 부모님을 대신해 널 사랑해 줄 테니까. 아니, 그들보다 더 많이 사랑해 줄게.**

팔은 뒤로 주춤 물러났다. 아이는 이해가 안 된다는 듯 그녀를 보았다.

차는 집 뒤편에 멈춰 섰다. 베르너는 주방 창문 안에서 돌아서는 여자를 보았다.

"진작 선생의 답을 받았어야 했는데 말입니다." 휠러가 말했다. "하지만 아무리 기다려도 답장이 없더군요. 결국 저희가 아이를 입양해 키울 수밖에 없었습니다. 그땐 그게 최선이었거든요."

베르너가 산란해 하는 표정으로 고개를 한 번 끄덕였다.

"이해합니다." 그가 나지막이 말했다. "그런데 저희는 보안관님 편지를 받지 못했어요."

차 안에 잠시 어색한 침묵이 흘렀다. 베르너는 앞 유리 밖을 응시했고, 휠러는 자신의 손을 내려다보고 있었다.

홀거와 패니가 죽었다니. 베르너는 생각했다. 끔찍한 일이었다. 아이가 잔인하고 어리석은 사람들에게 그렇게 노출돼 버렸다니. 아무것도 모르는 사람들에게. 그 부분이 가장 큰 문제였다.

휠러는 문제의 편지들과 코라를 생각하고 있었다. 다시 써서 부쳤어야 했는데. 어떻게 세 통이 모두 증발해 버릴 수 있지?

"당연히," 마침내 그가 입을 열었다. "아이를 보고 싶으실 테죠?"

"네." 베르너가 말했다.

두 남자는 일제히 문을 열고 차에서 내렸다. 그들은 뒤뜰을 가로질러 나무로 된 포치 계단을 올라갔다. 그 애에게 말을 가르쳤나요? 베르너는 하마터면 그렇게 물을 뻔했다. 팔처럼 특별한 아이가 말로 넘쳐 나는 평범한 세상에 그대로 노출됐다는 사실은 생각할수록 그를 불편하게 만들었다.

"아내를 불러 올게요." 휠러가 말했다. "거실은 저쪽입니다."

보안관이 뒤편 계단을 올라가자 베르너는 복도를 천천히 걸어 거실로 들어갔다. 그는 레인코트와 모자를 벗어 나무 의자 뒤에 떨어뜨렸다. 위층에서 남자와 여자의 목소리가 희미하게 들려왔다. 여자는 언짢아하는 톤이었다.

발소리가 들려오자 그가 창문을 등지고 돌아섰다.

보안관이 아내와 함께 들어왔다. 그녀는 예의상 미소를 짓고 있었지만 베르너는 그녀의 심기가 편치 않음을 대번에 감지할 수 있었다.

"앉으세요." 그녀가 말했다.

그는 그녀가 먼저 의자에 앉을 때까지 기다렸다가 소파에 살며시 앉았다.

"무슨 일로 오셨죠?" 휠러 부인이 물었다.

"부군께서 말씀 안 하셨나요?"

"당신이 누구인지만 알려 줬어요." 그녀가 말했다. "폴을 왜 만나려 하시는지는 얘기 안 했고요."

"폴?" 베르너가 흠칫 놀라며 물었다.

"저희가……" 그녀는 초조한 듯 두 손을 조몰락거렸다. "저희가 이름을 '폴'로 바꿔 줬어요. 그게 더…… 어울리는 것 같아서요. 휠러라는 성에 말이에요."

"그렇군요." 베르너가 고개를 끄덕였다.

침묵.

"저……" 베르너가 다시 입을 열었다. "제가 왜 그 아이를 보고 싶어 하는지 궁금하시죠? 최대한 간단히 설명해 드리겠습니다."

"10년 전, 하이델베르크에서 네 커플이 각자 아이들을 대상으로 실험을 해 보기로 했습니다. 엘켄베르크, 칼더, 닐젠, 그리고 저희 부부, 이렇게 네 집이 말입니다. 인간의 정신을 연구하는 실험이었죠."

"저희는 언어의 혜택을 누리지 못한 고대인들이 텔레파시를 이용해 소통했다는 주장을 믿고 있었습니다."

코라는 남자의 말에 흠칫 놀랐다.

"더 나아가," 그녀의 반응을 보지 못한 베르너가 계속 이어 나갔다. "이 능력의 기본 유기원이 아직까지도 기능하고 있다고 믿었죠. 비록 편도선이나 맹장처럼 쓸모가 없어지긴 했겠지만 말입니다.

"그래서 저희는 본격적인 연구에 착수했습니다. 생리학적 사실들을 찾아보면서 아이들이 그런 능력을 키울 수 있도록 챙겼죠. 매달 서신으로 의논을 했고, 그렇게 조금씩 체계적인 트레이닝이 가능해졌습니다. 나중에는 다 큰 아이들을 위한 집단 거주지를 만들자는 의견도 나왔습니다. 그들의 능력이 제2의 천성이 될 때까지 꾸준한 관리가 필요하다는 판단 때문이었죠. **팔은 바로 그 아이들 중 한 명입니다.**"

휠러는 어리둥절해 하고 있었다.

"그게 사실입니까?" 그가 물었다.

"그렇습니다." 베르너가 대답했다.

코라는 멍한 얼굴로 앉아 키 큰 독일 남자를 응시하고 있었다. 그녀는 대화 없이도 자신을 이해하는 것 같았던 팔을 떠올렸다. 학교와 미스 프랭크를 무서워했던 아이의 모습도. 아이가 부르지 않았음에도 자다가 달려가 본 적이 얼마나 많았는지도.

"네?" 그녀가 고개를 들고 설명을 이어 나가는 베르너를 보며 물었다.

"그 애를 봐도 되겠는지요."

"걘 지금 학교에 있어요." 그녀가 대답했다. "수업이 끝나려면……"

그녀는 갑자기 말을 멈추었다. 패닉에 빠진 베르너의 모습이 눈에 들어왔기 때문이었다.

"학교라고요?"

"팔 닐젠, 일어나."

어린 소년이 책상 옆에 붙어 섰다. 미스 프랭크가 앞으로 나오라고 손짓했다. 소년은 노인처럼 발을 질질 끌며 교단으로 올라가 언제나처럼 그녀 옆에 멈춰 섰다.

"허리 곧게 펴고." 미스 프랭크가 말했다. "어깨도 활짝 펴."

아이의 어깨가 들썩이고 허리가 반듯하게 펴졌다.

"이름이 뭐지?" 미스 프랭크가 물었다.

소년은 입을 꼭 다물고 마른침을 삼켰다.

"이름이 뭐지?"

여기저기서 아이들이 자리에 앉은 채 초조하게 들썩이는 소리가 들려왔다. 그들의 온갖 생각들이 불규칙한 바람처럼 몰려와 아이를 훑고 지나갔다.

"이름을 말해." 그녀가 말했다.

아이는 입을 열지 않았다.

노처녀 교사는 소년을 매섭게 노려보았다. 순간 그녀의 머릿속에 어릴 적 기억들이 속속 떠오르기 시작했다. 조병을 앓았던 수척한 어머니가 그녀를 어두운 거실에 몇 시간 동안 가두어 놓았던 기억. 기억 속의 그녀는 커다란 원형 테이블 앞에 앉아 닳아 해진 위자보드*를 손가락으로 더듬고 있었다. 그녀의 어머니는 옆에서 딸에게 죽은

---

* 심령술에서 쓰는 점괘판.

아버지와 소통을 해 보라고 닦달해 댔다.

그 끔찍했던 시절의 기억은 지금껏 한 번도 그녀의 뇌리를 떠난 적이 없었다. 그녀의 감성은 갖은 학대로 비비 꼬여 버렸다. 그녀는 통찰력에 대한 모든 것이 싫어졌다. 통찰력은 악이었다. 고통과 고뇌로 가득 찬 악.

그녀는 이 아이 만큼은 같은 고통으로부터 해방시켜 주고 싶었다.

"자," 그녀가 아이들에게 말했다. "지금부터 팔의 이름을 속으로 외쳐 봐." (휠러 부인이 뭐라 부르기로 했든 아이의 이름은 팔이었다.) "그냥 생각으로만 하는 거야. 입 밖으로 내지 말고. 머릿속으로만. 팔, 팔, 팔. 셋을 셀 테니까 거기 맞춰서. 다들 알겠지?"

아이들은 그녀를 빤히 보았다. 몇몇은 고개를 끄덕였다. "네, 미스 프랭크." 딱 한 아이만이 대답했다.

"좋아." 그녀가 말했다. "하나— 둘— **셋.**"

아이들의 생각이 허리케인처럼 휘몰아쳤다. 그것들은 아이의 무언의 감성을 부수고 갈가리 찢어 버렸다. 교단에 선 아이가 입을 떡 벌린 채로 몸을 덜덜 떨었다.

허리케인의 강도는 점점 높아졌다. 어린 급우들의 기운이 하나의 압도적인 힘으로 모아졌다. 팔, **팔, 팔!!** 그 요란한 소리가 아이의 뇌를 뒤흔들어 놓았다.

소년의 머리는 당장이라도 폭발해 버릴 것 같았다. 그때 미스 프랭크의 목소리가 메스처럼 아이의 정신으로 파고들었다.

"어서 말해! 팔!"

"저기 오네요." 코라가 말했다. 창밖을 살피던 그녀가 돌아섰다. "저 애가 들어오기 전에 아까 무례하게 굴었던 거 사과드릴게요."

"별말씀을요." 베르너가 산란해 하는 표정으로 말했다. "부인의 입장이 이해가 됩니다. 제가 아이를 데려가려 한다고 생각하셨겠죠. 하지만 아까 말씀드린 대로 제게는 어떠한 법적 권리도 없습니다. 친척이 아니니까요. 제게 저 아이는 이번에 끔찍하게 세상을 뜬 두 동료의 자식일 뿐입니다."

그녀가 죄책감에 울먹이기 시작했다. 그녀는 남편이 쓴 편지를 없애 버렸다. 베르너는 그 사실을 알고 있었지만 끝내 아무 말도 하지 않았다. 그는 그녀의 남편도 이미 짐작했을 거라 생각했다.

그들은 포치 계단을 오르는 아이의 발소리를 말없이 듣고 있었다.

"앞으론 학교에 보내지 않을게요." 코라가 말했다.

"아무래도 그러는 게 낫겠습니다." 베르너가 현관 쪽을 바라보며 말했다. 그의 심장 박동이 점점 빨라졌다. 무릎에 얹어진 그의 왼손은 연신 씰룩거렸다. 그는 입을 꼭 닫은 채 메시지를 전송했다. 네 커플만이 알고 있는 비밀 인사법이었다. 그들만의 암호.

텔레파시란 감각의 채널을 빌리지 않고 두 개의 정신이 서로 느낌을 주고받는 것. 그는 생각했다.

베르너는 현관문이 열리기 전에 그 메시지를 두 번 전송했다.

팔은 바짝 얼어붙은 채 서 있었다.

아이는 메시지를 알아들은 듯했지만 여전히 혼란스러워 하는 모습이었다. 소년의 머릿속에 베르너의 얼굴이 흐릿하게 떠올랐다. 그리고 나머지 인물들의 얼굴도 속속 스쳐 갔다. 베르너, 엘켄베르크, 칼더, 그리고 그들의 아이들까지. 하지만 그것들은 금세 사라져 버렸다.

"폴, 이 분은 베르너 씨란다." 코라가 말했다.

베르너는 입을 열지 않았다. 그는 또다시 메시지를 전송했다. 팔이 그냥 흘릴 수 없도록 최대한 많은 힘을 실어 보려 애썼다. 소년의 얼굴에서 당혹감이 묻어났다. 팔은 아직도 자신에게 무슨 일이 벌어지고 있는지 모르는 듯했다.

소년은 무척 혼란스러워 하고 있었다. 코라는 근심 어린 눈으로 아이와 베르너를 번갈아 보았다. 베르너는 왜 아무 말이 없지? 그녀는 입을 열려다 멈칫했다. 독일 남자의 당부가 떠올랐기 때문이었다.

"이게 저……" 휠러가 입을 열자 코라가 잽싸게 손짓해 말렸다.

팔, 머리를 써! 베르너가 다그치듯 생각했다. **대체 정신을 어디다 둔 거야?**

갑자기 소년의 목과 가슴에서 흐느낌이 전해져 왔다. 베르너는 몸서리를 쳤다.

"내 이름은 팔이에요." 소년이 말했다.

아이의 목소리가 그의 등골을 오싹하게 만들었다. 그것은 완성되지 않은 목소리였다. 꼭두각시 인형극에서나 들을 법한 희미하고 불안정한 목소리.

"내 이름은 팔이에요."

소년은 계속 같은 말만 반복했다. 마치 무슨 일이 벌어지고 있는지 알면서도 그 지식으로 최대한의 고통을 느껴보려는 듯이.

"내 이름은 팔이에요. 내 이름은 팔이에요." 두려움이 묻어나는 옹알이는 계속 이어졌다. 그러는 와중에도 아이는 빼앗긴 미지의 힘을 찾아 보려 애썼다.

"내 이름은 팔이에요." 코라의 품에 안겨서도 아이는 멈추지 않았다. "내 이름은 팔이에요." 성난 목소리로, 측은한 얼굴로, 끊임없이.

"내 이름은 팔이에요. 내 이름은 팔이에요."

베르너는 눈을 감아 버렸다.

결국 이렇게 돼 버렸군.

휠러가 버스 터미널까지 태워다 주겠다고 했지만 베르너는 그냥 걷겠다고 고집을 부렸다. 그는 보안관에게 작별인사를 건네고 나서 흐느끼는 아이를 데리고 들어가 버린 휠러 부인에게 사죄의 마음을 전해 달라고 부탁했다.

안개 같은 가랑비가 내리기 시작했다. 베르너는 팔을 뒤로 한 채 걸음을 옮겨 나갔다.

쉽게 판단할 일이 아니야. 그는 생각했다. 옳고 그름의 문제가 아니라고. 선과 악의 대결은 더더욱 아니고. 휠러 부인, 보안관, 아이의 학교 선생님, 저먼 코너스의 사람들, 모두가 선의를 갖고 아이를 대했을 거야. 부모가 일곱 살배기 아이에게 말을 가르치지 않았다니 당연히 적잖은 충격을 받았겠지. 악의 없는 정당한 반응이었어.

그저 걱정이 됐을 뿐이야. 악이 그릇된 선으로부터 비롯될 때가 많으니까.

그냥 이대로 두는 게 옳다. 팔을 모두가 기다리는 유럽으로 데려가는 건 큰 실수를 범하는 것이었다. 물론 원한다면 얼마든지 그럴 수 있었다. 어느 아이든 부모를 잃게 되면 나머지 커플들이 거두어 챙겨 주기로 약속했으니까. 하지만 그랬다가는 팔은 더 혼란스러워 할 게 뻔했다. 처음부터 그렇게 태어난 게 아니라, 오랜 훈련을 통해 그렇게 된 것이었으니까. 그들은 연구를 통해 모든 아이들이 인간 본래의 텔레파시 능력을 갖고 태어난다는 사실을 확인했다. 그 능력을 잃는 것은 너무나도 쉽지만 다시 되돌리는 건 굉장히 힘든 일이다.

베르너는 고개를 저었다. 딱한 일이었다. 소년은 부모를 잃었고, 애써 키운 재능을 잃었으며, 이름마저 잃고 말았다.

아이는 모든 것을 다 잃은 셈이었다.

아니, 따지고 보면 모든 걸 다 잃은 건 아니었다.

베르너의 정신은 어느새 보안관의 집으로 되돌아가 팔의 침실 안을 들여다보고 있었다. 그들은 창가에 서서 노을 진 저먼 코너스의 풍경을 감상 중이었다. 팔은 보안관의 아내에게 찰싹 달라붙어 있었다. 아이의 볼은 그녀의 옆구리에 폭 파묻힌 상태였다. 의식을 잃는다는 극심한 공포는 여전히 아이 곁을 맴돌았지만 무언가가 평행추로서 균형을 잡아 주고 있었다. 코라 휠러가 감지했지만 아직 통감하지 못한 무언가.

팔의 부모는 아들을 사랑하지 않았다. 베르너는 그걸 알고 있었다. 오로지 연구에만 집착해 온 그들에게는 어린 아들에게 애정을 쏟을 시간이 없었다. 그들이 착했느냐고? 물론. 살가웠느냐고? 항상. 하지만 그들은 팔을 아들이 아닌, 실험 대상으로만 여겼다.

팔이 코라 휠러의 애정을 어색하고 불편하게 여긴 이유였다. 하지만 아이는 머지않아 그것에 적응하게 될 것이다. 마지막 남은 재능까지 증발해 버리면 아이의 정신은 벌거벗은 날것으로 되돌아가게 될 것이다. 그녀는 당황한 아이 곁을 지키며 사랑으로 보듬어 줄 것이고, 그들은 일생을 그렇게 살아가게 될 것이다.

"그 앨 만나 보셨나요?" 회색 머리 여자가 카운터 뒤에서 커피를 내 오며 물었다.

"네, 고마워요." 그가 말했다.

"어디 살고 있던가요?" 여자가 물었다.

베르너는 미소를 지었다.

"집에요." 그가 대답했다.

충격파
Shock Wave

"뭔가 좀 이상하다니까." 모팻 씨가 말했다.

그의 사촌 웬델이 설탕 통을 향해 손을 뻗었다.

"그들 얘기가 맞았나 보네." 그가 커피에 설탕을 넣으며 말했다.

"맞긴 개뿔." 모팻 씨가 쏘아붙였다. "그들이 틀린 거야."

"고장 났다며." 웬델이 말했다.

"불과 한 달 전까지만 해도 정상적으로 작동했단 말이야." 모팻 씨가 말했다. "그들이 연초에 새것으로 바꾸겠다고 결정했을 때까지."

테이블에 얹어진 그의 창백한 손가락은 누렇게 변해 가는 중이었다. 손도 대지 않은 달걀과 커피는 차갑게 식어 있었다.

"그런데 넌 왜 그리 언짢아하는 거야?" 웬델이 물었다. "그냥 오르간일 뿐인데."

"그건 오르간 그 이상이야." 모팻 씨가 말했다. "그건 교회가 완공되기 전부터 이 자리를 지켜 왔다고. 무려 80년 동안. **80년.**"

"그렇게나 오랫동안?" 웬덜이 잼을 바른 토스트를 한 입 베어 물며 말했다. "그래서 교체하려는 거 아닌가?"

"아무 문제도 없는 걸 왜 바꿔?" 모팻 씨가 말했다. "애초에 문제라는 게 전혀 없었다니까. 아무튼 그 문제로 오늘 아침 널 로프트*로 부른 거야."

"오르간 수리공에게 맡겨 보지 그래?" 웬덜이 말했다.

"그 사람도 그들이랑 같은 의견이래." 모팻 씨가 못마땅한 듯이 말했다. "너무 오래돼서 문제가 생긴 거라나."

"정말 그런 건지도 모르잖아." 웬덜이 말했다.

"그게 아니라니까." 모팻 씨가 발작적으로 몸을 바르르 떨었다.

"글쎄." 웬덜이 말했다. "너무 오래된 건 사실이잖아."

"얼마 전까지만 해도 멀쩡했다니까." 모팻 씨가 말했다. 그가 앞에 놓인 새까만 커피를 내려다보았다. "뻔뻔한 인간들." 그가 툴툴거렸다. "내다 버리지 못해서 안달들이라니."

그가 눈을 질끈 감았다.

"어쩌면 그게 눈치를 챘는지도 몰라."

그의 발뒤꿈치가 시계처럼 바닥을 톡톡 두드리며 로비에 흐르는 정적을 깨뜨렸다.

"이쪽이야." 모팻 씨가 말했다.

* 교회 상층부에 만들어진 오르간 자리.

웬덜이 팔뚝만큼 두꺼운 문을 밀고 안으로 들어갔다. 두 남자는 나선형 대리석 계단을 나란히 오르기 시작했다. 위층에 도착하자 모팻 씨가 서류가방을 다른 손으로 옮겨 들고 열쇠고리를 찾아 주머니를 뒤적였다. 잠시 후, 그들은 문을 열고 어둡고 퀴퀴한 냄새가 나는 로프트로 들어섰다. 두 사람의 발소리가 정적을 뒤흔들었다.

"여기야." 모팻 씨가 말했다.

"그래, 보여." 웬덜이 말했다.

노인이 유리처럼 매끄러운 벤치에 앉아 작은 램프를 켰다. 전구 불빛이 그림자를 멀리 밀어냈다.

"이따 날이 좀 갤까?" 웬덜이 물었다.

"글쎄." 모팻 씨가 말했다.

그가 오르간의 뚜껑을 열고 악보대를 올렸다. 그런 다음, 손때 묻은 스위치를 밀어 구멍에 끼웠다.

그들 오른편에 자리한, 벽돌로 된 방에서 웅웅 소리가 나지막이 들려오기 시작했다. 갇혀 있던 에너지가 새어 나오는 소리였다. 눈금판에서는 기압계 바늘이 가볍게 떨리고 있었다.

"살아났어." 모팻 씨가 말했다.

웬덜은 끙 앓는 소리를 내며 로프트를 가로질렀다. 노인도 그를 뒤따랐다.

"어떤 것 같아?" 벽돌 방 안에서 그가 물었다.

웬덜이 어깨를 으쓱였다.

"모르겠어." 그는 모터의 회전을 유심히 지켜보았다. "단상 유도 전동기야. 자력磁力으로 돌아가지."

그는 잠시 모터 소리에 귀를 기울였다. "별 문제 없는 것 같은데."

그가 작은 방을 가로질렀다.

"이건 뭐지?" 그가 손가락으로 가리키며 물었다.

"계전 장치야." 모팻 씨가 대답했다. "채널들을 바람으로 채워 주는 일을 하지."

"이건 팬이고?" 웬덜이 물었다.

노인이 고개를 끄덕였다.

"흠." 웬덜이 돌아섰다. "다 괜찮아 보여." 그가 말했다.

그들은 밖으로 나와 파이프들을 올려다보았다. 윤이 나는 커다란 나무 상자 위로 연필처럼 생긴 황금색 파이프들이 솟아올라 있었다.

"엄청나구먼." 웬덜이 말했다.

"아름답지?" 모팻 씨가 말했다.

"소리 한번 들어 볼까?" 웬덜이 말했다.

그들은 건반이 있는 곳으로 돌아왔다. 모팻 씨가 벤치에 앉아 음전*을 뽑고 건반 하나를 꾹 눌렀다.

웅장한 톤이 어둠 속 공기를 술렁이게 만들었다. 노인이 볼륨 페달을 밟자 소리는 더 커졌다. 톤과 오버톤**이 내던져진 다이아몬드처럼 교회의 반구형 지붕을 두드려 댔다.

갑자기 노인이 손을 번쩍 들었다.

"방금 들었어?" 그가 물었다.

"뭘?"

"오르간이 바르르 떨렸어." 모팻 씨가 말했다.

---

* 오르간에서, 각종 음관으로 들어가는 바람의 입구를 여닫는 방식. 음색 또는 음넓이를 바꾸는 구실을 한다.

** 톤은 딜정한 높이의 악음. 오버톤(배음)은 원래 소리보다 큰 진통수를 가진 소리이다.

신도들이 교회로 속속 들어서고 있었다. 모팻 씨는 바흐의 코랄 전주곡 〈내가 깊은 곳에서Aus der Tiefe rufe ich〉를 연주하고 있었다. 그의 손가락은 건반 위를 당당하게 누볐다. 그의 매끈거리는 구두는 마치 춤을 추듯 페달들을 밟아 나갔다. 요동치는 소리를 한껏 머금은 실내 공기가 기분 좋게 느껴졌다.

웬덜이 몸을 기울이고 속삭였다. "햇빛이 들어오고 있어."

스테인드글라스 창문으로 스민 햇빛이 회색 머리털로 덮인 노인의 정수리 위로 뿌려졌다. 커다란 파이프들도 안개 같은 광채에 휩싸여 있었다.

웬덜이 다시 몸을 기울였다.

"내 귀엔 괜찮게 들리는데."

"잠깐." 모팻 씨가 말했다.

웬덜이 툴툴거리며 로프트 끝으로 다가가 신도석을 내려다보았다. 세 개의 통로를 따라 들어온 사람들은 각자의 자리를 찾아 흩어졌다. 그들의 발소리는 벌레들의 바스락거림을 연상시켰다. 웬덜은 갈색 나무 신도석에 속속 자리를 잡는 사람들을 물끄러미 지켜보았다. 오르간 선율은 계속해서 교회 안을 채워나갔다.

"쉿."

웬덜이 돌아서서 사촌에게 돌아갔다.

"왜 그래?" 그가 물었다.

"들어 봐." 웬덜이 고개를 갸웃했다.

"오르간이랑 모터 소리밖에 안 들리는데." 그가 말했다.

"바로 그거야." 노인이 속삭였다. **"모터 소리가 들리면 안 되는 거잖아."**

웬덜이 어깨를 으쓱였다. "그래서?"

노인이 혀로 입술을 핥으며 웅얼거렸다. "이제 시작되려나 봐."

아래서 로비 문 닫히는 소리가 들려왔다. 모팻 씨의 시선이 악보대에 기대어 둔 시계 쪽으로 돌아갔다. 잠시 후, 목사가 설교단으로 올라왔다. 그는 코랄 전주곡의 마지막 코드를 은은하게 뿌려 놓고 나서 G 건반을 적당한 세기로 눌렀다. 그는 곧장 짤막한 찬가로 넘어갔다.

위로 향한 목사의 손바닥이 천천히 들리자 신도들이 일제히 일어났다. 바스락거림이 가시고 완전한 정적이 찾아들자 신도들의 노래가 시작되었다.

모팻 씨는 능숙하게 그들을 이끌어 나갔다. 그의 오른손은 단순한 움직임을 반복하고 있었다. 세 번째 악구에 접어들었을 때였다. 그가 건반 하나를 누르자 바로 옆 건반까지 푹 꺼지면서 불협화음이 터져 나왔다. 순간 노인의 손가락이 씰룩거렸다. 불협화음은 서서히 바래졌다.

"성부와 성자, 그리고 성령을 찬양하라."

노래를 마친 신도들이 일제히 '아멘'을 읊조렸다. 모팻 씨는 건반에서 손을 떼고 모터를 껐다. 짙은 색 예복을 걸친 목사가 두 손을 들어 바스락대는 신도들을 진정시켰다.

"하느님 아버지," 그가 말했다. "당신의 자식들이 성찬식을 위해 이렇게 모였나이다."

그때 로프트에서 베이스 노트가 불쑥 터져 나왔다.

순간 모팻 씨의 숨이 턱 막혀 버렸다. 그의 시선이 내려진 스위치와 미동도 없는 기압계 바늘과 고요한 모터실을 차례로 훑어나갔다.

"이번엔 들었지?" 그가 속삭였다.

"들은 것 같아." 웬덜이 말했다.

"들은 것 같다고?" 모팻 씨가 날카롭게 말했다.

"그게……" 웬덜이 손을 뻗어 기압계를 손톱으로 톡톡 두드렸다. 바늘은 아무 반응도 하지 않았다. 그가 툴툴거리며 모터실로 향했다. 벤치에서 일어난 모팻 씨도 조심스레 그를 따라 나갔다.

"꺼져 있는데." 웬덜이 말했다.

"부디 그랬으면 좋겠어." 모팻 씨가 대꾸했다. 그의 손이 덜덜 떨리기 시작했다.

헌금 시간이 요란해지는 건 좋지 않았다. 짤랑이는 동전 소리와 바스락대는 지폐 소리만으로 충분했다. 적어도 모팻 씨는 그렇게 생각했다. 그는 세상 누구도 자신만큼 경건하게 오르간을 다루지 못할 거라고 장담했다.

하지만 그날 아침……

예고 없이 튀어나온 불협화음은 그에게서 비롯된 것이 아니었다. 모팻 씨가 실수하는 경우는 극히 드물었다. 그의 손만 닿으면 마치 살아 있는 듯이 꿈틀댔던 반항적인 건반들. 내 상상이었나? 흐느적거리던 선율이 갑자기 거칠게 바뀌어 버린 것. 그것도 내가 한 거였나? 노인은 뻣뻣한 자세로 앉아 실내 공기를 불안정하게 휘저어 놓고 있는 선율에 귀를 기울였다. 교독 시간 후 다시 모터를 켰을 때도 오르간은 무언가에 단단히 홀려 있는 것처럼 느껴졌다.

모팻 씨가 사촌을 돌아보았다.

그때 또 다른 측정기 바늘이 메조mezzo에서 포르테forte로 튀어오르면서 볼륨이 높아졌다. 순간 노인의 속이 울렁거렸다. 그의 창백한 손이 불에 데기라도 한 듯 건반에서 떨어졌다. 음악이 멎자 좌석 안

내원의 발소리와 바구니에 돈 떨어지는 소리만이 들렸다.

모팻 씨의 손이 다시 건반으로 돌아갔다. 신도들은 차분하게 헌금을 이어 나갔다. 신도들은 호기심에 찬 얼굴로 노인을 올려다보고 있었다. 모팻 씨의 입이 굳게 다물렸다.

"이봐," 헌금이 끝나자 웬덜이 말했다. "네가 그런 게 아니라는 걸 어떻게 알지?"

"정말 내가 한 게 아니라니까." 노인이 속삭였다. "오르간이 제 맘대로 그런 거라고."

"그게 말이 돼?" 웬덜이 말했다. "네가 건드리지도 않았는데 기계 혼자 어떻게 소리를 낼 수 있겠어?"

"아니야." 모팻 씨가 고개를 저었다. "이건 보통 오르간이 아니란 말이야."

"저번에," 웬덜이 말했다. "그들이 오르간을 교체한다고 해서 마음이 산란해졌다고 했었지?"

노인이 끙 앓는 소리를 냈다.

"내 생각엔," 웬덜이 말했다. "네가 무의식적으로 그러는 것 같아."

노인은 잠시 그랬을 가능성을 곰곰이 짚어 보았다. 오르간은 악기야. 소리를 내려면 내 손가락과 발이 반드시 닿아야만 한다고. 웬덜의 말처럼 이건 기계에 불과해. 파이프와 레버와 건반들. 기능 없는 손잡이와 팔 만큼 긴 페달들과 압축된 공기.

"네 생각은 어때?" 웬덜이 물었다.

모팻 씨가 신도석을 내려다보았다.

"축도 시간이야."

축도 후주곡이 연주되던 중 갑자기 '스웰 투 그레이트swell to great'

음전이 밖으로 불쑥 튀어나왔다. 모팻 씨가 손을 쓸 틈도 없이 우레 같은 소리와 함께 공기가 뿜어져 나왔다.

"**내가 한 게 아니야.**" 후주곡이 끝나자 그가 속삭였다. "**자기가 알아서 움직인 거라고.**"

"난 못 봤는데." 웬덜이 말했다.

모팻 씨는 다음 찬송가를 읊어 나가는 목사를 내려다보았다.

"**예배를 중단시켜야 해.**" 그가 떨리는 목소리로 속삭였다.

"말도 안 돼." 웬덜이 말했다.

"뭔가 끔찍한 일이 벌어질 것 같다고." 노인이 말했다.

"끔찍한 일이라니?" 웬덜이 피식 웃었다. "연주하다 몇 번 실수한 것 가지고 왜 이리 호들갑이야?"

노인은 바짝 긴장한 모습으로 앉아 건반을 응시했다. 무릎에 얹어진 그의 두 손은 소리 없이 꿈틀거렸다. 목사가 낭독을 마치자 모팻 씨가 찬송가의 첫 번째 악구를 연주하기 시작했다. 일제히 일어난 신도들은 반주에 맞춰 노래를 불렀다.

이번에도 모팻 씨만이 알아차릴 수 있었다.

오르간의 음색은 '이너시아'* 상태에 빠져 있었다. 인간미가 느껴지지 않는 음색. 황당한 일이었다. 오르간 스스로가 음색을 바꾸다니.

모팻 씨는 선율에서 자신이 느낀 불안감을 똑똑히 감지할 수 있었다. 깨달음이 찾아들자 그의 등골이 오싹해졌다. 그는 지난 30년간 이곳에서 오르간을 연주해 왔다. 그는 세상 누구보다도 오르간의 작동 방식에 대해 잘 알고 있었다. 오르간의 압력과 반응들은 그의 손

* inertia, 관성

이 생생히 기억하고 있었고.

하지만 그의 분신 같았던 오르간은 이제 낯선 기계가 되어 있었다.

연주가 끝났음에도 모터는 꺼지지 않았다.

"다시 해 봐." 웬덜이 말했다.

"해 봤어." 노인이 겁에 질린 얼굴로 속삭였다.

"다시 해 보라니까."

모팻 씨가 스위치를 힘껏 눌러 보았다. 모터는 계속 돌아갔다. 그가 또다시 스위치를 눌러 보았다. 모터는 여전히 멈출 줄 몰랐다. 그는 이를 악문 채 다시 스위치를 눌렀다. 벌써 일곱 번째였다.

그제야 모터가 멎었다.

"예감이 좋지 않아." 모팻 씨가 기운 빠진 목소리로 말했다.

"언젠가 이런 현상을 본 적이 있어." 웬덜이 말했다. "스위치를 밀어 구멍에 끼워 넣으면 구리 접합부가 자기磁器 표면 위로 올라오거든. 전류가 제대로 흐를 수 있도록 말이야.

"하지만 스위치를 여러 번 반복해서 밀어내다 보면 구리 찌꺼기가 자기에 쌓여서 전류가 그쪽으로 흐르게 된다고. 스위치가 꺼진 상태에서도. 생각처럼 드문 일은 아니야."

노인은 고개를 저었다.

"오르간은 다 알고 있어."

"그걸 말이라고 해?" 웬덜이 말했다.

"왜 말이 안 돼?"

그들은 모터실에 들어와 있었다. 아래층에서는 목사가 설교를 이어 나가는 중이었다.

"황당하잖아." 웬덜이 말했다. "이건 오르간이야. 인간이 아니라고."

"난 모르겠어." 모팻 씨가 넋 나간 얼굴로 말했다.

"이봐," 웬덜이 말했다. "또 다른 가능성이 있긴 한데, 한번 들어 보겠어?"

"오르간은 그들이 자기를 교체하려 한다는 걸 알고 있어." 노인이 말했다. "확실해."

"오, 헛소리 집어치워." 웬덜이 조바심에 몸을 꼬며 말했다. "내가 생각하는 원인을 들려줄게. 이 교회는 아주 오래됐잖아. 이 오르간은 지난 80년간 이 건물을 뒤흔들어 왔고 말이야. 80년 동안 진동을 거듭해 왔으니 바닥과 벽들이 남아나겠어? 바닥이 살짝살짝 흔들릴 때마다 모터가 기울어지면서 아크가 발생하는 거야."

"아크?"

"그래." 웬덜이 말했다. "전기가 전극 간을 뛰어넘는다는 얘기야."

"그건 아닌 것 같아." 모팻 씨가 말했다.

"여분의 전기가 모터로 흘러 들어가면서 발생하는 현상이야." 웬덜이 말했다. "계전기 안에 전자석이 들어 있거든. 전기량이 늘어날수록 전력도 그만큼 세지잖아. 이런 현상은 얼마든지 벌어질 수 있다고."

"설령 그게 사실이라 해도," 모팻 씨가 말했다. "오르간이 왜 내게 저항을 하는 거지?"

"오, 또 그 얘기야?" 웬덜이 말했다.

"사실이라니까." 노인이 말했다. "내가 똑똑히 느꼈단 말이야."

"그러니까 빨리 수리해야지." 웬덜이 말했다. "자, 나가서 얘기하자. 여긴 너무 덥잖아."

모팻 씨는 다시 벤치로 돌아가 앉았다. 그는 잠시 미동도 없이 앉아 건반 스텝을 빤히 내려다보았다.

정말일까? 그는 생각했다. 웬덜이 얘기한 대로일까? 기계적 결함 때문에? 내가 너무 예민해져서? 웬덜의 설명을 듣고 나니 섣불리 결론지어선 안 될 것 같아. 구구절절 이치에 닿는 얘기잖아.

모팻 씨의 머리가 지끈거렸다. 그는 인상을 쓰며 몸을 살짝 틀었다.

하지만 내가 분명 눈으로 확인했는데. 제멋대로 눌러진 건반들, 갑자기 불쑥 밀려 나온 음전, 확 높아진 볼륨, 무감정해야 할 선율에서 묻어난 감정. 그게 다 기계적 결함 때문이라고? 내가 예민해져서 그런 거라고? 아무리 생각해도 이해가 되지 않았다.

두통은 가실 줄 몰랐다. 머릿속 따끔거림은 점점 심해져만 갔다. 노인의 목은 연신 꿀렁거렸다. 그의 양옆에서는 손가락이 발작하듯 씰룩이고 있었다.

이건 그렇게 간단한 문제가 아니야. 그는 생각했다. 과연 누가 오르간이 죽은 기계라고 단정적으로 말할 수 있겠어? 설령 웬덜의 주장이 다 사실이라 해도 그런 기계적 결함 때문에 오르간이 이상해진 것일 수도 있잖아. 기울어진 바닥, 파열된 전선, 아크, 과충전된 전자석. 그런 것들이 이런 기현상을 만들어 냈는지도 모르잖아.

모팻 씨는 한숨을 내쉬며 허리를 곧게 폈다. 그때 그의 숨이 턱 막혀 버렸다.

신도석으로 향한 그의 시야가 흐려졌다. 마치 교회 안이 젤리 같은 연무에 휩싸여 있는 듯했다. 녹아 버린 신도들은 하나의 거대한 덩어리로 뭉쳐진 듯했다. 그때 누군가의 기침 소리가 아득하게 들려 왔다. 그는 움직여 보려 했지만 몸이 말을 듣지 않았다. 그는 마비된 채 그렇게 앉아 있었다.

그리고 그것이 찾아들었다.

그것은 말로 된 생각이 아니었다. 오히려 원초적인 느낌에 가까웠다. 그것은 그의 머릿속에서 전기처럼 고동치고, 진동했다. **공포, 불안감, 증오.** 오해의 여지가 없었다.

모팻 씨는 벤치에 앉아 몸을 바르르 떨었다. 겁에 질린 그의 머릿속은 하얗게 질려 있었다. **이건 모든 걸 알고 있어!** 모든 건 그 압도적인 힘 아래 깔려 버리고 말았다. 그것은 점점 더 높이 솟구쳐 올라갔다. 노인의 시야는 새까만 기운에 완전히 뒤덮인 상태였다. 교회는 사라졌다. 신도들도 마찬가지였고. 목사와 웬델도 보이지 않았다. 노인은 밑 없는 지옥 위에서 시계추처럼 흔들렸다. 공포와 증오는 검은 바람처럼 맹렬히 그에게 달려들었다.

"이봐, 왜 그래?"

웬델의 속삭임에 그의 정신이 번쩍 들었다. 모팻 씨는 말없이 눈을 깜빡였다.

"어떻게 된 거야?" 그가 물었다.

"네가 오르간을 켰잖아."

"내가?"

"히죽히죽 웃으면서." 웬델이 말했다.

모팻 씨의 목 안에서 덜덜 떨리는 소리가 흘러나왔다. 갑자기 마지막 찬송가를 읊는 목사의 목소리가 들려왔다.

"아니야." 그가 웅얼거렸다.

"뭐가?" 웬델이 물었다.

"난 오르간을 켤 수 없어."

"그게 무슨 소리야?"

"난 못해."

"어째서?"

"몰라. 그냥……"

노인의 숨이 턱 막혀왔다. 아래에서는 반주를 기다리는 목사가 위를 올려다보고 있었다. 안 돼. 모팻 씨는 생각했다. 안 돼. 그래선 안 돼. 불길한 예감이 그의 손을 마비시켰다. 그의 목 안에서는 비명이 터져 나오려 했다. 그는 손을 뻗어 스위치를 꾹 눌렀다.

모터가 작동을 시작했다.

모팻 씨가 연주를 시작했다. 아니, 오르간 스스로가 연주를 해 나가는 것이었다. 그의 손가락을 밀어냈다가 잡아끌기를 반복하면서. 무정형의 패닉이 노인의 배 속을 요동치게 만들었다. 그는 당장 오르간의 스위치를 내리고 멀리 달아나 버리고 싶었다.

그의 연주는 계속 이어졌다.

아래에서 들려온 신도들의 노랫소리에 그가 흠칫 놀랐다. 신도들은 일제히 적포도주색 찬송가집을 펼쳐 든 채로 서서 목청 높여 노래를 부르고 있었다.

"안 돼." 모팻 씨가 말했다.

웬덜은 그 말을 듣지 못했다. 노인은 기압이 오르는 걸 지켜보았다. 볼륨 측정기 바늘은 어느새 '메조'를 넘어 '포르테'로 향하고 있었다. 그의 목에서는 연신 신음이 흘러나왔다. 안 돼. 제발. 그는 생각했다. **제발.**

갑자기 '스웰 투 그레이트' 음전이 뱀머리처럼 스르르 밀려나왔다.

모팻 씨는 필사적으로 그것을 밀어냈다. '스웰 유니슨swell unison' 버튼이 진동을 시작했다. 노인은 황급히 그것을 움켜잡았다. 그의 손가락이 욱신거려 왔다. 그의 눈썹에는 땀방울이 송송 맺혀 있었다. 그의 시선이 다시 아래층으로 돌아갔다. 신도들이 눈을 가늘게 뜨고 그를 지켜보는 중이었다. 그는 다시 볼륨 측정기 바늘을 확인했다. 어느새 '그랜드 크레센도*'를 넘어선 상태였다.

"웬덜, 어서……!"

말을 맺을 틈도 없이 '스웰 투 그레이트' 음전이 또다시 밀려나왔다. 안에 갇힌 공기는 소리를 머금고 점점 부풀어 갔다. 모팻 씨는 그것을 다시 밀어냈다. 건반과 페달들은 당장이라도 튕겨져 나올 것처럼 요동쳤다. 갑자기 '스웰 유니슨' 버튼이 툭 튀어 나왔다. 우레 같은 소리가 교회 안에 쩌렁쩌렁 울려 퍼졌다. 노인은 입을 열 정신이 없었다.

오르간은 살아 있었다.

웬덜이 손을 뻗어 스위치를 껐다. 하지만 오르간은 아무 반응이 없었다. 웬덜이 욕을 쏟아 내며 스위치를 거칠게 흔들어 댔다. 모터는 계속해서 돌아갔다.

기압은 최고조에 달해 있었다. 거센 폭풍 속에서 파이프들이 덜거덕거렸다. 톤과 오버톤은 발작적으로 터져 나왔다. 위협적인 화음의 무게에 짓눌린 찬송가는 엉망이 돼 버리고 말았다.

"어서!" 모팻 씨가 울부짖었다.

"안 꺼져!" 웬덜이 소리쳤다.

* grand crescendo, 점점 세게.

또다시 '스웰 투 그레이트' 음전이 앞으로 튀어나왔다. 그것은 볼륨 페달과 함께 벽을 두들겨 대며 쉴 새 없이 불협화음을 쏟아 냈다. 모팻 씨가 그쪽으로 몸을 날렸다. 그는 필사적으로 '스웰 유니슨' 버튼을 뽑아냈다. 소음은 계속해서 높아졌다. 마치 울부짖는 거인이 어깨로 교회를 밀쳐 내고 있는 것 같았다.

그랜드 크레셴도. 느린 진동이 바닥과 벽을 조금씩 채워 나갔다.

갑자기 웬덜이 난간으로 달려가 신도들에게 소리쳤다. "나가요! 어서 나가요!"

패닉에 사로잡힌 모팻 씨는 반복해서 스위치를 눌러 댔다. 그의 발 밑에서는 로프트가 심하게 요동치고 있었다. 오르간은 계속해서 소음을 쏟아 내고 있었다. 그것은 음악이 아닌, 요란한 무기였다.

"나가라고요!" 웬덜이 신도들을 향해 소리쳤다. "**어서요!**"

가장 먼저 창문들이 박살 나 버렸다.

마치 포탄이 창문을 뚫고 들어온 듯했다. 무지개색 유리 파편이 신도들 위로 우박처럼 쏟아져 내렸다. 여자들의 비명 소리가 음악에 문대졌다. 사람들은 일제히 자리에서 일어났다. 소음은 해일처럼 교회 안을 채워 나가며 모든 것을 부숴 놓았다.

샹들리에는 크리스털로 만든 폭탄처럼 터져 버렸다.

"**어서!**" 웬덜이 소리쳤다.

모팻 씨는 몸을 움직일 수가 없었다. 그는 멍한 얼굴로 도미노처럼 무너져 내리는 건반을 지켜보았다. 오르간의 비명은 쉴 새 없이 이어지고 있었다.

웬덜이 사촌의 팔뚝을 붙잡고 그를 벤치에서 끌어내렸다. 그들 위에서 마지막 남은 두 개의 창문이 산산조각 나 버렸다. 그들 발밑에서는 교회가 연신 꿈틀거렸다.

"안 돼!" 노인의 고함은 소음에 묻혀 버리고 말았다. 그는 웬델을 밀쳐내고 난간을 향해 달려갔다.

"미쳤어?" 웬델이 잽싸게 달려와 노인을 거칠게 붙잡았다. 두 사람은 한 데 엉겨 붙어 바닥을 뒹굴었다. 아래층 통로들은 빠르게 부풀어 오르는 중이었다. 패닉에 빠진 신도들의 탈출 행렬은 계속 이어졌다.

"이거 놔!" 모팻 씨가 소리쳤다. 그의 얼굴에서는 핏기가 완전히 빠져나간 상태였다. "난 여길 뜰 수 없어!"

"빨리 여길 나가야 해!" 웬델이 소리쳤다. 그가 노인을 와락 끌어안고 로프트 밖으로 질질 끌어냈다. 고막을 찢을 듯한 불협화음이 그들을 따라 계단을 내려왔다.

"넌 이해 못 해!" 모팻 씨가 빽 소리쳤다. "난 여기 남아야 한다고!"

요동치는 로프트에 홀로 남겨진 오르간은 연주를 이어 나갔다. 모든 음전들은 밀려 나와 있었고, 볼륨 페달들은 깊숙이 눌려져 있었으며, 모터의 회전은 점점 빨라지고 있었다. 파이프들은 고함과 비명을 끊임없이 토해 냈다.

갑자기 한쪽 벽이 쩍 갈라졌다. 아치형 입구가 뒤틀리면서 돌과 돌이 문대졌다. 반구형 지붕에서는 들쭉날쭉한 석고 블록들이 부서져 내렸다. 신도석은 금세 하얀 먼지구름으로 뒤덮여 버렸다. 바닥은 연신 진동했다.

신도들은 터진 봇물처럼 교회를 빠져나가고 있었다. 미쳐 날뛰는 사람들 뒤에서 창틀 하나가 떨어져 나와 공중제비를 넘으며 추락했다. 또 다른 쪽 벽에도 큰 균열이 생겼다. 사방에 뿌려진 석고 가루 때문에 숨쉬기가 힘들 정도였다.

벽돌들이 속속 떨어져 나왔다.

인도로 나온 모팻 씨는 멀뚱히 서서 교회를 바라보았다.

다 나 때문이야. 왜 진작 그걸 몰랐을까? 내가 느낀 공포와 불안감과 증오. 버려지고 교체되는 것에 대한 공포. 내가 사랑하고, 또 필요로 하는 것들로부터 배척당할지 모른다는 불안감. 나이 들고 오래된 것들을 무시하는 세상에 대한 증오.

과충전된 오르간을 미치광이 기계로 만들어 버린 건 바로 그 자신이었다.

마지막 신도가 무사히 빠져나오는 순간 첫 번째 벽이 무너져 내렸다.

벽돌과 나무와 석고가 폭우처럼 쏟아졌다. 기둥들은 바람에 흔들리는 나무처럼 요동치다가 신도석 위로 속속 쓰러졌다. 천장에서 샹들리에들이 차례로 뜯겨져 나왔다.

로프트에서 묵직한 베이스 노트가 흘러나오기 시작했다.

음들이 얼마나 낮은지 공기의 진동으로만 느껴질 정도였다. 페달들이 떨어져 나오면서 산더미 같은 화음이 만들어졌다. 거대한 짐승이 울부짖고 있는 것 같았다. 폭풍 부는 수백 개의 대양이 뿜어내는 우렛소리 같기도 했다. 마치 온 세상이 쩍 갈라진 땅속으로 빨려 들어가고 있는 듯했다. 바닥은 푹 꺼졌고, 벽들은 요란한 소음과 함께 함몰됐다. 반구형 지붕은 잠시 버티는가 싶더니 이내 신도석 위로 추락해 버렸다. 가공할 석고와 모르타르 먼지구름이 모든 것을 삼켜 버렸다. 노인의 불투명한 시야 안에서 연신 갈라지고 쪼개지고 부딪치고 폭발하던 교회는 마침내 주저앉아 버렸다.

한참 후, 노인은 무언가에 홀린 사람처럼 잔해를 헤치고 나아가기 시작했다. 오르간은 고대숲에서 서서히 죽어가는 보이지 않은 짐승처럼 가쁜 숨을 몰아쉬고 있었고 노인은 그 소리를 똑똑히 들을 수 있었다.

일러두기

* 이 책은 작가 빅터 라발이 엮고 서문을 쓴 Penguin Classic사의 『The Best of Richard Matheson』(2017)의 번역서이다.

1

　리처드 매시슨의 단편선, 『The Best of Richard Matheson』의 소
개글을 써 달라는 요청을 받았다. 적어도 나는 그렇게 생각한다. 나
는 그가 쓴 거의 모든 작품을 읽어 보았고, 그중 서른세 편을 골라 이
단편선에 실었다. 마치 타임머신을 타고 매시슨을 처음 접한 어린 시
절로 돌아간 듯한 기분이었다. 1986년 당시 나는 열네 살이었다. 나
의 첫 매시슨은 짧은 소설 『나는 전설이다 I Am Legend』였다. 나는 친
구들에게 달려가 꼭 읽어 보라고 성화를 해 댔었다. 아직 읽어 보지
못한 독자가 있다면(대체 지금껏 뭘 했기에!), 그 작품은 SF이자 흡
혈귀 소설이고, '생물학적 전염병' 종말 소설의 효시이며, 훌륭한 스

릴러라고 말해 주고 싶다. 그 모든 게 160페이지의 짧은 소설 속에 고스란히 담겨 있다. 나는 거기서 멈출 수 없었다. 그래서『줄어드는 남자The Shrinking Man』(영화 제목에는 '대단한 Incredible'이라는 수식이 붙었다)와『헬 하우스Hell House』를 차례로 읽어 보았고, 뻑 가 버렸다. 리처드 매시슨이 어린 내게 끼친 영향은 실로 어마어마했다. 그 경이로운 경험에 대한 반응을 좀 더 세련되게 표현할 수는 있겠지만 '뻑 가다wow'만큼 원초적인 묘사는 떠오르지 않는다. 매시슨이 단편소설도 여럿 발표했음을 알게 된 후로는 열정적으로, 그리고 한껏 들뜬 마음으로 그것들을 일일이 찾아 나서기에 이르렀다. 그리고 시간이 흐르면서 나도 모르게 신비스러운 그의 글들에 점점 빠져들었다.

그게 정확히 무슨 뜻인지 설명이 필요할 것 같다. 매시슨에 대해 할 얘기가 많다. 그의 작품들의 중요성과 이 단편선이 필수적이고 가치 있는 이유에 대해서. 하지만 성급한 접근은 바람직하지 않다. 때가 되면 자연스레 짚어 볼 수 있을 것이다. 그 전에 우선 내 개인적인 '매시슨 모멘트'부터 소개하는 것이 순서일 것 같다. 그를 직접 만나 본 적은 없다. 나는 그가 충분히 썼을 법한 이야기 속으로 빨려 들어갔던 경험을 얘기하는 것이다. 세드릭과 그의 어머니에 대해서.

2

내가 열네 살 때 어머니는 처음으로 성공을 맛보았다. 적어도 어머니는 그렇게 생각했던 것 같다. 우리는 퀸스의 허름한 아파트를 벗어나 어머니가 다른 동네에 마련한 번듯한 집으로 이사를 했다. 이십 대에 우간다에서 이민 온 어머니는 기계처럼 일을 하며 돈을 벌었고, 사십 대에 접어들어 비로소 내 집 장만의 꿈을 이루게 되었다. 투룸 임대 아파트에서 이층집으로 이사를 했으니 그것은 성공이 분명했다. 나, 누이, 그리고 할머니는 기쁜 마음으로 어머니의 새 집에 입주했다.

우리는 여름에 이사했고, 나는 9월부터 학교에 다니기 시작했다. 우리 동네에는 스프링필드 가든스라는 공립 고등학교가 있었다. 내가 입학하기 직전 학교는 최첨단 기술을 도입했다. 금속 탐지기였다. 그럴 만한 이유가 있었다. 1986년은 '크랙*의 시대'였고, 십 대들이 모이는 곳에서 총기 난사 사건이 빈번하게 발생하던 시절이었다. 어머니는 자식이 다니기로 한 학교를 한 번 슥 둘러보고 나서 마음을 바꾸었다. 어린 아들이 매일 아침 교실로 향하는 길에 그 요상한 기계와 맞닥뜨려야 한다는 사실이 거슬렸던 것이다. 그뿐 아니라 어머니는 내가 학교 주변을 서성이다가 유탄에라도 맞으면 어쩌나 걱정했다. 결국 어머니는 롱아일랜드에 자리한 사립학교를 찾아 나를 등록시켰고, 장학금을 받아 내는 수완까지 보여 주었다. 당시 나는 나소 카운티가 어디 붙어 있는지조차 몰랐다. 어머니는 장난 아닌 분이셨다.

어머니에게는 차가 없었다. 매일 출근을 위해 버스를 타고 롱아일랜드 레일 가로 향했고, 그곳에서 기차를 타고 맨해튼으로 들어갔다. 우드미어 아카데미의 통학 수단은 두 가지뿐이었다. 부모가 (메르세

---

* 강력한 코카인의 일종.

데스, BMW, 아우디로) 태워다 주거나 스쿨버스를 이용하거나였다. 어머니는 나를 위해 픽업 서비스를 신청했다. 매일 아침 7시 45분에 맞춰 229번가와 145번가 모퉁이에 나가 있으면 길고 노란 버스가 나타나 나를 태우고 학교로 데려가 주었다.

나는 늘 노란 알루미늄 벽널이 둘러진 단독주택 앞에서 기다렸다. 쌀쌀했던 11월이나 12월의 어느 날 아침, 그 집의 앞창이 스르르 올라가더니 내 또래 아이가 밖으로 고개를 내밀고 나를 불렀다.

"야." 그가 불렀다. "치즈 버스."

나는 어리둥절해 돌아보았다. 크고 둥근 얼굴에 머리까지 짧아 꼭 찰리 브라운*을 보는 듯했다. 갈색 피부의 찰리 브라운. 그는 하얀 민소매 티셔츠 차림이었고, 내 대역 배우라고 해도 무방할 만큼 통통했다.

"치즈 버스." 그가 다시 말했다. 그가 내게 붙여 준 별명이었다. 내가 입을 열기도 전에 그는 창밖으로 내민 두툼한 손을 살살 흔들어 대며 나를 쫓았다.

"블록 끝에서 기다려." 그가 말했다. "네 버스가 분위기를 깨 놓는단 말이야."

"보도가 네 거야?" 나는 말했다. 내가 할 수 있는 일이라고는 기본적인 재산법을 인용하는 것뿐이었다.

"이거 완전 투덜이잖아." 그가 말했다. "치즈, 너 투덜이 맞지?"

"넌 왜 학교에 안 가?" 나는 말했다. 놀랍게도 그는 결석을 모욕으로 여겼다. 그래서 나를 투덜이라며 몰아붙인 것이었다.

---

* 찰스 슐츠의 만화 〈피너츠〉의 등장인물.

"도와주고 싶지만," 그가 말했다. "넌 진짜 어디서부터 손을 써야 할지 도통 모르겠다."

나는 다가가 철사 울타리에 팔꿈치를 얹어 놓고 삐딱하게 몸을 기댔다. 그의 자세를 흉내 낸 것이었다.

"맙소사." 나는 말했다. "정말 땡땡이치려는 거야?"

잠시 뜸을 들이던 그가 한숨을 쉬며 말했다. "친구 기다리는 중이야."

"파티라도 하게?"

"둘이서 신나게 놀 거야." 그리고 자신의 왼편을 돌아보며 손가락으로 조심스레 무언가를 가리켰다.

그쪽으로 돌아보니 두 가지가 눈에 확 들어왔다. 칙칙대며 달려오는 치즈 버스, 그리고 우아하게 걸어오는 열네 살 소녀. 그녀는 리앤이었다. 7학년 때부터 세드릭과 사귄 아이. 그녀가 바짝 다가와 그에게 키스를 했다. 그는 내게 잘 가라는 인사도 없이 그녀를 안으로 이끌었다.

그 후로 나와 세드릭은 매일 아침 그렇게 수다를 떨었다. 그는 창밖으로 몸을 내밀고 버스가 나타날 때까지 내 말벗이 되어 주었다. 그에 대한 거부감이 없었던 건 그에게 무슨 대단한 매력이 있었기 때문이 아니었다. 솔직히 얘기하면 내게는 속셈이 있었다. 이사 온 지 얼마 되지 않았을 뿐더러 버스를 타고 먼 학교까지 통학해야 했던 내가 동네에서 친구를 만들 수 있는 방법은 오직 그것뿐이었다. 나는 내친 김에 여자친구도 만들고 싶었다. 그리고 어떻게 하면 리앤의 호감을 살 수 있을지 궁리하기 시작했다.

3

땡땡이치는 것은 생각처럼 어렵지 않았다. 그저 버스가 나타났을 때 모퉁이에 서 있지만 않으면 됐다. 버스는 정확히 2분 정차했다가 떠나 버렸다. 세드릭의 집 안에 숨은 나는 신분 노출을 걱정하는 첩보원이라도 된 것처럼 블라인드 사이로 밖을 살폈다. 버스가 사라지면 세드릭이 내 어깨를 두드리며 말했다. "이제 나와도 돼."

당연히 그래야 했다. 두 소녀가 시간에 맞춰 현관문을 두드렸으니까. 세드릭은 그들을 들여보내 주었고, 나는 마치 더 높은 존재의 차원으로 올라온 듯한, 아니면 그것에 임박해 있는 듯한 기분을 느끼며 거실에 서 있었다. 그는 문을 열고 리앤과 입을 맞춘 후 그녀의 친구 타샤가 들어올 수 있도록 옆으로 물러섰다. 내가 서 있던 거실에서는 현관이 훤히 내다보였다. 거실은 주방으로 통했고. 집의 반대편에는 침실이 두 개 있었다. 세드릭과 그의 어머니의 방. 나는 그에게 타샤와 얘기가 잘되면 어머니 방을 쓸 수 있게 해 줄 것을 요청했다. 그는 내 팔을 두드리며 말했다. "너무 조바심 내지 마."

성인과 아버지가 된 입장에서 본다면 열네 살 아이들 넷이 학교를 땡땡이치고 대낮에 그런 짓을 벌였다는 건 보통 심각한 문제가 아닐 수 없다. 하지만 그때는 마냥 좋기만 했다.

내가 멍하니 서 있는 동안 타샤와 리앤이 문간으로 들어왔다. 바로 그때 주방 쪽에서 노크 소리가 들렸다. 그리고 그 나지막한 소리는 점점 가까워졌다. 타샤와 리앤이 분주히 코트를 벗는 동안 나는 기겁을 하며 달아났다. 나중에 세드릭에게는 물을 가지러 갔을 뿐이라고 둘러댔지만 사실 나는 도망친 게 맞았다.

내가 주방으로 들어서자 노크 소리가 뚝 멎었다. 보일러가 낸 소리였을까? 하긴, 겨울이었으니. 나는 정말로 물을 챙기러 온 사람처럼 컵부터 찾아보았다. 찬장을 차례로 열어 보고 있는데 밖에서 세드릭이 부르는 소리가 들려왔다. 나는 식료품 저장실 문 앞으로 다가갔다. 당시 이런 스타일의 단독 주택에는 큰 벽장 크기의 따로 분리된 식료품 저장실이 하나씩 갖춰져 있었다. 글라스가 필요했던 나는 다급하게 손잡이를 돌려 보았지만 문은 굳게 걸려 있었다. 그때 세드릭이 주방으로 불쑥 들어왔다.

"치즈." 그가 말했다. "너 때문에 나만 곤란해졌잖아."

그의 목소리에는 장난기가 묻어나지 않았다. 자기 여자친구가 나를 위해 짝을 찾아 데려왔는데 반기기는커녕 주방으로 달아나 버렸으니 화가 날 만도 했다. 하지만 나는 그가 언짢은 또 다른 이유가 있을지도 모른다고 생각했다. 그가 식료품 저장실 문과 나를 번갈아 보았다.

"컵은 이쪽에 있어." 그가 싱크대 옆 찬장에서 컵을 네 개 꺼냈다. 그리고 나를 거실로 이끌었다.

그는 영화를 골라 틀었다. 그게 무슨 영화였는지는 기억나지 않는다. 그는 블라인드를 내려 거실을 어둡게 만들었다. 리앤이 그에게 몸을 기댔다. 타샤와 나는 서로에게 몇 마디 건네지 않았다. 그녀는 나만큼이나 긴장한 상태였다.

세드릭이 화장실에 들어가자 거실에는 우리만 남게 되었다. 리앤이 옆에 놓인 쿠션을 토닥이자 타샤가 그쪽으로 다가가 앉았다. 두 소녀는 무언가를 신나게 소곤댔고, 나는 어색하게 홀로 앉아 있었다. 챙겨 온 물도 입에 대지 않았다. 그때 주방 쪽에서 노크 소리가 또 들려왔다. 나는 망설이지 않았다. 어쩌면 바보처럼 멀뚱하게 앉아 있고 싶지 않아서였는지도 몰랐다. 나는 발소리를 죽이고 주방으로 들어 갔다.

나지막하고 지속적인 노크 소리는 식료품 저장실 문 뒤에서 들려 오고 있었다. 아무리 둘러봐도 세드릭은 보이지 않았다. 문은 여전히 단단히 걸려 있었다. 노크 소리는 멎을 줄 몰랐다. 강도는 약해졌지 만 일정한 간격에는 변함이 없었다. 분명 보일러는 아니었다.

나는 속삭였다. "안에 누구 있어요?"

내가 입을 열자 노크 소리가 뚝 멎었다. 그리고 이내 무언가가 긁 히는 소리가 들려오기 시작했다. 무언가의 발톱이 바닥을 할퀴는 소 리. 나지막한 할딱거림도 들리는 것 같았다.

개.

세드릭이 개를 가둬 놓은 것이었다. 친구들이 도착하기 전에.

나는 몸을 일으키고 피식 웃었다. 이제는 나만큼이나 괴짜인 타샤 와 이 절호의 기회를 어떻게 살려 나갈 것인지를 고민할 때였다. 용 기를 내어 그녀의 의중을 떠봐야 할 때. 우리 네 사람은 거실에 앉아 영화를 마저 보았다. 나와 타샤도 어느새 서로에게 달라붙어 키스를 하고 있었다. 그러던 중 그녀가 방에서 이상한 냄새가 난다고 했다. 하마터면 나는 웃음을 터뜨릴 뻔했다. 십 대 아이 네 명이 빈둥대며 풍겨 대는 고약한 악취일 뿐일 텐데. 하지만 그녀는 계속해서 거슬린 다고 투덜거렸고, 나 역시 제대로 맡아 보니 좀 이상했다. 냉장고 안 에서 무언가가 썩어가고 있는 걸까? 아니면 벽 뒤에서? 어쩌면 집 안 어딘가에서 개가 실례를 해 놓은 것인지도 몰랐다.

그런 상황에서도 세드릭은 리앤의 입술에서 떨어지지 않았다. 그녀가 그 가능성을 묻자 그가 무성의하게 대답했다. "엄마가 싫어해서 개는 절대 못 키워."

그 말을 듣는 순간 나는 온몸이 마비된 듯한 기분을 느꼈다.

4

다시 리처드 매시슨으로 돌아가 보자.

이 멋들어진 책을 집어 들었다면 (커버가 정말 끝내주지 않나?) 당신이 그에 대해 조금은 알고 있기 때문일 것이다. 하지만 그의 이름을 들어 보고, 그의 작품을 읽어 보고, 그가 직접 쓰거나 영감을 준 무수한 TV 쇼와 영화를 봤다고 해서 그가 과학소설과 판타지, 호러, 그리고 스릴러 장르의 역사에 얼마나 지대한 영향을 끼쳤는지 감히 짐작할 수는 없을 것이다. 그냥 책 속에 뛰어들어 직접 확인하면 될 것을 왜 굳이 여기서 따지려 하느냐고? 일리 있는 말이다. 내 장광설을 건너뛴다고 해서 당신을 탓할 수는 없다. 오히려 그래 주기를 권하고 싶다.

흥미롭게도 매시슨은 노르웨이 이민자 사이에서 태어났다. 내게 그것은 무척 의미 있게 다가온 사실이었다. 결국 우리 모두의 뿌리는 이 위대한 미국 작가와 다르지 않다는 뜻이었으니까. 매시슨의 작품들은 여정으로 가득 차 있다. 시간과 공간을 가로지르고, 삶과 죽음의 문턱을 들락거리며, 늦지 않게 일터에 도달하기 위해 마을을 가로지른다. (물론 무사히 도착하는 경우는 절대 없다.) 그의 소설을 읽다 보니 부모의 여정이 젊은 시절 매시슨에게 얼마나 지대한 의미로 다가왔을지 궁금해졌다. 어쩌면 그들에 비해 비교적 최근에 이 땅을 밟은 우리 어머니의 여정, 그녀의 용기와 투지 또한 내 상상력과 작품들에 적잖은 영향을 미쳤는지도 모른다.

어쨌든 그는 노르웨이에서 이민 온 부모님이 어떻게 서로를 만나 가정을 꾸리고, 무시무시한 세상으로부터 가족을 지켜 왔는지를 글로 썼다. 그들이 쳐 놓은 울타리 안에는 책을 좋아하는 어린 리처드 매시슨이 살고 있었다. 몸은 그 안에 갇혀 있었지만 그의 상상력은 분주히 세상을 싸돌아다녔다.

우선 드라마 시리즈 〈환상 특급The Twilight Zone〉 얘기부터 하고 넘어가야 할 것 같다. 그렇다. 리처드 매시슨은 그 클래식 쇼에서 가장 인기 있고, 또 가장 오랫동안 사랑받은 에피소드들의 각본을 썼다. 대표작으로는, 〈태양으로부터 세 번째〉, 〈죽음의 배〉, 〈2만 피트 상공의 악몽〉 등을 꼽을 수 있다. 다들 인상 깊게 본 기억이 있을 것이다. 친구와 나란히 앉아 〈환상 특급〉을 틀어 놓고 그중 한 에피소드가 나오기를 들뜬 마음으로 기다리던 추억. 하지만 그것들의 원작인 단편 소설은 잡지나 책을 통해 미리 접할 수 있었다. 언급하는 자체가 어리석지만, 그 에피소드들은 전부 소설로 먼저 선보인 것이었다. 여기서 놀라운 것은 누구든 책을 펼쳐 드는 순간 그 이야기들이 얼마나 완벽한지 곧장 깨닫게 된다는 사실이다. 언어의 명료성, 만족스러운 미스터리, 치열한 대립과 엄청난 반전에 대한 팽팽한 긴장감, 그리고 그 모든 것을 기가 막히게 버무려 만들어 낸 결말까지. 매시슨은 그런 마법을 신나게 부려 대고, 부려 대고, 또 부려 댔다. (그리고 또다시.) 매시슨은 평범한 존재를 무시무시한 상황에 빠뜨리는 데 항상 많은 공을 들였다. 그리고 그것은 해당 인물을 위한 거대한 시험의 장이 되었다. 그들이 승리할 때도 있고, 패배할 때도 있지만 매시 슨은 그들을 가혹하게 몰아붙이는 것 자체를 소설의 가장 큰 동력으로 여겼다. 스트레스와 불안, 드라마와 공포. 인류가 스스로를 진정으로 이해하고, 또 세상을 이해하는 데 반드시 필요한 요소들이다.

매시슨은 단편소설로 작가로서의 삶을 시작했다. 그는 자신의 전성기이자 SF와 판타지 잡지의 황금기로 불리는 1950년부터 1970년까지, 무려 20년간 무수한 단편소설을 발표했다. 말 그대로 시대를 잘 만난 것이었다. 믿기 힘들겠지만 그런 판타지 같은 시절이 분명 있었다. 그리고 그 짝은 상서로웠다. 그 장르들의 독자층은 점점 두터워졌고, 그럴수록 고품질의 콘텐츠를 생산해 내려는 작가들의 노력은 점점 치열해졌다. 그리고 그 중심에 바로 리처드 매시슨이 있었다. 그가 완성한 형판이 없었다면 후대 작가들은 갈 길을 잃고 헤맸을 것이다.

선구자의 삶이 비극인 이유는 그들 대부분이 노력의 대가를 누려보기도 전에 소멸되기 때문이다. 촌락이 읍으로 바뀌는 데만 수년이 걸리고, 읍이 번듯한 도시로 변하기까지는 수십 년이 걸린다. 하지만 매시슨은 운 좋게도 세상을 뜨기 전 크고 작은 성공을 숱하게 누렸다. 작가 입장에서는 직접 노력의 열매를 누리는 것보다 더한 보상이 있을 수 없다. 그 쉽지 않은 일을 해냈으니 어찌 기리지 않을 수 있겠는가.

선구자로서 그가 억울한 부분은 또 있다. 후세 작가들이 자신들을 위해 길을 닦아 놓고, 또 혁신을 이루어 낸 대선배의 노고를 종종 잊는다는 것. 그동안 위대한 작가들의 입에서 매시슨이 이름이 자주 언급되곤 했다. 스티븐 킹에서부터 조 힐에 이르기까지. (결국 충동을 이기지 못하고 가족 조크를 하고 말았다.*) 하지만 그는 더 많은 작가들의 경의를 받아 마땅하다. 그의 작품들은 많은 장르의 기반이 되었다. 스릴러, 호러, SF, 판타지. 그 영향이 얼마나 지대했는지는 감히 가늠할 수도 없을 정도다. 지금껏 살아오면서 보도나 고속도로를 깔아 준 이들에게 감사한 마음을 가져 본 적이 있었는가? 그들이 아니었으면 아무 데도 갈 수 없다는 사실을 잊고 살지는 않았는가?

어쩌면 그 모든 건 매시슨 특유의 자연스럽고 명료한 문체 때문인지도 모른다. 그는 독자를 이야기 속에 빠뜨려 놓고 작가로서의 자신의 존재를 좀처럼 드러내려 하지 않는다. 이야기 자체에는 좋은 일이지만 공로를 인정받는 데는 아무런 도움도 되지 않는다. 글쓰기는 인생과 같다. 우리는 젠체하는 작가들을 찬양하는 경향이 있다. 난해한 글을 툭툭 내지르며 얄밉게 윙크를 하는 작가들. 많은 이들이 그것을 예술가적 기교로 여기는 듯하지만 내 생각은 다르다. 나는 리처드 매시슨 같은 작가의 품위와 자신감에 더 주목하는 타입이다. 명료성 역시 예술가적 기교가 될 수 있다. 그것은 자신감의 증거이기도 하다. 그를 처음 접해 보았다면 그의 진가를 제대로 짚어 내지 못했을 가능성이 높다. 두 번째 통과점에 이르러서는 부디 여유를 갖고 차분히 읽어 보기를 권한다.

그에게 있어 가장 중요한 관심사는 생존이다. 무엇이 우리의 존재를 위협하는가? 그 난관을 헤쳐 나가기 위해 우리는 무엇을 할 수 있는가? 「2만 피트 상공의 악몽」의 주인공을 떠올려 보자. 그는 순항고도에 도달한 비행기의 엔진을 뜯고 있는 무언가를 총으로 쏘기 위

---

* 스티븐 킹과 조 힐은 아버지와 아들 사이이다.

해 비상 창문을 열고 만다. 자칫하면 밤하늘로 빨려 나갈 수도 있지만 자신과 나머지 승객들의 생존을 위해 목숨을 걸고 행동에 나선 것이다. 범인凡人이 압도적인 위험으로부터 세상을 구하려 필사적으로 노력한다는 이야기.

하지만 펼쳐 드는 자체만으로 제 가치를 다하는 유명한 클래식 작품들에만 집중하지는 말자. 매시슨의 위대함은 거기서 끝나지 않으니까. 개인적으로 좋아하는 매시슨의 작품 중에는 「마녀 전쟁」이 있다. 오직 십 대 소녀 몇 명의 마법에 의해서만 움직이는 전승군戰勝軍의 이야기다. 적군을 무참히 섬멸해 나가는 와중에도 그들은 서로를 놀리고 농담을 늘어놓기에 바쁘다. 결말에서는 한 술 더 떠서 자신들이 지켜 내야 하는 사람들에게 겁을 주는 데 더 열을 올린다. 이 절묘하고 매혹적인 작품을 통해 우리는 매시슨의 재능의 또 다른 측면을 확인할 수 있다. 그가 끔찍할 만큼 익살맞을 수도 있다는 것.

「시체의 춤」이라는 작품도 있다. 구체적인 내용을 소개할 수는 없지만 엄청나게 충격적이다. 포스트아포칼립틱 좀비 소설로, 『시계태엽 오렌지A Clockwork Orange』만큼이나 타락한 여러 유사 작품들을 훨씬 앞질러 발표됐다. (이 소설은 〈마스터스 오브 호러Masters of Horror〉 앤솔러지 시리즈의 가장 끔찍하고 인상적인 에피소드로 재창조되었다. 각본은 매시슨의 아들인 리처드 크리스천 매시슨이 썼고, 연출은 토브 후퍼가 맡았다.)* 리처드 매시슨의 스토리 대부분은 주인공이 무사히 살아남거나 기적적인 승리를 거두며 끝을 맺는다. 하지만 이 소설은 그렇게 달달하지 않다. 오히려 독자를 패닉에 빠뜨리

* 1시즌의 세 번째 에피소드. 토브 후퍼는 영화 〈텍사스 전기톱 학살〉(1974)의 감독이다.

려 애를 쓴다. 같은 마스터의 머릿속에서 나온 이야기임에도 이렇듯 다를 수가 있다.

그의 상상력의 깊이와 다양성은 가히 독보적이라 할 수 있다. 매시슨은 그의 작품을 접해 본 적 없는 이들에게까지도 영향을 끼쳤다. 그는 수를 헤아릴 수 없이 많은 작가들의 DNA 속에 생생히 살아 있다. 요즘 쏟아져 나오는 SF와 판타지와 모던 공포 소설을 즐긴다면 당신은 아직도 리처드 매시슨을 읽고 있는 것이나 다름없다.

5

다음 날 아침, 나는 학교를 빠지지 않기로 했다. 어느새 사랑하게 된 타샤가 일주일에 두 번 이상 땡땡이를 칠 수 없다고 했기 때문이기도 했다. 그래서 나는 7시 45분에 맞춰 버스 정거장으로 나갔다. 언제나 그렇듯 서쪽으로 몇 블록 떨어진 모퉁이에서 치즈 버스가 모습을 드러냈다. 바로 그때 세드릭의 거실 창문이 열렸다. 심드렁한 표정을 짓는 그는 챔피언 스웨트셔츠 차림이었다. 내게 빌려가서는 끝내 돌려주지 않은 많은 옷들 중 하나였다. 그는 창틀에 몸을 기댄 채 나를 빤히 응시했다.

"좋아." 그는 계속해서 나를 뚫어지게 보았다. "정말 보고 싶어?"

정말 보고 싶은 게 맞나? 솔직히 조금 망설여졌다.

게드릭이 현관문을 열어 주었다. 나는 고개를 푹 숙인 채 안으로 들어갔다. 순간 알 수 없는 두려움이 엄습해 왔다.

거실은 여전히 아수라장이었다. 어제 타샤와 내가 다녀간 이후로 청소를 하지 않은 모양이었다. 소파 쿠션들도 어수선하게 널려 있었다. 세드릭이 앞장서 주방으로 들어갔다. 불안해진 나는 걸음을 멈추었다.

"뭐해?" 그가 나를 불렀다.

나는 정체 모를 음산한 기운에 이끌려 주방으로 향했다. 나도 모르게 걸음이 내디뎌졌다. 무언가가 내 몸을 잡아끄는 듯한 기분이었다. 식료품 저장실 문의 자물쇠가 딸깍거리더니 안에서 희미한 신음이 흘러나오기 시작했다. 그리고 이내 문이 벌컥 열렸다. 순간 그 냄새가 다시 풍겼다. 전날 타샤가 얘기했던 바로 그 냄새. 무언가가 썩는 듯한 그 역한 냄새는 후끈한 열기처럼 내 눈에 뿌려졌다. 나는 문턱을 넘어 주방으로 들어갔다.

"우리 엄마야." 세드릭이 말했다.

바다 밑에 수십 년간 가라앉아 있는 배들이 문득 떠올랐다. 수면 위로 끄집어 낸 배들의 녹슨 주황색 선체에는 따개비가 비늘처럼 들러붙어 있다. 몹시 취약해 보이면서도 또 한 편으로는 절대 파괴되지 않는 불멸의 존재로 느껴지기도 한다. 오랜만에 끌어올려진 침몰선. 세드릭의 어머니는 바로 그런 느낌이었다.

앞에서 언급했듯이 당시는 크랙의 시대였고, 나는 무엇이 그녀를 그렇게 망쳐 놓았는지 대번에 알 수 있었다. 그녀에게 정식으로 인사하려 했지만 그럴 기회가 없었다. 세드릭의 어머니가 무섭게 달려들어 내 코트 주머니를 뒤지기 시작했기 때문이다. 그러고 나서는 내 어깨에서 책가방을 낚아채 지퍼를 열었다. 안에 담긴 내용물이 바닥에 우수수 떨어졌다.

"엄마!" 세드릭이 소리쳤다. 하지만 적극적으로 나서서 말리지는 않았다. 그는 어느 때보다도 어리고 나약해 보였다.

우리의 덩치는 세드릭의 어머니를 쉽게 압도하고도 남았다. 그럼에도 우리는 그녀에 맞설 엄두가 나지 않았다. 그녀는 군침을 삼키며 바닥에 흩뿌려진 물건들을 살펴 나갔고, 우리는 그냥 멀뚱히 그 모습을 지켜만 보았다.

"엄마." 세드릭이 한층 부드러워진 톤으로 말했다. "제발 이러지 마세요, 엄마."

순간 그녀가 몸을 홱 틀고는 펄쩍 뛰어올라 아들에게 달려들었다. 세드릭은 어머니에게 떠밀려 뒤로 나자빠졌다. 그녀는 민첩히 움직여 아들의 가슴에 올라탔다. 그리고 스웨트셔츠를 무섭게 잡아 뜯기 시작했다. 원래는 내 것인 스웨트셔츠를. 나는 천 찢어지는 소리를 똑똑히 들을 수 있었다. 나는 한쪽 무릎을 꿇고 앉아 모든 걸 가방에 쑤셔 넣기 시작했다. 그때 세드릭의 절규가 들려왔다. 다른 방에서 젖먹이가 울부짖는 소리 같았다. 아들의 스웨트셔츠를 갈가리 찢어 놓은 그녀는 세드릭을 할퀴어 대고 있었다. 시뻘건 피가 내 눈에 확 들어왔다. 그녀는 아들을 집어삼킬 듯했다.

매시슨의 소설에서나 볼 법한 상황이 내 눈앞에서 펼쳐지고 있었다. 평범함이 가고 무시무시함이 온 것이었다. 당연히 친구를 도와야 했지만 나는 그러지 못했다. 나는 책가방을 챙겨 들고 뒤로 후다닥 물러났다. 오로지 살아남아야 한다는 일념뿐이었다. 오늘날까지도 내 귓전에선 그의 속삭임이 맴돈다. "엄마. 엄마."

거실로 나온 나는 현관문까지 필사적으로 기어갔다. 간신히 빠져나와서는 문을 닫아 버렸다. 그 후로 나는 단 한 번도 땡땡이를 치지 않았다. 타샤에게 모든 걸 들려주었고, 고맙게도 그녀는 내 말을 믿어 주었다. 나는 다시 그 집으로 돌아갔다. 그리고 문이 열릴 때까지 계속해서 노크를 했다. 하지만 세드릭은 끝내 응답하지 않았다. 지금 껏 그토록 생기 없는 곳을 본 적이 없었다. 리앤은 그에게 연락할 길 이 없어 답답하다고 했다. 집에 전화를 걸어 봐도 응답이 없다면서. 나 또한 창밖으로 고개를 내밀며 맞아 주는 그의 모습을 두 번 다시 볼 수 없었다.

나는 리처드 매시슨과 내 친구 세드릭, 그리고 그의 어머니에게 경 의를 표하는 의미로 그 사건을 소설로 써 보았다. 일부 허구가 섞이 기는 했지만 그 집에는 정말로 괴물이 살고 있었다.

다시 리처드 매시슨으로 돌아가 보자. 노르웨이 이민자들의 아들 로 태어나 캘리포니아에서 글을 쓰며 일생을 보낸 작가가 퀸스에 사 는 흑인 소년의 크랙 시대 악몽에 대해 과연 알고 있었을까? 전혀 몰 랐을 것이다. 피상적으로 보면 그와 내게는 어떠한 연결고리도 없었 다. 그렇다면 왜 세드릭과 그의 어머니와 나 사이에 벌어진 일을 늘 어놓는 동안 매시슨의 무수한 이야기들이 귓전을 맴돌았을까? 나는 플롯 포인트가 아닌, 본질을 얘기하고 있는 것이다. 생존을 위한 사 투, 가공할 상황에 빠져 버린 보통 사람. 누구도 그 설정에 독점권을 주장할 수 없다. 하지만 리처드 매시슨은 나, 그리고 당신보다 훨씬 이전에 그 땅을 갈고 집을 지어 놓았다. 덕분에 우리는 그 안에서 이 렇게 살고 있는 것이고. 건축가 만세! 자, 여러분도 어서들 들어오시 길.

빅터 라발

20세기 호러 문학의 위대한 선구자

"사람들은 호러 장르를 얘기할 때 가장 먼저 내 이름을 언급한다. 하지
만 리처드 매시슨이 없었다면 지금의 나도 없었을 것이다."

―스티븐 킹

스티븐 킹을 제외하고 리처드 매시슨만큼 현대 호러 문학에 지대
한 영향을 끼친 작가는 없다. 정작 스티븐 킹 역시 매시슨을 가장 존
경하는 작가로 꼽은 걸 보면, 거장 이전의 거장으로 칭해도 무리가
없을 정도이다. 레이 브래드버리는 매시슨을 두고 "가장 중요한 20세
기 작가 중 한 명"이라고 평하기도 했다. 재능 넘치는 작가답게 그 역
시 여러 장르를 성공적으로 오가며 커리어를 착실히 쌓아 나갔다. 호
러에서 SF로, 누아르로, 그리고 서부극으로. 매시슨이 손을 대지 않

은 장르는 아마 없을 것이다. 덕분에 무수한 그의 작품들이 텔레비전
과 극장용 영화로 제작되었고, 지난 수십 년간 우리는 그의 상상력과
창의력에 감탄을 거듭해 왔다.

　뉴저지에서 노르웨이 이민자의 아들로 태어난 그는 어릴 적부터
타고난 끼를 주체하지 못했다. 착실하게 음악가의 꿈을 키워 가던
중 우연히 글쓰기의 즐거움을 알게 된 그는 여덟 살 때부터 지역 신
문《브루클린 이글》에 단편소설을 기고하기 시작했다. 십 대 시절, 동
네 극장에서 본 〈드라큘라〉에 깊은 인상을 받은 그는 나중에 뱀파이
어 소설인 『나는 전설이다』를 집필하기에 이른다. (2012년, 호러 작
가 협회는 「나는 전설이다」를 가장 위대한 뱀파이어 소설로 선정했
다. 당시 함께 후보로 오른 작품들은 스티븐 킹의 『세일럼스 롯Salem's
Lot』과 앤 라이스의 『뱀파이어와의 인터뷰Interview with the Vampire』였
다.) 매시슨은 그 후로 60년에 걸쳐 25편의 장편소설과 1백 편에 가
까운 단편소설을 꾸준히 발표하며 장르 문학사에 큰 족적을 남겼다.

　이 단편선은 매시슨의 작가로서의 스펙트럼과 타고난 능력을 잘
보여 준다. 그의 모든 역량이 이 한 권의 책에 응축되어 있다. 그가
「시체의 춤」에 풀어 놓은 특히 수려한 문장 몇 개만 골라 읽어 봐도
그의 문체가 얼마나 시적이고 절묘하고 감미로울 수 있는지 손쉽게
확인할 수 있다. 그뿐만 아니라, 그는 필요에 따라 한없이 간결하고
실용적인 글쓰기도 능란하게 구사할 줄 안다. 특히 장면 설정에 대한
그의 접근 방식을 보고 있노라면 절로 헤밍웨이가 연상되기도 한다.
　간결한 문체로 시작되는 악몽 같은 작품 「죄수」는 단숨에 독자를

주인공만큼이나 혼란스러운 상태에 빠뜨린다. "정신을 차렸을 때 그는 오른쪽으로 돌아누워 있었다. 그의 볼에 꺼끌꺼끌한 담요가 느껴졌다. 그는 눈앞을 막고 선 강철 벽을 빤히 보았다. 그는 귀를 쫑긋 세웠다. 죽음과 같은 정적. 그는 귀에 온 신경을 집중시켰다. 하지만 아무 소리도 들리지 않았다." 매시슨은 달랑 일곱 개의 짧은 문장으로 죄수가 처한 무시무시한 상황을 완벽히 세팅하고, 팽팽한 긴장감을 불어넣어 독자의 관심을 사정없이 잡아끈다.

이 단편선에서 확인할 수 있듯 매시슨은 각 이야기의 제각각인 톤에 딱 들어맞는 목소리를 자유자재로 낼 수 있는 능력자다. 「몽둥이를 든 남자」의 터프한 뉴욕 말투, 재정적 안정을 꿈꾸는 「버튼, 버튼」의 도덕적으로 모호해진 아내, 「시체의 춤」의 초현실주의적 악몽…… 우리가 떠올릴 수 있는 모든 스타일의 글쓰기가 가능한 그는 작가의 목소리가 아닌, 자신이 창조한 등장인물들의 목소리를 통해 스토리를 풀어 나간다.

매시슨은 일상 속의 공포를 소재로 즐겨 다룬다. 이 책에 수록된 몇 개 작품은 실제로 어느 날 걸려 온 평범한 전화 한 통으로 시작되는 이야기이다. 물론 「이발」이나 「장례식」처럼 초자연적 요소를 담고 있는 작품도 있고, 「버튼, 버튼」이나 「심판의 날」처럼 심리적인 공포를 안겨 주는 작품도 있으며, 「기록적인 사건」처럼 블랙 유머가 가득한 작품도 있다. 하지만 지극히 평범한 이들이 예고도 없이 찾아 든 초현실적이고 기상천외한 상황에 빠져 드는 설정만큼 장르적 임팩트를 안겨 주는 건 없다.

매시슨은 타고난 창의력과 강렬하면서도 쉽게 읽히는 문체로 주옥같은 걸작을 무수히 남겼고, 스티븐 킹과 닐 게이먼을 포함한 후대의 많은 호러와 SF 작가들에게 지대한 영향을 끼쳤다. 그뿐 아니라, 그는 오늘날까지도 할리우드가 가장 사랑하는 작가 중 하나로 남아 있다. 유명 프로듀서, 로저 코먼은 매시슨의 각본이 손질을 거치지 않은 초고를 그대로 써도 무방할 만큼 완벽했다고 회고한다. 그의 최고 역작으로 꼽히는 1956년 작품, 『나는 전설이다』는 무려 세 차례나 영화로 만들어졌고, 셜리 잭슨의 『힐 하우스의 유령The Haunting of Hill House』과 더불어 역대 최고의 '악령 들린 집' 호러 소설로 꼽히는 매시슨의 「헬 하우스Hell House」도 웰-메이드 영화로 호러 팬들에게 극찬 받았으며, 거장 스티븐 스필버그는 무명 시절, 이 단편선에 수록된 「결투」를 영화로 만들어 일약 스타로 급부상했다. (매시슨은 골프를 치던 중 존 F. 케네디 대통령 암살 소식을 접하고 황급히 집으로 향하는 길에 뒤에서 바짝 붙어 따라오는 트럭을 보고 「결투」의 줄거리를 떠올리게 됐다고 한다.) 「2만 피트 상공의 악몽」은 오리지널 〈환상 특급〉 최고의 에피소드 중 하나로 꼽히고 있고, 그 후 두 차례나 더 TV 영화로 리메이크됐을 정도로 꾸준한 인기를 누렸다. 참고로, 그의 작품을 원작으로 제작된 〈환상 특급〉 에피소드는 「2만 피트 상공의 악몽」을 비롯해 「태양에서 세 번째」, 「벙어리 소년」, 「유령선」, 「버튼, 버튼」 등이 있고, 「버튼, 버튼」은 2009년, 〈더 박스The Box〉라는 제목의 영화로도 제작된 바 있다. 이렇듯, 리처드 매시슨이 현대 팝컬처에 끼친 영향은 실로 막대하다. 우리가 즐겨 온 수많은 영화와 책들이 그의 아이디어에 빚을 졌거나 그에게 큰 영향을 받은 인물들에 의해 창조되었다.

리처드 매시슨을 읽다 보면 그가 '믿음'이라는 주제에 특히 집착했음을 확인할 수 있다. 이 단편선에도 말도 안 되는 황당한 상황이 서서히 현실로 받아들여지고, 결국에는 암담한 패닉 상태에 빠져 폭발해 버리는 이야기가 여럿 담겨 있다. 등장인물들은 자신들에게, 그리고 주변에서 벌어지는 기괴한 상황과 현상을 선뜻 믿지 않는다. 그들은 자신들과 주변인들을 논리적으로 납득시키는 데 무던히 공을 들인다. 평범함을 벗어난 무언가를 믿고 받아들이는 것은 우리 인간에게 무척 고된 과정이다. 그 어느 작가보다도 그런 인간의 심리와 본성을 노련히 요리할 줄 아는 매시슨은 우리 안의 겁쟁이 아이들을 캠프장 모닥불 앞으로 불러내 강력한 '훅'으로 무장한 매혹적인 괴담을 하나씩 풀어 놓는다.

"내가 믿는 건 '평범함을 초월한 것supernormal'이지 '초자연적인 현상supernatural'이 아니다. 세상에 천리를 거스르는 건 없다. 무언가가 불가해하게 다가온다면 그것은 단지 우리가 아직 제대로 이해하지 못하고 있기 때문이다."

—리처드 매시슨

영화나 소설 속에서나 볼 법한 온갖 불가지하고 별난 일들이 현실로 속속 터지고 있는 바로 지금 이 시대야말로 어쩌면 리처드 매시슨을 읽기 가장 이상적인 때가 아닐까?

1926   2월 20일, 미국 뉴저지 주 앨런데일에서 노르웨이 출신 이민자, 베르톨프와 패니 매시슨의 맏아들로 태어났다. 부모가 이혼한 후 어머니와 함께 뉴욕 주 브루클린으로 이사했다.

1943   브루클린 기술 고등학교를 졸업했다.

1949   미주리 대학교를 졸업했다.

1950   생애 첫 단편소설 「남자와 여자에게서 태어나다Born of Man and Woman」가 《판타지&SF 매거진The Magazine of Fantasy & Science Fiction》에 실리면서 주목받기 시작한다.

1952	캘리포니아에서 만난 루스 앤 우드슨과 결혼했다.
1953	생애 첫 장편소설 『누군가가 피 흘리고 있다Someone is Bleeding』를 발표한다. 1974년, 프랑스에서 영화로 제작되었다. 첫째 아들, 리처드 크리스천 매시슨이 태어났다.
1954	영화 〈지구 최후의 사나이The Last Man on Earth〉(1964), 〈오메가 맨The Omega Man〉(1971), 그리고 〈나는 전설이다〉(2007)의 원작소설인 『나는 전설이다』가 출간되었다.
1956	장편소설 『줄어드는 남자The Shrinking Man』를 발표한다. 이듬해에 영화로 제작되었다. 단편소설 「스틸Steel」을 발표한다. 2011년에 영화로 제작되었다. 둘째 딸, 앨리 마리 매시슨이 태어났다.
1958	장편소설 『휘몰아치는 메아리Stir of Echoes』를 발표한다. 1999년에 영화로 제작되었다.
1959	장편소설 『악몽을 타다Ride the Nightmare』를 발표한다. 1970년에 영화로 제작되었다.
1960	장편소설 『수염도 나지 않은 전사들The Beardless Worriors』를 발표한다. 1967년에 영화로 제작되었다.

1964	장편소설『공포의 코미디The Comedy of Terrors』를 발표했다. 같은 해에 영화로 제작되었다.
1968	둘째 아들, 크리스토퍼 데이비드 매시슨이 태어났다.
1970	단편소설「버튼, 버튼」을 발표했다. 2009년에 영화로 제작되었다.
1971	단편소설「결투」를 발표했다. 같은 해에 스티븐 스필버그에 의해 TV용 영화로 제작되었다. 장편소설『헬 하우스Hell House』를 발표했다. 1973년에 영화로 제작되었다.
1973	텔레비전 드라마〈밤의 스토커The Night Stalker〉의 각본가로서 에드거상을 수상했다.
1975	『시간 여행자의 사랑Bid Time Return』을 발표한다. 세계판타지상 수상작으로, 1980년에 영화로 제작되었다.
1978	장편소설『천국보다 아름다운What Dreams May Come』을 발표한다. 1998년에 영화로 제작되었다.
1984	세계판타지상 평생공로상을 수상한다.

1989	『리처드 매시슨 단편집Richard Matheson: Collected Stories』을 발표. 세계 판타지상 단편집 부문을 수상했다.
1991	브램 스토커 어워드 공로상을 수상했다.
1992	장편소설 『총의 시대 일기Journal of the Gun Years』 발표. 스퍼상 서부 소설 부문을 수상했다.
1993	장편소설 『자정까지 일곱 계단7 Steps to Midnight』을 발표했다. 세계공포회의 '호러 그랜드마스터' 칭호를 받았다.
2000	장편소설 『배고픔과 갈증Hunger and Thirst』을 발표했다.
2005	장편소설 『여자Woman』를 발표했다.
2010	SF 소설 명예의 전당에 헌액되었다.
2011	생애 마지막 단편소설인 「박테리아Backteria」를 발표했다.
2012	생애 마지막 장편소설인 『제너레이션Generations』을 발표했다.
2013	6월 23일, 캘리포니아 주 로스앤젤레스 자택에서 87세를 일기로 세상을 떠났다. 사후에 새턴상을 수상했다.

리처드 매시슨

초판 1쇄 펴낸날 2020년 3월 6일

지은이 리처드 매시슨
옮긴이 최필원
펴낸이 김영정

펴낸곳 (주)현대문학
등록번호 제1-452호
주소 06532 서울시 서초구 신반포로 321(잠원동, 미래엔)
전화 02-2017-0280
팩스 02-516-5433
홈페이지 www.hdmh.co.kr

ⓒ 2020, 현대문학

ISBN 978-89-7275-560-9 04840
세트 978-89-7275-672-9

* 책값은 뒤표지에 있습니다.
* 이 도서의 국립중앙도서관 출판예정도서목록(CIP)은 서지정보유통지원시스템 홈페이지(http://seoji.
  nl.go.kr)와 국가자료공동목록시스템(http://kolis-net.nl.go.kr)에서 이용하실 수 있습니다. (CIP제어번
  호: CIPCIP2020008730)

세계문학 단편선을 펴내며

세상의 모든 이야기는 단편으로 시작되었다. 성서와 그리스 신화를 비롯해 인류의 많은 신화와 설화는 단편의 형식으로 사물의 기원, 제도와 금기의 탄생, 운명이라는 이름의 삶의 보편적 형식을 설명했다.

〈세계문학 단편선〉은 모든 산문의 형식 중 가장 응축적이고 예술성이 높은 단편소설에 포커스를 맞추어 세계문학을 바라보는 새로운 관점을 제시하고자 한다. 단편소설을 언급할 때 빼놓을 수 없는 작가들의 작품들은 물론이고, 한두 편의 장편소설로만 우리에게 알려진 세계적 작가들이 남긴 주옥같은 단편들을 통해 대가의 진면모를 총체적으로 바라볼 수 있게 할 것이다. 또한 우리에게 문학의 변방으로 여겨져 왔던 나라들의 대표적 단편 작가들도 활발히 소개할 것이며 이미 순문학과의 경계가 불분명해진 장르문학의 형성과 발전에 크게 기여한 작가들의 작품 역시 새롭게 조명해 나갈 것이다.

에드거 앨런 포는 문학작품은 독자가 앉은자리에서 다 읽을 수 있을 정도로 짧아야 한다고 했다. 바쁜 일상의 삶을 사는 현대인들에게 〈세계문학 단편선〉은 삶과 사회, 나아가 세계를 바라볼 수 있게 하는 더할 나위 없이 좋은 친구가 될 것이라 확신한다.

21세기인 현재에 이르기까지 단편소설은 그리스 신화가 그러했듯이 삶의 불변하는 조건들을 응축된 예술적 형식으로 꾸준히 생산해 왔다. 그리고 새로운 문학적 기법과 실험적 시도를 통해 단편소설은 현재도 계속 진화, 확장되고 있다. 작가의 치열한 예술적 열정이 가장 뜨겁게 반영된 다양한 개성으로 빛나는 정교한 단편들을 통해 문학의 진정한 존재 이유를 독자들이 느낄 수 있기를 소망하며 이번 〈세계문학 단편선〉을 펴낸다.

현대문학 편집부

H 세계문학 단편선

현대문학 〈세계문학 단편선〉은 계속 출간됩니다.